주해 을병연행록

乙丙燕行錄

2

18세기 장편 국문 연행록의 현대어 완역본

주해 을병연행록

乙丙燕行錄

2

홍대용 지음
정훈식 옮김

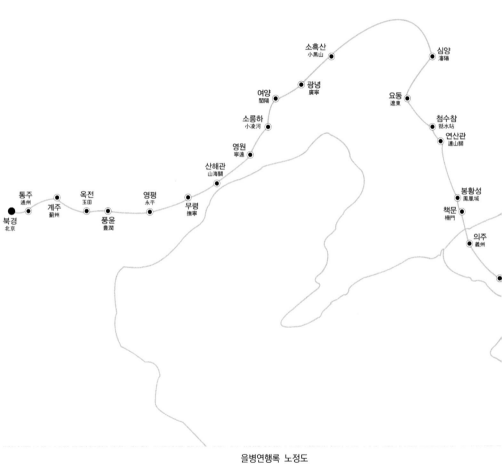

소흑산
小黑山

심양
瀋陽

여양
閭陽

광녕
廣寧

요동
遼東

첨수참
甛水站

소릉하
小凌河

연산관
連山關

영원
寧遠

산해관
山海關

봉황성
鳳凰城

통주
通州

옥전
玉田

영평
永平

무령
撫寧

책문
柵門

북경
北京

계주
薊州

풍윤
豊潤

의주
義州

을병연행록 노정도

4

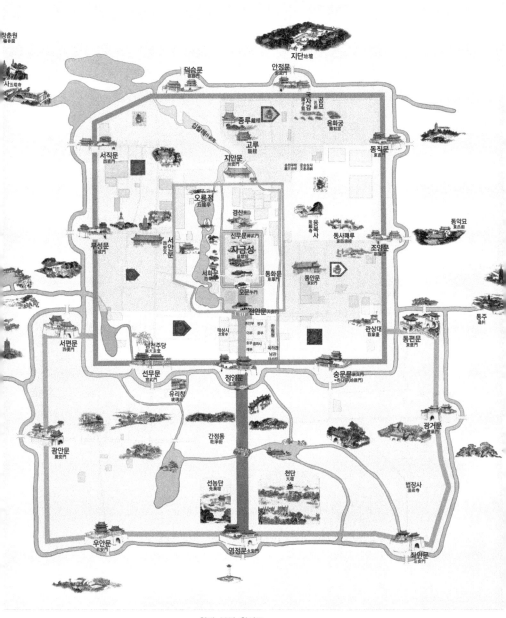

청대 북경 황성도

일러두기

1. 이 책은 홍대용의 북경여행기인 『을병연힝록』(장서각본)을 저본으로 삼아 현대 우리 말로 옮긴 것이다. 숭실대본 『을병연행록』을 교감본으로 삼았으며, 장서각본을 영인한 『을병연힝록』(명지대출판부)과 『연행록전집』(임기중 편, 동국대출판부)에 수록된 『을병연힝록』, 『주해 을병연행록』(소재영·조규익·장경남·최인황, 태학사, 1997)과 『산해관 잠긴 문을 한손으로 밀치도다』(김태준·박성순 옮김, 돌베개, 2001) 등을 참조하였다.
2. 저본은 20권 20책으로 구성되어 있으며 차례는 날짜순으로 되어 있으나, 이 책에서는 적절한 곳에 제목을 붙여 장을 나누었다.
3. 현행 어문 규정에 맞게 옮겼으나, 될 수 있는 대로 당대 국문체의 예스러운 모습이 드러나도록 하였다.
4. 한자어는 한글로 표기하는 것을 원칙으로 하고 순화할 수 있는 낱말은 우리말로 바꾸어 표기하였다. 다만 인명, 지명, 관직명과 같은 고유명사, 전고가 있는 한자어, 지금은 잘 쓰지 않는 옛 한자어 등은 한자를 병기하여 그대로 쓰고 필요한 경우 주해를 덧붙였다.
5. 당시 언문생활사를 이해하는 데 도움이 될 만한 낱말(우리말, 외래어, 외국어 등)과 구절은 표기법만 어문 규정에 맞게 고치고, 원문 그대로 표기한 뒤 필요할 경우 주해를 덧붙였다.
　　　예) 갈범(줄무늬가 있는 범. 칡범), 가께수리(왜궤인 가께스즈리懸掛硯를 뜻하는 외래어), 푸자鋪子(점포의 중국어)
6. 뜻풀이가 어려운 낱말이나 구절은 각주로 표시하였다.
7. 주해는 간단한 경우 간주間注를, 긴 내용일 경우 각주를 달았다.
8. 이 책에 수록된 한시의 원문은 『연기燕記』(홍대용 지음), 『연항시독燕杭詩牘』(후지츠카 치카시藤塚鄰 엮음, 하버드 옌칭 도서관), 『철교전집鐵橋全集』(엄성 지음, 서울대 도서관) 등을 참조하여 추가하였다.

책머리에

2012년 봄에 간행한『을병연행록』두 권을 깁고 고쳐 다시 펴낸다. 뜻풀이를 보완하여 표제도『주해 을병연행록』으로 바꾸었다.

이 책이 간행된 때를 전후해 홍대용에 대한 학계와 독서계의 관심이 두루 확대되었다. 우선 학계의 관심은 다방면에서 매우 진지한 논의로 이어졌다. 무엇보다 홍대용의 연행록에 대한 관심이 커졌는데, 역사적 전개에서 볼 때 연행의 양상과 연행록 저술의 변곡점이 되었다는 점이 폭넓게 해명되었다. 홍대용의 연행을 기점으로 조·청 문사들의 교류가 크게 확대됨은 물론, 박지원의『열하일기』, 박제가의『북학의』등 대표적 연행 텍스트가 홍대용의 연행기록을 자양분 삼아 저술될 수 있었다는 점이 그 확고한 근거다. 특히『간정동필담』에 대한 관심도 더욱 증대되어 이와 관련된 새로운 논의가 활발하게 전개되었다. 여러 차례 개정 간행된 필담집의 계보적 고찰을 통해 그 개정 양상과 방향을 어느 정도 파악할 수 있었음은 물론 홍대용이 얼마나 항주의 세 선비와 사귄 일을 중시 여겼는지 다시금 확인할 수 있었다. 홍대용의 학문과 사상에 대한 논의도 치열하게 펼쳐졌다. 홍대용 사상의 요체인 '화이막변華夷莫辨'은 그의 중국여행 경험과 천문학 등에 대한 관심에서 형성되었음이 구체적으로 논의되었다. 홍대용 학문 방법의 줄기인 공관병수公觀倂受가 특별히 주목되었는데, 이는 현재 우리 사회에 얽힌 문제를 푸는 데도 매우 유용한 가치를 지닌 것으로 평가된다.

독서계에서 담헌의 삶과 학문에 대한 관심도 커졌다. 특히 과학자적 삶의 궤적이 큰 관심을 끌었지만, 연행록의 저자로도 주목받고 있다. 이는 무엇보다 독서열에 가까운 현상을 보여주고 있는 연행록에 대한 높은 관심 때문이다. 물론 이를 주도하고 있는 작품은 박지원의『열하일기』지만, 이 외 연행록에 대한 관심도 커져가고 있다. 그 가운데 가장 주목받는 작품이 바로 홍대용의『연기』,『간정동필담』,『을병연행록』 등 연행기록이다. 이들 텍스트는 중국을 읽는 관점, 서술 방법 등에서 여타의 연행록에 비해 빼어난 면모를 보이는데, 이는 곧『열하일기』에 영향을 끼치는 요소로 작용한다.

　연행록에 대한 관심이 커지는 까닭은 무엇보다 동아시아 시대가 눈앞에 펼쳐지고 있기 때문이다. 동아시아 각국은 근 두 세기에 걸쳐 드리운 서구의 영향력을 빠른 속도로 걷어내며, 경제 방면에서 상호의존적 관계를 더 심화하고 있음은 물론, 정치·문화적으로 매우 빠른 속도로 밀접한 관계를 강화하고 있다. 가히 문명사적 대전환기라 할 만한 지금, 우리는 과거 주체적 역량을 상실한 채 숱한 아픔을 겪어야 했던 역사적 교훈을 망각하지 않고 활로를 모색하기 위해서라도 철저하게 준비하지 않으면 안 된다. 그 일환으로 중국, 일본 등 지역의 주요 나라를 제대로 알아야 하는 일은 지금 매우 긴요하다. 그러나 한국의 중국학, 일본학은 과연 중국의 한국학(조선학)과 일본학, 일본의 한국학(조선학)과 중국학에 비해 대등한 수준에서 수행되고 있다고 할 수 있는가? 지금 단계로서는 자신 있게 말하기 어렵다. 상당한 역량을 투입해 전략적 견지에서 동아시아 연구를 백방으로 강화하고 있는 중국과 일본에 비해 우리의 동아시아 연구가 그에 비견될 만큼 수행되고 있다고 보기는 힘들다. 그렇다고 중국과 일본의 연구가 동아시아 공동체의 전망을 밝히는데 이바지할 것이라고 보는 데는 회의적이다. 지역에 증폭되는 패권 경쟁을 해소하는데 이들의 연구가 크게 기여한다고 보기 어렵기 때문이다.

이 상황에서 우리의 동아시아 연구는 어떤 방향으로 나아가야 하는가? 전근대 동아시아 삼국은 서로 문명의 주인 행세를 하려는 고압적 태도로 갈등을 겪는 경우가 많았다. 중국은 화華, 조선은 소중화, 일본은 중국과 또 다른 화를 자처하며 상대를 오랑캐夷로 간주하며 지배와 교화의 대상으로 삼았으니, 이것이 동아시아에서 불행의 씨앗이 되었다. 이를 넘어서지 않고서는 동아시아의 연대와 평화를 논할 수 없다. 특히 우리는 무엇보다 소중화를 자처한 조선과 같이 어느 한편에 기울어 있으며 나라를 보존할 힘도 없이 재발조짐이 보이는 동아시아 주도권 다툼에 휘말릴 것이냐, 아니면 새로운 사상적 모색을 시도하여 지역의 평화체제를 구축하고 연대를 강화하는 주도세력이 될 것이냐 하는 물음에 진지하게 대면해야 한다.

조선조의 중국, 일본 연구는 거의 대부분 사행제도라는 통로에 의하고 있었으나, 그 기반은 지금보다 비할 바 없이 열악하였으며, 사상적 분위기 또한 조야의 대부분이 소중화주의에 사로잡혀 낡고 고루하기 한량없었다. 그럼에도 분명 지금과 뚜렷하게 두드러진 측면이 있었는데 바로 앞서 말한 질문에 진지하게 대면하고 토론한 학술 집단이 있었다는 사실이다. 오늘날 우리는 이들을 가리켜 '북학파北學派'라 부른다. 북학이라는 개념은 흔히 '중국을 배우자'는 뜻으로 알려져 있지만, '중국을 새로 알자'라는 의미도 내장되어 있다. 다시 말해 북학은 오래된 '한학'과 결별을 고하고, 새롭게 태어난 '중국학'이라 할 수 있다. 이런 견지에서 보자면 홍대용은 중국을 새롭게 사유하고자 한 학술공동체의 수장이라는 점은 분명하다.

홍대용의 새로운 중국 알기는 단지 중국에 시선이 집중되지 않고, 세계와 우주의 높이에서 사유가 전개된다는 점에서 특별하다. 그의 학문과 사상이 집약된 만년의 역작 『의산문답』에서 이를 확인할 수 있다. 먼저 "사람의 관점에서 물物을 보면 사람이 귀하고 물이 천하지만, 물의 입장에서 사람을 보면 물이 귀하고 사람이 천하다. 하늘이 보면 사람이나 물이 마찬가지다". 이는 인물균人物均을 뜻하는 말이다. 사람과 만물이 균등한 가치를 지닌다는 뜻으로, 중화나 오랑캐의 구분이 무의미하다는 화이막변의 기초가 되는 대목이다. 다음으로 "중국은 서양에 대해서 경도經度의 차이가 1백 80도에 이르는데, 중국 사람은 중국을 정계로 삼고 서양으로써 도계倒界를 삼으며, 서양 사람은 서양을 정계로 삼고 중국으로써 도계를 삼는다. 그러나 실상 하늘을 이고 땅을 밟는 사람으로서 지역에 따라 다 그러하니, 횡橫이나 도倒할 것 없이 다 정계다". 이는 중국이 중심이라는 논리를 타파하는 진술이다. 서양이나 그 어느 나라도 자국을 중심으로 세상을 본다는 말은 당시 조선에서 볼 때 사뭇 급진적이다. 마지막으로 "이 지구 세계를 태허太虛에 비교한다면 미세한 티끌만큼도 안 되며, 저 중국을 지구 세계와 비교한다면 십수 분의 1밖에 되지 않는다". 이는 중국=대국이라는 고정관념을 깨는 파괴력을 지녔다. 이 대담한 논리는 오랜 역사를 거치며 형성된 정전으로서의 중국에 대한 이미지와 관념을 일거에 걷어내고, 그 자리에 새롭게 텍스트로서의 중국을 읽고자 하는 '북학'의 초석을 놓는 데 기여한다. 이는 지금 학계에서도 찾아보기 힘든 중국학의 새 지평을 연 것이다. 북학이 보여주는 세계관적 기초와 방법론은 비단 중국학에 한해서 적용되는 것일 뿐만 아니라 다른 나라, 다른 분야의 지적 탐구에도 적용될 수 있는 보편성을 지니고 있다. 나아가 지금의 남북 관계를 성찰하고 해법을 모색하는데도 참으로 유용한 지침이 될 수 있다.

홍대용이 이렇듯 획기적인 논리를 세우는 계기와 과정은 여러 방면에서 확인할 수 있는데 가장 두드러진 부분은 바로 중국여행이다. 이를 통해 실지로서의 중국을 직접 발로 걸으며 체험하고 중국을 새롭게 보는 인식론적 전환기를 마련한다. 이를 통해 틀 잡은 논리를 또 십 년 넘게 다듬으며 체계화한 것이 바로 『의산문답』이다. 그러니 그의 연행과 연행기록은 바로 조선에 이른바 북학이라는 새로운 중국학을 수립하기 위한 대장정을 시작하는 발걸음이었다.

요컨대 홍대용의 연행록은 오늘날 동아시아 연구의 방법적 지혜를 오롯이 담고 있는 보고다. 특히 그의 연행체험을 일기체 형식으로 자세하게 기록한『을병연행록』은 서세동점기를 거쳐 동아시아 시대에 이르는 동안 한반도에서 새로운 중국학의 처음을 장식하는 텍스트로 자리매김할 수 있다. 이 점을 염두에 두고 책장을 넘겨보면 무엇보다 유익하리라 본다.

사족이지만, 책을 읽는 데 도움이 되는 방향을 더 안내한다. 먼저 홍대용의 시선을 따라가는 방식으로 읽어보자. 홍대용은 주도면밀하게 청나라를 보고자 하였다. 규모가 어느 정도인지, 문명과 기술의 수준은 어디까지 도달했는지, 그리고 청인은 무슨 생각을 하며 어떻게 살아가고 있는지 등 그의 관심의 영역은 한계가 없었다. 소소한 생활도구의 묘리를 알기 위함은 물론, 청나라의 체제가 돌아가는 원리와 실상을 알기 위해서라면 갖은 수단을 동원하여 지적 욕망을 충족하려고 했다. 그렇게 해서 남긴 견문기록은 놀라움을 금치 못할 정도로 세밀하여, 문자기록이지만 도감이나 영상을 보는 듯한 체험을 할 것이다. 무엇보다 홍대용의 시선을 따라 가보면 조선의 궁벽한 선비가 어떻게 중국에 대한 인식을 바꿔 가는지 더욱 분명하게 알 수 있을 것이다.

다음, 홍대용의 여행 방법에 관심을 가져보자. 우선 홍대용은 중국을 가는 목적을 분명히 세웠다. 대국의 규모를 자기 눈으로 보는 것도 목적이지만, 마음 맞는 선비를 만나 실컷 담론하는 것이 가장 큰 목적이었다. 이를 위해 홍대용은 중국어를 익히고, 경비를 들여 청심원과 부채 등 선물로 쓸 것을 제법 준비하였다. 중국역사와 역대문장과 시문, 유가 경서와 제자백가서를 두루두루 섭렵하는 일은 굳이 중국여행을 위한 것이 아니라 할지라도 조선 문사들에게는 중요한 과업이었을 것이나, 이 또한 중국여행에 매우 유용한 준비가 되었다. 홍대용의 여행 목적은 지금 보면 매우 당연하고 소소하게 보일 수도 있지만 당시로서는 전례가 드물었다. 더구나 그 시대 상황에서는 매우 혐의쩍은 일이었음에도, 홍대용은 자신이 이번 여행에서 목적한 바를 성취했다. 북경을 오가는 길에서 많은 중국인들을 만나는데, 그 중 항주에서 올라온 세 선비를 만나 천애지기를 맺은 일에 홍대용은 가장 큰 의미를 두었다. 주목할 것은 이것이 단순히 사적인 벗사귐에 그치지 않았다는 점이다. 홍대용과 항주선비의 사귐은 조선에서 1등인논쟁이라는 이념논쟁을 불러일으킴과 동시에 조·청 문사들 간 교류에 하나의 모델이 되었다. 실로 막중한 사상·문화적 파급 효과를 일으켰다 할 만하다. 가히 여행의 시대를 살고 있다고 해도 무방한 지금 많은 이들이 제각각의 목적을 가지고 여행을 떠나지만, 홍대용처럼 개인의 사적인 체험을 넘어 시대와 호흡하는 계기를 마련하는 여행이 되면 그 또한 가치 있는 일로 기억되리라.

이 책을 준비하는 과정에서 홍대용에 관한 풍부한 연구 성과가 많은 도움이 되었다. 책의 오류를 바로잡고 보완하는 과정에서, 특히 최근에 발표된 논저들을 통해 국내외 여러 학자들과 대화하고 소중한 논평을 들을 수 있게 되어 뜻 깊은 시간이었다. 그럼에도 질정을 구해야 할 부분이 더 있을 것이다. 여러 기관에 도움도 많이 받았다. 숭실대학교 한국기독교박물관, 한림대학교 박물관에 소장된 자료를 열람하고 사용할 수 있게 협조해 준 담당자께 고마움을 전한다.

진작 서둘러야 했을 일을 미적거리다 겨우 시작했는데, 공교롭게도 코로나19 전염병이 확산일로에 들어선 때라 난처한 일이 많았다. 현지에 가 새로 이미지와 자료를 확보하려고 했지만 답사가 어려운 상황이라 무엇보다 아쉽다. 다만 십여 년 만에 다시 홍대용 생가터를 딸과 함께 가서 잠시 거닐어 본 것으로 아쉬움을 달랠 뿐이다. 그럼에도 이번 일은 또한 나에게 흐트러진 생각을 다독여주는 여행이 되었다. 다시 홍대용과 함께 북경을 동행하는 동안 세계를 바라보는 담헌의 호한한 마음가짐과 공관병수의 가르침을 거듭 되새길 수 있어 무척 다행으로 여기며, 그의 지혜가 작금의 동아시아에서 더없이 소중한 것임을 깨달았다. 누구나 한번쯤 겪는 극심한 심신의 침체기가 찾아왔을 때 나와 인연을 맺어준 아내가 아니었다면, 이 책의 간행은 기약 없는 일이 되었을 것이다. 무엇보다 이렇게 힘든 시기에 출판을 결정해 준 양정섭 대표님께 깊은 고마움을 전한다.

2020년 8월 염천에
소안도에서
정 훈 식

을병연행록 2
차 례

천애지기를 맺다

북경을 출발하다

서울에 돌아오다

을병연행록 1

차 례

서울을 출발하다

압록강을 건너 심양에 이르다

산해관을 들어가 북경에 이르다

12월 초10일 심양에서 출발하여 소흑산에 이르다

12월 13일 소흑산에서 출발하여 14일 십삼산에 이르다

12월 15일 십삼산에서 출발하여 16일 영원에 이르다

12월 17일 영원에서 출발하여 18일 양수하에 이르다

12월 19일 양수하에서 출발하여 20일 유관에서 자다

12월 21일 유관에서 출발하여 22일 사하역에서 자다

12월 23일 사하역에서 출발하여 24일 옥전현에서 자다

12월 25일 옥전현에서 출발하여 26일 연교포에 이르다

12월 27일 북경에 들어가다

12월 28일 예부에 자문을 바치는 데 따라가다

12월 29일 홍려시 연의에 가다

북경에서 새해를 맞이하다

병술년(1766) 정월 초1일 조참에 따라가다

정월 초2일 관에 머물다

정월 초3일 관에 머물다

정월 초4일 정양문 밖으로 가서 희자 공연을 보다

정월 초5일 태학 부학 문승상묘 옹화궁 네 곳을 보다

정월 초6일 관에 머물다

정월 초7일 관에 머물다

정월 초8일 관에 머무르며 환술을 보다

정월 초9일 천주당을 보다

정월 초10일 진가의 푸자에 다녀오다

정월 11일 유리창에 가다

정월 12일 옹화궁과 태학에 가다

정월 13일 천주당과 유리창에 가다

황성을 두루 유람하다

간정동에서
항주 선비를 만나다

간정동 골목에 남아 있는 사합원 양식의 대문이다. 아마도 이 어디쯤이 천애의 지기를 이루었던 천승점일 것이다.
지금 이곳은 대부분의 집이 낡고 허물어져 재개발을 해야 할 처지에 놓여 있다.

수레를 세내어 함께 타고 정양문 큰길을 좇아 남으로 수 리를 가서 서쪽 작은 골목으로
들어가니 간정동이라 일컫는 곳이다. 100여 보를 가니 남쪽으로 큰 문이 있고 문 위에 '천
승점天陞店' 세 자를 썼는데 두 사람이 머무는 곳이었다. 수레를 내려 문 앞에 서고 사람을
들여보내 온 뜻을 통하라 하니, 두 사람이 즉시 나와 허리를 굽혀 공순히 읍하고 먼저 들어
가기를 청하였다.

2월 초1일 관에 머물다

식전에 장사치 우가가 들어와 여러 말을 주고받았다. 우가는 한군漢
軍으로 팔기八旗에 들어 있어 제 삼부자가 달마다 은 두 냥을 받는다고
했다. 내가 말하기를,

"만주군과 한군은 비록 구실을 맡지 않아도 달마다 봉은俸銀이 있습
니까?"

우가가 말하기를,

"어찌 집집마다 그러하겠습니까? 선대에 유명한 사람이 있으면 그
자손은 비록 벼슬이 없어도 대대로 봉은을 주며 두어 달 된 아이도 다
름이 없지만, 그렇지 않은 집은 구실을 하여야 비로소 봉은이 있습니
다."

하였다. 유명한 사람은 공신을 이르는 듯하다. 서반 부가傅哥가 들어와
한동안 말을 주고받았는데, 황후의 일을 물으니 모른다며 대답하지 않
았다. 제 본가를 물으니, 하남 사람인데 서반이 되어 북경에 들어온 지
5년이 넘었는데도 돌아가지 못한다고 하였다. 내가 말하기를,

"서반 구실의 녹봉이 넉넉지 못한데다 고향도 멀리 있으니, 어찌 그

만두고 돌아가지 않습니까?"

부가가 말하기를,

"북경 아문에 무수한 서반이 있으나 다 남방 고을에서 해마다 뽑아 올리니 비록 버리고자 하여도 임의로 못할 일입니다. 또 해포(한 해 남짓) 서반을 다니면 필첩식筆帖式[1] 벼슬로 옮기고, 10년 후면 외방의 지현知縣으로 갑니다. 아직은 고생이 많으나 한 번 지현이 되면 해마다 천여 냥의 봉은을 받으니 오로지 이를 바라는 것입니다."

하였다. 부가가 조선 승려의 복색을 묻거늘, 대강 이르고 또 말하기를,

"중국 묘당廟堂(절)은 다 여염 가운데 있으니 어찌 출가한 보람이 있겠습니까? 우리나라는 산이 없는 곳에는 절을 짓지 못합니다."

부가가 말하기를,

"북경 근처에는 산이 드물고 성시 가운데 절이 많아 높은 승려가 머무르지 않으나, 남방에는 산 속에 많고 도를 닦는 높은 승려도 많이 있습니다."

내가 말하기를,

"이곳은 승려를 만나면 거동과 말이 속세인과 다름이 없고, 왕왕 의복이 또한 분별이 없더군요. 이런 승품僧品으로 여염 사이에 섞여 있으니 필연 승려의 경계를 지키지 못할 것입니다."

부가가 말하기를,

"이곳의 승려는 고기를 대수롭지 않게 먹으며, 혹 처첩을 두어도 서로 괴이하게 여기지 아니하니 어찌 승려라 할 만하겠습니까?"

내가 말하기를,

"동국에도 이런 승품이 있어서 '재가승在家僧'이라 하는데, 이것이 또한 천하가 한가지이군요."

하니, 부가가 웃었다. 부채 두 자루를 주니, 하나는 품에 넣고 다른 하

---

1 필첩식은 청나라 때 문서의 작성, 번역, 관리 등을 맡은 낮은 벼슬이다.

나는 허리에 찬 부채 집을 내어 꽂고 나갔다.

　이날 문금이 더욱 엄하여 옥하교와 정양문 어귀에 다 갑군이 서서 사람을 금하였다. 어제 제독이 사람 금하는 방문을 써서 담 밖에 붙였다 하거늘, 역관에게 그 곡절을 물으니 역관이 말하기를,

　"사행 중에서 금지된 물품을 사 가는 일이 많아, 아문이 소문을 듣고 그 폐를 막고자 함입니다."

하였다. 대개 흑각黑角(무소뿔)은 군사용 기물에 속한 것이라, 이곳 금지 물품 중에서도 더욱 엄히 막는 것이다. 우리나라가 근년에 흑각이 매우 귀하여, 묘당廟堂(의정부, 비변사의 별칭)에서 흑각 일천 장을 사 오라고 하며 사행에 관자關子(공문서)를 하였으니, 상방(정사의 거처) 건량관 조명회趙明會에게 맡겼다. 이번에 비단과 잡물의 값이 점점 올라 사 가도 이득을 보는 것이 적으나, 흑각은 이곳에 가장 흔하여 이익을 많이 보는 것이다. 해서 역관과 장사꾼들 중 묘당 관자를 빙자하여 가만히 흑각을 사는 이 많으니, 만일 드러나는 일이 있으면 아문의 죄책이 있을 것이다.

　또 흑각은 가벼운 물건이 아니라 관중에 내어 들이면 자취를 감추지 못해, 다 이곳 장사치와 수레를 맞추어 밖에서 짐을 묶고 책문으로 나가는 것이다. 이러하므로 사람의 출입을 금한다 하나 이 흥정은 오로지 서종현의 아비 류다예六大爺에게 은을 많이 주어 맡기니 아문이 아무리 막고자 하여도 하릴없을 것이고, 책문을 나갈 때에도 수험搜驗이 매우 엄하나 류다예의 형제가 전적으로 담당하여 탈 없게 한다고 하였다.

비장 이기성의 초상
(『日下題襟合集』)

　저녁을 먹은 뒤 상방 비장 이기성이 손에 안경 하나를 들고 들어와 보라 하거늘, 받아 보니 사람이 끼던 안경이요 가운데를 볼록하게 만든 것이었다. 전에 보지 못한 모양이거늘 그 출처를 물으니, 기성

이 말하기를,

"이것은 멀리 보지 못하는 사람이 쓰던 안경입니다. 제가 이 길을 들어올 때 한 사람이 안경을 구해 달라고 부탁하여 시장에서 두루 구해도 여태 얻지 못하였습니다.

그런데 오늘 유리창에 갔다가 한 푸자舖子(점포)에서 두 사람을 만났는데, 얼굴이 극히 아름답고 거동이 단정하여 과연 선비 모습이었습니다. 두 사람이 다 나이가 젊은데 각각 안경을 꼈거늘 의아하여 그 연고를 물었더니, 대답하기를, '우리가 눈에 병이 있어 먼 데를 보지 못하기에 안경을 낍니다'라 하였습니다. 제가 말하기를, '우리는 조선 사람입니다. 친한 사람 하나가 또한 눈에 병이 있어 그대와 같아, 중국의 좋은 안경을 구하는 고로 여기에 이르러 값을 헤아리지 아니하고 두루 구하였으나 좀처럼 얻지 못하다가 천행으로 그대를 만났습니다. 그대는 중국 사람이라 다른 것을 구해 사고자 하여도 어렵지 않을 것이요, 또 필연 여벌이 있을 것입니다. 값을 준수하게 줄 것이니 내게 파는 것이 어떠합니까?' 하였습니다.

그러자 한 사람이 즉시 안경을 벗어 주며 말하기를, '그대가 친한 사람을 위하여 애써 구하는 일이 후한 뜻이요, 그 구하는 사람은 나와 병이 같은 사람이니 내 어찌 안경 하나를 아끼겠습니까? 또한 사소한 물건으로 어찌 매매를 의논하겠소?' 하거늘, 제가 안경을 받은 후에 그의 말을 예사로운 사양으로 여겨 다시 말하기를, '그대 말이 옳으나 내 어찌 공연히 남의 물건을 받겠습니까? 값을 달라 이르면 내 가져온 은이 있으니 넉넉하게 보내겠습니다' 하니 두 사람이 다 기쁘지 않는 기색으로, 소매를 떨치며 일어나 가는 것입니다.

비로소 경솔하게 받은 줄을 깨닫고 따라가 말하기를, '아까 수작한 말은 그대를 희롱한 것입니다. 안경을 정말로 구하는 사람이 있는 것이 아니니 내게는 쓸데없습니다. 도로 가져가시기 바랍니다'라 하니, 주었던 사람이 낯빛을 바꾸고 말하기를, '그대가 사람 대접하는 것이 매우 박략薄略합니다. 이는 작은 기물이라 있어도 그만 없어도 그만이요, 또 병이 같으면 서로 불쌍히 여기는 마음이 있는 것이니, 어찌 이같이 자질구레한 말을 합니까' 하는 것입니다. 그 말을 듣고 그 기색을 보니 매우 부끄러워 다시 말을 하지 못했습니다.

그 있는 곳을 물었더니 둘 다 절강浙江 선비요, 과거 보러 올라 왔다 합니다. 지금 정양문 밖에 머무니 지명은 간정동乾淨衕²이라 하거늘, 그곳을 찾아 다시 만나기를 언약하고 돌아왔습니다. 값을 주어도 필연 받지 않을 것이므로, 필묵과 종이를 구해 면피를 주고자 하는데 마땅한 것을 얻지 못하였습니다."

하였다. 내가 화전지 한 권을 주니, 기성이 또 말하기를,

"이곳의 선비를 얻어 보고자 할진대 이만한 사람을 만나기 어려울 것입니다."

내가 말하기를,

"절강은 이곳에서 수천 리 밖이네. 수천 리 밖에서 과거를 위하여 행역의 괴로움을 헤아리지 않는다면, 필연 명리名利의 마음이 깊은 사람이니 어찌 높은 소견이 있으며 족히 더불어 말함 직하겠는가? 그러나 다시 만나거든 그 사람의 거동을 자세히 살피고 내 말을 일러, 조선 선비 한 명이 들어왔으니 그대의 명성을 듣고 한 번 만나고자 한다고 하여 저희의 뜻을 살펴보게."

하였다.

---

2 현재 중국어 표기는 간징후통甘井胡同이다. 명대 장작張爵(1485~1566)이 저술한 『경사오성방항호동집京師五城坊巷衕術集』에서는 '간정아호동乾井兒衕術'이라 기록되어 있는 등, 명칭이 혼용되고 있음을 알 수 있다. 한문본 『연기燕記』에서 간정동乾淨衕이라 기록한 것은 추측건대 홍대용이 명칭에 대한 기록을 확인하지 못한 상황에서 그 발음에서 한자를 유추하여 쓴 것으로 보인다. 또한 국문본 『을병연행록』에서는 들리는 대로 중국어 발음에 가깝게 간정동으로 쓴 듯하다. 다만 여기서는 저자의 표기를 존중하여 『연기』에 쓰인 한자로 표기하였다.

천주당에 가다

식후에 이덕성과 함께 천주당에 가고자 하였다. 이날도 여전히 문금이 엄하여 세팔로 하여금 아문에 구경 나가려는 뜻을 통하라 하였다. 이에 통관들이 말하기를,

"제독 대인이 방문을 붙여 사람의 출입을 엄히 금하니 임의로 허락하지 못할 것이며, 우리가 아문을 비우고 잠깐 피할 테니 가만히 나가는 게 좋을 것입니다."

하였다. 대개 문금이 엄할 때에도 역관과 하인의 근처 푸자 출입이 무상한 까닭에 아문을 지나도 멀리 나가는 것을 의심하지 않았다. 허나 나는 행색이 다르고 무상한 출입이 없을 뿐 아니라, 한번 문을 나서면 멀리 다니는 줄을 짐작하고 있을 터이니, 혹 가만히 나가다가 욕되는 일이 있을 수도 있다. 이러하므로 출입을 아문에 다 알리니, 아문이 얼굴을 익혔을 뿐 아니라 속이지 않음을 믿어 매번 편리할 도리를 가르치고 막으려는 뜻이 없었다. 드디어 이덕성과 함께 세팔을 데리고 아문으로 나가니, 정당의 문이 닫히고 대사와 통관들이 다 몸을 숨겼다. 바삐 큰 문을 나서니 세팔이 이르기를,

남천주당의 옛 모습

"아문을 비록 지났으나 양쪽 어귀에 막아서는 갑군이 있는데, 그 중 정양문 근처에 다니는 푸자들이 많아 더욱 엄히 금하니 필연 지나가지 못할 것입니다. 옥하교 어귀로 돌아가는 것이 옳을 것입니다."

하거늘, 서쪽 길로 가 어귀에 이르니 과연 두어 갑군이 있어 엄히 막았다. 세팔이 말하기를,

"잠깐 길가 푸자에 피하였다가 갑군을 달래어 술 파는 곳으로 함께 가거든, 비어 있는 때를 타서 먼저 지나가십시오."

하거늘, 내 말하기를,

"이는 위험한 생각이네. 어찌 도망가는 모습을 보인단 말인가?"

하고, 세팔로 하여금 아문에 들어가 통관에게 이 사연을 통하라 하였다.

이윽고 서종맹의 종 하나가 함께 나와 갑군에게 분부를 전하고 나가라 하거늘, 즉시 어귀를 지나 수레를 얻어 타고 정양문 안을 지나 천주당에 이르렀다. 문 지키는 장가가 즉시 청하여 외당에 앉히거늘 바삐 온 뜻을 통하라 했더니, 장가가 또 청심원을 요구하였다. 매번 면피를 징색하는[3] 일이 매우 원통했으나 도리가 없어 세팔에게 맡긴 작은 청심원 두엇을 내어 주었다. 장가가 들어가더니 이윽고 내당으로 청하고 두 사람이 나와 맞이하여 자리를 정하고 한훤을 파한 후에 또 필담을 청하였다. 유송령이 사람을 불러 글 쓰는 선비를 청하였지만 아직 들어오지 못하였다. 유송령이 묻기를,

"대마도와 부산이 조선의 어느 현에 있는지요? 근년에 왜국 사람과

---

3 '징색하다'는 돈이나 물건 따위를 억지로 달라고 한다는 뜻을 지닌 '토색하다'의 옛말이다.

서로 왕래를 통합니까?"

하니, 내가 그 사정을 대답하고 묻기를,

"그대는 대마도와 부산을 어이 아십니까?"

유송령이 말하기를,

"전조(명나라) 만력萬曆 연간의 역사 기록을 보았으니 어찌 모르겠습니까?"

또 묻기를,

"조선에도 자명종이 있습니까?"

내가 말하기를,

"우리나라에서 만든 것이 있지만 많지 않고 중국에서 만든 것과 일본에서 나온 것이 많으며 혹 서양국 제작도 있습니다."

유송령이 말하기를,

"일본에도 또한 자명종이 있습니까?"

내가 말하기를,

"근본 제도는 중국 것을 본받았으나 정교한 수단은 중국에 지지 않습니다."

유송령이 또 묻기를,

"만세산에 자명종이 있는데 구경하였습니까?"

내가 말하기를,

"일찍이 그 앞을 지나갔지만 지키는 사람이 들이지 아니하니 어찌 구경했겠습니까?"

유송령이 말하기를,

"만세산은 황상이 노니는 곳이라 바깥사람을 들여보내지 않는 것이 이상하지 않습니다. 가운데 집 안에 자명종이 있는데 종이 매우 웅장하여 문 밖에서도 그 소리를 들을 수 있습니다."

이때 유송령이 세팔에게 묻기를,

"당신네 노야의 말씀이 극히 분명하니 필연 초행길이 아닌가 싶습니다."

하였다. 두 사람이 서로 대하여 한참 동안 말을 주고받는데, 어음이 괴이하고 한 구절도 알 길이 없어 필연 서양국 어법인가 싶었다.

이윽고 선비가 들어왔거늘 글로 서로 수작하였다. 이덕성과 책력 만드는 법을 약간 의논하였는데, 졸지에 다 의논할 수 없으리라 하여 분명하게 이르는 말이 적었다. 저희 산算 두는 책을 보고 싶다고 하니 포우관이 웃으며,

"본들 어이 알겠소?"

하면서 사람을 불러 책 한 권을 내왔다. 종이는 왜지倭紙 같으나 매우 두꺼워 서양국 종이인가 싶었다. 장마다 괴이한 글자를 가득히 썼는 데 자획의 가늘기가 털끝 같고 정간이 정제하여 줄로 친 듯하였다. 글 자는 저희 언문이라 과연 한 자를 알 길이 없고, 정세한 필획은 천하 에 짝이 없을 것이다. 그 쓰는 모양을 보고자 하여 사방 스물 네 방위 를 종이에 먼저 쓰고 그 옆에 서양국 글자로 일일이 옮겨 써 보라고 하였다. 송령이 선비가 쓰는 붓을 달라 하여 두어 자를 쓰다가 글자를 이루지 못하니 그치고 말하기를,

"붓이 달라 쓰지 못하겠습니다."

하였다. 그들이 쓰는 붓을 보고 싶다 하니 송령이 사람을 불러 하나를 내왔는데 날짐승의 깃이었다. 밑이 둥글고 단단한 곳을 두어 치 잘라 밑동을 엇베어 끝을 뾰족하게 만들었는데, 이 끝으로 쓰게 한 것이다. 엇깎은 곳 안에 무슨 먹물을 구멍 가득히 넣어 글씨를 쓰는 대로 차차 흘러나와 갑자기 끊어지는 일이 없었으니, 이 또한 이상한 제작이었 다. 내가 묻기를,

"자녀가 있습니까?"

하니, 송령이 대답하기를,

"처첩이 없는데 어찌 자녀가 있고 없고를 논하겠습니까?"

하였다. 내가 묻기를,

"천주의 학문은 처첩을 두지 못합니까?"

하니, 송령이 말하기를,

"어찌 그러하겠습니까? 지금 북경 사람이 천주의 학문을 다 숭상하지만 어찌 인륜을 폐한 사람이 있겠습니까? 우리는 중국에 학문을 전하기 위하여 젊어서 집을 떠나 이곳에 이르러 이미 나이 늙었을 뿐 아니라, 고향이 수만 리 밖이라 비록 처첩을 두고자 하더라도 어찌하겠습니까?"

하였다. 내가 묻기를,

"서양국은 중국 진서眞書(한문)를 알지 못하니 필연 중국 서적이 없을 것인데 도를 배우는 사람은 무슨 글을 봅니까?"

하니, 송령이 말하기를,

"다만 우리나라 언문을 쓸 뿐입니다. 온갖 서적이 있으나 다 우리나라 사람이 만든 글이고 우리나라 글로 지은 것이니, 말이 비록 다르나 도리를 의논한 말은 중국과 다름이 없습니다."

하고, 인하여 『중용』 첫 장을 외우며 말하기를,

"이 세 구절로 일러도 비록 그 글은 없으나 그 말은 있습니다."

하였다. 자명종과 가지고 있는 의기를 보고 싶다고 하며 누누이 청하니, 여러 번 핑계를 대다가 사람을 불러 하나를 내왔다. 나무로 집을 만들었는데 네모지고 길이는 두어 뼘이며, 안에 주석으로 만든 것이 있으니 자명종 모양이다. 앞면에 시각분수時刻分數를 새기고 밖으로 유리를 붙여 문을 열지 아니하여도 속을 살피게 하였다. 밖에 열쇠 같은 것을 걸어 놓았는지라 송령이 그 쇠를 가지고 구멍에 넣어 서너 번을 돌린 뒤 손을 떼자 위에 달린 종을 치는데, 한참을 그치지 아니하여 그 수를 헤아리지 못하고 매우 요란하였다. 이것은 이름이 요종鬧鍾이니, 떠들썩한 자명종이라는 말이다. 무슨 일이 있어 일어나고자 할 때, 혹 시각을 몰라 잠을 제때에 깨지 못할까 염려하여 저녁에 잘 때 시각을 짐작하여 상 아래 틀어 놓으면, 제때가 되어 고동⁴이 열리고 요란한 종소리로 사람의 잠을 깨우게 하는 것이다.

두 사람이 다 품에 일표를 품어 이따금 내어 시각을 살피거늘, 한 번 보기를 청하였다. 포우관이 제가 찬 것을 끌러 내어 속을 열어 보였는데, 양혼에게서 빌려 보던 것과 다름이 없었다. 그 고동을 자세히 보고자 하여 손을 잠깐 대자, 포우관이 놀라며 다치게 하지 말라 하니 기색이 극히 용속하였다. 즉시 도로 주고 서양국 윤도輪圖(나침반)를 보고 싶다 하니 하나를 내왔다. 크기가 두어 움큼에 주석으로 만들었고, 바늘 길이가 두어 치요, 밖으로 360도를 새겼다. 송령이 말하기를,

"윤도의 바늘이 비록 남방을 가리킨다 하나 매양 병방丙方[5]을 가리키고 여러 윤도와 비교하면 종시 고르지 않습니다. 사방의 대강 방위를 알려고 하면 이것으로 족히 짐작하려니와, 천문의 정밀한 도수를 측량코자 하면 믿을 것이 못됩니다."

라고 하였다. 내가 묻기를,

"전에 서양국 윤도를 보니 스물네 방위를 나누어 서른두 방위로 만들었던데, 이것은 무슨 의사입니까?"

송령이 말하기를,

"중국은 스물네 방위를 쓰지만 우리나라는 수를 정한 것이 없으니, 혹 여덟 방위로 나누고 혹 열여섯 방위로 나누고 혹 스물네 방위로 나누고 혹 서른두 방위로 나눕니다. 서른두 방위로 나누는 것은 다른 데 쓰는 일이 없고 다만 큰 바다에 다니는 배에 씁니다."

하였다. 문시종의 시각을 표한 글자를 물으니, 포우관이 말하기를,

"이것은 종 치는 수를 기록한 것입니다. 자오시子午時 초初에 하나를 치고 정頂에는 둘을 치고 차차 하나씩 더하여 사해시巳亥時 정頂에 이르

---

4 고동은 작동을 시작하게 하는 기계 장치로, 물렛가락의 윗몸에 끼워서 고정시킨 두 개의 매듭 같은 물건이다. 물렛줄이 그 사이에 걸려서 돈다.

5 병방은 이십사방위二十四方位의 하나로, 정남에서 동으로 15도의 방위를 중심으로 한 15도 각도 안의 방향이다.

러는 열두 번을 치는 줄을 알게 하는 것입니다."

하였다. 무신의撫辰儀[6]를 보고 싶다 하니, 송령이 말하기를,

"전에는 5경更과 28수宿를 다 각각 의기로 측량하여 여섯 가지 제도가 있었습니다. 무신의는 근래에 만든 것으로 여섯 가지 의기를 한 틀에 합하여 그 제도는 비록 간략하고 공교하나, 틀렸을 때가 잦아 전제도에 미치지 못합니다. 요사이는 폐하여 쓰지 않고 여러 의기들은 다 관상대에 두어 이곳에는 있는 것이 없습니다."

하였다. 날이 늦어 물러가기를 청하고 귀국하여 돌아갈 기약이 멀지 않으니 다시 오지 못하리라 했으나 조금도 서운하게 여기는 기색이 없었다. 능화지菱花紙(마름꽃 무늬 있는 종이) 두 장과 작은 박은 그림印畫 두 장과 고과苦瓜(여주) 네 낱과 흡독석吸毒石 두 낱을 각각 봉하여 나와 이덕성에게 나눠 주며 말하기를,

"근래는 서양국과 왕래하는 인편이 잦지 않으므로 있는 토산이 없어 이렇듯 약소하니 허물치 마십시오."

하였다. 사행께서 각각 면피를 보냈는데, 회례할 뜻이 없으니 괴이하였다. 이덕성은 맡아 온 일이 있어 역법을 자세히 배우고 두어 가지 의기와 서책을 사고자 하였는데, 대접이 종시 관곡款曲하지[7] 아니하고 서책과 의기는 다 없다 하며 즐겨 보여 주지 않으니 통분하였지만 하릴없었다.

관으로 돌아오니 저녁 식후에 이기성이 들어와 말하기를,

"식후에 간정동의 두 선비가 머무는 곳을 찾아가 종이와 약간의 필묵과 청심원을 주고 안경 얻은 일을 누누이 칭사하니 여러 번 사양하다가 받고, 차 한 봉과 담배 한 봉, 백우선 하나와 부채 하나, 먹 한 장을 주거늘 사양하지 못하고 받아왔습니다."

6　무신의는 건륭 연간인 1752년 독일 선교사인 쾨글러戴進賢(I. Keogler, 1680~1746)가 생전에 설계한 것을 완성한 혼천의인 기형무신의璣衡撫辰儀를 말한다.

7　'관곡하다'는 매우 정답고 친절하다는 뜻이다.

하였다. 또 말하기를,

"두 사람의 거동을 자세히 살피니 공순한 예수禮數와 반기는 기색이 심히 너그러운 마음이었습니다. 두 사람이 각각 책 한 권을 주며 말하기를, '이는 우리의 과거한 시권試券으로 여러 사신께 질정을 받고자 합니다' 하였습니다. 그 책을 보면 문장 고하를 알겠지만 결코 용렬한 재주는 아닐 것이니 부디 찾아보십시오."

하고, 또 말하기를,

"어제 이르던 말을 그 사람에게 전하고 내일 찾아갈 일을 말했더니 다 반가워하는 기색이요, 조금도 혐의쩍게 여기는 기색이 없었습니다."

하였다. 드디어 내일 함께 가기로 언약하고 한 권 책을 갖다가 보니, 열 장이 넘지 않으나 개간하여 박은 것이고, 서너 편 글이 있는데 다 북경 과문의 격식이다. 창졸간에 그 고하는 알지 못하나 또한 정숙한 재주를 볼 따름이다. 각각 성명을 썼는데 하나는 엄성嚴誠이요, 하나는 반정균潘庭筠이었다. 부사께서 이 소식을 듣고 평중을 불러 내일 먼저 찾아보고 관으로 청하여 오라고 하셨는지라, 평중이 내게 와 이 사연을 전하여 함께 가기를 청하였다. 내가 희롱하여 말하기를,

"이곳 사람들이 족히 더불어 사귐 직한 인물이 없습니다. 두 한림을 애써 찾아보았더니, 외국 사람을 혐의쩍게 여겨 편지를 받지 않고, 천주당을 여러 번 다녔지만 괴롭게 여기는 거동이 종시 흥이 깨어짐을 면치 못하였습니다. 이 사람들이 수천 리 밖에서 공명을 구하러 왔으니 반드시 시속 인물이요, 높은 뜻이 없을 것이니 내 어찌 여러 번 욕된 일을 보고자 하겠습니까?"

하니, 평중이 말하기를,

"사람을 어찌 미리 짐작하며 또 어찌 높이 책망하겠는가?"

하고 여러 번 청하였다. 나중에 이기성과 이미 언약한 일을 말하고, 함께 가기로 하였다.

2월 초3일 간정동에 가다

식후에 먼저 나갈 때 아문 앞에 이르러 섬돌 위로 오르려고 하는데, 오림포가 마주 내려와 가만히 말하기를,

"제독 대인이 와 앉았으니 구경을 나가려거든 가만히 나가십시오."

하였다. 드디어 문을 나가 진가의 푸자에 이르러 덕형이 양혼에게 불려간 연고를 물었더니, 진가가 이르기를,

"이것은 오로지 그대의 얼굴을 보고자 하는 뜻이지 그를 위한 것이 아닙니다."

내가 말하기를,

"예예의 그리워하는 뜻에 매우 감격하여 갚을 바를 알지 못하겠습니다. 다만 문종을 나에게 전하라고 전가(덕형)를 주었다 하니 마음이 매우 불안할 뿐 아니라, 전가는 무식한 인물이라 이것이 귀한 줄을 알지 못할 것이요, 제게는 쓸데없는 물건입니다. 어찌 기이한 보배를 헛되이 부질없는 곳에 버리겠습니까?"

진가가 말하기를,

"예예는 마음이 굳은 사람입니다. 한 번 사람을 준 후에는 다시 가

지려 하지 않으니 궁자가 종시 받지 않으면 저는 비록 쓸 곳이 없으나 돌아가 제상 대인에게 선물하는 것도 해롭지 않을 것입니다."

이때 평중과 이기성이 쫓아왔다. 기성이 말하기를,

"아문을 나올 때 여러 서반들이 엄히 금하여 겨우 나왔는데, 반드시 갑군을 보내어 못 나가게 할 것입니다."

하였다. 곧 창황히 나가 큰길을 버리고 북쪽 작은 길로 들어 큰길 패루에 이르니 마침 오림포와 서종현을 만났다. 웃으며 묻기를,

"오늘은 어디를 구경하러 가십니까?"

하고 자랑하는 기색이거늘, 막아서 가리는 기색이 없었다. 드디어 수레를 세내어 함께 타고 정양문 큰길을 좇아 남으로 수 리를 가서 서쪽 작은 골목으로 들어가니 간정동이라 일컫는 곳이다. 100여 보를 가니 남쪽으로 큰 문이 있고 문 위에 '천승점天陞店' 세 자를 썼는데 두 사람이 머무는 곳이었다. 수레를 내려 문 앞에 서고 사람을 들여보내 온 뜻을 통하니, 두 사람이 즉시 나와 허리를 굽혀 공순히 읍하고 먼저

북경 간정동의 현재 모습. 지금 이 골목의 이름은 간징후통(甘井胡同)이다.

들어가기를 청하였다. 두어 번 사양하다가 앞서 행하여 중문을 들어가니 남쪽에 두 문이 나란히 있고 각각 발을 드리웠다.

　두 사람이 서쪽 문으로 나아가 발을 들고 기다리거늘 문을 들어가니 우리를 붙들어 상 위에 앉히고 두 사람은 각각 캉 아래 교의에 앉았는데 대개 손님 대접하는 법은 남북이 한가지인가 싶었다. 캉 안을 둘러보니 동쪽에 벽을 의지하여 높은 탁자를 놓고 탁자 위에 수십 권 서책을 쌓았으며 서쪽에 가죽상자와 나무궤 여럿을 놓았으니 이는 다 행탁行橐(여행용 자루)인가 싶었다. 캉 위 가운데에 낮은 탁자를 놓았는데, 위에 푸른 담요를 덮고 그 위에 붓과 벼루와 조그만 그릇을 놓았으니 이것은 벼룻물을 담는 것이다. 조그만 쇠구기小勺[8]를 꽂았는데 물을 뜨기 위한 것이다. 캉 위에 여러 장의 글씨와 그림을 흩어놓고, 두 사람이 다 먹을 머금었으니, 그림을 미처 마치지 못하고 우리를 맞아들인 것이다.

　자리를 정하고 서로 성명과 나이를 물으니 엄성嚴誠의 자는 역암力闇이요, 별호別號는 철교鐵橋이며 나이는 임자壬子(1732)생이다. 반정균潘庭筠의 자는 난공蘭公이요, 별호는 추루秋廔[9]이고 임술壬戌(1742)생이다. 엄성은 몸이 마른 체질이고 얼굴에 골격이 많고 유아儒雅한 가운데에 호상豪爽한 기운을 띠어 잠깐 보아도 시속의 악착한 인물이 아니었다. 반정균은 작은 체구에 얼굴이 둥글고 미목眉目이 그린 듯하니 과연 아름다운 남자요, 경첩하여 재주를 이기지 못하는 거동이었다. 내 먼저 말하기를,

　"우리는 이 령공(이기성)을 통해 훌륭한 명성을 익히 들었을 뿐 아니라 두 시권을 보매 높은 문장을 흠모하여 망령되이 나아왔으니 당돌한 허물을 용서함이 어떻겠습니까?"

8　쇠구기는 쇠로 된 구기다. 구기는 술이나 기름, 죽 따위를 뜰 때에 쓰는 기구를 말한다. 자루가 국자보다 짧고, 바닥이 오목하다.

9　이덕무는 「천애지기서」에서 '廔'의 음은 '루婁'이니 '초사草舍'라는 뜻이라고 하였다.

하니, 두 사람이 다 고마움을 표시하는 말을 했는데, 어음이 더욱 분명치 못하였다. 내가 묻기를,

"그대들의 본가는 절강성 어느 고을에 있습니까?"

하니, 엄성이 말하기를,

"둘 다 항주杭州 전당현錢塘縣에 있습니다."

하였다. 내가 인하여 글 한 짝을 외워 말하기를,

"다락은 창해의 해를 보거늘樓觀滄海日"

하였더니, 엄성이 이어 외우며 말하기를,

"문은 절강 조수를 대하였도다門對浙江潮."

하였다. 이 두 짝의 글은 당나라 때 송지문宋之問[10]이 전당 영은사靈隱寺[11]에 제영題詠한 글이다. 대저 전당현은 남송 때의 도읍으로, 성 밖에 큰 호수가 있어 서호西湖라 일컫고 호숫가로 기이한 산봉우리와 화려한 누관樓觀(누각)이 둘러 있으니, 성시의 번화한 경관과 산수의 유수한 취미를 한 곳에 합하여 고금의 제일 명승으로 이르는 땅이다. 송나라 때의 유기경柳耆卿[12]은 사곡詞曲을 숭상하여 이름 있는 사람이다. 일찍이 서호에서 놀다가 한 곡조 가사를 지어 이름을 「망해조사望海潮詞」라 일컬었으니, 그 글에서 이렇게 말하였다.

동남의 형승이요 삼오의 도회라

전당이 예로부터 번화하도다.

내 끼인 버들과 그림 속의 다리, 바람이 푸른 장막을 휘날리니

---

10 송지문(656?~712)은 중국 당나라 때 문인으로 자는 연청延淸이다. 오언시에 뛰어났으며, 심전기와 함께 율체를 창시하였다.

11 영은사는 서호西湖 서쪽 산기슭에 사찰로, 동진東晉 시대인 326년 인도 승려 혜리慧理가 창건하였다. 중국 선종의 10대 사찰 중 하나이다.

12 유기경은 유영柳永(987~1053)으로 기경耆卿은 그의 자이며, 숭안崇安(오늘날 복건성 무이산武夷山) 사람이다. 원래 이름은 삼변三變이었으나 나중에 영永으로 바꾸었다. 북송시대 사인詞人으로, 당시 송사의 한 유파인 완약파婉約派의 대표적 인물이다. 대표작으로 『우림령雨霖鈴』이 전해 온다.

십만 인가가 들쭉날쭉 즐비하고

구름 나무 언덕에 모래를 둘렀도다.

성낸 물결이 서리와 눈을 걷는 듯하니

천연의 요새가 끝이 없도다.

저자에 온갖 보석을 펼쳐놓고 집집마다 비단을 매었으니

호사를 다투도다.

겹겹한 호수와 첩첩한 뫼 맑고 아름다우니

삼추의 계수열매와 십 리의 연꽃이 있도다.

저笛소리는 갠 빛을 희롱하고 연밥 캐는 노래는 밤물결에 떴으니

기뻐 즐기는 이는 고기 낚는 늙은이와 연밥 캐는 여인이로다.

말을 탄 천만 군사는 높은 기를 꼈도다.

때를 타 풍류를 들으며

연하를 읊어 구경하도다.

다른 날의 좋은 경을 그려

봉지에 지니고 돌아가 자랑하리로다.

東南形勝三五都會

錢塘自古繁華

烟柳畵橋風簾翠幕

參差十萬人家

雲樹繞隄沙

怒濤卷霜雪

天塹无涯

市列珠璣戶盈羅綺

競豪奢

重湖疊巘獻淸嘉

有三秋桂子十里河花

羌管弄晴菱歌泛夜

서호의 풍경

嬉嬉釣叟蓮娃

千騎擁高牙

乘時聽簫鼓

吟賞煙霞

異日圖將好景

歸去鳳池誇

이 글이 일시에 전파되니 금金나라 임금 완안량完顏亮[13]이 이 글을 보고 '삼추계자십리하화'라는 구절에 이르러 개연히[14] 기이한 풍경을 흠모하여 글을 지어 말하기를 '말을 오산 제일봉에 세우리라'고 했다. 그리고는 드디어 군사를 일으켜 남송을 통일하고 서호에서 놀고자 하다가 이루지 못하고 패하여 죽었다. 훗날 사람이 글을 지어 유기경의 한 곡조 가사로 병란이 빚어짐을 탄식하였으니, 그 글에 이렇게 말하였다.[15]

뉘 항주의 곡조 노래를 가져

연꽃 십 리와 계수 삼추라 하였는고.

어찌 초목의 무정한 것이

장강의 만 리 근심을 이끌어 움직일 줄을 알았으리오.

誰把杭州曲子謳　荷花十里桂三秋

那是槐木無情物　牽動長江萬里愁

---

13 완안량은 금 제4대 황제 해릉왕海陵王(재위 1149~1161)으로 금 태조 아골타의 손자다. 중국문화를 동경하여, 중국인을 중용하고 정치제도를 중국식으로 바꾸려 하였다. 남송南宋 평정을 꾀해 남벌군을 일으켜 출병하였으나, 거란인의 반란 등으로 살해되었다.

14 '개연慨然하다'는 원래 억울하고 원통하여 몹시 분하다의 뜻이나 여기서는 '흔쾌하다'의 뜻으로 쓰인 듯하다.

15 이 시는 남송시대 사역謝驛이 지은 것이다. 사역은 자字가 처후處厚로, 건녕建寧인이다.

완안량의 어리석은 마음과 미친 계교는 족히 말할 것이 없거니와
이로 보아도 서호의 이상한 풍경을 상상할 만하다. 옛사람이 그 중에
더욱 뛰어난 곳을 모아 열 가지 풍경을 만들어 '서호십경西湖十景'이라
일컬으니 다음과 같다.

잔잔한 호수의 가을 달	平湖秋月
소제의 봄 새벽	蘇堤春曉
단교의 쇠잔한 눈	斷橋殘雪
뇌봉의 떨어지는 해	雷峰落照
남병의 늦은 종소리	南屛晚鐘
국원의 바람 연꽃	麯院風荷
화항의 고기를 봄	花港觀魚
유랑의 꾀꼬리를 들음	柳浪聞鶯
삼담에 달이 비침	三潭印月
양봉이 구름에 꽂힘	兩峰揷雲

장약애(張若靄, 1713~1746)가 그린 〈서호통경(西湖通景)〉

이 밖에도 여러 풍경이 있으니 고금의 소인騷人(시인과 문사) 묵객墨客들이 다투어 글을 지어 풍경을 찬양하여 이루 다 기록하지 못하니, 대저 천하의 유명한 곳이요, 인간세상의 절승한 경치다.

반생이 평중의 성을 듣고 묻기를,

"그대 김상헌을 아십니까?"

하여, 내가 말하기를,

"김상헌金尙憲은 우리나라의 정승이며 별호는 청음 선생으로 도학과 절의로 우리나라에서 유명한 사람이거니와, 그대는 8천 리 밖에서 그 이름을 어찌 들었습니까?"

엄생이 동쪽 캉으로 창황히 가더니 책 한권을 가져와서 보라 하였다. 제목은 『감구집感舊集』이라 하였고 왕어양王漁洋[16]이라 일컫는 사람이 여러 사람의 시를 모은 것이다. 청음 선생이 대명 말년에 바닷길로 사신을 들어갈 때, 동래東萊(중국 산동성에 있는 지명) 땅에 이르러 왕어양과 더불어 수창한 글이 있었다. 이러하므로 이 책에 글과 이름이 올랐으니 두 사람이 청음의 높은 절의를 미처 듣지 못하였으나, 이곳에 이르러 첫 번 수작에 먼저 청음을 일컬으니 매우 기이한 일이다. 내가 말하기를,

"우리가 나아온 뜻이 우연한 계교가 아니로되, 다만 처음으로 중국에 들어와 어음을 서로 통하지 못하니 붓끝을 빌려 서로 뜻을 통하는 것이 어떠합니까?"

하니, 두 사람이 다 좋다 일컫고 즉시 종이와 필묵을 작은 탁자 위에 벌이니 이기성은 먼저 돌아갔다. 이에 주인과 손님으로 나누어 탁자를 대하고 캉 위에 앉으니 평중이 먼저 말하기를,

"그대의 시권은 회시[17]과작會試科作입니까?"

---

16 왕어양(1634~1711)은 청나라 때 시인으로, 이름은 사정士禎이며, 어양은 그의 호다. 벼슬이 형부상서에 이르렀고 신운의 시로써 일대의 정종이 되었다.

17 회시는 문무과 과거 초시의 급제자가 서울에 모여 다시 보는 복시覆試를 말한다.

반생이 말하기를,

"이는 향시과작鄉試科作입니다. 지금 북경에 올라온 것은 3월의 회시를 치르기 위해 온 것입니다."

또 말하기를,

"그대들이 이곳에 이르러 지은 시가 많을 것이니 두어 글을 가르침이 어떠합니까?"

이때 우리들은 전립에 군복을 입고 갔으므로 내가 말하기를,

"우리는 호반 벼슬이라 궁마의 일은 들었지만, 시율은 배우지 못하였습니다."

반생이 웃으며 말하기를,

"그대는 문무를 겸한 사람인가 싶습니다."

평중이 말하기를,

"원컨대 그대의 높은 글을 구경코자 합니다."

반생이 말하기를,

"유유히 풍진에 쌓여 이룬 것이 없거니와, 길을 떠날 때에 동향의 한 벗이 있는데 이름은 육비陸飛고 우리의 동방同榜 장원壯元입니다. 일이 있어 함께 떠나오지 못한 고로 한 장 그림으로 길을 보냈거늘, 우연히 지은 글이 있으니 용졸함을 웃지 마십시오."

하고, 이에 그림 한 장을 내어 보이니 수묵으로 연꽃 두어 송이를 그렸는데, 필획이 매우 힘이 넘쳐 용속한 수단이 아니었다. 위에 육비의 7언절구 하나와 엄생의 가사 하나와 반생의 고시 하나를 썼으되, 글씨와 글이 다 속되지 아니하고 육비의 시는 더욱 높았다. 내가 삼절三絕이라 일컬으며 칭찬하니, 두 사람이 다 겸사하며 당치 못하노라 하였다.

평중이 청음의 시를 보다가 잠깐 사이에 그 운으로 칠언절구 하나를 지었는데, 두 사람이 보기를 마치매, 반생이 붓을 잡아 눈 깜빡할 사이에 글을 이루고 엄생이 이어 쓰는데 다 생각하는 거동이 없고 이

전에 지은 글 같았다. 두 사람이 평중의 신속함을 보고 재주를 겨루고
자 하는 의사였다. 두 사람이 쓰기를 그치더니 반생이 나에게 권하여
글을 보고 싶다 하였다. 내가 말하기를,

"본래 재주가 둔하고 시율을 일삼지 못하니, 어찌 높은 재주를 따르
겠습니까?"

반생은 겸손한 말씀이 과하다고 일컫고, 엄생은 나를 유의하여 보
며 의심하는 기색이었다. 평중이 두 사람의 시집을 보고 싶다고 하니,
반생이 말하기를,

"엄형은 시학詩學이 매우 높고 시집도 있으니 마땅히 보여 드리겠습
니다."

하고 즉시 일어났는데, 엄생이 머리를 흔들어 사양하고 반생의 소매
를 잡아 굳이 말렸으나, 반생이 듣지 아니하고 동쪽 캉에서 한 권 책
을 내어오니, 엄생의 시집이었다. 반생이 그 중에 한 글을 가리켜 말
하기를,

"한 재상이 있어 엄형의 학행學行을 조정에 천거薦擧하고자 했는데,
엄형이 듣지 아니하고 이 글을 지어 뜻을 보였습니다."

내가 보기를 마치고 말하기를,

"이미 그 글을 사랑하고 높은 뜻을 공경하니, 한 번 아담한 위의를
받든다면 우리에게 다행한 일입니다."

엄생이 희미하게 웃고 대답하지 아니하였다. 평중이 말하기를,

"그 글을 보니 호쾌한 지기를 상상할 만하고 이런 지개志槪를 품었
으니 어찌 보잘것없는 세상에 구차히 용납코자 하겠습니까?"

엄생이 말하기를,

"본래 시율에 익숙하지 못하고 우연히 뜻을 보일 따름인데, 어찌 과
찬하십니까?"

내가 말하기를,

"여만촌呂晩村은 어느 곳 사람이며 인품은 어떻다고 합니까?"

반생이 말하기를,

"여만촌은 항주 석문현石門縣 사람입니다. 학문이 매우 높은데 아깝게 화란禍亂에 걸렸습니다."

내가 말하기를,

"왕양명王陽明 또한 절강 사람이니 필연 산천에 이상한 기운이 있어 여러 인재를 빚어내는가 봅니다."

반생이 말하기를,

"절강은 산천이 명수明秀하여 북방의 추루醜陋한 기운이 없습니다."

내가 말하기를,

"절강 선비들은 누구의 학문을 존숭합니까?"

반생이 대답하기를,

"다 주자를 존숭합니다."

내가 말하기를,

"왕양명이 이미 절강 사람이니 양명의 학문은 숭상치 아니합니까?"

하니, 반생이 말하기를,

"왕양명은 큰 선비요, 성묘聖廟에 배향한 사람입니다. 다만 그 학문의 경계가 주자와 다른지라 학자들이 존숭치 아니하고, 각각이 한두 사람 있으나 또한 드러남이 없습니다."

대개 왕양명의 이름은 수인守仁으로 대명 정덕正德(1505~1521) 연간 사람으로 문장과 학문이 일세에 진동하였다. 영왕寧王 신호宸濠[18]는 종실 친왕인데 수십만 군사를 일으켜 참람히 왕실을 침노하니, 양명이 의병을 일으켜 수천 군사로 20여 일 사이에 신호를 사로잡고 천하를 진

---

18 주신호朱宸濠(1479~1521)는 명 태조의 17째 아들인 영왕寧王 주권朱權의 후손으로 홍치弘治 10년(1497) 4대 영왕의 자리를 이었다. 정덕正德 40년(1519)에 주신호는 무종武宗의 황음무도荒淫無道를 구실로 병사 10만을 모아 반란을 일으켜 구강九江을 침략하고 남강南康을 쳐 강서江西로 나아가, 수군을 이끌고 강을 내려가 안경安慶을 공격하였다. 그러나 43일 만에 왕수인에게 패하여 그의 아들과 형제들 모두 포로가 되어 북경으로 압송되어 주살당한 뒤 봉국도 폐하였다.

정하였다. 이는 고금의 희한한 훈업勳業이요, 호걸의 재주다. 다만 학문의 의론이 오로지 마음을 숭상하여 불도에 가깝고, 주자를 배척한 고로 대명 때에는 존숭하는 사람이 많더니, 근래 학자는 오로지 주자를 존숭하는 고로 반생의 말이 이러하였다. 내가 말하기를,

"양명은 천하에 기이한 재주를 가졌습니다. 문장과 사업이 전조前朝의 제일 인물이지만, 다만 학문의 경계는 진실로 난공의 말과 같습니다."

엄생이 말하기를,

"조선에서도 육상산陸象山[19]을 배척합니까?"

하니, 육상산은 송나라 때 선비이며 주자와 같은 시대 사람이다. 또한 마음을 숭상하는 학문을 했고, 양명이 존숭하는 사람이었다. 내가 말하기를,

"이미 주자를 존숭하고 상산은 주자가 배척한 사람이라 어찌 배척하지 않겠습니까?"

엄생이 말하기를,

"육상산은 자품資稟이 심히 높고 왕양명은 공적이 천하를 덮었으니 두 사람은 고금의 큰 인물이니, 어찌 가볍게 책망하겠습니까?"

반생이 말하기를,

"천하의 사업은 반드시 학문의 경계를 먼저 바로 할 것이니, 양명의 학문이 어찌 미진함이 없겠습니까?"

엄생은 다만 희미하게 웃을 따름이었다. 내가 말하기를,

"양명의 학문이 진실로 그른 곳이 있거니와 다만 후세 학자들이 겉으로 주자를 숭상하나 입으로 의리를 의논할 따름이요, 몸의 행실을 돌아보지 아니하니, 도리어 양명의 절실한 의론에 미치지 못할 것입

---

19 육상산(1139~1192)은 남송의 유학자로, 이름이 구연九淵이며 상산은 호다. '심즉리心卽理'의 일원론을 주장하였고, 그 설은 왕양명에게 계승되었다.

니다. 어찌 부끄럽지 아니하겠습니까?"

반생이 좋다고 하였다. 평중이 말하기를,

"그대의 의론을 들으니 시속의 공명을 취하고자 하는 사람이 아닙니다. 평생에 무슨 글을 좋아합니까?"

반생이 말하기를,

"나는 나이가 젊고 뜻이 게을러 일찍이 학문의 진척이 없으나, 문장을 다스리는 데 반드시 태사공太史公을 배우고자 하되, 능히 미치지 못함을 부끄럽게 여깁니다. 나이 스물이 넘으매 이미 십삼경十三經과 역대 사서를 능히 외우나 자질이 노둔하고 총명이 적으므로 지금 이룬 것이 없습니다. 다만 들으니 학문은 반드시 성인을 준적으로 삼아 제자백가를 아니 볼 것이 없으나 필경은 육경六經으로 돌아갈 따름입니다."

내가 묻기를,

"그대 선세에 벼슬이 높고 세상에 들리는 사람이 있습니까?"

하니, 반생이 말하기를,

"내 집은 본래 한미한 가문이라 다만 글을 읽고 농사를 힘쓸 따름이요, 세상에 드러난 사람이 없으니, 먼 조상을 이를진대 진나라 때 반악潘岳[20]의 자손입니다."

하였다. 내가 웃으며 말하기를,

"그대 얼굴이 매우 아름다우니 진실로 세덕世德을 잃지 아니하였습니다."

하니, 반생이 또한 웃으며 희미하게 부끄러워하는 빛이 있었다. 엄생이 말하기를,

"저의 집안은 홍무洪武 연간에 항주로 옮겨 지금까지 13대를 거치며 다만 두 거인이 있을 따름이요, 먼 조상은 있지만 감히 이르지 못하겠

---

20 반악(240~300)은 중국 서진西晉 때의 문인으로, 자는 안인安仁이다. 하남성 영양榮陽 출신으로 어릴 때부터 신동이라 불렸으며, 특히 인물이 빼어나기로 유명하였다.

습니다.”

하니, 반생이 말하기를,

“엄형은 한나라 때 엄자릉嚴子陵[21]의 자손입니다. 감히 이르지 못하는 것은 너무 먼 세대여서 사람이 믿지 않을까 저어하는 것입니다.”
하였다. 또 말하기를,

“조선은 본래 기자의 나라라 성인이 남긴 풍속이 있으니, 그대의 식견이 높아 심상한 문인에 비할 바가 아님이 마땅합니다.”

내가 말하기를,

“이는 비웃는 말입니다. 나와 같은 인물을 수레로 싣고 말로 헤아린들 어찌 족히 일컫겠습니까?”

서로 시하侍下와 형제 유무를 물으니 두 사람은 다 구경俱慶[22]하였다. 반생이 말하기를,

“엄형의 형이 있는데 이름은 과果요 별호는 구봉 선생九峰先生이니, 항주의 유명한 선비입니다. 세상이 두 사람의 재주를 일컬어 진나라 때 육기陸機[23] 형제와 송나라 때 소동파 형제와 비교합니다. 우리 지방의 오서림吳西林[24] 선생과 더불어 서로 좋아하고, 나이는 40여 세로되 높고 아담함이 시속時俗에서 뛰어나 예사로운 선비에 비할 바가 아닙니다.”

내가 엄생에게 일러 말하기를,

“동기 사이에 이런 사우師友의 즐거움이 있으니, 이것은 천고에 드문

---

21 엄광嚴光(B.C. 37~A.D. 43)의 다른 이름이 준遵이며, 자字는 자릉子陵이다. 서한 말西漢末 여요餘姚인으로 본래 성이 장莊씨인데, 한漢 명제明帝의 이름을 피하여 엄嚴으로 바꾸었다. 어릴 적 후한의 광무제光武帝 유수劉秀와 함께 뛰놀며 공부한 사이였는데, 광무제가 왕망王莽의 신新나라를 제압하고 제위에 오르자 모습을 감췄다.

22 구경은 부모父母가 모두 살아 계셔서 경사慶事스럽다는 뜻이다.

23 육기(261~303)는 중국 서진西晉의 문인이다. 수사修辭에 중점을 두고 미사여구와 대구對句의 기교를 살려 육조시대의 화려한 시풍의 선구자가 되었다. 동생 운雲도 문재文才가 있어 그와 함께 ‘이륙二陸’이라 불리었다. 저서로 『문부文賦』, 『육사형집陸士衡集』 등이 있다.

24 오서림(1702~1781)은 절강성 사람으로, 이름이 영방穎芳이고 서림은 자다.

일입니다.”

하고, 서림 선생의 덕행을 대강 듣고 싶다고 하니, 반생이 말하기를,

“서림 선생은 숨어서 도를 닦고 일이 없으면 성부城府에 들어가지 않았는데, 벼슬하여 나아가는 사람이 있으면 반드시 막고 보지 아니하였습니다.”

내가 말하기를,

“벼슬하는 사람을 보지 않는 것은 무슨 의사입니까?”

반생이 말하기를,

“이것은 시속의 관원을 아니 보고자 함이니, 시랑侍郎 장존여莊存與[25]와 통정관通政官 뇌현雷鉉[26], 시랑 전유성錢維城[27]이 다 일시의 이름 있는 재상이라 문하에 나아가 보기를 청하고 지은 글을 구경하고자 했지만 종내 얻지 못하였습니다.”

또 말하기를,

“본조의 항주 인물을 의논할진대, 서개徐介, 왕풍王諷, 왕증상王曾祥 세 사람이 다 시속을 좇지 않아 그 탁연한 이름이 후세에 썩지 않을 것입니다. 서개와 왕풍은 명나라가 망한 후에 세상을 피하여 벼슬길에 나아가지 아니하였고, 왕증상은 30여 세에 과거를 폐하고 문장과 이름이 매우 높았습니다.”

날이 늦어 두 사람이 각각 떡과 실과를 내어 탁자 위에 두어 그릇을 벌여 놓고 먼저 맛보며 권하여 말하기를,

---

25 장존여(1719~1788)는 자가 방경方耕, 호는 양염養恬이며, 강남江南 무진武進 사람이다. 청대의 저명한 관리이자 경학가로, 금문경학파(상주학파常州學派)의 태두이다. 그의 저서 『춘추정사春秋正辭』는 상주학파의 대표적인 저작이다.

26 뇌횡雷鈜의 오기다. 뇌횡(1696~1760)은 자가 관일貫一, 호는 취정翠庭이며, 복건성福建省 영화寧化 사람이다.

27 전유성(1720~1772)은 중국 청나라의 재상이다. 자는 종반宗盤이며, 호는 다산茶山, 유암紐庵, 가헌稼軒이다. 율례律例를 적용하는 데 힘쓰고, 귀주성貴州省의 적자 재정을 바로잡으며, 묘족苗族의 반란을 진압하는 따위의 공을 세웠다. 또한 서화書畫에 모두 능하고 특히 산수화의 명수라 불렸다. 저서에 『다산집』이 있다.

"이는 항주에서 가져온 것입니다. 먼 데 음식이니 잠깐 하저下箸[28]하십시오."

하니, 떡은 달고 향기로워 북경 음식이 비하지 못할 것이요, 실과는 용안龍眼[29]과 건포도와 귤병橘餅이었다. 처음부터 차와 담배를 연하여 권하고 수작하는 거동을 보니 공순한 대접이 특별히 관곡하여 절로 마음이 감동함을 깨닫지 못하였다. 엄생이 말하기를,

"항주는 남쪽에 바다를 꼈으니 수로로 조선까지 헤아리면 얼마나 되겠습니까?"

내가 말하기를,

"그 거리는 짐작치 못하나 다만 바다 하나를 사이에 두었습니다. 몇 해 전에 복건성 상인들이 바람에 표류하여 우리나라에 이른 사람을 보았는데, 항주는 필연 멀지 않을 것입니다."

평중이 말하기를,

"옛사람이 서호를 일컬어 '삼추계자三秋桂子요 십리하향十里荷香'이라 하였는데 이 풍경이 변함없습니까?"

반생이 말하기를,

"이뿐 아니라 서호 풍경은 천하제일입니다. 호수 깊이는 두어 길이 넘으나 맑고 조촐하여 물 밑의 돌과 모래를 역력히 엿볼 수 있고, 사방에 기이한 봉우리가 이루 형용하지 못합니다. 호수 둘레는 40리에 지나지 않으나, 예로부터 열 가지 경치를 일컫고 호수 가운데 10리 언덕 양쪽으로 버들과 도리桃李를 섞어 심었으니 그 기이한 경치를 상상할 것입니다. 그 가운데 한 사당이 있어 네 사람의 어진 이를 제사하

---

28 젓가락을 댄다는 뜻으로, 음식을 먹는다는 말이다.

29 쌍떡잎식물 무환자나무목 무환자나무과의 상록교목에 열리는 열매를 용안 또는 계원桂圓이라 하며 식용한다. 과육같이 보이는 투명한 것은 가종피假種皮이며 마르면 검은 갈색이 된다. 말린 것을 용안육 또는 복육福肉이라고 하여 한방에서는 강장제·진정제로서 건망증과 불면증에 약용한다. 중국 남부 또는 인도 원산이며, 동남아시아와 열대 아메리카에 널리 분포한다.

니, 당나라 때의 이필李泌,[30] 백낙천白樂天과 송나라 때의 소동파蘇東坡, 임화정林和靖[31]입니다. 근년에 황상이 네 번 거동하여 폐한 정자와 무너진 누관을 차차 보수하여 전에 비하면 더욱 장려합니다."

평중이 말하기를,

"비록 그대와 더불어 나귀를 채쳐 그 사이에 놀고자 하나 어찌 얻겠습니까?"

하니, 두 사람이 다 웃었다. 내가 말하기를,

"항주 풍속의 후박厚薄이 어떠한가요?"

반생이 말하기를,

"빼어난 백성이 많고 글 읽는 소리가 서로 들리나, 다만 사치를 숭상하고 순박한 풍속이 적습니다."

엄생이 말하기를,

"그대를 보니 조선풍속이 극진히 순고淳古함(순박하고 예스러움)을 알겠습니다."

내가 말하기를,

"조선은 산천이 험하고 풍속이 협착狹窄하여 크게 일컬을 것이 없거니와, 다만 시서와 예의를 숭상하여 오로지 중국을 모방하는 고로 예로부터 중국 사람이 소중화라 일컫습니다."

또 말하기를,

"그대의 회시 기일이 멀지 않으니 필연 과문科文에 유의할 때입니다. 오래 앉아 있는 것이 공부에 해로울까 여깁니다."

다 머리를 가로저으며 말하기를,

"그렇지 않습니다. 우리는 이곳에 이르러 본래 과문에 마음을 쓰지

---

30 이필(722~789)은 자字가 장원長源으로, 경조京兆(오늘날 서안) 사람이다. 선비 가문 출신으로 당나라의 대신이었다. 안사의 난을 평정하고 토번의 침입을 진압하는 등 정치·군사·외교 방면에 업적을 남겼다.

31 임화정(967~1028)은 북송대에 시인이자 서화가로, 이름이 포逋이며, 자字는 군복君復이며 영파인이다. 중국사에서 유명한 은일지사로 이름을 날렸다.

않습니다.”

내가 말하기를,

“그러면 과거를 바라지 않습니까?”

엄생이 말하기를,

“바라기는 바라거니와 다만 천명을 기다릴 뿐이며, 우리는 전혀 명리名利에 뜻하는 사람이 아닙니다.”

하였다. 반생이 내 벼슬을 묻거늘 내가 말하기를,

“나는 선비의 몸이라 직책이 없으되, 중국을 한 번 구경하고자 하여 숙부를 따라왔습니다. 입은 의복은 호반의 벼슬 이름을 빌린 고로, 호반의 복색을 갖추었을 뿐이요 선비의 복색이 아닙니다.”

반생이 말하기를,

“선생이 귀한 가문으로 벼슬을 하지 않는다 하니 필연 몸을 닦고 뜻이 높은 군자입니다.”

내가 웃으며 말하기를,

“재주가 용렬하고 운수가 기궁奇窮하여 벼슬을 구하여도 얻지 못하니 어찌 높은 뜻이 있겠습니까?”

하고 또 말하기를,

“우리가 우연히 만나 한 번 보아도 오랜 친구와 다름이 없습니다. 이후에 다시 만나기를 기약함이 어떠합니까?”

반생이 말하기를,

“옛사람이 ‘신하는 나라 밖으로 사귐이 없다’ 하였으니 다시 만남을 도모하기 어렵습니다.”

내가 말하기를,

“이 말은 서로 적국 사람을 이르는 것입니다. 우리나라가 비록 중국과 다르나 해마다 조공을 통하는데 어찌 피차의 혐의를 의논하겠습니까?”

반생이 크게 기뻐하며 말하기를,

"황제가 천하로써 한 집을 삼는데 어찌 중외中外에 간격이 있으며, 하물며 조선은 예의지방이어서 모든 나라의 으뜸이 되니 시속 사람의 의사로 어찌 돌아보겠습니까? 천애天涯(하늘 끝, 아득히 먼 곳)에서 서로 마음을 알아 사랑하고 생각하는 것이 궁진할 때가 없을 것이니, 다른 때에 혹 벼슬을 얻어 동방의 사신을 받드는 일이 있으면 마땅히 문하에 나아가 뵙기를 청할 것입니다. 마음 가운데 두고 어느 날 잊겠습니까?"

내가 말하기를,

"앞으로 서로 만날 일은 극히 막연한 계획이라 미리 정하지 못할 일이거니와, 우리의 돌아갈 기약이 오히려 10여 일 남았으니 어찌 다시 만남을 도모하지 아니하겠습니까?"

반생이 말하기를,

"높은 의론과 후한 뜻에 극히 감사합니다. 만일 왕림하기를 어렵게 여기지 아니하면 다시 이곳에 이르러 날이 마치도록 높은 의론을 듣게 하심이 어떠합니까?"

내가 말하기를,

"우리가 다시 오기는 극히 쉬운 일이나, 다만 외국의 족적이라 이목이 번거로우니 그대들에게 불편함이 없지 않을까 합니다."

두 사람이 말하기를,

"무슨 불편함이 있겠습니까? 마땅히 길을 쓸어 기다리겠습니다."

반생이 또 말하기를,

"관중에 일찍이 중국 선비들이 나아가 찾는 일이 있었으니, 우리들이 나아가고자 하여도 불편한 곡절이 없겠는지요?"

내가 말하기를,

"예로부터 사행이 들어오면 서로 찾아 방문하는 일이 잦았으나 사람들이 괴이히 여기지 아니하므로 필연 금령이 없을 것입니다. 무슨 불편함이 있겠습니까?"

엄생이 말하기를,

"관중에 사람이 번거로울 것인데 감히 나아가기를 청하지 못할 뿐이 아니라, 평생에 왕공대인을 찾아뵙는 일이 없었고, 또 그대의 대인들이 괴이히 여길까 저어합니다."

내가 말하기를,

"우리 대인들이 그대의 소문을 듣고 그윽이 한 번 보기를 원하되 특별히 행색이 우리와 다른지라 몸소 문하에 나오지 못함을 안타까워하시니, 그대가 만일 한번 왕림할 뜻이 있으면 이는 대인들이 소원을 이루는 것입니다. 어찌 괴이히 여김이 있겠습니까?"

두 사람이 말하기를,

"이미 출입을 금하지 아니하고 대인께서 괴이하게 여김이 없으면 어찌 회사回謝하는 예를 폐하겠습니까? 내일 관중으로 나아가겠습니다."

평중이 말하기를,

"이곳에 이르러 수십 일을 머물렀으되 날마다 만나는 사람이 다 무식한 장사치들이요 재리財利를 다투는 의론이더니, 오늘 높은 의론을 들으니 가슴속 더러운 마음을 쾌히 씻는 듯합니다."

엄생이 말하기를,

"이미 서로 사귀어 마음을 의논하는데 어찌 이 같은 객기客氣(예의를 차림)의 말을 하십니까? 이후에는 다만 진정한 말을 이름이 마땅합니다."

이때 덕유가 수레를 세내어 문 밖에 세우고 여러 번 들어와 돌아가기를 재촉하니 평중이 말하기를,

"날이 이미 늦었고 하인이 길을 재촉하니 마지못하여 돌아가기를 고합니다."

반생이 말하기를,

"그대 하인은 인정을 통치 못하는 사람인데, 어찌 꾸짖어 물려 내치지 아니합니까?"

서로 크게 웃고 문을 나가려고 하는데, 엄생이 『감구집』 열 권을 내

어와 주며 말하기를,

"이 책에 청음 선생의 글이 들었으니 가져가시는 것이 어떠합니까?"

이에 사양하며 말하기를,

"서책을 가져가면 관중의 이목이 번거로울 것인데 어찌 가져가겠습니까?"

하였다. 두 사람이 말하기를,

"저자에서 샀다고 하면 무슨 혐의가 있겠습니까?"

내가 평중과 의논하여 품속에 감추고 바깥문에 이르러 내일 기약을 하고, 관으로 돌아와 수작하던 종이로 일행에게 자랑하였다. 또 내일 언약을 고하여 만일 아문에 미리 주선하지 못하면 때를 당하여 낭패를 면치 못하리라 하니 부사께서 듣고 비장 안세홍을 불러,

"당상역관들과 의논하여 아문에 사연을 통하라."

하니, 안세홍이 말하기를,

"전부터 사행이 선비를 만나고자 하여 관중으로 맞아들이는 일이 잦은 까닭에 아문이 의심할 일이 아니니 염려 없습니다."

하였다.

2월 초4일 관에 머물다

　아침에 일어나 세수와 빗질을 마치고 캉 문을 나가니, 이기성이 황급히 들어와 말하기를,

　"두 사람이 문 밖에 이르렀는데 어찌 청하여 들이지 않습니까?"

　내 듣고 이기성이 기롱하는 말이라 하여 웃으며 대답하기를,

　"오늘 식후로 서로 언약하였으니 아직 일렀네."

하니, 이기성이 말하기를,

　"제 마두놈이 아까 문 밖에 갔더니 두 사람이 옥하교에 앉아 있는지라, 잠깐 기다리기를 청하고 바삐 들어와 이른 것이니 만일 즉시 청하여 들이지 않으면 필연 무료하여 돌아갈 염려가 있을 것입니다."

하거늘, 비로소 참말인 줄을 알고 바삐 평중에게 권하여 먼저 나가 만류하라고 하고, 부사께 사연을 고하여 청하여 들이기를 의논하는데 당상역관이 들어와 말하기를,

　"서종맹이 아침에 아문으로 나와서 말하기를, '조선 사마군 하나가 밤에 도망하여 바깥 푸자에 들어가 계집을 통간한 일이 있었는데, 만일 엄히 사핵查覈하지 않으면 피차에 큰 생경이 있을 것이다' 하고 사

람의 출입을 엄히 금하니, 이런 말을 통할 길이 없습니다."

하거늘, 즉시 평중에게 기별하여 가까운 푸자에 두 사람을 청하여 잠깐 기다리라 하고, 안세홍을 불러 어제 경솔히 대답하고, 미리 주선하지 않은 일을 꾸짖었다. 안세홍이 아문으로 나가거늘, 내가 캉으로 돌아와 자리를 쓸고 기다리는데, 덕유가 와서 이르기를,

"두 사람이 들어옵니다."

하거늘, 창황히 나가 맞으니, 이미 상사의 캉으로 먼저 청하여 갔다.

내가 뒤따라 들어가니 두 사람이 캉 아래서 상사를 향하여 공순히 읍하는데, 상사께서 창졸간에 캉 문을 나서지 못하며 캉 위에서 답례하고 캉 위로 맞이하여 앉혔다. 후에 내가 나아가 소매를 당겨 뜻을 아뢰니, 두 사람이 다 반기며 일어나 내려오려고 하여 내가 붙들어 다시 앉혔다. 중국 사람은 꿇어앉는 일이 없는지라 두 사람이 상사의 앉음을 보고 또한 꿇어앉는데, 거동이 얼울하여[32] 편안하지 않았다. 내가 상사께 그 곡절을 고하고 편히 앉기를 청한 후에 역관 하나를 시켜 말을 전하기를, 먼 데서 올라와 객관의 고행을 위로하고 과거 일과 과거 제도를 대강 물었다. 그런데 남방의 발음이 북경과 다른지라, 이 역관이 일행 중에서 중국어를 잘한다고 일컫는데도 종시 열에 한 마디를 통하지 못하였다. 내가 상사께 고하기를,

"남북이 어음이 달라 말로는 수작하지 못할 것입니다. 날이 이르고 두 사람이 조반을 미처 먹지 못했을 것이니, 먼저 제 캉으로 청하여 조반을 대접한 후에 부방에 함께 모여 지필로 종일 수작하는 것이 어떠한지요?"

드디어 두 사람을 청하여 캉 앞에 이르자 먼저 오르기를 청하니, 두 사람이 각각 종을 불러 신은 수여자[33]를 벗기고 자리에 나아가 앉기

---

32 '얼울하다'는 일 따위가 어긋나 마음이 불안하다는 말이다.
33 수여자는 비 올 때 신는 장화인 수혜자水鞋子의 옛말이다.

를 정하였다. 내가 말하기를,

"오늘 언약은 있었지만 이렇게 일찍 왕림하실 줄은 뜻하지 못해 문밖에서 기다리지 못하였습니다. 또 아문에 일이 있어 오래 길가에서 머물게 하여 매우 부끄러우니 죄를 용서하십시오."

두 사람이 다 과도한 말이라고 했다. 내가 말하기를,

"이곳은 바깥사람이 잡되이 다니지 아니하고 우리는 일이 없어 한가한 사람이니, 오늘 날이 다하도록 조용히 수작하고 늦은 후에 돌아가는 것이 어떠합니까?"

하니, 반생이 말하기를,

"이미 왔으니 다른 연고가 없으면 어찌 서둘러 돌아가겠습니까?"

하였다. 이때 나는 머리에 모관을 쓰고 누빈 중치막中赤莫[34]을 입었는데, 반생이 말하기를,

"그대의 관복이 조선 선비의 복색입니까? 그 제도가 극히 고아古雅하니 과연 옛 의관입니다."

내가 말하기를,

"이것은 선비의 복색이요, 다 대명의 제도를 모방한 것입니다."

하고, 중국의 절하는 법을 물으니 반생이 말하기를,

"천자에게 조회할 때와 성묘聖廟에 첨알瞻謁하는 때의 예는 9번 고두叩頭하고, 부모에게는 8번 절하고, 평상시 예수는 4번 절합니다."

청나라의 큰 선비를 물으니, 반생이 말하기를,

"청헌공淸獻公 육농기陸隴其[35]는 성묘聖廟에 배향하고, 그밖에 문정공文正公 탕빈湯斌[36]과 승상 이광지李光地[37]와 위상추魏象樞[38]는 다 도학이 높

---

34 중치막은 조선시대 사인 계층에서 입던 겉옷을 말한다.

35 육농기(1630~1692)는 청대의 성리학자다. 원래 이름이 용기龍其였으나, 피휘를 위해 개명했다. 주희를 숭상하며 육왕을 배척하여 당시 제일의 유학자로 일컬어졌다. 저서로 『곤면록困勉錄』, 『독서지의讀書志疑』, 『삼어당문집三魚堂文集』 등이 있다.

36 탕빈(1627~1687)은 청초 성리학자이자 재상이다. 명나라 때 벌열가 출신으로 청나라에서 벼슬을 하며 청의 문화 정책을 이끌었다. 저서로 『탕자유서湯子遺書』 등이 있다.

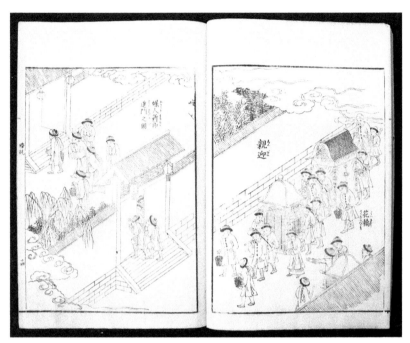
중국 혼례의 친영 장면(『淸俗紀聞』, 큐슈대 도서관). 전안례는 언급되지 않았다.

고 큰 이름이 있는 사람입니다."

혼례에서 절하는 법을 물으니, 반생이 말하기를,

"한족은 사배四拜하는 예가 있으니, 부부가 서로 절하는 것이 아니고 한가지로 천지와 조상에게 절하는 것입니다. 먼저 사당에 뵌 후에 구고舅姑에게 여덟 번 절하는 예를 이루고, 비로소 부부가 서로 절하는데 각각 두 번에 그치니, 이것은 항주의 풍속입니다."

내가 말하기를,

"천지에 절하는 것은 주자의 예문이 아닙니다."

---

37 이광지(1642~1718)는 자字가 보경晉卿, 호가 순암厚庵이며 별호는 용촌榕村이다. 강희康熙 9년(1670)에 벼슬에 나아가 문연대각사文淵閣大學士 겸 이부상서吏部尚書에 이르렀다.

38 위상추(1617~1687)는 자字가 환계環溪, 호號는 용재庸齋이며 만년에는 한송노인寒松老人이라 불렸다. 순치順治 3년에 벼슬에 나아가 형부상서 등을 역임했다. 저서로는 『한송당집寒松堂集』, 『한송당시집寒松堂詩集』이 전한다.

엄생이 말하기를,

"이것은 다 시속時俗의 예문이고 가례를 따르는 집이 적습니다. 또 전안례奠雁禮는 혼례의 큰 절목節目이로되, 항주에서는 홀로 이 예를 폐하니 극히 우스울 따름입니다."

하였다. 또 희롱하여 말하기를,

"친영을 아니하고 마침내 아내를 얻습니다."

내가 말하기를,

"혼인 때에 신랑이 신부의 집으로 먼저 갑니까?"

반생이 말하기를,

"신랑의 집에서 먼저 채여彩輿[39]와 명첩名帖을 갖추어 보내 신부를 맞을 따름이요, 신랑이 친히 가는 일이 없습니다."

내가 말하기를,

"상가喪家에서 풍류를 베푸는 법이 매우 괴이합니다. 서림 선생의 집에도 또한 이 일을 면치 못합니까?"

반생이 말하기를,

"옛 예문이 폐해진 지 오래고 괴이한 풍속이 서로 전합니다. 간혹 고례古禮를 강론하는 이가 있으나 여럿이 아니로되, 홀로 서림 선생은 이 풍속을 쓰지 않습니다. 뿐만 아니라 상사를 거하는데 술과 냄새나는 풀(마늘 생강 따위의 맵거나 파와 같은 매운 채소)을 먹지 않고 손님을 맞지 않으며 시문을 짓지 않을뿐더러 금슬琴瑟을 잡지 않으니, 상복제도와 상제의 예문이 세상과 더불어 같지 않습니다. 본조에서 상사喪事 예문을 반포한 법령이 없는 고로 선생의 평상시 의관은 비록 본조의 제도를 좇으나, 상복에 이르러는 홀로 대명 제도를 좇아 시속의 비웃음을 돌아보지 않습니다."

---

39 채여는 왕실 의식 때에 귀중품을 실어 옮기던 기구이다. 교자轎子와 모양이 비슷한데, 꽃무늬가 채색되어 있고, 채가 달려 있어 앞뒤에서 두 사람이 메도록 되어 있다. 민간에서는 주로 혼례 때 사용했다.

하였다. 부사께서 주방에 분부하여 두 사람의 조반을 차려 보냈는데, 반찬이 매우 풍성하나, 두 사람이 일찍이 밥을 먹었노라 하며 여러 번 사양하였다. 내가 말하기를,

"이미 종일 머물고자 하시면 두어 술 뜨시는 것이 해롭지 않을 것입니다. 또 우리의 대접하는 뜻을 살피시기 바랍니다."

하였다. 드디어 각각 밥상이 나오고 한가지로 먹는데, 두 사람이 매우 달게 먹는 모양이요 한 그릇 밥을 반 넘게 먹었다. 상을 물리니 엄생이 말하기를,

"올 때에 밥을 먹어 시장하지 않았지만, 북경에 이르니 쌀성이 사나워 음식이 입에 맞지 않더니, 이 밥은 쌀성이 항주와 다름이 없는 고로 배부르게 먹는 것을 깨닫지 못하였습니다. 또 밥을 배부르게 먹을 뿐 아니라 덕으로써 배를 불렸습니다."

내가 웃고 『시전』을 외워 말하기를,

"이미 술에 취하고 이미 덕으로 배를 불렸도다."

하니, 엄생이 웃으며 『맹자』의 글을 외워 말하기를,

"인의仁義에 배부름을 이르는 것이니라."[40]

하였다. 반생이 우리나라 조복朝服(관원의 정복) 제도를 묻거늘 대강 대답하니, 엄생이 면류관 제도와 금관 모양을 종이에 그려 물었다. 내가 대답하고 말하기를,

"내가 중국 창시場戱를 구경하니, 모대帽帶의 제양이 오로지 옛 위의를 숭상하는 것 같았습니다. 필연 익히 보았을 것이니 우리나라 제도를 대강 짐작할 것입니다."

하니, 반생이 말하기를,

---

40 이 대목은 『맹자』「고자告子」 상편에 나오는 다음 대목 "시경 대아에 이르기를 '이미 술에 취하고 이미 덕으로 충족했다'라 함은, 이미 인의가 충만하기 때문에 더 이상 남의 고량지미를 원하지 않고, 명성이 가득하기 때문에 남의 좋은 의복을 원하지 않는다는 것이다詩云 旣醉以酒 旣飽以德 言飽乎仁義也 所以不願 人之膏粱之味也"를 외워 서로 주고받은 것이다.

"창시를 구경하셨는가 싶은데 무슨 볼 만한 곳이 있었습니까?"
하였다. 내가 말하기를,

"창시는 부질없는 재물을 허비하고 무례하고 거만한 희롱이 많으나 나는 그윽이 취하는 것이 있습니다."

반생이 묻기를,

"무엇에 취하였습니까?"

내가 웃고 대답하지 않았다. 반생이 말하기를,

"다시 한관 위의를 보고 취함이겠지요."

내가 웃고 말하기를,

"내 중국을 구경해 보니 지방의 넓음과 풍물의 성함이 과연 천하의 장한 구경이요, 사람의 가슴을 넓힐 만하지만, 오직 머리털을 베는 법은 차마 보지 못할 것입니다. 우리는 바다 가운데 조그만 나라에 있으니, 우물에 앉아 하늘을 보는 모양이라 소조한 경색을 이를 것이 없으나, 다만 홀로 머리털을 보전하여 부모가 준 몸을 헐지 아니하니, 이 한 가지로 마음을 위로하여 다행히 여깁니다."

두 사람이 서로 보며 대답이 없거늘, 내가 말하기를,

"내가 그대와 더불어 정분이 없으면 어찌 감히 이런 말을 하겠습니까?"

두 사람이 다 머리를 끄덕였다. 엄생이 말하기를,

"아침이면 반드시 머리를 빗습니까?"

내가 말하기를,

"나는 과연 나날이 머리를 빗거니와 다른 사람은 그렇지 못합니다."

이때 계부께서 상사와 더불어 부방에 모여 앉으시고 평중을 보내어 두 사람을 청하였다. 두 사람이 부방으로 나아가 또한 캉 아래에서 공순히 읍하고 자리를 정하여 부사와 더불어 날이 늦도록 수작한 말이 많았다. 특별히 상을 갖추어 대접하였는데, 전약과 포육은 우금牛禁이 엄하여 쇠고기를 먹지 못한다고 하였다.

이때 반생이 처음부터 끝까지 붓을 잡아 부사께서 묻는 말에 대답하는데, 서호의 고적과 조정의 관방과 사방의 풍속을 대답하지 못하는 말이 없었다. 의복 제도와 명나라 말에 이르러 부사께서 범휘犯諱하는 말을 가리지 아니하고, 대답하기 어려운 말을 짐짓 물어도, 반생은 낯빛을 변치 아니하고 간간이 희롱의 말을 넣어 가며 한 구절도 탈 잡힐 사기를 드러내지 않으니, 민첩한 재주와 신속한 붓놀림이 실로 기특하였다. 부사께서 또한 혀를 차며 칭찬해 마지않았다. 계부께서 두 사람의 안경 낀 연고를 물으시니, 반생이 말하기를,

"눈에 병이 있어 이것을 끼지 않으면 글자를 보아도 안개 가운데 꽃을 보는 듯합니다."

하였다. 엄생은 간간이 말을 대답하고 상사와 더불어 약간의 시구를 창화하였는데, 그 수작을 다 기록하지 못하고 엄생의 절구 세 수를 기록한다.

> 높은 집에서 가슴을 헤치며 흥이 날고자 하니
> 한때의 좋은 모꼬지가 예로 응당 드물리로다.
> 앉기를 깊이 하매 어찌 자주 햇빛이 옮김을 아끼리오.
> 곧 저녁 북소리를 들어도 돌아가기를 헤아리지 아니하리로다.
> 高館披襟興欲飛 一時良會古應稀
> 坐深那惜頻移晷 卽聽昏鐘不擬歸
>
> 다시 동풍에 버들 꽃이 나는 것을 보니
> 고향 뫼와 구름 나무 꿈에 희미하도다.
> 스스로 격서를 받드는 평생 뜻을 인연하여
> 궁궐의 꽃을 기다려 모자에 꽂고 돌아가고자 하노라.
> 復見東風柳絮飛 故山雲樹夢依稀
> 自緣捧檄平生志 要待宮花揷帽歸

끝없는 누런 티끌이 날이 다하도록 날더니

오늘 아침에 겨우 여행의 근심이 드묾을 깨치노라.

좀스러운 선비의 안계 텅 비어 쓸쓸해지기를 즐겨

문득 서로 좋아 바다에 띄워 돌아가고자 하노라.

裵裵黃塵盡日飛　今朝裁覺旅愁稀

豎儒眼界耽寥闊　安得從君[41]泛海歸

날이 늦으매 부사께서 말씀하시기를,

"우연히 서로 만나 한나절 수작함이 큰 연분이로되 다시 만날 기약이 없으니 마음이 서운합니다. 회시를 높이 마치시고 몸을 조심하여 만 리 밖에서 생각하는 마음을 위로해 주십시오."

하니, 반생이 말하기를,

"높은 뜻에 감동하여 눈물이 흐름을 깨닫지 못하겠습니다."

하고, 엄생과 더불어 붓을 던지고 읍하여 이별한 후에 눈물을 머금고 창황히 나가니, 곁에서 보던 사람이 그 허희한 마음을 몹시 감탄하였다. 내가 즉시 따라 나가 옷을 당기어 다시 내 캉에 이르러 앉기를 청하니, 반생이 오히려 눈물을 금치 못하고 말하기를,

"부사의 후한 뜻을 죽어도 잊지 못할 것입니다."

내가 말하기를,

"나는 직책이 없는지라, 이번에 들어온 뜻은 천하의 기특한 선비를 만나 한 번 회포를 의논코자 하는 것이었습니다. 돌아갈 기약이 멀지 않아 소원을 이루지 못하고 헛되이 돌아감을 깊이 한스러워 하다가 홀연 그대를 만나 한 번 보고 마음을 허락하니 과연 뜻이 있는 자의

---

[41] 여기서는 시의 국문표기가 '번욕상종'이라 되어 있으나, 『일하제금합집』에는 원문이 이와 같이 표기되어 있다. 따라서 '번욕상종'의 원문을 확인할 수 없는 이상, 해석의 차이가 남을 무릅쓰고 시의 번역 부분은 『을병연행록』 원문을 따르고 한시의 원문은 확인할 수 있는 『일하제금합집』의 표기를 따르기로 한다.

일이 마침내 이루어진 것입니다. 다만 지경에 한정이 있어 다시 만나기를 기약하지 못하니, 이 사모하는 마음을 어느 날 잊겠습니까?"

반생이 다시 눈물을 흘려 수건을 적시고, 엄생은 비록 눈물을 내지 않으나 또한 슬픔을 그치지 아니하였다. 내가 말하기를,

"이별을 당하여 눈물을 내는 것은 옛사람도 면치 못한 일이지만, 또한 중도가 있을 것입니다. 어찌 이같이 과히 슬퍼합니까?"

엄생이 말하기를,

"우리는 성품이 가련한 사람이라 평생의 참 지기를 만나지 못하였더니, 오늘 모임은 떠날 때에 이르러 코가 시고 마음이 상함을 깨닫지 못할 것만 같습니다. 이로 보아도 귀국의 후한 인품에 족히 사람이 감동함을 알 것입니다. 만일 다시 만날 기약이 있으면 또한 이같이 감읍하는 데 이르지 않을 것이니, 이 이별이 어찌 슬프지 않겠습니까?"

평중이 말하기를,

"역려逆旅(여관)에서 서로 만나 마음을 의논함은 고금의 드문 일이거늘, 한 번 헤어지며 뒷날 기약을 정하지 못하니 가슴속 가득한 마음으로 붓을 이기어 쓰지 못하겠습니다."

엄생이 말하기를,

"이후에 다시 만남이 어느 날 있을까 생각하니 슬픔을 금치 못하겠습니다. 그대가 돌아갈 기약이 오히려 10여 일이 있으니, 한 번 틈을 얻어 왕림하기를 어려이 여기지 아니하면 어찌 다행치 않겠습니까?"

내가 말하기를,

"그대가 머무는 곳에 이목이 번거롭지 않다면, 우리는 한가한 사람이니 한 번 나가는 것을 어찌 아끼겠습니까마는, 마침내 한 번의 이별은 면치 못할 것이니 아예 서로 만나지 않는 것만 같지 못할 것입니다."

반생이 손으로 낯을 덮어 눈물을 금치 못하고, 엄생은 기색이 참담하여 머리를 돌리며 반생의 우는 거동을 차마 보지 못하였다.

이때에 우리 마음이 감동한 것은 괴이치 않거니와, 여러 역관들과

구경하는 하인들이 다 놀라 탄식하기를, 혹 심약한 사람이라 하기도 하고 혹 다정한 인품이라 하기도 하고, 혹 강개하여 유심有心한 선비라 하고 혹 이르기를 조선 의관을 보고 머리 깎은 것을 서러워한다고 하였다. 이렇게 여러 사람의 말이 같지 않으나, 대저 이 여러 가지를 다 겸하고 있어 그렇게 말하는 것이다. 내가 말하기를,

"옛사람이 말하기를 '울고자 하니 부인에 가깝다' 하였으니 반형의 거조擧措는 너무 과하지 아니합니까?"

반생이 말하기를,

"마음이 약하여 군자가 웃는 것이 괴이치 않으나 또한 정리情理에 금치 못할 일입니다. 필연 이 마음을 짐작하려니와, 다른 사람이 이 말을 들으면 어찌 괴이하게 여기지 않겠습니까?"

엄생이 말하기를,

"나는 울고자 하여도 참을 따름이나, 코가 신 것을 금치 못하겠습니다. 실로 평생에 이런 경우를 당하지 못하였습니다."

두 사람이 거문고를 보고 이름을 묻거늘 내가 말하기를,

"이것은 동국의 거문고입니다. 약간 타는 법을 알기 때문에 먼 길에 객회를 위로하고자 하여 가져왔습니다."

두 사람이 한 번 듣기를 청하였다. 이때 평중이 바야흐로 운을 내어 시를 창화하고자 하는지라 내가 말하기를,

"나는 시를 알지 못하니, 청컨대 거문고로 대신하겠습니다."

하니 두 사람이 다 웃었다. 드디어 줄을 골라 평조 한 곡조를 천천히 타는데, 반생이 소리를 들으며 다시 눈물을 흘리고 머리를 숙여 견디지 못하는 거동이었다. 내 또한 그 거동을 보니 자연 마음이 편치 못하고, 혹 거문고 소리가 저의 슬픈 마음을 더욱 움직일까 하여 한 곡조를 이루고는 거문고를 물리며 말하기를,

"동이의 변변찮은 풍류라 어찌 군자의 들음을 번거로이 하겠습니까?"

하였다. 반생이 눈물을 씻고 말하기를,

"타는 법은 비록 다르나 조격은 같으니, 한 번 세속의 귀를 씻게 되어 다행입니다."

하니, 엄생이 말하기를,

"손 놀리는 법은 같지 않으나 소리는 남방 풍류에 가깝습니다. 우리는 비록 지음知音을 못하나 한 번 귀를 씻으니 어찌 부생浮生의 승사勝事가 아니겠습니까?"

반생이 눈물 흘리기를 그치지 않거늘 내가 웃으며 그 손을 잡아 위로하니, 반생이 또한 내 손을 잡고 말하기를,

"우리가 북경에 이른 지 10여 일이 넘으나, 지금까지 사람과 더불어 손을 잡아 지기知己를 일컬음이 없고, 남방에 있을 때에도 일찍이 간장肝臟을 헤쳐 마음을 의논한 사람이 적었습니다. 그런데 뜻하지 않게 두 형을 만나 기이한 모꼬지를 이루니, 이것은 천고에 드문 일이고 삼생三生의 연분입니다. 하지만 한 번 이별하여 만날 기약이 없으니 실로 사람으로 하여금 죽어 앓음이 없고자 합니다."

내가 말하기를,

"대장부가 어찌 이런 처량한 말을 하십니까?"

또 말하기를,

"원컨대 두 형의 시문을 얻어 만 리에서 생각하는 마음을 위로하고자 합니다. 나는 바야흐로 전야田野에 물러가 새로 조그만 집을 짓고 일생을 보내고자 하니, 형들의 한 말씀을 구하고자 합니다."

엄생이 말하기를,

"귀한 가문으로 공명을 원치 않고 높은 기개와 한가한 풍치를 품었으니, 이것은 중국에 없을 뿐 아니라 옛사람을 생각하여도 또한 드문 일입니다. 더욱 경앙敬仰하는 마음을 이기지 못하겠습니다."

내가 말하기를,

"과한 일컬음은 부끄러워 당치 못할 것입니다. 내 스승은 청음 선생

겸재 정선의 ≪경교명승첩(京郊名勝帖)≫ 가운데 〈석실서원〉, 간송미술관 소장. 젊은 시절 담헌은 이곳에서 스승 김원행에게 학문을 배웠다.

충남 천안시 수신면 장산리 장명 마을에 있는 홍대용 생가터. 비정에 논란이 없지 않다. 뒤에 보이는 건물은 최근 건립된 홍대용과학관이다.

의 자손으로 일찍이 내 집에 오셔서 담헌湛軒이란 두 자를 이름으로 주었고, 내가 사는 곳이 극히 야박野薄하여 칭찬할 것이 없으나 망령되게 팔경八景을 만들었으니, 만일 한 분 형의 시와 한 분 형의 기문을 얻으면 극히 다행일 것입니다.”

반생이 말하기를,

“엄형은 기문을 짓고, 나는 시를 짓겠습니다.”

하니, 평중이 또 말하기를,

“나도 집 한 채를 지어 양허당養虛堂이라 이름을 지었으니, 두 형이 각각 시문을 허함이 어떠합니까?”

두 사람이 다 허락하였다. 엄생이 말하기를,

“중국 상인들이 귀국에 가서 매매하는 일이 있을 것이니, 서로 편지를 통할 길이 있습니까? 편지를 부치고자 하면 어느 곳으로 부칠까요?”

내가 말하기를,

“해마다 조공하는 사신이 있으니, 두 형이 북경에 머물면 해마다 편지를 통하는 것이 어렵지 않을 것입니다. 다만 항주로 돌아간 후면 우리나라 상인들이 서로 통하여 다니는 일이 없으므로 편지를 부칠 길이 없습니다. 이것은 피차 다시 생각하여 의논할 것입니다. 또 이곳은 아문이 구애되어 출입이 불편하니, 두 형이 다시 나아오지 못할 것입니다. 우리들이 틈을 얻어 다시 나아갈 것이지만, 10여 일 사이에 만나지 못하면 서로 편지로 통함이 마땅할 것입니다.”

이때 두 사람의 종이 돌아가며 들어와 돌아가기를 재촉하니, 내가 웃으며 말하기를,

“이는 어제 우리의 모양과 다름이 없도다.”

두 사람이 다 웃고 종들을 꾸짖어 물리쳤으나, 과연 날이 늦었는지라 아문에서 괴이히 여길 것을 염려하여 내가 먼저 권하여 일찍이 돌아가라 하고, 한가지로 캉을 내려와 큰 문 안에 이르러 내가 읍하여

보내며 말하기를,

　"아문의 이목이 번거로워 문 밖에 가 보내지 못하니 허물치 마십시오"
하니, 두 사람이 다 안다 하고 나갔다. 대개 반생은 나이 젊고 정이 넘쳐 이별을 과도히 슬퍼하였는데, 또한 마음이 약하고 그릇이 작은 사람이었다. 그러나 이미 서로 사귀어 정분이 있으면 한 나라 사람이 잠시 이별하는 것과 같지 않아서 한 번 떠나면 마침내 죽는 이별이 될 것이니, 이때의 사정을 상상하고 정리情理를 짐작하면 또한 인정에 괴이치 않은 것이다. 이날 밤에 자리에 누우니, 반생의 울던 모습이 눈에 아른거려 종시 잠이 편치 않았다.

2월 초5일 관에 머물다

어제 서종맹이 하던 말은 덮어 두지 못할 것이었다. 또 역관들이 말하기를,

"종맹이 이곳 상인들과 결탁하여 행중의 은냥에 제 안정顏情[42]을 얻어 두고자 하나, 각각 단골이 있는지라 그 말을 이루 따르지 못합니다. 또 일전에 역관들이 머무는 캉에 들어와 말할 때, 상방의 군관 하나가 은을 가져온 것을 듣고 바야흐로 청하고자 하였지만 그 군관이 말을 분명히 대답하지 않고 앉아 졸고 있으니, 종맹이 저를 소홀히 대접한다 하여 크게 노하며 나갔습니다. 바로 이 일이 있었으니, 필연 허무한 말을 지어내어 행중을 겁주려는 계책일 것입니다."

했다. 이에 계부께서 역관들을 꾸짖어 이르시기를,

"계집을 간통하는 일은 나라 법령이 극히 엄금하는 것이다. 종맹도 이 일을 모르지 않을 것이니, 어찌 일시의 분한 마음으로 근본 없는 말을 지어내겠는가? 설사 지어낸 말이라도 그 말을 깊이 살펴 밝히지

---

42 안정은 여러 차례 대면하여 생기는 정을 말한다.

않으면 사행이 돌아간 후에 수백 명의 입을 이로써 막지 못할 것이다. 혹 숨겨 둔 죄상을 시비하는 일이 있으면 그 허물을 누구에게 돌려보낼 것인가?"

하셨다. 역관들이 나갔다가 도로 들어와 아뢰기를,

"종맹에게 사행의 말씀을 전하고 그 근본을 자세히 밝혀 죄상을 다스리려고 하니 소문의 출처를 말하라고 누누이 물었습니다. 그러니 종맹이 웃으며 말하기를 '이것은 확실한 일이 아니라 전해 들은 말이라 놀랍게 여겼지만 자세한 일이 아닌데 어찌 자세히 밝힐 수 있겠는가' 하며 종시 말하지 않았습니다. 그리고 도리어 민망해하는 기색이라 거짓말이 확실하고, 다시 묻고자 하여도 어쩔 수 없었습니다."

하였다. 식후에 두 사람에게 삼방이 각각 편지하여 면피를 보내고 평중 또한 보낸 것이 있었다. 사람이 돌아오니 각각 편지를 회답하고, 가져간 사람에게 돈을 상으로 주어 보냈다. 나는 팔경八景의 내력을 미처 기록하지 못하여, 늦은 후에 화전지 두 권과 부채 여섯 자루와 붓 네 자루와 먹 여섯 장을 봉하고, 편지를 써서 덕유를 보냈다. 그 편지에 이렇게 썼다.

밤사이 두 형의 객황客況(객지에서 지내는 형편이나 상황)이 평안하십니까? 아모는 동이의 변변찮은 사람이라 재주가 용렬하여 세상이 버린 바가 되었고 해외에 엎드려 문견이 고루하니 스스로 헤아려 세상에 무슨 바랄 일이 있겠습니까? 다만 중국 서적을 읽고 중국 성인을 흠모하여 중국 사업을 함축코자 할 뿐입니다. 그리하여 한번 중국에 이르러 중국 사람을 벗하고 중국 일을 의논코자 하지만 지경에 거리껴 스스로 통할 길이 없더니, 천행으로 계부의 사행을 따라 멀리 집을 떠나 수천 리 행역을 피하지 않은 것은 실로 평생의 숙원이 있기 때문입니다. 산천의 광활함과 성곽의 장려함과 인물의 번화함에 비록 한때 이목의 쾌함이 있지만 족히 뜻을 펼 곳이 아니었습니다. 다만 북경을 들어오니 출입에 거리끼는 곳이 많고 종적이 어긋나 뜻있는 사람을 만날 길이 없어 매양 술 파는 집과 개 잡는 저자에서 외로이 방황하고 열사의 자취를 헛되이 상상하며 서로 만나지 못함을 슬퍼할 뿐이었습니다.

그런데 홀연히 공교로운 계기로 뜻하였던 사람을 하루아침에 만나, 금옥 같은 얼굴과 규벽圭璧[43] 같은 글씨를 한 번 바라보니, 티끌 세상에 뛰어나고 신선 가운데 사람임을 짐작할 만합니다. 스스로 계교를 이루고 지원을 펴게 된 것을 다행으로 여기나, 다만 허술한 자품으로 군자의 마음을 감동키 어렵습니다. 고산의 시를 외우고 체두[44]의 그늘을 바라나 스스로 헤아리지 않음을 깨닫지 못하였습니다. 이에 성한 도량으로 널리 사랑하는 덕을 미루어 처음 만나 마음을 허락하고, 이별을 당하여 권련眷戀(간절히 그리워함) 있는 기상이 인정을 감동케 하고 곁에서 보는 사람을 찬탄케 합니다. 슬프다! 말세의 풍속이 박약하여 교우도가 망한지 오래되어, 앞에서는 관곡한 얼굴로 대하고 돌아서서는 비웃으니 어찌 붕우의 중함이 오륜에 들어 있는 줄을 알겠습니까? 그러나 진실로 하늘이 덕을 좋아하고 착한 사람이 종시 끊어지지 않을 것입니다. 도도한 유속 사이에 높은 의기와 옛 풍채를 잃지 않으니, 비록 천 리 바깥과 백 세 이후라도 그 성문을 들으면 족히 정신이 감동하고 마음이 흥기할 것입니다. 하물며 내 몸이 친히 만나 중외의 혐의를 벗어나고 즉석에서 교우도를 강론하니, 이것만으로도 하루아침에 몸이 죽어도 세상을 헛되이 지냈다 이르지 않을 것입니다.

기문과 팔경시는 이미 허락을 얻었으므로 대강을 기록하니 살피기를 바랍니다. 높은 의론을 빌리어 조석에 눈을 붙여 경계를 삼고자 하는 것이니, 부질없는 칭찬과 문인의 실없이 들뜨고 과장하는 습관을 떨치고 절실한 의론으로 이마 위에 바늘을 만들어 받들어 반생의 거울을 삼게 하십시오. 과

---

43 규벽은 잔글자로 박아서 부피를 작게 한 경서經書, 또는 중국에서 제후가 천자를 뵐 때 지니던 홀笏을 말한다.

44 체두杕杜는 형제자매가 없이 외롭게 사는 삶을 말하며 『시경』에 있는 시의 제목이기도 하다. 원래 체두는 아가위(산사)나무인데 잎이 무성하고 붉은 열매를 맺는다.

거에 응시할 날이 멀지 않으니 이런 수응이 학문의 진척에 방해됨이 없지 않을 것입니다. 능히 어린 정성을 살펴 괴로이 여기지 않으시겠는지요?

돌아가기 전에 틈을 얻으면 몸소 나아갈 것이요, 나아가지 못하면 서신으로 안부를 통하겠습니다. 그러나 사람이 왕래하여 종시 이목에 번거로울 염려가 있으니 삼가 비밀로 하시기 바랍니다. 두어 가지 토산으로 먼저 변변찮은 정성을 표하고 겸하여 윤필潤筆[45]의 뜻을 갖추니 만일 받지 않으시면 이것은 더럽게 여겨 물리치는 의사입니다. 모시와 깁을 서로 주는 것은 옛사람의 고적이 있으니 살피시기 바라고, 형의 시문을 얻음이 아래 나라의 중한 보배가 될 것입니다. 만일 개탁開坼[46]에 다른 회례回禮를 생각하면 이것은 지기知己의 일이 아니니, 또한 드리워 살피시기 바랍니다.

그 팔경을 기록한 말은 이러합니다.

향산루에서 거문고를 탐	山樓鼓琴
농수각의 종을 울림	島閣鳴鍾
일감소의 고기를 봄	鑑沼觀魚
보허교의 달을 희롱함	虛橋弄月
태을연 배의 신선을 배움	蓮舫學仙
선기옥형으로 하늘을 엿봄	玉衡窺天
영조감의 시초를 점침	靈監占蓍
지구단의 활을 쏨	穀壇射鵠

집 제도는 사면 두 칸이니, 가운데가 한 칸 방이고 북으로 반 칸 협실이며, 동으로 반 칸 다락은 두 칸 길이고, 서남 양쪽은 다 반 칸으로 마루를 만들었는데, 곧 '담헌湛軒'입니다. 서쪽은 두 칸 길이고, 남쪽은 누 밑에 그

---

45 '윤필'은 '붓을 적신다'는 뜻으로, 그림을 그리거나 글씨를 쓰는 일을 이르는 말이다.
46 개탁은 봉한 편지나 서류 따위를 뜯어보라는 뜻으로, 주로 손아랫사람에게 보내는 편지의 겉봉에 쓰는 말이다.

쳤습니다. 사면에 두어 칸 뜰이 있으며 남으로 네모진 연못이 있으니, 사방이 여남은 걸음입니다. 물 깊이는 가히 배를 띄울 만한데, 가운데 둥근 섬을 쌓았으니 둘레가 여남은 걸음이고, 위에 작은 집을 세워 혼천의를 감추었으며, 연못가로 약간 화훼를 심고 사면에 담을 둘렀으니 이것이 집 제도의 대강입니다.

동쪽 다락에 두어 폭의 산수 그림을 붙이고 상 위에 두어 장의 거문고를 놓았으니, 주인이 스스로 타는 것입니다. 다락을 이름하여 '향산루響山樓'라 하였으니, 이는 종소문宗少文[47]

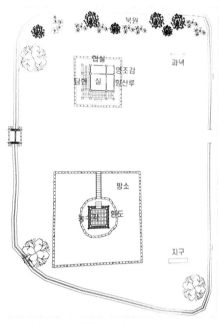

〈농수각 복원도〉(『담헌 홍대용』, 천안박물관, 2012)

이 거문고를 타 그림 가운데 뢰를 울리게 한다는 말을 취한 것입니다. 이러므로 '산루고금山樓鼓琴'이라 이르는 것입니다.

섬 위의 집을 이름하여 '농수각籠水閣'이라 하였는데, 이것은 두보의 '해와 달은 우리 가운데의 새요, 하늘과 땅은 물위의 평초萍草라日月籠中鳥 乾坤水上萍'[48] 한 글귀를 취한 것입니다. 혼천의 시각을 알리는 종이 있고 또 자명종이 있어 때를 따라 스스로 우는 고로 '도각명종島閣鳴鍾'이라 이른 것입니다.

연못은 산물을 끌어와 주야에 끊이지 않고, 뢰와 수풀이 물 가운데 비치어 온갖 형상이 참 면목을 갖추지 아니하니, 이름하여 말하기를 '일감소一鑑沼'라 하였습니다. 이것은 주자의 '반 이랑 연못이 한 거울에 열리다'[49]라

---

47 종소문의 이름은 종병宗炳(375~443)으로 소문은 자다. 중국 남북조시대 송나라의 화가로, 각지의 명산을 돌아 다녔으며 명산명천, 즉 산 속에 도가 있으니 산에 살고 산수화에 신이 있어야 한다고 주장했다. 노년에 병이 들어 젊은 시절 다녔던 산수를 벽에 그려 놓고 즐긴 와유臥遊의 일화가 유명하다.

48 두보의 오언율시 「형주송이대부칠장면부광주衡州送李大夫七丈勉赴廣州」 중의 한 구절이다.

한 글귀를 취한 것입니다. 고기를 길러 연못이 가득하니 꼬리를 흔들고 물결을 뿜어 수초 사이에 뛰어노니 즐겨 구경함이 족히 티끌의 기틀을 잊을 만합니다. 이러하므로 '감소관어鑑沼觀魚'라 이르는 것입니다. 못 북쪽 언덕에 나무로 다리를 만들어 섬을 통하게 했는데 이름은 '보허교步虛橋'입니다. 매양 바람이 자고 물결이 고요하여 하늘빛과 구름 기운이 물 속에 비등하고 밤이면 달빛이 그림자를 떨쳐 기이한 물결이 하늘과 한 빛입니다. 사람이 다리 위에 올라 아래를 굽어보면 황연晃然히 웅장한 무지개를 타고 하늘 위를 오르는 듯한지라 '허교농월虛橋弄月'이라 이르는 것입니다.

나무를 깎아 배를 만들었으니 겨우 두 사람이 탈 만하며, 한쪽 머리는 둥글고 한쪽 머리는 가파르고 높습니다. 약간 채색을 베풀어 연꽃 형상을 만들고 이름하여 말하기를 '태을연太乙蓮'이라 하였습니다. 이것은 신선 태을진인太乙眞人의 연엽주蓮葉舟를 모방한 것이므로, '연방학선蓮舫學仙'이라 이르는 것입니다.

혼천의 제도는 본래 선기옥형璇璣玉衡의 제도를 모방한 것이요, 해와 달이 다니는 길과 성신의 도수를 가히 앉아서 살필 만하므로 '옥형규천玉衡窺天'이라 하였습니다. 다락 북쪽에 조그만 감실을 만들어 시초 넣는 곳으로 삼고 이름하여 말하기를 '영조감靈照龕'이라 하였는데, 이것은 옛 글의 '영명이 위에 있어 비친다靈明在上照'는 글귀를 취한 것입니다. 당초 의심을 결단코자 하면 반드시 마음을 재계하고 점하는 법을 따라 주역의 괘사를 구하므로 '영감점시靈監占蓍'라 이름하였습니다.

못 동쪽에 돌을 쌓아 단을 올리고 활 쏘는 곳을 삼아 이름하여 말하기를 '지구단志彀壇'이라 하였는데 이것은 맹자의 말씀을 취한 것입니다. 글과 농사에 틈이 있으면 사람과 더불어 짝을 나눠 승부를 다투어 서로 즐기므

---

49 주희朱熹의 「관서유감觀書有感」에 "반 묘의 각진 못이 거울처럼 트였는데, 하늘 빛 구름 그림자 그 안에서 배회하네. 묻거니 어이하여 그처럼 해맑을까, 근원에서 생수가 솟아나기 때문일레半畝方塘一鑑開 天光雲影共徘徊 問渠那得共如許 爲有源頭活水來"라 하였다(『주자대전朱子大全』권2). 이단상은 죽었으나 그가 평소에 보면서 마음의 실체를 살피던 맑은 못이 지금도 남아 있다는 뜻이다.

로 '구단사곡敬壇射鵠'이라 이르는 것입니다.

저문 후에 덕유가 돌아왔는데, 엄생의 답서에 이렇게 말하였다.

　엎드려 수교手敎를 받드니 과한 추장推奬이라 감히 당치 못할 줄을 부끄러워하고, 스스로 뜻을 이른 말과 과도하게 사랑하는 곳에 이르러 말씀이 간측하여(몹시 간절하고 지성스러움) 보기를 마치니, 눈물이 흐름을 깨치지 못할 지경입니다. 슬프다! 천애의 지기를 맺음은 천고에 드문 일이요, 우리는 남쪽의 변변찮은 사람이라 비록 몸이 중국에 태어나고 사귀어 노는 사람이 적지 않지만, 마침내 한 번 보고 마음을 허락하여 간절한 성심이 조금도 간격을 두지 않음은 형의 회포와 같은 이를 보지 못하였기 때문입니다. 마음이 감격하여 손이 떨리니 가슴속 가득한 뜻을 붓으로 어찌 적겠습니까? 오직 피차 잠잠하고 서로 외로운 정성을 비출 따름입니다. 여러 가지 보낸 것은 감히 받지 못할 것이지만 어른의 가르침을 받들어 삼가 절하여 받으며, 부탁한 시문은 조만간에 틈을 얻어 힘을 다하여 가르침을 청할 것이나, 창졸간에 뜻을 다하지 못하고 바람벽을 마주하고 세 번 탄식하니 스스로 진중함을 바랄 뿐입니다.

반생의 답서에는 이렇게 말하였다.

　정균은 두 번 절하여 담헌 학장형 선생 족하에 올립니다. 균은 어제 돌아와서 밤이 마치도록 능히 잠을 이루지 못하고, 세 분 대인 및 족하와 김양허의 얼굴이 눈 가운데 은은하여 깊이 탄식하였습니다.

　해동은 진실로 군자의 나라요, 두 사람은 당대의 더욱 뛰어나고 기특한 사람이라 말하고 있었는데, 또 글월을 받들어 족하의 지원이 심히 크고 고아한 풍운이 시속에 빼어남을 볼 수 있습니다. 중국의 도정절陶靖節과 임화정林和靖 두 사람에 비함이 부끄럽지 않으니 높은 풍치를 더욱 공경합니다.

또 영사領事 대인 선생의 대강을 들으니 족히 연원의 근본을 볼 것입니다. 공안孔顔의 즐거움과 방불히 생각하니, 구름 즈음으로 머리를 기울여 더욱 잊지 못할 것입니다. 다만 깊이 한하는 바는 각각 하늘가에 있어 자주 가르침을 받지 못하고, 또 한 번 영사 선생에게 뵈지 못하니 어찌 애달프지 않겠습니까?

저는 비록 요행으로 중국에 있으나 평생 사귄 벗이 한두 사람에 지나지 않으니, 엄역암嚴力闇과 그의 형 구봉九峰 선생과 다만 오서림 선생을 다 스승으로 섬기고, 그나마 왕래하는 사람이 100여 명이 넘으나 다 본받을 덕행이 아니요 지기로 일컬을 사람이 없더니, 이제 또 족하를 얻으니 실로 다행합니다. 비록 하루아침에 몸이 죽어도 가히 지하에서 눈을 감을 것입니다. 생각하는 마음이 가슴에 가득하나 이것은 필묵으로 다할 바가 아니니, 오직 하늘을 우러러 보며 바람벽을 임하여 눈물을 흘릴 따름입니다. 후히 주시는 것은 절하여 받겠습니다.

덕유가 말하기를,

"반생이 편지를 보다가 반쯤 넘어서 또 눈물을 흘려 차마 보지 못하는 모양이요, 엄생이 또한 창감한 기색이었습니다. 편지 가운데 무슨 이별의 슬픈 말이 있는가 싶습니다."

하였으나, 내 편지에 한 구절도 마음이 아프고 슬픈 말을 쓰지 아니하였으니, 두 사람의 일이 실로 이상하였다. 비록 마음이 약하고 인정이 승하나 두 번 만나고 이별을 의논하며, 견권繾綣하고50 깊은 마음이 이 지경에 이르니, 이것은 전에 듣지 못한 일이었다. 덕유가 갈 때 특별히 청심원 네 환과 별선 두 자루를 주어 두 사람의 종에게 나누어 주라 하였더니, 두 사람이 또한 부채 두 자루와 마른 죽순 두 조각을 덕유에게 주어 보냈다.

---

50 '견권하다'는 생각하는 정이 두터워 서로 잊지 못하거나 떨어질 수 없다는 말이다.

태화전을 보고 유리창에 가다

이날은 방물을 바치는지라 함께 들어가 대궐 안을 구경하였다. 식전에 편지를 써 덕유에게 맡겨 간정동으로 보냈는데, 그 편지에 이렇게 말하였다.

어제 사람이 돌아와 글월을 받드니 애타게 그리워하는 뜻에 깊이 감격하고, 스스로 돌아보매 천루한 인물이 갚을 바를 알지 못합니다. 붕우는 오륜에 속하는 것이니, 어찌 중하지 아니하겠습니까? 천지로 큰 부모를 삼으니 동포의 의에 어찌 화이의 간격이 있겠습니까? 두 형이 이미 지기로 허락하니 저도 마땅히 낯을 들어 스스로 지기를 당할 것이지만, 다만 어진 일을 도와 서로 유익한 일을 알지 못하고 일시의 구구한 정애情愛에 감동할 뿐이면 이는 '여인의 어짊이며 돼지의 사귐婦之仁而豕之交'일 따름입니다. 이는 제가 두려워하는 바이니, 또한 두 형에게 한 번 들려 드리고자 합니다.

지난번에 만나니 반형의 마음이 약한 줄을 알았습니다. 이러하므로 편지 가운데 한 자 이별의 말을 드러내지 아니하여 고인의 마음을 위로하고자 하였더니, 다시 들으매 슬퍼하는 마음이 이전과 다름이 없더라 하니, 이러하다면 우리의 만남은 좋은 연분이 아니고 전생의 몹쓸 인연이라 이를 것입니다. 또 밤이 새도록 잠을 이루지 못하노라 하니, 이는 피차 다름이 없습니다. 그러나 우리의 일과 구실이 비록 같지 아니하나 어버이를 떠나 멀리 길을 떠난 것은 피차 한가지입니다. 잠과 음식을 조심하여 부모에게 근심을 끼치지 않고자 하는 데 어찌 다름이 있겠습니까? 부질없는 생각을 떨치고 삼가 조섭調攝함을 바랍니다.

또 과거의 득실은 비록 정한 운수가 있으나, 마음을 온전하게 하지 않으면 능히 얻지 못할 것입니다. 이제 회시일이 멀지 아니하였으니, 마땅히 마음을 가라앉히고 정신을 가다듬어 때를 기다려 움직일 것이거늘, 홀연히 의외의 일을 만나 밖으로 수응이 번거롭고 안으로 마음이 어지러우니, 어찌 민망치 않겠습니까? 돌아보건대 과환科宦의 구구한 영화는 족히 형들의 능사가 되지 않을 것이요, 제가 형들과 만나기를 기약하고 바라는 것이 또한 여기에 있지 아니합니다. 그러나 집안의 소망과 문호의 계교라 수천 리를 산 넘고 물 넘어 먼 길을 고생스럽게 이른 목적이 오로지 여기 있으니, 작은 일이라 이르지 못할 것입니다. 살펴 조심함을 다시 바랍니다.

반형은 나이 젊고 기품이 또한 맑고 연약하니 더욱 염려를 이기지 못합니다. '선생' 두 글자는 동국 풍속에 붕우 사이에는 일컫는 일이 없으니, 이후에는 이 칭호를 버림이 마땅합니다.

오늘은 궐 안에 일이 있어 겸하여 태화전의 장한 제도를 한번 구경하고자 하고, 내일 나아가기를 계획하지만 종시 번거로울까 염려합니다. 혹 다른 손님이 있으면 더욱 낭패를 면치 못할 것이니 자세히 알려 주시기 바랍니다.

편지를 맡긴 뒤에 조반을 재촉하여 먹고 아문에 이르니, 서종맹과 여러 통관이 있었다. 내가 나아가 읍하고 오늘 방물에 따라가는 사연을 말하였더니, 종맹이 웃으며 말하기를,

"방물 바치는 데 궁자는 무슨 소임이 있습니까?"

내가 또한 웃으며 말하기를,

"나는 삼대인의 군관이라 일행의 사정을 검찰하는 소임인데, 이런 중대한 일에 어찌 수고를 피하겠습니까?"

종맹이 웃고 또 말하기를,

"궁자는 황성 안팎으로 보지 않은 곳이 없으시니, 조선의 서울과 어떻게 다른가요?"

내가 말하기를,

"조선은 바깥 나라이고 작은 지방인데, 어찌 중국에 비할 것입니까?"

종맹이 말하기를,

"진실로 그렇지만 우리가 칙사勅使로 조선을 나가면 남별궁南別宮[51]에 종일 가두어 한 걸음의 땅도 나아가지 못하게 하고, 조선 사신이 북경을 들어오면 임의로 구경을 다니니 어찌 통분치 않겠습니까?"

내가 말하기를,

"조선은 작은 나라여서 대국의 큰 규모를 효칙效則하지 못하니 어찌 허물할 일이 있겠습니까?"

종맹이 말하기를,

"나는 궁자를 위하여 구경할 일을 극진히 도모하는데 앞으로 조선에 나가면 궁자를 청하여 구경할 묘책을 물을 것입니다."

내가 웃으며 말하기를,

"나는 조선 선비의 한 사람일 뿐이라, 나라의 금령이 있는데 어찌할 것입니까?"

하니, 여러 역관과 통관이 다 웃었다.

---

51 남별궁은 조선시대에, 지금의 서울 중구 소공동 조선 호텔 자리에 두었던 별궁이다. 선조 때 의안군義安君 성城의 신궁으로 1593년에 명나라 장군 이여송이 주둔한 이래로 중국 사신 이 묵는 숙소로 사용하였다.

이때 방물을 문 밖으로 옮겨 여남은 수레에 실어 가고 상하의 구경을 위하여 들어가는 사람이 100여 명이 넘었다. 세팔을 데리고 나귀를 타고 뒤를 따르는데, 여남은 역관이 모대帽帶를 갖추고 앞에 섰다. 옥하교를 지나자 길가의 여러 아이들이 모대를 한 모양을 보고 다 웃으며 말하기를,

"저것이 무슨 모양이냐?"

혹 말하기를,

"창시場戲 하러 가는가 싶다."

하니, 대개 중국의 의관이 끊어지고 다만 창시의 천한 노름만이 옛 제도를 전하는지라 아이들이 이렇게 말하는 것이었다. 동안문東安門을 들어 남으로 궁장 안을 바라보니, 활 쏘는 군병이 전대戰隊로 모여 있으나 길이 바빠 가 보지 못하였다.

동화문東華門 밖에 이르러 나귀에서 내려 남쪽 성 밑에 앉으니, 문 밖으로 교자와 말이 큰길을 덮었다. 교자는 차례로 벌여 놓아 행렬이 극히 정제하고 교자 밖에 네 줄로 말을 세웠는데, 다 수繡를 놓은 다래[52]와 도금한 안장을 하였으며 서로 머리를 맞추어 100여 보를 뻗어 있었다. 그 수를 대강 헤아려도 수백 필이 넘을 것이로되, 다 고개를 숙이고 항오行伍[53]를 떠나지 아니하여 조금도 서로 싸우는 거동이 없으니, 정제한 풍속이 여기도 짐작할 일이었다. 여러 사람들이 빙 둘러서서 구경하는데, 혹 말을 물으며 의복을 침노하여 매우 괴로웠다. 한 관원이 머리에 징자를 붙이고 허리에 환도還刀를 차고 잡사람을 금하니 이는 문지키는 관원이었다. 그 관원과 두어 말을 수작하고 궐 안에 관원이 모인 곡절을 물으니, 대답하기를,

---

[52] 다래는 말을 탄 사람의 옷에 진흙이 튀지 않도록 가죽 같은 것으로 말의 양쪽에 늘어뜨리어 놓은 물건이다.

[53] 항오는 군대를 편성한 대오를 말하며, 한 줄에 다섯 명을 세우는데 이를 오라 하고, 그 다섯 줄의 스물다섯 명을 항이라 한다.

"태학에 일이 있어 황상이 조신朝臣을 모았습니다."

하였다. 이때 석전제釋奠祭[54] 날이 멀지 아니한지라 역관들이 이르기를,

"우리나라 친전향親傳香[55] 같은가 싶습니다."

하였다. 식경을 머무르니 여러 관원들이 조회를 파하여 물러가는지라 비로소 방물을 들였다. 예서부터는 이곳 사람에게 삯을 주어 편담에 메어 들이는데, 그 뒤를 따라 문을 들어갈 때 드나드는 관원이 끊임없었다. 한 관원이 머리에 산호 징자를 붙이고 금수 의복이 매우 찬란하되, 나이가 열대여섯 살을 넘지 못한 듯 보였다. 미목眉目이 그린 듯하고 흰 얼굴에 두 뺨이 희고 붉으니, 과연 천하에 절등絶等한 자색이다. 징자에 공작우孔雀羽를 달았는데, 세팔이 말하기를,

"이것은 사史벼슬을 뜻하고, 황제를 근시近侍하는 아이입니다."

하였다. 수십 보를 가서 돌다리를 건너 북으로 행하고 또 다리를 건너니 세팔이 이르기를,

"이 물은 태화문 밖에서 흘러나오옵니다."

하였다. 작은 문을 들어가니 수백 필 말이 있어 한가로이 다니는데 굴레를 끼우지 않았고 사람을 보아도 피하지 않았다. 세팔이 말하기를,

"이 말은 이곳 사복司僕[56]에서 기르는 말御廏馬입니다."

하니, 살지고 몸이 웅장하되 다만 털이 거칠고 더러워 씻기는 흔적이 없어 괴이했다. 또 북으로 문을 들어가 서쪽으로 행할 때 북으로 바라보매 10여 칸 높은 집이 있고, 집 안에 뜰이 매우 넓으며 뜰 가운데 과녁 두엇을 세웠다. 세팔이 말하기를 황제가 시사試射하는 곳이라고 하였다. 또 큰 문을 들어가니 넓은 뜰과 높은 집과 옥 같은 난간에 눈이 부시고 정신이 황홀하여 진실로 천상의 옥황궁궐을 오르는 듯하고, 인

---

54 석전제는 문묘에서 공자에게 지내는 제사로 음력 2월과 8월 상정일上丁日에 거행한다.
55 친전향은 제향 때에 임금이 몸소 향축을 헌관에게 전하는 것을 말한다.
56 사복시는 궁중의 가마나 말에 관한 일을 맡아보던 관아다.

≪연행도≫ 중 〈태화전〉, 숭실대 한국기독교박물관 소장

간의 기구와 장인의 공교함으로만 이루어진 것 같지 아니하였다.

그 제도를 대강 이를진대, 뜰의 너르기가 동서 200여 보이고, 남북이 백 수십 보이며, 뜰 북쪽에 두어의 길 대를 쌓고 대 위에 삼층집을 지어 높이가 구름 밖에 벗어났다. 이것이 태화전이니 혹 '황극전皇極殿'이라 일컫는다. 뜰 남쪽에는 이층 문이 있어 이름은 태화문이요, 문 좌우로 높은 행각行閣을 지어 양쪽에 수십 칸이며, 다 북으로 꺾어 수백 보를 이었다. 태화전은 황제가 군신의 조회를 받는 집이요, 좌우 행각은 십삼성十三省과 외국에서 조공하는 온갖 재물을 넣는 곳집이며, 수백 칸의 월대月臺는 친왕 각로가 조회하는 곳이다.

뜰아래 줄줄이 쇠패를 세우고 품수를 새겼으니, 만조천관滿朝千官과 외국 사신이 조알하는 곳이다. 월대 좌우로 동쪽에는 두어 길 일영대日影臺를 세워 시각을 살피고, 서쪽에는 두어 길 돌향로를 세워 향불을 피우고 쇠거북 한 쌍과 학 한 쌍을 가로로 세웠는데, 다 생기 비등飛騰하여 아래에서 바라보니 거짓 것인 줄을 깨치지 못했다.

자금성 오문

월대 남쪽으로 층층한 섬돌 위에 열여덟 청동 향로를 벌였는데, 몸피가 두어 아름으로, 큰 조회를 당하여 각각 침향을 피우게 한 것이다. 또 삼 층 섬돌 위에는 층층이 한 길이 넘는 돌난간을 세워 태화전좌우로 꺾어 북으로 뻗어 있고 태화문 좌우 행각을 따라 또한 각각 난간을 세워 좌우로 둘렀는데, 굉걸한 제도와 장려한 기상이 대강 이러하였다.

문을 들어가 층층한 섬돌을 내려 너른 뜰로 두루 걸으며 좌우로 구경하였다. 태화문에 이르러 서쪽 협문으로 바깥을 엿보니, 문 밖에 뜰이 또한 너르고 가운데 다섯 다리를 놓았다. 다리마다 난간을 세웠는데 남쪽은 오문午門으로, 좌우 오봉루五鳳樓[57]의 제양을 안에서 바라보

---

57 오문 위에 지어진 다섯 채의 누각을 말한다. 오문은 'ㄷ'자형으로 되어 있는데, 중앙에 대형 누각이 있고 좌우 4채의 이 층 누각이 있는데 마치 봉황이 날개를 펴고 나는 것처럼

체인각

중화전

니 더욱 웅장하다. 태화문 앞으로 수십 명의 갑군이 다 병기를 가지고 지키고 있었다.

월랑을 쫓아 동으로 나아가 뜰 동쪽에 이르니, 가운데 이층집이 있어 현판에 '체인각體仁閣' 세 글자를 새겨 놓았다. 여러 환자들이 열쇠를 가지고 문을 열거늘 세팔에게 그 연고를 물으라 하니, 고자鼓子들이 말하기를,

"비단을 내어 조선 사신에게 연례 상사賞賜를 줍니다."

하였다. 그 앞으로 나아가 안을 구경하니 사면에 층층한 탁자를 무수히 세워 각색 비단을 통으로 말아 칸칸이 쌓았는데, 다 누런 종이로 가운데를 싸고 만주 글자로 여러 말을 썼지만 알 수 없었다. 위로 마루를 놓아 누상고樓上庫를 만들고 사다리를 놓아 오르내리게 하였다. 문밖에 관원이 있어 무슨 문서를 가지고 비단 이름을 불러 몇 필을 내라 하면, 여러 고자들이 소리로 응답하여 이름을 부르며 차차 전하여 문밖으로 내오는데, 자잘한 일이라도 엄정한 제도를 볼 수 있었다.

월랑을 쫓아 북으로 행하여 태화전 뒤를 바라보고 서로 꺾어 북쪽문을 드니, 이 안에는 중화전中和殿, 보화전保和殿 두 집이 있다. 두 집이 다 황극전 뒤로 이어서 있고, 중화전은 단층 우산각雨傘閣 제양이요, 보화전은 이층집으로 대 아래 삼층 난간과 양쪽 월랑 난간이 태화전과

보인다 하여 오봉루라 불린다.

한데 이어져 있으니, 여러 난간을 합하여 길이를 재면 수천 보를 넘을 것이다. 돌 빛이 희고 광윤光潤하여 예사로운 잡석이 아니었다. 세팔이 말하기를 난간은 새로 세운 지 십 년이 못 된다 하였다. 태화전과 여러 집들이 다 단청이 퇴색하여 왕왕 분명치 않았는데, 역관들이 말하기를, 이것이 명나라 때의 단청을 지금껏 고치지 아니한 것이라고 하였다.

중화전 옆으로 뜰을 건너 동쪽 월랑 섬돌 위에 오르니, 칸칸마다 문을 잠갔는데 재물을 넣은 곳이다. 방물 중에 대호지大好紙는 이곳에 바치는 까닭에 여러 사람이 종이를 메어 대 위에 올려놓고 관원이 들어와 받기를 기다리고 있었다. 섬 위에 여러 역관들과 한가지로 앉아 있는데, 북쪽의 보화전 옆으로 큰 문이 있다. 문 안에서 여러 관원들이 연하여 나오는데 어깨에 활을 멘 사람이 반이 넘는지라, 필연 황제가 시사試射하는 날인가 싶었다. 서종현이 여러 사람을 경계하여 말하기를,

"북쪽 문 안은 황상이 전좌殿座하는 곳입니다. 만일 그 문에 가까이 가는 일이 있으면 목숨을 보전치 못할 것입니다."

하였다. 이윽고 문 안에서 한 재상이 나오는데 앞에서 인도하는 한 쌍의 사람이 있고 뒤에 여남은 추종이 따랐다. 이때 우리나라 사람들과 여러 통관들이 대 위에 앉았는데 꾸짖어 내리라고 하는 일이 없으니, 이는 간솔簡率한 풍속이다. 서종현이 그 관원을 가리켜 말하기를, 이 사람은 유친왕으로 황상의 사촌이라 하니, 양혼의 부친이다. 키는 비록 작았으나 몸집은 아주 웅장하고 천천히 걷는 걸음이 극히 진중하여 지척에 외국 사람이 여럿 있지만 한 번도 둘러보지 않았는데 과연 재상의 체면이고 귀인의 풍도였다.

아침에 관문을 나올 때 이덕성과 김복서가 유리창 장경의 집에 파는 자명종이 있어 보러 간다고 하였으므로, 오후에 바로 유리창으로 기회期會하였다. 이때 날이 늦었으나 관원이 들어오지 않았고 또 창고

를 열어도 별로 기이한 구경이 없을 듯하거늘, 세팔을 데리고 여러 문을 나왔다. 이때 세팔이 말하기를,

"이곳에 범을 잡아 기르는 집과 개 여러 마리를 먹이는 곳이 있어 가장 보암직한데, 사람에게 물으니 다 원명원圓明園으로 옮겼다 하니 서산西山을 구경하는 날이면 볼 수 있을 것입니다."

하였다.

동화문을 나가 나귀를 찾아 타고 동쪽 장안문長安門을 지나서 정양문正陽門을 나와 유리창에 이르니, 덕유가 간정동에 가서 회답을 받아 가지고 길가에서 기다리고 있었다. 편지를 품에 감추고 먼저 미경재味經齋에 이르러 주가를 불러 장생에게 편지를 전했는지 여부를 물으니, 주가가 무엇을 조용히 이를 말이 있다고 하면서 푸자 안으로 들어오라고 하였다. 들어가 자리를 정하니 주가가 말하기를,

"장생은 지금 만나지 못하여 편지를 전하지 못하였고, 마침 주 감생周監生(주응문)이 푸자에 왔다가 그대의 편지를 보고 대신 이 편지를 남겨 놓고 갔으니 보십시오."

하였다. 즉시 받아 보니 그 편지에 이렇게 말하였다.

전날에 괴이한 바람을 만나 나아가 뵙지 못하고 언약을 저버리니 심히 겸연쩍습니다. 장형은 마침 일이 있어 성 안에 들어갔다가 바로 관으로 나갔더니, 문 지키는 사람이 막아 마침내 헛되이 돌아와서 매우 애달팠으나 이것은 족하의 허물이 아니요, 중외의 구애함입니다.

이제 미경재에 이르러 족하가 장형에게 보낸 편지를 보니, 도리어 스스로 책망하고 허물하였습니다. 어찌 염려를 과도히 하였습니까? 족하를 보니 재주가 아름답고 학문이 넉넉하니, 공명을 취하여 벼슬에 나아감이 턱 밑에 나룻을 빼기와 같습니다. 다른 날에 임금의 명을 받아 중국에 조공을 당하면, 우리 무리가 마땅히 옛날 놀던 일을 이어 관곡한 수작으로 도학의 천심淺深과 문장의 근본을 쾌히 의논할 것입니다. 이제 천하가 한집이니 후

에 다시 모이지 못함을 어찌 근심하겠습니까? 장형은 성 안에 들어가 수일 후에 돌아올 것이니 만날 때면 높은 뜻을 자세히 전할지니, 주응문이 대신하여 아룁니다.

주생이 바람을 핑계로 외국 사람과 언약을 지키지 않으니 믿음이 부족하고 가벼운 인물이지만, 이 편지를 보니 말씀이 간절하고 필한筆翰이 단묘端妙하니 또한 쉽지 않은 선비이다. 다만 막연한 뒷기약을 말하고 다시 만나기를 생각지 않으니, 종시 속태俗態를 벗지 못할 일이었다.

보기를 마치니 서반 하나가 들어오거늘 오래 머물지 못하여 즉시 주가와 이별하고 장경의 집에 이르니, 장경이 흠천감에 일이 있어 일찍이 나아가 미처 돌아오지 못하였다. 대신 그 아이가 있으니 나이 열대여섯 살이요, 인물이 매우 영리하여 자리에 앉기를 청하였다. 또 홍정을 맡은 사람이 있으니 성이 왕가로 성품이 소탈하고, 여러 번째 보았는지라 곧 반겨 맞아 차를 권하고 주인이 오래지 아니하여 돌아올 것이니 잠깐 기다리라 하였다. 이윽고 덕유가 들어와 이르기를,

"장생이 문 앞으로 지나가거늘 온 뜻을 이르고 청하니 들어옵니다."

하거늘, 맞이하여 들여 한가지로 앉으매 한훤을 이르되 알아듣지 못하는 거동이다. 제 또한 여러 말이 있어 관중에 갔다가 만나지 못한 사연을 이르는가 싶었으나 또한 분명히 알 길이 없다. 대저 남방 어음이 본디 통하기 어렵고 이 사람은 말뜻이 더욱 분명치 아니하니, 하릴없이 덕유를 보내어 미경재에 준 편지를 갖다가 장생에게 전하였다. 서둘러 본 후에 무슨 말이 있으나 종시 분명치 아니하여, 탁자 위에 손으로 써 뵈라 하니 10여 자를 써 이르기를,

"내일 고향으로 돌아가니 다시 만날 날이 없을 것이요, 바빠서 긴 말을 못합니다."

하고, 즉시 일어서서 나갔다.

왕가를 불러 자명종을 보고자 하니, 왕가가 안에서 자명종을 내어

와 탁자 위에 놓았다. 바야흐로 열어 보고자 하는데, 장경이 들어오고 이덕성, 김복서가 뒤좇아 들어왔다. 앉기를 정하매, 장경이 이르기를,

"아침에 흠천감을 갔다가 돌아오는 길에 관 앞에 이르러 그대를 찾고자 하였으나, 출입이 불편하여 들어가지 못하였습니다."

하였다. 이때 지나가는 손님과 기완을 매매하는 사람이 번잡하게 드나드니 조용히 말할 길이 없었다. 김복서가 장경에게 이르기를,

"오늘은 조용한 의론이 많으니 다시 후당으로 들어가는 것이 어떠합니까?"

하였다. 대개 푸자 뒤에는 주인이 거처하는 집이 있으나 친밀한 사람이 아니면 가볍게 들이지 않는 곳이다. 장경이 웃고 안으로 들어가며 함께 들어오라 하였다. 즉시 푸자 문을 나서 북편으로 조그만 골목을 좇아 한 문을 드니, 뜰 좌우에 약간 수목을 심어 극히 소쇄하고 북편으로 서너 칸 집이 있는데 극히 정결하였다.

캉 아래 이르러 먼저 사면을 둘러보니 북쪽 벽 위에 그림 족자 하나를 걸었으니 늙은 신선의 모양이다. 족자 앞에 조그만 탁자를 놓고 탁자 위에 기이한 향로 향합을 벌이고 왼편에 화병 하나에 스무 남짓 공작우를 꽂았다. 오른편에는 한 발[58] 남짓한 언월도偃月刀를 세웠거늘, 이름을 물으니 말을 베는 칼이라 하였다. 예닐곱 서화 족자를 걸었는데 다 명나라 때 이름 있는 사람의 수적手迹이다.

동으로 조그만 문이 있고 문 안은 주인이 머무는 곳이다. 캉 위에 그림 그린 담毯[59]을 펴고 좌우에 각색 기완들을 벌였으니 매우 화려하였다. 활 한 장을 걸었으니 크기가 매우 작아, 그 이름을 물으니 장경이 이르기를,

"이는 도적을 막는 활입니다. 밤에 혹 도적이 들어오면 문틈으로 쏘

---

[58] 한 발은 두 팔을 양옆으로 펴서 벌렸을 때 한쪽 손끝에서 다른 쪽 손끝까지의 길이다.
[59] 담은 짐승의 털을 물에 빨아 짓이겨 평평하고 두툼하게 만든 조각으로, 담요 따위의 재료로 쓴다.

게 한 것이지요."

하고, 이어 활을 당겨 쏘는 모양을 하며 나에게 우리나라 궁시의 제양과 각지[60] 모양을 물었다. 내 궁시弓矢 제양을 대강 이르고 주머니에 각지를 내어 뵈니, 장경이 웃고 말하기를,

"그대는 문무전재文武全才입니다."

하였다. 탁자 위에 주석 푼자[61] 하나를 놓고 그 안에 담毯을 가득히 넣어 여남은 짧은 화살을 꽂았거늘, 그 제양을 보고자 하니 장경이 하나를 빼어 내어 뵈었다. 그 촉을 다루고자 하니 장경이 크게 놀라 다루지 말라 하였다. 그 연고를 물으니,

"독한 약을 발라 사람의 살이 다치면 그 자리에서 목숨을 보전치 못할 것입니다."

하였다. 그 약 이름을 물으니 '견혈봉후見血封喉'라 하고, 약방문을 물으니 모른다고 하였다. 대개 견혈봉후는 싸움할 때와 범 잡는 데 쓰는 약이니, '피를 보매 목을 봉한다'는 이름으로 독한 풀과 독한 짐승의 즙을 모아 만든 것이다.

자명종을 들여오라 하여 탁자 위에 놓고 그 제도를 자세히 보니, 대개 자명종과 문시종을 겸하여 만든 것이다. 바깥 우리에 사면으로 유리를 붙이고 아래 위에는 금은으로 꾸몄으며, 파란[62]으로 온갖 그림을 달아 극히 신교한 제작이다. 안을 엿보니 여러 바퀴와 괴이한 쇠끝이 복잡하게 얽히어 창졸에 짐작할 길이 없었다. 이때 한 사람이 들어오니 장경이 이르기를,

"이 자명종은 중국 유명한 각로閣老 부홍傅恒[63]의 집 것으로, 저 사람

---

60 각지는 활을 쏠 때에 시위를 잡아당기기 위하여 엄지손가락의 아랫마디에 끼는 뿔로 만든 기구로, 대롱을 엇비슷하게 자른 모양으로 만든다.

61 푼자는 아가리가 넓고 밑은 좁은 너부죽한 사기그릇이다.

62 파란(법랑珐瑯)은 광물을 원료로 하여 만든 유약으로, 일반적으로 에나멜이라 한다.

63 부홍(?~1770)은 20여 년간 벼슬에 있으면서 사천성 대금천大金川 전투 등을 지휘하며 변방을 평정하는 데 큰 공을 세워 일등 공신이 되었다. 저서로 『황정직공도』가 있다.

은 그 집의 종입니다. 자명종 값을 의논하러 왔습지요.”

하였다. 그 사람을 불러 양장철羊腸鐵(태엽)을 틀어 도는 제도를 뵈라 하니, 그 사람이 조그만 쇠를 가지고 틀어 놓더니 차차 돌아가는 거동이 자명종과 다름이 없다. 다만 한쪽에 큰 종을 달고 한쪽은 작은 종 여섯을 한 쇠에 꿰어 걸었으니, 시각을 따라가 큰 종과 작은 종이 각각 제 수를 찾아 쳤다. 작은 종은 마치를 차차 내려와 종이 대소에 다름이 있고 음률이 고하에 분변이 있으니, 은연히 풍류의 종경鐘磬을 연주하는 소리와 같다. 낮이면 종소리를 들으며 전면에 돌아가는 쇠를 살펴 시각을 분별하고, 밤이면 시를 알고자 할진댄 옆으로 드리운 줄이 있어 한 번 당기면 제 시각에 응하는 종수를 맞추어 치는 것으로 알 수 있으니, 대개 천하에 이상한 보배이다. 그 사람에게 더데를 떼고 여러 바퀴를 빼내어 속을 보고 싶다고 하니, 그 사람이 이르기를,

“이것이 뜯는 법이 있고 여러 가지 기계가 있으나 가져오지 아니하였으니 하릴없습니다.”

하였다. 값을 물으니 천은 200냥을 달라 하니, 장경이 이르기를,

“부디 사고자 하시면 150냥에 마지못해 주겠습니다.”

하였다. 이덕성이 행중의 은을 끌어모아 사 가지고 가서 관상감에 바치고자 하였으나, 값이 과할 뿐 아니라 상한 곳이 많아 필연 버리는 것이 될 것이라 도로 주어 보냈다. 바깥 캉에 여러 장 글씨를 흩어 놓았거늘, 물으니 다 장경의 글씨다. 책 한 권이 있으니 본조의 법령을 베낀 것인데, 필법이 매우 정묘하니 또한 장경의 글씨일 것이다. 내 장경에게 묻기를,

“언월도를 두었으니 그대 필연 쓸 줄을 알 것이니 한번 재주를 구경코자 합니다.”

장경이 웃어 말하기를,

“이는 마을에 있는 군기軍器라 우연히 빌려왔으니 어찌 쓸 줄을 알겠습니까.”

왕가가 들어왔다가 듣고 이르기를,

"내 약간 쓰는 법을 아니, 노야를 위하여 한번 웃게 하겠습니다."

하고, 드디어 언월도를 들고 뜰로 가더니, 첫 번은 한 손으로 언월도를 잡고 눈을 부릅떠 좌우를 살피다가 앞으로 나아가며 좌우로 둘러 사람의 목을 베며 팔다리를 찍는 거동을 하니, 비록 익지 못하나 다루는 수법은 구차하지 아니하니 필연 배운 것이 있는가 싶었고, 눈 모양과 용쓰는 거동이 매우 우스웠다.

이때 날이 늦어 매우 시장하거늘 덕유를 보내어 보보 여남은을 사오라 하였더니 장경이 가져오는 양을 보고 이르기를,

"내 바야흐로 조그만 음식이 있어 대접하고자 하는데 어찌 손님으로 하여금 음식을 사 먹게 하겠습니까?"

하고, 즉시 제 아우를 불러 안에서 두어 그릇 음식을 내어 오니, 사 온 것은 하인들을 주어 먹였다. 음식을 먹으며 이덕성이 약간 역법을 의논하되 다 분명치 아니하였다. 관상대를 한 번 구경할 일을 의논하니 장경이 이르기를,

"관상대는 잡인을 엄히 금하는 곳이라 이곳 사람도 함부로 출입하지 못하고, 또 들으니 10년 전에 조선 사람이 올라 구경하였다가 일이 드러나 지킨 관원을 벼슬을 빼앗고 중죄를 주었습니다. 허니 지금은 하릴없습니다."

하였다. 황후의 일을 물으니 장경이 이르기를,

"아직 폐한 일은 없으나 냉궁에 갇혀 음식을 변변히 통치 못하니 어찌 오래 보전하겠습니까?"

내 묻기를,

"황후는 천하의 어미로, 분명치 않은 죄로 이 지경에 이르렀는데 한 사람도 글을 올려 간하는 이가 없습니까?"

장경이 말하기를,

"벼슬하는 사람들이 각각 제 몸을 아끼니 어찌 반드시 죽을 말을

즐겨 하고자 하겠습니까? 다만 한 관원이 죽기로 다투다가 중한 형벌을 입어 겨우 목숨을 보전하였습니다."

하고, 또 말하기를,

"저 즈음께 한 재상은 형부상서 벼슬이었는데, 10년 전에 봉명奉命하여 남방에 갔다가 은 수백 냥을 받은 일이 드러나 즉시 벼슬을 갈고 중한 형벌을 입었으니, 지금은 벼슬하기도 어려운 세상입니다."

내 묻기를,

"중국 정승 장정옥張廷玉[64]은 명나라 사서明史를 지은 사람으로 황상 초년에 고명대신顧命大臣이요, 가장 착한 재상이라 하더니, 근년에 들으니 말년에 극죄에 빠지고 가산을 다 적몰籍沒하였다 하니 무슨 곡절입니까?"

장경이 말하기를,

"장정옥은 나와 동성同姓이요, 유명한 정승이라 어찌 그 사적을 모르겠습니까? 네 대에 걸쳐 태평 재상이요 종시를 나라 은총을 보전하다가 늘어 죽으니 만주 정승 악이태鄂爾泰[65]와 함께 옹정 황제 묘정에 배향하였으니 어찌 적몰함이 있겠습니까. 그대가 그릇 들은 말입니다."

인주印朱 한 합을 사니 값은 은 너 돈이요, 이금泥金을 넣어 가장 좋은 제품이라 하였다. 날이 늦어 서로 헤어지고 돌아올 때 유가의 푸자에 들리니, 유가가 읍하여 맞이하나 매우 괴로이 여기는 기색이거늘, 즉시 나가 셋이 함께 걸어 돌아오는데, 길가에 시초蓍草[66] 한 움큼이 놓였거늘 값을 물으니 두어 냥 은을 달라 하였다. 극히 추하여 진짜가 아닌가 싶어 버리고 가고자 하더니, 푸자 주인이 누누이 청하여 안으

---

64 장정옥(1672~1755)은 자字가 형신衡臣, 호는 연재硏齋이며 안휘安徽 동성인桐城人이다. 청조에서 50여 년간 벼슬을 역임하였다.

65 악이태(1677~1745)는 성姓이 서림각라西林覺羅이고, 만주滿洲 양람기인鑲藍旗人이다. 선조가 누르하치에 투항한 뒤 대대로 조정 대신을 배출하였다.

66 시초는 주로 점을 보는데 사용하는 가늘고 긴 막대를 말한다.

로 들어와 값을 의논하라 하거늘 시험 삼아 들어갔다.

그 안에 자명종 하나를 놓았으니 틀 높이 한 길이 넘고 자명종 제양은 매우 용렬한 품수다. 시험하여 물으니 500냥 은을 달라 하니, 대저 이곳 사람이 조선을 업신여기고 온갖 물가를 과도히 이르는 것이 이러하였다. 주인이 시초를 가지고 들어와 다시 사라 하거늘, 분명히 진짜가 아닐 듯하여 값이 없노라 하고 즉시 나왔다. 관에 돌아오니 해가 거의 지려고 했다. 간정동에서 온 편지를 비로소 뜯어보니 엄생이 편지에 다음과 같이 말하였다.

글월을 받으매 더욱 사랑하는 뜻을 이으니 사람으로 하여금 감격한 마음이 마지아니하고, 한갓 붕우의 정분을 이를 뿐이 아니라 비록 골육의 친척이라도 이에서 지남이 없을지니, 마땅히 띠에 쓰고 마음에 새겨 종신의 경계를 삼을 것입니다.

저의 인품은 감히 스스로 자랑치 못하나 성정이 가장 고상하여 대강 남북에 사귀어 노는 사람이 이루 헤아리지 못할 것이나, 그 중에 마음을 허하여 지기로 일컫는 사람은 여럿이 아닙니다. 낯으로 친하고 돌아서 웃는 풍속이 이곳이 이러하니 저즈음께 형의 이른 말이 과연 그르지 않습니다.

이제 다행히 형을 만나매 인후한 마음과 고결한 뜻이 시속에 빼어나니 이런 사람은 한 번 만나매 족히 사람으로 하여금 마음이 취할지니 실로 기특한 인연입니다. 대장부 천 리 밖에서 정신으로 사귈지니, 어찌 자주 친압親狎[67]하여 아녀자의 마음을 효칙效側하리오. 반형은 마음이 연하고 기운이 약하여 진실로 형의 말과 같거니와 또한 마음이 절로 격동하여 스스로 금치 못함이요, 제게 이르러서는 한 번 지기를 만나매 마음이 죽고 기운이 다하여 울고자 하여도 또한 능치 못하니 오직 하늘을 우러러 길이 탄식하고 망망茫茫이 일백근심이 섞이어 모일 뿐입니다.

---

67 '친압하다'는 버릇없이 너무 지나치게 친하다는 뜻이다.

슬프다! 천하의 뜻있는 사람은 마땅히 이 마음을 짐작할 것입니다. 반형은 다른 데를 나갔는지라 돌아오기를 기다려 마땅히 정중한 뜻을 알게 할 것입니다. 첩첩한 별회는 천만 사연으로도 능히 다 하지 못할지라, 오직 몸을 삼가 스스로 사랑함을 바랍니다.

덕유 이르기를,
"엄생이 '내일 사람을 보내고자 하되 관문을 들지 못할 것이니, 문 밖에서 잠깐 기다려 편지를 통하게 하라' 하니, 필연 무슨 편지를 보내고자 하는가 싶습니다."
하였다.

2월 초7일 관에 머물다

이날 사행이 오탑사五塔寺를 구경하고자 하는데, 아문이 인정人情[68]
주는 것을 다투어 결정치 못하니, 서종맹이 대노하여 주선할 뜻이 없
는지라 역관들이 감히 입을 열어 말을 하지 못하니, 결국 날이 늦어
가지 못하였다. 식후에 상사께서 간정동에 사람을 보냈더니 두 사람
이 종을 딸려 보내어 각각 편지와 보낸 것이 있었다. 엄생은 부채 두
병柄과 붓 두 자루와 도장 셋을 보내고 편지에 다음과 같이 말하였다.

이별한 후에 요사이 객황客況이 어떠하신지요? 서로 생각하여 마음을 썩
이는 사연은 도무지 번거로이 이를 것이 없고, 오직 형의 두터운 행실과
깊은 교훈을 마음에 담아 몸이 마치도록 잊지 않을 뿐입니다. 두어 귀 적
은 글은 아직 권념眷念하는 뜻을 표함이요, 두어 가지 물건은 옛사람이 서
로 주는 의를 본받음이니 녹녹히 받은 것을 갚고자 하는 계교가 아니라 웃
어 받음을 바라고, 여러 대인에게 각각 이 뜻을 전해 주시기 바랍니다. 객

---

68 인정은 옛날 벼슬아치들에게 은근히 주던 선물을 말한다.

탁客橐이 쓸쓸하니 초라함을 허물치 않기를 바랄 뿐입니다.

또 그 시는 다음과 같다.

열흘 만에 사행을 돌이키니 마음이 놀라
열사의 남은 터를 이제 잠깐 지나도다.
관가 길에는 점점 새 버들의 푸름을 보고
길손의 회포는 함께 고향산천의 푸름을 생각하도다.
이로 좇아 제비와 기러기 천 리를 우니
예로부터 마침내 보지 못하는 삼성과 상경 두 별을 한하도다.
비록 신주의 간격이 없다 이르니
떠나는 근심이 취한 듯하여 날로 무겁고 어둡도다.
驚心十日返行旌　烈士遺墟此蹔經
官道漸看新柳綠　旅懷同憶故山靑
從今燕鴈成千里　終古參商恨兩星
縱說神州無間隔　離憂如醉日沈冥

반생은 『한예자원漢隷字源』 한 질을 보내고 편지에 다음과 같이 말하
였다.

객관에 장물이 있는 것이 없고 『한예자원』 한 질이 우연히 행탁에 들었
으니, 이 책은 중국에서 구하여 사고자 하여도 쉽지 않을 것입니다. 이제
담헌 가운데 이르러 맑은 풍채를 돕고자 합니다. 족하께서 옛 일을 좋아하
는지라 감히 아끼지 아니하니 다행히 웃으며 받으시길 바라고 어제 가르
친 말을 읽으니 공경히 마음에 새기고 잊지 않겠습니다.

또 그 시는 다음과 같다.

날이 높고 바람이 세어 한 쌍 기를 보내니

작은 이별이 천년이라 익히 겪어보지 못하였도다.

서불[69]의 혼이 사라지매 물결 그림자가 너르고

연대의 사람이 가매 버들 내 푸르렀도다.

금하기 어려운 나그네의 눈물은 봄이 깊은 비요

헤어지기 쉬운 즐거운 마음은 날 샌 뒤의 별이로다.

섭섭하게도 향산에 연못가 정자가 머니

수레를 오가매 가히 가벼운 티끌이 아득한 것을 어이하리오.

日高風勁送雙旌　小別千年未慣經

徐市魂消波影濶　燕臺人去柳烟靑

難禁客淚春深雨　易散慌悰曙後星

惆悵響山池閣遠　登車可奈軟塵冥

　　두 사람의 종이 문 밖에 머물러 감히 들어오지 못한다 하거늘, 덕유를 내어 보내어 술과 음식을 사 먹이라 하고 소전 두 냥과 백지 네 권으로 두 사람을 나누어 주라 한 뒤 그 답신에 다음과 같이 써 보냈다.

　　엎드려 두 형의 수한手翰을 받고 겸하여 높은 글을 얻으니 행장이 빛나고 감격한 마음을 한 붓으로 이르지 못하겠습니다. 여러 가지 보낸 것은 돌보며 생각하는 정분을 볼 것이요, 또 옛사람이 일로 경계한 것이 있으니 감히 절하여 받지 않겠습니까? 돌아갈 기약이 멀지 아니하니 사람으로 하여금 심신이 비등하여 스스로 정치 못하겠습니다. 비록 나날이 나아가고자 하나 형에게 누를 끼칠까 저어하여 지금 이루지 못하였더니 명일은 다른 곡절을 파탈하고 나아가 이 회포를 펴고자 합니다.

---

69 원문에는 서시라 되어 있으나 서불로 바로잡는다. 진시황의 불로장생약을 구하러 간 방사다.

엄생이 계부께 보낸 시는 다음과 같다.

스스로 모자 그림자와 채찍을 불쌍히 여기나니
허랑한 종적이 까치 가지를 두른 것 같도다.
길에서 비로소 나그네의 괴로움을 알 것이니
티끌세상에서 그대를 더디 안 것을 부끄러워하노라.
감히 한 탑[70]에 따라 뫼시던 날을 잊으랴.
한 쌍 고기를 주어 묻는 때를 깊이 감격하노라.
꿈속에 얼굴빛을 생각하매 오히려 눈에 선하니
다시 동합을 엿보아도 다시 기약이 없으리로다.
自憐帽影與鞭絲 浪迹渾如鵲繞枝
道路始諳爲客苦 風塵眞愧識公遲
敢忘一榻追陪日 深荷雙魚饋問時
夢想容輝猶在眼 再窺東閤更無期

반생의 글은 다음과 같다.

중원에는 홍승상[71]을 이름을 사랑하고
동국은 허장두[72] 일컬음을 부끄러워하도다.
다시 선생을 보매 족히 천고에 일컫는지라
재명과 덕망 모두 짝할 자가 없도다.

---

70 탑은 비교적 낮고 침대와 같이 넓은 좌식도구의 총칭이다.

71 원문에 간주로 "송나라 홍매는 재상으로 큰 업적을 남겼다宋洪邁相 業最著"라 하여, 홍승상이 남송의 재상 홍매(1123~1202)임을 알 수 있다.

72 이 역시 원문에 간주로 "조선사람 허봉은 장원급제 하였다鮮人許篈 壯元及第"라 하여, 허장두가 허봉(1551~1588)임을 알 수 있다. 허봉은 조선 중기의 문인으로, 허엽許曄의 아들이며, 난설헌의 오빠이자 허균의 형이다. 선조 1년(1568), 임금의 즉위를 경축하기 위해 임시로 시행된 과거인 증광시增廣試에서 증광생원 장원壯元을 하였다.

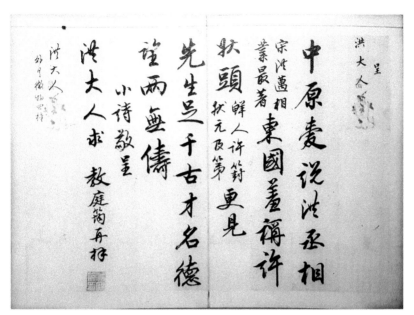

반정균이 홍억에게 보낸 시, 과천시 소장

中原愛說洪丞相　東國羞稱許壯頭
更見先生足千古　才名德望兩無儔

　사람을 돌려보낸 후에 평중을 청하여 내일 함께 가기로 약속하고
또 의논하나, 두 사람이 있는 곳이 종시 조용하지 아니하니 서로 회포
를 극진히 펴지 못할 것 같았다. 해서 내일 만나 서로 의논하여 우리
길을 떠나는 날 수십 리 밖의 전방에 언약하여 하룻밤 조용한 수작을
하리라 하니 평중이 말하기를,

　"이는 좋은 생각이나 두 사람의 과거 날이 멀지 아니하니 필연 파
탈擺脫키를 어려이 여길 것이다."

　내 말하기를,

　"우리 돌아가기를 당하여 두 사람의 이별이 마음에 걸리어 매우 괴

로운지라 파탈치 못하면 이는 시속을 벗지 못한 사람이라 족히 깊이 사귈 것이 없으니 쾌히 잊고 돌아감이 또한 해롭지 않을 것입니다."

하니, 평중이 크게 웃었다.

밤에 이덕성이 들어와 이르기를,

"하늘에 혜성이 나타났습니다."

하거늘 바삐 나가 북쪽을 바라보니 과연 별 하나에 두어 자 불빛이 뻗쳤으니 과연 혜성 모양이다. 내 말하기를,

"혜성은 배 모양 같은 별이라 낡은 것을 쓸어버리고 새 것을 펴는 재변災變이니, 필연 황후를 폐하고 새 황후를 세울 징조인가 싶다."

하니, 이윽고 그 별이 북으로 차차 돌아가니 더욱 의심하여 혹 흐르는 별인가 여겼는데, 이윽고 한 하인이 들어와 이르기를,

"이는 별이 아니라 이곳 아이들이 밤에 연을 날리며 밑에 화승火繩을 달아 올라가는 곳을 알게 한 것이니, 혹 지포를 따라 올리면 공중에 화광이 더욱 보암직합니다."

하니, 비로소 혜성이 아닌 줄을 알고 웃고 헤어졌다.

2월 초8일 간정동에 가다

    이날은 조반을 일찍 시켜 해 돋을 때에 먹기를 마치고 문 열기를 기다려 평중과 함께 정양문을 나갔다. 이때에 바야흐로 아침 저자를 벌이고 있었는데, 해자 다리를 건너 다섯 칸 패루 밑에 이르자, 좌우에 온갖 어물과 갖가지 채소를 뫼같이 쌓아 놓았으니 또한 장한 구경이었다. 그 중 거위73를 우리에 무수히 넣어 놓았는데 이곳 사람이 반찬으로 숭상하여 쓰는 까닭이다.

    간정동에 이르러 덕유로 하여금 먼저 온 뜻을 통하니, 두 사람이 급히 나와 맞아들이고 웃으며 반기는 거동이 사람의 마음을 절로 감동케 하였다. 자리를 정하자 평중이 말하기를,

    "지난번 헤어진 후에 마음이 경경耿耿하여74 밤에 잠을 이루지 못하였습니다. 오늘은 불편한 형적形迹(사물의 형상과 자취)을 돌아보지 않고

---

73 아마도 오리의 잘못인 듯하다. 명나라 수도가 남경일 때 황실 요리로 유명하던 남경의 오리 요리가 북경으로 천도하면서 함께 전해져 오늘날 '베이징 카오야北京烤鴨'라는 유명한 요리가 되었다.

74 '경경하다'는 마음에서 사라지지 않고 염려가 된다는 말이다.

날이 마치도록 서로 마음을 의논코자 하니, 남의 이목에 괴이히 여길 이가 없습니까?"

엄생이 말하기를,

"이는 해로울 것이 없습니다. 이미 문 지키는 사람에게 단단히 일러 어느 손이 올지라도 나가고 없다 하여 통치 말라 하였으니 다른 염려를 마십시오."

하였다. 대개 이날도 오는 손이 극히 잦은지라, 문 지키는 종이 손님을 보낸 후에 들어와 왔던 사람을 전하였다. 그 중에 혹 노야와 대인을 일컫는 사람이 있으니, 대국은 오히려 선비를 대접하는 재상이 있는가 싶었다. 엄생이 말하기를,

"객관이 황락하고 행탁이 쓸쓸하여 지난번 관중에서의 풍성한 대접을 본받을 길이 없습니다. 비록 용서함을 입으나 실로 미안하고 면목이 없는 마음을 이기지 못하겠습니다."

평중이 말하기를,

"모든 일은 각각 형편에 따라 성의를 보일 따름인데, 어찌 이런 용속한 말을 하십니까?"

내가 말하기를,

"조선이 비록 예의지방으로 일컬으나, 손님 대접하는 예절은 극히 게으르고 공순하지 아니합니다. 지난번 관중에 오셨을 때 체모를 잃는 일이 많으니, 우리가 부끄러울 뿐이 아니라 필연 괴이히 여김이 많았을 것입니다."

엄생이 말하기를,

"피차에 성의를 귀히 여기는 것이 옳으니 바깥 문구의 예수禮數를 어찌 구구히 돌아볼 것입니까? 각각 제 풍속을 따름이 좋을 것입니다."

반생은 말하기를,

"한 이틀 두 형을 만나지 못하니 마음이 극히 서운했는데, 홍 선생

의 가르치는 말을 얻으니 다시는 이별의 가련한 빛을 보이지 않겠습니다."

또 말하기를,

"어제 보낸 시는 음운이 맞지 않고, 졸한 구법이 대방大方(학식이 높은 사람)의 웃음을 면치 못하였을 것입니다."

평중이 말하기를,

"엄형의 시는 깊은 가운데 강개한 기운이 많고 반형의 시는 수려한 가운데 조촐한 태도가 있으니, 이 밖에는 여러 말을 더하지 못하겠습니다."

엄생이 평중에게 일러 말하기를,

"형의 시에 이른바 '평생에 감개하여 머리털이 이제 희었고, 이역에 서로 만나니 눈이 홀연히 푸르다平生感慨頭今白 異域逢迎眼忽靑'고 한 글귀는 천고의 더욱 뛰어난 말이니, 이는 과한 칭찬이 아닙니다. 설사 왕어양王漁洋[75] 선생 같은 자가 이 글을 보더라도 어찌 칭찬하지 않겠습니까?"

평중이 말하기를,

"칭찬이 너무 과하니 저어컨대 지기가 서로 권면하는 뜻이 아닐까 합니다."

엄생이 말하기를,

"저는 평생에 항상 항상抗爽한(솔직한) 인품입니다. 어찌 구구한 속태를 좇아 마음을 속여 과도한 말을 하겠습니까? 김 대인이 '이제부터 다만 서로 생각하는 날이요, 훗날에 어찌 홀로 가는 때를 견디리오'라고 한 글귀는 한갓 구법이 극히 묘할 뿐 아니라, 한 조각 깊은 정분이 사람으로 하여금 감격한 마음을 이기지 못하게 합니다."

---

75 왕어양(1634~1711)은 왕사진王士禛으로, 자는 이상貽上이며, 호는 완정阮亭, 별호는 어양산인漁洋山人이다. 산동山東 신성인新城人으로 청나라 때 저명한 시인이다. 저서로 『대경당집帶經堂集』, 『어양산인漁洋山人 정화록精花錄』, 『지북우담池北偶談』 등이 있다.

반생이 평중에게 일러 말하기를,

"형은 호상豪爽한 기운이 무리에 빼어나고 감개한 빛이 미우眉宇에 드러나니, 짐짓 사람으로 하여금 몸이 마치도록 생각하여도 잊지 못할 것입니다."

평중이 말하기를,

"고기의 눈을 밝은 구슬에 비김이니 어찌 감히 당하겠습니까?"

엄생은 말하기를,

"어제 집 종에게 상을 주어 보낸 것이 과히 후합니다."

평중이 말하기를,

"우리는 두어 가지 방물로 약간의 정성을 표하였을 뿐인데 뜻밖에 후한 선물을 받고 두 형이 객지에서 변통해 갖추어 낸 어려움을 생각하니 마음이 심히 불안합니다."

엄생이 말하기를,

"서로 마음을 비추니 어찌 구구하게 갚기를 의논하겠습니까? 불과 작은 뜻을 표할 뿐이지만 객탁이 쓸쓸하여 예를 이루지 못하는데 어찌 후히 준다 이르십니까?"

반생이 말하기를,

"날이 일러 두 형이 조반을 미처 먹지 못하였을 것이니, 이곳 밥이 먹음직하지 않으나 함께 두어 술을 맛보는 것이 어떠합니까?"

평중이 말하기를,

"오늘은 일찍이 오고자 하는지라 두 형에게 근심을 끼칠까 하여 서로 의논하고 이미 밥을 먹고 왔으니 염려 마십시오."

엄생이 말하기를,

"우리가 먹는 밥은 반찬이 극히 담박하여 젓가락을 댈 곳이 없을 듯하여 묻는 것입니다."

평중이 말하기를,

"김 대인이 두 형을 보낸 후에 마음이 창연하여 지금 잊지 못하고 있습니다.”

엄생이 말하기를,

“그것은 피차 다름이 없지만 김 대인은 천고에 유정한 분입니다.”

반생이 말하기를,

“저는 이미 두 밤을 잠들지 못하였습니다.”

엄생이 말하기를,

“이는 거짓말이 아니라 그 얼굴이 요사이 돌연 여위었습니다.”

내가 말하기를,

“형의 얼굴이 여위고 안돼 보일 뿐이 아니라 깊은 병색이 있으니 무슨 연고입니까?”

반생이 말하기를,

“병이 있는 것이 아니라 두 형을 만난 후에 홀홀히 이별하게 될 슬픔을 이기지 못하여 날이 새도록 잠을 이루지 못한 때문입니다.”

내가 말하기를,

“형이 만 리 고향을 떠나 의외의 두어 벗을 만나고 몸을 조섭調攝하는 도리를 잃게 되어 진정으로 근심을 끼치니 이것은 오로지 우리의 허물입니다.”

반생이 말하기를,

“그렇지 않습니다. 어제 형의 편지를 읽으매 ‘여인의 어짊이요, 돼지의 사귐’이라 이른 말에 이르러 홀연히 깨침이 있었습니다. 다시 아녀자의 태도를 베풀지 아니할 것이니, 형의 염려함이 극히 과도합니다.”

내가 말하기를,

“옛 글에 말하기를 ‘저녁에 혼인하고 새벽에 이별을 고하니 너무 총망하지 아니하랴暮婚晨告別 無乃太忽忙’[76] 하였는데, 과연 오늘 우리의 경색을 이르는 것입니다.”

---

[76] 두보杜甫의 시 「신혼별新婚別」에 있는 구절이다.

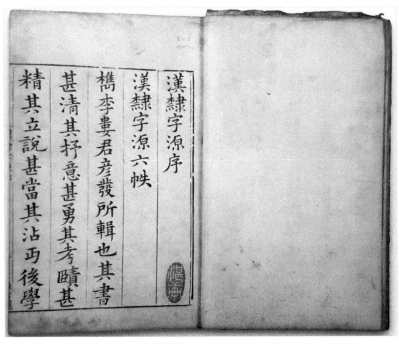

精其立說甚當其沽丙後學 甚淸其抒意甚勇其考贖甚 橋李婁君彥發所輯也其書 漢隷字源六帙 漢隷字源序

『한예자원』, 성균관대학교 존경각 소장. 담헌이란 장서인이 있어 반정균이 준 것으로 추정된다.

　반생이 묘한 말이라고 여러 번 일컫고 주객이 서로 참연하여 오래 말이 없었다. 반생이 말하기를,

　"『한예자원漢隷字源』[77]은 동국에 있는 책입니까?"

　내가 말하기를,

　"유무는 알지 못하지만 형은 정으로 주고 저는 정으로 받을 따름이니, 그 유무와 소용되는지 여부를 어찌 의논하겠습니까? 저는 본래 글씨가 졸하고 팔분서법八分書法[78]은 더욱 알지 못하니, 이 책이 제게는 실로 중의 빗과 같습니다. 가친이 평생에 이 서법을 숭상하였으나 좋

[77] 『한예자원』은 남송시대 학자 루기婁機(1133~1212)가 지은 책이다.

[78] 팔분은 예서의 일종으로 '분예分隷'·'분서分書'·'팔분서八分書'라고도 부르며, 한자에서 예서 2분과 전서 8분을 섞어서 만든 서체다. 위·진 시기에는 해서를 예서라 했기 때문에 혼란을 피하기 위해 별도로 한예를 '팔분'이라 불렀다.

은 체법을 얻지 못하였는데, 돌아간 후에 이로써 받들어 드리고자 하니, 고인故人의 은혜를 어찌 잊겠습니까?"

두 사람이 '중의 빗'이란 말을 알지 못하여 묻거늘, 내가 웃으며 말하기를,

"중은 머리털이 없으니 빗이 있다 한들 무엇에 쓰겠습니까?"

두 사람이 비로소 깨치고 크게 웃었다. 엄생이 스스로 머리를 가리키며 자기도 빗을 부릴 곳이 없다고 하였다. 평중이 말하기를,

"지난번에 가져간 『감구집』을 내가 매우 사랑하여 얻고자 하는데 형이 아끼지 않는지요?"

엄생이 말하기를,

"처음에 서로 준 것은 도로 찾고자 한 뜻이 아닌데, 어찌 다시 의논하겠습니까? 다만 동국에 돌아가 고쳐 판을 새겨 널리 전하면, 글 지은 사람의 다행한 일일 것입니다."

반생이 말하기를,

"동방 부인들 가운데 능히 시를 짓는 이가 있습니까?"

내가 말하기를,

"우리나라 부인은 오직 언문으로 편지를 전할 뿐이고, 어렸을 때부터 그 부모가 일찍이 글을 가르치지 않습니다. 이러므로 글을 하는 부인이 적을 뿐 아니라, 시구를 지어 음영을 숭상하는 것은 더욱 부인의 마땅한 일이 아닙니다. 이러므로 지을 줄 아는 이가 있어도 감히 세상에 들리지 못하고, 혹 들림이 있어도 유식한 사람은 기특하게 여기지 않습니다."

반생이 말하기를,

"중국에도 시를 하는 부인이 극히 적습니다. 혹 있으면 사람이 우러러보아 경성慶星(상서로운 별)과 경운景雲(상서로운 구름)같이 여깁니다."

내가 그 말을 듣고 웃었더니, 엄생이 또한 웃으며 말하기를,

"반형의 부인이 시를 짓기 때문에 이런 말을 하는 것입니다. 부인이

시를 능히 하는 것이 어찌 좋은 일이겠습니까?"

이때 반생의 낯빛이 변하며, 엄생을 향하여 여러 말이 있었는데, 아마도 경솔히 발설함을 꾸짖는 모양이었다. 엄생이 대답하지 않고 나를 향하여 『시전詩傳』 두어 구절을 외우며 말하기를,

"그름도 없으며 옳음도 없고 오직 술과 음식을 의논하여 부모에게 허물을 끼치지 말라無非無儀 唯酒食是議 無父母詒罹."[79]

내가 말하기를,

"『시전』에 이른 말은 진정 부인이 본받을 일입니다."

반생이 말하기를,

"그러면 「관저關雎」와 「갈담葛覃」[80]은 성녀聖女가 지은 글이 아닙니까?"

내가 말하기를,

"성녀의 덕이 있으면 좋겠지만 혹 없으면 방탕한 데로 돌아갈 것이며, 이것은 엄형의 의론이 가장 정대합니다. 반형은 군자의 좋은 짝이고 금슬이 서로 화하니 즐겁기는 하겠지만 경성과 경운에 비하는 것은 어찌 과하지 않겠습니까?"

반생이 말하기를,

"동국 경번당景樊堂(허난설헌)은 허봉許篈의 누이로 시를 잘하므로 이름이 중국에 전하고 글이 중국 시집에 올라 만세를 썩지 않을 것이니, 어찌 다행치 않겠습니까?"

내가 말하기를,

"덕행으로 이름을 전하지 못하고 약간의 시를 하는 이름이 썩지 아니한들 무슨 다행함이 있겠습니까? 또 이 부인이 시율은 매우 높지마는 덕행이 그 시에 미치지 못하는지라 그 남편 김성립金誠立의 재주와 얼굴이 뛰어나지 못함을 한스러워 하여, 글을 지어 말하기를 '인간에

---

[79] 『시경詩經』「소아小雅」의 「홍사장鴻斯章」에 있는 구절이다.
[80] 「관저」와 「갈담」은 『시경』에 전해오는 작품의 이름이다.

서 원컨대 김성립을 이별하고 지하에 길이 두목지杜牧之[81]를 좇으리라 人間願別金誠立 地下長隨杜牧之' 하였으니, 이는 다름이 아니라 시율의 재주로 부인의 본분을 지키지 못한 것입니다. 어찌 경계되지 않겠습니까?"

반생이 말하기를,

"이 또한 인정에 괴이치 않은 것입니다. 가인佳人이 재조才操를 만나 지 못하니 어찌 원망할 마음이 없겠습니까?"

내가 말하기를,

"형의 말이 크게 그릅니다. 사람이 만나고 만나지 못함에 각각 운명 이 있습니다. 가난한 선비의 아내와 약한 나라의 신하는 몸에 괴로움 을 끼치고 세상에 뜻을 펴지 못하니, 제 명을 생각하지 않고 다른 뜻 을 품어 삼강三綱의 중함을 잊으면 어찌 천하의 큰 죄악이 되지 않겠 습니까?"

반생이 말하기를,

"형의 의론이 극히 정대하니 실언함을 사과합니다."

평중이 반생의 시를 보고 싶다고 청하니, 반생이 글을 한 수 내어 보여 주는데 '상부인의 운을 차하노라次湘夫人韻'라 하였다. 그 글에 쓴 것은 기록하지 못하나, 대개 그 누이의 혼인을 외따로 떨어져서 보지 못함을 한하는 사연이었다. 그 중 한 구절에 말하기를 '수씨의 단장을 재촉하는 글이라' 하였다. 내가 짐짓 묻기를,

"상부인은 어떤 사람입니까?"

반생이 웃으며 말하기를,

"천한 아내입니다."

하였다. 대개 그 아내가 글을 하는 것을 자랑하고자 하는 의사였다. 내가 말하기를,

---

[81] 두목지(803~853)는 중국 당나라 때의 시인 두목杜牧으로, 목지는 그의 자이다. 저서로 『번천 문집樊川文集』 등이 있다.

"옛사람이 선비를 이르되 반드시 포의布衣라고 하니, 이로써 옛사람의 의복을 가히 짐작할 만합니다. 이제 형들을 보매 상하 의복이 비단 아닌 것이 적으니, 중국 풍속이 예로부터 이러하여 글에 이른 말이 족히 믿을 것이 없습니까? 아니면 혹 근래에 사치한 풍속이 점점 심하여 그러합니까?"

엄생이 말하기를,

"어찌 옛 풍속이 이러하겠습니까? 오로지 사치를 숭상하기 때문입니다. 우리도 마지못하여 풍속을 좇으니 지금 행세하는 사람은 이렇지 않은 이가 적습니다."

내가 말하기를,

"서림 선생의 의복 또한 이러합니까?"

엄생이 말하기를,

"서림 선생은 베옷을 입고 모자 모양이 극히 낡고 오래되어 우연히 한 번 성 안에 들어오면 보는 사람이 다 웃습니다."

두 사람이 묻기를,

"그대는 비단옷을 입지 않습니까?"

내가 입은 명주 동옷(남자용 저고리)을 가리켜 말하기를,

"겨울날에 먼 길을 나섰으니 가볍고 따뜻함을 취하여 이 옷을 입었지만 집에 있을 때는 토산 면포를 입을 따름입니다. 중국 비단으로는 부인의 상복과 관원의 조복을 만들고, 그밖에 선비로 일컫는 이는 감히 입지 못하니, 비록 검박儉朴을 숭상하는 일이나 또한 가난한 까닭입니다."

내가 엄생에게,

"형이 나이가 많지 않은데 치아가 많이 빠진 것은 무슨 연고입니까?"

반생이 말하기를,

"엄형이 아이 때 단 것을 심히 즐겨 이를 이렇듯 상하였지만, 김형

도 50이 차지 못하였으니 또한 일찍이 빠졌다 할 것입니다."

평중이 말하기를,

"머리털은 비록 세었으나 치아는 움직이지 않았는데, 이번 길에서 뜰에 내리다가 경계를 삼가지 못하여 두 이가 상하여 부러졌으니 극히 부끄럽구려."

하였다. 이때 아침밥이 나오자, 반생이 말하기를,

"우리들은 밥을 먹고자 하거니와 두형은 밥 먹기를 어렵게 여길진 대 한 그릇 국수라도 먹는 것이 어떠합니까?"

내가 말하기를,

"이미 혼자 드시기를 불안히 여긴다면 함께 먹는 것이 해롭지 않을 것이니 어찌 따로 국수를 구하겠습니까?"

두 사람이 기뻐 머리를 끄덕였다. 드디어 네 그릇 밥을 각각 앞에 벌이고 두어 가지 반찬을 가운데 놓으니 생선탕 한 그릇과 채소 두 접 시였다. 관중에 들어왔을 때 내가 밥 먹는 모습을 보았으므로 젓가락 으로 먹기를 어렵게 여길까 하여 국 떠먹은 조그만 구기ㅅ(국자)를 내 앞에 놓으니 깊고 작아 더욱 마땅치 아니하였다. 내가 웃으며,

"옛사람이 이르기를 '마을에 들면 풍속에 좇으라' 하였습니다."

하니, 다 크게 웃고 젓가락을 내다 주었다. 내가 말하기를,

"중국 풍속에는 비록 부자父子 사이라도 한 탁자에 밥 먹기를 피하 지 않습니까?"

반생이 말하기를,

"부자 사이는 혐의치 아니하나, 다만 남녀는 함께 먹지 않습니다."

시종이 밥을 내오는데 솥째로 가져와 캉 아래 탁자 위에 놓고 한 그릇 밥을 다 먹으면 계속해서 다시 담아 내왔다. 우리는 한 그릇에 그치고 두 사람은 두세 그릇을 먹고 그치므로, 대개 다른 사람에 비하 면 적게 먹는 식성이었다. 먹기를 파하자 반생이 친히 담배를 담아 권 하였다. 캉을 내려와 문 밖을 나오려고 하니 반생이 손수 신을 찾아

바로 놓는데, 극히 불안하여 여러 번 말렸지만 듣지 아니하였다. 평중이 말하기를,

"두 형이 경성(북경)에 이른 지 오래니 이곳 문인 재사 중에 상종相從하는 사람이 있습니까?"

엄생이 말하기를,

"사귄 사람이 없지 아니하나 다만 겉으로 문구를 숭상할 따름인데, 어찌 마음을 의논할 사람이 있겠습니까?"

하였다. 평중이 말하기를,

"어제 오늘 기약을 정하고 우연히 글 하나를 이루었는데, 용졸함을 웃지 마십시오."

하니, 그 글에 이렇게 말하였다.

금문의 조서를 기다리매 한 쌍 기를 머무르니
강남의 높은 재주가 구경을 통하였도다.
흉금을 한 번 파하매 봄 낮이 길고
떠나는 의사를 견디지 못하니 저녁의 해 푸르렀도다.
영화로운 이름은 이미 문채를 이음이 드러났거늘
상서의 기운이 바야흐로 객성에 비침을 보리로다.
내일 그대를 찾고자 하매 자주 밤을 보니
새벽하늘이 발 밖에서 오히려 깜깜하도다.
金門待詔駐雙旗 江表高才通九經
一破襟期春晝永 不堪離思暮岑靑
榮名已闡承文彩 瑞氣方看映客星
明欲訪君頻視夜 曉天廉外尙冥冥

엄생이 보기를 마치고 말하기를,

"정이 깊은 말이라 차마 여러 번 읽지 못하겠습니다."

하니, 반생이 말하기를,

"홍형은 문견이 넓고 술업을 통하지 못하는 바가 없는데, 시를 짓지 않는 것은 무슨 연고입니까?"

내가 말하기를,

"본디 음영吟詠에 벽호癖好(몹시 좋아함)가 없고, 혹 뜻이 있어도 간삽乾澁함(말라서 윤택이 없고 껄껄함)을 면치 못하니, 우연히 이룸이 있어도, 다 진부한 말입니다. 이러하므로 이런 모꼬지를 당하여 한 구도 지어내지 못하니 극히 부끄럽습니다."

내가 엄생에게,

"서림 선생의 자세한 덕행을 듣고 싶습니다."

라고 하니, 엄생이 말하기를,

"서림 선생은 항주성 밖에 있으며, 지은 글이 80권이 있는데 이름은 『취빈록吹豳錄』이라고 합니다. 음률을 강론한 말이고, 손수 일곱 번을 고쳐 베낀 후에 이룬 것입니다. 또 40권의 책이 있어 이름을『설문리동說文理董』이라고 하는데 이 책은 아직 정본을 이루지 못하였습니다. 저도 의론에 참여하여 망령된 의심을 질정하면, 선생께서 너그러움이 극진하여 조금도 괴이히 여기지 아니할 것입니다. 그 시율은 한위漢魏와 성당盛唐을 숭상하니 구법이 극히 근엄한 까닭에 근래 시인 가운데 미칠 사람이 적을 것입니다.

선생은 극진히 모친을 섬기는 효자이니, 선생이 나이 60에 이르렀을 때 모친이 이미 90을 넘었습니다. 저녁이면 반드시 모친이 있는 곳에 나아가고, 모친이 눈이 멀었으므로 손으로 아들의 이마를 어루만지니, 선생이 일찍이 상처하고 30년을 홀로 있어 밤이면 모친을 모시고 잡니다. 등을 두드리며 가려운 곳을 긁는 일이라도 다 손수하고 비첩에게 맡기지 않았는데, 3년 전에 모친이 죽으니 선생의 슬퍼함이 예禮를 넘어섰습니다. 그 행실이 이러하나 다만 한 병통이 있는데, 불도佛道를 숭상하여 여러 가지 불경을 외우지 않는 것이 없습니다."

내가 말하기를,

"성한 덕과 지극한 행실이 사람으로 하여금 마음이 감동하나 다만 불도를 숭상함이 극히 아까운 일입니다. 송나라 때 윤화정尹和靖[82]은 정자程子의 높은 제자였지만 오히려 날마다 『금강경』을 외웠으니, 선생의 마음이 어찌 화정의 일을 본받았습니까?"

엄생이 말하기를,

"윤화정을 본받음이 아니라 『능엄경楞嚴經』을 매우 좋아하고 또 불도의 보응報應하는 일을 이르기를 좋아하는 것입니다."

내가 말하기를,

"『능엄경』은 비록 불도의 말이나 마음을 의논한 곳에는 진실로 묘한 말이 많은데 보응하는 말에 이르러는 극히 낮습니다. 어찌 아깝지 않겠습니까?"

엄생이 말하기를,

"능엄경은 저도 또한 보기를 좋아하며 마음을 다스림에 가장 좋습니다. 그 마음을 의논한 곳의 근본은 우리 유도儒道와 더불어 큰 분별이 없는데, 마침내 대단한 분별에 이른 까닭은 오로지 빈 것을 숭상하기 때문입니다."

내가 말하기를,

"우리 유도儒道의 마음을 의논함이 지극히 분명하고 스스로 즐거운 곳이 있으니 어찌 내 도를 버리고 밖으로 다른 데서 구하겠습니까?"

엄생이 말하기를,

"불도의 『능엄경』과 도가道家의 『황정경黃庭經』과 유도의 '분을 징계하며 욕심을 막고 가벼움을 바로 하고 게으름을 경계하라懲忿窒慾矯輕警惰'라는 여덟 자는 평생에 심히 좋아하는데, 제가 유도에서 얻은 것이

---

82 윤화정(1071~1142)은 이름이 돈焞으로, 자는 언명彦明이며 호는 삼외재三畏齋 또는 화정처사和靖處士이다. 낙양인洛陽人이며 이천伊川의 제자다.

있으면 이 여덟 자뿐이요, 마음을 바로 하고 뜻을 성실히 함에 이르러는 오히려 크게 어렵게 여깁니다."

이때 반생이 밖에서 들어와 『능엄경』을 논하는 것을 듣고 말하기를,

"저는 『능엄경』을 외움에 있어 반드시 손을 씻은 후에 책을 붙들고, 또 손수 불경 베끼기를 좋아합니다."

내가 희롱하여 말하기를,

"두 형이 불도를 존숭함이 이러하니 후생에 반드시 천당에 오를 것입니다."

하고, 크게 웃었다. 엄생이 말하기를,

"제가 『능엄경』을 봄은 다름이 아니라 몇 년 전에 중한 병을 얻어 거의 죽기에 이르렀을 때, 우연히 이 글을 보니 몸과 마음에 크게 유익함이 있어 한 첩 시원한 약을 먹은 듯했습니다. 그때에 생각하기를 사람의 일신이 천지 기운으로 우연히 모였으니 생사가 정해짐이 있는데 어찌 마음에 거리끼겠는가 하여 마침내 이로써 병이 나았으나, 이후에는 다시 보는 일이 없습니다."

반생이 말하기를,

"엄형은 날마다 '능엄주楞嚴呪'를 외웁니다."

엄생이 말하기를,

"이 일도 병중에 죽기를 저어하는 때의 일이고 요사이 일이 아닙니다. 그러나 세상 사람이 욕심에 얽혀 죄악에 빠짐이 『능엄경』의 이른바 '아난阿難의 일'[83]과 같습니다. 이런 까닭에 그 글을 읽으면 스스로 병통을 깨침이 많은 고로 우연히 보았는데, 이제 생각건대 어찌 유도에 미치겠습니까? 이런 도리를 일러도 유도의 의논한 말이 지극히 절실하고 지극히 평순하니, 어찌 멀리 외도外道에서 구하고자 하겠습니까?"

---

83 『능엄경』에서 부처의 제자 아난이 마등가 여인의 주력에 의해 마도에 떨어지려는 것을 부처가 구출한 일을 말한다.

내가 말하기를,

"불도를 좋아하는 것은 송나라 때 선현이 면치 못한 일입니다. 필경 정도로 돌아가면 한때의 미혹함이 괴이치 아니하거니와, 인하여 외도에 빠지고 돌아가기를 잊으면 어찌 아깝지 않겠습니까?"

엄생이 말하기를,

"염계濂溪(주돈이) 선생은 송나라 때의 큰선비인데, 처음에는 불도를 배우다가 필경은 정도로 돌아갔습니다."

내가 말하기를,

"불도는 마음을 의론함이 시속 선비들이 미칠 바가 아니고, 욕심을 파탈하여 세상에 거리낄 일이 없으니, 이러하므로 높은 사람이 더욱 혹하기 쉽습니다."

엄생이 말하기를,

"'잡으면 있고 놓으면 도망하여 출입이 정한 때가 없고 그 향함을 알지 못한다操則存 舍則亡 出入無時 莫知其鄉'[84] 하므로, 공자가 마음을 의론한 것이 극히 적실하여 불도가 미칠 바 아니니, 어찌 외도를 구하겠습니까?"

또 말하기를,

"내 어찌 감히 거짓말을 하겠습니까? 이전에는 실로 불경을 좋아했지만, 다만 부처에게 아첨하여 보응을 희망하는 것은 용렬한 승속의 일입니다. 어찌 마음에 거리끼겠습니까?"

내가 말하기를,

"그대 장처長處를 취하여 나의 마음을 다스리는 공부를 돕는 것이 혹 해롭지 아니하나, 다만 한 번 빠지면 몸을 돌려 돌아오지 못할까 저어합니다."

엄생이 말하기를,

---

84 『맹자』「고자告子」상편에 나오는 말이다.

"스스로 생각하여도 반드시 그 지경에 이르지 않을 것입니다. 평생에 『근사록近思錄』 보기를 심히 좋아하니, 만일 마음이 외도에 있으면 어찌 이 글을 보고자 하겠습니까? 세간에 총명한 사람이 없지 않지만 진실한 곳을 구하는 사람이 적은지라, 한 번 『근사록』을 대하면 문득 졸음을 이기지 못하니 어찌 가련치 않겠습니까?"

내가 말하기를,

"내 어찌 아첨하는 말을 하겠습니까? 형의 재주와 뜻이 시속 선비에 비할 바가 아니요, 『근사록』을 좋아하는 것에서 외도에 빠지지 않았음을 볼 수 있습니다. 스스로 민첩한 재주를 믿지 말고 더욱 진실한 공부를 힘써 필경 원대한 경지에 나아감을 바랍니다."

엄생이 말하기를,

"내 평생에 학문 강론하기를 좋아하지만 뜻이 같은 사람이 없음을 한하다가, 오늘날 형을 만나니 우리의 도가 고단孤單치 않음을 다행히 여깁니다. 다만 서로 말을 통치 못하고 지필로 수작을 대하니, 어찌 회포와 소견을 극진히 펼 길이 있겠습니까?"

하였다. 내가 말하기를,

"유도의 요긴한 공부를 의론하면 '먼저 혼자 아는 곳을 조심하라愼獨' 하였으니, 원컨대 그 의사를 자세히 듣고자 합니다."

엄생이 말하기를,

"이는 미묘한 의론이어서, 어찌 망령되게 말을 하겠습니까? 다만 스스로 알지 못하는 곳이 있으니 이곳의 공부를 이루지 못하면 혼자 아는 곳의 시비사정是非事情을 이루 분별치 못할 것입니다. 이런 까닭에 옛사람이 함양하는 공부를 중히 여겼지만, 털끝만큼이라도 어긋남이 있으면 불도에 빠지기 쉬우므로 매우 위태한 곳입니다."

내가 말하기를,

"형의 의론이 높습니다. 이곳은 착수하여 공부를 베풀 곳이 아니고 착수를 않기도 어려우니, 오직 몸과 마음을 하나같이 공경을 주로 하면 거의 멀지 않을 것입니다.”

엄생이 말하기를,

“우리는 도를 배우는 이름이 있으나 다만 겉으로 대단한 과악過惡(지난날의 죄악)이 없을 따름이나, 심술心術의 정미精微한 곳은 종종 허물을 이기어 이르지 못할 것입니다. 시율과 그림을 좋아함은 또한 옛사람이 허락한 일이 아닌데, 하루아침에 벗어나지 못함을 부끄러워합니다.”

하였다. 내가 말하기를,

“시와 그림은 선비의 재주입니다. 마음을 소창消暢하고 공부에 해롭게 하지 않으면 무슨 해로움이 있겠습니까만, 다만 과도히 좋아하고 집착하여 한 재주로 이름을 이루면 어찌 일생을 헛되이 보냄이 아니겠습니까?”

엄생이 말하기를,

“만일 진실한 공부를 힘쓰면 남은 힘으로 이런 재주를 일삼아도 혹 해롭지 않겠지만, 우리 무리는 공부와 마음을 쓰는 곳이 이런 재주에 편벽됨이 많으니 심히 두려워합니다.”

내가 말하기를,

“학문에 뜻이 없는 자는 스스로 허물을 알지 못합니다. 형은 허물을 살핌이 이같이 간절하니, 평소의 독실한 공부를 가히 알겠습니다. 내 비록 민첩하지 못하나 말을 들으니 그 뜻을 짐작할 것이니, 형은 더러움을 혐의치 말고 아름다운 의론을 많이 이르기를 바랍니다.”

엄생이 말하기를,

“잃어버린 마음을 구함이 학문의 요긴한 공부로되, 다만 때때로 살피고 깨달아 간단치 않음을 귀히 여깁니다.”

하였다. 내가 말하기를,

“우리의 공부가 크게 나아가지 못하는 것은 오로지 잊는 데 죄가 있음이니, 진실로 잠시라도 그치거나 끊어지지 아니하면 어찌 날마다 나아감이 없겠습니까?”

엄생이 말하기를,

"송나라 때 이연평李延平[85]은 사람의 머리 모양이 바르지 않음을 엄히 꾸짖고, 유원성劉元城[86]은 사람을 대하여 날이 마치도록 부질없이 수족을 옮기지 아니하였습니다. 이런 일이 비록 배우기 어려우나 실로 초학 공부의 가장 긴급한 일일 것입니다."

내가 또 말하기를,

"몸이 정제하면 마음이 전일하고 밖을 제어함은 안을 평안히 하는 것이니, 형의 의론이 가장 좋습니다. 다만 말하기는 어렵지 않으나 말을 실천함은 심히 어려우니, 입으로 좋은 말을 이르고 그 말을 몸소 실천하지 못함이 도리어 말이 없는 것만 같지 못합니다. 이것이 가장 두렵습니다."

엄생이 말하기를,

"정자程子가 이르시기를, '한 번 공경하면 100가지 사특한 마음을 이긴다敬勝百邪' 하였으니 이 말씀이 가장 유미牖迷(어리석은 사람을 깨우쳐 줌)가 있습니다. 또한 육방옹陸放翁[87]의 시에 말하기를, '취한 후에 오히려 온화하면 바야흐로 덕을 이룰 것이고, 꿈에서도 또한 공경하여야 비로소 공효를 보리라醉猶溫克方成德 夢亦齊莊始見功'라고 하였는데 나는 평생에 이 말을 좋게 여깁니다."

내가 말하기를,

---

85 이연평(1093~1163)은 이름이 동侗이며, 자는 원중愿中이다. 송나라의 성리학자로 정이程頤 두 사람의 제자이자 주희의 스승이다. 주희와 편지를 주고받은 『연평답문延平答問』이 전한다.

86 유원성(1048~1125)은 이름이 안세安世, 자가 기지器之이다. 청년기에 진사에 급제하였으나 관직에 나아가지 않고 사마광에게서 학문을 배우다가, 사마광이 재상에 오른 뒤 그를 비서성정자秘書省正字로 천거했다. 그 뒤 좌간의대부左諫議大夫, 보문각대제寶文閣待制를 역임했다. 강직한 성품으로 임금에게 직언을 두려워하지 않아 '전상호殿上虎'라 불리었다고 한다.

87 육유陸游(1125~1210)는 남송의 시인으로 자字는 무관務觀이고, 방옹放翁은 그의 호이다. 지금의 절강성浙江省 소흥시紹興市인 월주越州 산음현山陰縣 사람이다. 평생에 걸쳐 1만여 편의 시를 남겼으며, 남송 제일의 시인으로 일컫는다. 저서로 『검남시고劍南詩稿』, 『위남문집渭南文集』, 『방옹일고放翁逸稿』, 『남당서南唐書』, 『노학암필기老學庵筆記』 등이 있다.

"정자가 이르시기를, '꿈속에서 가히 배움의 얕고 깊음을 징험하리라夢中可驗所學之淺深'하였으니 이는 다 사리에 꼭 맞는 의론입니다.

엄생이 말하기를,

"우리들이 사람을 향하여 '공경을 주로 하라主敬'는 두 자를 말하면, 세상에 즐겨 듣는 사람이 몇이 있겠습니까? 진실로 공경을 숭상하면 종신의 사업이 이 밖에 나지 아니하니, 사람이 살필 줄을 모름이 어찌 애달프지 아니하겠습니까?"

이 밖에 수작한 말이 많지만 이루 다 기록하지 못한다. 날이 이미 늦었는지라 두어 그릇의 음식을 탁자에 벌이고 먹기를 권할 때, 반생이 캉 아래 교의 위에 앉고 큰 탁자를 대하여 평중의 종이에 그림을 그리다가 붓을 던지고 나아와 문답한 것을 보고 시와 그림을 경계한 말에 이르러 말하기를,

"시와 그림이 무슨 해로움이 있겠습니까?"

하며 크게 웃었다. 내가 엄생에게 물어 말하기를,

"형의 인장은 다 친히 새긴 것입니까?"

엄생이 말하기를,

"친히 새긴 것이 없지는 않습니다. 저번에 도서들을 보내며 처음에는 새겨 보내고자 하였으나, 새기는 칼을 행중에 가져오지 않고 또 처음으로 새기기를 배워 수단이 극히 추한지라 뜻을 이루지 못하였습니다."

내가 말하기를,

"공졸工拙을 어찌 의논하겠습니까? 다만 형의 수적手迹을 얻어 고인의 뜻을 귀히 여기고자 할 따름입니다."

하니, 엄생이 말하기를,

"이미 추하기를 혐의스럽게 여기지 않으면 어찌 후한 뜻에 대답하지 아니하겠습니까?"

하였다. 반생이 말하기를,

"지난번 관중에 이르러 음식에 전약煎藥[88]이 있었지만, 평생에 쇠고

기를 먹지 않으므로 맛보지 못하였습니다. 그런데 돌아와 종의 말을 들으니 그 맛이 대단히 아름다워 중국 음식이 비할 데가 없다 하니, 침이 흐르는 것을 깨닫지 못하였습니다. 두어 조각 얻기를 청합니다."

내가 묻기를,

"그것은 어렵지 않은 일이지만 쇠고기를 먹지 않는 것은 무슨 의사입니까?"

반생이 말하기를,

"금령이 심히 엄하여 민간에서는 사사로이 도축할 엄두도 못 내니, 비록 먹고자 하여도 얻을 길이 없으며 다른 뜻은 없습니다."

내가 말하기를,

"연전에 복건성 사람이 우리나라에 표류하여 이르렀는데 또한 쇠고기를 먹지 않거늘 그 까닭을 물으니 대답하기를 '그곳에 신통한 귀신이 있어 이름을 제천대성齊天大聖이라 하니, 그 귀신이 쇠고기를 먹지 않는 고로 우리들도 감히 먹지 못합니다' 하니 이 말은 무슨 곡절입니까?"

반생이 웃으며 말하기를,

"과연 그런 말이 있지만 진실이 아니요, 미혹한 백성을 속여 사도를 금하고자 하는 것입니다."

내가 말하기를,

"우리나라의 율곡 선생은 큰선비입니다. 평생에 쇠고기를 먹지 아니하며 말하기를, '이미 그 힘을 먹고 또 그 고기를 먹음이 어찌 옳으리오旣食其力 又食其肉 可乎'하니 이 말이 어떻습니까?"

반생이 말하기를,

"이는 과연 군자의 소견입니다."

---

88 전약은 동짓날에 먹는 음식의 하나로, 쇠가죽을 진하게 고아서 꿀과 관계官桂·건강乾薑·정향丁香·후추 따위의 가루와, 대추를 쪄서 체에 거른 고膏를 섞어 푹 끓인 후에 사기그릇에 담아 굳혀 만든다.

두 사람의 아들 수를 물으니 반생이 말하기를,

"저는 두 아들이 있는데 맏이는 일곱 살이고 이름은 시민時敏이며, 둘째는 네 살이고 이름은 학민學敏입니다. 엄형은 아들이 하나 있는데 나이는 열 살이고 이름은 앙昻입니다."

내가 묻기를,

"남방에도 역질이 있습니까?"

반생이 말하기를,

"천하가 한가지입니다."

하였다. 평중이 네 장 종이에 두 사람의 그림을 청하니, 그리기를 마치고 각각 기록한 글이 있었다. 엄생의 글에 이르기를,

> 띳집이 푸르고 희미한 데 들었으니
> 영원히 시속 뜻과 더불어 다르도다.
> 좋은 손이 우연히 서로 찾으니
> 아침볕이 처음으로 옷에 오르도다.
> 솔 사이에 쇠잔한 이슬이 떨어지고
> 산봉우리 밖으로 외로운 구름이 나는도다.
> 나 또한 멀리 가기를 생각하여
> 뫼 가운데 고사리를 캐고자 하노라.
> 茅堂入翠微 永與俗情違
> 好客遇相訪 朝陽初上衣
> 松間殘露滴 嶺外孤雲飛
> 余亦懷長往 山中採蕨薇

하였고, 반생의 시에 이르기를,

> 가을 기운이 소조하고 늦은 뫼 밝으니

한가한 마음과 들의 뜻이 일시에 나는도다.

어느 때에 솔 아래 작은 집을 지어

앉아 푸른 뫼를 대하고 성에 들지 않으리오.

秋氣蕭條巒峀明 閑心野趣一時生

何時小築松茅屋 坐對靑山不入城

하였다. 보기를 마치고 평중이 말하기를,

"동국에 돌아가면 동료들에게 자랑하고 길이 보배를 삼아 천고에 썩지 않을 것이니, 이로부터 두 형의 이름이 장차 해동에 머무를 것입니다."

엄생이 말하기를,

"우리는 소졸한 재주여서 족히 일컬을 것이 없지만, 두 형과 더불어 아름다운 모꼬지를 이루니 두 형의 이름이 또한 중국에서 썩지 않을 것입니다. 바야흐로 홍형의 서독書牘(편지)과 김형의 시전詩箋으로 삼가 접책摺冊(종이를 접어 만든 책)을 만들어 전하여 자손에게 뵐 것입니다. 다른 날에 망령되이 글을 지어 세상에 전하고자 한다면, 이번 이상한 사적을 반드시 누누이 일컬어 훗사람으로 하여금 두 형의 높은 행적을 살펴, 우리가 청음 선생을 존앙함과 다름이 없게 할 것입니다. 세 분 대인의 수적 또한 전하여 썩지 아니할 것입니다."

평중이 말하기를,

"이제 두 형을 만나 문득 지기로 일컬으나, 이별이 총총하고 다시 만날 기약이 없으니, 어찌 슬프지 않겠습니까?"

반생이 또한 눈물을 머금고 말이 없었다. 엄생이 말하기를,

"지난번에 내가 홍형에게 준 편지에 이른 말이 있는데, 오직 하늘을 우러러 길이 탄식하고 일백 근심이 섞이어 모일 따름이라 난공蘭公(반정균의 자)이 눈물을 흘린들 무슨 유익함이 있으리오."

하였다. 이때 돌아갈 기약을 망전望前(보름 이전)으로 계교하는지라, 이

날 모인 후에 다시 만나기를 기약하지 못하는 고로 주객의 기상이 다 참담하여 서로 슬픔을 이기지 못하였다. 내가 말하기를,

"한 번 이별한 후에는 다시 만날 날이 없으나, 다만 두어 자 필적으로 만 리 소식을 통하면 또한 서로 생각하는 마음을 위로할 것입니다."

반생이 말하기를,

"이 일을 엄형과 더불어 충분히 의논하여 한 사람을 얻었는데, 성은 서徐요 별호는 낭정朗亭이니, 저의 표형表兄이요 또한 항주 사람입니다. 북경에 과거를 보러 왔다가 참여하지 못하여 머물러 푸자를 열고 매매로 생리를 삼습니다. 서로 편지를 통코자 한다면, 이 사람에게로 해마다 부치는 것이 해롭지 않을 것입니다."

평중이 말하기를,

"돌아갈 기약이 멀지 않고 날이 이미 저물었으니, 마지못하여 이별을 고합니다."

엄생이 말하기를,

"두 형이 떠나기 전에 한 번 변변찮은 곳에 와 하룻밤 베개를 연하고 각각 회포를 충분히 의논하는 것이 어떠합니까?"

평중이 말하기를,

"이런 뜻이 어찌 없을까마는 이목이 번거롭고 출입에 거리껴 뜻을 이루지 못할까 합니다."

엄생이 말하기를,

"여러 대인들은 괴이히 여기지 않을 것이지만, 아문의 책망을 걱정하는 것입니까?"

반생이 또 묻기를,

"두 형이 오늘 이곳에 오는데 대인이 괴이히 여기지 아니하였습니까?"

하였다. 내가 말하기를,

"대인은 신분이 우리와 달라 친히 나오지 못하기 때문에 우리를 권

하여 보내고 수작한 종이로 높은 의론을 듣고자 하는데, 어찌 괴이히 여기겠습니까?"

반생이 크게 기뻐하며,

"대인은 참으로 아담하고 기특한 사람입니다."

내가 말하기를,

"오늘 모인 후로는 다시 나오기를 기약하지 못할 것입니다. 제가 한 묘책을 생각해 보았는바 우리가 떠나는 날에 두 형을 청하여 동쪽 수십 리 밖의 조용한 전방을 얻어 하룻밤 모임을 도모코자 하는데 두 형의 뜻은 어떠합니까?"

두 사람이 서로 돌아보고 이윽히 의논하다가 반생이 말하기를,

"이 일은 심히 어렵습니다. 우리가 북경을 처음으로 와서 수십 리 밖의 형편을 알지 못하고 또 조용한 곳을 얻기 어려울 뿐 아니라 우리의 행색이 이목의 번거로움을 면치 못할 것입니다. 진실로 원하는 바이지만 상책이 없을 것으로 여깁니다."

내가 말하기를,

"조용한 곳을 얻음은 어려운 일이 아닙니다. 성 밖 수십 리 사이에 무수한 전방이 있어 왕래하는 행객이 임의로 머무니, 두 형이 하룻밤 파탈擺脫[89]을 어렵게 여기지 않는다면 조용한 곳을 얻지 못하겠습니까?"

엄생이 말하기를,

"조선 사신의 일행이 적지 않을 것인데, 우리 두 사람의 행적이 어찌 불편치 않겠습니까?"

내가 말하기를,

"일행이 길을 떠난 후로는 통주를 향할 것이므로, 우리는 홀로 떨어져 서로 기다리고자 합니다."

---

89 파탈은 형식이나 예절에서 벗어난다는 말이다.

엄생이 말하기를,

"서로 주인(묵는 곳)을 찾으며 소식을 통함을 깊이 헤아려 온당한 묘책을 찾는 것은 오로지 우리의 생각에 달렸겠지만, 두 형에게 만일 불편한 사단이 생긴다면 어찌 억지로 청할 뜻이 있겠습니까? 이것은 다시 생각할 일이요, 우리가 염려하는 바는 이목의 번거로움을 저어하는 것입니다. 우리의 행색이 또한 수레와 말을 버리지 못할 것이요, 서둘러 푸자로 들어가면 푸자 주인이 있을 것이라 서로 모이는 행적을 종시 감추지 못할 것이니, 문득 결정치 못하겠습니다."

내가 말하기를,

"우리 또한 모르지 않지만, 다만 형이 있는 곳이 인객의 분요함(어수선하고 소란스러움)을 면치 못하고, 또 조용한 밤이 아니면 각각 회포를 펴기 어려운 고로 마지못하여 이 계획을 생각하였습니다. 우리는 다른 거리낄 일이 없지만 다만 두 형에게 털끝만큼이라도 불편할 일이 있으면, 필경 한 번 이별은 면치 못할 것이니, 어찌 구구한 아녀자의 태도를 부리겠습니까?"

두 사람이 다 기색이 참연하였다. 엄생이 탄식하여 말하기를,

"옛사람이 이르기를 '장부는 비록 눈물이 없지 않으나 이별할 때 뿌리지 않는다丈夫非無淚 不灑別離時'[90] 하니 이 글을 지은 자는 필연 이별의 괴로움을 겪지 못하였을 것입니다."

반생은 말하기를,

"옛사람이 이르기를 '잠깐 노니 일만 리요, 잠시 이별하니 일천 년이라暫遊萬里 小別千年'[91] 하니 어찌 슬프지 않겠습니까?"

두 사람이 다 슬퍼함을 이기지 못하므로 내가 위로하여 말하기를,

"오히려 한번 만날 날이 있으리니 어찌 이별하는 말을 베풀 것입니

---

90 원대 작가 고명高明(1305~1359)의 희곡 「비파기琵琶記」에 나오는 말이다.
91 남북조시대 문인 강엄江淹(441~505)의 「별부別賦」(『문선文選』 권16)에 있는 말이다.

까? 우리가 다시 나오는 것은 어렵지 아니하나 다만 두 형에게 누가
됨이 있을까 저어합니다."

반생이 말하기를,

"이 집의 주인이 심히 어질고 저와 정분이 깊어 실로 번거로운 일
이 없습니다. 오늘 날이 이미 늦었으니, 두 형께서는 머물러 하룻밤
조용한 수작을 이룸이 어떠합니까?"

내가 말하기를,

"어찌 뜻이 없겠습니까? 다만 길을 떠난 후에는 행지行止를 거리낄
곳이 적거니와 그 전에는 아문이 있어 밤에는 출입을 엄히 금하니, 감
히 이 계교를 하지 못합니다."

반생이 말하기를,

"오늘 돌아가지 않은들 누가 알 리 있겠습니까? 필연 다른 곡절이
있는 것입니다."

내가 말하기를,

"우리의 행색이 심상한 하인과 다른 까닭에 출입에 아문이 유의하
여 살피니 필연 속이지 못할 것입니다. 혹 들어가는 일이 있으면 우리
가 이를 것이 없지마는 두 형에게 누가 됨이 적지 않을까 저어하는 것
입니다."

엄생이 말하기를,

"그것은 염려할 일이 아닙니다. 오늘 돌아가지 않고 내일 천천히 관
으로 들어가면 여기 머문 줄을 저희가 어찌 알 것입니까? 이곳 붕우
들도 이런 일이 잦아서 비록 이불을 함께 하는 일은 없으나 상을 함께
함은 혐의치 아니하니, 무슨 거리낄 일이 있겠습니까? 그러나 오늘
머물기를 어려이 여기면 길을 떠나는 날 바로 이곳에 이르러 하룻밤
별회를 의논함이 어떻습니까?"

내가 말하기를,

"일행이 길을 떠나는데 홀로 떨어져 다른 곳을 향하면 아문이 어찌

의심치 않겠습니까? 이런 수작은 도무지 한만閑漫한(한가하고 느긋한) 생각이니 한갓 마음을 어지럽힐 따름입니다. 다만 돌아갈 기약이 오히려 7~8일이 있으니 이곳의 이목이 불편함이 없으면, 다시 나오는 것이 무슨 어려움이 있겠습니까?"

반생이 말하기를,

"이 집은 골이 궁벽하고 이웃 사이에 번거로울 염려가 없으니, 형이 이미 어렵게 아니 여기면 어찌 한 번 왕림하기를 아끼겠습니까? 우리는 간항簡亢(뜻이 크고 오만함)한 성품이라 속객을 만나면 잠깐이라도 괴롭고 번거로운 마음을 참지 못하고, 홀로 두 형을 만나면 날이 저무는 것을 깨닫지 못하니 옛사람이 이르기를, '그대와 더불어 하루를 말하면 100년 글을 읽음에 비하지 못하리라' 하였습니다."

엄생이 말하기를,

"간혹 아는 사람이 있으나 우리의 기특한 연분을 흠선欽羨할 따름이니, 어찌 괴이히 여김이 있겠습니까?"

몸을 일으켜 돌아오고자 할 때 두 사람이 다시 만나기를 누누이 청하거늘 4~5일 사이에 언약을 하였다. 이때 날이 이미 저물었는지라 덕유가 수레를 세우고 여러 번 재촉하니, 주객이 다 캉 아래에 내려와 각각 붓을 들고 황망해 하는 거동이 도리어 모르는 사람의 웃음을 면치 못할 지경이었다. 두 사람의 종들이 다 괴이히 여기고 의심하는 기색이었다. 문을 나서려고 할 때 반생이 접책 한 권을 가지고 말하기를,

"두 형과 세 분 대인의 필적을 얻고자 하니, 두 형은 비록 하고자 아니하여도 억지로 구하겠지만 대인들이 괴로이 여길까 저어합니다."

내가 말하기를,

"무슨 괴로이 여김이 있겠습니까? 내 스스로 담당할 것이니 염려 마십시오."

하고, 그 책을 받아 품고 나왔다. 이때 엄생이 우리나라 부채 세 자루를 내어 세 사신의 필적을 청하거늘, 내가 또한 허락하여 한가지로 감

추고 중문에 이르러 서로 이별하고 수레를 바삐 몰아 돌아왔다. 관에
이르니 문을 거의 닫게 되었고, 돌아온 후에 들으니 각각 부채 두 자
루를 덕유에게 주었다고 했다.

2월 초9일 관에 머물다

식후에 선자지扇子紙 넉 장과 설화지雪花紙 열일곱 장 그리고 전약 두어 조각을 봉하여 덕유에게 주어 간정동에 보내며, 그 편지에 이렇게 말했다.

밤이 돌아오는데 두 형의 기거는 평안하십니까? 어제의 만남은 날이 마치도록 심곡心曲을 의론하여 두어 날 서로 생각하던 회포를 적이 위로하였습니다. 다만 여러 번 만나니 이별의 괴로움은 더욱 심하여 발을 치고 쇠잔한 촛불을 대하며 객관의 외로운 심사를 더욱 진정치 못하고, 베갯머리에 나아가 눈을 감으니 황홀한 사이에 두 형이 좌상에 있으면서 웃고 말하는 거동이 정녕丁寧(대하는 태도가 친절함)하였습니다.

문득 놀라 깨치고 인하여 잠을 이루지 못하니 마음을 억지로 위로하며 '나는 외국 사람이어서 저들과는 더불어 각각 칠천 리 밖에 있으니, 풍마우에 서로 미칠 곳이 아니다.[92] 비록 우연히 사귀어 정분이 깊으나 필경은

---

92 원문은 "풍마우불상급風馬牛不相及"이다. 바람난 말과 소라 할지라도 서로 미치지 못한다는

내게 무슨 관계가 있겠는가'라고 스스로 말하고, 혼자 웃으며 연연하는 생각을 적이 잊을 듯했습니다. 그러나 잠깐 사이에 억지스러운 마음이 홀연히 흩어져 한없는 근심이 그 가운데 가득하여 동창이 밝도록 종시 잠을 이루지 못하니, 이 정상을 생각건대 어리석지 아니하면 미친 일입니다. 또한 무슨 연고로 이 지경에 이른 줄을 깨닫지 못하니, 두 형이 들으면 필연 웃다가도 한편으로 슬퍼할 것입니다.

평생에 그윽이 말하기를, '마음이 합하는 사람을 얻어 마음이 합하는 일을 의논하는 것은 천하의 제일 즐거움이라' 하여, 양식을 싸고 말을 채찍질하여 발길이 이 나라에 닿아 뜻 가운데 사람을 한번 만나기를 원하였습니다. 그런데 사람의 마음이 내 마음과 같지 아니하고 낯을 보는 것이 이름을 듣는 것에 미치지 못하고, 반평생이 몹시 양양우우凉凉踽踽[93]하여 종시 뜻을 이루지 못하였습니다. 그러므로 분울한 마음을 이기지 못하고 망령되게 천하를 구할 계교를 품었으니, 어찌 오활迂闊하지[94] 않겠습니까? 그렇지만 정신이 극진한 곳은 하늘이 또한 사람의 마음을 좇는 것이니, 기특한 인연이 공교하게 합하여 한 번 만남에 마음을 기울이고 간담을 비추어 천고에 기이한 자취를 이루었습니다. 수일을 좇아 놀아도 이미 몸이 용문龍門에 오르고 일생에 영행榮幸한 일일 것입니다.

그런데 이제 몸이 다하도록 이택麗澤의 즐거움[95]을 누리지 못하고 이별을 당하여 척척慽慽한 슬픔을 이기지 못하니, 진실로 사람의 마음이 만족함을 알지 못하는 것입니다. 불도에서 윤회하는 의론이 만일 헛되지 않을진댄, 원컨대 후생을 기다려 서로 아우가 되며 형이 되고 스승이 되며 벗이

뜻으로, 서로 멀리 떨어져 있어 전혀 무관함을 비유하여 이르는 말이다. 『사기史記』 「제환공기齊桓公紀」 참조.

93 양양우우는 외롭게 터덜터덜 걸어가는 모양을 뜻하는 말이다.

94 '오활하다'는 사리에 어둡고 세상 물정을 모른다는 말이다.

95 이택은 『주역周易』, 「태兌」의 다음 문장에 나오는 말이다. "이어진 못麗澤이 태兌이니, 군자가 이를 본받아 붕우가 강론하고 익힌다." 왕필은 여기에 주하기를 '이보다 더 기쁘게 해줄 수 있는 것이 없다'고 하였다.

되어, 삼생三生에는 당치 못한 연분을 마치고자 할 따름입니다.

다시 한 말씀 드리면 생전에는 다시 만날 기약이 없으니 각각 자손을 경계하여 대대로 옛일을 강론하여 감히 잊지 않도록 하면, 혹 피차 후생이 이전 연분을 끊지 않고 우리의 오늘 일을 다시 잊지 않을까 합니다. 처음에는 서신을 통하면서 이별의 회포와 구슬픈 사연으로 서로의 마음을 상하게 하지 말고자 하였더니, 종이를 대하면 자연 애달픈 심정을 이기지 못할 뿐 아니라, 한 번 돌아가면 비록 구슬픈 말을 이르고자 한들 누구를 향하여 베풀 곳이 있겠습니까? 붓끝을 좇아 여기에 이르니, 도리어 사람으로 하여금 한마디 큰 웃음을 면치 못할 것입니다. 도장 새길 돌은 이미 높은 허락을 얻었으므로 부쳐 보내니, 반형이 또한 새기기를 능히 한다면 수고를 나눔이 해롭지 않을 것입니다. 이는 공졸工拙을 의논하려는 것이 아니라, 돌아간 후에 두 형의 수적을 어루만져 천애의 생각을 위로하고자 함입니다. 전약과 종이는 여행 중에 가져온 것이니 살펴 받으시길 바라고, 동국의 풍속은 편지와 서화에는 연호를 쓰지 않으니 이후에는 변변찮은 풍속을 좇길 바랍니다. 천만 사연을 한 조각 종이로 펴지 못합니다.

덕유가 돌아와 말하기를,

"간정동에 이르렀더니 수레와 말이 문에 매였고 귀한 손님이 여럿 와 있어, 감히 들어가지 못하고 맞은편 집에 앉아 기다리는데, 반생의 종이 마침 나오거늘 불러 편지를 전하자 품에 감추고 들어갔습니다. 오랜 후에 답장을 내어다가 주며 말하기를 '손님이 많아 답장을 자세하게 못하고, 이목이 번거로워 청하여 보지 못합니다' 하고 누누이 전하였습니다."

했다. 대개 인객이 매우 분요하여 겨를이 적은데도, 우리를 만나면 손님을 기이고[96] 소소한 불편을 돌아보지 않으니, 사람을 위하여 곡진

---

[96] '기이다'는 어떤 일을 숨기고 바른대로 말하지 않는다는 말이다.

하게 하는 광경이 기특하였다.

엄생이 편지에 이렇게 말했다.

글월을 받드니 한 자를 읽으면 한 줄이 눈물이어서 사람으로 하여금 기운이 맺힙니다. 마침 분요한 일이 있어 변변찮은 회포를 자세히 베풀지 못하지만, 그러나 제가 이르고자 하는 말을 형이 이미 대신 일렀으니 다시 무슨 말이 있겠습니까? 서둘러 답장을 부치고, 바람벽을 대하여 암연黯然 (기운이 가라앉은 모습)할 뿐입니다.

반생은 답장이 없고 종이와 전약 또한 받은 사연이 없어 분요한 줄을 짐작할 만하였다. 건량관이 들어와 말하기를,
"서반 부가傅哥가 마침 캉에 왔다가 이르기를 '궁자를 여러 번 만나고 정분이 있는데 일전에 들으니 유리창 서책 푸자에서 『육임방서六壬方書』97 두어 갑을 가만히 샀다 하니 어찌 애달프지 않겠는가?' 하며 매우 노한 기색이 있었습니다."
했다. 대개 김복서가 사온 책을 필연 내가 사 온 것으로 안 것이리라. 저희에게 잠상潛商하는 의심을 들으니 극히 괴로웠지만, 사실을 밝히려 하면 김복서에게 참혹한 곤경이 돌아갈 것이므로 건량관에게 내가 아닌 줄만 타일러 이르라고 하였다.

---

97 『육임방서』는 골패 따위를 가지고 길흉을 점치는 방법을 적어 둔 책이다.

2월 초10일 관에 머물다

식전에 상사께서 간정동에 사람을 부렸더니 돌아오는 편에 반생이 편지를 부쳤는데, 그 편지에 이렇게 말했다.

어제 수서를 받았는데도 마침 손님이 번거로워 답장을 붙이지 못하니 깊이 애달팠습니다. 보내신 종이는 매우 감사하나 전약煎藥은 과히 많습니다. 이상한 맛을 실컷 먹을 뿐 아니라, 장차 돌아가 양친께 드리고자 하니 더욱 감사함을 이기지 못합니다.

길 떠나올 때 한 사람이 그림을 그린 부채 두 자루를 주기에 행장에 넣었는데 이날에야 내어 보았다. 하나는 강가에 두어 그루 나무를 그리고 나무 아래에 배 하나를 매었으니, 배 안에 한 사람이 복건도복幞巾道服으로 선창船窓에 의지하여 거문고를 타는 거동이었다. 그 위에 글을 썼는데 그 글에 이렇게 말하였다.

음악이 천 년을 무너지매 도가 따라 떨어지고

봉황의 꼬리에 속절없이 태고 적 마음을 감추었도다.
시험하여 하의[98]를 떨치고 만수를 건너니
중원에 응당 다시 지음知音이 있으리로다.
樂崩千載道隨墜 鳳尾空藏太古心
試拂荷衣灣水渡 中原應復有知音

다른 하나는 두어 가지 국화를 그리고 두 구 글을 썼는데 이렇게
말하였다.

세상에 만일 마음을 아는 사람이 있으면
이른 봄에 한 묶음 가지고 돌아오리라.
海內若有知心人 早春携歸一把來

드디어 두 부채를 봉하고 편지를 써서 덕유를 보낼 때, 시전 주설註
說과 왕양명의 일을 의론한 말이 있지만 다 기록하지 못하고 대강 말
하면 다음과 같다.

우리의 떠날 날이 아직 완전히 정해진 것이 없으니 떠나기 전에 한 번
만나는 것이 어렵지 아니하겠지만, 필경 헤어지는 괴로움을 생각하니 실
로 다시 모임을 원치 아니합니다.

저는 바다 밖 아득히 먼 작은 사람이라 처음 중국에 들어와 문득 미친
소견으로 망령되게 중국 선비를 의론하니, 참람僭濫한 기상이 적지 않습니
다. 다만 의리는 천하에 공변된 것이므로 사람마다 소견을 펼치는 것이 고
금에 통한 도리이며, 하물며 두 형이 지기로 허락하니 필연 이 마음을 살

펴야 할 터인데, 어찌 뜻을 머금고 의심을 질정치 않겠습니까? 다행히 밝은 소견을 들어 미혹한 마음을 깨치고자 하니, 감히 먼저 펼친 소견을 고집하여 지키지는 않을 것입니다.

올 때 한 벗이 있어 두 부채에 그림을 그려 길을 전송했는데, 우연히 헤쳐 보니 그 위에 두어 구의 글이 있었습니다. 그런데 '중원지음中原知音'과 '해내지심海內知心'은 비록 우연히 이른 말이지만 두 형을 만난 이후로 매양 이 두 말을 하였는데, 이 글을 보니 먼저 그 징조를 보인 것입니다. 진실로 옛사람이 시참詩讖(우연히 지은 시가 뒷일과 꼭 맞는 일)을 일컫는 것이 괴이하지 않고, 사람의 한 번 만남이 또한 정한 운수를 도망치 못하니 어찌 이상하지 않겠습니까? 그 화격과 시율은 족히 이를 것이 없으나 삼가 두 형에게 나누어 보내니 각각 두어 말로 그 위에 기록하여 협중篋中에 머물러 두기를 바랍니다.

덕유가 돌아와 말하기를,
"이날도 손님이 번거로워 오래 기다려 답장을 겨우 받아 왔습니다."
하였다. 엄생이 편지에 이렇게 말하였다.

여러 가지 의론은 더욱 형이 정세精細한 마음으로 글 읽는 줄을 볼 수 있게 하여 깊이 탄복했습니다. 마침 손님이 자리에 앉았으므로 자세히 살피지 못하나 다시 틈을 얻어 받들어 구경할 것이니, 창졸간에 대답하지 못하나 총총한 사상事狀은 필연 짐작하실 것입니다. 부채는 가르친 사연을 받들어 머물러 둘 것이며, 겨를을 얻어 다시 왕림하기를 도모하면 우리의 원하는 바가 사랑하는 부모를 기다림과 다름이 없을 것입니다.

또한 반생이 함께 대답한다고 하였다.
서산西山은 북경 제일의 구경으로 일컫는 곳이며 황제가 즐겨 노니는 곳이다. 지은 지 10년이 되었는데 궁실과 호수의 장려한 경물이 오로지 항주의 서호를 모방하여 근년에는 우리나라 사행 중에 구경하지 않는 이가 없었다. 하지만 황제가 원명원에 머물 때는 감히 나아가지 못하는 고로 지금껏 보지 못했는데, 일전에 황제가 동릉東陵[99]에 거동하여 10여 일 후에 돌아오는지라, 역관들이 아문에 의논하여 12일쯤 사행이 가시도록 정하였다. 여러 역관들과 세팔이 말하기를,

"사행을 따르면 자연 사람이 많아 일일이 구경을 못할 것입니다." 하기에, 평중을 청하여 이 사연을 이르고 내일 한가지로 먼저 가기로 결정하였다.

---

99 청 동릉은 순치, 강희, 건륭 등 청조 역대 황제와 황후를 안장한 대규모 능원으로 하북성河北省 준화遵化에 있다.

서산을 유람하다

청나라 말기 원명원의 풍경

20리를 가니 비로소 여염집이 성하고 길 남쪽으로 긴 담이 있고 담 안에 집들이 있는데, 이곳이 강희가 머물던 창춘원暢春園이다. 담 둘레가 수 리를 넘지 못하고, 담 안에 높은 집 마루가 보이지 않았는데, 담 제도와 궁실 규모를 밖에서 살피니 극히 초초하고 검소한 모양이었다. 천자의 위엄과 천하의 재력으로 이같이 검덕을 숭상하여 행락을 일삼지 않았으니, 60년 태평을 누리고 지금 성군聖君으로 일컫는 것이 괴이치 않다.

2월 11일 서산에 가다

이날은 일찍 밥을 먹고 서산을 가고자 하여, 식전에 편지를 써서 덕
유에게 주어 간정동에 보냈는데, 편지에 이렇게 말하였다.

어제 답서를 받아 마음을 위로하나 연일 귀객이 좌상에 있으므로 자세
한 회보를 얻지 못하니 매우 답답합니다. 틈을 얻어 한번 모이고자 함은
저의 소원이고, 또 제가 어느 날이라고 틈이 없겠습니까마는, 다만 형이
계신 곳이 인객이 분요하여 이목이 번거로움을 저어합니다.

오늘은 바야흐로 서산을 구경하고, 아울러 오탑사五塔寺와 만수사萬壽寺
를 보고 돌아오고자 하니, 편지를 보내어 사람으로 하여금 안부를 여쭙고
또 내일 일찍 나아갈 뜻을 아뢰어 다른 일이 없는지 알고자 합니다. 어제
부사께 보낸 글을 보니 가향家鄕 소식을 얻은 말이 있었는데, 이는 객중에
제일 기쁜 일이므로 한편으로 하례하며 한편으로는 부러워합니다. 우리는
돌아가 압록강을 건넌 후에야 비로소 가서家書를 얻을 수 있으니, 어찌 울
울하지 않겠습니까?

편지를 맡긴 후에 밥을 재촉하여 먹고, 문을 연다고 하거늘 즉시 세팔을 데리고 나가는데 성번과 차충이 따라왔다. 평중은 나중에 뒤따라오라 하고 먼저 아문에 이르니, 통관들은 미처 모이지 못하고 대사가 홀로 있다고 하였다. 동쪽 캉 밖에 이르러 문을 두드리니 대사가 나오거늘 나아가 읍하고 오늘 오탑사를 구경코자 하는 뜻을 말했다. 대사가 말하기를,

"다른 사람은 허락하지 못하겠지만, 그대는 막지 않을 것이니 일찍 구경하고 돌아오십시오."

하였다. 손을 들어 감사를 표하고 문을 나가니, 사자관寫字官 김진희와 의원 김정일과 왜역 최홍경과 이 밖에 여러 하인들이 먼저 문 밖에 나와 있어 삼사십 명이 넘었다. 대개 사행이 가실 때는 사람이 많은 고로 따르기가 어려울 줄 알고 내 가는 길에 따라가고자 하는 계교였다. 이 길을 미리 결정치 않고 다만 두어 사람만을 알게 한 것은 오로지 따르는 사람이 적어 자세히 관찰하며 구경하려는 것이었는데, 자연히 감추지 못하여 여러 사람이 따르니 매우 괴롭지만 할 수 없었다.

정양문 안에 이르러 수레를 맞추어 타고 평중을 기다리니, 평중은 부사께서 만류하여 못 온다고 하였다. 즉시 수레를 몰아 서직문西直門으로 나가 서쪽으로 수백 보를 가서 다리를 건너니, 좌우에 난간을 꾸몄는데 나무로 만들어 채색이 영롱하고 양쪽에 각각 패루를 세웠다. 세팔이 말하기를,

"이 길은 황제가 서산에 왕래하는 길이요, 이 물은 서산 호수에서 내려와 북쪽 수문으로 들어가는 물입니다."

하였다. 이곳에 이르러 서남쪽을 바라보니, 물가에 첩첩한 채각彩閣이 수풀 사이로 은영隱映하되 다 물가를 따라 서로 뻗어 있어 그 끝을 보지 못할 지경이었다. 세팔이 말하기를,

"이 물의 좌우로 30리에 지어진 집들은 다 황제가 놀이하는 곳으로, 돌아올 때 물가를 쫓아 구경할 것입니다."

하였다. 다리를 건너니 좌우 버들의 높이가 매우 성하고, 수풀 가운데 100여 보의 너른 길이 있으며, 길 가운데 수십 보 박석薄石을 깔아 40 리를 이었다. 왕래하는 거마와 인물의 화려한 경색이 더욱 성하였다. 한 사람이 큰 수레에 여남은 개의 나무 궤를 실었는데, 밖으로 그림이 그려져 있어 제양이 기이했다. 세팔에게 물으라 하니, 그 사람이 짐 위에 앉아 대답하기를,

"이는 창시場戲하는 기물器物입니다. 지난번 원명원에서 창시를 베풀어 황상이 친히 구경하였는데 이제야 돌아갑니다."

하였다. 대개 대명大明 중기부터 황제가 궁중에서 희자 놀음을 심상히 베풀며 군신의 간함을 듣지 아니하더니 지금도 이 일이 있는 것이다. 강희康熙의 명쾌한 정사政事로도 오히려 이 희롱을 끊지 못하였으니 모를 일이었다.

창춘원, 『만수성전초집(萬壽盛典初集)』.

20리를 가니 비로소 여염집이 성하고 길 남쪽으로 긴 담이 있고 담 안에 집들이 있는데, 이곳이 강희가 머물던 창춘원暢春園이다. 담 둘레가 수 리를 넘지 못하고, 담 안에 높은 집 마루가 보이지 않았는데, 담 제도와 궁실 규모를 밖에서 살피니 극히 초초하고 검소한 모양이었다. 천자의 위엄과 천하의 재력으로 이같이 검덕을 숭상하여 행락을 일삼지 않았으니, 60년 태평을 누리고 지금 성군聖君으로 일컫는 것이 괴이치 않다.

좌우에 푸자와 여염이 매우 성하고, 서쪽으로 창춘원 큰 문을 지나니 양쪽에 조산造山(인공산)을 만들어 수풀 사이에 왕왕 퇴락한 집이 있는데 오래된 분원인 모양이다. 황제의 궁궐이 지척 사이지만 사가 분원을 옮기지 않으니 또한 간솔한 규모였다.

서쪽으로 5리를 가서 원명원圓明園에 이르니 뒤쪽으로 큰 산이 둘러져 있는데 이름은 옥천산玉泉山이다. 산 앞으로 층층한 누각이 수리를 이었는데 황제가 머무는 궁실과 관원들이 모이는 마을, 부처와

현재 북경의 원명원 유적지 공원

원명원 유적지

신선의 묘당이다. 장려한 제도와 사치한 규모가 창춘원에 비하면 100배가 넘을 것이었다. 강희가 평생 검소한 정사로 60년 재물을 모았으나 도리어 다음 임금의 사치를 도우니, 한 번 성하고 한 번 쇠함은 물리物理에 의법依法한 일이지만, 조상의 가난을 생각지 않고 재물의 한정이 있음을 돌아보지 아니하니 오랑캐의 운수를 거의 짐작할 만하였다.

수풀 사이에 새로 지은 묘당이 있는데 패루와 단청이 수 년 사이에 세운 모양이요, 묘당 북쪽에는 궐문闕門이 있고 좌우로 수십 칸 행각이 있어 금벽이 서로 비추었다. 문 앞으로 큰 돌사자 한 쌍을 세웠는데 높이가 두어 길이요, 사자 동쪽으로 수백 보를 물려 붉은 살나무沙羅樹[1]를 늘어놓아 사람의 출입을 금했다. 살나무 동쪽으로 수십 보 되는 길

---

1 살나무는 쌍떡잎식물 이엽시과의 상록교목으로, 부처가 열반에 들 때 사방에 있었던 나무다.

이 있고 길 동쪽으로 큰 연못이 있는데, 사방 수삼백 보였다. 사면의 석축이 매우 정치하며 연못 동쪽에 못을 임하여 수백 칸의 푸자를 한 줄로 지었는데, 그 표묘縹渺한 누각과 영롱한 채색이 물 가운데 비치어 물결이 흔들리며 일어나는 황홀한 그림자와 이상한 경색은 지필로 전하지 못할 일이다. 세팔이 말하기를,

"이 푸자들은 수 년 사이에 지은 것입니다. 다 황상이 물역物役을 주어 사치를 궁극히 하였는데, 장사치의 생리와 오가는 사람의 음식을 위할 뿐이 아니라 오로지 기이한 구경을 위한 것입니다."

하였다. 수레에서 내려 연못 북쪽을 천천히 걸어가며 좌우를 구경하니 궁궐의 엄정한 제도를 한번 보암직하나, 문 밖에 여러 갑군이 곳곳에 늘어앉아 사람을 금하므로 들어갈 길이 없었다. 동으로 꺾어 못 남쪽에 이르니, 못에 임하여 작은 비를 세우고 황제의 글과 글씨로 못을 판 사적을 기록하였다. 대강 그 글에 '땅이 누습하여 행인이 통하지 못하더니 흉년에 굶주린 사람을 모아 진휼賑恤을 베풀고 인하여 이 못을 파 행인의 근심을 덜게 했을 뿐만 아니라, 물을 저축하여 가뭄에 관개灌漑하는 공이 적지 아니하니 부질없는 놀이를 위함이 아니다' 하였다.

연못 동쪽에 이르러 푸자를 대강 구경하고 남으로 큰길을 따라 한 문을 나서니, 동쪽은 여염이 성하고 서쪽은 높은 담으로 길을 막았다. 안에 또한 무슨 궁궐이 있는가 싶었지만, 들어가지 못하였다. 또 남으로 100여 보를 행하여 작은 문을 나서니, 세팔이 먼저 나가 호권虎圈이 있는 곳을 찾아 동쪽으로 갔는데, 남쪽은 가없는 들이라 곳곳에 말이 무리지어 풀을 뜯으며 물을 마셨다. 4~5리 바깥으로 한 뫼가 둘러져 있으니 이름은 만수산萬壽山이요, 뫼 위에 층층한 탑과 첩첩한 누각이 있어 멀리서 바라보매 인간의 경색이 아니다. 이곳이 서산西山이라 일컫는 곳이다.

먼저 호권에 이르러 들어가고자 하였는데 지키는 사람이 문을 닫고

이화원. 이곳이 이전에 서산이라 불리었으며 왼편 호수 뒤에 보이는 산이 만수산이다.

들이지 아니하였다. 면피를 구하는 의사라 부채 서넛과 청심원 여럿을 내어 나눠 준 후에 문을 들어섰다. 문 안에 4~5칸 집이 있고 집 안에 예닐곱 개의 두지斗庋[2] 같은 그릇을 놓았는데, 높이가 한 길이 넘고 사면에 살문을 만들어 안을 엿보게 한 제양이다. 각각 범과 곰을 감추었거늘 가까이 나아가 엿보니 다 어린 짐승이다. 크기는 호박이[3] 같고 소리는 개 짖는 소리 같으나 눈과 나룻에 이미 맹렬한 위엄이 있다. 곰은 사람을 보고 살 틈으로 발을 내어 사람의 옷을 걸어 당겼다. 그중 표범 하나가 있는데 형체는 비록 작으나 깊이 엎드려 가볍게 움직이지 아니하고, 사람을 보면 이를 갈고 나룻을 거슬려 그 맹렬한 거동이 가까이 가지 못할 지경이었다.

---

2 '두지'는 '뒤주'를 한자를 빌려서 쓴 말이다.

3 '호박이'는 '뼈대가 굵고 털이 북슬북슬한 호박개'를 말하는데, 중국에 많이 있다.

서쪽으로 대여섯 높은 대를 세웠고 대 위에 10여 칸 큰 집이 있는데 큰 범을 넣은 곳이다. 올라가 구경하고자 하니 지키는 사람이 문을 잠그고 낯을 바꾸어 또 면피를 구하거늘, 부채와 청심원을 다시 나눠주고 문을 들어갔다.

수십 층 섬돌을 올라가니 대 위에 아래로 네 칸의 우물 모양을 만들었는데, 서너 길 높이요 너비가 서너 칸이다. 위로 큰 나무 서넛을 가로 얹고 나무 위에 굵은 철사로 단단히 그물을 맺었으니, 범이 뛰어나오지 못하게 한 것이다. 첫 칸을 굽어보니 큰 범 하나가 누웠는데, 사람을 보아도 크게 놀라지 않으니 지키는 사람이 말하기를,

"이것은 기른 지 오래여서 사람을 익히 보았기에 놀라지 않는 것입니다."

하였다. 바야흐로 앉아 구경하며 범의 형상을 의론하는데, 홀연 한마디 벽력 소리에 집이 울리고 하늘이 무너지는 듯해 놀라 일어나니 하인들이,

"서쪽 한 칸에 갓 잡은 범이 있어 사람을 보고 소리 지르는 것입니다."

했다. 즉시 나아가 보니 과연 범 한 마리가 있는데, 머리부터 꼬리에 이르기가 한 발이 넘을 듯하였다. 긴 꼬리를 두루 저으며 입술을 거스르고[4] 배를 움직여 사나운 소리를 연이어 지르는데, 비록 철망을 덮었으나 늠름한 위풍이 감히 가까이 갈 수 없었다. 따라온 사람이 반 넘게 피하여 차마 엿보지 못하였다. 철망 밑에 한 조각 나무쪽이 크게 일어났거늘 물으니,

"아까 소리를 지를 때 솟아올라 사람을 해치고자 하다가 철망에 막혀 올라오지 못하고 발톱으로 나무를 해쳤습니다."

하니, 그 용맹함을 짐작할 만했다. 뛰는 거동을 다시 보고자 하여 위에서 손을 저어 치고자 하는 거동을 보였더니, 더욱 성을 내어 앞발로

---

4 '거스러지다'는 '잔털 따위가 거칠게 일어나다'는 뜻이다.

벽장을 할퀴며 소리를 연이어 질렀다. 지키는 사람이 들어와 보고 이르기를,

"이 짐승은 잡아넣은 지 오래지 않아 부질없이 제 성을 돋우면 필연 견디지 못하여 병이 납니다."

하고, 즉시 북쪽 난간 안에 세운 녹로轆轤를 두어 번 트니, 대개 칸마다 북쪽으로 조그만 무지개문을 만들고 문 밖에 따로 큰 틀을 만들어 문을 단단히 잠갔다. 또한 삼면에 살문을 내어 범의 몸을 감추는 곳을 만들어 무지개문의 문짝을 달았으나, 사람이 들어가 여닫지 못하여 위쪽으로 구멍을 통하고 문짝 위에 쇠사슬을 매어 녹로에 걸었으니, 녹로를 틀면 문이 열린다. 문이 열리는 것을 보고 뛰어 들어갔으나 사람을 미처 살피지 못하여 도리어 겁내는 거동이다. 지키는 사람이 문을 내리고 가운데 철망을 열고 사다리를 놓아 내려가 바닥의 똥과 잡것을 깨끗하게 쓸어 냈다. 그 사람에게 여러 번 청하여 다시 나오게 하라 하니, 그 사람이 이르기를,

"갓 잡은 짐승이라 사람을 특별히 두려워하니 졸연히 나오지 않을 것입니다."

하며, 녹로를 다시 틀어 문을 열었지만 종시 나오지 않았다. 그 앉은 곳을 보고자 하여 섬돌을 내려와 뒷문으로 들어가 틀 밖에 이르러 살틈으로 내다보았다. 한 사람이 막대로 한 번 찌르니 범이 크게 노하여 우레 같은 소리를 지르며 몸을 움직이는데, 틀이 흔들려 자빠질듯하여 여러 사람이 황급히 나왔다.

대개 호권虎圈은 임금의 위엄을 보이는 뜻으로, 진한秦漢 때부터 천자의 궁중에 베풀었다. 진시황이 위나라의 힘센 사람 주해朱亥[5]를 잡아

---

5 주해는 전국시대 위魏나라 사람으로 힘이 장사였으나 대량大梁(지금 하남성 개봉開封 서북쪽)에서 숨어 살며 푸줏간을 하였다. 후에 위나라 신릉군의 휘하에 들어가 진나라에 사신으로 가게 되었는데, 진왕(후에 진시황)이 주해가 힘이 센 것을 알고 회유하며 돌려보내려고 하지 않고 그 힘을 시험해 보기 위해 호권에 넣었다는 이야기가 전해온다.

그 용력을 시험코자 하여 호권에 넣었는데, 범이 사람을 보고 성내어 물려고 하자 주해가 눈을 부릅뜨고 주먹을 휘두르니 범이 놀라 엎드려 감히 나오지 못했다고 한다. 이곳에 이르러 주해의 위풍을 상상하니 천고의 역사力士로 일컬음이 괴이하지 않았다. 지키는 사람이 말하기를,

"황상이 해마다 이곳에 이르러 친히 구경하고, 혹 사나워 오랫동안 길들이지 못하면 친히 쏘아 죽이며, 혹 궁중으로 들여다가 보고자 하면 뒤에 세운 틀에 넣어 문을 단단히 잠그고 수레에 실어 들여갑니다."

하였다.

보기를 마치고 문을 나와 서쪽으로 행하여 큰 다리를 건너 물가에 늘어앉아 쉬는데 두어 사람이 막대를 가지고 바삐 따라와 사람 둘을 치우니 다 나룻이 없고 고자(내시) 모양이었다. 그 까닭을 물었으나 대답하지 아니하고 막대를 두르며 거동이 매우 사나웠다. 즉시 동쪽 조산 안으로 몸을 피하여 앉았으나 남쪽 문에서 행인이 많이 들어오니, 또한 몸을 숨기고 감히 나아가지 못하였다. 이윽고 수레 한 쌍이 지나간다 하거늘, 멀리서 바라보니 수레 제양이 매우 웅장하고 앞으로 세 쌍 말을 메었으되 다 수놓은 안장이다. 수레 위는 모두 다홍 휘장을 둘렀으니 안을 볼 길이 없고 좌우에 여러 쌍 말을 탄 사람이 따라가는데 다 고자의 모양이다. 여러 행인에게 물으니 혹 이르기를,

"황상의 공주들이 황성에서 황태후에게 조알하러 갑니다."

하니, 수레에 장막을 드리우고 행인을 멀리 치우니 필연 부인의 행색인가 싶었으나, 전후에 따라오는 시녀를 보지 못하니 괴이한 일이다.

남으로 4~5리를 행하여 서산 호숫가에 이르렀다. 호수 넓이는 사방 7~8리요, 새로 언덕을 쌓아 막았는지라 너비는 네다섯 칸을 넘지 못하나 다 석회를 이겨 쌓고, 안쪽은 두어 길 석축이 수십 리 둘레를 둘렀다. 북쪽으로 두어 길 수갑水閘이 있으니 물소리 진동하고 언덕 밖으로는 층층이 문을 만들어 곡식을 심게 하였다. 호수 서편은 석축 위로 수백 보 난간을 세우고 난간 안으로 한 줄로 행각行閣을 지어 영롱한

채색이 물에 비치었다. 행각 뒤로 천만 간 누각을 지어 만수산 한 편을 덮었으니, 멀리서 바라보매 기괴한 제도와 공교한 사치를 이루 전할 길이 없다.

뫼 허리에 이르러 수십 장 높은 대를 쌓고 대 위에 네 층 집을 지었으니 공중에 표묘하여 거의 뫼 높이에 가지런할 것이요, 뫼 위로 성을 두르고 남쪽으로 탑 하나를 세워 반공半空에 솟아나니 수백 장이 넘을 듯하다. 집 제양은 천백 형상이나 가까이 들어가지 못하니 그 자세한 제도를 알 길이 없으나 대저 궁실의 사치는 역대에 비할 곳이 없을 듯하다. 삼면 언덕으로 물을 임하여 곳곳에 층층한 누각을 세우고, 호수 가운데 큰 섬이 있으니 섬 위에 또한 수백 간 누대를 펼쳐 놓았으며 가운데 세 층 집이 있으니 이는 수정궁水晶宮이다. 섬 동쪽으로 돌다리를 놓아 바깥 언덕을 통하니 길이 수백 보를 넘고 너비는 4~5칸이다. 아래로 열일곱 무지개 구멍을 내었으니 다 큰 루선樓船을 출입하게 한 것으로 웅장한 제도를 짐작할 것이다. 좌우로 난간을 꾸몄는데 공교한 새김과 옥 같은 돌 빛이 옆으로 바라보매 인력이 미칠 바 아니었다.

다리 동쪽에 또한 이층집이 있고 집 옆에 푸른 구리로 소를 만들어 물가에 누이고 등 위에 수십 자 글을 새겼는데 기괴한 전자篆字라 분변치 못하나, 다만 황제의 글과 글씨인 줄은 알겠다.7 집 처마에 앉아 쉬는데 여러 사람들이 와 구경하며 다 청심원을 얻고자 하니 극히 괴

---

6 행각은 궁궐, 절 따위의 정당正堂 앞이나 좌우에 지은 줄행랑을 말한다.

7 동우銅牛는 건륭 20년(1755)에 주조되었으며, 당시에는 금우金牛로 칭했다. 북경의 물난리를 진압한다는 설에 의거하여 세웠다고 한다. 『계산기정』(1803.10~1804.3), 『심전고』(1828. 10~1829.4) 등에 건륭이 지은 글의 전문이 소개되어 있는데 원문과 해석은 같다. "하우씨가 물을 다스리니 철우의 송가가 전하네夏禹治水鐵牛傳頌 뜻이 태평함을 중히 여긴 것이니 후인이 우러러 좇는구나義重安瀾後人景從 물건은 강무에 뜻을 붙이고 형상은 후곤을 취하였도다物寓剛戊象取厚坤 교룡이 멀리 피하니 악어 자라야 들어 말할 것인가蛟龍遠避距數鼉鼇 깊고 넓은 이 곤명 지는 만경이나 괴어 흐른다濬此昆明潴流萬頃 금봉과 신우를 쇠로 만들어 영원할 것이로다金鳳神牛用鐵悠永 파산과 회수가 서로 통하고 줄기가 같도다巴山淮水共貫同條 사람들은 한 고조를 칭하지만 나는 당요를 사모하도다人稱漢帝我慕唐堯 상서로운 감응의 부합됨이 서해에까지 미치네瑞應之符逮於西海 이에 상서로움이 강림함을 공경하노라. 건륭 을해敬玆降祥乾隆乙亥"

동우

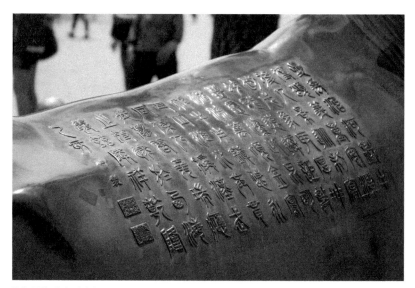

동우 등에 새긴 전서체 글씨

로웠다. 수정궁으로 들어가 구경하고자 하나 엄히 막는다 하거늘 시험하여 다리를 올라 수십 보를 가니 두어 갑군이 창황히 나와 금하거늘 도로 물러나와 언덕으로 돌아다니며 구경하였다.

이때 날이 늦어 매우 시장한지라 언덕을 내려와 수레를 타고 동쪽으로 수 리를 행하여 한 전방에 이르렀다. 아침에 밥 한 그릇을 수레 안에 넣어 왔으니 더운 물에 말아 먹은 후에 동쪽으로 내려갔다. 이때 남으로 바라보니 돌다리 하나가 물을 빗겨 가장 웅장하니 이름이 수기교繡綺橋라 일컬었다. 다리 서편으로 여러 개 돛대가 수풀 사이에 섰으니, 세팔이 이르기를,

"이는 황제가 선유船遊하는 배로, 제도가 기이합니다."

하나, 돌아갈 길이 총총하여 가 보지 못하였다. 물 양쪽에 혹 수십 보를 띄우며 혹 100여 보를 띄워 연하여 온갖 제양으로 집을 지었는데, 혹 2~3층을 만들고 혹 육각 정자를 표묘히 꾸미고, 혹 10여 칸 행각을 세우고, 혹 수풀 사이에 수십 보 높이의 성을 쌓고 문을 닫았으나, 안을 엿보니 있는 것이 없다. 혹 전방을 무수히 지어 술 파는 깃발과 기이한 문자로 온갖 현판을 달았는데 또한 사람이 없다. 물을 임하여 혹 물 속에 기둥을 세웠으니 수각水閣 모양이요, 서쪽을 향하여 각색 창호를 내었는데 둥근 제양과 팔각 제양과 부채 제양이 다 있으니 과연 그림 가운데 경景이다. 세팔이 이르기를,

"황제가 이 물로 배를 타고 오르내리매 환자宦者와 궁녀로 하여금 여러 집들의 온갖 기물을 갖추어 평상시에 사람 사는 모양을 하고, 전방은 매매하는 물건과 주식酒食을 벌여 파는 모양을 하게 하고, 황제 친히 배를 대고 물건을 매매하며 주식을 사 먹어 이로써 놀이를 삼으니, 오로지 항주 서호를 모방하고 그곳 노는 사람들의 거동을 본받은 것입니다."

하니, 대저 황제의 황음荒淫한 행락을 짐작할 것이로되, 다만 집들이 지은 지 10여 년이로되 왕왕 퇴락한 곳이 많으니 근년은 자주 다니지

이화원 소주가(蘇州街)

아니하는가 싶었다.

  10여 리를 가서 만수사萬壽寺[8]라는 절에 이르렀다. 물을 임하여 큰
문이 있고 문을 들어가니 여러 중들이 읍하여 맞으며 기색이 심히 공
순하고 또한 반기는 거동이다. 승품의 양순良順함은 강 건넌 이후로는
처음이다. 두어 문을 들어가니 두 층 법당이 있어 불상과 집물이 매우
화려하다.

  뒷문으로 나가니 뜰이 더욱 너르고 가운데 석가산을 쌓았는데 둘레
가 100여 보이고, 높이가 4~5장이니, 다 기이한 괴석으로 천백 봉우
리를 만들어 진짜 산 형세를 모방하고 틈틈이 기이한 화목을 심었으
니 비록 천작이 아니나 또한 사람의 재주로 조화造化의 공부功夫(능력)를

---

8 만수사는 명 만력 5년(1577)에 지은 절로 지금의 북경 해정구海淀區 소주가蘇州街에 있다. 이
   절은 명·청 시대에 황가 사원의 기능을 하여, 건륭이 이 절에서 황태후의 축수祝壽 잔치를
   열기도 하는 등 수차례 황실 행사를 거행한 곳이다.

앗았다 이를 만하다. 남으로 두 바위 사이에 조그만 석문이 열려 있고 문 안에 돌 틈으로 층층한 외길이 수풀 사이에 비쳤다.

문을 들어 길을 의지하여 천천히 올라가니 두어 곳 석굴이 있어 너 덧 사람이 족히 비를 피할 것이요, 물이 없으나 조그만 돌다리를 놓아 산길 모양을 갖추었다. 위층에 이르니 두어 칸 작은 집을 세우고 불상을 앉혔으니, 제작이 극히 맑고 깨끗하였다. 사방으로 굽어보니 기괴한 봉우리가 수풀 사이에 창검槍劍을 벌인 듯하고, 너른 뜰에 아로새긴 장원과 전후 누각에 영롱한 단청이 매우 뛰어난 경색이다.

이윽히 배회하여 보기를 마치고 뒤로 섬돌을 의지하여 뜰로 내려가니 북쪽에 또 법당이 있다. 좌우로 10여 칸 담을 막았는데 벽장에 온갖 화초를 새겨 한 장 그림을 베푼 듯하고 양쪽에 각각 둥근 문을 내어 사람을 통하게 하였다. 문 좌우로 아로새긴 창을 내었으니 대저 장원의 사치는 다른 데 없는 제양이다.

문을 들어가니 그 안은 뜰이 더욱 너르고 백간송白幹松 대엿 그루를 심어 그늘이 뜰에 가득하다. 나무 몸피가 두어 아름이요, 수백 년 고목이다. 이 나무는 잣나무 잎이요, 소나무 형상이요, 껍질이 하얘 매우 조촐하고 윤택한지라 이러하므로 백간송이라 일컫는다. 북쪽에 또 법당이 있거늘 들어가 구경하니 서너 길 불상을 높은 탁자 위에 앉히고 앞으로 무슨 그릇을 갖추었는데 가운데 조그만 구멍이 있다. 여러 하인들이 각각 돈을 던져 그 구멍 맞추기를 다투거늘 연고를 물으니 세팔이 말하기를,

"전부터 중들이 이 구멍을 만들어 사람을 속여 거짓 이르기를 '구멍을 맞추면 좋은 일이 있다' 하니 비록 미덥지 아니하나 중들의 마음을 기쁘게 하고자 하여 서로 희롱합니다."

하니, 과연 여러 중들이 돈 던지는 것을 보고 매우 희색이 있었다. 한번 던진 돈은 다시 거두지 아니하니 오로지 사람을 속여 돈을 모으는 계교이다. 솔 밑으로 다니며 나무를 찬양하니 중들이 떨어진 솔씨를

주워 주며 이르기를,

"나무를 좋아 하시니 씨를 얻어다가 심으면 즉시 날 것입니다."

하였다. 여러 중들에게 청심원과 부채를 나누어 주고 문을 나갈 때 중들을 향하여 승품을 칭찬하니 중들이 말하기를,

"우리는 산승의 몸이라 어찌 손님에게 공경치 못하겠습니까. 다른 묘당의 라마승들은 족히 중으로 책망치 못할 것입니다."

하였다.

이어서 물을 좇아 동으로 향하니, 물가에 집들이 이어져 끝이 나지 않으니 이루 들어가 볼 길이 없고 혹 큰 곳을 만나면 잠깐 수레를 내려 총총히 구경할 뿐이다. 수갑水閘 있는 곳에 이르니 좌우로 각각 한 쌍 돌기둥을 세우고 위쪽으로 마주 향하여 큰 구멍을 내었으니 이는 녹로를 걸어 수갑 성조목을 넣고 빼는 것인가 싶었다.

5리를 가서 오탑사五塔寺[9]에 이르니 또한 절 이름이다. 절 안에 다섯 탑이 있으므로 이름 붙인 것이다. 큰 문으로 들어 여러 법당을 구경하니 장려한 제양이 만수사와 다름이 없고, 서너 문을 들어 북편 깊은 곳에 이르니 높은 대를 쌓았는데 사방이 30보요 대엿 길 높이다. 사면에 층층이 난간을 세우고 조그만 불상을 높이 두어 우리나라 법당의 오백나한五百羅漢 모양이로되 그 수는 헤아리지 못할 정도였다.

남쪽에 조그만 문이 있거늘, 문을 들어가 동쪽 사다리에 올라 4~5층을 오르니 칠흑 같이 어두웠다. 바람벽을 의지하여 차차 돌아 올라가니 상층에 이르러 대 위에 올라 사방으로 돌아보니 안계가 광활하다.

대 위에 다섯 탑을 세웠는데 각각 오방五方을 응하고 길이 7~8장이요, 공교한 새김과 기괴한 물상이 극히 영롱할 뿐 아니라 대 위에 다섯 탑은 다른 데서 보지 못한 제도이다. 동으로 황성을 임하고 서로

---

9 오탑사는 명나라 성화成化 9년(1473) 지은 것으로, 청나라 옹정제 때 진각사眞覺寺로 이름을 바꾸었다.

서산을 바라며 앞으로 수십 리 물을 띄우고 좌우에 각색 누각을 슬하膝下에 벌였으니 또한 기이한 경색이었다. 이윽히 구경하다가 도로 내려오니 이곳은 라마승이 머무는 곳이다. 승품僧品이 고약하여 면피를 징색徵索하고 탑에 오를 때도 문을 수이 열지 아니하니 절통하였다.

문을 나오니 날이 매우 늦었는지라, 수레를 바삐 몰아 오 리를 행하여 서직문을 들어 관에 돌아가니, 햇빛이 오히려 남아 있었다. 이날은 상사의 생일이라 음식 한 상을 차려 보내셨는데 대단히 풍성하였다. 덕형이 말하기를,

"몇 해 전에 한 사람이 자제 군관으로 들어와 서산을 구경할 때 건장한 노새를 세내어 저와 한가지로 손수 채를 들고 바삐 달려 서산을 두루 구경하고 옥천산 밑에 이르니, 약간 바위와 폭포가 있었으나 뫼가 탁탁하고[10] 별로 기이한 구경이 없었는데도 자연 날이 늦고 말았습니다. 어두워진 후에 관으로 돌아오니 아문이 크게 노하여 서종맹의 흉한 욕설을 면치 못하고 그 후에 출입을 엄히 막으니, 당상역관들이 은을 허비하여 겨우 허락을 받았답니다."

하였다. 덕유가 간정동을 다녀왔는데, 엄생이 편지에 이렇게 말했다.

일찍이 수교를 받들어 오늘 서산에 노는 행색을 들으니 우러러 공경하고 부러워하는 마음을 이기지 못하나, 시속 티끌이 쌓이고 또한 형적에 구애되어 능히 자취를 따르지 못하니 어찌 흠이 되지 않겠습니까? 내일 왕림하리라는 높은 뜻에 심히 감격하나, 다만 일찍이 나오시기를 바라는 것은 늦은 후에는 다른 사람의 언약이 있어 물리치지 못하기 때문이며 종일 모임을 하지 못함을 한합니다. 인장은 객중에 새기는 칼이 없어 졸렬한 수법이 더욱 부끄러우니 견디어 쓰지 못할 것이나, 다만 오랜 친구의 수적을 무거이 여길까 합니다.

---

10 '탁탁하다'는 피륙 따위의 바탕이 촘촘하고 두껍다는 말이다.

아래에 반정균은 한가지로 대답하노라 하였다. 인장은 각법刻法이 매우 아담하고 옆에 연월을 기록하였는데 건륭乾隆 연호를 쓰지 않았 으며, '항인杭人 엄성嚴誠이 새겨 담헌湛軒 주인을 주노라' 하였다.

2월 12일 간정동에 가다

이날은 사행이 서산을 가시는데 평중이 또한 따라가니, 나는 홀로 간정동을 가고자 하였다. 함께 이른 밥을 먹고 계부를 뫼시고 아문 앞에 이르니, 일행 역관들이 따르는 이가 많았다. 통관들이 사달이 날 것을 염려하여 역관들을 금할 때 내가 나가는 것을 보고 오림포가 말하기를,

"궁자는 어제 어디를 갔었습니까? 매우 애달팠습니다."

하였다. 내가 말하기를,

"내 어찌 도망쳐 갔겠습니까? 대사 노야에게 허락을 받은 고로 여러 노야들이 짐작하고 계신다고 여겼습니다."

하니, 오림포가 말하기를,

"궁자도 믿을 사람이 아닙니다."

하며 기색이 극히 쌀쌀맞았다. 대개 오림포는 양순한 인물이라 특별히 침노하는 마음이 없는데, 다만 일전에 서종맹에게 서산 구경할 일을 의논하였더니 종맹이 쾌히 허락하고 자기가 이르는 때를 기다리라 하였다. 그런데 마침 제 집에 나가 들어오지 못해 먼저 조용히 구경코

자 하여 미처 알리지 못하였더니, 종맹이 어제 들어와 장차 내게 생색을 내고자 하다가 이미 갔다는 말을 듣고 크게 노하여 대사와 여러 통관을 꾸짖었다. 대사는 비록 허락을 하였으나 종맹을 크게 두려워하는 고로 감히 한 마디도 풀어 이르지 못하고, 여러 통관들 또한 종맹의 꾸짖음으로 인하여 내게 분이 미친 것이다. 매우 무안하나 하릴없었다. 오림포는 말이 있을 따름이요, 나가는 것을 금하는 기색이 없기에 인하여 문을 나갔다.

일행이 떠난 후에 걸어서 천천히 가는데, 멀리서 바라보니 서종맹이 수레를 타고 아문으로 들어오고 있었다. 사행이 지나신 후에 따르는 역관들이 다 수레와 말에서 내려 종맹의 앞에 나아가 뵈니, 종맹이 또한 수레 앞에 나와 여러 역관들을 꾸짖으며 사람이 많이 따르는 것을 금하는 거동이었다. 가까이 갔다가 혹 욕된 말이 미칠까 하여 북쪽 묘당 문을 들어가 담 안에 몸을 숨기고 담 밖에서 다투는 말을 들으니 오래도록 그치지 않았다. 또 내가 피하는 거동을 필연 보았을 것이라 더욱 업신여길 듯하여 즉시 그 앞에 나아가 읍하니, 종맹이 대답하지 않고 노한 기색으로 말하기를,

"궁자는 어제 이미 보았는데 오늘 다시 따라가는 것은 더욱 긴요치 않습니다."

하여, 내가 말하기를,

"한 번 본 곳을 어찌 다시 가고자 하겠습니까? 혼자 관중에 머물기가 우울하기에 근처 푸자에 한가롭게 다니고자 합니다."

하였다. 종맹이 응답하지 않고 역관들의 길을 금하는 기색이 극히 시기심 많고 엉큼하였으나 다만 내가 나가는 것을 막는 말은 없었다. 즉시 몸을 빼어 지나가 정양문을 나서서 수레를 세내어 간정동에 이르렀다. 두 사람의 종이 문 앞에서 기다리다가 즉시 들어가니 두 사람이 창황히 나와 서로 이끌어 자리에 나아갔다. 엄생이 묻기를,

"오늘은 어찌 김형이 함께 오지 아니하였습니까?"

내가 말하기를,

"오늘 여러 대인들을 따라 서산을 구경하러 갔고, 나는 어제 먼저 보았으므로 혼자 나왔습니다."

엄생이 말하기를,

"어제 서산에서의 놀이가 즐거웠습니까?"

내가 말하기를,

"장려한 경물이 해외의 고루한 소견을 놀라게 하지만, 다만 오로지 인교人巧로 이룬 곳이요 천기에 자연스러운 것이 없으니, 종시 깊은 취미를 깨치지 못하고 또 고루한 소견에 특별히 애달픈 곳이 있으니 어찌 즐겁기를 의논하겠습니까?"

엄생이 묻기를,

"무슨 일이 애달픈 곳이라 합니까?"

내가 말하기를,

"그대는 한漢 문제文帝가 노대露臺를 짓지 아니했단 말을 듣지 못하였습니까?"11

엄생이 매우 무연憮然하여12 말하기를,

"이것은 노대에 비하면 천배 만배를 헤아리지 못할 일입니다. 황상이 검덕儉德을 숭상치 아니한 것이 아니라 아랫사람들이 잘못 거행하여 이 지경에 이른 것입니다."

내가 말하기를,

"형의 말이 매우 충후忠厚하지만 내가 중국에 들어와 두루 구경한

---

11 노대는 지붕이 없는 정자를 말한다. 한漢나라의 효문제孝文帝가 즉위한 뒤에 23년 간 왕실의 건물이나 재물을 늘리지 않았는데, 그러다 불편을 느끼자 곧 백성을 보살피는 일에 해이해졌다. 한 번은 노대를 지어볼까 하여 목수를 불러 견적을 내었는데, 100금이나 들겠다고 하자 효문제가 이르기를, "100금이면 민가 10채의 재산과 맞먹는 돈이다. 그런데 어떻게 노대를 짓겠는가?" 하였다고 한다. 이후로 제왕이 절약하고 검소하게 사는 의미로 전하게 되었다.

12 '무연하다'는 크게 낙심하여 허탈해 하거나 멍한 상태에 처해 있음을 뜻하는 말이다.

곳이 적지 아니한데, 곳곳에 부질없는 묘당을 지어 무한한 재력을 허비하고 앉아서 후한 봉록을 먹는 라마승이 수천수만으로도 헤아리지 못하였습니다. 반면 오는 길에 가난한 백성이 배고픔과 추위를 견디지 못하여 수레 앞에서 돈을 비는 거동은 차마 보지 못할 지경이었습니다. 또 일찍이 황상이 남방에 거동하는 그림을 보니 곳곳에 궁전과 누관이 사치를 궁극히 하고 창시場戱하는 집이 궁중 가운데 없는 곳이 없었으니, 생민生民의 재물은 한정이 있고 인욕人慾은 궁진窮盡함이 없는데 어찌 애달프지 않겠습니까?"

엄생은 낯을 거두어 대답하지 아니하고 반생은 희롱하여 말하기를,

"창시는 또한 묘한 곳이 있으니 한관의 위의를 다시 보는 것이지요."

하고, 붓을 던지며 크게 웃었다. 내가 또한 웃으며 말하기를,

"황상이 만일 한관의 위의를 보고자 하여 창시를 베푼다면 이것은 천하에 다행한 일입니다."

하니, 두 사람이 크게 웃었다. 엄생이 종이 위에 사람 둘을 그렸는데 하나는 관대에 사모를 쓴 상이고, 하나는 호복에 마래기를 쓴 상이다. 내가 그 두 상을 가리키며 반생더러 묻기를,

"형은 어느 복식이 좋습니까?"

반생이 웃으며 호복 한 그림을 가리켜,

"이것이 좋습니다."

하였다. 내가 즉시 관대를 한 그림 위에 써서 말하기를,

"철교鐵橋 엄 선생의 진상眞像이로다."

하니, 엄생이 웃으며 말하기를,

"어찌 선생이란 칭호를 당하겠습니까?"

하였다. 뒤이어 호복을 한 그림 위에 써서 말하기를,

"반 학사潘學士의 진상이로다."

하니, 두 사람이 다 손뼉을 치며 크게 웃었다. 내가 뒤이어,

"오늘은 조용히 서로 만나고 떠날 날이 멀지 않으니, 서로 흉금을 헤쳐 기휘忌諱할 말을 피하지 아니함이 어떠합니까?"

두 사람이 다 좋다 하거늘, 내가 말하였다.

"중국은 사방의 종국宗國이고 그대는 우리의 종인宗人인데, 그대의 머리 모습을 보니 어찌 마음을 썩이지 않겠습니까?"

두 사람이 서로 보며 대답하지 않으니, 엄생은 매우 무연한 기색이고 반생은 다시 희롱하여 말하기를,

"머리털을 깎는 것은 매우 묘한 곳이 있는데, 빗으로 빗어 상투를 맺는 번거로움이 없고 가려움을 긁는 괴로움이 없으니 머리를 동인 사람은 이 재미를 모르는 고로 이런 말이 있습니다."

내가 또 희롱하여 말하기를,

"이 제도로 볼진대 머리털은 부모에게 받은 것이니 감히 헐지 못하리라 하였으니, 이 말을 한 증자曾子는 가장 일을 모르는 사람이로군요."

하니 다 크게 웃었다. 반생이,

"증자는 진정 일을 모르는 사람입니다."

하며, 웃음을 그치지 않았다. 엄생이 말하기를,

"절강에 우스운 말이 있는데, 머리 깎아 주는 푸자에 현판을 붙이고 '성세낙사盛世樂事'라는 네 자를 썼으니 이는 성한 세상의 즐거운 일이라는 뜻이지요."

내가 웃으면서 말하기를,

"반형의 의론이 과연 근본이 있습니다."

하니, 다 웃었다. 내가 또 말하기를,

"이 네 자를 보니 머리 깎는 것을 원통히 여기며 나라 제도를 조롱하는 뜻을 감추지 않으니, 이래서 남방 사람이 진짜 담이 크고 두려움이 없다 이르는군요."

두 사람이 다 웃었다. 내가 말하기를,

"망건은 비록 대명의 제도이나 실로 좋지 않습니다."

엄생이 묻기를,

"무슨 연고입니까?"

내가 말하기를,

"말의 꼬리로 머리를 덮으니 어찌 관과 신발이 거꾸로 놓인 것이 아니겠습니까?"

엄생이 말하기를,

"그러하면 어찌 버리지 않습니까?"

내가 말하기를,

"습속에 익어서 고치지 못할 뿐 아니라 명나라 제도를 차마 잊지 못하기 때문입니다."

내가 또 묻기를,

"중국 부인의 작은 신(전족纏足)이 어느 대에 시작하였습니까?"

반생이 말하기를,

"이것은 분명한 증험이 없으나 전하여 이르기를 남당南唐의 이소랑李宵娘이 비로소 숭상했다고 합니다."[13]

내가 말하기를,

"이 제도 또한 심히 좋지 아니하니, 내 일찍이 말한바 말총으로 머리를 동이며 수건으로 발을 자르는 것은 중국의 쇠한 운수를 먼저 보이는 것입니다."

엄생은 좋다고 일컫고 반생은,

"내 일찍이 희자의 망건을 가져다가 장난으로 머리를 동였더니 매

---

13 이것은 전족의 기원설 중의 하나인 오대五代 기원설이다. 남당南唐 이후주李后主의 후궁이었던 소랑(일설에는 요랑窅娘 혹은 예랑睿娘이라 함)이 인물이 뛰어나고 재주가 많으며, 노래와 춤에 능하니, 이후주가 진주와 비단으로 꾸민 높이 6적의 금련金蓮, 즉 전족을 만들어 이름을 소랑의 비단전족이라 불렀다. 이것을 소랑에게 신게 하여 발을 반달 모양으로 만들도록 하고 여기에 흰 양발을 신고 연화 무대에서 나풀거리며 춤을 추게 하니 그 춤추는 자태가 더욱 아름다웠다고 하는데, 이로부터 전족이 기원했다는 설이다.

우 편치 않더군요."

내가 희롱하여 말하기를,

"월越나라 사람은 장보章甫를 쓸 곳이 없습니다."[14]

두 사람이 크게 웃으면서도 부끄러운 빛이 있었다. 반생이 말하기를,

"절강에 한 벗이 있어 희롱하여 희자의 모대를 갖추고 옛사람이 절하는 예를 본받으니 좌상이 다 크게 웃은 적이 있었습니다."

내가 또 희롱하여 말하기를,

"이는 흑선풍黑旋風이 교좌아喬坐衙 하던 모양에 가까울 것입니다."[15] 하니, 둘이 다 크게 웃었다. 내가 말하기를,

"희자의 천함을 잊고 옛 의관을 흠모하여 이 거조에 이르니, 그 사람의 마음을 생각건대 어찌 슬프지 않겠습니까? 년 전에 들으니 관동의 한 고을 지현知縣이 우리나라 사신의 관대를 빌려 몸에 덮고 눈물을 흘리며 슬픔을 이기지 못하더라 하니, 중국 사람이 액운을 만난 것을 실로 슬퍼하는 모양입니다."

엄생이 낯빛이 변하여 머리를 숙이고 말이 없으니 그 거동을 보매 더욱 참연한 마음을 이길 수 없었다. 반생이 또한 기색이 참담하여 말하기를,

"기특한 지현이로다. 다만 그 마음이 있으면 어찌 벼슬을 버리고 몸을 숨기지 못했는고?"

하고, 다시 말하기를,

"우리의 자취를 생각하니 지현이 물러가지 못함을 책망하지 못하리

라.”

하였다.

이때 한 손님이 들어오니 또한 선비 모습을 하고 금 징자를 붙였다. 다 캉에서 내려와 맞이하기에 내가 또한 내려가려 하니 엄생이 붙들어 굳이 말리고 반생이 손님을 데리고 곁 캉으로 갔다. 내가 말하기를,

“손님이 번거로우니 오래 머무는 것이 심히 불안합니다.”

엄생이 말하기를,

“이 손님은 반형의 표형表兄으로 우리가 왕래하는 일을 이미 아는 사람이라 조금도 염려할 일이 없습니다.”

하고, 즉시 종을 불러 미리 통하지 않은 것을 누누이 꾸짖었다. 엄생이 말하기를,

“동국은 음란한 풍속이 없습니까?”

내가 말하기를,

“궁실은 내외의 분별이 엄하고 사족은 개가하는 법이 없으니 음풍을 의논할 것이 없으나, 다만 관부官府가 기악妓樂을 숭상하여 건즐巾櫛을 받들게[16] 하니, 얼굴을 다스려 음풍을 가르침을 면치 못하니 매우 부끄러운 일입니다.”

엄생이 말하기를,

“명조에 기악이 특별히 성하더니, 강희제 때에 이르러 이 풍속을 엄히 금한 고로 지금은 천하에 거의 끊어지게 되었습니다. 대명 말년에 홍광弘光 황제[17]가 남방에 있을 때 오히려 기악을 일삼아 집을 짓고 창

---

16 ‘건즐을 받든다’는 말은 ‘여자가 아내나 첩으로서 남편을 받들어 모신다’는 뜻이다. 건즐은 수건과 빗을 말한다.

17 홍광제(1607~1646)는 남명의 제1대 황제(재위 1644~1645)인 주유송으로, 명나라 신종 만력제의 손자이자 숭정제의 사촌 형이다. 그는 1641년 이자성의 농민군이 베이징에 쳐들어왔을 때 극적으로 피신하여 목숨을 건진 후 명나라가 망하자 명나라의 부흥을 선언하고, 남쪽으로 가서 남명을 세웠으나 정치적 무능으로 인해 정권을 장악하지 못하고 1645년 청나라 정벌군에게 사로잡혀 연경으로 압송, 모반죄로 1646년 5월 23일 참수되었다.

기를 기르더니, 근년에는 다만 거친 내烟와 어지러운 풀 속에 잠겼습니다."

내가 말하기를,

"홍광 연간에 중국을 잃고 남방 한 조각의 땅에 왕업을 부쳐 조석으로 병화를 염려하였거늘 어느 겨를에 이런 곳에 힘이 미쳤겠습니까? 마침내 중흥 사업을 이루지 못한 것이 마땅합니다. 강희 황제는 동방이 또한 영웅의 임금으로 일컫는데 이 일을 보아도 역대에 비할 임금이 적을 것입니다."

이때 반생이 손님을 보내고 들어와 웃으며 말하기를,

"본조의 정령이 일일이 좋으나 오직 기악을 없앤 것이 짐짓 살풍경殺風景이라, 어찌 흠이 되지 않겠습니까."

엄생이 말하기를,

"반형은 여색을 좋아해서 그 말이 이러합니다."

반생이 크게 웃었다. 내가 말하기를,

"옛사람이 말하기를 '희롱의 말이 생각에서 난다'고 하였으니, 반형의 얼굴이 심히 고운지라, 예로부터 얼굴이 고우면 필연 여색을 좋아하니 그윽이 염려합니다. 대개 몸을 망하게 하는 일이 한두 일이 아니로되, 여색을 좋아하면 반드시 망하니 어찌 두렵지 않겠습니까?"

반생이 웃으며 말하기를,

"국풍의 호색을 성인이 취하였으니 무슨 해로움이 있겠습니까?"

내가 말하기를,

"성인이 취한 것은 사람을 경계한 뜻이며 권한 것이 아니니, 어찌 해롭지 않다 하십니까?"

반생이 또 웃으며 말하기를,

"군자호구君子好逑도 또한 즐겁지 아니하랴."

내가 말하기를,

"또한 '즐겨도 음란하지 않음樂而不淫'이 옳습니다."

반생이 웃으며 말하기를,

"이는 다 해학의 말이지 진실한 소견이 아닙니다."

내가 말하기를,

"희롱인 줄을 알지만 다만 진실한 마음이 섞임이 있으리라 여깁니다."

했더니, 두 사람이 다 웃었다. 엄생이 말하기를,

"본조가 나라를 얻은 것은 매우 정대합니다. 도적을 멸하고 대의를 펴서 명조의 수치를 씻고 중국에 주인이 없는 때를 당하여 자연 천위天位를 얻은 것이지 천하를 업신여김이 아닙니다."

하며 말을 마치고, 나를 보며 희미하게 웃으니 내 소견을 시험하는 기색이었다. 내가 웃으며 말하기를,

"천하를 도모하지 않음은 내가 감히 믿지 않지마는, 다만 산해관을 들어온 후로는 대의를 붙들어 이름이 바르고 말이 순하니 뉘 감히 제어하겠습니까?"

엄생이 말하기를,

"강남에 기특한 말이 있어 말하기를 '보내는 예물을 어찌 받지 않으리오' 하였는데 이것은 대명이 천하를 보전치 못하여 속절없이 본조로 돌려보낸 것을 이른 말입니다."

내가 말하기를,

"오삼계吳三桂가 보낸 예물이로다."

하니, 다 크게 웃었다. 반생이 말하기를,

"본조 초년에 궁중에 홀연 한 장 글이 내려졌으니 그 글에 말하기를 '삼가 만 리 산하를 받들어 드리노라謹具萬里山河'라 하고 아래에 쓰기를 '문팔고는 절하노라文八股拜呈' 하였으니, 이는 명조의 팔고 문장을 숭상하여 진정한 재주를 얻지 못하고, 군자의 허수함[18]을 돌아보지

---

18 '허수하다'는 '마음이 허전하고 서운하다 혹은 짜임새나 단정함이 없이 느슨하다'는 말이다.

아니하여 나라가 망함에 이르렀으니, 이때 사람이 분한 마음을 이기지 못하여 이 글을 궁중에 던져 그 곡절을 알게 한 것입니다."

내가 말하기를,

"원나라 때에도 중국이 머리를 깎고 복색을 바꾸었습니까?"

엄생이 저으며 말하기를,

"그렇지 않습니다."

내가 말하기를,

"명조 말년에 태감太監이 정사를 흐리게 하여 유적流賊이 천하를 어지럽히니 어찌 팔고 문장을 숭상할 뿐이겠습니까? 본조가 중국을 어거馭車하여 명조의 가혹한 정사를 덜고, 백성을 편안히 하여 100여 년 태평을 이루었으니 천하의 공덕이 어찌 적다고 하겠습니까? 다만 삼대의 관이 하루아침에 변하여 중국이 함몰한 처지가 도리어 원나라보다 심하니 그윽이 중국 사람을 위하여 슬픈 눈물을 금치 못합니다."

두 사람이 서로 보며 대답이 없었다. 내가 다시 말하기를,

"우리나라가 명조에 잊지 못할 은혜가 있는데 형들도 필연 짐작할 것입니다."

둘 다 말하기를,

"무슨 일인가요? 자세히 듣고 싶습니다."

내가 말하기를,

"만력 연간에 왜적이 우리나라를 침노하고 팔도를 도륙하여 생민이 도탄에 빠지고 사직을 회복할 가망이 없었는데, 신종神宗 황제가 천하 군사를 움직이시고 천하 재물을 허비하여 7년이 넘은 후에 비로소 진정鎭定하니, 이로부터 지금 200년 사이에 일국 생민의 생업을 보전함이 다 신종의 은덕입니다. 또 이 일로 인하여 중국의 병력이 더욱 쇠하고 유적의 작란을 금치 못하니, 필경 나라가 망하게 된 것이 이 일로 말미암았을 것입니다. 이러하므로 우리나라가 더욱 슬프게 생각하여 100여 년이 지나도 잊지 않는 것입니다."

두 사람이 서로 보며 또한 대답이 없었다. 내가 말하기를,

"일전에 망령되게 의론한 말을 조용히 가르쳐 주기를 바랍니다."

엄생이 말하기를,

"저는 타고난 성품이 어둡고 학문의 공부가 없어 감히 망령되게 의론치 못하거니와 형의 의론을 보니 양명과 주자를 이른 말이 극히 좋았습니다. 비록 변변찮은 소견을 베풀고자 하나 한갓 대방의 웃음을 면치 못할까 합니다."

이때 다시 떡과 실과를 내오는데 매실로 만든 음식이 있기에 물으니, 엄생이 말하기를,

"이는 양매楊梅라는 것으로 5월에 열매가 익으며, 남방의 유명한 과실입니다."

먹고 나니 각각 차를 내오는데, 찻잎은 국화 모양이요 꽃잎이 매우 크며 향내가 있었다. 엄생이 말하기를,

"이 국화는 항주성 위에서 나는 것이라 상품으로 일컫는 차입니다."

반생이 묻기를,

"조선이 본조의 연호를 씁니까?"

내가 말하기를,

"형을 대하여 어찌 기휘할 말을 피하겠습니까. 공가公家의 문자는 다 연호를 쓰지만 사사로운 문적은 지금 쓰는 일이 없습니다."

반생이 묻기를,

"청음 선생의 문집이 몇 권이나 됩니까?"

내가 말하기를,

"20권이 넘으나 그 중에 범휘하는 말이 많기 때문에 감히 내지 못합니다. 청음의 문장과 학술은 동방의 대유大儒로 일컫고, 대명이 망한 후에 10년을 심양에 갇혔다가 마침내 절개를 보전하여 본국으로 돌아와, 그 뒤로

양매

영남 학가산鶴駕山[19] 가운데 몸을 숨기고 벼슬을 원치 아니하니, 이때 청음과 함께 돌아간 사람이 적지 않았습니다. 태백산 가운데 네 사람이 세상에서 도망하여 함께 숨었으니, 세상이 이름하여 사호四皓[20]로 일컫습니다. 그 중 한 사람은 저와 동성으로 일찍이 글을 지어 말하기를 '대명천지에 집이 없는 손이요, 태백산중에 유발승이라大明天地無家客太白山中有髮僧'[21] 하였습니다."

엄생이 몸을 돌려 바람벽을 향하여 2~3번을 읊으며 매우 창감한 기색이 있었다. 반생이 묻기를,

"향산루에 감춘 글이 몇 천 권이 됩니까?"

내가 말하기를,

"나는 집이 가난하여 다만 칠팔백 권 서적이 있으나 또한 다 보지 못하였으니 이 서적을 오히려 많게 여깁니다."

반생이 웃고 말하기를,

"형이 천문天文을 익히 안다 하니 진실로 그러합니까?"

내가 말하기를,

"뉘 이런 망령된 말을 하더이까?"

반생이 말하기를,

"집에 혼천의를 두었으니 어찌 천문을 알지 못하겠습니까?"

내가 말하기를,

"성신 도수의 대강을 들은 것이 있는 고로 망령되게 혼천의를 두었으나, 이것으로 어찌 족히 천문을 안다 이르겠습니까."

---

19 학가산은 경북 안동, 영주, 예천의 삼각분기점에 들어앉은 산이다.

20 강흡姜恰(1602~1671), 심장세沈長世(1594~1660), 정양鄭瀁(1600~1668), 홍석洪錫(1604~1680), 홍우정洪宇定(1595~1654)을 가리킨다. 이들을 가리켜 태백오현太白五賢이라 칭했는데, 여기서 홍대용이 사호라 칭한 것은 엄성과 반정균이 쉽게 이해할 수 있도록 중국의 상산사호商山四皓와 같다는 의미로 쓴 듯하다. 상산사호는 진秦나라 말기에 전란을 피해 상산에 들어가 은거한 4인의 백발노인, 즉 동원공東園公, 기리계綺里季, 하황공夏黃公, 녹리선생用里先生 등을 가리킨다.

21 홍우정洪宇定이 지은 시다.

반생이 묻기를,

"말달리고 활쏘기를 능히 하십니까?"

내가 웃으며 말하기를,

"몸은 안장을 타지 못하고 활은 갑옷을 뚫지 못하니 한낱 오활한 선비입니다."

반생이 또한 말하기를,

"형이 아는 술업術業이 심히 많다 하니 대강 듣게 함이 어떠합니까?"

내가 말하기를,

"경서의 공부도 오히려 온전하게 이루지 못하는데 어느 겨를에 술업을 다스리겠습니까? 다만 평생에 생각하기를 의리를 궁구하는 것이 진실로 학문의 근본이거니와 곁들여 술업을 통치 못하면 사변을 당하여도 수응할 재주를 베풀지 못하니, 어찌 참 선비의 온전한 재주라 이를 것입니까? 더구나 재주가 용렬하고 성품이 게을러 지금 이룬 것이 없습니다. 동국의 거문고를 대강 알았으나 이것은 중국의 고악이 아니요, 오음 육률의 근본을 전혀 듣지 못하고 그나마 산서와 병서와 역법을 평생에 좋아하지만, 한 곳도 실로 얻은 것이 없습니다. 대저 동방 사람이 너르기를 취하고 요긴한 곳이 적으니 매우 민망합니다."

반생이 말하기를,

"저 같은 이는 종이 된다 해도 오히려 감당치 못할 것입니다."

엄생도 말하기를,

"이것은 우뚝한 기상이며 또한 유자儒者에게 마땅히 있을 일이니, 주자의 일을 보면 가히 알 것입니다. 형은 큰 선비요 한갓 순전한 선비로 일컬을 일이 아니니 서로 좇아 학생이 되지 못함을 한합니다. 이렇게 품은 바가 있으니 마침내 전야에서 늙음을 어찌 한탄하지 아니하겠습니까? 이런 글을 좋아함을 족히 일컬을 것이 없으나, 다만 형에게 의논할진대 진실로 학문의 체용이 갖추어짐을 탄복합니다."

내가 말하기를,

"망령되게 말을 내어 이런 뜻밖의 말을 들으니 어찌 부끄럽지 않겠습니까? 또한 두 형이 내가 진실로 이 말을 감당하리라 생각하면 이는 사람을 허락함이 너무 경솔하게 앞지르는 것이요, 거짓말로 기롱할 마음이 있다면 이것은 사람을 대접함이 성실치 않은 것입니다."

반생은 말하기를,

"숨어 있어 뜻을 구하는 자가 어찌 세상에 뜻이 없겠습니까."

내가 말하기를,

"형들이 사람을 외대外待(푸대접)함이 여기에 이를 줄은 뜻하지 않았습니다. 저는 평생의 마음을 감추지 못하여 망령된 뜻을 숨기지 않은 것뿐입니다. 그런데 두 형의 말이 여기에 이르니 이는 제가 거짓말로 재주를 자랑하여 사람을 속이고자 한 것이 되니, 더욱 참괴함을 금치 못하겠습니다."

반생이 말하기를,

"형이 높은 재주를 품고도 우리를 가르치지 않으니, 이것이 사람을 속이는 것입니다."

내가 희롱하여 말하기를,

"형들은 녹록한 재주라 족히 가르치지 못할 터인데, 어찌 가볍게 전하겠습니까?"

두 사람이 다 크게 웃고 그쳤다. 내가 말하기를,

"두 형은 일찍이 방서方書를 보았습니까?"

반생이 말하기를,

"이전에 약간 보았으니 『태백음경太白陰經』과 『망강남사望江南詞』와 『화룡비서火龍秘書』와 『육임병전六壬兵詮』 같은 책입니다."

내가 말하기를,

"『육임방서』는 잡스러운 술업이고 쓸데없는 말입니다."

반생이 말하기를,

"육임은 거짓으로 황석공黃石公[22]에 의탁하여 지은 말이며, 집안에 마침 그 책이 있어 우연히 보았는데, 그 술업은 알지 못합니다.”

하고, 이어 조그만 책을 내어 보이는데 제목에 『묵연재장서기墨緣齋藏書記』라 하였다. ‘묵연재’는 반생의 집 이름이고, 소장한 서적을 기록한 것이다. 경서와 사기와 제자백가를 각각 나눠 적었는데, 그 중에 『육임방서』가 여남은이 넘으며 다 듣지 못한 이름이었다. 엄생이 말하기를,

“세상에 기문과 둔갑을 숭상하는 사람이 없지 않은데 형은 어떻다 생각하며 『태을방서太乙方書』는 진실로 취할 것이 있습니까?”

내가 말하기를,

“동방은 서적이 귀하여 이런 방서를 널리 보지 못하였거니와 다만 고루한 소견을 일체 믿지 않고, 오직 『손오병법』은 유학자가 한번 보암직한 글이라 생각합니다.”

엄생이 말하기를,

“『손오병법』은 비록 싸움에 쓰지 않아도 좋은 말이 많으니, 이를 버리고 육임과 둔갑을 좋아함은 또한 과도한 일입니다.”

내가 말하기를,

“반형은 재주가 높은 고로 잡다한 술업이 범람하는 허물을 면치 못할 것입니다.”

반생이 말하기를,

“우연히 그 글을 볼 따름이요, 정미한 술업은 대강도 알지 못할 뿐 아니라 반드시 배울 곳을 얻은 후에 비로소 정미한 곳을 얻을 것이니, 이런 사람을 어찌 만나겠습니까?”

내가 말하기를,

“동국에도 이 술업을 숭상하는 사람이 왕왕 있는데, 작은 일에 혹 기특한 증험이 있으나 큰 일에는 쓸 곳이 없습니다.”

---

22 황석공(B.C. 292~B.C. 195)은 제나라 사람으로 진한시대 5대 은사 중의 한명이다.

내가 또 묻기를,

"중국의 사대부가 주자가례를 준행하는 집이 있습니까?"

반생이 말하기를,

"휘주徽州 사람은 다 가례를 존숭하고 그밖에도 없지 않습니다."

내가 말하기를,

"상가에서 풍류를 쓰는 것은 가장 괴이한 풍속입니다."

반생이 말하기를,

"근본은 죽은 사람을 즐기게 하기 위한 것이지만 필경 이로써 손님을 대접하므로, 사람들이 집에 상사를 만나 이 법을 쓰지 아니하면 세상이 불효로 일컬으니 어찌 괴이치 않겠습니까?"

내가 묻기를,

"중표中表(사촌) 사이에 서로 혼인하는 법이 있습니까?"

엄생이 말하기를,

"나라 법령이 이것을 엄히 금하여 대청율문大淸律文에 태벌笞罰의 죄목을 분명히 실었으나, 사람들이 이로써 그르다고 하여 허물치는 아니합니다."

내가 묻기를,

"두 형의 집에 또한 중표 혼인이 있습니까?"

하니, 다 없다고 대답했다. 내가 말하기를,

"중국 소설을 보니 이로 인연하여 가도家道를 어지럽힘이 많으니 결국 이 법이 없느니만 못합니다."

하니, 반생이 말하기를,

"그래도 이 법이 없다면 그 어지럽힘을 어찌 능히 금하겠습니까?"

내가 묻기를,

"중국은 부인의 개가를 그르게 여기지 아니합니까?"

반생이 말하기를,

"사대부의 집은 개가하는 일이 없거니와 가난하고 자식이 없으면 개가를 허물치 못할 것입니다. 송나라 때 정자程子의 집에도 개가한 여인이 있습니다.”

내가 말하기를,

“이것은 예로부터 흔히 있는 일입니다. 다만 극진한 도리로 의논할진대, 한 사람을 섬기며 고치지 않는 것이 어찌 부인의 옳은 도리가 아니겠습니까?”

반생이 말하기를,

“가난하여 돌아갈 곳이 없고 그 사람이 또한 지조가 없으면 필경 절개를 보전치 못하여 큰 부끄러움이 있을 것입니다. 차라리 개가를 허함이 해롭지 아니할 것입니다.”

내가 말하기를,

“이 일은 금하고 권할 일이 아니요, 다만 당한 사람의 뜻을 좇게 함이 옳을 것입니다.”

반생이 말하기를,

“금하는 법령은 없으나 세상에 이름을 취하여 억지로 머무는 사람이 적지 아니합니다.”

엄생이 말하기를,

“내 마음으로 사람의 마음을 헤아리니 그 진정을 어찌 알겠는가?”

반생이 웃고 말하기를,

“동방에도 혼인을 미처 이루지 못하고 지아비가 죽어 몸이 마치도록 절개를 지키는 여인이 있습니까?”

내가 말하기를,

“이미 폐백을 드린 후에는 언약을 이룬 것이므로 감히 개가하지 못합니다.”

반생이 말하기를,

“이것은 인정과 의리가 정당한 일이 아닙니다. 옛사람이 혼인 후에 미처 사당에 뵈지 못하고 죽으면 돌아가 부모의 집에 묻히게 하였으니, 며느리 도리를 이루지 못했다 해서 그러는 것이지요. 그런데 혼인을 하지 못하고 지아비가 죽어 절개를 지키는 이는 옛사람이 음분淫奔[23]에 비하였으니, 비록 평범한 여자의 일이 아니나 또한 어진 사람의 도를 지나친 것입니다."

엄생이 말하기를,

"이 일은 고례古禮에 없는 예문입니다. 그러므로 혼인 전에 수절하는 여자는 나라가 정문旌門을 허락지 아니하였으니 사람에게 권할 일이 아니라는 뜻이지요. 혹 그런 일이 있으면 관원이 나라에 드러내 약간의 포장褒獎이 있는데 이는 다리를 자르는 효자[24]와 같은 것입니다."

반생이 묻기를,

"조선에도 개가를 아니하면 또한 정문하는 법이 있습니까?"

내가 답하기를,

"우리나라는 개가를 않는 것이 부녀의 상사常事라 정표旌表를 더하지 않습니다."

반생이 묻기를,

"개가하는 일이 없으면 능히 실행하는 폐단이 없습니까?"

내가 말하기를,

"우리나라 예법이 극히 엄하여 이런 일이 흔치 아니하고, 만일 드러남이 있으면 몸을 보전치 못할 뿐 아니라 그 부형 족속이 다 세상의 버림을 받습니다."

반생이 말하기를,

"이는 너무 과합니다. 부형이 무슨 죄가 있습니까?"

---

23 음분은 결혼하지 않은 남녀가 사통하는 일을 말한다.

24 『한비자韓非子』 「세난說難」에 나오는 '미자하彌子瑕' 이야기를 두고 한 말인 듯하다. 위나라에 미자하라는 미소년이 있었는데, 왕의 총애를 받고 있었다. 위나라의 법에는 왕의 수레를 몰래 타는 자에게는 발꿈치를 베는 형벌이 있었다. 어느 날 미자하는 급히 어머니를 만나기 위해 왕의 수레를 타고 집으로 향하였다. 왕은 미자하를 "효자로구나, 어머니의 병을 두려워하여 자신의 발꿈치를 대수롭지 않게 여기다니!"라 칭찬했다고 한다.

내가 말하기를,

"종시 편방偏邦 규모라 편벽됨이 있거니와 또한 해롭지 아니합니다."

엄생이 말하기를,

"그러나 족히 귀국 예교의 엄함을 볼 수 있습니다."

한 뒤 또 묻기를,

"동방 아이들에게 처음 무슨 글을 읽힙니까?"

내가 말하기를,

"처음은 『천자千字』를 읽히고 다음 『사략史略』과 『소학小學』을 가르쳐 경서經書에 이르는데, 오직 『예기禮記』와 『춘추春秋』는 읽는 사람이 적습니다."

엄생이 말하기를,

"『사략』은 이곳에서는 '감략鑑略'이라 일컬어 또한 아이들에게 읽힙니다. 『소학』은 매우 좋은 글이니 『소학』「외편」에는 비록 아이들이 행할 일이 적으나, 옛사람의 좋은 말과 착한 행실을 어렸을 때 들으면 자연 쉽게 잊지 아니할 것입니다. 또 사람이 먼저 식견을 넓힐 것인데, 혹 영오穎悟한 아이들이 이런 사적을 보면 능히 감동하여 본받을 뜻이 있으면 종신토록 유익함이 될 것입니다. 이러하므로 옛사람이 아이들을 가르쳐 날마다 옛일을 기록하게 한 것이니, 성경聖經과 현전賢傳이 비록 좋다 한들 아이들이 어찌 졸연히 알아보겠습니까?"

내가 말하기를,

"우리나라 선현 중에 종신토록 『소학』을 읽어 스스로 '소학동자'라 일컬은 사람25이 있는데, 그 독실한 뜻은 매우 좋거니와 마침내 경서

---

25 한훤당寒暄堂 김굉필金宏弼(1454~1504)을 말한다. 김굉필은 20살 때 함양 군수로 있던 점필재佔畢齋 김종직金宗直을 찾아가 그의 문인이 되었는데, 그때 한훤당이 지은 「독소학讀小學」이라는 시 속의 "소학 책 속에서 어제까지의 잘못을 깨달았네小學書中悟昨非"라는 구절을 보고 점필재는 "이 구절은 성인이 될 수 있는 근기根基"라며 찬탄했다고 한다. 이후 그는 오로지 『소학』만 공부했고, 소학의 가르침대로 살고자 하여 10년 동안 『소학』만 읽고 다른 책은 보지 않았으며 스스로 소학동자라고 했다.

를 읽음만 같지 못합니다."

엄생이 말하길,

"이미 『예기』를 읽는 이가 적으면 아이들이 본받을 절목을 무엇으로 알게 할 것입니까?"

내가 말하기를,

"소학은 여러 서적에서 모은 글이라 종시 경서의 깊은 취미趣味에 미치지 못하므로 아이들이 읽는 것은 진실로 마땅하지만, 다만 이를 종신토록 숭상하여 경서로 나아가지 않는다면 어찌 크게 이룰 학문이라 일컬을 수 있겠습니까?"

반생이 말하기를,

"동방의 풍류와 재담을 얻어듣고자 합니다."

내가 말하기를,

"동방 사람들이 대저 인품이 아둔하여 풍류의 일을 분명하게 전함이 없고, 그 중 몸을 닦고자 하는 사람은 '풍류' 두 자를 일체 배척하여 더욱 숭상치 않습니다."

반생이 말하기를,

"풍류재자風流才子를 어찌 원치 않겠습니까?"

하며 크게 웃었다. 내가 말하기를,

"그윽이 들으니 군자의 교도交道는 의義로 정情을 이기고, 소인의 교도는 정으로 의를 이긴다 하였습니다. 제가 두 형을 만난 후로 필경 이별이 마음에 거리껴 거의 침식이 편치 못하니, 의로 정을 이긴다는 것이 필연 이렇지 않을 것입니다. 실로 부끄러움을 이기지 못하거니와 옛사람을 생각건대 혹 지기知己를 위하여 서로 죽는 사람이 있으니 이 지경에 이름이 또한 괴이치 않겠습니까?"

엄생이 말하기를,

"한 번 이별하면 천고의 영결千古永訣이 될 것이라, 피차의 인정을 생각건대 어찌 이렇지 않으며, 무슨 도리의 해로움이 있겠습니까? 저는 오늘부터 마음이 꺾어진 후로는 마침내 형을 신명神明같이 받들고자 하니, 이것도 혹 과함이 되는지요?"

내가 말하기를,

"한 번 이별한 후로는 만사를 이룰 것이 없으니 다만 각각 공부에 힘써 피차에 사람을 알지 못한 허물을 면케 하는 것이 제일 큰 일이 될 것입니다."

엄생이 말하기를,

"제가 한스러운 것은 한 번 형의 의론을 듣고 나서 스스로 생각건대, 평생에 이런 사람을 보지 못하였다는 것입니다. 장래에 만나는 사람이 비록 음란한 벗과 무례하고 거만한 교도에 이르지는 않을 것이나, 이같이 의리로 서로 격려하는 사람을 구하여 서로 유익함을 얻고자 하여도 이는 천고에 드문 일입니다. 이러하므로 홀홀한[26] 마음에 자연 즐거움이 없으니, 어찌 구구히 이별을 아낄 뿐이겠습니까? 생각이 이곳에 이르니 진실로 사람으로 하여금 소리를 놓아 크게 울고 싶게 합니다."

내가 말하기를,

"제가 두 형을 만나니 재주를 사랑하는 것이 아니라 학문을 공경하고 마음을 사모하는 것입니다. 다만 언어를 서로 통치 못하고 이별할 날이 매우 바빠 정미한 의론을 극진히 듣지 못하고 스스로 평일의 소소한 소견이 있으나 또한 미처 진정치 못하니, 어찌 일생의 한이 되지 않겠습니까? 앞으로 서로 서신을 부치는 일이 있거든 부질없는 정사를 떨치고 일용 공부의 절차와 사우 간의 좋은 의론을 주고받는 것이 어떠합니까?"

반생이 말하기를,

"저는 성현의 학문에 망연히 진척이 없어 평생에 놀기를 일삼으니

---

26 '마음이 상쾌하지 않고 매우 답답하다'는 뜻인 '울울하다'의 오기인 듯하다.

어찌하겠습니까? 감히 형에게 뵈지 못하겠습니다."

엄생이 말하기를,

"감히 형과 같은 사람을 얻어 아침저녁으로 함께 있으면 장래에 자연 크게 나아감이 있을 것입니다. 저는 타고난 성품은 비록 좋으나 다만 시속時俗에 골몰하여 잃어버린 시절이 많으니, 이것은 유익한 붕우와 더불어 강론하는 공부를 얻지 못한 때문입니다. 반형 또한 함께 경계할 만합니다."

내가 말하였다.

"두 형이 서로 강론하매 어찌 다른 사람을 기다리겠습니까? 다만 진실한 마음과 각고의 노력으로 한 공부로 한때도 잠시 끊어지지 않고 잊지 않는 것이 제일 어려운 일입니다. 유유범범悠悠泛泛[27]하여 내일과 내년을 기다리는 마음이 가장 민망합니다. 옛사람이 짐독鴆毒[28]에 비함이 괴이치 않으니, 제가 40에 이르도록 이룬 것이 없는 까닭도 오로지 이 때문입니다. 이번에 돌아간 후로부터 마음을 가다듬어 공부에 힘쓰면 거의 형의 책망을 저버리지 않을까 하거니와, 다만 오두鰲頭[29]의 힘이 오래지 않아 슴슴할까[30] 저어합니다. 반형에게는 지난번에 여색을 경계한 말이 있으니, 이것은 한때 해학의 수작이 아니라 예사로이 듣지 않기를 바라고, 또 비록 나이 젊은 연고이지만 위의와 언사에 과히 경솔한 곳이 많으니, '위중威重' 두 글자에 더욱 힘쓰기를 바랍니다."

반생이 듣기를 마치자 낯빛을 고치고 캉 아래로 내려가 허리를 굽혀 공순히 읍하거늘, 내가 놀라 일어나 붙들어 앉혔더니, 엄생이 말하

---

27 '유유범범'은 무슨 일을 다잡아 하지 않는 것을 말한다.
28 '짐독'은 중국 남방에 사는 올빼미 류에 속하는 짐새의 깃에 있는 독을 말한다.
29 '오두'는 큰 자라의 머리라는 뜻으로, 장원으로 급제한 사람 또는 서적의 본문 위의 난欄에 써 놓은 주해문註解文을 말한다. 여기서는 홍대용이 두 사람에게 경계한 말을 가리킨다.
30 '슴슴하다'는 자극을 크게 느끼지 않을 정도로 싱겁다는 뜻인 심심하다의 옛말이다.

기를,

"옛사람이 말하기를 '한 번 글하는 사람으로 일컬음을 얻으면 그 나머지의 일은 볼 것 없다' 하였으니, 글하는 사람이라 이르는 것도 옛사람이 오히려 부끄럽게 여겼는데, 어찌 도리어 '풍류' 두 자를 흠모하겠습니까? 이것은 반형의 큰 병통입니다."

또 말하기를,

"장래에 우리들이 서로 만나면 형의 말씀을 들어 서로 경계하여 감히 잊지 않을 것입니다. 반형은 왕왕 희롱의 말이 많지만, 저의 말은 실로 충심으로 말미암은 말이라 반형과 더불어 벗이 된 것입니다. 어찌 서로 권면하지 않겠습니까?"

내가 말하기를,

"풍류 두 자는 옛사람으로 의논하자면 두목지의 무리[31]에 해당할 일이니, 어찌 군자에 비기겠습니까? 또 이르기를 미원장米元章[32]과 조송설趙松雪[33] 두 사람은 아담한 풍운으로 천고에 이름을 드리우고, 문묵文墨을 숭상하는 사람을 우러러 흠모함이 태산북두泰山北斗와 다름이 없으나, 유식한 군자로 볼진대 그 재주를 듣지 못하고 한갓 작은 재주를 일삼음이 낮고 낮으니, 어찌 족히 일컬을 것이 있겠습니까?"

엄생이 말하기를,

"반형의 소견으로는 두 사람을 흠모하여도 마침내 그 경지에 미칠 줄을 기약하지 못하였는데, 이제 홍형의 의론을 들으니 실로 천만 현

---

31 두목지는 풍류로 유명하였는데, 빼어난 용모와 당당한 풍채로 뭇 여인의 마음을 사로잡아 회남관찰사로 양주에 있을 때 술에 취해 수레를 타고 거리를 지날 때면 기생들이 귤을 던져 수레를 가득 채웠다는 이른바 '취과양주귤만거醉過楊州橘滿車' 고사가 전해온다.

32 미원장(1051~1107)은 중국 북송대의 서화가이며 문인인 미불米芾로, 원장은 자다. 미점법米點法과 발묵潑墨 등의 기법을 창안하여 중국 서화사에 영향을 미쳤다. 저서로 『화사畫史』, 『서사書史』 등이 있다.

33 조맹부趙孟頫(1254~1322)는 중국 원나라 때의 문인 서화가로, 송설은 그의 호다. 오흥吳興(지금의 절강성 호주) 출신인 그는 송나라 종실의 후손으로, 원나라 때 한림학사翰林學士 등의 벼슬을 하였다. 건륭제乾隆帝가 그의 글씨를 좋아하여 따랐다고 한다.

격함이 있습니다. 또 번거롭지 않고 종요로운 말이 있는데 걸음걸음
마다 실한 땅實地를 밟으라는 것입니다. 이런 학문은 허리를 펴고 기운
을 일으킨 후에 비로소 효험을 얻을 것이니, 날이 마치도록 유유홀홀
悠悠忽忽[34]하여 진작하지 못하면 술에 취한 인생이요, 꿈으로 죽음을 면
치 못할 것입니다. 곧 낮게 의논하여 미원장과 조송설의 정한 재주를
배우고자 하여도 또한 일조일석에 이룰 바가 아니라 평생 무한한 정
력을 허비할 것이니, 이 공부를 옮겨 신심을 다스리고 성명을 궁구하
면 또한 어떤 경지엔들 이르지 못하겠습니까?"

내가 말하기를,

"엄형은 이번 과거에 급제하지 못하면 다시 올 뜻이 없습니까?"

엄생이 말하기를,

"어찌 사람을 속이는 말을 하겠습니까? 이번에 급제하지 못하면 결
단코 다시 오지 않을 것입니다. 평생에 '성誠'자로 이름을 지었고 또
별호를 '불이不二'로 일컬으니 거짓말을 경계하고자 하는 뜻입니다."

내가 말하기를,

"반형은 필연 다시 올 수밖에 없을 터이니 몇 번까지 올 것입니까?"

반생이 말하기를,

"세 번까지 올 것입니다."

엄생이 말하기를,

"부모의 명과 붕우의 권함을 또한 떨치기 어렵습니다."

내가 말하기를,

"어찌 어렵지 않겠습니까? 나는 이로 인하여 지금 과장의 자취를
끊지 못하였습니다."

또 내가 말하기를,

"이곳에 이르니 재물로 벼슬을 얻은 사람의 이야기를 혹 듣는데, 이

---

34 '유유홀홀'은 빈들빈들 세월을 보낸다는 말이다.

런 무리와 어깨를 맞춤이 어찌 부끄럽지 않겠습니까?"

반생이 말하기를,

"과갑科甲으로 벼슬길을 얻으면 자연히 분별이 있겠으나 얻어도 맛이 없고 구함이 뜻과 같지 아니하여 말고자 하여도 능치 못하니 어찌하겠습니까?"

내가 말하기를,

"재상으로 형벌에 미치는 이가 있으니 선비는 세상을 헤아린 후에 환로에 들어감 직합니다."

반생이 기색이 무연하여 대답하지 않았다. 내가 말하기를,

"동국은 악한 역적이 아니면 재상의 몸에 형벌이 미치는 일이 없습니다."

반생이 말하기를,

"중국은 비록 정승이라도 형벌을 면치 못합니다."

내가 말하기를,

"선비를 죽일 수는 있겠지만 욕되게 하지는 못할 것입니다."

엄생이 말하기를,

"명조에는 조신朝臣을 조정에서 볼기치는 형벌이 있었고, 가혹한 법령도 많았습니다. 또한 그때는 관원들이 도리어 조정에서 볼기 맞음을 영화로 삼았는데, 이것이 명조의 어지러운 정사였습니다. 본조에 이르러 조정에서 형장하는 법을 덜었으니 매우 관후한 정사입니다."

내가 묻기를,

"천하가 한 집인데 집안에서의 사사로운 수작이 무슨 해로움이 있겠습니까? 동방에 있을 때 중국 소식을 들으니 해마다 재변이 많고 민심이 소동騷動하여 천하가 평안치 못하다 하니 실상이 어떠합니까?"

엄생이 말하기를,

"실로 없습니다."

반생이 말하기를,

"수 년 전에 회자국이 변방을 어지럽힌 지 3년이 넘으매, 즉시 평정하고 지금은 사방이 평안하여 이런 일이 없습니다."

엄생이 또 말하기를,

"이때는 태평하고 인물이 극히 성한 시절이라 혹 도적이 조금만 있어도 다 즉시 흩어집니다. 몇 해 전에 한 도적이 있어 성명을 마조주馬朝柱[35]라 했는데, 종적이 드러나니 즉시 도망하여 천하에 10년을 찾았으나 종시 얻지 못하였습니다. 근래에 들으니 이미 죽은 지 오래라고 합니다. 또 백성의 마음을 의논할진대, 천하 사람이 황상의 은혜를 생각지 않을 이 없고 조금도 소동하는 말이 없으니, 그 중 절강浙江 근방은 자주 구실을 덜어 은혜를 더하므로 인심이 더욱 감복합니다."

내가 말하기를,

"동방이 또한 고휼顧恤(도움)함을 입어 조공하는 방물과 주청하는 사정이 순편치 않은 곳이 없습니다. 그런데 오직 의관이 변하여 중국의 고가대족故家大族[36]이 다 파임破衽[37]의 풍속을 면치 못하니, 이러하므로 중국 사람을 위하여 슬퍼해 마지아니하고, 그 중 무지한 하졸들은 근본을 생각지 않고 다만 오랑캐라 일컬어 조금도 애석하게 여김이 없습니다."

두 사람이 안색을 고치고 서로 보며 대답이 없었다. 엄생이 말하기를,

"본조가 동방을 고휼했다는 것이 무슨 일입니까?"

내가 말하기를,

"강희 연간으로부터 동방을 접대함이 다른 외국과 아주 달랐습니다. 우리나라가 청하는 일이 있으면 응하지 않음이 없었으니, 대명 때는 해마다 일만 석의 쌀을 조공하였는데, 강희 연간에 구천 석을 감하

---

35 마조주(1715~1775)는 마삼馬三이라고도 하며 원래 기춘蘄春 사람이나 나전羅田으로 옮겨 이곳 농민 봉기의 우두머리가 되었다.

36 '고가대족'은 여러 대에 걸쳐 현달하고 번창하는 집을 말한다.

37 '파임'은 옷소매를 없애다, 즉 오랑캐 옷으로 갈아입는다는 뜻이다.

고 차차 덜어 지금은 겨우 수십여 석을 조공할 뿐이지요."

엄생이 말하기를,

"본조 초년에 동방의 조공하는 사신이 대명 의관을 바꾸지 않았지만 마침내 금하지 않았으니, 또한 충후한 뜻을 볼 수 있습니다."

반생이 말하기를,

"사신이 돌아갈 때 황상皇上이 상사賞賜한 것이 있습니까?"

내가 말하기를,

"100여 필의 비단과 수천 냥의 은을 일행에게 나눠 주고, 연로에서는 물론 유관遊觀 시에도 양식과 찬물을 잇달아 허비하는 것이 적지 않습니다."

또 말하기를,

"서낭정徐朗亭에게 서로 편지 부치기를 언약하였으니 낭정이 이 뜻을 알고 있는지요?"

반생이 말하기를,

"이미 들었으며 그르게 여기지 않으니 다시 의심이 없을 것입니다."

내가 말하기를,

"해마다 사행을 통하여 낭정에게 편지를 부칠 것이니 형들도 이 언약을 저버리지 않기를 바랍니다."

엄생이 말하기를,

"한 해에 한 번 편지를 부치는 것이 오히려 드물어 한스러운데 어찌 언약을 잊겠습니까."

내가 말하기를,

"우리나라 노가재老稼齋 김창업金昌業은 청음淸陰 선생의 증손입니다. 그 백씨伯氏(백부)를 따라 중국을 구경하고 돌아가는 길에 산해관에 이르러 그곳 선비 정홍程洪[38]과 더불어 하룻밤 수작으로 사귀기로 정하

---

38 『노가재연행일기』에 의하면 김창업은 1712년 겨울 동지사를 따라 북경에 갔다가 돌아오

고, 돌아간 후에 해마다 서로 편지를 그치지 아니하여 지금껏 기이한 일로 일컫습니다. 이것은 옛사람이 행한 일이요, 피차에 방금邦禁이 없는 줄을 가히 알 수 있습니다."

엄생이 말하기를,

"편지를 부치는 데 오로지 간편하기를 취할 것이니, 동국 간지는 길고 두꺼워 멀리 전하기에 마땅치 않으니, 중국 간지의 크기를 모방하여 다만 가볍고 편함을 생각함이 옳습니다."

반생이 묻기를,

"우리의 서신이 동방에 이르면 보는 사람이 괴이히 여기지 않겠는지, 또 동국 사람을 만나면 아무 사람에게 부쳐도 해로움이 없겠습니까?"

내가 말하기를,

"이미 김가재의 사적이 있고 만 리에 서로 서신을 통하면 이것은 천고에 기이한 일인데, 뉘 괴이히 여기는 일이 있겠습니까? 우리나라 역관들 중에도 친한 사람이 많고 우리가 사귄 일을 괴이히 여길 이가 없으니, 그 가운데 신실한 인물을 가려 서신을 부탁하여 일을 그르치지 않게 할 일입니다. 만일 수 년이 넘도록 서신이 없으면 이는 형들을 잊은 것이고, 그렇지 아니하면 죽지 않는 한 반드시 소식을 통할 것입니다."

반생이 말하기를,

"우리도 만일 서신을 전함이 없으면 이는 우리가 죽은 날입니다. 다만 5~6년 후면 낭정이 벼슬을 얻어 북경을 떠날 것인데, 이는 우리가 3년 후에 과거를 위하여 다시 이곳에 이를 것이니 좋은 묘책을 다시

던 길인 1713년 2월 22일 산해관 부근의 각산사에서 묵었는데 이튿날 새벽 시를 지으려고 절의 한 젊은이를 시켜 붓과 벼루를 가져오게 했는데 이가 바로 정홍이다. 정홍은 노가재가 지은 시를 두고 예리한 질문을 던졌으나 또한 예의를 잃지 않았으니 이에 노가재가 선물을 주며 저호지의紵縞之義를 맺게 되었다.

의논하지요."

이때 한 사람이 편지를 가져와 두 사람을 청하거늘, 훗날을 기약하고 즉시 물러나와 관으로 돌아왔는데, 날이 아직 일러 사행이 미처 돌아오지 않았다. 덕형을 불러 서종맹에게 전갈을 부리고 서산 구경한 일을 누누이 사죄하여 그의 노여움을 풀려고 하였다. 그런데 사행이 돌아오신 후 마침 상방에 앉았더니, 덕유가 급히 들어와 서종맹이 보기를 청한다고 했다. 즉시 문을 나와 캉으로 오니 서종맹이 캉 문을 의지하고 나에게 이르기를,

"내가 궁자와 더불어 정분이 없으면 어찌 이런 말을 하겠습니까? 일전에 제독 대인이 나더러 말하기를, 궁자는 그 인품을 들으니 매우 좋은 사람인가 싶거니와, 날마다 구경을 다니며 대국의 금령을 돌아보지 않으니 극히 옳지 않으므로 이 사연을 전하여 출입을 그치게 하라고 했습니다. 제독의 말이 이미 이러하면 아문이 거스르지 못할 것입니다. 이후에는 출입을 그치고 아문에 죄명이 돌아올 것을 생각하십시오."

했다. 대개 서산 구경 길을 제게 고하지 않은 것에 노하여 한 번 속이고자 하는 뜻이요, 약간의 안정이 있는 고로 제독을 거짓 핑계대어 출입을 금하는 의사였다. 내가 말하기를,

"이 무엇이 어렵겠습니까? 내가 나가는 것은 다른 뜻이 아니라, 멀리 친정을 떠나고 돌아갈 기약이 지나서도 길을 떠나지 못하여 외로이 관중에 갇혀 더욱 심사를 정치 못할 지경이니, 마지못하여 거리로 다니며 마음을 소창消暢하고 객회客懷를 위로하고자 함이었습니다. 허나 제독 대인의 말이 이미 이러하면 어찌 어길 뜻이 있겠습니까?"

종맹이 웃으며 말하기를,

"문을 닫고서 책이나 보며 거문고를 희롱하면 족히 날을 보낼 것인데, 어찌 날마다 거리로 다녀 몸을 괴롭힙니까?"

내가 말하기를,

"일전에 서산 길은 마지못할 곡절이 있었습니다. 대감이 집에 돌아가 미처 들어오지 못하고 아문의 다른 노야들이 미처 모이지 못한 까닭에 다만 대사에게만 가는 사연을 고하였습니다. 아침에 오 통관을 보니 나를 꾸짖기를 도망 다니는 사람으로 아는가 싶은데, 비록 구경을 즐기나 어찌 이런 구차한 일을 하고자 하겠습니까?"

종맹이 말하기를,

"어찌 그러하겠습니까? 오 통관은 본래 조선말을 하지 못하므로 서로 뜻을 통치 못하였을 것이니, 어찌 궁자를 도망 다닌다고 이르겠습니까?"

이어 웃으며 덕유더러 일러 말하기를,

"너희 같은 사람은 혹 도망하는 일이 있더라도 궁자는 체면을 아는 사람인데 어찌 이런 일로 의심하겠는가?"

하고, 나더러 말하기를,

"나는 내일 집으로 가 4~5일 뒤에 들어올 것입니다. 그 전까지 부디 출입을 그치십시오."

하고, 총총히 나갔다.

2월 13일 관에 머물다

식전에 덕형을 불러서 종맹에게 전갈을 붙이고 회사하는 뜻을 누누이 이르라 하였더니 덕형이 들어와 이르기를,

"종맹이 듣고 웃으며 말하기를 '이 말은 필연 너의 간사한 말이로다' 하고 이어서 대사를 돌아보며 무슨 말을 일렀는데 필연 출입을 허하는 의사였습니다. 종맹이 나간 후에 대사가 불러 이르기를 '궁자가 만일 나가고자 하여도 아문을 모르게 하면 필연 갑군에게 욕을 면치 못할 것이니 이 말을 전하라' 하니, 4~5일 사이는 출입이 어려울 것입니다."

하였다. 이제는 황성 내외에 구경할 곳이 거의 남은 데가 없고 간정동은 종적이 불편하여 날마다 가지 못하니 조용히 몸을 쉬는 것도 해롭지 아니하나, 종맹의 엄금을 거스르지 못하여 마음대로 오가지 못하는 것이 매우 분하였다. 어제 수역의 캉에 갔더니 수역이 이르기를,

"이번 방물은 책문에 든 후에 전례를 좇아 세내는 수레에 맡기고 뒤쫓아 들어왔더니, 바칠 때 수를 헤아려 보니 무명 40여 필이 넘게 없어지고 그 밖에 면주綿紬와 대호지 여러 권을 잃었습니다. 마지못해

행중 장사치의 것을 사 메워 넣으니 무명과 면주는 특별히 다른 일이 없으나, 대호지는 창졸에 얻을 길이 없어 두꺼운 장지를 얻어 한데 넣으니 길이와 넓이가 자연 같지 아니한지라 바칠 때에 만일 권수를 헤아리는 일이 있었다면 필연 일이 났을 것입니다. 일행이 송연悚然하여 있었으나 대국 인품이 종시 녹록치 아니하여 중대한 방물을 속이지 아니하리라 하여, 동인 재고에 넣어 다시 헤아리지 아니하였습니다. 하여 비록 생살生殺은 면하나 통관들이 그 기미를 아는지라 저희 주선한 일이 조금도 없으나, 이 때문에 과외의 인정을 무수히 징색하니 극히 민망하였습니다."

하였다. 간처더趕車的 왕가가 들어와 보고 옷값과 수레 값으로 은 냥을 더 달라 하거늘 내 이르기를,

"이는 수역의 뜻에 달렸으니 내 비록 은 냥을 더 주고자 하나 역관들의 시비를 저어하니, 네 진정 원통하거든 어찌 수역을 보채지 아니하느냐?"

왕가가 나가더니 다시 들어와 이르기를,

"수역이 이미 값을 올렸으나 노야께서 은을 아껴 주시지 않으십니다."

하고, 계속해서 곤욕스러운 말이 있거늘, 내 대답지 아니하고 하인을 불러 왕가를 데리고 가 수역에게 이 사연을 일러 왕가를 엄히 꾸짖으라 하고 만일 값을 올린 일이 있거든 한가지로 주라고 하였더니, 수역이 사람을 보내어 고하기를,

"왕가의 아재비를 불러 크게 꾸짖고 값을 한가지로 더 주었습니다."

하였다. 이윽고 왕가 다시 들어와 무슨 말을 하고자 하는데, 내 답하지 아니하고 덕유를 불러 문 밖으로 쫓아 보냈다. 대개 왕가는 나이 어리고 인물이 추하지 아니하여 연로에서 돌보아 준 일이 많았으나, 약간의 은 냥으로 나를 의심하고 감히 욕된 말이 있으니 변방의 더러운 인물이라 족히 책망할 것이 없었다.

관에 머물다

식전에 상사께서 간정동에 사람을 보낼 때, 반생이 부탁한 서첩을 부쳐 보내었다. 계부께서 상부사와 더불어 차례로 동국 시율을 쓰시고, 평중 또한 시 한 수를 지어 썼으니 아래와 같다.

이역에서 흉금을 열매 벗이 있으니
해 넘기도록 추운 성시에 머물러도 해롭지 아니하도다.
이별의 정자에는 기운 해 밖으로 풀이 푸르렀으니
만 리에 채찍을 드리우고 홀로 가는 심정이로다.
異域開襟有友生 不妨經歲滯寒城
離亭草綠斜陽外 萬里垂鞭獨去情

나는 그 끝에 아래와 같이 썼다.

즐겁기는 서로 새롭게 아는 것보다 즐거운 것이 없고
슬프기는 살아 이별하는 것보다 더 슬픈 것이 없도다.

이별의 언덕에는 버들이 있고 산에는 꽃이 있으니
천추만세에 길이 서로 생각하리로다.
돌아와 소요할지니
서강 물결이 어느 때에 잔잔해지리오.
연꽃 옷과 난초 띠로
원컨대 손을 이끌어 함께 가리라.
樂莫樂兮新相知
悲莫悲兮生別離
離岸有柳兮山有花
千秋萬歲兮長相思
歸來兮逍遙
西江波浪何時平
荷衣兮惠帶
願携手兮同行

돌아오는 사람에게 엄생이 편지를 부쳤다.

받들어 반형의 서첩을 구경하여 세 분 대인과 두 형의 후의를 보니 눈물이 내려 옷깃에 젖습니다. 저는 접책이 없지 아니한데도 글씨를 구하여 괴로움을 끼칠까 염려했더니, 이제 이 책을 보니 흠선하는 마음을 금치 못하여 다시 책 한 권을 보냅니다. 대인들의 글씨는 감히 바라지 못하고 다만 두 형께서 한 번 휘쇄揮灑하시기를 청하되, 글씨에 공졸工拙을 헤아리지 않을 것입니다. 두 형의 글을 다시 바라나니 마땅히 자손에게 전하여 집안의 보배로 삼고자 합니다. 만일 가르치는 말이 있어 종이를 비우지 않으시면 더욱 감격하겠습니다.

보고 난 뒤 접책을 먼저 상사에게 보내고 엄생의 뜻을 전하니, 상사

께서 매우 기뻐 말씀하시기를,

"두 사람이 글씨를 구하는데 동국 시율을 적어 보내지 않고, 꼭 내가 득의한 시율을 써 보낸 것은 앞으로 혹 개간改刊할 때 청음 선생 자취를 이을까 한 것이다."

하고 크게 웃었다. 상사께서 두 사람의 앵무시 차운한 것을 내어 뵈니 엄생의 시에 이르기를,

머리를 돌리매 고향 산이 머니

농두가 이제 또 봄이 되었도다.

깃과 터럭이여 뉘 너를 빌리던고

먹고 마시는 일이 이에 사람을 의지하였도다.

슬기로운 성품은 입을 막음이 마땅하고

높은 정은 몸을 조촐히 함을 사랑하노라.

다행히 난전에 사랑함을 맞으니

제비와 참새가 감히 서로 친하랴.

동풍이 따뜻한 율려를 부니

모든 새들이 화창한 봄을 지저귀도다.

뉘 녹의사의

편벽되이 금옥 사람을 따름과 같으리오.

말을 알매 공교한 혀를 번드치고

춤을 나누매 가벼운 몸을 떨치도다.

나는 듯한 모습이

바람에 한들거리는 듯하여 자연히 가히 친함 직하도다.

回首故山遠 隴頭今又春

羽毛誰假爾 飮啄此依人

慧性宜防口 高情愛潔身

幸邀蘭殿寵 燕雀敢相親

東風吹暖律 衆鳥哢晴春
誰似綠衣使 偏隨金屋人
解言翻巧舌 鬪舞墮輕身
一種翩翩態 依依自可親

반생의 시는 아래과 같다.

달은 새벽 주호³⁹에 쇠잔하고
꽃은 수놓은 처마의 봄에 가득하였도다.
슬기로운 성품은 교만한 종을 꾸짖고
향기로운 목은 아름다운 사람을 배우도다.
총명한 밝은 옥부리요
오르내리는 푸른 옷몸이로다.
작게 상사자⁴⁰를 먹이니
아로새긴 새우리에서 날마다 친하도다.
오히려 장안의 즐거움을 생각하니
마음이 만 리 봄에 놀랐도다.
해가 높으매 나비 꿈이 돌아오고
손님이 끊어지매 차 달이는 사람을 말하는도다.
박한 풍속이 잔미한 목숨을 가벼이 여기니
다른 땅에 이 몸이 걸렸도다.
어느 땅에 두 날개를 떨쳐

---

39 주호는 구슬옥으로 장식한 문으로 흔히 규방을 가리킨다.

40 상사자는 빨간색 콩으로 홍두라고도 하며 약재로 쓰는 열매다. 그 이름의 유래와 관련하여 『본초강목本草綱目』에는 『고금시화古今詩話』를 인용하여 "옛날에 어떤 사람이 나무 옆에서 죽었는데, 그의 부인 역시 죽은 남편을 생각하며 그 나무 아래에서 울다가 지쳐 죽어버렸다. 이로 인해 상사자라 이름 붙였다昔有人歿於邊, 其妻思之, 哭於樹下而卒, 因以名之"라고 하였다.

길이 봉란과 더불어 친하리오.

月殘珠戶曉　花滿繡簹春

慧性嗔嬌婢　香喉學美人

聰明紅玉啄　下上綠衣身

小飼相思子　雕籠鎭日親

猶憶長安樂　心驚萬里春

日高回蝶夢　客斷語茶人

薄俗輕微命　殊鄕絆此身

何時奮雙翮　長與鳳鸞親

　두 사람의 글을 보니 각각 그 성정을 볼 것이 있고, 그 중 '입을 막으며 몸을 조촐히 한다'라는 말은 더욱 엄생이 스스로를 이른 말일 것이다. 오후에 예부에서 회답하는 자문이 나왔는데 다른 문서는 아직 기약이 없으니 서반들이 혹 이르기를,

　"만일 100냥 은을 아끼지 아니하면 20일 사이에 떠날 수 있겠으나, 그렇지 아니하면 24일이나 25일에 떠날 것입니다."

하니, 당상역관들이 이 사연을 사행에게 아뢰기를,

　"그 말이 미덥지 아니하여 응답지 아니하였습니다."

하였다. 밤에 평중을 청해 거문고와 노래를 서로 창화하여 밤이 깊은 뒤 파하였다.

2월 15일 관에 머물다

식전에 편지를 써서 덕유를 간정동에 보냈으니, 그 편지에 이렇게
말했다.

　제가 일전에 서산 길로 인하여 아문의 죄를 얻어 수일 동안 감히 문을
나서지 못하며, 비록 나가고자 하나 묘책이 없으니 어찌 울울하지 않겠습
니까? 어제 엄형의 접책을 받고서 더욱 후한 뜻에 감동하여 갚을 바를 알
지 못하겠습니다. 우리들이 돌아갈 기약은 혹 20일 이후에 완전히 정해질
것이라 일변 기쁘며 일변 슬프니 이 괴로운 회포를 어찌하겠습니까? 동국
의 사적을 기록하여 보내나, 행중에 서적이 없어 마음에 기록된 일을 적을
따름입니다. 매우 초초하니 또한 짐작하기 바랍니다.

　동국 사적의 대강

　조선은 남북이 사천 리요, 동서가 일천여 리이다. 나눠서 팔도를 만들었
으니, 가운데는 이른바 경기도니 나라 도읍이 있다. 경기도 동쪽은 가로되

강원도이니 동쪽으로 바다를 임하고, 강원도 북쪽은 함경도이니 또한 동으로 바다를 임하며 북으로 백두산에 이르고, 함경도 서쪽은 평안도이니 서로 바다를 임하며 북으로 압록강을 사이하고, 평안도 남쪽은 황해도이니 또한 서해를 임하며 남으로 경기도에 닿고, 경기도 남쪽은 충청도이니 동으로 강원도를 연하며 서쪽으로 바다를 임하고, 충청도 서남쪽은 전라도이니 서남으로 바다를 임하여 중국의 표류한 상선이 혹 이르고, 전라도 동쪽은 이른바 경상도이니 동남은 바다를 임하며, 그 북쪽은 충청도요 그 동북은 강원도이니 이것이 일국 지형의 대강이다.

동방은 처음에 임금이 없었더니, 신인이 있어 태백산 단목檀木 아래에 내렸다. 이로 미루어 임금을 삼아 당요唐堯 무진년戊辰年에 제위에 올랐다. 그 후에 자손이 쇠미衰微하여 주 무왕 때에 이르러 기자를 동으로 봉하시니, 여덟 가지 가르침을 베풀어 사람을 죽인 자는 그 명을 대신하고, 재물을 도적하는 자는 재물 임자의 종으로 삼으니, 수년 사이에 나라가 크게 다스려졌다. 그 후 자손이 세 나라로 나누니 이른바 진한辰韓·변한弁韓·마한馬韓이며 지금 삼한三韓이라 일컫는다. 삼한의 자손이 한 무제 때에 이르러 다 멸망하고 네 고을을 만들었다. 선제宣帝 오봉五鳳 연간에 이르러 박씨가 일어나 다시 나라를 세워 신라라 일컫고, 같은 때 백제와 고구려 두 나라가 있어 삼국이 나눠 웅거하니, 수 양제와 당 태종이 동으로 쳐들어와 이기지 못한 나라는 곧 고구려이다. 당 명종[41] 때에 이르러 당군 소정방蘇定方[42]을 보내어 고구려와 백제를 칠 때 신라가 또한 장수 김유신으로 하여금 한가지로 쳐서 드디어 두 나라를 멸하고 땅이 다 신라에 속하니, 신라는 나라를 천 년간 누렸다. 왕씨가 나라를 세워 이름을 고려라 일컬으니, 고려는 5백년이 지나 망하고 홍무洪武 28년[43]에 본국이 되어, 태조 황제가 이름을 명하여 조선이라 일컬으니, 이것이 역대 흥망의 대강이다.

---

41 당 고종의 오기인 듯하다.
42 소정방(592~667)은 당나라의 장수로, 본명은 소열蘇烈이었으며, 정방定方은 그의 자다.
43 홍무 25년(1392)의 오기다.

백두산은 영고탑 남쪽에 있으니 이는 나라 산의 조종祖宗이다. 남으로 일천오백 리를 내려 철령鐵嶺이 되고, 또 100리를 내려와 금강산이 되고, 또 남으로 오대산 서쪽으로 치악산·태백산·조령·속리산·추풍령이 되고, 또 남으로 수백 리를 가 지리산이 되어 남해를 임하고 바다를 천여 리를 지나 제주 한라산이 되니, 이는 나라 산맥의 대강이다.

백두산 위에 큰 못이 있으니 서쪽으로 흘러 압록강이 되어 천여 리를 행하여 서해로 들어가고, 동으로 흘러 두만강이 되어 수백 리를 행하여 동해로 들어가니, 두 물이 중국과 경계를 표시한다. 철령에서 내려오는 물이 서로 흘러 임진강이 되고, 태백에서 내린 물이 서로 흘러 한강이 되어 한양 남쪽으로 말미암아 바다에 들어간다. 조령에서 내린 물이 남으로 흘러 낙동강이 되어 경상도 가운데를 좇아 남해로 들어가니 이는 일국 물 근원의 대강이다.

강원도와 함경도는 산이 많아 들판이 열린 곳이 적다. 그 나머지는 뫼와 들이 서로 균적均適하니, 뫼가 가까운 곳은 백성이 가난하여 풍속이 순박하고, 들이 가까운 곳은 백성이 부유해 풍속이 박액迫阨하다.[44] 대개 100리에 들이 없고 만금의 부유함이 적다. 다만 삼면으로 바다를 임하여 여염이 넉넉하고 토산품이 풍부하며 농사와 길쌈을 숭상하니, 또한 해외의 즐거운 땅이라 이른다.

기자의 후손이 쇠미하여 아름다운 법령이 전하지 못하고, 풍속이 사나워 군자의 힘이 비록 강하나 문학의 가르침이 오래 전에 끊어졌다. 그러더니 고려 말년에 이르러 정포은鄭圃隱 선생이 일어나 이름은 몽주夢周이니, 비로소 이학理學을 처음으로 창도하고, 본국에 이르러 문학이 점점 일어나 한훤寒喧 선생 김굉필金宏弼과 일두一蠹 선생 정여창鄭汝昌이 다 주자의 학문을 밝혔다. 정암靜菴 선생 조광조趙光祖는 타고난 기품이 극히 높은지라, 나

---

44 '박액하다'는 '좁고 답답하다', 또는 '자기에게 이로운 것만 생각하고 남의 사정은 돌보지 아니하다'는 말이다.

이 30이 넘어 일국의 풍헌風憲(풍속과 도덕)을 관장하여 수 년 사이에 풍속이 크게 변하여 남녀가 길을 나누고 백성이 상사喪事와 장사葬事에 다 주자가례를 준행했는데, 불행히 일찍 죽어 그 학문을 펴지 못했다.

회재晦齋 선생 이언적李彦迪은 비로소 글을 지어 의리를 밝히고, 퇴계退溪 선생 이황李滉은 순후한 자품으로 행실이 독실하여 도학道學을 일으킴이 더욱 성하고, 율곡栗谷 선생 이이李珥는 총명한 자품으로 견식이 탁월하여 성리性理를 의논하매 고명한 언론으로 통연히 근본을 밝혔으나, 또한 불행히 50이 못 되어 죽었다. 우계牛溪 선생 성혼成渾은 율곡과 더불어 한때 이름이 가득하고, 사계沙溪 선생 김장생金長生은 율곡의 문생이라 예문을 숭상하여 고금 예서를 정밀하게 분별하였고, 동춘同春 선생 송준길宋浚吉과 우암尤庵 선생 송시열宋時烈은 다 사계의 문인이라, 한가지로 도학을 존숭하여 일세의 종장宗匠이 되었다. 우암은 향년享年이 더욱 오래되어 공렬功烈이 대단히 성하고 평생에 『춘추春秋』를 존숭하여 그 대의를 붙들었다. 이 여러 유현들을 다 본국의 성묘에 배향하고 그 나머지 기이한 사람과 높은 선비는 이루 기록하지 못한다.

문장을 의론할진대 신라 말년의 고운孤雲 최치원崔致遠은 당나라 때 중국에 들어가 과거에 올라 중국 벼슬을 하였다. 후에 장수 고병高駢의 막하에 있어 도적 황소黃巢를 칠 때 격서檄書를 지어 천하에 전하니 황소가 그 격서를 보고 크게 놀라 담膽이 떨어졌으니, 이는 중국에도 이름 있는 사람이다. 고려 때에 이르러 상국相國 이규보李奎報는 시율詩律로 이름이 있고, 고려 말년에 이르러 목은牧隱 이색李穡은 시율과 문장이 매우 높았다. 일찍이 중국에 이르러 악양루岳陽樓에 제영題詠한 글이 있으니 다음과 같다.

한 점 군산에 떨어지는 해 붉으니
창파 일만 이랑이 홀연히 빈 데를 번드치는도다.[45]

---

45 『연기』에서는 '이 한 구절을 잊어버렸다—句忘未記'고 하였다.

긴 바람이 불어 황혼 달을 보내니
은촉과 사초롱의 암담한 가운데로다.
一點君山落照紅 滄波萬頃忽飜空
長風吹送黃昏月 銀燭紗籠黯淡中

본국에 이르러 읍취헌挹翠軒 박은朴闇과 소재蘇齋 노수신盧守愼과 간이簡易 최립崔岦과 오산五山 차천로車天輅와 석주石洲 권필權鞸을 다 시율로 일컫고, 계곡谿谷 장유張維와 택당澤堂 이식李植과 상촌象村 신흠申欽을 다 문장으로 일컫는다. 이외에 시문을 간행하여 이름을 전하는 사람이 100명이 넘으나 이루 기록하지 못한다.

풍속을 의론할진대 본국 이후로 예법을 삼가고 문학을 숭상하여 3년 동안 상중에 있는 것이 궁중에서부터 세민細民에까지 통하고, 비록 무지한 백성이나 약간의 의관을 갖추는 집이면 개가하는 법이 없고, 내외하는 분별이 심히 엄하여 부녀들이 문을 나면 교자轎子를 타며 장막을 드리우고 비록 하졸의 처첩이라도 반드시 낯을 덮은 후에 길을 다닌다. 관혼상제는 다 가례家禮를 존숭하여 불도를 일삼지 아니하고, 명분이 극히 엄하여 벼슬하는 집은 양반으로 일컬어 그 자손이 비록 가난하나 농상農桑을 일삼지 아니하며, 농상의 자손은 비록 재학이 있어도 벼슬길에 드는 이가 적다.

고적古蹟을 의논할진대 평양에 기자箕子의 무덤이 있는데, 임진왜란을 당하

〈서경전도〉. 정전의 자취가 남아 있다.

여 도적이 무덤을 헤칠 때 홀연히 땅속에서 기이한 풍류 소리가 나니, 도적이 크게 놀라 드디어는 파헤쳐짐을 면하고, 정전井田의 남은 자취가 있으며 이랑과 경계가 오히려 상고尙古할 곳이 있다.

산천山川을 의논할진대 한양의 삼각산三角山과 송경松京의 천마산天摩山과 황해도의 구월산九月山과 함경도의 칠보산七寶山과 평안도의 묘향산妙香山과 강원도의 금강산金剛山 오대산五臺山 설악산雪嶽山과 경상도의 태백산太白山과 전라도의 지리산智異山과 제주의 한라산漢拏山은 다 봉우리와 수석이 나라 안에 이름 나 있다. 그 중 금강산과 지리산과 한라산을 이름하여 세 신선의 뫼라 일컬으니, 각각 기이한 고적이 많은데 금강산은 더욱 이상하다. 중국 사람이 일찍이 시를 써 말하기를,

원컨대 고려국에 나서
한 번 금강산을 보고 싶다.[46]
願生高麗國 一見金剛山

하고 본국 사람이 시를 써 말하기를,

은 궁궐은 새벽의 황금 자물쇠를 열었고
구슬 하늘은 가을의 흰 연꽃을 묶었다.[47]
銀闕曉開金瑣鑰 瑤空秋束白芙蓉

하였으니 그 기이한 경치를 짐작할 것이다. 대개 뫼 가운데 1만2천 봉우리가 있는데, 다 흰 돌이 공중에 솟아나고 아홉 층 못과 일천 자 폭포요, 깊고 큰 골짜기와 윤택한 창벽蒼壁이로다. 층층한 묘당이 아래위에 틈틈이 얽히

---

46 이 시는 소동파가 썼다고 전해지나 분명하지 않다.
47 영조 대 시인 이병연李秉淵(1671~1751)의 시 「단발령망금강산도제화시斷髮嶺望金剛山圖題畵詩」의 한 구절이다.

고, 가을 때면 단풍이 산을 덮어 붉은 비단을 베푼 듯하니 이로 인연하여 혹 풍악楓岳이라 일컫는다. 동해를 임하여 관동關東의 팔경이라 일컫는 곳이 있으니, 바다에 잇닿아 700리 사이의 봉우리가 아름답고, 좋은 모래에 해당화가 깔리고 단청한 누각이 서로 바라보니, 성난 파도와 아름다운 경물이 나라 안의 승경勝景이 될 뿐 아니라, 또한 중국에도 흔치 않을 곳이다.

덕유가 돌아왔는데 엄생의 답서에 이렇게 말했다.

나날이 생각이 심히 괴롭더니 편지를 읽으매 놀랍고 기이합니다. 어찌 연분이 순탄치 않은 것이 이 지경에 이르렀습니까. 어느 날에 다시 왕림할 수 있겠는지요? 마땅히 길을 쓸고 기다릴 것이니 뵙기를 간절히 바랍니다. 어제의 접책 한권은 두 형의 수적을 구하여 자손에게 전코자 하는 것이니, 한번 수고로움을 사양치 마시고 평생의 보배로 삼게 하십시오.

덕유가 말하기를,
"두 사람이 권하여 교의에 앉히고 차와 담배를 권하며, 대접이 극히 관곡하여 여러 번 사양하였으나 듣지 않았습니다."
하니, 대개 변함없는 성관誠款(정성스러운 마음)이 우리나라 풍속이 미칠 바가 아니었다. 양혼이 덕형을 불러 대접한 후에 내 그 관곡한 뜻을 갚고자 하였으나, 조선의 토산이 의젓한 것이 없고 행중에 가져온 것이 모두 없어졌다. 마침 역관이 옥잔 하나를 가져와 북경 저자에 팔고자 하는데 아로새긴 제양이 매우 기이하고, 북경에서는 옥으로 만든 것을 극히 귀하게 여겨 이런 것은 다 비싼 값을 받는다고 하였다. 이에 천은天銀 열두 냥을 주고 그 잔을 사서 단단히 봉하고, 편지를 써서 덕형으로 하여금 진가에게 전하라 하였다. 그 편지에 이렇게 말하였다.

봄이 깊어 날씨가 점점 따뜻해지니 엎드려 생각건대 존체 만복이 깃드

실 것입니다. 아모는 다행히 염려한 은혜를 입어 겨우 객황客況을 보전하나, 집을 떠난 지 반년이 넘으니 답답한 심사를 스스로 견디지 못합니다. 저 번에 들으니 하찮은 인물을 과도히 사랑하여 비상한 대접이 따라온 사람에게까지 미치니, 천한 자취를 돌아보매 더욱 황감함을 이기지 못하겠습니다. 객탁客橐이 쓸쓸하여 깊은 정성을 표할 길이 없습니다. 마침 옥잔 하나가 행중에 들었기에 삼가 진형을 통하여 살핌을 바라니, 자잘한 물건이 족히 볼 것은 없으나 하찮은 성의를 헤아려 주시길 바랍니다.

식후에 방료군관放料軍官이 들어와 말하기를,
"방료를 20일까지로 한하여 내주니 필연 20일 후에 떠날 듯하나 자세하지는 않습니다."
하였다. 부방에서 상사의 생일을 위하여 음식을 차리면서 한 상을 보냈다. 먹고 있는데 왕혜승이 여러 아이들을 데리고 들어왔기에 두어 그릇을 나누어 먹었다.

2월 16일 관에 머물다

    죽을 먹은 후에 당초 평중과 더불어 간정동에 가고자 하여 먼저 덕형으로 하여금 대사에게 물으라 하니, 돌아와 말하기를,

    "서종현은 나가라 하되 대사는 서종맹에게 한 번 무안을 당해 매우 어렵게 여기는 기색이요, 서통관이 오래지 않아 들어올 것이니 수일을 기다리는 것이 해롭지 않다고 하니, 오늘은 어려울 것 같습니다."

했다. 마지못하여 평중을 혼자 보내고 편지를 써 덕유를 딸려 보냈는데, 그 편지에 이렇게 말했다.

    제가 아문에 막혀 김형을 혼자 보내니 외로이 관중에 머물러 답답한 회포를 어찌 다 적으리오. 내일 다시 나아가기를 도모코자 하니 다른 연고가 없는지 알고자 합니다.

덕유가 돌아왔는데 엄생이 답서에 이렇게 말했다.

    아문에 막힌 것은 극히 괴이한 일입니다. 바야흐로 김형을 만나 수작이

난만(爛漫)하되 함께 담소를 받들지 못하니 매우 민망합니다. 내일 왕림할 계획이 있으시면 이곳은 특별한 일이 없으니 일찍 오시기를 기다려 답답한 회포를 펴고자 합니다.

이날은 종일 무료하여 평중이 오기를 기다렸는데, 날이 늦어서야 비로소 돌아와 수작하던 종이 두어 장을 가지고 대강 말을 전했다. 반생에게 그 부인의 시를 보고 싶다고 하였더니 반생이 말하기를,

"저의 시율이 이미 보잘것없고 부인이 또한 저보다 낫지 않으니 족히 볼 것이 없을 것이요, 한 권 시집이 있어 이름을『구월루집(舊月樓集)』이라 하였으나 행중에 가져온 일이 없고 한 구절도 기억하지 못하니 한 번 웃지 못함을 한합니다."

엄생이 웃으며 말하기를,

"마침내 보여주기를 어렵게 여긴다면 한 권의 시집이 있단 말이 필연 허언(虛言)일 것입니다. 제의 부인이 만일 시를 한다면 어찌 한 번 보이기를 아끼겠습니까? 진실로 기억하지 못한다면 노형은 천하에 제일 정 없는 남자이고, 그렇지 아니하면 천하에 제일 기질이 없는 용렬한 재주라 할 것입니다."

하여 다 크게 웃었다고 했다. 엄생이 또 평중에게 말하기를,

"사람이 세상의 뜻을 얻지 못한다면 홀로 제도를 행할 따름이니, 어찌 궁함을 탄식하겠습니까? 다만 마음이 단단치 못하여 다른 날에 서로 보답할 말이 없을까 저어합니다. 그러나 스스로 생각건대 어찌 실없이 겉으로 말을 꾸미는 사람이겠습니까? 혹 세상에 몸을 내어 풍진 속에 다닐지라도 또한 오늘 말을 잊지 않을 것입니다. 만일 말이 진심에서 나오지 아니하면 어찌 금수

평중 김재행의 초상
(『日下題襟合集』)

禽獸와 다름이 있겠습니까? 오직 민망한 바는 게으른 병통을 졸연히 고치지 못하여 지기知己의 책망을 저버리는 것이니, 홍형의 정려한 의론이 약석藥石이 되어 나를 살림에 힘이 될 것입니다. 형과 제가 성심껏 학식을 배우면 성현의 지위에 이르지 못함을 어찌 근심하겠습니까?"

이 밖에 여러 말이 있었으며, 서로 시를 창화하고 돌아왔다고 했다.

2월 17일 간정동에 가다

이날 일찍이 밥을 먹고 간정동을 가고자 하여 덕형으로 하여금 먼저 아문에 통하라고 하였더니 돌아와 말하기를,

"통관들이 아직 모이지 않았고 대사가 미처 일어나지 못하였으니 이때를 타 가만히 나가는 것이 좋을 듯합니다."

했다. 이에 바삐 나가 문에 이르니 과연 문이 닫혀 있고 사람이 없었다. 큰 문을 나고자 하였는데 마침 10여 사람이 어깨에 불을 때는 수숫대를 메고 연이어 들어오니 헤치고 나갈 길이 없었다. 이윽히 주저하다가 문을 나가니 덕유가 말하기를,

"문을 나올 때 대사가 비로소 일어나 캉 문을 열고 나오는 것을 보았으니 필연, 무슨 일이 있는 것 같았습니다."

했다. 동쪽으로 행하여 옥하교에 이르니 갑군 하나가 창황히 이르러 소매를 잡으며 도로 들어가라 하기에 그 연고를 물으니 갑군이 대답하지 아니하고 흉악한 소리로 욕된 말이 있었다. 마지못해 도로 들어가 대사의 문 앞에 이르러 문을 두드려 온 줄을 고하니, 대사가 문을 굳게 닫고 대답하지 않았다. 대개 종맹을 두려워하여 내가 나가는 것

을 금하나, 안면이 익은 고로 말을 어렵게 여겨 몸을 숨기는가 싶었다. 문 밖에 오래 머물러 있기가 극히 피로하여 도로 캉으로 들어와 덕형을 불러 경솔히 나가다가 갑군의 욕설을 받게 한 것을 책망했다. 덕형이 나가더니 세팔과 상통사의 마두와 더불어 서로 의논하였는데, 제독대인의 종 하나가 문 밖에 지키며 아문의 범사를 살피니 대사와 통관들이 다 저어하였다. 같이 그 종을 찾아 술을 사 먹이고 청심원을 주어이 일을 도모하라 하니, 그 종이 쾌히 허락하여 말하기를,

"아문이 아무리 막고자 하여도 나의 말 한마디면 감히 금치 못할 것이니, 조금도 의심 말고 나가도록 하십시오."

했다. 즉시 들어가 고하거늘, 도로 옷을 입고 아문에 이르니 대사와 통관이 다 문을 닫고 몸을 감추었다. 큰 문을 나가니 제독의 종이 문밖에 섰기에 내가 손을 들어 예하고 주선한 공을 치사하였다.

다시 옥하교에 이르러 수레를 세내어 바삐 몰아 간정동에 이르니, 반생이 먼저 나와 맞아들이며 반기는 거동이 극히 은근했다. 엄생의 캉 문을 지나자 엄생에게 통하여 내가 온 것을 이르니, 엄생이 급히 대답하고 창황이 나와 서로 읍하고 앉았다. 두 사람이 머무는 캉이 바람벽을 사이에 두었고, 처음부터 모이던 곳은 반생의 캉이었다. 앉기를 정하자 내가 먼저 말하기를,

"어제는 김형에게는 겨울날이고 나에게는 여름날이었습니다."

하니, 다 깨닫지 못하였다. 내가 다시 말하기를,

"김형은 날이 짧음을 괴롭게 여기고 나는 날이 긴 것을 괴롭게 여겼다는 말입니다."

하니, 두 사람이 비로소 깨닫고 웃었다. 내가 말하기를,

"오늘도 일찍 밥을 먹었지만 아문에 막혀 누누이 청한 후에야 비로소 허락을 받았으니, 자주 만나지 못하는데다 또 이런 마당이 있어 극히 민망합니다."

반생이 묻기를,

"어떤 통관이 무슨 일로 이리 방자하게 구는가요? 출입을 다 아문에 고하면 이곳에 오는 것 또한 아는지요?"

내가 답하기를,

"다만 성 밖의 구경을 청할 따름이요, 이곳에 다니는 일은 전혀 알지 못합니다."

반생이 말하기를,

"세 분 대인이 또한 저들을 제어치 못하십니까?"

내가 말하기를,

"외국 사신이 중국 통관을 어찌 제어하리오."

이때 밥이 나와 함께 먹기를 청하기에 사양치 아니하고 먹는데, 반생의 종이 나이가 많으면서도 인물이 극히 충근忠謹하며 어음이 매우 분명하였다. 내가 불러 묻기를,

"북경을 몇 번째 오는가?"

대답하기를,

"처음입니다."

내가 말하기를,

"네 노야와 더불어 처음 북경을 왔는데, 네가 이르는 말은 적이 알아들으나 너희 노야들의 말은 전혀 알아듣지 못하니 괴이하다."

하니, 그 종이 듣고 크게 웃었다. 내 또한 두 사람을 향하여 이르기를,

"내가 북경 사람과 더불어 약간 말을 통하나 두 형의 말은 한 구절도 알지 못하겠습니다."

두 사람이 또한 알아듣지 못하였으나 그 종은 알아듣고 내 말을 전하여 이르니 두 사람이 다 크게 웃었다. 엄생이 웃으며 말하기를,

"남만격설지언南蠻鴃舌之言48입니다."

하거늘, 내가 또한 웃었다. 두 사람이 반찬이 소략하니 대접하는 예를

---

48 대륙 남방 사람들의 말소리가 때까치 소리처럼 알아들을 수 없다는 뜻이다.

이루지 못하노라 하니, 내가 말하기를,

"나는 평생에 고기를 즐기지 않고 혹 과히 먹으면 반드시 복통이 있으니 어찌 부질없는 염려를 하십니까?"

올 때 볶은 장 한 통을 덕유에게 맡겼는데, 불러 봉한 것을 뜯어 두 사람을 주면서 말하기를,

"이것은 동국의 콩으로 만든 장인데 반찬에 쓰는 것이고 동국에서는 으뜸 맛으로 일컫는 것이니 놓아두고 객중에 반찬으로 갖추는 것이 어떻습니까?"

반생이 맛보고 말하기를,

"남방에서도 소금과 메주로 장을 만드는데 맛이 다름이 없고, 고인이 주는 뜻을 생각하면 한갓 기이한 음식을 귀하게 여길 뿐이 아니지요."

반생이 죽순 한 조각을 내어 권하여 조금 맛을 보니 모양은 우리나라의 마른 포육과 같고 약간 향기로워 용안龍眼⁴⁹ 맛이 있어, 우리나라의 죽순과 전혀 달랐다. 또 작은 죽순이 있는데 맛은 한가지이고, 모양도 우리나라 죽순 같았다. 반생이 말하기를,

"큰 죽순은 괄창산括蒼山⁵⁰ 위에서 나는 것이고, 작은 것은 항주의 천목산天目山⁵¹ 위에서 나는 것입니다."

했다. 먹고 난 뒤에 엄생이 팔영시八詠詩를 내 보였다.

---

49 용안은 무환자과無患子科에 속하는 열대산 과수果樹의 열매로, 거의 공 모양으로 황갈색을 띠는데, 과육은 하얗고 즙이 들어 있다.
50 괄창산은 절강성 동남쪽에 있는 산으로 높이는 해발 1,382m이다.
51 천목산은 절강성 서북부 임안시에 있는 산으로 항주에서 84km 떨어진 곳에 있으며 높이는 1,502m이다. 옛날 산 이름은 부옥산浮玉山이었는데 동서로 두 봉우리가 있고 그 정상에 각각 큰 호수가 있어 한나라 이후부터 천목산天目山이라 불리었다.

향산루에서 거문고를 탐[山樓鼓琴]

은자가 아득한 밤을 아끼니
일어나 앉아 거문고의 붉은 줄을 다스리는도다.
다락은 높고 천하가 고요하니
소리가 공산과 더불어 이어지도다.
유유히 옛날을 생각하니
이 뜻을 뉘라서 능히 전하리오.
幽人惜遙夜 起坐理朱絃
樓高萬籟靜 響與空山連
悠悠念皇古 玆意誰能傳

농수각의 종을 울림[島閣鳴鐘]

째깍째깍 이것이 무슨 소리뇨.
혹 연꽃에 물 떨어지는 소리인 듯
열두 시간을 반씩 나누어
밤과 낮을 알리도다.
주인은 항상 깨어 있으니
새벽 종소리를 기다리지 않으리로다.
籀籀此何聲 或擬蓮華漏
平分二六時 以警宵與晝
主人常惺惺 不必待晨敏

일감소의 고기를 봄[鑑沼觀魚]

맑은 샘에 자못 잔물결이 이니

흰 돌이 또한 무수히 깔려 있도다.
작은 고기는 공중에 노니는 듯하고
떨어지는 등나무 꽃을 거꾸로 먹도다.[52]
고기의 참 즐거움을 뉘 능히 알리오.
그대 내가 아님을 한 번 웃도다.
淸泉何淪漪　白石亦磊砢
儵魚若遊空　倒吸藤花妥
眞樂誰得知　一笑子非我

보허교의 달을 희롱함[虛橋弄月]

외나무다리에 들 기운이 통하니
날이 늦어서야 걸으니 마음이 상쾌하도다.
수풀 그림자가 찬 물결에 흔들리니
엎디어 태고 때 달을 보도다.
이슬이 옷을 적심을 아끼지 아니하니
외로이 읊어 새벽에 이르도다.
略彴通野氣　晚步意超忽
林影盪寒波　俯見太古月
不惜露沾衣　孤吟到明發

태을연 배의 신선을 배움[蓮舫學仙]

화악에 연꽃이 열 길에 열리거니
꽃잎이 떨어진 것이 어느 해부터던고.

---

52 원문에는 '거꾸로 등화타를 먹도다'로 잘못 옮겼으나 바로 잡았다.

나무를 깎아 얼굴 모양을 만들어

물결을 타며 물 신선을 배우도다.

뱃전을 치며 한 곡조를 노래하니

목란배를 부러워하지 아니하도다.

岳蓮開十丈 落瓣自何年

剡木爲形似 凌波學水仙

叩舷歌一曲 不羨木蘭船

선기옥형으로 하늘을 엿봄[玉衡窺天]

희화와 더불어 상의嫦娥는

만고의 법을 오히려 잡았도다.[53]

가고 오며 차고 비움을 징험하며

더디고 빠름을 살펴 상서와 재앙을 분변하도다.

고루한 저 구허자(견문이 없는 자)는

몸이 마치도록 우물에 앉아 있도다.

羲和與常儀 萬古法猶秉

往來驗盈虛 遲速辨祥眚

陋彼拘墟子 終身乃坐井

영조감의 시초를 점침[靈龕占蓍]

영감이 무슨 영험이 있는고.

이로써 영험을 비는 자에게 묻노라.

---

53 『여씨춘추呂氏春秋』「물궁편物窮篇」에 "희화는 해를 점치고, 상의는 달을 점친다羲和占日, 常儀占
月"라는 말이 전해오듯이, 이 둘은 고대 중국에서 천문역법을 관장한 유명한 인물이다.

길흉이 시비를 의논하니

쫓고 피함을 감히 구차히 하랴.

편한 데 거하여 명을 기다리니

마른 풀을 장차 가히 놓으리렸다.

靈龜有何靈 以問乞靈者

吉凶論是非 趍避敢苟且

居易以俟命 枯草行可捨

지구단의 활을 쏨[彀壇射鵠]

학자는 활쏘기에 뜻을 두니

살피고 단단히 하면 재주가 이에 신통하리로다.

맞힘이 어찌 네 힘을 말미암으리오

맞히지 못할 때 마땅히 제 모습을 돌아보리로다.

안으로 바로 하고 밖으로 방정히 하여

경과 의가 서로 맞물리도다.

學者志於彀 審固技乃神

中豈由爾力 失當反其身

直內而方外 敬義交相因

　내가 보기를 마치고 말하기를,

　"비록 소견이 없으나 잠깐 보아도 아담한 대법對法과 높은 소견이 범상한 시인에 비할 바가 아니며, 초당草堂이 이로부터 안색顔色이 있을 것입니다."

　엄생이 웃으면서 말하기를,

　"속세의 고루한 말로 맑은 경치를 더럽히니 이로부터 안색이 없을까 저어합니다."

내가 영감시靈龕詩를 가리키며 말하기를,

"시초점蓍草占은 족히 본받을 것이 없겠습니까?"

엄생이 말하기를,

"그렇지는 않습니다. 다만 사람의 길흉이 일의 시비에서 말미암으니, 반드시 점을 기다려 알 것이 아님을 이르는 것입니다."

내가 말하기를,

"주자가 일찍이 '『주역』은 다만 도리를 좇으면 길하고 도리를 거스르면 흉하다易不過惠廸吉從逆凶'고 했는데, 형의 소견이 이 말씀에 근본을 두었습니다."

반생이 웃으며 말하기를,

"시초점은 성인의 법이거늘 감히 그렇게 여기지 아니하니, 과연 망령된 사람입니다."

또 말하기를,

"이 시는 억지스런 기운이 많으니 시인의 법이 아닙니다."

라고 했다. 내가 웃으며 엄생과 시를 폄론貶論하니 반생이 또 희롱하여 말하기를,

"제 시는 송나라 적 선비의 남은 자취라, 무슨 볼 것이 있겠습니까?"

내가 말하기를,

"만일 송나라 적 선비의 남은 줌이 아니면 또한 사랑하여 볼 것이 없을 것입니다."

두 사람 다 웃었다. 반생이 말하기를,

"동국 사적을 대강 들으니 매우 다행스럽지만, 다만 문벌로 사람을 취하는 것은 좋은 정사라 이르지 못할 것입니다. 대대로 녹을 주는 것이 비록 삼대의 법이나 인재는 땅을 가려 나지 않고, 어진 이를 세우는 데 방소方所를 없이 하라 하였으니, 반드시 문벌에 구애할진대 문벌이 높은 자가 다 어질기 쉽지 않고 어진 사람이 도리어 쓰이지 못할 것입니다."

내가 말하기를,

"형의 의론이 매우 좋습니다. 동국은 종시 작은 나라여서 편벽한 규모를 면치 못합니다."

엄생이 말하기를,

"문벌을 숭상한 것은 명나라 때에도 면치 못한 일이라, 옛 법을 행치 못한 것이 어찌 동국뿐이겠습니까?"

반생이 묻기를,

"동국에서 불교도 숭상합니까?"

내가 대답하기를,

"신라와 고려는 매우 숭상하였습니다. 지금 나라 안에 사찰이 많은데 반이 넘게 그때 지은 것입니다. 본국에 이르러서는 유도를 존숭하여 사대부의 집은 다 불교를 부끄럽게 여기고, 오직 무식한 백성이 보응하는 말에 혹하여 혹 부처를 공양하고 중을 대접하는 일이 있으나 또한 많지 않습니다."

내가 또 묻기를,

"남방에도 천주학문을 존숭하는 사람이 있습니까?"

반생이 말하기를,

"천주학문은 근년에 비로소 중국에 행해졌는데, 이것은 금수에 가까운 도道라 사대부는 믿는 사람이 없습니다. 명나라 만력 연간에 서양국 이마두利瑪竇가 중국에 들어오면서 그 학문을 비로소 행하여 여러 권의 글이 있습니다. 그 중에 이르기를, '천주가 세상에 강생하여 사람을 가르치고자 하다가 원통하게 죄에 걸려 참혹한 형벌로 몸이 죽으니, 십자가라 일컫는 것이 있어 사람으로 하여금 날마다 예배하고 천주를 생각하여 항상 눈물을 흘리고 은혜를 잊지 말라' 하니, 극히 미혹한 말입니다."

내가 말하기를,

"하늘의 도수度數와 역법을 의론하는 것은 서양국 의론이 가장 높아

서 중국 사람이 미칠 바가 아닙니다. 다만 그 학문을 의논할진대, 유교의 상제上帝 칭호를 도적질하여 불교의 윤회하는 말을 꾸몄으므로, 더러움이 이를 것이 없습니다. 그런데 중국 사람이 왕왕 존숭하는 이가 있으니 어찌 괴이치 않겠습니까?"

엄생이 말하기를,

"천주학문은 나라의 금령이 있습니다."

내가 말하기를,

"이미 금령이 있으면 황성 가운데 어찌 천주당이 있습니까?"

두 사람이 다 놀라며,

"어느 곳에 있습니까?"

내가 말하기를,

"동서남북에 각각 집이 있으니 그 중 둘은 이미 구경하였으며, 서양국 사람 여럿이 머무르며 스스로 일컬어 '학문을 전하러 왔노라' 하더이다."

두 사람이 말하기를,

"북경에 이른 지 오래되지 않아서 이 일을 듣지 못하였습니다."

내가 묻기를,

"전목재錢牧齋[54]는 어떤 사람입니까?"

반생이 말하기를,

"이 사람은 스스로 별호를 일컬어 '낭자浪子'라 하며, 젊었을 때 동림당東林黨[55]의 영수가 되었다가 말년에 항복한 신하가 되니, 문장이 비록 세상에 유명하나 기절氣節을 볼 것이 없으니 극히 아까운 사람입니다."

---

54 전겸익錢謙益(1582~1644)은 청나라 초기 대표적인 시인으로 목재는 그의 호이며, 자字는 수지受之이다. 『초학집初學集』, 『유학집有學集』, 『투필집投筆集』 등의 저서가 있다.

55 동림당은 명말 강남 사대부가 주축이 된 정치 세력이다. 1604년 고헌성顧憲成(1550~1612)이 송나라 때 양시楊時(1044~1130)가 강학하던 동림서원을 복원하여 고반룡高攀龍(1562~1626) 등과 정치적 성격을 띤 강학 활동을 전개하면서 점차 세력화하였다.

엄생이 또 말하기를,

"목재는 인품이 족히 이를 것이 없는 사람이며, 만일 일찍 죽었으면 또한 훗사람의 기롱이 없었을 것입니다."

또 반생이 말하기를,

"목재가 시율을 숭상하여 오매촌吳梅村[56]과 공지록龔芝麓[57] 두 사람과 더불어 삼대가로 일컬어지니 다 명나라 때의 이름난 재상입니다. 청나라의 벼슬을 면치 못하였으나, 오매촌은 말년에 한스러워하고 뉘우친 말이 많아 적이 무던합니다."

엄생은 말하기를,

"목재도 불도를 숭상하여 『능엄경주』를 지어 100여 권이 넘으나 더욱 지리하여 한갓 사람의 눈을 어지럽힐 따름이니, 하물며 이미 『능엄경』을 좋아한다면 어찌 한 번 죽기를 아껴 평생의 지조를 헐어 버리겠습니까? 도리어 불도의 죄인을 면치 못할 뿐 아니라, 이런 재주와 학문으로 부질없는 글에 공력을 허비하니 매우 아깝습니다."

반생이 말하기를,

"제 집에 목재의 능엄경 초본이 있는데 다 친필로 쓴 것입니다."
라 했다. 이때 반생이 목재와 관련된 해학의 의론을 오래 그치지 않으니, 엄생이 말하기를,

"우리가 서로 만나서 붓으로 혀를 대신하여 종일 수작이 겨우 반일의 말을 당하므로 마땅히 간단한 말로 뜻을 통해야 할 것인데, 반형이 재주를 믿어 지리支離한 의론이 많으니 매우 민망합니다."
하자 반생이 웃었다. 내가 말하기를,

"두 형은 근래에 과거 공부를 일삼지 아니합니까?"

---

56 오위업吳偉業(1609~1672)은 명말 청초의 시인으로, 매촌은 그의 호다. 동림당을 잇는 복사復社의 주요 구성원이었다. 「비파행琵琶行」, 「원원곡圓圓曲」 등의 시를 남겼으며, 『매촌집梅村集』, 『매촌가장고梅村家藏稿』 등의 저서가 있다.

57 공정자龔鼎孳(1615~1673)는 명말 청초의 시인으로, 지록은 그의 호다. 오위업, 전겸익과 함께 '강좌삼대가'라 불리었다. 저서로 『정산당집定山堂集』 등이 있다.

엄생이 말하기를,

"연일 수응酬應에 골몰하여 틈이 없습니다."

했다. 내가 그 말을 쓴 종이를 자세히 보니, 엄생이 내가 불안히 여김을 염려하여 다시 말하기를,

"이것은 괴로운 시속時俗의 요구에 수응함을 이르는 것입니다. 형은 마음이 세밀한 사람이라 혹 우리의 과거 공부에 해로움이 있을까 염려하겠지만 이를 이름이 아닙니다. 형을 만나 마음을 의논하매 흉금이 쾌활하여 분잡한 속무俗務를 돈연頓然히 잊을 만하니, 어찌 과거공부를 돌아보겠습니까?"

내가 웃고 사례하기를,

"동방 사람이 대개 마음이 세밀하고 일을 당하면 도리어 추하니, 제가 실로 이 병을 면치 못할 것입니다."

엄생이 말하기를,

"사람이 어찌 마음을 세밀치 않게 할 것입니까? 옛사람이 말하기를 '천하의 무슨 일이든지 급하게 해서 그릇되지 않는 일이 있겠는가?' 하였으니 형의 처사를 보니 실로 추함이 없습니다."

반생이 말하기를,

"김형은 흉차胸次가 호방하여 작은 곡절에 거리끼지 아니하니 동국의 규모와 다릅니다."

내가 말하기를,

"이 사람은 거동이 과히 소탈하나 성정이 악착하지 않으니 과연 편방의 인물이 아닙니다."

반생이 다시 말하기를,

"동방의 창기娼妓 중에 시를 능히 하는 이가 많다고 하니 두엇을 듣고자 합니다."

내가 말하기를,

"이는 기억하지 못하니 전하여 들려 드릴만한 것이 없을 뿐 아니라,

비록 생각할 것이 있다 하더라도 다 설만藝慢한 말이며 경박한 구법입니다. 어찌 군자의 이목을 더럽히겠습니까? 또 동방에 들음직한 일이 없지 않는데 홀로 창기의 시를 연모하여 청함은 무슨 의사입니까?"

반생이 웃으며 말하기를,

"이는 여색을 좋아하는 연고입니다."

내가 말하기를,

"형의 집 안에 「관저」와 「갈담」이 있는데 어찌 밖으로 정鄭·위衛의 음란한 소리를 구합니까?"

반생이 크게 웃으며 말을 바꾸어,

"명유名儒의 좋은 사적을 듣고자 합니다."

내가 말하기를,

"동방의 아름다운 말과 착한 행실을 전할 말이 많으나 창졸간에 기억할 길이 없으니 다음번에 서신을 통하는 일이 있으면 마땅히 대강을 기록하여 보내겠습니다. 그러나 풍류 경박한 말은 비록 한 번 웃음을 얻을 일이 있어도 절대로 반형을 위하여 무례 방자한 풍습을 돕지는 않을 것입니다."

반생이 크게 웃었다. 내가 묻기를,

"절강 고향에 동방同榜58이 몇이나 됩니까?"

엄생이 말하기를,

"동년(동방)이 94인입니다."

내가 말하기를,

"이곳에 다니는 동향 거인들이 많을 것인데 우리가 왕래함을 듣고는 괴이히 여기는 이가 없습니까?"

엄생이 말하기를,

"혹 아는 사람이 있으나 다 정분이 깊으니 다른 염려할 일이 없고,

---

58 동방은 같은 때에 과거에 급제하여 방목榜目에 함께 적히던 일, 또는 그런 사람을 말한다.

이렇게 만나면 혹 오는 이가 있어도 밖에서 속여 보내 해롭지 아니하니, 대개 우리들의 거동이 시속의 분분한 무리와 다르기 때문입니다. 과공의 일을 의논하여도 이미 끊은 지 오래되어 보는 사람이 다 괴이히 여기니, 옛사람이 이른바 '군자의 일은 중인의 알 바가 아니라君子之所屬 衆人固不識也'[59]라 하는 것입니다. 얻고 얻지 못함을 오로지 천명에 붙임은 공자의 가법이니 시속 사람의 소견을 어찌 책망하겠습니까? 어제 김형과 더불어 말이 있었듯, 요행으로 두 형이 우리를 만나 서로 교도를 의론하니, 만일 그렇지 아니하면 절강을 일러도 여러 거인擧人이 100명이 넘지만 형이 한 번 만나면 문득 침을 뱉고 싶은 자가 많을 것입니다."

내가 말하기를,

"중국 과장에도 서로 글을 빌려 시관試官을 속이는 일이 있습니까?"

반생이 답하기를,

"그것은 족히 의논할 것이 없습니다. 대개 과목科目[60] 중에 용렬한 사람이 많고 기특한 사람이 적어서, 옛말에 이르기를 '효렴孝廉[61]은 하나를 들으면 몇을 안다' 하였지만 요사이 거인擧人들은 열을 들어도 하나를 알지 못합니다."

엄생이 말하기를,

"과장의 폐단이 심히 많은데, 금방金榜[62]을 금하는 령이 근년엔 더욱 엄하여 사람이 비록 욕심이 있어도 몸과 집을 돌아보아 법을 범하는 이가 적습니다."

---

59 『맹자』, 「고자」 하에 나오는 말이다.

60 '과목'은 과거에 급제하여 벼슬아치가 된 사람을 말한다.

61 '효렴'은 과거에서 효와 청렴으로 천거된 사람을 말하는데, 중국 전한前漢의 무제武帝가 제정한 향거리선鄕擧里選 과목 중 하나로 찰거察擧 과목 중 가장 중요하게 다루어졌다. 원광元光 원년(기원전 134), 무제는 동중서董仲舒의 건의를 받아들여 해마다 군국郡國에서 효자와 청렴한 자를 각각 1명씩 천거하도록 하였다. 이로부터 과거 과목으로 '효렴'이라 불리게 되었으며, 주로 유교적 소양을 갖춘 자가 선발되었다.

62 '금방'은 과거에 급제한 사람의 이름을 써 붙이는 것을 말한다.

청나라 때 과거시험장의 풍경을 그린 〈청대대시도(清代待試圖)〉

반생이 말하기를,

"과장에서 몸을 수험하는 법과 시관의 사정을 살피는 법이 극히 엄한지라, 만일 드러나면 선비와 시관이 함께 죽는 죄에 나아갑니다."

내가 말하기를,

"수험하는 법이 극히 박액迫阨하여 호걸의 선비는 결단코 감수하지 못할 일입니다."

반생이 말하기를,

"삼베옷을 입히고 풀신을 신겨 대접이 도적과 다름이 없으니, 이로 인하여 서림 선생은 종신토록 과장에 발을 들이지 않았다 합니다."

엄생이 말하기를,

"황도암黃陶菴[63]의 글에 두어 말이 있으니 '윗사람이 원훈元纁[64]과 속

---

[63] 황순요黃淳耀(1605~1645)는 명말 가정嘉定(지금의 상해시에 속한 지역) 사람으로, 도암陶庵은 그의 호다. 숭정 때 진사였으나 관직을 받지 못해 연구에 몰두하다, 순치 2년(1645) 강남 지역을 정벌하던 청군이 가정을 침략하자 이에 항거하다가 성이 함락당하자 자결하였다. 저서로 『산좌필담山左筆談』, 『도암집陶庵集』이 있다.

백束帛[65]으로 더해 주면, 먼저 선비를 중히 여기는 것이 되어 선비도 따라서 스스로 중히 여기고, 윗사람이 사장詞章과 기송記誦을 취하면 먼저 선비를 가벼이 여기는 것이 되어 선비도 스스로 가볍게 여긴다' 하였습니다. 대개 이 일은 아래위에 허물이 같은지라, 한갓 윗사람만 그르다고 하지 못한다는 것입니다.”

또 탄식하여 말하기를,

“옛사람이 과거를 당하여 이름 부르는 소리를 듣자 옷을 떨치고 물러간 사람이 있는데 이는 어떠한 사람이라 할 것입니까? 이때의 수험하는 법이 도적을 방비함과 다름이 없었으니, 나로 하여금 그때를 당하였다면 마음이 어떠하였겠습니까?”

반생이 묻기를,

“홍 대인洪大人(홍억洪檍)께서 알성謁聖 과거의 장원이라 하니, 알성은 무엇을 이르는 말입니까?”

내가 답하기를,

“국왕이 성묘에 첨알瞻謁 제사하신 후에 뒤이어 과거를 베풀어 선비를 취하는 것입니다.”

반생이 묻기를,

“알성 과거법이 다른 과거와 같습니까?”

내가 답하기를,

“이 과거는 향시와 초시를 폐하고 하루 사이에 재주를 시험하니 시속이 과거의 지름길이라 일컬으나, 다만 글 지을 시간으로 겨우 한두 시간을 허하니 민첩한 재주가 아니면 타백拖白(백지를 들고 나오는 일)을 면치 못합니다.”

---

64 원훈은 장사 지낼 때에 산신에게 드리는 검은 헝겊과 붉은 헝겊의 두 조각 폐백을 말하며, 나중에 무덤 속에 묻는다.

65 속백은 외국을 방문할 때 주던 예물로, 비단 다섯 필을 각각 양끝을 마주 말아서 한데 묶은 것, 또는 왕실의 대사 때에 쓰던 비단으로 검은 비단 여섯 필과 붉은 비단 네 필을 말한다.

엄생이 묻기를,

"무슨 글을 시험하며 몇 편을 냅니까?"

내가 답하기를,

"부표賦表^{66}와 책론策論^{67}이 정한 것은 없으나 다만 한 편을 취합니다."

엄생이 말하기를,

"그렇다면 어렵지 아니할 것입니다."

반생이 말하기를,

"공교하기는 비록 어려우나 한두 시간 사이에 한 편 글을 짓는다면 무엇이 어렵겠습니까?"

내가 말하기를,

"동방은 재주가 둔하므로 오히려 어렵게 여깁니다."

엄생이 말하기를,

"형과 김형의 재주를 보건대 이 과거를 당하는 것이 가장 넉넉합니다. 중국은 주야를 통하여 글을 짓되 서너 편이 넘으니 대단히 괴롭답니다. 며칠을 잠을 자지 못하므로 정신이 유여치 못하면 능히 지탱치 못합니다."

반생이 말하기를,

"그러나 요행으로 뽑히는 사람이 적지 않고, 나이 많은 선비와 명망 있는 뛰어난 학자가 도리어 참여하지 못하니, 그 문하생의 문하생이 이미 과거에 오르고 스승의 스승이 오히려 향시를 보는 경우가 있으니 어찌 우습지 않겠습니까?"

내가 말하기를,

"몸이 마치도록 거인이 되어 과장에 골몰함을 면치 못하면 이 인생이 실로 가련할 것이니, 밝은 소견이 있는 자는 일찍이 거취를 결단함

---

66 '부표'는 소감을 진술하거나 임금께 올리는 서장 형식의 과문이다.

67 '책론'은 시사를 논하는 과문이다.

이 옳습니다."

또 묻기를,

"중국도 과거 방이 나면 원근에 전하여 보입니까?"

라고 하자, 엄생이 말하기를,

"방이 난 후에는 사람이 종을 울리며 붉은 단자單子에 성명을 써 가지고 급히 와서 전합니다."

내가 말하기를,

"이름을 전할 때면 반드시 이웃 동리를 요동케 하겠군요."

다 그렇다고 하거늘, 내가 웃으며 말하기를,

"이는 천하가 한가지군요."

반생이 말하기를,

"속담에 이르기를 한 번 과거에 이름을 이루면 천하에 들린다 하였으나 한 달이 지나면 아는 사람이 없습니다. 다만 장원의 이름은 비록 100년이 지나도 일컬어 마지않고, 비록 높은 벼슬이 있어도 종신토록 장원이라 일컬으니, 이러하므로 장원의 영화로움은 비할 곳이 없습니다. 장원에게는 묘한 일이 두 가지 있습니다. 한 가지는 창방唱榜[68] 후에 황상이 태화전太和殿에 자리를 잡고 오봉문五鳳門과 태청문太淸門을 열어 장원으로 하여금 말 타고 가운데 문으로 나가게 하고, 순천 부윤이 친히 채를 잡아 장원의 뒤를 따르며, 입히는 비단옷은 다 궁인이 친히 지은 것입니다. 또 한 가지는 장원의 부인이 수레를 타고 고을의 성 위에 올라 돌아다니며 온갖 곡식을 뿌려 다른 사람에게 복을 나누니, 이 두 가지 일은 비록 재상이나 대인이라도 얻지 못합니다."

내가 묻기를,

"부인이 성 위로 다니는 것은 무슨 묘한 뜻이 있습니까?"

엄생이 답하기를,

---

68 '창방'은 방목에 적힌 과거 급제자의 이름을 부르는 것을 말한다.

"외방의 총독總督과 순무巡撫 두 벼슬은 종인從人과 위의威儀가 가장 성하여 수 리를 뻗치고, 아문에 창을 벌이고 길에 사람을 물리쳐 방포와 군악이 이목을 용동聳動하게 하니, 장원이 소식을 전한 후에는 고을 지현이 장원의 문 앞에 한 쌍 깃대를 세워 기를 달고, 수레와 온갖 위의를 차려 장원의 부인을 청하여 성 위를 다니게 하니, 이는 오로지 총독과 순무의 위의를 모방한 것입니다. 구경하는 사람이 천명 만명이 넘으니, 이로써 영화롭고 묘하다 이르는 것이지요. 그러나 내게 있는 것은 옛사람의 법제요, 저기 있는 것은 다 내가 할 바가 아니니, 무슨 흠선歆羨할 일이 있겠습니까?"

내가 말하기를,

"나의 변변찮은 소견으로는 당堂에서 내려오지 않는 것이 부인의 묘한 일이고, 성 위로 다니는 것은 더욱 부인의 마땅한 일이 아닙니다."

반생이 말하기를,

"성 위에는 사람을 엄히 금하여 감히 오르는 이가 없으니, 장원의 부인이 거리로 다니지 않고 성 위로 다니는 것은 천상 사람으로 높이는 의사입니다."

또 말하기를,

"나홍선羅洪先[69]이란 사람은 명나라 때의 큰 선비로 성묘聖廟(공자의 사당)에 종사從祀하였으니 또한 장원 출신인데 일찍이 이르기를, '20년 도를 배우니 겨우 가슴에 장원 두 자를 잊을 수 있었다'고 했습니다."

내가 말하기를,

"이것은 적실히 스스로 살핀 말입니다. 이 한 말을 보아도 그 사람

---

[69] 나홍선羅洪先(1504~1564)은 명나라 때 유학자로, 호는 염암念菴이다. 1529년 진사進士 1등의 성적으로 한림수찬翰林修撰을 제수 받았으나, 1539년 직을 내놓고 관직에 대한 뜻을 버렸다. 그 후 왕양명王陽明의 가르침을 독창적으로 발전시켜 사욕을 버리고 '일체의 인仁'을 깨달아서 실천해야 한다고 주장하였다. 저서로 『염암집』이 있다.

의 어짊을 가히 알 것입니다.”

반생이 말하기를,

“동방의 장원도 또한 영화롭기가 이러합니까?”

내가 말하기를,

“나라가 작으므로 영화도 또한 적거니와, 대개 장원은 책망이 중할 따름이지 영화를 보지 못합니다.”

두 사람이 다 놀라 무슨 연고냐고 물었다. 내가 말하기를,

“천금 같은 몸을 하루아침에 임금에게 바쳐 사생영욕死生榮辱을 스스로 피하지 못하니 어찌 책망이 중하지 않겠습니까? 꽃을 꽂으며 개蓋[70]를 띄우고 앞에 풍류를 잡히며 거리로 다니면, 겨우 저자 아이들의 어여삐 여김을 얻고 유식한 사람의 근심을 살 뿐이니 이것이 무슨 영화로움이겠습니까?”

두 사람이 다 크게 웃었다. 엄생이 복두幞頭[71]에 꽃을 꽂은 모양을 그려 말하기를,

“동국의 모양이 이러합니까?”

내가 말하기를,

“복두의 모양은 같으나 꽃의 길이는 한 발이 넘고, 알성 과거는 앞에 무동舞童을 세웁니다.”

반생이 크게 웃으며,

“이는 중국의 장원이 미치지 못할 일입니다. 홍 대인(홍억)께서는 진실로 신선의 연분이 있다 이를 만합니다.”

내가 말하기를,

“두 형이 회시를 마치지 못하면 즉시 집으로 돌아가고자 합니까?”

엄생이 말하기를,

---

70 개蓋는 일산日傘(해가리개)을 말하며 장원 급제자에게 임금이 개蓋를 하사하였다.
71 사모紗帽처럼 두 단으로 되고 뒤쪽 양편으로 날개가 달린 관. 조선시대에 과거에 합격한 사람이 홍패를 받을 때 썼다.

"여기에 머물러서 무슨 일이 있겠습니까? 즉시 돌아갈 뿐입니다."

내가 말하기를,

"만일 회시에 뽑히면 어느 때에 고향으로 돌아가고자 합니까?"

엄생이 말하기를,

"장원과 방안榜眼(2등)과 탐화探花(3등)는 즉시 한림 벼슬을 얻으며, 벼슬을 얻은 후에는 나라에 말미를 고하여 근친을 청하니 이는 정해진 것이 없습니다."

또 말하기를,

"한림 벼슬에 극한 명망이 있지만 가난한 벼슬이라, 근년엔 원을 구하는 한림이 많으니 이것이 또한 세상 운수가 쇠함을 볼 수 있는 것입니다."

또 묻기를,

"중국 관원이 염주를 거는 법을 어떻게 생각하십니까?"

내가 답하기를,

"선왕의 법복法服이 아니니 물을 말이 아닙니다."

엄생이 말하기를,

"형의 말이 옳지만 지금 제도는 5품 이상에게 다 염주를 허하고 한림은 7품 벼슬이라도 오히려 염주를 허하니, 이것은 청망淸望을 표하는 것입니다. 이러하므로 외방의 낮은 벼슬에 있는 자가 왕왕 참람히 염주를 걸어 향리의 영화를 자랑코자 하니 극히 우스운 일입니다."

내가 말하기를,

"중국 의관이 변한 지 이미 100년이 넘은지라 지금 천하에 오직 우리 동방만이 오히려 옛 제도를 지키거늘, 중국에 들어오니 무식한 부류들이 보고 웃지 않는 사람이 없으니 근본을 잊음이 어찌 가련치 않겠습니까? 모대帽帶한 거동을 보면 창시唱戲 같다고 이르고, 머리털을 보면 계집 같다고 이르고, 소매 너른 옷을 보면 중 같다고 하니, 습속의 이목이 변하여 옛일을 생각지 못하는 것입니다."

엄생이 말하기를,

"의복의 모양은 참으로 중에 가까우니 무지한 소견을 어찌 책망하겠습니까?"

내가 말하기를,

"요사이 들으니 궁중에 큰 일이 있어 조정이 평안치 못하다고 하는데, 형들도 필연 들었을 것입니다."

반생이 크게 놀라 낯빛이 변하여 말하기를,

"어찌 알았습니까? 본조의 가법이 매우 엄하여 지금까지 황후를 폐한 일이 없고, 황태후가 성덕이 있어 보호하는 힘이 많아 지금 폐할 지경에 이르지는 않았으나, 만주 재상 아영아阿永阿가 힘써 간하다가 중한 형벌을 입고 겨우 죽기를 면하고, 한인은 한 사람도 간하는 이가 없으니 극히 부끄러운 일입니다."

이때 반생의 낯빛이 푸르고 거동이 황망하여 진정치 못하는 기색이거늘, 내가 말하기를,

"천하가 한집 같으니 피차에 혐의를 생각지 않고 또 형들의 사랑함을 믿어 망령되게 이 말을 내었는데, 형의 놀람이 이 지경에 이르니 극히 부끄럽습니다. 청컨대 입을 잠그고 다시 말을 말고자 합니다."

반생이 말하기를,

"나라의 법령이 극히 엄하므로 이런 수작이 만일 누설되는 일이 있으면 그 자리에서 죽음을 면치 못할 것이고, 저는 평생에 죽음을 저어하는 고로 절로 이 지경에 이름을 깨닫지 못하였습니다."

내가 말하기를,

"그렇지 아니합니다. 같은 중국 사람이면 집 안에 들어서 하는 사사로운 수작이 무슨 해로움이 있겠습니까? 우리가 형들과 더불어 비록 교분이 친밀하나 중외의 분별은 마침내 다름이 없으니 형의 놀람이 또한 괴이치 않습니다."

엄생은 처음부터 대답이 없더니 이때 반생과 더불어 서로 낯빛이

변하고 소리를 높여 다투는 거동이 있는데 그 말을 알아들을 길이 없었다. 반생이 또 말하기를,

"그렇지 않습니다. 중외의 분별 때문이 아니라 죽기를 저어하는 까닭이니, 이러하므로 저는 벼슬을 원치 아니하고 돌아가 전간田間에서 늙고자 합니다."

엄생이 노한 기색을 띠고 말하기를,

"하늘과 땅이 알며 그대와 내가 아는 일인데 노형이 어찌 겉으로 이런 말을 꾸미는가? 실로 알지 못할 일이다. 이것이 무어 두려워할 일이겠는가? 담헌 선생은 독실한 군자인데, 네가 어떤 사람으로 아는가?"

또 반생을 향하여 크게 꾸짖으니, 반생이 더욱 노하여 낯빛이 변하고 거동이 초조하여 말하기를,

"엄형이 부질없는 객기를 부립니다."

그 다투는 곡절은 자세히 알지 못하지만 대개 반생의 말이 성실치 않음을 꾸짖고, 과도하게 놀라 내가 무안하게 여김을 그르다 하는 거동이었다. 내가 말하기를,

"이는 엄형의 소견이 과합니다. 행실을 높이고 말을 순히 하는 것이 성인의 교훈이 아닙니까? 그러나 반형이 중외의 분별이 없다는 것은 나와 친히 하고자 하나 도리어 나를 멀리 하는 것이고, 또 형이 과연 죽기를 두려워한다면, 오늘날 거인이 되는 것은 오히려 가하지만 다른 날에 간관이 되어서는 어느 지경에 이를지 알지 못할 것이니, 진실로 이럴진대 급급히 전간田間으로 돌아감이 해롭지 않을 것입니다. 내가 일찍이 말하기를 '몸을 바쳐 임금을 섬기는 자가 능히 한 번 죽기를 각오하지 못하면 필경 아니 이를 곳이 없으리라余嘗以爲出身事君者 不能辦得一死 則其勢必無所不至矣'고 했습니다."

엄생이 말하기를,

"'머리를 베고자 하거든 곧 머리를 베라砍頭便砍頭'한 것은 엄 장군의 말입니다. 범사에 다 적합한 곳이 있는데 이 사람은 다만 적합하지 않

습니다."

반생이 말하기를,

"중용의 도는 가히 능치 못할 것이고, 또한 노형의 도는 호공胡公의 중용[72]에 가까울까 저어합니다."

하였다. 엄생이 또 성을 내며 말하기를,

"소견이 명철하여 제 몸을 보전한다旣明且哲 以保其身는 한 구절 말이 천하의 좋은 사람을 많이 그르치구나."

이때 서로 다툼을 그치지 아니하기에 내가 웃으며 말하기를,

"나의 망발 때문에 서로 격함이 매우 과합니다."

피차가 다 웃고 그쳤다. 왜지倭紙[73] 두 권을 여행 중에 가져왔기에 이때 두 사람에게 나누어 주니, 엄생이 말하기를,

"행탁行橐에 여러 가지 묘물을 갖추니 기특합니다."

했다. 반생이 가죽 농을 열고 봉하여 넣는데, 이번에 얻은 것들을 다 각각 봉하고 보낸 사람의 칭호를 표하였다. 반생이 말하기를,

"지난번에 보내 준 전약은 돌아가 노친께 드리고자 했는데, 더워지면 녹는다 하니 오래 두지 못할 것이므로 함께 먹는 것이 좋을 것입니다."

즉시 내어 조그맣게 세 조각을 베어 각각 앞에 놓고 도로 싸 넣는데, 기이한 음식으로 아는 거동이기에 내가 말하기를,

"이미 친정에 보내고자 한다면 4~5월 전에는 녹지 않을 것입니다.

---

72 호공의 중용이란 말은 후한後漢의 호광胡廣을 두고 한 말이다. 그를 당시 사람들은 중용中庸을 실천한 군자라 추대하였지만 그가 여섯 임금을 지조 없이 섬기고 권세를 잡은 양기梁冀에 아부하여 몸을 보존한 일을 지적하여 중용中庸에 반하는 소인小人이라 조롱한 것에서 유래하였다.

73 에도시대에 이름난 종이인 미농지美濃紙를 말한다. 이 종이는 대마도를 통해, 또는 통신사 왕래 때 조선으로 들어왔다. 『간정동필담』에는 이 구절을 다음과 같이 기록했다.
내가 일본 미농지 두 묶음을 보이며 이르되, "이것은 왜지倭紙입니다. 본 일이 있습니까?" 난공이 "본 일이 없습니다." 내가 "이것은 서화書畵에 좋지 않을까요?" 난공이 "종이 품질이 매우 좋습니다." 내가 "이것은 질기기는 조선종이에 미치지 못하고 그 품질은 중국 화지에 미치지 못하나, 요는 두 가지의 덕을 겸유했습니다. 마침 짐 속에 들어 있기에 드립니다."

요사이 가는 인편이 있거든 먼저 부쳐 보냄이 해롭지 않고, 또 멀리 보내려 하면 이것이 극히 약소하므로 돌아가서 다시 얻어 보내겠습니다."

반생이 놀라 말하기를,

"그럴 수 없습니다. 저번에 세 조각을 얻어서 한 조각은 엄형에게 나누어 주고 두 조각이 있어 감히 먹지 못하였는데, 어찌 다시 얻고자 하겠습니까?"

내가 답하기를,

"이것은 지극히 작은 것인데 어찌 과도히 염려합니까? 반형이 또한 세쇄細瑣한 마음을 면치 못하는군요."

반생이 말하기를,

"이것은 단연 그렇지 아니하니, 마침 친한 벗이 있어 청심원을 얻고자 하니 만일 한두 환을 얻으면 다행이겠지만 혹 남은 것이 없거든 염려치 마십시오. 대인에게 얻어 주고자 한다면 더욱 불안합니다."

내가 말하기를,

"청심원은 마침 주머니 속에 넣은 것이 있으니 마땅히 받들어 드리겠지만, 다만 전약과 청심원을 구하는 데는 다름이 없는데 붕우의 수응을 위해서는 구하는 것을 피하지 아니하고, 친정에 드리기 위해서는 도리어 구하지 아니하니 이것은 무슨 의사입니까?"

반생이 웃으며 말하기를,

"전약은 천하에 기이한 음식이라 조금만 맛보아도 이미 욕심에 족하니, 만일 과히 많으면 도리어 귀한 것이 되지 못할 것입니다."

라고 하니, 내가 또한 웃으며 말하기를,

"과히 많아 도리어 귀하지 아니함은 진실로 이런 일이 있겠지만, 다만 형이 민첩한 재주를 믿어 공교한 말로 갑작스럽게 의리를 만들어 허물을 감추고 사람의 말을 막으니 이것이 어찌 군자의 진실한 행실이겠습니까?"

반생이 크게 웃으며,

"과연 허물이 있으니 사죄합니다."

내가 말하기를,

"중국 같은 큰 나라에서도 오히려 형의 세쇄細瑣한 마음이 이러하니 우리는 족히 이를 것이 없습니다."

두 사람이 다 대소하고, 엄생이 또 이렇게 말하기를,

"어찌 참말로 고하지 않겠습니까? 일전에 한 벗이 있어 청심원을 구하기에 우리가 각각 환 하나를 내주었더니 이것을 기이한 보배로 알았습니다. 이러므로 다시 두어 환을 얻어 그 수를 메우고자 하는 것입니다."

반생이 말하기를,

"청심원은 듣자니 극히 귀한 것이라 합니다. 이곳 사람이 은 서 돈을 주고 사도 오히려 거짓 것입니다. 이러므로 구하기가 매우 어렵겠지만, 전약에 이르러서는 이곳 사람이 아는 이가 없고, 또 들으니 그 중에 육계肉桂를 많이 넣어 값이 극히 귀한지라 동방에도 귀인이 아니면 감히 맛보지 못한다 하니 어찌 감히 여러 번 청하겠습니까?"

내가 말하기를,

"전약은 관부의 곳곳에 있으니 특별히 귀한 것이 아니고, 청심원은 왕왕 신기한 효험이 있으나 북경에 들어오는 것은 여러 층이 있으니 진짜는 궁중에서 만든 것이라 갑자기 얻지 못하는 것입니다. 그 밖의 것은 거짓 것이 반이 넘으니 북경 사람이 이 일을 모르지 아니하되 거짓 것을 얻어도 오히려 다행히 여기니 그 곡절을 모르겠습니다."

반생이 말하기를,

"들으니 청심원 가운데 오래된 얼음을 넣는데, 바다 가운데 있어서 천 년이 되어도 녹지 아니하는 얼음이라 하니 그런 말이 옳은가요?"

내가 말하기를,

"이는 그릇 전하는 말입니다. 천하에 녹지 않은 얼음이 어찌 있겠습니까?"

하고, 주머니를 열어 청심원을 내고자 하였다. 이때 반생이 다시 말하기를,

"반드시 상품을 구하는 것이 아니니 두어 개 하품을 얻으면 족합니다."

내가 웃으며 말하기를,

"형의 세쇄한 마음이 너무 심합니다."

반생이 또 웃으며 말하기를,

"저는 소견이 작아, 대방의 웃음을 면치 못할 것입니다."

내가 먼저 환 두 개를 주며 말하기를,

"이것은 궁중에서 만든 것이라 상품으로 일컫는 것이니 두 형이 나눠 가지십시오."

또 다른 환 두 개를 주면서,

"진짜는 값이 귀하고 이곳 북경에서 요구에 응할 일이 많기 때문에 이루 다 진품을 주지 못합니다. 여러 약재 중에 귀한 것을 빼고 다른 약재로 바꾸어 만들어 오니 진품에 미치지 못하나, 또한 하품이 아닙니다. 약간 효험이 있으니 한만閒漫한 수응에 씀이 해롭지 아니하고, 과거를 당하여 마음에 답답한 일이 있거든 먹는 것이 좋을 듯합니다."

또한 우리나라 담배 한 봉을 가져왔기에 내어주니, 두 사람이 봉을 뜯고 각각 한 대를 피워 먹으며 고마움을 표시하였다. 내가 말하기를,

"날이 거의 저물어 아문의 책망이 극히 염려되니 마지못하여 물러가기를 고합니다. 20일 후에 즉시 떠나지 아니하면 한 번 기약이 있겠지마는 이는 반드시 기약하지 못할 일이므로 다만 떠나기 전에 날마다 서신으로 마음을 통할 뿐입니다."

두 사람이 다 참연한 기색이었다. 반생이 말하기를,

"생사에 길이 이별이 될 것이니 비록 20일 후 즉시 떠날지라도 한 번 다시 오시기를 바랍니다."

내가 말하기를,

"틈을 얻으면 어찌 마음이 헐후歇后하리오?[74] 다만 이후에 한 번 기

약이 있으나 네댓 시간 사이에 무슨 말을 수작하겠습니까? 한갓 심회를 상할 따름이니 도리어 아니 만나니만 같지 못할 것입니다."

엄생이 말하기를,

"일전에 접책을 보내어 두 형의 수적을 구하였는데, 반형이 책에 쓴 네 구의 글을 옮겨 써 주기를 바랍니다. 형의 글씨는 얻은 것이 적으므로 더욱 머리를 조아려 청합니다."

내가 말하기를,

"어찌 형의 후한 뜻을 어기겠습니까? 이미 쓰기를 마쳤는데 졸한 필법이 매우 부끄러워 끝에 사례한 말이 있으니 실정을 짐작할 것입니다. 그 중에 「고원정부高遠亭賦」라 일컬은 글이 있는데 평생에 지은 글이 적고 또한 객중에 기억할 길이 없었지만, 마침 이 글이 지은 지 오래지 아니하여 생각하여 썼습니다. 글은 볼 것이 없으나 그 의사는 취할 것이 있을 것입니다. 고원정 주인은 성명이 김종후金鍾厚[75]로 우리나라의 높은 선비입니다. 귀한 가문으로 벼슬을 원치 아니하여 전야에 물러가 글을 읽는 이입니다."

엄생이 크게 기뻐하며 말하기를,

"이 글은 높은 사우가 서로 권면하는 말이라 더욱 기이한 보배가 될 것이요, 형의 필법은 오로지 인품으로 귀중한 것이 될 것입니다. 어찌 공졸을 의논하겠습니까? 장래에 수적을 보면서 그 사람을 생각할 따름이니 감격한 마음은 말로 다하지 못합니다."

내가 말하기를,

"수적을 보아 사람을 생각하고자 함은 진실로 감사하겠지만, 다만 글씨와 사람이 한가지로 졸하니 당초에 무엇을 생각할 것이 있으리

---

74 '힐후하다'는 '뒷부분을 생략한다, 줄다'는 말이나, 여기서는 허전하다 또는 아쉽다의 뜻으로 쓰인 듯하다.

75 김종후金鍾厚(1721~1780)는 호가 본암本庵이며 본관은 청풍淸風으로, 좌의정을 지낸 김종수金鍾秀의 형이다. 홍대용이 중국인과 사귄 일을 두고 소위 '일등인논쟁'을 벌였다. 저서로 『본암집本庵集』이 전한다.

오. 또 드릴 말씀은 형들의 재주와 학문을 우리가 추앙함이 진실로 마땅하거니와, 저 같은 인물은 재주와 학문이 무디고 거칠어 문필이 졸하니 스스로 생각건대 한 가지 취할 것이 없습니다. 형들의 사랑함이 이 지경에 이름은 그 연고를 깨치지 못하겠습니다. 대하여 정을 나타내고 돌아서서 웃음은 감히 형들을 의심할 일이 아니지만, 과도히 생각하여 그리워함은 도리어 부끄러운 일입니다."

엄생이 낯빛이 변하여 말하기를,

"우리가 정성을 헤아려 서로 사귀었는데, 형이 오히려 이런 사소한 정의 말이 있으니, 이는 형이 도리어 우리를 외대外待하는 것입니다. 우리는 마음에 실로 감복함이 있으니 어찌 돌아서서 웃지 않으리라 이르겠습니까? 저는 맹세컨대 만일 가슴속에 털끝만큼이라도 다른 마음이 있으면 나로 하여금 앞길이 길지 않을 것입니다. 이 맹세는 비록 반형이라도 억지로 함께 하지 못할 것입니다."

이때 반생이 먼저 써 말하기를,

"만일 진심으로 형에게 항복하지 않으면 이는 사람이 아닙니다."

엄생의 글을 보고 즉시 내어 보였다. 내가 말하기를,

"저는 스스로 겸연한 마음을 이기지 못하고 형들이 간절히 그리워함에 깊이 감동하여 망령되게 이 말을 한 것이고, 감히 형들을 의심하는 것이 아닙니다. 그런데 이로 인하여 각각 맹세를 베풀어 세속의 경박한 풍습에 가까우니, 저의 좁은 마음으로 말미암아 두 형의 과도한 거조擧措를 이룬 것입니다. 이는 피차에 한가지로 허물이 됩니다. 다만 두 형이 매양 과도한 칭찬을 더하고 허물을 책망함이 없으니 이로써 그윽이 애달파 합니다."

엄생이 또 말하기를,

"제가 무슨 다른 말이 있겠습니까? 오직 이별한 후에 마음을 깨치고 정신을 가다듬어 때때로 형의 가르침을 잊지 아니하되, 상하좌우에 귀를 이끌어 엄히 꾸짖는 듯하면 거의 조그만 이룸이 있으니, 우리

착한 벗을 만 리 밖에 저버리지 않을 따름입니다."

내가 말하기를,

"일컫는 말은 비록 당치 못하나 사랑하는 뜻에는 감복함을 이기지 못합니다. 오직 원하는 일은 두 형이 집에 거하면서 효우의 행실을 힘써 시속 사람이 되지 말고, 몸을 다스리는 데 진실한 공부를 일삼아 시속 선비로 돌아가지 않으면, 저는 비록 멀리 해외에 엎드려 생전에 다시 만나지 못하여도 천고에 영화롭고 다행한 일이며 여한이 없을 것입니다."

엄생이 말하기를,

"감격한 마음이 가슴속에 가득할 뿐이요, 글로 이기어 쓰지 못할 것이며 다시 무슨 말이 있겠습니까?"

반생이 말하기를,

"오늘 저의 수작이 잡된 희롱이 많아 매우 부끄럽습니다."

내가 말하기를,

"오늘 수작한 종이를 또한 가져가고자 하는데, 이것은 다른 뜻이 아니라 동국에 돌아간 후에 이것으로 필담을 기록하고자 하는 것입니다. 생전에 서로 생각하는 회포를 위로할 뿐 아니라, 일시 붕우의 기이한 자취를 자랑하고 후세 자손에게 전하고자 합니다."

반생이 말하기를,

"후한 뜻은 감사하지만, 다만 희롱하며 노는 분잡한 말이 많아 만일 가리어 기록하지 않으면 필연 뒷사람의 기롱을 면치 못할 것입니다."

나오기에 임하여 다시 만날 것을 누누이 청하기에 기약을 머무르고 돌아올 때 동구에 이르렀더니, 마침 오 한림이 말을 타고 큰길로 지나는데 길 가운데에 행인이 많았다. 혹 괴로이 여길 듯해 길가에 몸을 숨겨 지나기를 기다려 천천히 걸어 나가는데, 동구를 나오니 오 한림이 말에서 내려섰다가 웃으며 나아와 손을 잡아 안부를 물었다. 오는 곳을 묻거늘 유리창의 기완을 구경하고 오노라 하고, 팽 한림의 안부를 물어 마음에 잊지 못한다고 하니, 한림이 피차 잊지 않음이 한가지라 하고, 길 떠나는 날을 묻는 뜻이 극히 관곡하였다. 말을 마치자 한림이 읍하여 이별한다고 하고는 뒤로 4~5보를 걸어 물러가니, 다 이곳 풍속인가 싶었다.

수레를 세내어 관에 돌아오니 통관들이 다 아문 안에 있거늘 바로 캉으로 들어가니, 이날은 상방에서 부사의 생일을 위하여 음식을 장만하였다. 내가 돌아오기를 기다려 한 상을 보냈기에 즉시 덕유로 하여금 아문에 전갈을 부리고 상을 보냈더니, 돌아와 회답을 전하는데 마침 손님이 있어 대접하고자 했는데 더욱 감격한다고 하였다.

천애지기를 맺다

엄성이 그린 홍대용의 초상(『철교전집』)

병술년(1766) 봄에 내 일이 있어 북경에 이르렀는데,
마침 홍군 담헌이 조공하는 사신을 따라 들어오니,
대개 중국 성인의 학문을 흠모하고 한 번 중국의 기특한 선비를 사귀고자 하여
수천 리 행역을 돌아보지 않은 것이다.
나의 이름을 들으매 즉시 나의 객관에 이르러 주객이 각각 붓을 들어 뜻을 통하고
도의로 서로 경계하여 군자의 교도를 이루니,
이는 진실로 기이한 일이다.

2월 18일 **관에 머물다**

이날은 종일 비가 뿌려 간정동에 사람을 보내지 못하였다. 요즘은 떠날 날이 머지않아 소소한 물건을 가지고 외치며 사라고 하는 소리가 방방마다 요란하니, 다 잡다한 기물로 각색의 향 단자와 각색 대자帶子, 각색 구슬이 많다. 피상자皮箱子를 쌍쌍이 들고 들어와 사라고 하니, 모두 가죽에 붉은 칠을 하고 그림을 그려 보기에 찬란하나 모두 단단치 못하여 먼 길에 성히 나가지 못한다. 오직 남방에서 만든 것이 특별히 튼튼하여 졸연히 상하지 아니하니, 대개 북경의 좋은 집물은 거의 다 남방 소산이다. 이러하므로 온갖 것을 다 남방에서 온 것이라 일컫는다.

식후에 두 사람이 원숭이를 가져왔으니, 재주를 보여 값을 받는 사람이다. 사행이 캉 앞에 모여 앉으시고 재주를 구경하는데, 한 사람이 먼저 붉은 칠한 궤 하나를 메고 와서 섬돌 위에 놓고 둥근 나무 넷을 내어 뜰 가운데로 네 곳에 놓은 뒤 돌을 눌러 세워 놓으니 나무 모양은 우리나라 쳇바퀴 모양이다. 데려온 발바리를 불러 무슨 말로 꾸짖고 조그만 징을 내어 두드리며 연이어 꾸짖으니 발바리가 네 나무 구멍으로 돌아다니는데, 좌우로 몸을 트는 모양이 일정한 규칙이 있으니 거동이 극히 요괴하였다. 두어 번 돈 후에 그치려 하다가 징 치는 사람이 채를 휘두르며 꾸짖으면 억지로 일어나 천천히 돌아가는 모양이 짐승의 거동 같지 않으니 도리어 가련하였다. 나중에는 둥근 나무 여덟을 두 줄로 늘어놓고 차차 돌아 구멍을 드나드는데, 종시 규칙을 그르치지 않으니 이상한 일이다.

이것을 마치매 원숭이를 내세워 징을 치며 무슨 말을 이르니, 원숭이가 궤 앞에 나아가 궤 문을 열치고 조그맣고 붉은 비단 옷을 내어 입고 머리에 사모를 쓴 뒤 사람 앞에 나아와 머리를 조아리며 예를 올리고 곧이어 징소리에 맞추어 춤을 추며 온갖 희롱을 베풀었다. 또 무슨 말을 이르면 궤 앞에 나아가 금칠한 복두幞頭(관의 하나)를 바꾸어 쓰고 조그만 지팡이를 짚어 여러 가지 재주를 부리니, 모두 희자의 창시하는 거동을 흉내 낸 것인가 싶었다. 다시 말을 이르니 조그만 투구를 바꾸어 쓰고 짧은 창을 들어 좌우로 휘두르며 싸우는 꼴을 하는데 민첩한 거동이 과연 수법이 있는 듯하고, 나중에는 갖은 색의 탈을 내어 쓰고 머리에 마래기를 쓰고 괴상한 거동이 무수하나 이루 기록하지 못한다.

여러 가지 희롱을 마치니 한 사람이 큰 양 하나를 끌고 들어오는데 턱 밑에 작은 방울을 달았다. 원숭이를 꾸짖어 무슨 말을 이르니 원숭이가 투구를 쓰고 창을 들어 양의 등에 올라앉으니 양이 네 발을 모아 뛰어 달아나는데, 원숭이가 양 위에서 앉으락 서락 하며 창을 휘두르며 사람의 마상재馬上才하는 거동을 하니 보는 사람이 다 크게 웃었다. 여러 번 돌린 후 양을 먼저 채쳐 10여 보를 내어 보낸 후에 또 원숭이를 꾸짖으면 뒤쫓아 따라가 뛰어오르니, 그 날쌘 거동이 더욱 우스웠다. 다만 한 번을 마치니 사람에게 쉬게 해 달라고 비는 거동이 극히 요망하고 채찍을 두려워 마지못해 말을 쫓는 거동이 또한 가련하였다. 각방에서 약간의 지전을 주어 내어 보내었다. 덕형이 진가의 푸자에 갔다가 양혼이 보낸 편지와 물건을 가져왔는데 편지는 다음과 같다.

우연히 서로 만나 지기를 맺으니 반생의 큰 연분입니다. 일전에 진형이 높은 글월을 전하고 다시 옥잔을 받으니 변변찮은 재주로 권권한 후의厚意를 입어 스스로 감격한 가운데 부끄러움을 이기지 못하겠으니 다시 무슨 말이 있겠습니까? 이제 곧 장형의 돌아갈 날이 머지않았으니, 무엇으로 깊은 뜻을 갚겠습니까? 마침 옥 비연통 하나가 있으니 집안의 옛 기물이요, 부채 한 자루와 향환香丸, 향병 각 하나로 마음의 정성을 표하니, 물건이 비록 용렬하나 다른 날에 눈을 붙여 사람을 생각해 주시길 바랍니다.

비연통은 청옥으로 만든 것이니 서양국 비연鼻煙을 가득히 넣었고 부채는 진채眞彩로 누각과 인물을 그렸는데 사람의 얼굴과 의복 제양이 서양국 제도와 같고 눈동자가 살아있는 듯 이상하니 필연 서양국 인의 그림인가 싶고, 향환은 우리나라 승려들이 가지는 단렴短念[1] 모양이니 향갈나무로 만든 것이요, 향병은 이곳 관원들이 조복을 입을 때 가슴 앞에 드리우는 향이다.

---

1 '단렴'은 54개 이하의 구슬을 꿰어 만든 짧은 염주로, 단주라고도 한다.

2월 19일 관에 머물다

　식전에 부사의 숙소 주방에 불이 나서 소리를 서로 지르니, 관내가
진동하여 다 안색을 잃었다. 이때는 돌아갈 날이 머지않은지라 일행
이 흥정한 물건을 반 넘게 짐에 동여 넣었으니, 이로 인해 더욱 놀라
날뛰었다. 동쪽 중문을 나가 보니 아문의 여러 갑군이 황급히 들어오
고 오림포와 서종현이 또한 들어와 놀란 마음을 진정치 못하니 괴이
하였다. 마침 밤이 아니요 우물이 멀지 않은 고로 즉시 불을 잡아 집
위로 댕기지 않았으나, 곁 캉에 쌓은 짐들이 물에 많이 젖어 버렸다고
하였다. 불을 잡을 때에 물을 끼얹으며 혹 집 위로 올라 기와를 걷어
내는 이는 다 우리나라 하졸이요, 여러 갑군들은 다 놀라서 왔다 갔다
할 뿐 하나도 도와주는 이가 없었다. 내가 괴이하게 여겨 인심을 책망
하니, 한 늙은 역관이 이를 듣고 이르기를,

　"이곳 사람들이 화재를 매우 두려워합니다. 불이 일어나면 감히 잡
을 계교를 하지 못하며 근처 성한 집을 헐어 절로 꺼지기를 기다리
니, 이런고로 북경에서는 불을 특별히 조심하고 한번 일어나면 쉽사
리 잡지 못합니다. 연전에 유리창에 불이 일어나 수백 호를 태우고

천만 냥의 재물을 살랐으니, 근본은 조그만 불을 잡지 못하여 그 지경에 이른 것입니다. 오늘 일도 저희 풍속이요, 인심이 사나운 것이 아닙니다."

내가 웃으며 말하기를,

"만일 이렇다면 전쟁을 할 때 불로 쳐부술 모책을 강구하면 제어키 어렵지 않겠구려."

역관이 웃으며 말하기를,

"몇 해 전에 정양문 문루 위에 불이 일어났는데, 이때 우리나라 사람 가운데 구경하는 이가 많았지만 다 불 끌 생각을 못하더니, 여러 사람이 수차 두엇을 날라다 놓고 물을 무수히 길어 손수레로 물을 길어 올리니 수백 장 문루 위에 비 오듯 하는 것이었습니다. 잠깐 사이에 불이 꺼지니 이 일을 보면 또한 화공을 두려워하지 않는 것입니다."

식전에 상사께서 간정동에 사람을 부렸더니, 돌아오는 길에 반생이 「담헌기문湛軒記文」을 부쳐 보냈다.

연경 동쪽에 방외의 나라가 있는데 이름은 조선이라 일컫고, 그 풍속이 예절을 숭상하며 시율을 일삼아 당나라로부터 지금에 이르러 시율을 모으는 자가 왕왕 취함이 있으니 다른 외국에 비할 바가 아니다.

병술년丙戌年(1766) 봄에 내 일이 있어 북경에 이르렀는데, 마침 홍군 담헌이 조공하는 사신을 따라 들어오니, 대개 중국 성인의 학문을 흠모하고 한 번 중국의 기특한 선비를 사귀고자 하여 수천 리 행역을 돌아보지 않은 것이다. 나의 이름을 들으매 즉시 나의 객관에 이르러 주객이 각각 붓을 들어 뜻을 통하고 도의로 서로 경계하여 군자의 교도交道를 이루니, 이 일은 진실로 기이하다.

홍군은 기상이 높고 문견聞見이 너르니 중국 서적을 엿보지 않은 곳이 없고, 율력과 진법陳法과 염락관민濂洛關閩[2]의 종지宗旨를 궁구하지 않음이 없다. 시문에서부터 산수에 이르러 능치 못함이 없고, 의론을 들으니 옛사

담헌기의 배경이 되는 홍대용 생가터. 지금은 주춧돌만 남았다.

람을 일컫고, 의리를 근본으로 하여 과연 유자儒者의 기상이 있으니, 이는 중국에도 쉽지 않은 인품이거늘 어찌 진한辰韓의 황원荒遠한 지경에서 얻을 줄을 뜻하였으리오.

　홍군이 일찍이 날더러 일러 말하기를, '나는 왕도에 사는 사람이로되 평생에 벼슬을 원치 아니하고, 물러가 청주淸州 수촌壽村에 머무르며 농사꾼과 더불어 놉니다. 두어 칸 초옥을 지어 방과 다락을 갖추고 집 앞에 연못을 파 못 위에 다리를 놓고 못 가운데 조그만 배를 물결에 띄웠습니다. 다락 밖으로 나무 그림자가 뜰에 가득하고 당堂에 오르면, 혼천의로 천문天文을 상고하며 자명종으로 시각을 살핍니다. 거문고로 흥치를 돋우며 일이 있으면 시초蓍草로 점을 쳐서 의심을 결정하고, 겨를을 얻으면 궁시弓矢를 다스려 승부를 다투니, 진실로 즐거움이 이 가운데 있어 바깥 사물에서 구하지 아니합니다. 미호渼湖 선생은 나의 스승인데 그 집을 이름하여 담헌湛

2　염濂은 주돈이가 살던 호남성 염계濂溪, 낙洛은 정호程顥와 정이程頤가 살던 하남성 낙양, 관關은 장재張載가 살던 섬서성 관중關中, 민閩은 오늘날 복건성의 주희가 살던 민중閩中을 가리킨다.

軒이라 일컫고, 내가 이로 인하여 스스로 별호를 삼았으니, 그대 나를 위하여 그 사적을 기록해 주시기 바랍니다' 하였다.

내 이미 그 사람을 높이 여기고 다시 그 연못과 정자의 경치를 들으니, 한번 그곳에 이르러 함께 경물을 의론코자 하나 몸이 만 리 밖에 있어 마침내 얻지 못할 것이다. 옛적에 외국 사신이 중국에 들어와 예고사倪高士[3]가 『청비각집淸閟閣集』을 지은 것을 듣고 보기를 구하였으나 얻지 못하고 두 번 절하여 탄식하고 돌아갔는데, 나의 오늘 일이 이와 매우 가깝고 또한 상반하도다. 그러나 그 집 이름을 들으니 어찌 그 의사를 일컬음이 없겠는가?

일찍이 들으니, '군자의 도는 마음이 어지럽지 아니하고 외물이 더럽히지 아니하여 그 몸이 청명하고 그 집이 허백虛白하다' 하였으니, 이것이 어찌 '담湛'자의 뜻에 합하지 않으리오. 홍군이 매양 나와 더불어 성리의 학문을 의론하매 그 말이 극히 순실하니, 대개 '담'자의 뜻에서 깊이 얻은 것이 있다. 내 비록 재주가 없으나 당초 스스로 군자의 도를 힘써 착한 벗을 저버리지 아니하고, 인하여 홍군의 글과 행실을 중국 선비에게 보이고자 하니, 어찌 두어 줄 기문記文을 사양코자 하리오. 다만 미호 선생이 내 말을 들으면 마땅히 어떻게 여길 줄을 알지 못하노라.

식후에 편지를 써서 덕유를 보내고 엄생의 접책을 부쳐 보냈으니, 그 편지에 이렇게 말하였다.

저번에 만날 때 늦게 나아가 일찍 돌아오니 더욱 섭섭한 마음을 금치 못하고, 어제는 비에 막혀 사람을 부리지 못하였으니 극히 답답합니다. 우리가 떠날 날은 아직 결정이 나지 않았으니 한 번 만날 기약이 있겠지만,

---

3 예고사는 원나라 때 화가이자 시인인 예찬倪瓚(1301~1374)을 말한다. 〈강안망산도江岸望山圖〉, 〈육군자도六君子圖〉, 〈수죽거도水竹居圖〉 등의 작품이 전한다.

하루 수작으로 가없는 회포를 펴기 어려울 것입니다.

　팔영시八詠詩는 조용히 읊으니 묘한 기법과 깊은 뜻이 있고 말 밖에 기이한 맛이 있어, 진실로 덕이 있는 사람은 반드시 말이 있음을 알겠습니다. 그 중 영감시靈龕詩는 더욱 뛰어나 시속 선비의 우곡迂曲한 기상이 없으니, 그 시를 외우며 가히 그 사람을 알 수 있습니다. 그러나 재주가 높은 자가 과히 탈쇄脫灑(속세를 벗어나 깨끗함)한 의사를 숭상하면 혹 중도中道에 넘치고 이단에 돌아가기 쉬울 것입니다. 이는 참람하게 과도한 근심이니 높은 소견은 어떻게 여기십니까?

　저는 두 형의 글씨와 그림을 심히 사랑하여 일찍이 공책 두어 권을 얻어 한 번 수고를 청코자 하지만, 과거 날이 멀지 아니하고 손님이 분잡함을 들으니 마침내 쉽게 보내지 못하겠습니다. 돌아간 후에 서신을 통하여 두어 장을 아끼지 아니하면 길이 전하여 보배를 삼겠습니다. 편지를 써서 미처 보내지 못하였더니, 반형의 기문을 받들어 재삼 읽으니 감격하고 다행합니다. 돌아가 벽 위에 붙이고 조석으로 눈을 붙여 좌우의 경계를 삼아 깊은 뜻을 저버리지 않을 것이로되, 다만 변변찮은 인물을 과히 일컬어 이름이 일시에 넘치고 말이 부장에 가까우니, 돌아가 사우에게 자랑하면 필연 나의 거짓말로 사람을 속여 이런 칭찬을 얻은 줄로 꾸짖을 것이라 극히 민망합니다. 엄형이 부탁한 접책은 쓰기를 마친 고로 부쳐 보냅니다.

　엄생의 접책에 계부께서 상부사와 더불어 차례로 쓰고 평중이 또 그 아래에 썼다. 나는 반생에게 써 보낸 글을 또한 옮겨 쓰고, 그 아래에 「고원정부高遠亭賦」를 쓰니, 그 글이 이러하였다.

　수야의 동산이요 산금의 돌이로다.
　날개 같은 정자는 군자의 쉬는 바로다.
　고원으로 이름을 지으니 대개 밝고 넓은 뜻이로다.
　눈이 천원에 극진하매 구름 연기 일만 형상이로다.

모인이 송을 지어 부하고 또 비하니
그 주인이 뉘런고 오직 백고씨로다.
돌이 있어 뫼 언덕에 반듯하지 않으니
위는 송백이 그늘지고 아래는 찬 샘이 나는도다.
어지러운 풀을 헤치고 푸른 이끼를 쓰니
푸른 띠를 엮고 흰 연무를 걸었도다.
밝은 꽃이 번성하여 낮에 빛나고
돌간수를 치매 밤에 소리하도다.
사람이 있는 듯하여 흰 돌에 앉았으니
삿갓을 썼으매 오죽 갓끈이로다.
상송을 노래하여 호탕하니
구슬 거문고에 울리어 맑고 시원하도다.
뫼 밖에 길이 험난하니
계수 가지를 받들어 아직 소요하도다.
바람이 쌀쌀하고 구름이 막막하니
봉황은 날기를 다하고 올빼미 낮에 부르짖도다.
진속의 일이 어김이 많음을 창연히 여기니
오직 그대의 곳에서 머뭇거려 떠나지 못하도다.
난간을 의지하여 멀리 바라보니
용문의 높은 뫼를 보도다.
한 줌을 쌓아 일만 장 높이를 이루니
산봉우리가 우거져 높이 하늘에 꽂혔도다.
돌아보건대 이 집이 비록 진실로 아름다우나
또한 멀리 사방에서 노니도다.
긴 바람을 타니 매우 세차
큰길을 밟아 높이 날아가리로다.
좋은 수레에 기름을 칠하고 좋은 말을 채쳐

원컨대 그대를 좇아 이에 가리로다.

秀野之園散襟之石

有翼其亭君子攸息

扁以高遠蓋取昭曠

目極川原雲烟萬狀

某人作頌賦而此比

其主伊誰惟伯高氏

有石盤陀兮山之阿

上蔭松栢兮下出寒泉

辟蒙茸兮掃靑苔

緝翠茅兮架素椽

繁陽葩兮晝炫

疏石澗兮夜聲

若有人兮坐素月

戴蒻笠兮烏竹纓

歌商頌兮浩蕩

響瑤琴兮冷冷

山之外兮路險難

攀桂枝兮聊逍遙

風颯颯兮雲漠漠

鳳鳥飛盡兮鴟梟晝號

愴塵事兮多違

惟子所兮盤桓

憑檻兮遠望

見龍門兮高山

積一拳兮成萬仞

矗螺鬟兮高揷天

顧玆居兮雖信美
且遠遊兮四荒
駕長風兮沛然
履周道兮翶翔
脂名車兮策良驥
願從子兮斯征

또한 이렇게 말하였다.

덕과 행실은 근본이요 글과 재주는 끝이니, 먼저 하고 후에 할 것을 알아야 이에 도를 어기지 아니할 것입니다. 덕성을 높이고 문학으로 말미암음은 수레의 바퀴 같고 새의 날개 같으니, 하나를 폐하면 학문을 이루지 못할 것입니다.

내 본디 필법이 서툴러 글자 모양을 이루지 못하니, 이러하므로 문자를 써서 사람을 줄 때에는 반드시 남에게 손을 빌렸습니다. 이제 철교 엄형이 청함에 이르러서 분연히 붓을 들어 조금도 사양치 아니함은 다름이 아니라 철교의 뜻이 글씨에 있지 아니하므로 이 뜻이 가장 후하기 때문입니다. 내 감히 이루지 못합니다.

덕유가 돌아오니, 엄생의 답서에 이렇게 말하였다.

이별한 후에 기거를 염려하였는데, 수교를 받드니 적이 회포를 위로할 만합니다. 제 접책으로 필묵의 수고로움을 끼친 것을 사죄하고 대인들 모두의 높은 수적을 얻으니 더욱 감격하고 불안합니다. 행기를 정하지 않았으면 다시 만날 수 있어 극히 다행이나, 마침 분요한 일이 있어 여러 말을 못하고 간략히 대답합니다.

덕유가 말하기를,

"이번에도 객인客人이 많아 겨우 틈을 얻어 총총히 답장을 받아왔습니다."

했다. 대개 과거 날이 3월 초파일이라 사방 거인擧人들이 점점 많이 모여 들고, 동향 사람이 서로 왕래 하는 일이 많아 이후에는 다시 만나도 조용한 수작을 얻지 못할 듯하였다.

일전에 반생이 전약을 얻고자 하던 사연을 부사께 전하였더니, 이 날 부사께서 사람을 부려 전약 한 그릇을 보내고 해삼과 전복과 다른 잡물을 함께 보냈더니, 전약 외에는 다 반은 받고 반은 도로 보냈다.

2월 20일 관에 머물다

　식전에 진가가 들어왔거늘, 내가 양혼이 보낸 것을 누누이 칭사하니 진가가 말하기를,

　"내가 편지를 가지고 예예에게 나아갔더니 예예께서 보고 크게 감사하여 진정 신뢰 있는 사람이라 일컫고, 서양국 자명종을 내어 보내고자 하거늘, 내 말하기를 '문종을 가져가는 것도 오히려 불안히 여기니 이것은 결단코 받지 않을 것입니다' 하니 예예께서 듣고 보내고자 하는 것을 이윽히 걱정하다가 몸에 가진 노리개를 끌러 봉하여 보내며 이르기를, '이것은 비록 저 사람에게 쓸 데 없는 것이나 내 몸에 항상 지닌 것이니 돌아간 후에 이것을 보아 날을 생각하게 할 것이다' 하였습니다. 예예는 친왕의 집이라 다른 집물이 없지 아니하나, 즐겨 받지 아니할 것을 염려할 뿐 아니라 이것을 보내는 것은 서로 잊지 아니할 마음을 표한 것입니다."

하고, 또 말하기를,

　"궁자는 앞으로 대인이 되어 중국에 들어오고, 예예는 친왕이 되어 다시 만나면 어찌 반갑지 않겠습니까?"

내 말하기를,

"예예는 유친왕의 몇째 아들이며 친왕이 죽으면 이어 왕으로 봉합니까?"

진가가 말하기를,

"유친왕의 부친은 옹정황제雍正皇帝의 형입니다. 강희황제께서 태자를 삼고자 하더니, 굳이 사양하여 필경에는 옹정황제에게 돌아간 것입니다. 이러므로 지금 황제도 유친왕을 특별히 총애하여 천하의 정사를 함께 의논하고, 또 친왕에게 두 아들이 있으니 예예는 작은아들이라 앞으로 왕의 위를 당치 못할 것입니다.

허나 예예의 형이 인품이 불량하여 괴이한 행실이 많으니, 왕이 여러 번 꾸짖어 가르쳤으나 종시 듣지 아니하여 황상께 아뢰어 변방에 귀향을 보내어 다시 돌아오지 못하게 하였고, 예예는 인품이 관후하여 황상이 또한 사랑하니 앞날에 필연 왕위를 당할 것입니다. 예예는 어진 사람이라 나 같은 인물이 장사를 일삼고 식견을 취할 것이 없으나 다만 마음이 바르고 평생에 그른 일을 하지 않으려는 것을 사랑하여 서로 나이를 잊어버리자 일컬었습니다.

궁자는 동방의 귀한 사람이라 예예의 그리워하는 뜻이 한때 우연히 사귐이 아니요, 감히 말씀드리기 어려우나 나 또한 궁자의 마음에 탄복하여 서로 벗이라 일컫고 일생에 잊지 아니하고자 합니다."

내 말하기를,

"나는 외국의 미천한 사람이라 어찌 예예가 벗으로 대접함을 감당하리오? 다만 후한 정분을 일생에 감복할 따름입니다. 또 그대와 더불어 수개월을 상종하매 앞으로 다시 만나기는 기필치 못하거니와 어찌 잊을 마음이 있겠습니까?"

또 묻기를,

"황상이 동릉에 거동하는데 황후가 또한 따라갔습니까?"

진가가 말하기를,

"다만 궁중의 여러 비빈들이 따라갔으며 황후는 오히려 냉궁에 갇혀 있고 이미 머리를 깎았으니 어찌 감히 따라가겠습니까."

하였다. 오후에 한 사람이 물건을 가지고 들어와 사라 하거늘 캉에 앉히고 묻기를,

"이곳은 여자가 바느질을 일삼지 아니하니, 자네가 입은 의복이 다 남자가 지은 것인가?"

그 사람이 답하기를,

"이런 소소한 의복은 다 여자가 지은 것이고, 관원의 조복과 황상의 망룡蟒龍 의복은 다 푸자에서 지은 것입니다. 여러 남자들이 모여 주야에 바느질로 생리를 삼으니, 이 일은 북경 제일의 생리로 일컫는데, 하루 사이 10여 냥 은을 얻습니다."

내 말하기를,

"이미 그러하면 자네들 조그만 흥정으론 필연 이문이 많지 않을 것이니, 어찌 그곳에 이르러 바느질을 배우지 아니하는가?"

그 사람이 웃으며 말하기를,

"바느질은 근본 여자의 직업이라 남자가 할 일이 아닌 고로, 비록 값을 많이 받아 세간을 이루나 세상이 헤아리지 아니하고 그 자손이 비록 문장이 높으나 하여금 과거를 보지 못하게 하고 벼슬길을 통치 아니하니 창시하는 희자와 다름이 없습니다. 어찌 일시 은 냥을 위하여 가문의 망함을 돌아보지 않겠습니까?"

하나, 이곳에서 여인이 바느질 하는 모습을 보지 못하였으니, 이 사람의 말이 이러하니 괴이하였다. 당상 역관들이 들어와 이르기를,

"맡아 갈 문서는 이미 되었으나, 아직 예부로 내려오지 못하였는지라 4~5일 후 결정이 있어 길을 떠날 것입니다."

하였다. 북경의 유명한 거상이 있어 이름을 정세태鄭世泰라 일컬으니, 우리나라와의 교역을 홀로 담당하여 집이 거부에 이르러 『김가재일기』에 그 성명이 나와 있고, 부유함을 힘입어 재상 대인과 서로 혼인

을 통하여 권세가 양국에 유명하였다. 그런데 정세태가 죽은 후에 그 자손이 이어 홍정을 맡아 해마다 남방으로 8만 냥 은을 먼저 보내 우리나라에 쓰는 비단을 미리 장만하고 사행 오기만을 기다렸는데, 우리나라가 무늬 있는 비단을 금하니 장만한 비단을 미처 팔지 못하고 저희 땅에서는 쓰지 못하는지라, 이런고로 가산이 점점 폐하였다. 정세태의 동생이 살아 있으나 병들어 가사를 살피지 못하고, 여러 아들이 있으나 다 노름과 여색에 빠져 더욱 수습하지 못하였다. 이러므로 근년은 조선 매매를 담당하는 상인들이 삼사십이 넘는다.

10여 년 전은 사행이 들어오면 정가의 집이 옛일을 이어 일행 역관의 베개와 이불을 새로 장만하여 대접하더니, 근년은 일이 끊어지고 매매하는 물건이 품수와 물색이 점점 전과 같지 아니한데도 오히려 일행이 맡긴 은은 2만 냥에 가깝더니, 떠날 날이 머지않아 물건을 재촉하였으나 보내지 아니하였다. 다른 상인들이 전하는 소문을 들으니 가져간 은을 다 남에게 앗기고 물건은 장만한 것이 없다 하였으니 일행이 다 잃을까 염려하였다.

서종맹이 이날에야 들어왔다 하거늘 세팔을 보내어 전갈을 부치고 저녁에 덕형을 보내어 내일 출입할 뜻을 이르라 하였더니, 쾌히 허락하는 말은 없으나 내일 들어오마 하니 필연 다시 가둘 뜻은 없으리라 하였다.

2월 21일 관에 머물다

　이날은 문금이 극히 엄하여 하인들이 감히 아문을 통하지 못하니, 대개 서종맹이 정가鄭哥를 위하여 역관과 하인 중에 정가에게 은을 준 이는 모두 30냥 은을 각각 탕감하여 그의 급한 형세를 구제하라 하니, 그 중에 은을 많이 준 부류는 모두를 잃을까 염려하다가 30냥 은을 잃을 뿐이니 오히려 다행히 여기고, 적게 준 부류는 소소한 물건은 찾기 어렵지 아니할 것이라 다 즐겨 따르지 아니하며, 하인들은 더욱 원망하여 정가의 푸자에 이르러 욕설이 많았다. 이로 인해 문금이 갑자기 엄하니 한편으로 위엄을 보여 사람을 조종하고, 한편으로 하인들이 정가의 푸자에 이르러 욕설을 퍼붓고 물건을 재촉하지 못하게 하려는 의사이다. 이때 여러 역관의 의논이 각각 소견이 있어 한곳으로 모아지지 아니하니, 혹 이르기를,

　"정가는 대대로 조선 상인을 상대한 지 100년이 넘으니, 우리나라 사람에게 자연 안정이 두터워 저버리기 어려울 뿐 아니라, 몇 해 전은 조정의 권세를 꼈는지라 우리나라를 위하여 주선할 일이 또한 적지 아니하였는데, 이제 자손이 잔패殘敗하여 맡아간 은을 다른 사람의 빛

에 앗기는데 제 아비는 병들어 인사를 살피지 못하고 제 어미와 족속이 울며 비는 거동을 보매 어찌 30냥을 아끼겠는가?"

하고, 혹 이르기를,

"정가는 오로지 노름과 여색으로 가산을 탕패하여 일행에게서 맡아 간 은 냥이 저의 불필요한 허비를 도울 따름이요, 제 아비 비록 병들었으나 오히려 수만 냥 재물을 가졌는데 어찌 자식의 급한 일을 돌아보지 아니하는가."

하고, 혹 이르길,

"정가는 비록 잡계에 외입하여 가산을 보전치 못하였으나 근본 호화로운 사람이요, 약간 문자를 알아 행신이 비루치 아니하니, 처음으로 하인의 욕설을 당하면 필연 분하고 부끄러워하여 그 자리에서 목을 맬 염려 있으니, 만일 이러하면 우리나라 사람이 다시 무슨 낯으로 이곳 사람을 보겠는가? 하인을 막아 정가에게 욕설을 금하게 하는 것이 마땅하네."

하고, 혹 이르길,

"은을 많이 준 이는 30냥이 아깝지 아니하되, 혹 가난한 하인이 수십 냥을 겨우 얻어 왔다가 모두를 잃는 이가 있을 것이니, 사람마다 30냥 탕감은 오로지 많이 준 역관의 묘책으로 하인의 형세를 돌아보지 아니한 것일세."

하고, 혹 말하기를,

"이 의논은 다름이 아니라 우리나라 역관이 몇 해 전부터 정가에게 빌린 은이 적지 않은지라, 만일 그 일이 드러나면 죽을죄에 빠지는지라, 이러하므로 이 의논을 내어 정가를 달래어 저희 자취를 덮고 하인의 원망을 돌아보지 아니한 것이네."

하고, 혹 이르기를,

"문을 막은 것은 서종맹의 계교가 아닐세. 하인이 정가에게 몸소 나아가 먼저 물건을 찾으면 역관들이 약간 체면을 차려 친히 독촉치 못하니 필연 하인에게 잃는 바가 될 것이니, 이 때문에 종맹을 부추겨 문을 금하게 한 것이네."

하여, 여러 말이 같지 아니하니, 실상 일을 알 길이 없으나 소소한 물건의 값을 정하지 못하고, 하인이 푸자를 통하지 못하니 원망이 많았다. 늦은 후에 정가의 물건이 비로소 들어왔는데 다 30냥을 제하고 가져왔다 하였다.

이즈음은 일행이 짐을 동이는데, 낮이면 장사치들이 연이어 출입하는 고로 틈이 없으니 문을 닫은 후에 밤이 깊도록 동였다. 다 솜을 두껍게 싸고 대자帶子로 얽은 후에 그 보와 삼승포三升布로 단단히 동이되, 홍두깨 같은 긴 나무로 연이어 두드려 허술한 곳이 없게 하였다. 이러하므로 밤이면 곳곳에 방망이 소리가 그치지 아니하고 역관들이 값을 논하며 은 품수를 다투어 주야에 골몰한 거동이 도리어 가련하였다. 이번에 각종 비단 값이 황력皇曆⁴길에 비하면 두어 푼을 더 갖추었으나 오히려 우리나라에 돌아가면 이득 볼 것이 없다. 일행은 물건의 반이 넘게 잡물을 사고자 하였는데, 이곳 장사치들이 기미를 알고 물건값을 또한 올리니 마지못하여 비싼 값을 주고 사 간다. 계부께서 하인에게 분부하셔서 값을 부풀리지 못하게 하고 혹 부풀려 사 가는 이 있으면 다 속공屬公⁵하리라 하셨다.

---

4 '황력'은 '중국에서 보내는 책력을 가지고 오는 행차'이다.
5 '속공'은 '물건을 관부의 소유로 넘기는 것'을 말한다.

2월 22일 관에 머물다

    이날도 문금이 여전히 엄하여 사람이 출입하지 못하니 여러 하인들이 민망한 사연을 고하거늘 계부께서 당상역관을 불러 아문에 일러 바삐 내보내어 물건 값을 결정케 하라 하셨다. 상사께서 정가의 은 사건으로 당상역관들을 불러 정문呈文(공문)을 짓고 제독에게 고하여 찾게 하라 하셨지만, 역관들이 이미 탕감하기를 허락한 까닭에 다시 언약을 배반하기가 어려웠다. 뿐만 아니라 우리나라 사람의 부채가 만금이 넘는지라, 만일 정문하는 일이 있으면 정가에게 죽을죄가 돌아가는 것이 불쌍할 뿐 아니라, 정가가 죽기를 당하여 필연 우리나라 사람의 부채를 고하는 일이 있으면 우리나라 사람 가운데 국율을 입을 이가 또한 수십 명이 넘을 것이다. 피차에 대단한 생경이 되는 고로 감히 거행치 못하노라고 했다. 식후에 간정동에 덕유를 보낼 때, 편지를 써 보냈다.

    엎드려 묻나니 두 형의 객황이 어떠합니까? 이틀 사이에 행중에 일이 있어 문금이 매우 엄하니 옥중에 갇힌 몸이 되었습니다. 몸소 나아가지 못하고 한 치 종이를 서로 전할 길이 없으니 이 중에 답답한 마음을 한 붓으로 어찌 다 이르리오? 우리는 떠날 날을 아직 정하지 못하였으나 이런 의외의 사변이 있어 몸을 빼내지 못합니다. 옛사람이 이르기를, '어찌 너를 생각지 아니하리오? 집이 이에 멀다' 하였으니 진실로 오늘의 사정을 이르는 것입니다.

덕유가 돌아오니 엄생의 편지가 두 장이 있었다. 하나는 먼저 써 둔 것이었는데, 그 편지에 이렇게 말하였다.

성誠은 두 번 절합니다. 헤어진 후에 기거는 어떠하신지 염려하는 마음이 간절합니다. 떠날 날을 결정치 못하였으면 틈을 얻어 다시 왕림할 날이 있을 것이니 극히 다행입니다. 이별을 위하여 가련한 사연을 허다하게 일컫지는 않겠거니와, 날이 마치도록 마음이 근심걱정으로 경황이 없어 무엇을 잃은 듯하나 그 연고를 깨치지 못하니, 생각건대 이 정경은 두 형이 또한 같을 것입니다.

영감시의 높은 의론을 들으니 스스로 병통을 깨칠 만합니다. 삼가 마음에 새겨 가르친 뜻을 저버리지 아니하려니와, 다만 분잡한 수응에 틈을 얻지 못하여 미처 그른 곳을 고치지 못하니, 동방의 높은 사우들의 눈을 지나면 필연 한 번 웃음을 면치 못할 것입니다. 아직 수적에 머물러 서로 사랑하는 정을 기록함이 해롭지 아니합니다. 우리의 글씨와 그림이 서툴러 재주를 족히 일컬을 것이 없으나, 요행으로 오형吾兄의 취함을 얻어 맡기는 곳이 있으면, 마땅히 가르침을 받들어 비록 다른 연고가 있어도 또한 돌아보지 않을 것입니다. 그런데 일전에 수교를 받들어 감히 청하지 못하는 뜻이 있으니 이는 서로 사랑하는 말이 아닙니다. 혹 오형이 진실로 취함이 없고 겉으로 꾸미는 의사를 보이고자 한다면 이는 용속한 세태를 면치 못하고 세밀한 마음이 너무 과한 것입니다.

제가 김형을 위하여 「양허당기문養虛堂記文」을 지었는데, 그 중에 약간 득의得意한 곳이 있습니다. 말이 비록 옅고 평평하나 한 사람을 일컬어서 두 사람의 사적을 나타내니, 한 글을 빌려 두 형의 기이한 자취를 한가지로 전하고자 하여 매우 괴로운 생각을 허비하였습니다. 오형의 소견은 어떻습니까? 지기의 정분이 아니면 감히 이같이 구구히 자랑하는 말을 베풀지 못할 것이요, 김형이 과히 일컬어 옛사람의 필법을 얻었다 함은 스스로 믿지 못합니다. 이런 글이 비록 교묘한 문법이 없어 두 형의 이름을 세상에 널리 전할 길이 없으나, 다만 길이 집안에 머물러 자손에게 뵈고자 합니다.

만일 왕림하실 계획이 있거든 일찍이 나오시기를 바라니, 이미 서로 만나면 비록 다른 연고가 있어도 일절 돌아보지 않을 것입니다. 또 우리의 왕래하는 자취를 이곳 붕우들 가운데 아는 이 많은데 조금도 괴이히 여기는 의론을 듣지 못하니, 진실로 혐의를 생각하여 과히 염려할 것이 없습니다. 하물며 우리가 두 형의 인품과 학술을 일컬음을 듣고, 비록 시속의 무식한 사람이라도 이미 우러러 존경하지 아니하는 이가 없으니, 뉘 감히 중외의 다름으로 망령되게 구별할 의론이 있겠습니까? 낮에 모임의 기약이 있으니 말이 뜻을 다하지 못합니다.

두 번째 답서에는 이렇게 말하였다.

오래 담소를 받들지 못하니 답답함을 이기지 못할 뿐이 아니라, 다니던 사람이 또한 자취를 끊으니 저는 반형과 더불어 한 쌍 눈이 거의 뚫어질 듯하고 한갓 마음이 괴로울 따름이었습니다. 그런데 이제 두어 줄 글월을 받들어 기이한 보배를 얻은 듯하고, 자세히 사연을 살피매 한 치의 마음이 베이는 듯하니 슬프고 슬픕니다. 우리의 인연이 어찌 이같이 순탄치 아니합니까? 형세에 구애되어 몸소 나아가 뵙기를 얻지 못하니, 집이 가깝고 사람이 멀다 하였으니 한 옛사람의 말을 생각하여 더욱 슬픔을 이기지 못하겠습니다. 어느 날에 한때 틈을 얻어 한 번 영결함을 위로함이 있겠습니까? 붓을 들어 이곳에 이르매 제가 비록 무정한 사람이라도 또한 손이 떨리고 마음이 쓰라려 눈물이 내림을 깨닫지 못합니다.

한 장 서찰을 또한 인편이 없어 전하지 못하다가 함께 보내니 잠잠하고 외로운 정성의 살핌을 바라고, 일전에 보내 준 접책 가운데 가르친 의론은 간절히 병통을 맞추었으니 삼가 좌우에 베풀어 종신토록 경계를 삼겠습니다.

반생의 답서에는 이렇게 말하였다.

수일 사이에 높은 위의를 받들지 못할 뿐 아니라 사람이 또한 이르지 아니하니, 마음이 두렵고 의심하여 그 연고를 깨치지 못하고 괴로운 심사는 지필로 다할 바가 아니었습니다. 그러다 홀연히 글월을 받들어 이상한 보배를 얻은 듯하나, 다만 자세히 사연을 음미하니 자연히 마음이 슬픕니다. 인연이 순탄치 않음이 어찌 이 지경에 이르렀습니까? 진실로 처음 만나지 않음만 같지 못합니다.

일전에 들으니 한 권 책을 두어 우리의 서화를 구할 뜻이 있으면 어찌 즉시 보내지 아니하였습니까? 저의 변변찮은 재주는 족히 이를 것이 없거니와, 다만 우리의 연고를 염려하여 다시 괴로움을 끼치지 아니하고자 한다면, 어찌 서로 믿는 뜻이라 하겠습니까? 천애의 지기를 맺었으니 구하는 일이 있으면 마땅히 힘을 다할 것입니다. 어찌 소소한 연고를 돌아볼 것이며, 하물며 남은 틈이 있으니 마침내 푸대접하지 아니하시길 바랍니다.

총총하여 자세한 말을 못하며 오직 생각하는 마음에 궁함이 없으니, 명일에 만일 틈을 얻어 왕림하신다면 천만다행이겠습니다.

양허당은 평중의 집 이름이고 이로써 별호를 삼았다. 일전에 엄생이 기문을 지어 보냈는데 아래와 같다.

병술년 봄에 북경에서 놀다가 두 이상한 사람을 사귀니, 이른바 김군 양

허와 홍군 담헌이다. 두 사람은 조선
사람으로, 한 번 중국 선비를 사귀고
자 하여 사신을 따라 북경에 이르러
이미 석 달이 넘었는데, 마침내 어울
리지 못해 만난 사람이 없고, 출입을
지키는 사람에게 구애되니 괴롭고
근심하여 뜻을 펴지 못하였다. 그러
더니 이미 나와 더불어 서로 만나 반
갑고 기쁘기가 옛 친구와 다름이 없
으니, 슬프도다! 내 어찌 이 뜻을 당
하리오?

엄성(嚴誠)의 초상

홍군은 중국 서적에 읽지 않은 바가 없고, 역률과 산술과 진법에 정통하
고, 성품이 독실하고 성리의 학문을 숭상하여 선비의 기상을 갖추었다. 김
군은 호방한 기운이 작은 절목을 거리끼지 아니한다. 두 사람의 지취旨趣는
같지 아니하나 서로 사귐에 틈이 없으니, 내 이미 홍군의 위인을 공경하고
또 김군을 심히 사랑하노라.

김군이 시율을 숭상하여 높은 운격이 한위漢魏와 성당盛唐을 따르고, 필
법이 또한 준상俊爽하여 시속의 태도가 적은지라, 매양 나의 객관에 이르러
언어를 서로 통치 못하매 붓을 휘두르며 종이에 떨치니, 신속한 수단이 나
는 듯하여 날마다 수십 장의 종이를 휘쇄揮灑하였다. 성품이 술을 즐기되,
방금邦禁에 구애되어 감히 먹지 못할 뿐이 아니라 홍군이 혹 꾸짖는지라
때때로 주흥을 금치 못하더니, 내가 일찍이 김군과 더불어 술을 마셔 심히
즐기되 홍군이 혹 이르러 술 먹음을 볼까 저어하고, 말이 홍군에 미치면
반드시 호걸의 선비라 일컬었다.

천하에 서로 붕우로 이름하는 사람이 어찌 적을까마는 그 숭상하는 일
이 같지 않으면 다만 겉으로 합할 따름이요, 마음으로 서로 좋아하지 못하
고, 마음이 서로 좋아하지 못하면 그 자취 또한 날로 멀어질 것이다. 이러

므로 정대한 사람과 정대한 말이 매양 세상에 용납되지 못하고, 게으르고 방탕한 사람은 정대한 사람을 멀리하고 정대한 말을 싫어한다. 그러므로 마침내 잡류를 친애하여 소인을 면치 못하고, 스스로 그른 줄을 깨닫지 못하여 붕우의 진실한 교도를 다시 얻어볼 길이 없으니, 김군 같은 이는 어찌 어질지 않을 것인가?

술이 이미 취하매 내 김군더러 말하기를, '그대는 어찌 벼슬을 하지 아니하십니까?' 하니 김군이 개연히 탄식하여 말하기를, '그대는 내가 양허로 별호를 삼은 뜻을 아는가? 우리나라 풍속이 문벌을 중히 여기니 나는 귀한 가문이라 벼슬을 얻음이 어렵지 아니하나, 나이 50에 이르매 스스로 몸을 감추어 궁함을 혐의치 아니함은 대개 마음에 즐기지 아니하는 바가 있기 때문일세. 돌아보건대 내 마음이 태허太虛 같고, 세상의 부귀를 보면 뜬구름과 다름이 없거늘, 또 성품이 게으르고 교만하여 세상에 쓰일 바가 없으니, 때로 한 편 글을 읊으매 자득하여 효효嘐嘐히[6] 즐기고, 때로 한 병 술을 기울이면 도도히 얻음이 있는 듯하니, 나는 나의 빈 것을 기를 줄 알 따름일세. 만일 게으르고 교만한 성품이 억지로 세상에 쓰이기를 구한다면 사람에게 유익함이 없고 한갓 내 몸에 해로울 따름이니, 나의 빈 것에 더럽힘이 적지 않을 것이네. 이것이 내가 별호를 삼은 뜻이고, 이로써 내 집의 당호로 삼은 바일세'라 하였다. 내가 말하기를, '이야말로 족히 기록할 만합니다' 하였다.

대개 홍군이 시를 짓지 아니하고 술 마시기를 싫어하니 김군과 더불어 지상志尙이 같지 아니하다. 그러나 또한 귀한 가문으로 시골에 물러가 바야흐로 성명의 도를 강론하여 몸이 마치도록 벼슬에 나아감을 구하지 아니하고자 하니, 그 뜻을 볼진대 또한 김군의 뜻과 같다. 비로소 그 자취는 합하지 아니하나 마음이 서로 좋아하여 성명의 교도를 이룸이 마땅함을 알리로다. 다만 멀리 이국에 있으므로 한 번 양허의 당에 올라 김군과 더불

---

6 '효효'는 '자득自得하여 욕심이 없는 모양'을 말한다.

어 효효도도囍囍陶陶[7]하여 함께 즐기지 못하는 것이 한스럽다. 그가 돌아감에 임하여 이 글을 써 주니, 동방 사우 중에 지상志尚이 홍군 같은 이가 있으면 가히 함께 보리로다.

일전에 유리창에서 접책 두 권을 사 두었는데 오후에 덕유에게 맡겨 다시 보내면서 그 편지에 이렇게 말하였다.

두 형의 수서手書를 받들어 재삼 읽으니 사람으로 하여금 가슴이 막히고 마음이 상할 지경입니다. 두 권 접책을 얻은 지 오래나 마침내 청하기를 어렵게 여겼더니, 가르친 사연을 받들매 도리어 세쇄한 시속의 태도가 부끄럽습니다. 또 김형이 얻은 접책을 보니 부러움을 이기지 못하여 문득 부탁을 아룁니다. 떠날 날은 비록 정해지지 못하였으나 초초히 흐릴 따름이요, 반드시 세밀한 공부를 청하지 못합니다.

덕유가 돌아오니 엄생의 답서에 이렇게 말하였다.

연이어 수서를 받아 사연을 알았으며 두 접책은 마땅히 힘을 다하여 부탁을 저버리지 않을 것입니다. 떠날 날을 정하지 못하였다면 다시 안색을 바라볼 날이 있을 것이니 극히 다행입니다.

일전에 평중이 접책 한 권을 보냈는데, 두 사람의 글과 그림이었다. 엄생이 율시 하나를 기록하니 다음과 같다.

약간의 더위와 추위가 좋은 봄을 빚으니
등잔 앞에 외로운 객이 가장 정신을 상하는도다.

---

[7] '효효도도'는 '즐겁고 떠들썩함'을 말한다.

천애의 의기는 우리 무리를 두었거늘

해외의 문장은 이 사람을 보았도다.

호기로운 흥에 비겨 천일의 취함을 좇고자 하였더니

깊은 정은 속절없이 한때의 새로움에 부쳤도다.

옷깃을 나누매 초초히 다른 말이 없으니

해를 격하여 음서의 잦음을 잊지 말라.

輕暖微寒養好春　燈前孤客最傷神

天涯義氣存吾黨　海外文章見此人

豪興擬配千日醉　深情空寄一時新

分衿悄悄無他語　隔世音書莫忘頻

　저녁에 김복서의 캉에 앉아 있었더니 김복서가 이르기를,

　"일전에 유리창 장경의 집에 갔더니 한 사람이 앉았는데 머리에 흰 징자를 붙였으니 6품 벼슬이요, 인물이 극히 헌앙軒昂하거늘[8] 그 있는 곳을 물으니 파촉巴蜀 사람이라 하고, 성을 물으니 갈葛이라 하며 제갈무후諸葛武侯의 30여 대 자손이라 하거늘, 그 성이 다른 연고를 물으니, 무후의 자손이 두 패로 나뉘어 한 파는 갈성이 되었다 하였습니다. 우리나라 풍속을 누누이 묻거늘 주자를 존숭하는 일과 부인이 개가하지 않는 일을 이르니, 갈가가 좋다 일컫고, 또 중국 풍속이 조선에 비해 어떠한가 물으니 대답하기를, '조선은 풍속이 액색阨塞하고[9] 오로지 문구를 숭상하니, 어찌 중국 큰 규모에 비하겠소'라 하니 갈가가 희미하게 웃고 말하기를 '조선은 기자의 땅이니, 어찌 심상한 외국에 비하겠소이까' 하였습니다. 다시 '중국은 몽고와 회자를 잡되게 섞어 분별이 없으니 혼잡한 기상이 중국 본색이 아닐 듯합니다'라 하니 갈가 낯빛

8　'헌앙하다'는 '풍채가 좋고 위풍당당하다'는 말이다.

9　'액색하다'는 '운수가 막히어 생활이나 행색 따위가 군색하다'는 말이다.

을 변하고 이윽히 보다가 붓을 들어 '오호嗚呼' 두 자를 크게 쓰고 붓을 던지며 손을 치고 크게 웃고 다시 말이 없었으니, 그 거동을 보매 필연 범상한 사람이 아니었습니다."

하였다. 내 김복서를 권하여 장경에게 다시 기별하여 나의 의사를 전하고 갈가와 모일 약속을 하여 한 번 수작을 맞추라고 하니, 이후에 김복서가 과연 기별하고 장경이 갈가를 언약하여 제집으로 한 번 모이기를 청하였더니 간정동 왕래로 혹 기회를 잃고 떠날 길을 임하매 김복서가 틈을 얻지 못하여 종시 가지 못하였다. 당상역관들이 들어와 고하기를, 오늘 문서들이 예부에 내려와 그믐날 상을 타고 초1일에 떠나기로 완전히 결정하였다고 하였다.

2월 23일 간정동에 가다

어제 상사께서 길이 지체되는 일로 당상역관들을 엄중히 꾸짖으셨더니, 식전에 여러 역관들이 캉 밖에서 대죄待罪하여 식후에 비로소 물러갔다. 대개 이전에는 이곳의 매매를 길 떠남에 임하여 비로소 허하는 고로 역관들이 물건을 미처 거두지 못하여 짐짓 미루는 폐단이 없지 않았으나, 근년에는 정월 보름 전에 고시방告示榜을 붙이고 매매를 허락하여 이번에는 20일 즈음에 일행 상하의 짐을 맨 지 오래이다.

역관들은 관에 들자마자 각각 친한 상인으로 단골을 정하여 이름을 관부官府라 하고, 일용 집물과 채소, 나무와 염장塩醬, 육초肉燭(쇠기름으로 만든 초)를 다 관부에서 들여 쓰고 나중에 은을 떨어주되, 값을 배로 주고도 다투지 못하였다. 이런고로 일행 역관이 하루 묵는 것도 매우 민망해 하니, 일부러 지체할 이유가 없으며, 이 일로 보더라도 일행이 오래 머물며 허비하는 물자가 적지 않았다. 다만 대국에 일이 많아 하루 사이에 일만 건이고, 황제에게 어람하는 문서는 다 만주 글자로 번역하여 올리는 고로 자연히 날이 지체될 뿐 아니라, 이번은 황후의 일로 조정이 평안치 못하여 더욱 결정하지 못한 것이다.

아침에 덕형을 보내 서종맹에게 전갈을 부리고 출입을 청하였더니, 종맹이 즉시 들어와 수작이 매우 관곡하였고 떠날 날이 머지않았으니 임의로 나가라 하고 즉시 나갔다. 곧바로 평중과 함께 나가 간정동에 이르러 덕유를 먼저 들여보냈더니 나와 이르기를,

"좌상에 손님이 있으며, 소란하고 매우 어수선합니다."

하였다. 내가 평중과 의논하여 도로 돌아가고자 하는데, 반생이 급히 나와 맞고 들어가기를 청하기에 내가 불안한 뜻을 일렀지만, 반생이 관계치 않는다 하며 소매를 이끌어 굳이 청하였다. 마지못하여 들어가 캉 앞에 이르니 엄생이 또한 들어와 서로 읍하고 앉는데, 캉 아래 위에서 책을 두루 헤치고 새 깁(비단)에 그린 여러 장 그림을 탁자 위에 흩어 놓고 있었다. 내가 말하기를,

"당돌히 나아와 문묵의 맑은 희롱을 어지럽혀 매우 불안합니다."

하니, 두 사람이 다 웃으며 그렇지 않다고 하였다. 반생이 총총한 기색으로 바삐 지필을 찾아 써서 말하기를,

"수일을 서로 보지 못하니 생각이 괴로웠습니다."

내가 대답하기를,

"피차 한가지입니다."

반생이 또 급히 써 말하기를,

"어제 육해원陸解元이 북경에 이르렀습니다. 우리가 서로 사귄 일을 자세히 전하고 수창한 시율과 서찰을 내보였더니, 해원이 듣고서는 일찍 올라와 함께 사귀지 못한 것을 매우 한탄하여, 드디어 등잔 밑에서 다섯 장의 그림을 그리고 한 장 서찰을 써 세 대인과 두 형에게 보내고자 하는데, 두 형이 요행으로 오셨습니다. 이 사람은 인품이 높고 아담하여 세상에 빼어납니다. 이곳에 함께 있으니, 서로 모여 천고의 승사勝事(뛰어난 사적)를 이룸이 어떠합니까?"

했다. 해원은 중국의 초시 장원을 일컫는 칭호요, 이 사람은 첫날 수작에서 이름을 듣고 그림과 글을 보았던 이였다. 내가 말하기를,

"이 분이 연화시蓮花詩를 지은 육 선생입니까?"

반생이 내가 잊지 않은 것을 기뻐하며 그렇다고 하였다. 내가 말하기를,

"그의 시와 그림을 보고 한 번 만나기를 원했지만 얼을 길이 없더니, 천행으로 한 곳에 모이니 어찌 우리의 큰 영광이 아니겠습니까?"

하였다. 엄생이 말하기를,

"이 사람은 우리가 우러러 존대하는 분이며, 그 인품과 학술이 족히 우리의 사법師法(스승으로 삼아 그를 본떠 배움)이 될 만합니다."

하고 그 편지의 사연을 내어 보이니, 아래와 같다.

육비는 아룁니다. 이 길에 스스로 더디 온 것을 한스러워하며, 한번 언론과 풍채를 받들지 못하니 이는 평생에 제일 애달픈 일입니다. 오후에 객관에 이르러 안장을 벗기고 문을 드니, 미처 다른 말을 하기도 전에 역암과 추루가 제공諸公과 더불어 왕래하던 일을 누누이 전하며 제공의 수적을 내어 긴 글과 짧은 종이를 상 위에 펼치니, 눈이 황홀하여 이루 구경치 못하였습니다. 역암과 추루가 또 좌우에서 일컬어 마지않으니 사람으로 하여금 귀와 눈이 극히 수고롭고, 선비의 기상이 높은 글을 읽으니 한편으로 사실을 이르며 한편으론 의론이 금석 같아서 기이하고 즐거움을 말로 형상치 못하겠습니다.

들으니 여러분이 공무를 다하고 돌아갈 기한이 있는지라 행장이 총총하고 형편에 구애되어 마침내 한 번 만날 수 있을지 알 수 없고, 비飛도 처음 이곳에 이르러 속사俗事에 얽혀 어지러움이 끝이 없으니 마침내 만나 볼 길이 없을 것 같습니다. 다만 평생에 붕우를 목숨으로 삼으니, 하물며 바다 위의 이상한 사람을 만나고 또 한 사람뿐만이 아니니, 만일 마침내 역암과 추루의 끝에 참여하지 못하면 이 두 사람에게 몸이 다하도록 풀지 못할 시샘을 품을 것입니다. 심장이 불같이 타올라 한 조각 애달픈 마음을 풀 곳이 없어, 마지못해 졸한 재주를 잊고 다섯 장의 깁을 길이가 맞게 잘

燕杭詩牘

寄朝鮮諸公　　　　　陸篠飲

陸飛啟此行自恨來遲不及一親言論風采生平第
一缺陥事也午後甫克解鞍客邸入門未及他語力
關秋庫即歴叙與諸公往來情事疊疊不休并出諸
公手蹟長篇短頁縱橫几案觸目琳琅應接不暇力
閣秋庫又從旁稱述種種耳目俱勞兩官并用又如
談龍門佳傳夾叙夾議論傾倒忙舞莫可言狀聞
諸公使事有緒將須就道形格勢阻想夊夊不獲一

『연항시독』. 홍대용을 비롯한 조선의 여러 선비와 중국의 선비들이 주고받은 편지와 시를 모아 편찬한 것이다.

라 촛불을 밝히고 그림을 그려 망령되이 폐백을 갖추고자 하여, 그림을 마
치니 밤이 이미 삼경이 되었습니다. 공졸은 족히 말할 것이 없으나 이때
붓을 적셔 먹을 뿌리니, 여러 날 여행의 괴로움을 돌아보지 않고 밤이 깊
음을 깨닫지 못하였으니, 그 마음을 헤아려 주시길 바랍니다.

인생에 서로의 만남은 진실로 인연이 있으며 정해진 운수가 있으니 인력을 베풀지 못할 것이려니와, 다만 오늘 만나지 못한 것이 다른 날에 만날 근본이 될 줄 어찌 알겠습니까? 또 이 세상에 모이지 못하나 훗날 세상에 크게 모일 줄을 어찌 알겠습니까? 본 후에 서로 생각함과 보지 못하고 서로 생각함이 그 무궁함에는 다름이 없으나, 만나 보지도 못하고 서로 그리워함은 본 이보다 더욱 심하고, 또 서로 생각할 마음만 있을 따름이지 이별의 괴로움은 없어 허다한 아녀자의 태도를 떨치니, 진실로 서로 보거나 보지 못함으로 우열을 비교하지 못할 것입니다. 비하건대 옛사람의 글을 읽으며 옛사람을 비록 보지 못하나 높이 벗할 뜻이 있으면 그 얼굴을 거의 보는 듯하니, 다만 이 세상 백수에 이르도록 수천 리 밖에서 각각 마음에 성과 이름을 잊지 아니하면, 비飛는 제공과 더불어 죽지 않은 옛사람이라 어찌 다행치 않겠습니까?

다섯 권의 졸한 시집을 제공께 나눠 보내니, 이는 제가 길을 떠나기 앞서 서둘러 새긴 것이라 판본이 추하고 그른 곳이 많아 미처 고치지 못하였으므로, 그 미진한 곳은 가르침을 바랍니다. 그 중에 스스로 '하풍죽로초당荷風竹露草堂'을 그린다고 한 것은 저의 누추한 집을 이른 것인데, 시와 문을 가리지 않고 각각 한 편 글을 주시면 절하여 은혜를 사례할 것입니다. 충천묘忠天廟 사당의 바람벽에 그림을 읊은 글이 있는데, 이 또한 각각 한편씩을 얻으면 엎드려 받아 천고에 썩지 않을 것입니다. 육비는 두 번 절하고 병술 2월 22일 밤 오경에 씁니다.

보기를 마치고 평중이 어디에 머무느냐고 물으니, 엄생이 '우리와 숙소가 같다' 하였다. 평중이 크게 기뻐하여 말하기를,

"어찌하면 빨리 만날 수 있을까요?"

엄생이 말하기를,

"바로 곁방에 있으니 청하는 것이 어떻겠습니까?"

평중이 말하기를,

"그곳이 번거롭지 않으면 우리들이 마땅히 가면 될 것이니 어찌 왕림하기를 청하겠습니까?"

반생이 말하기를,

"어찌 나아가겠습니까?"

하고 급히 문을 나가거늘 내가 평중과 더불어 신을 신고 따라 나가 문에 미치자, 육생이 발을 들고 들어왔다. 먼저 그 인물을 살피니 키는 비록 작으나 몸체가 매우 풍후하며, 흰 얼굴이 둥글고 기름져 한 번 보고 우여優餘한 인품과 호상한 지취旨趣를 짐작할 만했다. 우리를 향하여 희미하게 웃으며 손을 들어 읍하기에, 내가 몸을 굽혀 공순히 대답하고 캉 아래에 이르러 서로 오르기를 사양하자, 엄생이 말하기를,

"어찌 여러 번 사양하십니까? 먼 데 손님이 위에 앉으시는 것이 마땅합니다."

평중이 말하기를,

"다 같은 손님인데 어찌 원근을 가리겠습니까? 다만 연치年齒로 차례를 정합시다."

육생이 말하기를,

"이곳이 제가 머무는 곳인데 어찌 나이를 돌아보겠습니까?"

하였다. 내가 평중에게 부질없는 예절에 지리하게 구애치 말라 하고, 드디어 평중과 더불어 먼저 올라 탁자 위에 나눠 앉으니, 육생은 나의 아래에 앉고 반생은 평중의 아래에 앉으며, 엄생은 따로 교의를 놓아 캉 앞에 앉았는데 다 낯에 희색이 가득하였다. 내가 먼저 말하기를,

"큰 이름을 들은 지 오래더니 요행으로 높은 위의를 받드니 놀랍고 기쁘기 극진하거니와, 다만 과도한 사랑을 입어 갚을 길이 없음을 부끄러워합니다."

평중이 말하기를,

"바다 바깥의 미천한 인생이 우연히 중국을 들어와 두 벗과 더불어 서로 지기知己의 교도를 맺고 지난번에 높은 시를 구경하여 한 번 법

기를 원하였는데, 의외에 뜻을 이루니 반드시 귀신의 도움이 있는 것입니다."

육생이 말하기를,

"어제 이곳에 이르러 높은 성명을 들으니 사람으로 하여금 마음이 미칠 듯하되 피차 종적에 매여 서로 만남을 뜻하지 아니하였습니다. 오늘 이렇게 모임은 실로 예사로운 일이 아닙니다."

엄생이 우리의 성명과 별호를 써 육생에게 보이고 묻기를,

"근일에 무슨 일로 아문에 막혔습니까?"

내가 말하기를,

"매매하는 일이 있어 아문의 노함을 면치 못하였으나 지금은 다행히 무사합니다. 우리의 출발일이 이미 초1일로 완전히 결정되었으니, 이렇게 애달플 줄은 처음에 뜻하지 않았습니다. 돌아갈 마음이 극히 우울하나 오직 두 형을 만나 다행히 여겼는데, 이제 천행으로 육 선생을 만나니 이는 하늘의 인연을 빌린 것입니다."

육생이 말하기를,

"어제 두 벗의 말을 들으니 높은 학문이요 큰선비라 제자가 되기를 원해도 오히려 얻지 못할까 저어하였거늘, 지금 홀연히 선생 칭호를 들으니 이는 나를 더럽게 여겨 버리는 것입니다."

내가 말하기를,

"이같이 과도한 칭찬을 들으니, 내가 장자長者를 버리는 것이 아니라 장자가 나를 버리는 것입니다."

하자, 여럿이 다 웃었다. 육생이 말하기를,

"이같이 세정에 얽히어 문구를 일삼으면 서로 진실한 뜻을 보지 못할 것이니, 빨리 교도를 정함이 어떠합니까?"

내가 말하기를,

"높은 의론이 진실로 마땅하며, 삼가 명을 좇겠습니다."

육생이 말하기를,

"내 나이 48세입니다. 김공의 나이는 어떻게 됩니까?"

평중이 말하기를,

"49세입니다."

육생이 말하기를,

"그러면 나의 형입니다."

평중이 말하기를,

"감히 사양치 못합니다."

육생이 또 내 나이를 묻고 말하기를, 자기의 아우라 하니, 내가 웃으며 또한 사양치 못하노라 하니 모두 크게 웃었다. 내가 말하기를,

"오늘의 모꼬지는 천고의 기특한 연분입니다. 나로 하여금 다른 날에 삼공의 귀한 벼슬과 하늘이 내린 부를 얻어도 이 모꼬지와 바꾸지 못할 것입니다."

육생이 말하기를,

"우리는 비록 과장에 자취를 적셨으나 본래 명리에 뜻이 없습니다. 오늘은 평중과 여러분으로 기이한 모꼬지를 이루니, 진실로 이른 말씀과 같습니다."

평중이 나를 가리키며 육생더러 말하기를,

"저는 무식한 사람이라 더불어 말할 것이 없지만, 두 선생이 차를 마시며 논어를 의론함이 마땅합니다."

육생이 크게 웃었다. 내가 말하기를,

"육장은 회포를 열어 웃기를 잘하니 잠깐 보아도 장자의 풍채를 알 만합니다."

반생이 말하기를,

"웃기를 잘하는 것은 육장의 가풍입니다."

이에 육생이 말하기를,

"세상을 돌아보매 입을 열어 웃을 일을 만나기 어려운지라人世難逢開口笑[10] 여러분을 보니 절로 웃음을 금치 못하는 것입니다."

엄생이 육생의 시집 다섯 권과 그림 다섯 장을 내어 보이니, 반생이 그 그림을 가리켜 하나는 폭포를 그린 것이고 다른 하나는 구름을 그린 것이라 하였는데, 두 장의 필법이 더욱 기운차다. 모두 수묵으로 어지럽게 그렸으나 순숙純熟한 수단과 호방한 기운이 또한 볼 것이 있었다. 엄생이 말하기를,

"이 다섯 장 모두 간밤에 등불 아래에서 그린 것이요, 삼경이 지난 후에야 비로소 마쳤습니다."

내가 보기를 마치고 말하기를,

"받들어 동국에 돌아가 길이 보배를 삼으려니와 다만 평생에 화격畵格을 알지 못하여 감히 말을 베풀어 높은 재주를 찬양치 못하나, 아는 사람으로 하여금 그 필획을 살펴 족히 그 마음과 기상을 볼 것이 있을 것입니다."

육생이 말하기를,

"이는 작은 재주요 부질없는 희롱이라, 장부의 큰 일이 아니니 어찌 족히 일컬을 것이 있겠습니까? 다만 돌아가 장독이나 덮는 것이 마땅할 것입니다."

내가 평중과 더불어 그 시집을 보니, 창졸간에 그 고하高下는 분별치 못하나 또한 범상한 재주가 아니었다. 을유乙酉(1765)년 동짓달에 개간한 것으로, 제목에 『소음재고篠飮齋稿』라 하였으니, 소음은 육생의 별호이고, 자는 기잠起潛이다. 육생이 그 시집 중에 「충천묘忠天廟」란 글을 가리켜 말하기를,

"충천묘는 마을 가운데 있는 묘당인데, 수당 때의 월국공越國公 왕화汪華[11]의 소상이 있고, 바람벽의 그림은 제 증조의 수적입니다. 제공의

---

10 당나라 때 두목杜牧의 시 「구일제산등고九日齊山登高」의 한 구절이다.

11 왕화(587~649)는 자가 국보國輔로 수말당초 때 지방 수령이었으며 당나라 때 대신이다. 수나라 말기 난리 때 병사를 일으켜 흡주歙州를 비롯하여 선주宣州, 항주杭州, 목주睦州, 무주婺州, 요주饒州 등 6주를 지켜 내고 선정을 베풀어 지역 백성들로부터 칭송을 받고, 당 조정에서는 월국공越國公이라 칭하고 죽은 뒤 사당에 모시고 제를 지냈다.

높은 시문을 빌리고자 하니, 마땅히 돌에 새겨 천고의 자취를 머무르게 할까 합니다.”

엄생이 말하기를,

“홍형은 시를 짓지 아니하고 이소離騷의 부체賦體를 숭상하니, 굴송屈宋(굴원과 송옥)의 재주에 지지 않을 것입니다. 두어 운의 부체를 청함이 해롭지 않을 것입니다.”

육생이 말하기를,

“굴원의 충성이 또한 도학이지요.”

내가 말하기를,

“삼가 김형과 더불어 부탁한 뜻을 저버리지 않으려니와, 다만 평생의 졸한 재주여서 뜻을 이루지 못할까 저어합니다. 그 벽 위의 그림은 무엇인지요? 또한 선생의 평일 행적을 대강 말씀해 주시면 겸하여 후생의 존경하는 의사를 드러내고자 합니다.”

육생이 말하기를,

“그 벽 위의 그림은 다 부처와 귀신이요, 지금은 필적이 모호하여 다시 분별치 못합니다. 증조부의 휘諱는 한瀚이고 자는 소미小微, 별호는 설감도인雪酣道人이니 명나라 말년을 당하여 그림으로 몸을 숨기고 수명이 또한 길지 못하여 특별히 세상의 일컬음이 없습니다. 다만 화격이 교묘하여 지금 이름을 전할 뿐이니 존앙하는 의사를 감당치 못할 것입니다. 우리가 서로 만난 사적으로 실마리를 삼고 졸한 시집을 보다가 그 제목을 보고 말末을 삼는 것이 해롭지 않습니다. 항주의 서호 또한 천하의 유명한 승지라 필연 여러분의 흠모함이 있을 것이니, 혹 이런 말로 글의 문채를 도움이 마땅할 것입니다.”

평중이 말하기를,

“몸이 동국에 있어 서호의 이름을 들으며 매양 한 번 보지 못함을 탄식하였다가, 우연히 두 형을 만나 흉금을 헤치고 체모를 잊어버리니 쾌한 흥미와 즐거운 마음에 다시 서호 경치를 생각할 겨를이 없었습니다. 그런데 오늘 육형과 더불어 교우도를 강론하니 이 같은 즐거움은 천고에 드물 것입니다. 다만 붓으로 말을 통하여 오히려 회포를 극진히 펴지 못하니 어찌 애달프지 않겠습니까? 부탁한 시문은 마땅히 힘을 다하고 졸함을 피하지 않으려니와, 오직 중국에 들어와 변변찮은 재주를 마침내 덮지 못함을 부끄러워합니다."

엄생이 말하기를,

"육형의 집에 두어 칸 초당이 있어 이름을 '하풍죽로荷風竹露'라 이릅니다. 앞으로 한 떨기 대를 심고 뒤로 연못을 파 연꽃을 가득히 심었으며 많은 서적이 상 위에 가득합니다. 그 가운데 높이 누워 청복을 누리니, 이러하므로 형들의 한 말씀을 빌려 그 집에 붙이고자 하는 것입니다."

평중이 말하기를,

"서호의 절승한 경치에 다시 이런 맑고 깨끗한 거처를 갖추었으니 이는 참으로 신선의 연분이군요. 이제 지취志趣를 듣고 기상을 살피니 절강浙江 땅이 비록 인재의 보고로 일컬으나 이런 재화와 기개는 필연 많지 않을 것입니다."

육생이 말하기를,

"저의 인물됨은 족히 이를 것이 없습니다."

그러나 반생은,

"육장은 강남 제일의 인물입니다."

하였다. 내가 말하기를,

"저는 두 형과 더불어 서로 이별이 머지않은지라, 망령되게 수십 자 글을 만들어 서로 사랑하고 경계하는 정성을 표하고자 하여 바야흐로 품속에 있으니, 겸하여 육장의 가르침을 청함이 어떠하겠습니까?"

육생이 말하기를,

"어른으로 일컫는 것은 종시 나를 버리고자 함이니 이후에는 형으로 일컬음이 마땅합니다."

내가 말하기를,

"동국 풍속이 평교平交에게는 형으로 일컫고 나이 차가 10년이 넘으면 감히 벗하지 못하니, 각각 풍속을 좋음이 옳으리라 봅니다."

엄생이 글을 보기를 청하거늘 내가 품에서 간지 두 장을 내주자 육생이 두 사람과 더불어 한가지로 읽었는데 하나는 반생에게 주는 글이었다. 그 글에 이렇게 말하였다.

어진 사람이 이별하는 데는 반드시 말로써 선물을 준다지만, 내 어찌 감당하리오. 그러나 우리는 당초 사생의 이별이 될 것인데 가히 말 한마디 없겠는가? 으뜸은 몸을 닦아 사람으로 평안히 할 것이요, 버금은 도를 다스려 가르침을 세울 것이고, 그 다음은 글을 지어 썩지 않음을 도모할 것이다. 이에 미치지 못하는 자는 이달利達을 구할 따름이니, 진실로 이달을 구할 따름이면 또한 어느 곳에 이르지 아니하리오.

벼슬은 때로 영화로움이 있고 때로 부끄러움이 있는 것이니, 사람이 몸을 조정에 세우고 뜻을 삼대의 예악에 두지 아니하면, 이는 용열容悅하기[12] 위한 것이고 부귀를 위한 것이니, 이를 부끄러워하지 아니하면 더불어 말할 수 없을 것이로다.

높은 재주가 있어 문장을 능히 하나 어진 덕으로 거느리지 못할진대, 혹 한갓 요행으로 이름을 얻으며 혹 경박한 사람으로 떨어질지니, 진실로 재주는 가히 믿지 못할 것이요, 덕행은 가히 늦추지 못할 것이로다. 욕심을 적게 하지 않으면 이로써 마음을 기르지 못할 것이요 위엄과 진중함이 아니면 이로써 학문을 잘하지 못할 것이니, 소임이 무겁고 길이 먼지라 무릇 우리 동지는 어찌 공경치 아니하리오.

오호라, 선악이 가운데 맹동萌動하매 길흉이 밖에 드러나니, 만일 덕에 나아가고 업을 닦고자 한다면 또한 도리어 마음에서 구할 따름이다.

---

12 '용열하다'는 남의 마음에 들도록 아첨하여 기쁜 모양을 한다는 말이다.

육생이 보기를 마치고 말하기를,

"한 장을 더 써서 나를 주어 좌우의 경계를 삼게 함이 어떠합니까? 이것은 장횡거張橫渠[13]의 정몽체격正蒙體格에 가깝군요. 특별히 그 글이 같은 것뿐만이 아닙니다."

다음으로 엄생에게 주는 글을 읽었다.

항주에 뫼가 있으니, 가히 나물 캐어 먹으리로다. 항주에 물이 있으니, 가히 몸을 씻으며 가히 고기를 잡으리로다. 문무의 도를 펴서 방책方冊에 두었으니, 가히 걷을 수 있으며 펼 수 있으리로다. 자제들이 좇으니 가히 그 이룸을 보리로다. 노닐고 노닐지어다. 가히 내 일생을 마치리로다.

도는 한결같은즉 전일하고, 전일한즉 고요하고, 고요한즉 밝음이 나고, 밝음이 나매 만물이 이에 비취니라. 고요한 물과 밝은 거울止水明鑑은 체의 섬체之立이요, 만물을 열어 사물을 이룸開物成務은 용의 사무침用之達이다. 체에 오로지 매진하는 자는 불씨佛氏의 허공으로 도망함이고, 용에 오로지 매진하는 자는 속유俗儒의 명리名利를 따르는 것이다. 주자는 후세의 공자라, 부자夫子가 아니면 내가 누구와 더불어 돌아가리오? 그러나 모양을 의지하여 구차히 같은 척 하는 자는 아첨함이요, 뜻에서 억지로 다른 의론을 세우는 자는 도적이다.

보기를 마치자 엄생은 희색이 낯에 가득하여 팔분체로 간지 전면에 써서 말하기를,

"담헌 선생이 길 떠나기 전에 말을 주었으니, 드리워 후손을 보여 길이 보배를 삼으리라."

---

13 장재張載(1020~1077)는 북송대 학자다. 세인들이 횡거 선생이라 불러 보통 장횡거라 부른다. 태허가 곧 기라는 말로 기가 충만한 우주의 실체를 긍정하는 논리를 펼치며 불교와 도교의 '공空', '무無' 개념을 비판하였다. 『경학이굴經學理窟』, 『정몽正蒙』 등의 저서를 남겼다.

반생은 기색이 매우 무연憮然(멍한 모양)하여 몸을 돌리며 그 글을 여러 번 본 후에 낯빛을 진정하고 말하기를,

"이는 큰 가르침입니다. 진실로 병중에 마땅한 좋은 약이니, 몸이 마치도록 마음에 새겨 경계를 삼겠습니다."

대개 반생에게 주는 글은 오로지 반생의 병통을 가리켜 이른 것이라 말씀이 간절하여 규각圭角(말이나 뜻 행동이 서로 맞지 않음)을 감추지 못하니, 반생이 또한 제 병통을 아는지라 창졸에 무연한 기색을 덮지 못하였는데, 필경은 저를 아끼고 사랑함을 짐작하는 것이었다. 즉시 마음을 고쳐먹고 손순한 말이 이에 이르니, 또한 그 인품을 짐작할 만했다. 내가 말하기를,

"저는 두 형에게 사랑이 간절하여 바라는 바가 깊고 붕우를 책망함은 오로지 허물을 경계함에 있는지라 말씀이 비록 서투르나 그 의사는 취할 곳이 있을 것이니, 사람을 보고 말을 폐치 않음을 바랍니다."

엄생이 말하기를,

"저는 이 말을 얻었으니 삼가 종신의 경계를 삼겠지만, 다만 반형이 얻은 것을 보니 밝고 간절하여 반형의 잘못을 특별히 훈계하며 바로잡는 말이 될 뿐 아니라, 한 번 읽으니 마음이 매우 송연悚然합니다. 다시 바라건대 조그만 종이에 이 말을 마저 얻고자 합니다. 이는 오로지 오형의 수적을 자뢰資賴하여 좌우에 붙이고 눈을 붙여 마음을 경계하고자 하는 것이니, 만일 크게 진전이 있으면 형의 은혜를 사례할 것입니다. 저 또한 위엄과 진중함이 매우 부족하니 이러하므로 더욱 이 말을 얻고자 하는 것입니다."

내가 말하기를,

"옛사람이 이르기를 '제 몸이 있은 후에 다른 사람에게 구하라有諸己而後 求諸人'[14] 하였으니, 진실로 이러할진대 제 몸이 능히 못하는 바는

---

14 『대학大學』 「치국治國」에 나오는 말이다.

마침내 벗에게도 책망치 못하는 것입니까? 형들의 밝은 소견을 듣고
자 합니다."

반생이 말하기를,

"서로 허물을 경계하고 착한 일로 인도하는 것에서 옛사람의 높은
일을 가히 볼 것이며, 다만 부질없는 겸사로 그 끝을 이을진대 오히려
세정世情을 벗지 못하는 일입니다."

내가 말하기를,

"이것은 범연한 도리를 말한 것이고 스스로 겸사한 것이 아닙니다."

엄생이 말하기를,

"진실로 형의 말과 같을지라도 마땅히 사람으로 인연하여 말을 폐
치 않을 것이니, 하물며 형의 마음을 성실하여 밖에 드러나는 것을 어
찌 다시 의심하겠습니까?"

내가 말하기를,

"만일 내가 능히 못한다고 벗을 책망치 못한다면 이는 마침내 서로
병듦을 면치 못할 것입니다. 저어컨대 다른 사람을 책망하고, 나도 이
로 인하여 더욱 스스로 경계하는 것이 진실로 옛사람의 의리에 합하
는 것입니다."

엄생이 말하기를,

"지금 세상에 능히 옛사람의 의리로 서로 경계함이 끊어진 지 오래
고, 비록 제 몸에 없을지라도 능히 이런 말을 할 수 있는 자 또한 적습
니다. 형께서는 스스로 몸에 없는 것으로 사람에게 책망하노라 하지
만, 저는 형이 몸에 두고 다른 사람에게 구함을 알고 있으니, 이후에
는 다시 겸사하지 않음이 어떠합니까?"

육생은 말하기를,

"다만 책선責善 두 글자면 될 것이요, 있고 없음은 의론할 것이 아닙
니다."

평중이 율시 하나를 써서 말하기를,

"이는 반형을 이별하는 글이니 추졸醜拙을 돌보지 말고 가르침을 청합니다."

그 시에 이렇게 말했다.

금옥 같은 사람이요 비단 같은 마음이라
서호의 빼어난 기운을 반랑에게서 보았도다.
공거에 한 번 뽑히매 성명이 이르고
객관에 처음으로 맞으매 앉은 곳이 향기롭도다.
스스로 기이한 만남이 응당히 도움이 있음을 기뻐하되
다만 아름다운 모꼬지 능히 길지 못함을 안타까워하도다.
평생 이별을 지으매 항상 눈물이 없더니
오늘날 그대와 한가지로 석양에 뿌리노라.
金玉其人錦繡腸 西湖秀氣見潘郞
公車一擢聲名早 客館初迎坐處香
自喜奇逢應有助 只憐佳會未能長
平生作別常無淚 今日同君灑夕陽

반생이 보기를 마치고는,

"간절한 정분이 시와 더불어 한가지로 깊으니 사람으로 하여금 눈물을 금치 못하나, 다만 과한 칭찬을 당치 못하겠습니다."

육생이 웃으며 평중에게 말하기를,

"그대가 지금 여자를 보고 있으니, 또한 여자의 태도를 하십니까?"

대개 반생의 얼굴이 부인에 가깝고 서로 눈물을 흘리는 것을 기롱하는 말이라 여럿이 다 웃었다. 반생이 두 장 종이를 내어 평중에게 청하며 말하기를,

"마침 벗이 있어 높은 서법을 흠모하여 필적을 얻고자 하니 한 번 휘쇄揮灑함을 바랍니다."

평중이 여러 번 사양하다가 마지못하여 캉 아래 탁자 앞에 나아가 붓을 들어 반초半草로 어지럽게 뿌려 잠깐 사이에 쓰기를 마쳤는데, 조금도 수줍은 태도가 없으니 두 사람이 다 웃고 좋다 일컬었다. 평중이 말하기를,

"형들의 명을 어기지 못하여 이런 미친 거조擧措를 면치 못하였는데, 도리어 나로 하여금 추졸醜拙을 감추지 못하게 하고 조금도 아낌이 없으니 어찌 가련치 않겠습니까?"

반생이 크게 웃고 희롱하여 말하기를,

"진실로 형의 추졸을 보아 좌상이 한 번 웃기를 얻고자 합니다."

평중이 엄생에게 말하기를,

"지난번에 얻은 양허당 기문은 교묘한 필법이 땅에 던지면 오히려 소리를 들을 듯합니다. 다만 동방에 금주령이 극히 엄한지라, 이미 형의 글을 얻었으니 돌아가 동방 사우에게 감추지 못할 것이로되, 방금을 범하고 욕심을 참지 못하니 다른 사람에게 들려주지 못할 것이라 그윽이 민망합니다."

엄생이 말하기를,

"그러하면 한 편의 글을 고쳐 지어 술 이야기를 없앨까요? 술이 또한 기휘할 음식이 아니며, 『논어』에도 술 이름이 한두 곳이 아닌데, 그러면 공자도 또한 그르다 하겠습니다."

평중이 말하기를,

"술을 즐긴다嗜酒 함은 해롭지 않지만 술을 마신다飮酒 함은 결단코 타인에게 뵈지 못할 일입니다."

엄생이 말하기를,

"문장의 체격體格이 없는 것을 빌려 빛을 돕는 일이 없지 않으니文章波瀾不無假借, 오늘 육형도 이 글을 의논하매 특히 술 이야기가 미친 곳을 좋다 일컬으니, 전혀 없이하면 문장의 풍미를 볼 것이 없을 것입니다."

육생이 말하기를,

"방금邦禁을 이르지 아니하고 다만 근래에 '술을 끊었다止酒' 하는 것은 어떻습니까?"

평중이 말하기를,

"술을 끊었다는 말은 사실이 아닙니다."

엄생이 말하기를,

"김형이 술을 이같이 즐기는데 방금이 이같이 엄하여 어찌 세월을 보내겠습니까?"

평중이 탄식하여 말하기를,

"이러니 살아 있음이 죽느니만 못합니다."

육생이 크게 웃으며,

"이야말로 술귀신이로다."

하니, 좌상이 다 크게 웃었다. 엄생이 말하기를,

"슬프고 슬프도다. 빨리 죽어 중국에 탁생托生함이 다행하리로다."

반생이 말하기를,

"만일 중국에 탁생하거든 마땅히 절강 사람이 될 것이니, 소흥에 좋은 술이 있어 날마다 가히 먹을 수 있으리로다."

육생이 또한 말하기를,

"내가 또한 동으로 가 놀고자 하니, 장차 해동海東으로써 백련사白蓮社[15]를 삼으리라."

대개 평중이 나와 더불어 이곳에 여러 번 이르렀지만 감히 술 이야기를 내지 못하더니, 일전에 홀로 이르러 비로소 술을 청하여 거하게 취하고 돌아왔는데, 나를 속였던 것이다. 두 사람이 그 일을 아는 고로 이렇게 조롱하는 것이었다. 엄생이 웃으며 말하기를,

"김형의 기색을 살피니 필연 나라의 금주령을 범하여 몰래 술을 먹

---

15 백련사는 진晉의 혜원법사慧遠法師(334~416)가 시작한 것으로, 염불 수행에 있어서 승려와 속인을 가리지 않고 결사結社하였다. 주요 수련 장소인 동림사東林寺(강서성江西省 구강시九江市 여산廬山에 있음) 안에는 백련白蓮을 많이 심었으므로 백련사라고 하였다.

은 것입니다. 이러하므로 내가 글을 지어 그 흉을 드러내고자 하는 것입니다."

이때 평중이 비로소 나에게 실상을 이르고 매우 무연한 거동이 있으니, 여러 사람이 말을 비록 알지 못하나 기색을 짐작하고 다 웃었다. 반생이 말하기를,

"일전에 저의 편지에 '다만 관중管仲의 그릇을 쓰자' 하였는데, 오늘 모였으니 관중을 쓰는 것이 어떠합니까?"

하였다. 대개 공자가 일찍이 관중을 작은 그릇이라 일컬으신 말씀이 있으니 이 말씀을 빌려 작은 잔을 비유한 뜻이다. 평중이 말하기를,

"오늘은 관중의 그릇을 어찌 논하겠습니까? 비록 한 모금이라도 베풀 길이 없을 것인데, 방금에 거리껴 스스로 풍미를 저버리니 어찌 슬프지 않겠습니까?"

육생이 말하기를,

"홍형은 한 모금도 술을 먹지 아니합니까?"

내가 말하기를,

"본래 즐기지 아니하니 단지 금주령을 지키는 것만이 아닙니다."

육생이 말하기를,

"그러면 남이 먹는 것도 또한 싫어합니까?"

내가 웃으며 말하기를,

"내 스스로 먹지 않을 따름이지 어찌 남이 먹는 것을 싫어하겠습니까? 다만 방금을 돌아보지 아니하는 자는 깊이 싫어합니다."

여러 사람이 다 크게 웃었다. 반생이 평중에게 이르기를,

"오늘은 가만히 술을 먹는 것이 어떠합니까?"

평중이 말하기를,

"홍형이 매양 방금을 범하는 것을 경계하는 고로, 이곳에 여러 번 이르렀으나 홍형이 좌상에 있어서 감히 술을 청하지 못하더니, 오늘은 홍형이 또한 나의 흥을 금치 못할 것입니다."

내가 말하기를,

"오늘 모꼬지는 술이 없으면 흥미를 돕지 못할 것이요, 비록 방금이 있으나 이미 몸이 타국에 이르렀으니 혹 권도를 좇을 도리가 있겠지요. 나는 스스로 먹지 못하려니와 김형은 권치 않을 따름이니 먹고자 하면 억지로 말리지 못합니다."

육생이 말하기를,

"그러면 김형이 먹는 것을 허하는 말이니, 먹은 후에 돌아가 세 대인을 보아도 해로움이 없겠습니까?"

내가 말하기를,

"천하의 기이한 모임이 있으니 마땅히 천하의 기이한 일이 있을 것이며, 어찌 하나를 잡아 구차히 의논하겠습니까?"

반생이 사람을 불러 술과 음식을 가져오라고 하고 말하기를,

"즐거운 사람이 나오니 청컨대 필묵을 그치시지요."

하였다. 즐거운 사람은 술을 비유한 말이다. 드디어 갖가지 나물과 과일과 두어 그릇의 고기를 탁자 위에 벌이고, 각각 작은 잔을 앞에 놓은 후에 시중드는 종이 술을 데워 잔마다 부어 놓았다.

이때 한 손님이 들어오거늘 내가 내려가 읍하고자 하니 다 만류하여 내려가지 말라 하고, 손님이 또한 즉시 자리에 앉았다. 반생이 말하기를,

"이 사람은 산서 사람이며, 성은 한韓이고 또한 거인擧人이며 이곳에 같이 머무는데, 두 형의 이름을 듣고 함께 모꼬지에 참여코자 하는 것입니다."

내가 한생과 더불어 말로 약간의 한훤寒喧을 통하니, 한생이 놀라 엄생에게 말하기를,

"조선 어법이 중국과 다름이 없구려."

엄생이 말하기를,

"글이 이미 같으니 말이 또한 멀지 않을 것이지만, 다만 어훈이 같

지 않으므로 깊은 말은 서로 통치 못합니다."

이때 평중이 술을 만나니 이미 미친 흥을 금치 못한지라 한생더러 말하기를,

"처음으로 낯을 보지만 뜻과 기운이 서로 감동하는도다. 다만 말을 서로 통치 못하니 어찌 답답하지 않으리오."

하여 좌상이 다 웃었다. 한생이 우리의 성명을 물으니 반생이 써 보이고 말하기를,

"두 사람은 동국의 귀한 가문이라 벼슬을 얻기 어렵지 않은데, 스스로 구하지 아니합니다."

한생의 자호를 물으니, 이름은 지자이고 자는 상삼이며 산서 교성현 사람인데 나이는 33세였다. 육생이 묻기를,

"김형은 술을 얼마나 먹은 후에 비로소 취하십니까?"

내가 말하기를,

"그 주량이 매우 너르나 다만 두어 잔이 지난 후에는 미친 말이 많습니다."

평중이 말하기를,

"그 미침은 다른 사람의 미칠 바가 아닙니다."

육생이 웃으며 말하기를,

"이 사람은 술을 먹지 아니하여도 이미 미쳤으니, 어찌 술을 기다리겠습니까?"

평중이 말하기를,

"술을 먹지 아니하면 과연 미침이 있거니와, 술을 먹은 후에는 도리어 미치지 않는답니다."

이때 각각 작은 잔으로 먹으니 먹자마자 계속 나왔다. 반생이 친히 한 잔을 부어 나에게 권하여 말하기를,

"감히 많이 권하지 못하니 청컨대 세 잔만 마시세요."

내가 말하기를,

"저는 본래 먹지 못하는데 어찌 억지로 권하십니까? 또한 함께 술의 취미를 얻을 따름이니 먹기를 기다리지 마십시오."

육생이 말하기를,

"그러하면 내가 홍형을 대신하여 먹겠습니다."

하여, 좌상이 다 웃었다. 평중이 말하기를,

"홍형을 대신하고자 하는 것은 두 벌을 먹고자 하는 것인데, 내가 홍형과 더불어 왔으니 어찌 육형으로 하여금 대신하게 하겠습니까?"

육생이 웃으며,

"그러하면 내가 김형을 또한 대신하여 마저 먹음이 어떠합니까?"

하여 좌상이 다 대소하였다. 내가 사람을 불러 차를 가져오라고 하여 매양 모든 사람이 술을 마실 때면 한가지로 차를 마시며 말하기를,

"차로 술을 대신하니 나의 풍류가 여지없음이 볼 만합니다."

하니 다 웃었다. 육생이 말하기를,

"형이 입은 옷이 사면이 다 트였으니 이것이 또한 명나라 때의 제도입니까?"

내가 말하기를,

"이것은 군에서 입은 군복인데 그 근본제도는 확실히 알지 못하고, 관원의 조복朝服과 선비의 도포道袍는 다 명나라 제도를 따릅니다."

이때 세 사람과 더불어 『시전』을 의논하여 각각 소견을 일러 이윽히 힐난詰難하니,[16] 평중이 말하기를,

"동국 속담에 '젓전의 중'[17]이란 말이 있으니, 두 사람이 이학理學을 의론하니 나는 진실로 이 칭호를 면치 못하겠습니다."

하여 다 대소했다. 이때 술이 여남은 잔이 넘었는데, 평중이 운을 내

---

16 『연기』에는 이 부분이 비교적 상세히 기록되어 있으나 여기서는 줄였다. 『연기』에 언급한 내용은 대체로 엄생과 반생이 주희의 시경 주석을 비판하는 말에 홍대용이 응대하는 내용이다.

17 젓갈 가게의 중이란 말로, 아무 상관없는 일을 쓸데없이 보고 있음을 비유한 말이다.

어 한가지로 시를 짓고자 하거늘 내가 말하기를,

"나는 시를 하지 못하고 또 이미 술을 먹지 아니하였으니 시에 참여하지 않은 것을 괴이치 여기지 마십시오."

평중이 육생이 술 먹는 것을 보고 호방하다 일컬으니 육생이 말하기를,

"이런 곳에서 호방한 법을 쓰지 아니하고 어느 곳에서 호방한 법을 쓰리오?"

엄생이 말하기를,

"대인들이 우리가 술 먹는 것을 알아도 괴이하게 여기지 않겠습니까? 만일 그러하면 자신이 그 죄를 당하겠습니다."

내가 말하기를,

"이미 좋은 모꼬지를 이루고 서로 즐거움을 취하는데 어찌 과도한 염려를 생각하십니까?"

육생이 말하기를,

"술을 기다려도 오지 아니하니 먼저 시를 청합니다."

평중이 말하기를,

"좋습니다. 좋습니다. 만일 시를 이루지 아니하는 이가 있으면 먼저 벌주를 베풀 것입니다."

육생이 말하기를,

"그러하면 나는 시를 이루지 아니하고 먼저 벌주를 청하리다."

엄생이 웃으며 말하기를,

"벌주는 다만 세 잔에 그치고 많이 먹기를 허락하지 않겠습니다."

육생이 웃으며,

"여러 번 법을 범하면 어찌 세 잔에 그치리오?"

하니 다 크게 웃고, 반생이 말하기를,

"시를 이루고 술이 다하면 필경 창연함을 어찌할 것입니까?"

하였다. 이때 다른 사람은 다 작은 잔으로 먹었는데, 평중이 즐겨 먹

음을 보고 작은 잔을 물리고 큰 차완茶碗에 가득히 부어 권했다. 평중이 사양치 아니하고 한 번에 마시기를 다하니, 육생이 말하기를,

"마시는 법이 너무 급합니다."

내가 말하기를,

"동방의 술 먹는 법이 본래 이러하여 중국과 같지 않습니다."

육생이 말하기를,

"한 번에 마심이 또한 어렵지 않을 것이니 나 또한 한 번 호기로 마시고자 하는데, 두 벗이 내 뜻을 알지 못하니 가히 애달프도다."

두 사람이 크게 웃고, 반생이 또한 큰 차완을 가져와 가득히 부었는데 육생이 또 한 번에 마시기를 다한 뒤에 어떠냐고 하거늘, 내가 말하기를,

"장차 김형과 더불어 서로 먹기를 겨루고자 하십니까?"

육생이 웃으며,

"서로 즐김을 위할 뿐입니다. 오늘의 즐거움은 평생 동안 생각할 것이니 또한 드문 일입니다."

평중이 육생의 등을 두드리며 말하기를,

"오늘의 즐거움은 우리의 영광이 될 뿐이 아니라 또한 형들의 승사勝事라 이를 만합니다."

하니 좌상이 다 웃었다. 평중이 또 말하기를,

"고옹顧雍이 좌상에 앉았으니 사람으로 하여금 마음이 즐겁지 못하도다顧公在座 使人不樂."[18]

하였다. 엄생이 묻기를,

"고옹은 누구를 이르는 것입니까?"

---

18 이 말은 삼국시대 오나라의 권력을 잡고 있던 손권이 고옹을 가리켜 한 말이다. 고옹(168 ~243)은 채옹의 제자이며 오나라의 승상이다. 사람됨이 술을 마시지 않았고 말수가 적었다. 해서 사람들은 술을 마시다 실수하면 고옹이 볼까 걱정하였기 때문에 그가 있을 때는 술을 마실 때조차 즐기지를 못하고 항상 두려워했다고 한다. 평중이 그를 진나라 때 사람이라고 한 것은 착오로 보인다.

평중이 말하기를,

"고옹은 진나라 때 사람인데 성품이 엄정하고 술을 즐기지 아니하였습니다."

엄생이 웃으며 말하기를,

"담헌이 어찌 엄정할 뿐이겠습니까? 중도中道에 맞는 성인이라 이를 만합니다."

이때 엄생이 취하였으므로 내가 또한 희롱하여 말하기를,

"성인인즉 내 능치 못합니다."

육생이 말하기를,

"성인이라 일컫는 것은 너무 과합니다. 담헌은 어진 사람이니 성인의 때에 있었다면 중궁仲弓(공자의 제자 염옹冉雍)에 가까울 것입니다."

내가 또한 웃고 대답하지 않았다. 평중이 육생에게 말하기를,

"나는 말을 내지 않아도 절로 큰 그릇을 얻거늘, 형은 여러 번 청한 후에 비로소 큰 그릇을 얻으니, 이는 형의 덕이 나에게 미치지 못함입니다."

육생이 웃으며 말하기를,

"이는 우연한 일이니 어찌 덕이 미치지 못함이겠습니까?"

평중이 취한 눈으로 한생을 이윽히 보며 말하기를,

"이 사람의 얼굴을 보니 또한 좋은 흉금이로다."

한생이 웃으며 말하기를,

"무슨 좋은 흉금이겠습니까? 다만 호기롭게 술을 마실 뿐입니다."

엄생이 말하기를,

"만일 흉금이 좋지 않다면 북경에 사람이 소의 터럭같이 많은데, 어찌 반드시 이 사람을 취하며, 제 어찌 감히 모꼬지에 참여하겠습니까?"

하여 좌상이 다 웃었다. 평중이 두 사람이 작은 잔으로 먹는 것을 보고 엄생에게 일러 말하기를,

"그대의 잔을 보니 풍도風道의 졸함을 볼 것입니다. 어찌 관중의 그

릇을 쓰십니까? 혹 이르기를 '검박하다' 하겠으나 공자 가라사대 '예를 알지 못한다' 하셨겠습니다."

엄생이 웃으며 말하기를,

"내 관중에게 무엇을 사랑함이 있으리오? 제환공을 보매 한 입에 삼킴을 사랑하노라."

육생이 웃으며 말하기를,

"나는 나의 호연한 기운을 잘 기르나니, 그 그릇 됨이 천지 사이에 가득하느니라."

엄생이 웃으며 말하기를,

"나는 일찍이 됨을 구하고 늦게야 이룸을 원치 아니합니다."

평중이 웃으며 말하기를,

"나는 큰 것도 능히 하고 작은 것도 능히 하니, 이른바 군자는 그릇이 아니라 함을 이른 것입니다."

육생이 웃어 말하기를,

"미친 말을 모름지기 떨치지 아니하니, 이 즐거움이 가히 죽기를 잊으리로다. 크고 작음을 또한 거리끼지 아니하고 능한 그릇을 내 너에게 허하노라狂語不須刪 此樂可忘死 小大亦不拘 能器吾許與."

평중이 웃으며 말하기를,

"이로 써 나의 그릇이 아님이거늘, 그대는 오히려 대소를 다투도다所以吾不器 君則爭大小."

하니, 육생이 웃어 말하기를,

"대소를 어찌 다투리오? 다만 어지럽지 않음이 좋도다. 성인의 일반을 배워 한량이 없으니 그침이 무던하도다大小且莫爭 只要不亂好 聖人學一半 止無量罷了."

하니, 대개 여러 사람의 수작이 각각 옛일과 옛말을 인증하여 잔의 크고 작음을 비유한 말이다. 각각 붓을 들어 순식간에 말을 이루고 조금도 생각하는 거동이 없으니 민첩한 재주를 짐작할 만하다. 이 밖에 묘한 비유와 재조의 말이 많으나 다 생각지 못하고, 평중이 주흥酒興을 띠고 능히 여러 사람의 재치를 겨루는 거동이 또한 무미치 아니하였다. 엄생이 말하기를,

"즐겁기 극진하도다."

평중이 말하기를,

"이 즐거움은 멀쩡히 깬 사람에게는 전하지 아니할 것입니다."

육생이 말하기를,

"성인이 술의 한량을 정함이 없는데, 마침내 어지러움에 미치지 아니하니 이것이 과연 성인의 일이니라."

하니, 평중이 웃어 말하기를,

"비록 성인의 말이 없으나 내 본디 어지러움이 미치지 아니하였노라."

하고 또 시 짓기를 재촉하여 말하기를,

"정대正大한 소리 어찌 아득하뇨?"

엄생이 웃어 말하기를,

"사특한 말이 바야흐로 넘치도다."

반생이 웃으며 이어 말하기를,

"술기운이 실로 향기로우니 엄형의 말이 가장 황당하도다."

이때 다시 소주를 내오니 평중이 겉으로 군이 사양하나 종시 즐기는 성품을 제어치 못하고, 여러 사람의 강권함을 막지 못하여 마시기를 마지않았다. 엄생과 반생은 열대여섯 잔이 지난 후에는 다시 먹지 않으니, 반생은 낯빛이 가장 취하여 주량이 크지 않음을 알겠고, 엄생은 희미하게 붉을 따름이며, 한생은 이미 술기운을 이기지 못하여 밖으로 도망하였다. 오직 육생과 평중이 서로 웃으며 큰 잔을 붙들어 다투어 마시니, 육생은 기색이 보통 때와 같아 더욱 호방할 따름이요, 평중은 정신이 혼미한 지 이미 오래다. 이때 여러 사람이 다 웃옷을 벗고 서로 얼굴을 들어 기롱과 재담이 갈수록 신기하여 한 말이 나매

한마디 웃음이 좌상에 가득하니, 또한 물외의 기이한 모꼬지라 이를 만했다. 육생이 말하기를,

"오늘날 이같이 쾌한 모임을 뜻하지 않았으니, 어제의 편지를 생각할 때 진실로 꿈 가운데의 말 같습니다. 비로소 천하일을 미리 알 길이 없고, 자연히 뜻을 얻음이 있음을 알겠습니다."

내가 말하기를,

"모든 일에 다 정해진 운수가 있는데, 세상 사람이 속절없이 망급忙 急히 구는 것이지요."

이때 평중이 점점 정신이 혼미하여 인사를 살피지 못하니 내가 세 사람에게 누누이 청하여 술그릇을 물리치니, 평중이 말하기를,

"『시전』에 일렀으되, '즐기기를 좋아하고 어지러움이 없음은 어진 선비의 구구함이라' 하였으니 오늘 즐거움이 이미 극진합니다. 다시 맑은 말과 아름다운 의론으로 이 즐거움을 마침이 어떠합니까?"

반생이 웃으며 말하기를,

"속된 곡조를 마치매 아담한 풍류를 연주함이로다曲終奏雅."[19]

육생이 말하기를,

"주자와 육산상이 학문의 경계는 다르나 필경 근본은 멀지 않습니다. 훗사람이 주자를 존숭함이 진실로 마땅하거니와 육산상의 장처長 處를 생각지 아니하여 과도히 기롱함이 또한 편벽됨을 면치 못할 것입니다."

내가 말하기를,

"나는 육산상의 학문을 익히 알지 못하는지라 망령되이 의론을 베풀지 못하거니와 오직 주자의 학문은 지극히 곧고 올발라 편벽됨이 없으니, 진실한 공맹의 심법을 전했습니다. 상산이 진실로 주자와 다른 곳이 있다면 후학의 공론에 어찌 기롱함이 없겠습니까? 다만 후세

---

19 이 구절은 '유종의 미'를 뜻하는 말이다.

학자들이 이름은 주자를 존숭하나 오로지 글 읽기를 일삼아 구구히 문의를 숭상하고 몸을 돌아보아 마음을 다스리고 행실을 힘쓸 줄을 생각지 아니하니, 도리어 상산의 학문에 미치지 못합니다. 이것이 가장 두려운 것입니다."

육생이 말하기를,

"나는 학문을 얻은 것이 없으나 다만 후세 학자들이 각각 문호를 나눠 분분한 의론이 오로지 혈기로 말미암고, 왕양명을 의논할진대 높은 소견과 큰 공업이 심상한 사람이 아니거늘, 반드시 과히 기롱하여 불도에 돌려보내니 어찌 편벽치 않겠습니까? 형의 의론을 들으니 공평한 마음에 그윽이 탄복할 만합니다."

평중이 말하기를,

"저는 주학과 육학을 도무지 알지 못하고, 다만 아비에게 효도하고 임금에게 충성함을 알 뿐입니다."

이 밖에 취한 말이 많으니 반생이 희롱하여 말하기를,

"김형은 비록 학문을 알지 못하나 그 의론을 들으매 이미 성현의 뜻을 얻었도다."

평중이 말하기를,

"형이 어찌 나의 학문을 알리오. 나는 스스로 성인의 지경에 이름을 허락하니, 순舜은 어떤 사람이며 나는 어떤 사람이리오?"

하니, 좌상이 다 크게 웃었다. 반생이 말하기를,

"김형은 어찌 나날이 여기에 이르러 술을 먹지 아니합니까?"

육생이 말하기를,

"내일 다시 나오고자 하십니까?"

평중이 말하기를,

"비록 나날이 나아온들 어찌 사양함이 있겠습니까? 다만 이곳의 번거로움을 염려합니다."

육생이 말하기를,

"또 객기의 말이 있으니 그대와 족히 더불어 술을 먹지 못하겠군요."

반생이 말하기를,

"선생이 만일 자주 와 술 먹기를 즐겨 한다면 시속 사람이 서로 시기함을 족히 근심치 아니할 것입니다."

이때 평중이 더욱 취하여 전립을 벗고 전대를 끌러 옷을 헤치고 붓을 둘러 어지러이 쓰되 말이 두서없었다. 내가 여러 번 돌아가기를 재촉하되 듣지 아니하고 도리어 희롱의 말로 여러 번 침노하였다. 이때 날이 이미 저물고 평중의 거조를 보매 돌아갈 길에 극히 마음이 쓰이는지라, 잠잠히 앉아 오랫동안 말을 않고 웃음을 그치니, 육생이 나의 재촉함을 알고 말하기를,

"홍제는 인정을 통치 못하는구려. 어찌 이같이 급히 구십니까?"

이때 덕유가 이미 수레를 얻어 문 밖에 세워 두었다. 내가 말하기를,

"우리의 출입이 다 아문에 매였으니 너무 늦으면 필연 생사生事를 면치 못할 것이요, 김형이 또한 과히 취하였는지라 더욱 서둘러 아문으로 돌아가기를 청합니다."

평중을 이끌어 나가고자 하였으나 평중이 소매를 떨치고 육생과 더불어 탁자를 대하여 취한 말을 연이어 썼다. 내가 마지못하여 먼저 캉에서 내려 엄생 반생과 더불어 한가지로 교의에 앉아 육생의 시집과 그림을 수습할 때 엄생이 말하기를,

"아침에 반형에게 주는 말을 옮겨 써 줄 것을 청하였는데, 이 일을 허락하시는지요?"

내가 웃으며 말하기를,

"이 일은 문구의 일입니다. 한 번 눈으로 지냄이 족하니 어찌 다시 쓰기를 기다리겠습니까?"

하였으나, 다시 누누이 청하거늘 내가 허락하니, 엄생이 크게 기뻐하고 반생이 나를 향하여 무슨 말이 있는데 알아듣지 못하였다. 반생이 손으로 탁자에 써 말하기를, 성덕군자成德君子라 하기에 내가 말하기를,

"이는 누구를 이르나요?"

하니, 반생이 웃으며 나를 가리켰다. 내가 말하기를,

"형들이 사람을 희롱함이 광대와 다름이 없으니, 어찌 서로 사랑하는 뜻이겠습니까?"

하니, 반생이 머리를 둘러 그렇지 않다고 하며 또 써서 말하기를 현자賢者라 하였다. 내가 또 머리를 흔들었더니, 반생이 다시 써 말하기를,

"그러하면 김형은 광자狂者요, 형은 견자狷者(대쪽 같은 사람)입니다."

내가 웃으며 말하기를,

"이 말은 무던합니다."

두 사람이 다 대소하였다. 내가 두 사람에게 권하여 육생에게 돌아갈 일을 이르라 하고 평중을 달래고 붙들어 캉에서 내렸다. 육생이 또한 두 사람의 말을 듣고 한가지로 일어나 평중과 더불어 손을 이끌어 나갈 때 서로 등을 두드리고 문에 이르러 웃고 기롱하여 서로 뺨을 쳤다. 이때 문 안에 구경하는 사람이 매우 많은지라 다 크게 웃어 소리가 우레 같았다.

내가 나아가 세 사람에게 청하여 먼저 들어가게 하고 평중을 붙들어 수레에 올려 바삐 몰아 돌아올 때, 평중이 수레 안에서 취한 거동과 두서없는 말이 많았다. 나의 등을 두드리며 말하기를,

"네 술을 먹지 못하되 오히려 술의 취미를 알아 내가 술 먹는 것을 말리지 않으니 매우 기특하다."

하거늘, 내가 대답하지 아니하고 누누이 경계하기를, 관문에 든 후에는 머리를 숙이고 마음을 다잡아 사람을 만나도 입을 열지 말고 바로 머무는 캉으로 들어가 병을 일컫고 취한 기운을 진정하라 하였다. 관으로 들어가매 계부께서 상부사와 더불어 캉 밖에 모여 앉아 계시거늘 앞에 나아가 육생의 일을 대강 고할 때 먼저 평중에게 눈길을 주어 들어가라 하니, 평중이 과연 캉으로 들어갔다. 비로소 다섯 장의 그림과 시집을 내어 각각 나눌 때, 평중이 홀연 다시 나와 팔을 걷어붙이

고 오늘의 모꼬지를 자랑하며 거동이 극히 방자하였다. 부사께서 취한 것을 알고 크게 꾸짖는데, 평중이 조금도 두려워하지 않거늘, 내다시 붙들어 들여보내니 부사께서 나를 꾸짖어 말씀하시기를,

"그대가 사람을 덕으로써 사랑한 것이 아니로다."

내가 사죄하여 아뢰기를,

"진실로 이 허물을 면치 못하려니와 다만 오늘의 모꼬지는 상리常理로 의논할 일이 아닐 듯합니다."

대개 부사께서는 평생에 술을 즐기지 아니하고, 평중이 금령을 범하여 가만히 먹은 것을 더욱 절통히 여기는지라 이로 인하여 과도히 그리 여긴 것이다. 서둘러 오다가 육생의 편지를 가져오지 못하였으니 일행이 다 답답히 여겼다.

2월 24일 관에 머물다

아침에 일찍이 일어나 평중의 캉에 이르니, 여태 깨어나지 않았다. 깨워 일으켜 어제의 일을 물으니 늦은 후부터 관에 돌아오던 일을 전혀 기억하지 못하여, 육생과 기롱하던 말과 수레 안에서 나를 침노하던 말을 대강 이르자 매우 부끄럽게 여기고 부사께서 꾸짖은 말을 듣고는 크게 놀라 몸 둘 곳을 알지 못하였다. 내가 웃으며 말하기를,

"이미 기이한 모꼬지를 이루고 쾌히 마음을 폈으니, 어찌 구구히 죄책을 두려워하십니까? 저 사람들이 들으면 필연 용속庸俗함을 비웃을 것입니다."

평중이 억지로 웃으나, 기운을 잃어 크게 뉘우치는 거동이다. 내가 부사께 나아가 어제 일을 뉘우치고 사죄하며,

"말리지 않은 것은 오로지 나의 허물입니다. 만일 평중을 과히 꾸짖고자 하시면 함께 그 죄를 당하겠습니다."

하며 누누이 청하였다. 부사께서 또한 웃고 이르시기를,

"어제 일은 괴이치 아니하되 평상시의 금령을 지키지 못하고 양이 넘침을 생각지 않았으니 매우 통분하거니와, 어찌 과히 꾸짖겠는가?"

하였다. 식전에 화전지 한 권과 먹 닷 냥과 부채 세 병을 봉하고 육생에게 편지를 써 덕유를 보냈다.

대용은 두 번 절하여 소음 선생 족하足下께 말씀 올립니다. 제가 10년 전에 점쟁이를 만나 앞일을 물으니 그가 말하기를, '병술 연간에 운수가 크게 통하여 마땅히 과거를 이루고 높은 벼슬을 얻으리라' 하였습니다. 내가 말하기를, '나는 재주가 졸하여 과업을 익히지 못하고 옹졸한 성품이 세상의 용납함을 구하지 못할 사람입니다. 과거와 벼슬은 나의 뜻이 아닙니다' 했습니다. 그 사람이 말하기를, '운수는 천명이 정한 것이니 만일 천명을 받지 아니하면 반드시 기괴한 재앙을 만날 것이요, 그렇지 아니하여 혹 쾌락한 일을 얻어 한 번 지기志氣를 폄이 있으면 족히 재앙을 면함이 있으리라' 하였습니다. 내가 비록 '그렇군요' 하고 대답하였으나, 마음속으로 깊이 믿지 못하다가 이제 사신을 따라 중국에 들어오게 되어 홀연 그 말을 생각하니, 이른바 쾌락한 일을 얻었다 함이 헛말이 아니었습니다.

강을 건너 서쪽으로 행하니 추악한 산천의 바람과 모래가 하늘에 닿아 있고 밥 먹는 푸자와 술파는 저자의 더러운 인물에 눈이 열릴 곳이 없고, 수천 리 행역의 괴로움과 100여 년 고적의 슬픔에 한갓 마음이 취하고 목이 메임에 이르러, 도리어 생각을 저버리고 소망을 잃어 이른바 기괴한 재앙을 가히 당할 듯했습니다. 그러나 두 사람을 만나 가슴속을 헤쳐 교도를 의논하매 이른바 기괴한 재앙이 도리어 변하여 짐짓 쾌락한 일을 얻으니, 술사術士의 구구한 재주도 또한 볼 것이 있었던 것입니다.

어제에 이르러 또 두 사람의 인연으로 노형의 높은 풍채를 받드니, 회포를 열어 한 번 웃으며 호방한 의론과 뇌락牢落한[20] 기운이 술잔 사이에 드러났습니다. 이에 확연히 크게 깨쳐 이른바 쾌락한 일이 짐짓 이 일을 이른 것인 줄 알았습니다. 나로 하여금 과거를 이루고 벼슬을 얻은들 시속에

---

[20] '뇌락하다'는 '마음이 넓고 비범하다'는 말이다.

출몰하여 구구히 몸 밖에 이름을 구함이 또한 가히 슬플 따름이라, 어찌 족히 쾌락한 일이라 이르겠습니까? 슬프다! 어제의 모꼬지는 쾌하고 즐거운지라 이른바 기괴한 재앙을 이로써 가히 떨칠 것이요, 이른바 과거와 높은 벼슬을 이로부터 가히 이를 것입니다. 그러나 돌아갈 기약이 정해져 있어 이별의 괴로움이 족히 마음을 썩일 것이라, 또한 기괴한 재앙이라 이름이 멀지 않을 것입니다.

이로 인연하여 그윽이 정함이 있으니 지난빈에 두 사람에게 시와 기문을 얻어 장차 변변찮은 집에 기이한 보배로 삼으니 해외의 영광이 극진하되 다만 그 중 혼천의 제도는 가장 심력을 허비하였으니, 원컨대 당세의 높은 문장을 빌려 한 말씀의 자중自重함을 얻고자 하니, 당세의 높은 문장은 형이 아니고 누구라 할 것입니까? 또 과도히 사랑함을 입어 형제 칭호를 아끼지 아니하니, 반드시 한때 필묵의 괴로움을 인연하여 마침내 이 소망을 저버리지 않으시기를 바랍니다.

삼가 그 기록한 글을 보내는데 이것은 동방에 있을 때에 이룬 글입니다. 문법이 초라하고 말이 밝지 않은 곳이 많으나 창졸간에 미처 고치지 못하니 헤아림을 바랍니다. 집 제도는 두 사람에게 기록하여 보낸 것이 있으니 이미 대강을 아셨을 것입니다.

농수각 혼천의를 기록한 말은 다음과 같다.

기묘년(1759) 봄에 금성錦城(나주) 관아에 머물다가 동으로 서석산瑞石山을 구경하고 물염정勿染亭에 이르러 한 기이한 선비를 만나니 성은 나羅요, 이름은 경적景績이니, 숨어 있어 옛일을 좋아하나 나이 이미 70이 넘었다. 친히 자명종을 만들어 집에 감추었는데, 정치한 제양이 서양국 수단을 깊이 얻었다. 내가 그 공교한 재주를 기특히 여겨 더불어 말하여 고금의 기이한 그릇을 의논하니, 용미거龍尾車로 높은 데 물을 올리며, 맷돌을 절로 굴려 인력을 들이지 아니하니 극진히 묘한 곳을 깨쳤다. 나중에 말하기를,

전남 화순군 이서면 실학마을에 복원된 물염정. 여기서 홍대용과 나경적이 처음으로 만났다.

'선기옥형璇璣玉衡'은 요순 때의 귀중한 기물로, 역대 제도를 모방하여 기이한 법이 끊어지지 아니하였네. 우리나라는 멀리 해외에 있어 기이한 제도를 상상할 곳이 없는지라, 참람히 옛 제도를 의지하고 서양국의 의론을 참작하여 우러러 천문을 상고하고 엎드려 마음을 생각하여 비록 수 년이 지난 후에 가슴속에 대강의 제도를 갖추었으나, 집이 가난하여 물자의 허비를 감당치 못하니 마침내 뜻을 이루지 못함을 안타까워하네' 하였다. 대개 선기옥형은 후세에 그 제도를 전하지 못하고, 당·송 이후로 각각 혼천의를 만들어 그 남은 제도를 모방하였으나 우리나라에는 전하는 것이 없었다. 내가 또한 뜻이 있지만 종시 이루지 못하였다.

이에 나생과 함께 이룰 것을 언약하고 이듬해 여름에 나생을 청하여 금성 관아에 이르러 재력을 허비하고, 공교한 장인을 불러 두 해를 지나서

대강 이루었으나, 다만 도수度數에 그
른 곳이 있고 기물이 잡된 것이 많았
다. 이에 망령된 소견으로 그른 곳을
고치고 잡된 것을 떨쳐 오로지 천문
에 합하기를 취하고, 또 자명종 제도
를 모방하여 일월로 하여금 하늘의
도수를 따라 주야에 돌아가게 하니,
또 한 해를 지난 후에야 마쳤다.

혼천의. 숭실대 한국기독교박물관 소장

　나생의 문인 가운데 한 사람이 있어 성은 안安이요, 이름은 처인處仁이
다. 그 정한 의사와 공교한 의견이 깊이 나생의 재주를 얻었다. 무릇 대강
의 제도는 오로지 나생의 소견을 따랐고, 공교한 제작은 오로지 안생의 기
술로 이루어졌다. 그 제도의 대강은 쇠로 만들어 안팎에 두 층이 있으니,
각각 세 고리를 만들어 서로 맺어 하늘의 둥근 모양을 이루고 가운데 둥근
쇠를 걸어 땅을 형상하고, 사방 스물네 방위와 사계절의 일월이 다니는 길
을 표하고, 둥근 쇠를 붙여 일월의 짐짓 형상을 만들어 날의 길고 짧음과
달의 현망회삭玄望晦朔(달 모양과 시간의 변화)의 대강을 살피게 하였다.

　별도로 한 제도를 만들었는데, 또한 세 고리로 서로 맺어 큰 것의 제양
과 다름이 없고, 안층에 종이를 발라 달걀 형상을 이루고 위에 삼원三垣[21]
이십팔수二十八宿[22]의 형상을 그렸는데, 돌리는 법이 또한 큰 제도와 같다.
이 제도에는 비록 일월의 진상眞象은 없으나, 성신 도수를 명백히 상고함은
큰 제도가 미치지 못할 바였다.[23]

---

[21] 삼원은 동양 천문학에서 별자리의 세 구획을 말하는데, 자미원紫微垣(북극 부근)과, 태미원
　　太微垣(사자궁獅子宮 부근), 천시원天市垣(사견궁蛇遣宮 부근)으로 나뉜다.
[22] 이십팔수는 천구의 적도 근처에 있는 별자리를 총칭하는 말로, 고대 중국에서 하늘의 적
　　도를 따라 그 부근에 있는 별들을 28개의 구역으로 구분하여 부른 이름이다.
[23] 『연기』에는 다음 글이 이어져 있다. "혼의가 이미 이뤄지매 호장湖庄에다가 옮겨 설치해 보
　　았으나 건물이 좁고 누추하고 또 더럽혀서는 안 되겠으므로 이미 재사齋舍의 남쪽에 새로
　　이 네모진 못을 파 놓고 물을 끌어 대어 놓았으며, 중앙부에 둥근 섬을 만들고 섬 위에
　　건물을 세워 양의兩儀와, 새로 얻은 서양의 후종을 함께 장치하였다. 두보杜甫의 시에, '일

그 두 사람에게 보낸 편지에는 이렇게 말했다.

어제는 혹 술로써 취하고 혹 덕으로써 배부르며 도도효효陶陶囂囂하여 돌아오니, 사람으로 하여금 무엇을 얻음이 있는 듯합니다. 슬프다! 어찌하면 세속을 벗어나 요행이 의를 깨쳐 길이 형들과 더불어 서로 손을 이끌며 막대를 끌어 옛 술과 흐르는 물 가운데 한가히 놀 수 있겠습니까? 육형의 서간은 총총히 돌아오느라 미처 가져오지 못하였습니다. 이 편에 부쳐 보내시길 바라고, 일전에 보낸 접책과 겸하여 육형의 두어 장 필적을 얻으면 더욱 묘하겠습니다. 다만 종종 번거로이 청함이 마침내 마음이 평안치 못합니다. 이는 좁은 마음과 시속의 인정을 면치 못함이니, 또한 스스로 웃습니다.

덕유가 돌아오니, 육생의 답서에 이렇게 말했다.

비는 머리를 조아려 담헌 선생 노제老弟 족하에게 올립니다. 비는 종적이 둔탁하여 평생에 이룬 것이 없고, 스스로 돌아보며 사람과 더불어 서로 일컬으니, 백에 한 가지 일의 능함이 없어 이미 명리의 뜻을 끊은 지 오랩니다. 그러다가 지난해 유월 스승의 독촉을 입고 붕우의 이끎을 마지못하여 소졸한 재주로 우연히 과장科場에 자취를 던졌다가 요행으로 이 길을 얻으니, 전례를 좇아 북경에 이를 따름이요 남은 보람이 없었습니다. 그런데 천행으로 두 벗을 만나 평생에 제일 기특한 모꼬지를 이루니, 뜻밖의 과명科名을 얻으매 오로지 오늘의 연분을 이룬 것입니다.

하늘이 우리 수천 리 바깥 사람을 위하여 서로 이끌어 연분을 합하매,

월은 조롱 속의 새요日月籠中鳥, 건곤은 물 위의 마름이다乾坤水上萍'라는 구절을 따서, 그 각閣을 농수籠水라고 명명命名하였다. 못에는 연이 있고 물고기가 있으며 주위에는 송국松菊과 잡풀 등을 심었다. 재사齋舍는 띠풀로 처마를 둘렀고 대나무로 난간을 세웠는데, 표연飄然한 모습으로 그 북편에 자리하고 있어 자못 그윽한 거처의 우아한 경치를 갖추어 있다."

이같이 공교한 경영을 허비하니, 하늘이 우리 무리를 위함이 또한 후하고 수고롭습니다. 비록 한 번 이별하면 다시 만나지 못하고 서로 생각하여 간장이 끊어지나, 이는 평생에 얻지 못할 일이요 다른 사람이 망령되게 바라지 못할 일입니다. 비飛로 하여금 이로 인연하여 이후에 비록 기괴한 재변을 만날지라도 또한 뉘우치지 아니하고, 무당을 구하여 빌기를 원치 않을지니, 높은 뜻은 어떻게 여기십니까?

팔경의 사적은 이미 역암을 통하여 대강 보았거니와, 혼천의는 크고 중한 제작입니다. 비는 몸이 우물 가운데 앉았는지라 족히 우러러 엿보지 못할 것이지만, 이미 욕되게 맡음을 입으니 마땅히 힘을 다하고, 역암과 추루에게 의논하여 성한 부탁을 저버리지 아니하겠으나, 다만 학문이 천박하고 비루하여 깊은 공부를 밝히지 못함을 부끄러워합니다.

여러 가지 보낸 것은 후한 뜻을 사례하고, 어제의 편지는 이번에 부쳐 보내며, 망망한 생각은 26일을 기다려 펴고자 합니다.

반생의 답서에는 이렇게 말했다.

균筠은 조아립니다. 어제 관에 돌아가신 뒤에 기거를 염려하다가 수서를 받들어 혼천의 제도를 들으니, 가히 마음 가운데 성신星辰을 벌이셨다 이를 만합니다. 나생羅生은 또한 기이한 사람입니다. 그 사람이 능히 시를 하는지요? 혹 기록이 있다면 두어 수를 뵈어 중국에 전하게 함이 어떠합니까? 26일 기약이 멀지 않으니 생각하는 마음을 적이 위로합니다.

육생의 편지를 일행이 보고 다 기이하고 뛰어난 인물이라 찬탄하였다. 식후에 계부께서 상부사와 함께 태학을 다시 구경하고 선비들을 찾고자 하여, 태학의 큰 문 밖에 이르러 선비가 머무는 곳을 찾았다. 처음에는 문 지키는 사람이 엄히 막더니 세팔을 들여보내 머무는 관원을 보고 들어가기를 청하라 하였더니, 이윽고 나와 말하기를,

"조교관助教官이 있어 사행이 오신 것을 듣고 의복을 정제하고 문 안에서 기다리십니다."

하였다. 드디어 일행이 차례로 남쪽 작은 문으로 들어가 수십 보를 행하니 또 문이 있고, 이 문을 드니 양쪽에 담이 정제하게 쌓여 방정하기가 줄로 친 듯하였다. 곳곳에 문을 냈거늘 문 안을 엿보니 다 남향하여 큰 집이 있고, 처마에 현판을 붙여 당호를 표하였다. 여러 선비들이 머무르는지라 우리가 들어가는 것을 보고 혹 창 문을 나와 구경하는 이가 있는데, 다 의복이 아담하고 조촐하며 선비의 태도를 가졌으니 기특하였다.

남으로 한참 행하여 동으로 다시 문을 드니 뜰이 아주 너르고, 한 사람이 금 징자를 붙이고 목에 금태 염주를 걸고 읍하여 맞는데 매우 공손하였다. 서로 사양하여 당에 이르니, 전부터 사행이 태학을 구경하면 상통사 역관이 따라와 말을 통하더니 이번엔 하나도 쫓아오지 않았다. 세팔은 말이 상스럽고 하졸의 모양이라 당 위에 올리지 못하니 창졸에 뜻을 이루 통할 길이 없었다. 내가 마지못하여 나아가 말을 전하여 찾아온 뜻을 이르고, 손수 의자를 옮겨 큰 탁자 좌우에 벌여 손님과 주인의 자리를 정하고, 필묵과 종이를 가져오라 하여 서로 필담을 청하니, 조교와 구경하는 선비들이 다 나를 고려 통사라 일컬어 우스웠다.

조교의 성은 장張이고 이름은 원관元觀이니 나이 60여 세였다. 비록 조교 벼슬을 당하여 선비들을 권장하는 소임을 맡았으나, 오히려 과거 급제를 못하여 이번 회시會試를 보노라 하니, 우리나라의 남행南行(음관蔭官) 벼슬과 같은가 싶었다. 7품 벼슬이로되 염주를 걸었으니, 이는 태학 관원이라 한림과 같이 대접하는 일이로되 성묘를 지키는 사람이 또한 괴이한 제도를 면치 못했다. 의복은 두어 달 사이에 이미 눈에 익어 특별히 다름을 느끼지 못하나, 염주 제도를 보니 더욱 마음이 놀라웠다.

좌우에 여러 장의 서화를 붙였으니 다 속되지 아니하고, 그 중 한 그림은 손가락으로 그린 그림이라 더욱 기이하였다. 동쪽에 발을 드리우고 그 안에 조그만 캉이 있으니 조교가 머무는 곳이다. 서책과 기완을 정제히 벌여 매우 맑고 깨끗했다.

부사께서 조교와 더불어 반나절을 수작하여 과거 제도와 선비 가르치는 법과 학문의 숭상함을 물으니, 조교가 일일이 대답하되 필법이 아주 정숙하고, 붓을 떨쳐 말을 이루매 한 구절도 구차한 문법이 없어 또한 예사로운 제도가 아니었다.

나는 물러나와 바깥 캉에 앉았는데 여러 선비들이 들어와 말을 수작하고 우리나라 사정을 묻거늘 대강 대답하니, 선비들이 다 통사라 일컬으며 북경을 몇 번째 왔느냐고 물으니, 당 아래에서 세팔과 약간의 중국말을 하는 하인들이 듣고 다 웃었다.

여러 선비들이 있는 곳을 물으니, 십삼성十三省 사람이 다 모였고 만주와 몽고의 선비도 같이 머문다고 하였다. 대개 이곳에 널리 담을 둘러 앞뒤로 문을 내고 그 안에 줄줄이 큰 집을 짓고 각각 담을 둘러 작은 문을 내어 선비를 머물게 하였으니, 정제한 규모를 볼 것이다. 선비 접대하는 법을 물으니, 일용 양식과 반찬은 다달이 나오는 것이 있고, 의복은 1년에 각각 36냥 은을 준다고 하였다.

한 소년이 인물이 아주 조촐하고 허리에 조그만 운책韻冊을 차고 있거늘 평중을 불러 함께 시를 창화하라 하였다. 그 소년이 처음에는 필묵과 종이를 내어 글로 평중의 말을 대접했다가 운을 내어 시를 짓자 하니 웃고 대답하지 아니하였다. 두어 선비들이 있는데 다 서로 말하며 대답하지 않으니, 대개 평상한 인물이고 뛰어난 재주가 없는지라, 평중이 어지러운 글씨로 방자하게 시를 청함을 보고, 다 감당치 못하여 치졸함을 보일까 저어하는 기색이었다. 그 중 한 사람이 있어 성은 위韋인데 당나라 때 소주蘇州 위응물韋應物[24]의 자손이라 하고, 다른 한 사람은 광동 사람으로 북경 남쪽의 만여 리 밖에 있노라 하였다.

다시 안으로 들어가니 부사께서 여러 선비를 모아 정제한 거동을 보고자 하여 조교에게 청하라 하시거늘 전하여 일렀는데, 조교가 좌우의 선비를 돌아보며 말하기를,

"이만 보아도 다른 선비를 짐작할 것이고, 일이 없으면 한곳에 모이지 아니합니다."

하였다. 조교가 우리나라 사신으로 왔던 사람의 이름을 일러 안부를 묻고 문학을 기리는 이가 많으니, 대개 우리나라 사신을 해마다 만나는 때문이었다. 조교는 절강浙江 온주溫州 사람이라 부사께서 물으시길,

"절강의 해원 육비는 어떤 사람입니까?"

조교가 말하기를,

"육비는 동향이지만 서로 만나 보지 못했고 그림으로 이름이 있음을 들었습니다."

부사께서 말씀하시기를,

"이미 그림으로 이름이 있으면 필연 문학은 일컬을 것이 없겠소이다."

조교가 말하기를,

"어찌 그러하겠습니까? 그림은 그 사람의 여사餘事입니다."

이윽고 한 사람이 편지 한 통과 봉한 그릇 하나를 들여와 조교에게 보이자, 조교가 편지를 받아보고 봉한 그릇을 캉으로 들여보내며 무슨 말을 이르더니, 밖에서 선비 하나가 들어오는데 인물이 매우 아정雅正하였다. 조교가 곧 교의에 내려 맞으니 그 선비가 앞에 나아가 몸을 굽혀 공순히 읍하고, 조교가 서서 받은 후에 또한 몸을 굽혀 답하니, 그 선비가 나아가 어깨로 조교의 허리를 받혀 굽히지 못하게 하고 다시 물러나와 읍하였다. 기색이 심히 공손하여 그 예수禮數의 성실함

---

24 위응물(737~804)은 좌사낭중左司郎中, 소주자사蘇州刺史 등을 역임했던 시인이다. 당나라의 자연파시인의 대표자로 왕유王維 등과 함께 왕맹위유王孟韋柳로 불렸다.

종루

고루

이 우리나라가 미칠 바가 아니다. 오후에 돌아올 때 조교가 문 안까지 나와 보냈다. 남으로 큰 문이 있어 큰길을 임하였는데, 사람이 예사롭게 출입하였다. 두 번을 태학에 이르렀지만 이 문을 알지 못했고, 이번도 뒷문으로 들어오므로 오래 지체하였다.

길을 나서 서쪽으로 행하여 종고루鐘鼓樓를 구경하고 지안문地安門으로 들어가 동안문東安門으로 나와 관에 돌아왔다.

2월 25일 관에 머물다

식전에 간정동에 덕유를 시켜, 육생에게 편지를 보냈다.

    어제 두 장의 수서를 받아 쌍으로 받들어 재삼 읽으니 우러러 지극한 뜻을 짐작할 만합니다. 다섯 장의 그림 그리기를 마치매 누수漏水(시간을 알리는 물)의 재촉함을 깨닫지 못했다 하니, 비록 높은 재주와 익숙한 수단으로 잠시 휘쇄하는 힘이 넓고 크지만, 수천 리 여행의 괴로움을 잊고 해외의 보지 못한 사람을 위하여 권권한 성관誠款이 이 지경에 이르니, 이는 옛사람에서 구하여도 졸연猝然히 짝이 없을 것입니다.

    아깝도다! 나같이 변변찮은 재질은 족히 이런 뜻을 당할 길이 없으니 어찌 부끄럽지 않으리오. 서로 보지 못하며 서로 생각하는 말에 이르러는 여러 번 반복하여 말이 더욱 깊으며 뜻이 더욱 간절하였습니다. 노형의 호준豪俊하고 통달한 기상으로 구구한 세정이 족히 그 마음에 거리낄 것이 없으니, 홀로 이 일을 당하여 잊지 못하는 마음에서 스스로 벗어나지 못하니, 이는 무슨 연고라 하겠습니까? 실로 사람으로 하여금 그 곡절을 구하여 얻지 못할 것입니다.

슬프다! 사람에게 비상한 은혜를 얻은 자는 마땅히 비상한 일로 갚을 것이거늘, 스스로 공교한 재주를 돌아보매 무엇으로 갚음이 있겠습니까? 다만 심중에 깊이 감추어 몸을 삼가고 행실을 닦아 소인으로 돌아감을 면하여 노형의 밝은 지감知鑑(사람을 알아보는 능력)을 욕되지 않게 할 따름입니다.

답서를 다시 읽으며 명리에 뜻이 없음을 들으니, 노형이 더욱 평안히 여김이 여기 있고 즐거이 여김이 저기 있지 아니함을 봅니다. 진실로 이렇지 아니하면 이 몸이 비록 동이의 변변찮은 몸이나, 어찌 족히 풍채를 우러러 따라서 사귐을 다행으로 여길 수 있겠습니까? 농수각 기문은 다행히 허락을 얻으니 감격함을 이기지 못할 것입니다. 남은 회포는 내일 나아가 풀기를 기다립니다.

두 사람에게 보낸 편지는 아래와 같다.

어제 답서를 받으니 적이 생각하는 마음을 위로 받습니다. 나생은 진실로 기이한 선비입니다. 뜻과 소상志尚이 맑고 조촐하여 한갓 재주가 공교할 뿐이 아니로되, 다만 시문을 기록하는 것이 없어 널리 전하지 못하니 매우 애달픕니다. 함께 혼천의를 의논하여 수 년 간 괴로운 생각을 허비하고 일을 이룬 뒤 즉시 죽었으니, 사람이 이르기를 '혼천의로 인하여 수명을 재촉했다' 하니 그 깊은 마음과 괴로운 공부를 짐작할 것입니다.

덕유가 돌아오니, 두 사람이 다른 데 나갔는지라 기다리지 못하여 다만 육생의 편지를 받아 왔다.

수서를 받드니 여러 가지 뜻을 절하여 살폈으며, 끝에 두어 말씀을 보니 높은 책망과 간절한 경계는 마땅히 마음에 새길 만했습니다. 노제老弟께서 나를 사랑함이 극진하여 천애天涯의 지기를 맺으니 이에서 지남이 없을 것이니 감격하고 사례합니다. 여러 대인이 후히 주신 것을 받았는데 사람이 총총히 돌아가는 까닭에 미처 답장을 부치지 못하니, 나를 위하여 각각 사례하는 뜻을 전해 주시기 바랍니다. 혼천의 기문은 이미 초본을 이루었고, 나군의 이름을 넣어 흠모하는 뜻을 기록하려 합니다.

덕유가 갈 때 계부께서 상부사와 더불어 각각 편지와 보낸 것이 있었으나, 날이 늦어 미처 답장을 받아오지 못하였다. 이날 부사께서 역관을 보내 태학의 조교 장원관의 글씨를 청할 때 이곳의 궁전지宮箋紙를 얻어 보냈더니, 원관이 말하기를,

"조선 종이는 천하에 유명할 뿐 아니라 글씨에 더욱 마땅한데, 어찌 이곳 종이에 받고자 하시는가? 하물며 궁전지는 먹을 잘 받지 못하니 더욱 쓰지 못할 것이네."

하고 종시 쓰지 아니하여, 역관이 그저 돌아왔다. 또 석고石鼓의 글자를 박아 내기를 청하였으나 금령이 있다 하며 허락하지 아니하였다. 늦은 후에 평중을 보내 우리나라 종이에 글씨를 받아왔는데, 석고의 글자 박는 일을 다시 청하였으나 얻지 못하였다고 했다. 평중이 원관과 더불어 약간의 시율을 의론하고 그의 시집을 보니 높은 운격이 있어 예사로운 시인이 아니라 했다.

저녁에 청심원 다섯 개와 장지 두 권과 간지 삼십 폭과 미선 세 자루를 봉하여 서종맹에게 전하고 출입을 허락함을 누누이 치사하라 하였다.

2월 26일 간정동에 가다

이날은 일찍이 밥을 먹고 문 열기를 기다려 평중과 함께 간정동에 이르니, 육생과 엄생이 한생과 더불어 나와 맞이하였다. 서로 읍하고 들어가 캉에 앉고 반생이 있는 곳을 물으니, 엄생이 말하기를,

"반형은 간밤에 다른 곳에 머물러 아직 돌아오지 못하였습니다."

평중이 말하기를,

"기잠起潛은 한 형과 한 아우를 얻으니 마음의 즐겁기가 어떠하십니까?"

육생이 크게 웃었다. 이때 상사께서 사람을 보내 두 사람에게 전갈을 붙였으나, 말을 알아듣지 못하기에 내가,

"이 대인李大人이 사람을 보내 문안을 청하는 말입니다."

하니, 엄생이,

"어찌 감히 문안을 받겠습니까?"

하였다. 육생이 말하기를,

"바야흐로 「농수각기문」을 쓰던 중이니, 쓰기를 마치고 가르침을 청하려 하니 어떠하십니까?"

내가 좋다고 하니 즉시 일어서서 나갔다. 엄생이 말하기를,

"육형이 어제 이미 글을 이뤘지만 간밤에 손님이 있어 잠을 자지 못하였는지라 다시 수정치 못하여 아침에 비로소 초고를 건졌습니다."

내가 말하기를,

"우리들은 초1일에 마땅히 길을 떠날 것입니다. 오늘 만난 후에 피차에 구애되는 일이 많으니 다시 나오지는 못할 것입니다. 오늘은 길이 이별을 고할 것이니, 반형이 만일 즉시 돌아오지 못하면 어찌 애달프지 않겠습니까?"

엄생이 길이 이별하리라 함을 가리켜 말하기를,

"이 구절은 차마 보지 못하겠습니다."

또 말하기를,

"반형이 어제 돌아오기를 기다렸는데 지금껏 오지 않으니 아주 괴이하거니와, 두 형이 오늘 오시는 것을 알고 있으니 어찌 일찍이 돌아오지 않겠습니까?"

어제 평중이 한생에게 부채 하나와 청심원 두엇을 보냈는데, 한생이 엄생을 향하여 무슨 말이 있더니, 엄생이 평중에게 말하기를,

"한형이 사례하는 뜻을 이르고 어제 총총하여 답장을 부치지 못하였으나 여러 가지 보낸 것을 치사한다 합니다."

대개 한생은 문필이 넉넉하지 못하여 스스로 뜻을 통치 못하나 이러한 재주로 오히려 향시鄕試를 얻었으니, 과거의 잡란雜亂함을 짐작할 만하였다. 엄생이 말하기를,

"여러 번 홍형의 편지를 받으니 간축簡縮한 사연이 무궁한 의미를 띠었는데, 우리들은 속사俗事에 골몰할 적이 많고 사람을 세워 놓고 주객이 총총히 편지를 쓰는지라, 이러하므로 대답하는 말이 오로지 초초하여 한 번도 조용한 겨를을 얻어 평생의 회포를 펴지 못하였습니다. 이제 길이 이별을 당하여 한 장 편지를 지어 대강의 소회를 이르고자 하니, 어떠합니까?"

내가 좋다고 했다. 이때 한생이 엄생에게 무슨 말이 있으니, 엄생이 또 대신하여 말하기를,

"한생은 일이 있어 갈 곳이 있으니 오후에 돌아올 것입니다."

하니, 한생이 즉시 창황히 나갔다. 육생이 기문의 초본을 가지고 들어와 보이고 서로 평론하는 말이 있었으니, 내가 말하기를,

"이 혼천의는 돌리는 법이 물을 쓰지 아니하여 옛 법과 다릅니다. 기문에 '물로 돌린다激水' 하였으니 이는 실상을 잃은 것이거니와, 다만 옛사람의 근본 제도가 오로지 물을 빌려 돌리게 하였으니 이로 말을 삼아도 또한 해롭지 않을 것입니다."

육생이 묻기를,

"그러면 무엇으로 돌리게 하였습니까?"

내가 말하기를,

"사적을 기록한 중에 대강 일렀는데, 이는 서양국의 자명종 제도를 취하여 여러 쇠고리로 서로 돌리고 아래에 무거운 추를 달아 절로 돌아가게 하였으니, 물로 돌리는 법에 비하면 매우 간편합니다."

하였다. 육생이 듣고 즉석에서 서너 줄을 고쳐 보이기에 내가 말하기를,

"대저 기문의 체격을 이를진대 실상을 이름이 가장 편하겠으나, 이 글의 문법이 사실을 구구히 기록치 아니하고 물로써 도를 비유한 그 웅건한 문법을 실로 버리기 아깝습니다."

하니 육생이 대답하고 다시 나갔다. 내가 엄생에게 말하기를,

"오늘은 길이 이별을 당하여 품은 마음을 숨기지 아니하니 내가 형을 위하여 흠모하는 마음이 어찌 간절치 않으리오마는, 감히 한 말씀으로도 칭찬함이 없고 과도히 경계함은 다름이 아니라 스스로 붕우의 도리를 잃지 않고자 함입니다. 그런데 오직 형은 나를 대하여 당치 못할 칭호와 분에 넘치는 문자를 가볍게 더하니, 이는 벗으로 대접함이 아니라 눈앞의 희롱하는 기구를 갖추고자 함입니다. 이것이 어찌 형에게 바라는 것이며, 또 '소체騷體가 굴송屈宋의 재주에 지지 않는다'고 한

군자의 말이 어찌 이같이 경솔할 수 있겠습니까? '시중時中' 두 자는 예로부터 공자孔子를 일컫고 '순수純粹' 두 자는 안자顏子를 일컫는 말입니다. 이 두 말을 남에게 더하는 것을 어렵게 여기지 아니하니, 일전에 형이 '위중威重' 두 자에 스스로 부족하게 여김이 진실로 마땅합니다."

엄생이 말하기를,

"내 어찌 구차히 아첨하고자 하리오. 눈으로 살피며 마음에 생각하니 다만 형에게 털끝만큼도 흠할 곳이 없음을 깨달았기 때문입니다. 이러하므로 망령되게 '시중時中' 두 자로 탄식한 것이며, 실은 시중 또한 대소의 다름이 있는 것입니다. 이때를 당하여 형이 일일이 마땅치 않음이 없으니 또한 시중이라 이름이 괴이치 않을 것이요, 반드시 공자에게 비김이 아닙니다. 또 자품資稟에 부잡한 객기를 보지 못하니 '순수純粹' 두 자를 빌려 일컬음이 과하지 않을 것이요, 소체騷體를 굴송屈宋에 비함은 또한 심중의 소견이고 겉으로 과장하는 말이 아닙니다. 말의 경솔함은 삼가 가르침을 받들겠거니와 다만 버릇을 버리지 못함이니, 이후에는 각별히 경계를 삼겠습니다."

내가 말하기를,

"사람을 대하여 낯빛을 다스림輯柔爾顏은 군자와 소인이 다름이 없으니, 어찌 하루아침에 겉모습을 보아 그 덕을 믿겠습니까? 만일 형이 나로써 희롱을 삼지 아니한 것이면, 이는 사람에게 빠져 사랑하는 바로써 아첨하는 것이고, 또 서로 아는 것이 분수에 넘으면 지기의 일이 아닐 것입니다. 다시 한 말씀 드리면 사람의 좋은 곳을 보면 다만 심중에 감출 따름이며, 낯을 대하여 말로 기림은 서로 아첨하는 교도에 돌아갈까 저어합니다."

엄생이 말하기를,

"일전에 김형이 술 먹도록 허함을 보아도 이미 유탕遊蕩치[25] 아니하

고 또한 과격하지 아니하니, 대개 형이 스스로 처신함은 천여 길의 절벽을 세운 듯합니다. 또한 사람에게 말을 좇음을 강박强迫하지 아니하니, 구을려 생각하매 실로 사랑하고 공경함 직합니다. 만일 이 말이 심중에서 나지 아니하고 낯으로 아첨하는 뜻이라면 이는 사람이 아니라고 맹세할 것이요, 심중에 감추기를 의논한다면 저의 성품이 비록 천루하나 마음으로 좋아함을 한갓 입으로만 말할 뿐이 아닙니다. 그러나 이후에는 감히 마음에 없는 말을 하지 않을 것입니다. 또 형이 일일이 헤아림이 있어 사람을 망령되게 사귀지 아니하니, 한생은 추솔麤率한[26] 인물이라 족히 사귈 것이 없습니다. 김형이 과도하게 은근한 것을 미루어 그 사람을 안다 이르지 못할 것이며, 김형의 일을 좇지 않는 것으로도 형의 소견에 탄복합니다. 다시 낯으로 아첨함을 면치 못합니다.”

내가 말하기를,

“김형이 술 먹는 것을 말리지 못한 것은 사람을 덕으로 사랑하지 않는 것입니다. 제가 스스로 부끄러워 뉘우치는 일인데, 형의 말이 도리어 이와 같으니 이는 자리를 바꾸어 생각지 못하는 것입니다.”

평중이 말하기를,

“나는 본래 학문을 알지 못하니 어찌 입을 열어 이런 일을 의논하겠습니까? 다만 ‘시중’ 두 자는 천고에 공자 한 사람뿐이라 어찌 홍형이 참람하게 당할 바이겠습니까? 동국의 학문이 오로지 주자를 존숭하여 높은 덕과 이름난 행실로 세상의 종장宗匠이 되고 사림士林의 준칙準則이 되는 자가 4~5명이 넘을 것이며, 그 나머지 문인 제자 가운데 이름 있는 자는 수를 알지 못할 것입니다. 형이 다만 홍형을 보고 동국의 허다한 높은 선비를 보지 못하였거늘, 이같이 과도한 칭호를 경솔히 허하니 이는 동국을 도리어 업신여긴 것입니다.”

---

26 ‘추솔하다’는 거칠고 차분하지 못하다는 말이다.

엄생이 말하기를,

"홍형은 장래에 성취를 가히 한량치 못할 것이고 동국의 많은 선비를 보지 못하였으므로 다만 홍형의 좋음을 깨우친 것입니다. 김형의 이 말은 족히 분별할 것이 없으니 다른 일을 말하는 것이 어떠합니까?"

평중이 웃고 좋다고 하였다. 내가 말하기를,

"반형의 인품이 심히 사랑스럽고 재학이 극히 숙성熟成하되 다만 원도遠到할 기상이 아니요, 여색을 좋아하는지라 형이 이미 붕우의 책망이 있으니 일을 따라가며 그름을 경계하고 착한 일을 인도하여 방탕한 지경에 이르지 아니케 함이 어떻겠습니까?"

엄생이 말하기를,

"그 위인이 진실로 형의 말과 같고 표홀飄忽한 거동이 왕왕이 인정에 가깝지 아니합니다. 일전에 형의 경계한 말이 그 병통을 간절히 일렀으나 필경 효험이 있을지 어찌 믿을 수 있겠습니까? 얼마 전 형의 편지 한 장을 보니 감개한 의론과 임리淋漓(힘이 넘침)한 문법이 과연 조석으로 구경할 만하거늘, 반형이 감추어 때때로 받들어 읽지 못합니다. 이같이 좋은 사람을 만나 오래오래 모일 수 없으니 어찌 슬프지 아니하리오."

이때 반생이 비로소 돌아오는데, 한 관원과 함께 들어왔다. 내 또한 당에 내려 읍하여 맞이하는데 관원이 나를 붙들어 캉에 올려 말하기를,

"외국의 귀한 손님께서 어찌 가벼이 내리시나요?"

내 사례하고 앉으니 관원은 육생과 더불어 맞은 캉에 앉아 서로 말하고, 반생이 와 안부를 묻고 수작한 말을 보다가 엄생의 '일찍이 돌아오리라'라는 말을 보고 웃어 말하기를,

"엄형이 과연 나의 마음을 알았도다."

하였다. 내 엄생에게 관원의 벼슬을 물으니, 엄생이 말하기를,

"이분은 호부戶部 필첩식筆帖式 벼슬이요, 반형의 계부繼父입니다."

내 묻기를,

"'계부'란 칭호는 동국에 없으니 무엇을 이름입니까?"

엄생이 말하기를,

"중국에서 배간拜乾이라 일컬으니, 의義로 부자父子를 정하는 것입니다. 극히 더러운 풍속이이지요."

반생이 그 말을 보고 희미하게 웃어 괴이하게 여기지 아니하고 말하기를,

"이분은 저의 부집父執(아버지의 벗)이시며, 성은 좌左고, 만주 사람입니다."

엄생이 웃어 말하기를,

"진량陳良의 무리 진상陳相[27]은 이제 난공蘭公이로다."

하니, 대저 반생이 한인의 몸으로 만주 사람에게 부자의 의를 정함을 기롱한 말이다. 반생이 또한 웃었다. 이때 밥이 나오거늘 함께 탁자를 대하여 한 그릇을 먹은 후에 관원이 일어나 캉 앞에 이르러 수작한 종이를 보거늘, 엄생이 두어 장을 탁자 밑에 감추어 뵈지 아니하였다. 관원이 돌아갈 때 나 또한 캉에서 내려와 보내는데 관원이 나에게 일러 말하기를,

"남방의 여러 노선생이 문장과 의논이 매우 높은지라, 우리 기하旗下 사람(팔기군)이 비하지 못하는 것이니 날이 마치도록 조용히 수작함이 좋을 듯합니다."

하니 세 사람이 다 웃었다. 육생이 평중에게 일러 말하기를,

"일전에 취하고 돌아가니 마음이 어떠십니까?"

평중이 말하기를,

"어찌 즐겁지 않겠습니까마는 미친 흥을 금치 못하고 방금을 범하

---

27 이는 『맹자』 「등문공장구」 상에 나오는 말이다. "진량의 무리 진상이 그 동생 진신陳辛과 함께 농기구를 짊어지고 송나라로부터 등나라에 가서 말하기를, '임금께서 성인의 정사를 행한다 하니 이 또한 성인이니 원컨대 성인의 백성 노릇을 하려 하나이다'라 하였다." 곧 등문공이 맹자에게 영향을 받아 훌륭한 정치를 하자 현자들이 사방에서 몰려왔는데 진상도 또한 송나라를 떠나 등나라로 온 것을 빗대어 말한 것이다.

여 돌아가 대인에게 죄를 얻으니, 만일 다시 먹을진댄 이는 길이 법을 모르는 사람이 될 것입니다. 오늘은 한 잔의 술도 권치 말아 주시는 것 어떠합니까?"

엄생이 말하기를,

"어찌 전혀 권치 않으리오. 다만 관중의 그릇을 씀이 해롭지 아니하고, 우리들이 이미 한정限定을 세웠으니 결연히 노형을 과히 권하여 취할 지경에 이르지 아니할 것입니다."

평중이 말하기를,

"어찌하리오. 어찌하리오. 만 리 밖의 세 벗을 만나 회포의 만일을 펴지 못하고 손을 나누어 길이 평생의 이별이 되니 이를 장차 어찌하리오."

이때 한 사람이 들어와 엄생에게 편지를 전하니 엄생이 보고 나서 우리에게 보여주며 말하기를,

"이는 나의 족질族姪입니다. 염운사鹽運司 벼슬이라, 곡식을 맡아 북경에 바치러 왔습니다."

하고, 즉시 답서를 써 보내니 평중이 혀를 차며 말하기를,

"형의 찰한札翰(서찰)은 세상의 드문 보배로다."

엄생이 웃어 말하기를,

"총총히 대답하여 말을 다하지 못하니 족히 일컬음이 없을 것입니다."

평중이 묻기를,

"태학 조교 장원관을 아십니까? 장원관이 또한 절강성 온주溫州 사람이라 하니, 항주서 얼마나 되는지요?"

엄생이 말하기를,

"이런 성명은 듣지 못하였으나, 만일 온주 사람이면 또한 모르는 것이 괴이치 않습니다. 절강성에 모두 열한 고을十一府이 있으니, 항주杭州와 가흥嘉興과 호주湖州는 하삼부下三府라 일컬어 그 땅에 빼어난 사람이

많고, 그 나머지는 상팔부上八府라 일컬어 산이 많고 풍속이 더러우니 인물이 더욱 적습니다."

반생이 말하기를,

"항주 또한 인물이 없으니 어찌 다른 땅을 의논할 것입니까?"

하고 붓을 던지며 크게 웃었다. 반생이 또 말하기를,

"어제 성 안에 이르러 마침 본조의 의관 제도에 대해 들은 말이 있는데, 태종 문황제文皇帝(홍타이지) 때 큰선비巴克什 둘이 있었으니 하나는 달해達海[28]이고, 하나는 고이전庫爾纏[29]입니다. 달해는 만주 글자를 만들고 21세에 일찍 죽으니 세상이 신인으로 일컫습니다. 두 사람이 황제께 청하여 한인의 의복을 좇으라고 하니, 태종이 일러 말하기를, '짐朕이 어찌 간諫하는 말을 그르다 하겠느냐? 다만 한인의 넓은 옷과 큰 소매를 본받을진대 장차 남이 고기를 베어 주기를 기다린 후에 먹고자 하는 것과 같다. 만일 용맹한 군사를 만나면 어찌 거느려 다스릴 것인가? 세상이 만주 사람을 가리켜 서 있으면 움직이지 않고, 진陣을 당하여 머리를 돌리지 아니하니 천하에 대적할 이가 없다 하거늘, 만일 한인의 풍습을 본받으면 점점 게으름이 더하여 기사騎士의 재주를 일삼지 아니하고 순박한 풍속을 잃을 것이다. 자손이 마땅히 삼가 지켜 변치 않게 하리라' 하니, 이러하므로 본조에서 대대로 한인의 의복을 본받지 않았다 합니다."

하였다. 내가 말하기를,

"이제 데면데면히 의론할 것이니 두 사람의 의론은 어떠하십니까?"

반생이 말하기를,

"이것은 오로지 나라의 장구한 계획을 위함이니 하릴없습니다."

---

28 달해(1595~1632)는 정람기 소속의 만주족으로, 누르하치와 홍타이지 밑에서 후금 건설에 공을 세웠다. 37세 나이로 세상을 마감하였으니, 여기서 21세에 요절했다는 말은 착오인 듯하다.

29 고이전은 생몰년 미상이나 백두산에서 살아온 만주족으로, 정묘호란 때 공을 세웠다.

내가 말하기를,

"삼대三代와 한당漢唐이 큰 옷과 너른 소매로 각각 수백 천년을 누린 것은 다만 덕의 후박厚薄에 있을 것입니다. 어찌 의복 제도로 말미암을 것입니까? 하물며 '아침에 도를 들으면 저녁에 죽어도 가하다朝聞道夕死可矣'라 한 것이 성인의 말씀이 아닙니까?"

반생이 보고 종이를 황급히 찢은 후에 말하기를,

"이 말을 들으니 진실로 마음이 슬픕니다."

내가 말하기를,

"순舜은 동이東夷 사람이고 문왕文王은 서이西夷 사람이니 왕후와 장상이 어찌 종류가 있겠습니까? 진실로 하늘의 때를 받들어 이 백성을 평안이 한다면 이는 천하의 참 임금이라 일컬을 것입니다. 본조가 산해관을 들어온 후에 유적流賊을 삭평削平하고 천하를 진정鎭定하여 오늘에 이르렀습니다. 100여 년 사이에 병혁兵革(전쟁)이 끊어지고 백성이 생업을 보전하니, 치도治道의 성함이 가히 한당에 비길 만합니다. 오직 예약 문물이 선왕의 풍속을 변치 아니하면, 비록 천하에 높이 의론하는 선비라도 거의 여감餘憾이 적을 것이요, 또한 길이 후세의 말이 있을 것입니다. 형이 만일 벼슬을 얻어 말할 곳이 있으면 반드시 이 의리로써 위에 고하고 아래로 의론하여 두 사람의 소견을 이루면, 이는 천하의 다행이고 또한 우리의 영광이 될 것입니다."

반생이 말하기를,

"저는 오직 농사꾼이 되어 몸을 마치고자 합니다."

내 말하기를,

"형의 거동을 보매 현달한 기상이 있는지라 이러하므로 이별하는 말에 이미 뜻을 뵈었으니 삼대 예악은 곧 두 사람의 말을 이르는 것입니다."

반생이 말하기를,

"비록 그런 말(예약)은 해도 유익하지 아니할 것입니다."

내 말하기를,

"이미 그 터를 당하면 나의 말을 베풀 따름이요, 승패는 의논할 일이 아닙니다."

반생이 말하기를,

"감히 잊지 아니하려니와 벼슬을 할 수 있을지 모르겠습니다."

또 말하기를,

"관중에 다시 나아가 여러 대인을 이별코자 하는데 어떠할까요?"

내 말하기를,

"이 일은 대인들과 더불어 여러 번 의논하여 한 번 관중을 다시 왕림하시기를 청코자 하나, 마침내 형들의 출입이 불편할까 염려합니다."

반생이 말하기를,

"이미 한 번 출입이 있으니 다시 나아가지 못함은 무슨 연고입니까? 초1일은 우리들이 속사俗事에 걸리어 멀리 성 밖에 가 이별할 계교를 이루지 못합니다. 이러하므로 다시 관중에 나아가기를 의논드리는 것입니다."

내 말하기를,

"관중에 출입하는 사람이 많으나 다 매매하는 장사치요, 관원과 선비는 아예 출입이 없으니 아문이 괴이하게 여길까 저어하고, 형들에게 해로움이 있을까 염려하는 것입니다. 우리들은 다시 오고자 하여도 어렵지 아니하거니와 대인들은 종적이 우리들과 다른지라 한 번 나아와 별회를 펴지 못하니 깊이 한탄할 뿐이요, 더욱이 육형을 서로 만나지 못함을 애달파 하십니다."

엄생이 말하기를,

"초1일은 우리들의 좌사座師 전 대인錢大人이 동방同榜 수백 인물을 거느리고 대스승大老師에게 참알하는 날이라 우리들만 홀로 빠지지 못합니다. 이러하므로 성 밖에서 서로 보낼 계획을 이루지 못할 것입니다."

평중이 말하기를,

"우리의 오늘 이별이 진정 영결永訣이 될지니, 어찌 슬프지 아니리오."

엄생이 붓을 들어 '영결' 두 자를 급히 흐리우고 머리를 두르며 눈을 찡그려 기색이 참연하였다. 평중이 말하기를,

"여러 대인들이 오늘 식후에 형들을 언약하여 함께 숭문탑崇文塔 아래 모여 별회를 의논코자 하더니, 오늘 바람이 사납고 형들의 뜻을 알지 못하는 고로 문득 정하지 못합니다."

육생이 말하기를,

"근일에는 동향 사람이 날마다 모이고 속사의 기약이 머지 아니 하니 오늘 모임은 다시 얻지 못할 일이요, 성 밖에서 보냄은 또한 이목에 구애할 것입니다. 이미 서로 말을 통하지 못하니 무슨 유익이 있으리오? 오늘 대인들과 더불어 한 번 모이면 극히 다행이고 인하여 영결이 될 것이니, 만일 뜻이 있거든 바삐 기회를 정하고 부질없는 의심을 마시기 바랍니다."

평중이 말하기를,

"오늘은 풍세가 이러하여 대인들이 성 밖을 나지 못할 것이니 오늘 돌아가 다시 의논을 하겠습니다."

평중이 「양허당기문」의 술 주酒 자를 고쳐 달라고 다시 청하여 엄생과 여러 말 수작이 있으니, 반생이 웃어 말하기를,

"두 형이 만일 동국의 정승이 되거든 먼저 주금酒禁을 덜게 하고, 여자의 음행이 있어도 또한 부형에게 죄가 미치지 않게 하십시오."

하였다. 평중이 말하기를,

"오늘은 길이 이별이 될 것이라, 우리 네 사람에게 한 편 시가 없지 않을 것이로되 다만 홍형이 시를 즐기지 않고 수작으로 날을 마치고자 할 것이니, 그러하면 시를 폐하고 말로 별회를 의논함이 옳겠습니까, 아니면 말하는 가운데 겸하여 시를 지음이 옳겠습니까?"

엄생이 말하기를,

"시와 말이 서로 방해될 것이 없으니 한편으로 시를 지으며 한편으

로 말을 하는 것이 옳을 것입니다."

하니, 육생은,

"능한 자는 시와 말이 서로 해롭지 않을 것이지만 능치 못한 자는 시를 지으면 말을 못할 것이고, 말을 하면 시를 짓지 못할 것입니다." 했다. 평중이 엄생에게 권하여 먼저 제題를 내라고 하니, 엄생이 말하기를,

"성남 객관에서 운을 나눠 이별을 논하다城南寓盧話別'로 하는 것이 어떠합니까?"

평중이 말하기를,

"홍형의 재분이 높은데 짐짓 시를 짓지 아니하니 극히 가증可憎하므로 벌을 쓰는 것이 어떠합니까?"

엄생이 말하기를,

"무엇으로 벌을 쓰겠습니까?"

내가 웃으며 말하기를,

"동해 가로 멀리 보냄이 마땅합니다."

하니, 다 크게 웃었다. 엄생이 말하기를,

"김형이 먼저 시를 이루어 우리들로 하여금 받들어 차운하게 함이 어떠합니까?"

평중이 말하기를,

"이는 저를 망령된 인물로 돌려보내는 것입니다. 어찌 먼저 이루기를 당하겠습니까? 네 사람이 각각 한 운자를 불러 한가지로 지음이 좋겠습니다."

엄생이 평중을 청하여 먼저 한 자를 쓰라 하니, 평중과 육생, 엄생이 차례로 쓴 후에 평중이 말하기를,

"만일 홍형이 한 자를 부르면 칠율七律의 다섯 운이 될 것이로되, 홍형의 뜻을 아직 알지 못하겠습니다."

또 말하기를,

"기회機會에 나아오지 아니하면 마땅히 군법이 있을 것이니 삼가고 바삐 운자를 내십시오."

내 말하기를,

"사람이 각각 장단이 있으니 나로 하여금 경서를 말하고 학문을 의론하라 하면 혹 조그만 장처長處가 있어 종일 수작에 참여하려니와, 시는 실로 능치 못하니 제형이 또한 어찌 그 단처短處로써 강박하고자 하십니까? 술을 먹지 못하고 시를 짓지 못함은 내 스스로 평생에 한하는 바요, 오늘에 이르러는 더욱 심합니다. 천하에 시와 술이 있을진대, 오늘 모꼬지를 만나 오늘 술을 먹지 아니하고 오늘 시를 짓지 아니하니, 어찌 흠이 되는 일이 아니겠습니까? 시는 진실로 사람이 폐하지 못할 것이라, 이천伊川 선생이 시를 짓지 아니하심 또한 과히 구속함을 면치 못할 것이니, 하물며 이천의 높은 덕이 없고 또 하고자 하되 능히 못하는 자는 더욱 이를 것이 없습니다."

반생이 웃으며 말하기를,

"홍형은 짐짓 시를 짓지 않으면서 어찌 과도히 겸사하십니까?"

내가 말하기를,

"지난번에 『시전주詩傳註』를 서로 의론하고 돌아가 약간 대답한 말이 있는데, 시평이 바야흐로 엄하니 살풍경殺風景이 될까 저어합니다." 하니, 세 사람이 다 웃었다. 반생이 말하기를,

"『시전』을 강론함이 진정 시의 근본입니다."

내가 말하기를,

"본디 문자에 생소하여 대답한 말이 과히 지리할 뿐 아니라, 그 중에 촉범觸犯하는 말이 없지 아니하니, 추솔한 죄로부터 도망치 못하려니와 이미 서로 뜻을 밝히고자 하면 망령된 사기를 또한 용서하실 것입니다."

육생이 말하기를,

"이미 일을 강론하고자 하면 다만 밝히기를 구할 뿐입니다."

내가 품에서 종이 한 장을 내어 보이니, 육생과 두 사람이 더불어 읽기를 파하고, 반생이 말하기를,

"소서小序[30]의 말은 가히 폐치 못할 것이고, 『시전주』를 문인의 말이 아니라 하면, 이는 주자를 존숭하고자 하면서 도리어 주자를 해롭게 함입니다."

하였다.[31] 내가 웃고 대답하지 않으니, 이때 육생과 더불어 캉 아래 교의에 앉아 서로 큰 탁자를 대하여 다시 보았다. 엄생이 돌아와 반생의 말을 보며 즉시 말하기를,

"'동자가 휴(뿔로 만든 송곳)를 차다童子佩鞴'[32]고 한 것을 소서에서 위혜공을 기롱한 글이라 일렀거늘, 이를 주자가 옳지 않다고 여기신 것은 무슨 까닭인가?"

하니, 대개 반생이 나이가 젊어 망령되게 의론함을 조롱하는 것이다. 또 말하기를,

"여러 의론이 아주 마땅하지만 오직 소서의 일은 구차히 합하지 못할 것입니다."

내가 말하기를,

"어찌 구차하게 합하겠습니까? 다만 피차 마음을 비우고 다시 생각함이 옳을 것이니, 오직 경서를 존숭하여 옛일을 배우고자 하는 뜻은 급급히 서로 같음이 마땅하지만 문의의 소견이 다름은 비록 몸이 다하도록 합하지 못한들 무슨 해로움이 있겠습니까? 말마다 합하기를 구하고 일마다 같기를 책망함은 교우도의 큰 병통이므로, 마침내 끝까지 보전치 못할 일입니다."

이때 육생이 바야흐로 교의에 앉아 대답하는 의론을 쓰기에 내가 말하기를,

---

30 『시경』에서 시의 첫머리에 시의 뜻을 설명하는 글이 있는데 이를 가리켜 소서라 한다.
31 『연기』에는 보여 준 글의 내용과 담론이 소상히 기록되어 있다.
32 『시경』「위풍衛風」의 「환란芄蘭」에 있는 구절이다.

"날이 저물고 길이 먼데 오늘의 만남에서 갑작스럽게 합의를 얻지 못할 것이니 우선 그치는 것이 어떠합니까?"

육생이 말하기를,

"잠깐 기다리면 마땅히 대강 대답하리다."

했다. 이때 한생이 들어왔는데 술에 취하여 한 손에 돈과 안경을 든 채 거동이 극히 비패鄙悖하였다. 엄생이 그 갔던 곳을 물으니 유리창에 안경을 사 오노라 하고, 내가 소서의 논한 말을 보매 왕왕이 손으로 곳곳을 두드리며 좋다 일컫는데 실은 전혀 두서없는지라 여러 사람이 괴로이 여기는 기색이다. 한생이 나에게 일러 말하기를,

"원컨대 높은 필법을 얻어 바람벽에 붙이고 사모하는 마음을 위로코자 합니다."

내 말하기를,

"본디 필법이 졸하여 명을 받들지 못하거니와 그러나 먼저 높은 필법을 주어 돌아가 동방에 자랑하게 함이 어떠합니까?"

한생이 웃어 말하기를,

"본디 필법이 졸하니 어찌하리오."

내 말하기를,

"제 필법은 더욱 졸하니 어찌하리오."

여러 사람이 다 웃었다. 한생이 즉시 나가거늘 반생이 말하기를,

"쾌하고 쾌하도다."

내 말하기를,

"형의 말이 너무 박절합니다. 더불어 친밀치 아닐 따름이니 어찌 편벽되이 싫어하십니까."

엄성이 말하기를,

"이 일이 또한 형에게 미치지 못할 곳입니다."

육생이 말하기를,

"이는 우리 무리 아니니 더불어 친밀할 것이 없습니다."

하였다. 이때 육생이 대답한 것[33]을 보이기에 내가 읽기를 마치니, 반생이 희롱하여 말하기를,

"옛사람의 조박糟粕(찌꺼기)이로다."

내가 말하기를,

"동국은 다만 주자를 알 따름이요 다른 말은 알지 못하는지라, 나의 의론을 어찌 감히 스스로 믿겠습니까? 돌아간 후에 다시 생각하여 만일 새로 얻는 것이 있으면 필연 그른 곳을 굳이 지키지 아니할 것이요, 서로 왕복함이 있을 것입니다."

세 사람이 다 기뻐하는 빛이 있고, 육생이 말하기를,

"우리 또한 『주자』의 주를 다시 읽어 새 소견을 구하겠습니다."

내가 말하기를,

"대개 글을 보는 법이 먼저 든 소견으로 주인을 삼고 새로 얻음을 구하지 아니하니 이는 진실로 큰 병통이라, 몸이 다하도록 깨침이 없을 것입니다. 이는 제가 깊이 경계하는 바이고, 형들이 또한 이곳에 뜻을 더하기를 원합니다."

육생이 말하기를,

"대명 말년에 동국이 필연 병화兵火를 면치 못하였을 것이니 그 대강을 듣고자 합니다."

내가 말하기를,

"우리나라가 명나라의 망극한 은혜를 입고 지성으로 섬김이, 여느 외국에 비할 바가 아닙니다. 이러하므로 명나라 말년에 수만 군사를 일으켜 중국 장수 양호楊鎬·유정劉綎과 더불어 깊이 건주建州로 들어가 군사가 패하니, 별장別將 김응하金應河가 홀로 괴로이 싸워 죽기에 이르렀으나 항복하지 않았습니다. 명나라가 응하의 죽음을 듣고 요동백遼

---

33 『연기』「간정동필담」에 그 전문이 전해온다. 대략의 내용은 주자가 소서를 폐한 것을 두고 육생은 소서를 폐할 수 없다고 한 것이 요지다.

東伯으로 증직贈職하여 충절을 포장襃獎하니 이로부터 양국의 혐의와 원망이 더욱 깊어졌습니다.

정묘丁卯(1627) 연간에 10여만 군사가 동으로 압록강을 건너니 우리나라 병력이 이미 미약하여 능히 막지 못하고, 마침내 형제의 언약을 이루어 보전할 묘책으로 삼았습니다. 이때 강개한 의론이 오히려 대명을 저버림을 부끄럽게 여기더니, 병자丙子(1636) 연간에 이르러 본조(청)를 높이 칭할 것을 청한 후에 사신이 본국에 들어와 함께 복종하기를 원하는 뜻을 전하자, 우리나라 선비들이 글을 올려 사신의 목을 베어 명나라로 보내기를 청하였습니다.

사신이 그 기미를 알고 크게 놀라 도망하여 돌아가 두어 달이 지나니, 수십만 군사 빠르기가 풍우 같아 두어 날 사이에 남한산성 아래에 이르니, 겨우 40여 일을 지키고 결국에 항복함을 면치 못하였습니다. 이때 조정의 맑은 의론과 초야의 강개한 말이 명나라를 배반한 것을 더욱 원통한 일로 삼았습니다.

명나라를 위하여 끝까지 절개를 보전한 사람이 여럿 있는데, 그 중 홍익한洪翼漢·오달제吳達濟·윤집尹集 세 사람을 세상이 삼학사三學士라 일컫고 사적을 더욱 우러렀습니다. 몸이 심양에 갇혀서도 마침내 뜻을 굴하지 아니하고 죽음을 돌아보지 아니하였으니, 외국의 배신陪臣이 능히 중국을 위하여 죽음으로 절개를 지킨 것은 천고의 드문 일이요, 중국 사람도 한번 들음직한 사적입니다.

다만 본조가 매우 혐의쩍어 함을 저어하여 지금껏 이름이 전하지 못하였고, 그 후 개주盖州 전투에 우리나라 또한 참여하였으니, 이때 포수砲手 이사룡李士龍[34]은 천한 군사로 오히려 분함을 이기지 못하여 포를 쏘매 철환鐵丸을 넣지 아니하여, 마침내 죄를 입어 죽기에 이르렀

---

34 이사룡(1612~1640)은 인조 때 무인이다. 1640년 청이 명을 치기위하여 조선에 원병을 청하자 포병으로 징발되었다. 금주 싸움에서 포탄을 넣지 않고 발포하다가 청군에 발각되어 심한 고문을 당하였으나 명에 배반할 수 없음을 역설하다가 살해되었다.

지만 끝내 마음을 변치 아니하였습니다.

우리나라가 비록 힘이 약하고 군사가 적어 은혜를 갚지 못하였으나 이처럼 두어 사람의 의기를 힘입어 길이 천하에 말이 있을 것입니다. 오늘날 형들을 만나 기휘忌諱할 것을 피하지 아니하고 말이 여기까지 이른 것은 서로 깊이 마음을 허락함을 믿고 동국의 본심의 밝혀 중국의 뜻있는 사람으로 하여금 감동함이 있기를 바라기 때문입니다."

세 사람이 보기를 마치고 다 기색이 무연하여 서로 보며 탄식할 따름이다. 내가 그 종이를 즉시 찢으니, 반생이 삼학사의 성명을 가려내어 깊이 행장에 감추었다. 내가 구왕九王[35]의 일과 용골대龍骨大와 마부대馬夫大[36]의 사적을 물으니, 다 전혀 알지 못하고 말하기를,

"남방은 북경에서 멀리 떨어져 국초의 사적은 전혀 알지 못합니다." 라 하니, 대개 진실로 모름이지 기휘함이 아니었다. 이때 수작이 많았지만 종이를 찢어 자취를 없애니 날이 오래되어 다 기록하지 못한다.

내가 육생더러 묻기를,

"노형은 초당에 한가롭게 거하며 항상 무슨 사업이 있습니까?"

육생이 답하기를,

"붓으로 밭을 갈고, 마음으로 베를 짜지요筆耕心織."

내가 말하기를,

"말이 매우 간고簡古하지만 너무 기이하여 유자의 어법 같지 않습니다."

여러 사람이 다 웃었다. 이때 평중이 한 편 글을 지어 여러 사람에게 보이니, 대저 교만한 마음을 경계한 말이다. 여럿이 보기를 마치자 육생이 말하기를,

---

35 누르하치의 열넷째 아들 도르곤을 말한다.

36 용골대는 본명이 영고이대英固爾岱로 병자년(1636)에 사신으로 와서, 청나라 황제의 존호를 쓰고 군신의 의를 맺을 것을 요구하였으나 거절당하자, 그해 12월 10만 대군을 거느리고 쳐들어와 병자호란을 일으켰다. 마부대는 본명이 마복탑馬福塔으로, 용골대와 함께 조선에 사신으로 온 자다.

"강학을 일삼지 않는 사람이나 진짜 도학을 아는 의론입니다. 말이 간절하니 마땅히 받들어 종시의 거울을 삼으려니와, 다만 나로써 덕을 이룬다 일컬으니 이는 도리어 교만한 마음을 인도함입니다."

평중이 말하기를,

"육형의 언론과 기상을 보며 어찌 사람에게 교만하겠습니까? 다만 이 글을 보아 더욱 힘쓰면 혹 도움이 없지 않을 것입니다."

엄생이 말하기를,

"김형은 기상이 호매豪邁한 사람이로되 깊은 마음으로 세정을 살핌이 이같이 추상推想하니, 어진 사람의 소견은 진실로 축탁逐度치 못할 것입니다. 관에 돌아간 후에 조그만 종이 셋을 얻어 이 글을 베껴 각각 나누어 주시기 바랍니다."

평중이 말하기를,

"사람이 비록 지극히 어리석으나 남을 책망함에 이르러는 혹 지극히 밝은 의론이 있으니, 저의 위인은 비록 취할 것이 없으나 다만 사람을 보고 말을 폐치 말고 형이 또한 저의 병통을 알 것이니 높은 경계를 듣고자 합니다."

반생이 말하기를,

"저를 가르친 말은 진실로 좋은 약입니다. 오형의 병통을 진실로 듣고자 할진대 특별히 의논할 것이 없으되 다만 변복邊幅(베의 가장자리, 곧 겉치레)을 약간 다스림이 좋겠습니다."

엄생이 말하기를,

"저는 다른 말로 충성을 내을 것이 없는지라, 다만 적이 안정하고 세밀하기를 힘씀이 마땅합니다. 대저 호상한 사람이 소홀한 병통을 면치 못하기 쉽습니다."

반생이 말하기를,

"저는 비록 사람에게 교만할 마음이 없으나 다만 사람을 경홀히 여기는 병통이 있으니 가르침을 들으니 마땅히 깊이 경계할 것입니다."

이때 과실과 약간 음식을 내어 오고 또 술을 권하니 평중이 약간 사양하다가 연이어 큰 그릇으로 두어 잔을 마시거늘, 내 여러 번 꾸짖어 말리니 평중이 가장 무연하게 여겼다. 세 사람이 비록 말을 알지 못하나 그 기색을 짐작하고, 육생이 웃어 말하기를,

"김형이 홍형의 꾸짖음을 견디지 못하여 그 부끄러워하는 거동이 극히 사랑스럽습니다."

하니, 다 대소하였다. 내 말하기를,

"술이 진실로 우물尤物(요사하고 아름다운 물건)이로다."

하니, 육생이 말하기를,

"음식과 남녀는 성인이 오히려 금치 아니하였습니다."

하여, 내 말하기를,

"이를 이른 것이 아니라, 김형이 일전에 취하여 돌아가매 거의 생사를 면치 못할 뻔하였는지라 오늘 올 때에 단연코 먹지 않겠다고 언약하였더니 마침내 욕심을 참지 못하니, 이로써 우물이라 이른 것입니다."

육생이 웃어 말하기를,

"술은 선생의 음식이요, 너는 군자의 선비가 되리로다酒是先生饌 女爲君子儒."

하니, 다 크게 웃었다. 이때 반생이 웃옷을 벗어 캉 아래서 낯을 씻는데 입은 옷이 겹겹이 무늬 있는 비단이고, 위에 공단貢緞(비단) 배자褙子(저고리 위에 입는 옷)를 입었는데, 제양이 매우 작아 부인의 의복 같았다. 내가 말하기를,

"형이 부인의 아름다운 태도가 많고 장부의 뇌락磊落한[37] 기상이 적으니 깊이 경계함이 어떠합니까?"

반생이 웃으며 말하기를,

"진실로 그대의 말과 같습니다."

---

37 뇌락은 마음이 활달하여 작은 일에 거리낌 없음을 말한다.

평중이 말하기를,

"장자방張子房[38]의 얼굴이 부인에 가깝다 하였으니, 형의 흉중에 자방의 재주를 품었으면 또한 해롭지 않을 것입니다."

반생이 웃으며 말하기를,

"풍진風塵의 인물이요, 시속時俗의 형상이라 어찌 자방의 재주를 바라겠습니까."

내가 말하기를,

"형은 재주가 높고 마음이 개제愷悌[39]하여 진실로 아름다운 자품입니다. 내가 사랑하는 마음은 범범泛泛한 교도에 비할 바가 아니로되, 다만 청약淸弱한 기질에 함축한 기상이 적고 여색을 좋아하는 의론이 많으니, 이것은 높은 경지에 오를 묘책이 아닙니다. 깊이 경계하기를 바랍니다."

반생이 말하기를,

"평생에 밖으로 경계를 범함이 없으나生平未嘗二色, 다만 욕심을 제어함이 어렵습니다."

내가 말하기를,

"뉘 어렵게 여기지 않겠습니까? 다만 욕심을 적게 함에 힘써 없어지는 지경에 이를 따름입니다."

반생이 말하기를,

"이는 크게 어려운 일이지만 어찌 경계치 않겠습니까? 오히려 혈기를 진정치 못하고 욕심이 마땅한 도리를 잃으니 다행히 평생의 만남이 없으나 마음의 병통을 어찌 스스로 모르겠습니까? 두 형의 가르침을 들으니, 오경에 종소리를 듣고 잠을 깨고자 하는 것과 같습니다.

---

38 장량張良(?~B.C 168)은 한나라 개국 공신으로 자방은 그의 호다. 진승·오광의 난이 일어났을 때 유방의 진영에 있었으며, 후일 항우와 유방이 만난 '홍문의 회'에서는 위기에 처한 유방을 구하였다. 지략이 뛰어난 책사로 한나라의 서울을 진나라의 고지인 관중으로 정하고자 한 유경의 주장을 지지하였다.

39 '개제'는 용모와 기상이 화평하고 단아함을 말한다.

이후에는 더욱 경계하려니와 오직 스스로 믿지 못합니다."

내가 말하기를,

"사람의 행실은 별다른 말이 없습니다. 오직 허물 듣기를 기뻐하여 능히 고치는 자는 군자에 돌아가고, 스스로 제 소견을 지키고 사람에게 아첨을 좋아하면 마침내 소인에 돌아갈 따름입니다."

반생이 좋다고 했다. 또 내가 말하기를,

"비록 그러하나 이 말을 내는 나 또한 허물을 들으면 그 마음의 기쁨이 마침내 기림을 듣는 즐거움만 같지 못하니, 저어컨대 내 몸이 또한 소인을 면치 못할까 합니다."

반생이 말하기를,

"이것은 절실한 의론이요, 몸을 다스리는 학문爲己之學이라 형에게는 과연 미치기 어렵습니다. 저는 사람을 기리는 것을 좋아하고 허물을 들으면 또한 마음이 유연悠然하나, 다만 잠깐 사이에 의구히 방탕하니 이것이 큰 병통이요, 진실로 소인을 면치 못할 것입니다."

내가 말하기를,

"형의 의론을 들으니 스스로 병통을 숨기지 않고 간절히 마음의 근본을 살피니, 이것이 내가 사랑하고 귀히 여기는 바입니다."

반생이 말하기를,

"나는 평생을 생각하매 다른 죄악이 없으나 오직 사람을 업신여기고 여색을 좋아하는 것이 병통입니다. 가르침을 들으니 마땅히 깊이 뉘우치려니와 필경 욕심을 제어함이 매우 어렵습니다."

내가 말하기를,

"어렵기는 진실로 어렵거니와 욕심을 좇아 경계할 마음이 없으면 장차 어떤 사람이 되겠습니까?"

반생이 말하기를,

"어찌 욕심을 좇으리오. 다만 제어하기가 실로 어렵습니다."

엄생이 말하기를,

"저 또한 병통이 있는데 사람과 더불어 겨루기를 두려워하나, 업신여김을 받으면 또한 마음이 평안치 못한 것입니다. 이러하므로 사람의 허물을 보면 희미하게 책망하여 이로 하여금 스스로 깨치게 하나, 즉시 깨치지 못하면 문득 분한 마음을 금치 못하는 것입니다. 또 남에게 바라는 것이 있으면 희미하게 뜻을 보여 그로 하여금 스스로 알게 하지만 즉시 알아듣지 못하면 문득 원망하는 마음을 금치 못하니, 저 사람은 바야흐로 마음이 무사하여 태연히 거리낌이 없는데 나는 홀로 괴로운 심려를 부질없이 허비하니 극히 민망합니다. 이로써 생각할 때 군자의 거동이 비록 과히 격렬함을 귀하게 여기지 아니하나 또한 오로지 함축含蓄하기를 취하지 않을 것이니, 이 병통을 없애고자 한다면 무슨 방법이 있겠습니까?"

내가 말하기를,

"희미하게 책망하여 깨우치게 하지 못하면 명백히 이르지 아니한 것이 나의 허물이지요. 어찌 편벽되게 남을 책망하겠습니까? 명백히 일러도 고치지 아니하면 말을 그칠 따름이고, 희미하게 뜻을 보여 알아듣지 못하면 분명히 구하지 않은 것이 나의 허물입니다. 분명히 구하여도 듣지 아니하거든 또한 그칠 따름이니, 대저 스스로 내 몸을 깊이 책망하고 남의 작은 허물을 용서하면 어떤 일을 당하여도 스스로 뜻을 얻지 못할 일이 없을 것입니다."

엄생이 크게 기뻐하며 말하기를,

"학문은 반드시 강론한 뒤에 비로소 밝아지니, 어찌 담헌 같은 이를 다시 얻어 조석으로 좌우에 두어 마음을 경계할 수 있겠습니까? 이제 몸이 다하도록 다시 볼 길이 없으니 진실로 한 번 통곡할 만합니다."

평중이 말하기를,

"형의 자품을 보니 진실로 천고의 드문 인물입니다. 한 번 이별한 뒤에 다음 만남을 정하지 못하니, 진실로 지사志士의 통곡할 일입니다. 그러나 형이 나를 아는 것이 필연 내가 형을 아는 것만 같지 못합니다."

엄생이 말하기를,

"형이 나를 알고 내가 형을 아니 피차 다름이 없을 것이요, 만일 서로 말을 통하여 회포를 쾌히 의론하면 이별의 괴로움을 더욱 이기지 못할 것입니다."

평중이 말하기를,

"천애의 지기를 만나 회포를 쾌히 펴지 못하고, 돌아간 후에 구구히 편방偏邦에 엎드려 녹록히 가슴을 열 곳이 없으니 어찌 슬프지 않겠습니까?"

반생이 묻기를,

"김형은 돌아가면 장차 무슨 일을 합니까?"

평중이 답하기를,

"백수白叟가 과공科工을 일삼을 뿐입니다."

반생이 말하기를,

"아직도 과거를 보십니까? 벼슬을 구하지 않을 수는 없는 것인지요? 혹 집이 가난하신지요?"

평중이 말하기를,

"집이 가난하되 벼슬을 구하지 아니하면 어찌 과거를 숭상하며, 집이 가난하지 않으면 어찌 백수에 과거를 보겠습니까?"

엄생이 말하기를,

"괴롭기 극진하군요."

반생이 말하기를,

"아들이 몇이 있습니까?"

엄생이 또 묻기를,

"늙은 수씨嫂氏는 나이 몇이십니까?"

평중이 말하기를,

"아들은 없고 또한 고분鼓盆(상처喪妻)의 슬픔을 당하여 다만 첩을 두었을 뿐입니다."

엄생이 말하기를,

"더욱 괴롭기 극진하도다."

내 말하기를,

"김형은 두 가인佳人을 두었으니 집이 비록 가난하나 호부한 기상을 갖추었습니다."

반생이 크게 웃어 말하기를,

"김형은 과연 신선의 연분이 있습니다."

평중이 말하기를,

"나의 평생을 생각할진대 어찌 한갓 괴롭기 극진할 뿐이겠습니까? 용렬함이 극진하고 더럽기 극진하니 천고의 무수한 사나운 일은 도무지 내 몸에 모였다 이를 것입니다."

엄생이 웃어 말하기를,

"총결해서 말하면 통극通極이로군요."

반생이 웃어 말하기를,

"가히 우습기 극진하도다. 집이 가난하고 아들이 없으매 백수의 과공을 일삼으니 슬프고 슬프다. 백수에 오히려 과거를 폐치 아니하니, 또한 통치 못함이 극진하도다."

좌상이 다 대소하였다. 이때 손님이 연이여 이르니 세 사람이 번갈아 나가 손님을 대접하였다. 내가 육생더러 말하기를,

"「하풍죽로초당시荷風竹露草堂詩」는 높은 사집私集(개인 문집)을 살피되 얻지 못하니 무슨 연고입니까?"

육생이 말하기를,

"하풍죽로는 나의 초당 이름이고, 몇 해 전에 손수 그 제도를 그리고 지은 글이 있으나 사집에 들지 않았습니다."

하고, 즉시 두 시를 써 보였다.

내 나이 30이 못 되어

살림살이는 항상 간난을 괴로이 여기도다.
비로소 입을 위하여 망급한 줄을 알고
이미 행로의 어려움에 싫증나도다.
노친이 나이 70이라
반찬의 음식을 갖추지 못하였다.
나가매 쌀 지는 즐거움이 부끄럽고
들매 격서를 받드는 즐거움이 적도다.
속절없이 여관의 꿈이 남아
올올히 고향을 그리워하도다.
가난한 선비 외로운 구름이 되니
어찌 능히 옛 동산에 깃들리오.

我年未三十 生理常苦艱
始識爲口忙 已屬行路難
老親年七十 無以具盤餐
出愧負米樂 入尠奉檄歡
空餘旅舍夢 兀兀戀鄕關
貧士爲孤雲 何能栖舊山

덧없이 지나간 세월이 십년이 넘으니
바람과 나무 슬프고 탄식함이 가득하였도다.
올올히 짧은 노래를 쉬오니
헐린 집에 세 기둥이 남았도다.
앞뜰에 한 떨기 대를 심고
뒷마루에 연꽃을 마주하였도다.
그 곁에 빈곳이 있으니
겨우 아욱과 나물을 심음이 족하도다.
비록 내 집이 그윽하다 일컬으나

다만 옛 땅이 아닌 줄을 안타까워하노라.

어찌 부귀를 원치 않으리오마는

어정거리니 운명이 진실로 다르도다.

정녕 아이들에게 부탁하노니

또한 다시 시서를 일삼을지어다.

荏苒逾十載　風樹盈悲噓

几几息短翮　破屋三楹餘

前庭植叢篠　後軒面芙蕖

其旁有隙地　稍足蒔葵蔬

雖稱吾廬幽　但惜非故居

豈不願富貴　蹭蹬命固殊

丁寧屬兒子　且復事詩書

　내가 보고나서 말하기를,

"시의 운격이 높을 뿐 아니라 아담한 필법이 가히 옛사람에 비길 만합니다."

하니, 육생이 웃었다. 반생이 묻기를,

"일전에 들으니 동국에 칙사를 보내는데 다 만주 사람을 쓰고 한인을 쓰지 않는다 하니 진실로 이러합니까?"

　내가 답하기를,

"이는 자세히 알지 못하지만 다만 형들이 칙사로 동국에 들어와도 피차에 사정이 더욱 불편할 것입니다. 마침내 오늘로 영결을 삼을 것이니 다른 묘책이 없을 것입니다."

　육생이 말하기를,

"동국에서 칙사를 만나면 무슨 연고로 종적이 불편하다 하십니까?"

　내가 말하기를,

"칙사가 동국에 이르면 겨우 3~4일을 머물고 관문을 나가서 사사로이 심방하는 일이 없고, 공무가 아니면 잡되게 사람이 출입하지 못합니다.”

이때 손님이 이르니 육생이 또 나갔다. 내가 말하기를,

“형들이 칙사를 당하는 일이 있어 비록 길에서 보기를 청하면 한 번 만나기가 어렵지 않겠지만, 다만 나는 이 일을 원치 않습니다.”

엄생이 묻기를,

“원하지 않는 것은 무슨 까닭입니까?”

내가 대답하지 않으니 또 말하기를,

“이는 무슨 뜻인지 분명히 알고자 합니다.”

내가 웃고 대답하지 않으니, 반생이,

“대국을 두려워하는 까닭입니까?”

내가 말하기를,

“그게 아닙니다.”

엄생이 말하기를,

“공연히 한 번을 보면 도리어 안 보니만 같지 못한 의사입니까?”

내가 웃으며 또한,

“그런 뜻도 아닙니다.”

반생이 말하기를,

“칙사를 만나 존경하는 체모를 괴로이 여기는 것입니까?”

내가 말하기를,

“그 또한 아닙니다.”

두 사람이 서로 보며 매우 의심하는 기색이 있으니, 반생이 말하기를,

“우리가 칙사를 맡는 것 또한 망령된 생각입니다. 이 일이 있을 줄을 기필치 못할 것이니, 지금 망령된 말이 있는 것입니다.”

반생이 또 나가 손님을 대접하거늘, 엄생이 다시 나를 향하여 그 의사를 묻기에 내가 말하기를,

“이는 다른 뜻이 아니라, 다만 형들이 좋은 사람이 되기를 원하고,

좋은 벼슬을 얻기를 원치 아니하는 까닭입니다."

엄생이 말하기를,

"일전에 육형에게 보낸 편지의 끝에 말이 있으니, 그 의미와 같군요."

내가 말하기를,

"진실로 그렇습니다. 형으로 하여금 구차하게 풍진에 용납하여 명리를 일삼으면 비록 이로 인연하여 서로 만남이 있으나 구구히 서로 생각하는 정분을 위로할 따름이요, 일생에 기약하고 바라는 뜻이 아닙니다. 나는 형을 위하여 실로 이 지극한 마음이 있으니, 이러하므로 반형에게 주는 글에 출신할 일을 많이 의론한 것입니다."

엄생이 말하기를,

"육형에게 보낸 편지를 한 번 보고 감격한 마음을 이기지 못하여 육생과 더불어 서로 언약하여 오늘 말을 잊지 않으리라 하였습니다. 반형에게 지어 준 글에는 절실히 그 병통을 맞추었으나, 저어컨대 그 병이 이미 깊어 약을 받지 못할까 합니다."

또 말하기를,

"제가 그 글을 마저 얻고자 함은 일생토록 좌우의 경계를 삼고자 함이요, 데면데면한 말이 아닙니다. 좋은 사람의 좋은 말을 몸이 다하도록 대하면 진정 약석藥石이 될 것이니 잠시 필묵의 수고로움을 사양치 마시기 바랍니다. 혹 다시 쓰기를 혐의쩍게 여길진대, 다른 말을 얻으면 더욱 감격하겠습니다. 저는 실로 가르침을 받을 사람이니 다행히 더러이 여기지 않기를 바라나, 다만 학문이 공소空疎하고 식견이 없어 높은 뜻에 대답하지 못함을 부끄러워합니다."

내가 말하기를,

"다시 써 보내는 것이 무엇이 어려우리요마는, 다만 형이 나를 위하여 마침내 간절한 가르침을 주지 못하니, 이는 내가 가르침을 받지 않으리라 여기는 것입니다."

엄생이 말하기를,

"이는 가히 맹세컨대, 나는 자질이 어리석고 미련하여 마음에 아는 것이 없으니 장차 무슨 말로 형을 경계하겠습니까? 비록 말을 하고자 하나 또한 예사로운 의론이라, 어찌 형들을 위하여 이마 위에 바늘을 내림과 같겠습니까? 제 등은 허물이 심히 많은지라 책망이 두려워 옛 사람의 교도를 보게 하려니와, 형의 자품을 보건대 숙연肅然히 한 가지의 허물이 없으니 장차 무슨 말로 무슨 일을 경계하겠습니까?"

내가 말하기를,

"형이 스스로 자질이 용둔함을 일컬으니 나의 자질은 어떻다 하겠습니까? 이미 평상한 의론을 혐의쩍게 여길진대 나의 의론에 무슨 신기한 곳이 있겠습니까? 숙연히 허물이 없다 함은 성인에 가까운 후에야 이 칭호를 당할 것이고, 설사 성인의 자품인들 어찌 서로 경계함이 없겠습니까? 도무지 나를 더럽게 여기는 것이니 여러 말을 할 것이 없구려."

엄생이 말하기를,

"일전에 이미 말이 있으니 어찌 희롱의 수작이겠습니까? 저는 평생에 망령된 말을 경계하니 비록 곳곳을 지키지 못하나, 어찌 헛되이 맹세를 베풀겠습니까? 만일 거짓말이 있을진대 앞길이 길하지 않으리라 한 것이 제가 맹세한 말이 아닙니까?"

내가 말하기를,

"형이 망령된 말을 경계함이 가장 마땅하나, 저에게 이르러서는 이 경계를 지키지 못한 곳이 적지 않습니다."

반생이 말하기를,

"개결介潔하면서40 능히 화평和平하고 관후寬厚하면 사람을 얻는다介而能和 寬則得衆 하니 이 여덟 자 말을 받들어 드립니다."

---

40 '개결하다'는 성질이 단단하고 조촐하다는 뜻이다.

엄생이 말하기를,

"담헌이 만일 안팎이 서로 응하지 아니하고 말과 행실을 서로 돌아보지 아니하면, 이는 저도 또한 알 길이 없습니다."

내가 말하기를,

"제가 실로 지나치게 겸손한 것이 아니요, 또 김형이 여기 있으니 소인으로 일컬을진대 혹 과도하려니와, 말이 실實에서 넘친다 하면 그 책망을 면치 못할 것입니다."

반생이 놀라 평중더러 말하기를,

"군자를 소인이라 일컬으니 김형은 마음이 병든 사람입니다."

내가 말하기를,

"이것은 김형으로 증인을 세우는 말이지 김형이 나를 소인이라 일컬음이 아닙니다."

두 사람이 다 웃었다. 엄생이 말하기를,

"그러하면 저는 한갓 그 겉만 보고 한갓 그 말만 들은 것입니다. 밖을 보고 안을 엿보지 못하며 그 말을 듣고 그 행실을 살피지 못하였으니, 숙연히 허물이 없다 일컬음이 또한 마땅합니다."

반생이 말하기를,

"형의 인품은 실로 큰선비라, 저는 능히 높고 깊은 곳을 알지 못합니다."

하며 말을 마치지 못하여, 내가 쓰는 종이를 앗아 그 말을 흐리며 말하기를,

"이런 실없는 의론은 피차에 유익함이 없고 한갓 남에게 웃음을 취할 것이니 서로 입을 잠금이 마땅합니다."

하였다. 두 사람이 다 기색이 무연하여 말이 없기에 내가 말하기를,

"오늘은 길이 이별이 될 것이라 청컨대 한 말씀 드리겠습니다. 우리들이 우연히 만나 정을 다지고 기운을 합하여 서로 지기로 허하나, 하루아침에 별이 사라지듯 헤어져 마침내 생사의 이별이 될 것이니, 그

수절한 회포는 서로 이를 것이 없으나 어찌 구구히 아녀자의 태도를 본받겠습니까? 다만 서로 떠난 후에 각각 힘쓰고 경계하여 허물을 고치고 착한 일을 배워 다른 날 서로 서신을 부쳐 피차에 그 사연을 살피면, 공부의 게으르고 부지런함과 얻은 바의 옅고 깊음을 비록 덮고자 하여도 덮지 못할 것입니다. 깊고 부지런한 자는 벗을 저버리지 않으며 옅고 게으른 자는 벗을 저버립니다. 일찍 공부에 뜻이 없고 얻기를 구하지 않는 자는 우리의 무리가 아니니 서로 끊는 것이 가합니다."

반생이 말하기를,

"저는 실로 같은 무리가 아니니 끊는 것이 어떠합니까? 들어와 덕을 들으나 나가면 분화紛華를 보니, 학문을 힘쓰기가 심히 어려운 것을 어찌하겠습니까?"

엄생이 말하기를,

"싸움이 비록 괴로우나 필경 이기기를 얻으면 여위던 사람이 도리어 살찌는 것입니다."

내가 엄생에게 이르기를,

"형은 견체堅滯한 병통이 없습니까?"

엄생이 말하기를,

"스스로 이 병통이 없노라 하지만 다른 사람이 보면 혹 이 병통을 알아봅니다. 가슴속에 혹 울결鬱結한 마음이 있어 헤치지 못함이 있으나 능히 즉시 깨쳐 스스로 이기는데, 다만 온전하지 못할 뿐이고 견체한 병통은 스스로 없다고 할 것입니다."

반생이 말하기를,

"엄형이 하지 않는 바가 있으니 그것이 견한 곳이고, 뜻을 세움이 심히 단단하니 그것이 체한 곳입니다."

엄생이 머리를 가로저으며 말하기를,

"이는 객기의 의론입니다. 사람의 행실은 관을 덮은 후에야 가늠이 정해질 것이며, 내가 다른 날에 소인이 되지 않을 것을 어찌 알겠습니까?"

또 말하기를,

"제가 반드시 두 형의 경계하는 말을 청함은 오로지 수적을 얻어 이 몸과 이 마음을 경계하고자 함이니, 돌아보건대 고금의 아름다운 말과 좋은 행실이 적지 않고 지금 사우 중에도 어찌 전혀 없겠습니까마는, 다만 옛말은 눈에 이미 익고 가까운 사람은 자연히 소홀함을 면치 못할 것입니다. 이제 두 형의 위인을 보고 또 가슴속에 한없는 별회를 서로 맺었으니, 비록 두 형으로 하여금 인품과 학술이 이같이 아름답지 못하여도 이미 생전에 잊기 어려울 것이요, 하물며 두 형의 아름다운 말과 좋은 행실이 족히 사법이 되어 우리로 하여금 종신토록 수용하게 할 것입니다. 비록 부질없는 두어 자 편지라도 일생의 보배를 삼을 것인데, 하물며 순순히 경계하여 귀를 이끌고 낯으로 명한 말씀이겠습니까?"

내가 말하기를,

"형의 의론이 매우 좋습니다. 오직 우리 안으로 실이 없고 겉으로 큰 말을 해서 이런 과도한 칭찬을 들으니 매우 부끄럽거니와, 사람됨이 모자란다 하여 그 말마저 버리지 않으신다면 높은 덕으로 여겨 탄복하겠습니다."

또 이르기를,

"이후에 한 장의 편지를 주어 이별하는 회포를 펴고자 할진대, 과도한 칭찬을 떨치고 저의 위인을 이미 대강 알았으니, 기질의 병통을 극진히 가르쳐 돌아간 후에 항상 눈을 붙여 경계를 삼게 함을 바랍니다. 저는 본국에 있으면서 오히려 중인에 미치지 못하니, 과도한 칭찬을 얻어 돌아가 제배儕輩를 보이면, 특별히 형이 사람을 가볍게 허하는 병통을 나눌 뿐이 아니라, 저의 큰 말로 사람을 속인 죄를 면치 못할 것입니다. 이것에 만일 털끝만큼이라도 겸양하여 꾸밈이 있으면, 이는 형의 이른바 앞길이 길하지 않으리란 말과 같을 것입니다."

반생이 말하기를,

"애오려愛吾廬의 맑은 경치를 듣고 한 번 올라 함께 구경치 못함을 한합니다."

내가 말하기를,

"우물의 개구리가 조그만 경치를 자랑코자 하다가 바다 자라의 무릎을 상할까 저어합니다."

반생이 대소하며 묘한 말이라고 했다. 내가 묻기를,

"육생이 오래 돌아오지 않으니 무슨 연고가 있습니까?"

반생이 말하기를,

"속객이 사람을 괴롭게 보채니 육형이 능히 떨치지 못하는 것입니다."

엄생이 말하기를,

"어찌 반드시 속객이라 일컬으리오? 저는 우리의 일을 알지 못할 것이며 사람이 각각 제 일이 있으니, 말이 화평치 못합니다."

반생이 말하기를,

"저는 평생에 속인을 견디지 못하고 흉중이 실로 화평치 못하니, 이것이 사람을 업신여기는 병통입니다."

엄생이 말하기를,

"이미 병통을 알면 어찌 고치지 아니하는가?"

반생이 웃어 말하기를,

"저는 속객을 보매 곧 잠이 옴을 깨치지 못하고, 만일 두 형을 만나면 한가지로 밤을 새우지 못함을 한합니다."

내 말하기를,

"오직 우리 두 사람이 또한 속객을 면치 못할까 저어합니다."

반생이 웃어 말하기를,

"이 말이 또한 아름답도다."

이때 육생이 들어오거늘 내가 묻기를,

"28~29일에 형들이 연이어 출입할 연고가 없습니까?"

육생이 말하기를,

"반드시 나의 일이 있고 없음을 물을 것이 없이 틈이 있으면 다시 오실 것이며, 저는 연고를 정하지 못하겠습니다. 다만 틈을 얻어 한 번 수작이 있으면 또한 즐거운 일이어니와 오늘 같은 날은 극히 무미합니다. 한 조각 마음이 홀연히 끊어지며 홀연히 이어지니, 도리어 한 번 끊어지고 도로 잇지 못함만 같지 못할 것입니다. 28~9일에 다시 올진대, 나를 보아도 가하고 나를 보지 못하여도 또한 가하니, 이것이 무정한 말이 아니라 정이 있어도 하릴없습니다. 저는 평생에 인정이 승한 성품이로되 왕왕 할 일 없는 곳에 이르러 문득 이 법을 쓰니 이로써 천하에 제일 모진 사람이라 이를 것입니다."

내가 말하기를,

"올 때 숙부께서 부채 하나로 노형의 그림을 청하노라 했는데, 이곳에 이르러 손님이 많은 것을 보니 저어컨대 겨를이 없을까 합니다."

육생이 웃으며 말하기를,

"얼른 가져오십시오."

내가 내어 주는데 반생이 말하기를,

"홍형의 마음이 과히 세밀합니다."

내가 웃으며 말하기를,

"마음이 실로 세밀하여 속태를 면치 못하니 극히 부끄럽습니다."

반생이 말하기를,

"마음이 세밀한 것이 아주 좋은 일이지만, 다만 우리를 대하여 이 법을 쓰는 것이 오히려 곡진함을 과히 면치 못할 것입니다."

내가 말하기를,

"이 죄를 사례합니다."

엄생이 말하기를,

"이것이 또한 깊은 마음으로 세상에 수응하는 것입니다."

내가 말하기를,

"이미 세상에 수응하고자 하면 어찌 속태라 이르지 않으리오?"

엄생이 말하기를,

"마지못하여 그럴 곳이 있으니 어찌 일체 속태라 이르겠습니까?"

내가 말하기를,

"나는 그렇지 않아야 할 곳에 오히려 그러하니 어찌 속태를 면하겠습니까?"

육생이 말하기를,

"김 대인 또한 부채를 마련해 두었습니까?"

평중이 말하기를,

"부채는 가져왔으나 감히 청치 못합니다."

육생이 묻기를,

"이는 무슨 연고입니까?"

평중이 말하기를,

"서로 만나지 못하고 먼저 그림을 청함이 체모에 해로울까 여기는 까닭입니다."

육생이 말하기를,

"어느 사람의 체모를 이르는 말입니까? 나의 체모는 족히 염려할 것이 없습니다."

평중이 크게 기뻐 말하기를,

"과연 활달한 장부요, 진정 나의 아우로다."

좌상이 크게 웃었다. 육생이 말하기를,

"이 광경을 볼진대 이 대인이 또한 부채를 청해 두었을 것입니다."

내 웃으며 말하기를,

"세 대인이 다 부채를 맡겨 그림을 얻고자 하나 감히 청치 못하여 허다한 생각만 있습니다."

반생이 말하기를,

"세 분 대인이 다 홍형의 자취입니다."

평중이 말하기를,

"장부의 흉금이 마땅히 청천백일 같아야 하니, 어찌 홍형의 깊은 마음으로 세상을 수응하여 마음과 말이 응치 않음과 같으리오?"

반생이 붓으로 그 말을 흐리고 크게 다르다 하니, 엄생이 웃어 말하기를,

"이는 양허로써 양허되는 바로다養虛之所以爲養虛也."

하였다. 이때 또 손님이 이르러 육생이 나가니 엄생이 말하기를,

"제게 한 가지 요긴한 말이 있어 받들어 말씀드립니다. 우리가 교도를 정함에 육형은 나이가 많으나 김형이 아우라 일컫고, 저에게 이르러는 나이 젊은데 도리어 형으로 일컬으니 어찌 우습지 않겠습니까? 이후에는 담헌이 우리 두 사람을 늙은 아우老弟라 일컬음이 어떻습니까? 김형은 호쾌한 사람이라 여러 번 속탁을 기다리지 않으려니와, 홍형은 마음이 세밀한 사람이라 스스로 형의 칭호를 당함을 즐기지 않을 것이니, 이것이 누누이 청하는 뜻입니다."

반생이 말하기를,

"저의 뜻도 또한 그러하니, 이후에는 '난공노제蘭公老弟'라 부르고, 다시 '형兄'자를 쓰지 않음이 마땅합니다."

내가 말하기를,

"노제老弟는 전고에 이런 칭호를 듣지 못했고 육형이 희롱한 일이니, 세간에 어찌 늙은 아우가 있겠습니까?"

엄생이 말하기를,

"그러면 노제 칭호는 버리고 현제賢弟라 일컬음이 어떠합니까? 양허는 반드시 형으로 자처함을 꺼리지 않을 것이나, 오직 담헌이 객기를 면치 못할까 하여 저어합니다."

내가 말하기를,

"저는 마음이 세밀할 뿐 아니라 마침내 중외의 분별이 있으니 육생

의 아우 되기는 감히 사양치 못하지만, 두 형의 형이 되기는 결연히 당치 못할 것입니다."

엄생이 낯빛이 변하여 머리를 숙이고 말이 없었다. 평중이 말하기를,

"왕공과 대인은 진실로 중외의 분별이 있으려니와, 사우의 교도에 어찌 이런 차등이 있겠습니까? 진실로 이럴진대 큰 고을 백성과 작은 고을 백성이 있으니, 작은 고을 백성이 능히 큰 고을 백성에게 나이를 차리지 못할 것인가요? 홍형의 이 의론은 나의 알 바가 아닙니다."

이때 반생이 또 나가 손님을 대접했다. 엄생이 기색이 불울하고 오래 말이 없다가 말하기를,

"이 일은 반드시 이 같이 세밀한 마음을 부릴 곳이 아닙니다. 진실로 형의 의론 같으면 일전에 동포의 간격이 없다 함은 어떻게 낸 말입니까?"

내가 대답하지 않고 이윽히 생각하는데, 엄생의 기색을 보니 간절한 성심이요, 내가 허락하지 않음을 깊이 안타까워하는 의사였다. 내가 말하기를,

"마땅히 현제의 말과 같이하리라."

엄생이 희색이 낯에 가득하여 말하기를,

"이는 죽어도 썩지 않으리로다."

또 말하기를,

"우리 남방에 서로 맹세를 맺어 형제로 일컫는 자가 아주 많으나 다만 낯을 사귈 따름이라, 수년이 지나면 길에서 만나도 서로 알지 못하는 이가 있으니 아주 우스운 일입니다. 우리가 오늘 형제로 일컫는 것은 몸이 다하도록 서로 낯을 보지 못하나 바다가 마르고 돌이 썩어도 한 조각 마음은 마침내 변치 않을 것이니, 동포 밖에 이런 벗을 얻어 심중의 즐거움이 붓으로 다하지 못할 것입니다. 즐거움이 극진하고 또 즐거움이 극진하도다."

내가 말하기를,

"과도히 사랑함이 이 지경에 이르니 감격스럽기도 하고 슬프기도 합니다. 다시 무슨 말이 있겠습니까?"

엄생이 또 종이에 써서 말하기를,

"바다가 마르고 돌이 썩어도 마땅히 오늘을 잊지 않으리로다海枯石爛勿忘今日."

이때 날이 이미 저물어 덕유가 수레를 세우고 돌아가기를 재촉하는데 육생과 반생은 손님을 대하여 돌아오지 못하였다. 내가 말하기를,

"날이 늦어 물러가기를 고하니, 아무 날이라도 다시 나아와 낯을 보고 돌아가겠습니다."

엄생이 말하기를,

"겨를이 있으면 다시 오십시오."

종이에 크게 써 말하기를,

"참연하기 극진하도다."

하며 그 아래에 무수히 점을 찍으니, 이때 엄생이 비록 눈물을 참으나 참혹한 기상에 사람의 낯빛이 없었다. 내가 평중과 더불어 서로 창감함을 이기지 못하는데, 평중이 말하기를,

"오히려 남은 기약이 있으니 적이 마음을 위로할 것입니다."

엄생이 말하기를,

"세 장 종이에 경계하는 말을 써 드리는 것은 저의 참 마음이요, 반형이 오히려 객기의 말이 많음과 같지 아니하니 잊지 아니함을 바랍니다."

평중이 허락하니 엄생이 말하기를,

"일천 마디 말과 일만 마디 말이 있으나 마침내 한 번 이별에 돌아가는도다."

또 나에게 말하기를,

"접책은 이미 반을 그렸으니 28~9일 사이에 돌려보내겠습니다."

하고, 붓을 던지며 눈물을 금치 못하였다. 내가 말하기를,

"이미 할 수가 없는데, 어찌 과도히 마음을 상하십니까?"

엄생이 말하기를,

"진실로 통달한 말이지만 그러나 이 마음을 어이할 것입니까?"

했다. 덕유가 들어와 관문을 거의 닫으리라 하며 재촉하므로 내가 평중과 더불어 급히 캉에서 내려 말하기를,

"28~29일에 틈이 있으면 다시 올 것이요, 다 못한 사연은 두어 장의 서찰이 있을 것입니다."

하고, 바야흐로 문을 나고자 하니, 육생과 반생이 창황히 들어왔지만 다만 서로 대하여 기상이 참연할 뿐이다. 반생이 말하기를,

"29일에 다시 오시렵니까?"

내가 말하기를,

"틈을 얻으면 다시 오겠습니다."

하였다. 말을 마친 후에 큰 문 안에 이르러 서로 이별하니, 엄생이 눈물로 옷을 적셔 소리를 금치 못하고 말을 통하지 못하니, 다만 손으로 가슴을 가리켜 보일 따름이었다. 수레를 타고 바삐 몰아 돌아오니 관문이 거의 닫게 되어 있었다. 돌아온 후에 들으니, 계부께서 상부사와 더불어 숭문탑에 이르러 세 사람을 만나지 못하매, 영정문永定門 밖을 구경하고 돌아와 계셨다.

2월 27일 관에 머물다

　식전에 간처더赶車的 왕가가 들어와 덕유에게 전하여 사죄하고 볼기를 맞겠다하거늘 불러서 그 연고를 물었다. 왕가가 말하기를,

"제가 나이가 어려 남의 말에 속아 노야의 사랑하는 뜻을 저버리니 부끄럽습니다."

하거늘, 누누이 꾸짖어 이후에는 다시 이런 일로 의심을 말고 돌아가는 길에 각별히 조심하라 하니, 왕가가 또한 감사하다고 하고 나갔다. 식후에 덕유를 간정동에 보낼 때 세 사람에게 각각 편지를 보내니, 육생에게 보낸 편지는 아래와 같다.

　어제는 손님들이 분잡해서 조용히 가르침을 받들지 못하고 돌아오니 한을 머금어 무엇을 잃은 듯합니다. 부채는 이미 허락이 있었기에 하나를 부쳐 보냅니다. 우리들의 출발일은 초1일로 확정되었습니다. 그믐날에 마땅히 나아가 마지막 높은 의론을 듣고자 하니, 만일 연고가 없거든 한나절의 조용함을 도모함이 어떠합니까? 두 번을 만나매 마침내 천고의 이별이 되어 돌아간 후에 오로지 형을 생각코자 하여도 또한 어렴풋하여 분명치 못

할 것이니, 다시 무슨 말이 있겠습니까?

엄생에게 보낸 편지에는 이렇게 말했다.

　어리석은 형 아모는 머리를 조아려 역암 현제賢弟 족하에게 올리노라. 역암의 재주 높음과 학문의 깊음이 족히 나의 늙은 스승이 됨직하거늘 내가 특별히 나이 하나가 많아 서로 형제의 예로 대접하고자 하니, 내가 여러 번 사양하여 감히 당치 못한즉, 역암이 도리어 부끄러워하고 민망히 여기어 스스로 용납하지 못할 듯하였다. 대개 사랑함이 깊은 고로 친함이 극진코자 함이니, 비록 참망僭妄한 죄를 두려워하나 어찌 마침내 후한 뜻을 어기리오? 이로부터 역암은 나의 아우이니, 아우는 큰 힘을 쓸지어다. 덕량德量을 넓히고 학문을 부지런히 하며 거짓 일을 지어 부질없는 문자를 꾸미지 말며, 작은 행실을 방심하여 큰 덕에 해롭게 말아, 그대가 형을 빛내 주면 내가 마땅히 받아 길이 훗사람에게 말을 전하리라.

반생에게 보낸 편지에는 이렇게 말했다.

　날이 저물도록 난만한 수작이 이르지 않은 곳이 없는데, 손을 나누어 헤어지는 회포는 더욱 간절하고 더욱 어려우니 심하도다. 인정의 족함이 없음이여! 돌아와 방에 앉으니 가슴이 막히어, 밥을 대해도 입으로 능히 삼키지 못하고 삼켜도 능히 내려오지 못하니 이것이 무슨 형상입니까? 29일에 피차 겨를이 있으면 혹 인하여 영결이 되지 아니하려니와, 필경 괴로운 지경을 서로 어찌하리오?

어제 형제로 일컫기를 의논하여 반생이 한가지로 청하였지만 의론이 정해질 때는 반생이 자리에 있지 않았고, 또 반생은 마음이 진중치 못하므로 엄생의 의론을 쫓을 따름이고, 그 진실한 마음은 알 수가 없었다. 이러므로 다만 엄생에게만 형제를 일컬었다. 덕유가 돌아왔는데 두 사람은 출입하여 돌아오지 못하고, 다만 육생의 답서를 받아왔는데 이렇게 말했다.

어제는 무릎을 맞대고 고요한 말로 긴 날의 기회를 의논키로 기약하였는데, 손님이 끊어지지 아니하여 홀연히 앉으매 홀연히 일어나니 답답한 마음이 지금까지 풀리지 못하고 있습니다. 서로 보낸 후에 뜻이 더욱 망망하여 촛불을 밝히고 농수각의 기문을 쓸 때 가슴속에 불평한 기운을 이기지 못하여 어지럽게 초서로 흘려 쓰니 이제 먼저 담헌 아우에게 보내어 한번 거칠고 차분하지 못한 태를 보게 합니다. 두 부채는 잘 받았으니 밤이 깊어지면 마땅히 그릴 것이고, 김공의 시축詩軸은 더욱 은혜에 사례합니다. 이로 인연하여 선조로서 썩지 않을 보배를 얻었으니 마땅히 자손에게 전하여 보배를 삼겠습니다.

두 벗은 밖에 나가고 사람은 오래 머물지 못하니 돌아오기를 기다려 편지를 전할 것입니다. 그믐날에 능히 오면 매우 기쁘겠습니다. 만일 속객이 없으면 조용히 말을 펼 것이고, 그렇지 못하여도 두어 말의 영성한 수작이 또한 아니 만남에 비하지 못할 것입니다.

「농수각기문」은 아래와 같다.

『서전書傳』에 이르기를 '선기옥형을 살펴 칠정을 정제히 한다' 하였지만 만든 사람을 이르지 않았다. 후세에 하늘을 의논하는 자에게 반드시 공교한 제작이 있으니 『한서漢書』에 '평자의 묘한 기술'이란 것이 이것을 이름이다. 다만 별을 측량測量하매 당우唐虞로부터 주나라에 이르러 이미 여러 도수를 옮겼으니 당唐나라 일행一行[41]이 비로소 해로 변하는 법을 정하여

---

41 일행(673~727)은 당나라의 고승으로, 속명俗姓이 장張이고 본명은 수遂이며 일행은 법명이다. 불교는 물론 과학기술에도 조예가 깊었으며, 영향력 있는 역학가였다.

그래픽으로 복원된 농수각(KBS역사스페셜, 「만원경을 든 홍대용」 가운데 한 장면)

그 말이 더욱 정밀해졌다. 본조의 책력법이 전고에 뛰어나되, 정미한 산법을 의논하고 고원한 천문을 헤아리는 자는 다 바다 밖으로부터 들어오니, 이는 천문과 성신의 도수에는 각각 전문으로 맡은 사람이 있어 중국 사람이 홀로 얻을 바가 아니기 때문이다. 동국의 홍 처사 담헌은 서적을 궁구하지 않은 바가 없고 여사로 재주와 산수·역법에 미쳐 각각 미묘한 곳을 얻은 바 있다. 그 나라에 나경적이란 사람이 있어 전라도 동복同福 땅에 숨어 거하여 천문 도수를 깊이 알고, 그 문생 안처인은 스승의 전함을 얻어 공교한 생각이 짝이 없으니, 두 사람은 다 기이한 선비다.

담헌이 찾아가 서로 강론하여 옛 제도를 변통하고, 여러 장인을 모아 세 해를 지나 혼천의 하나를 만들어 농수각 가운데 두고 아침저녁으로 구경을 삼으니, 진실로 두 아름다움은 반드시 합할 것이요, 구하기를 부지런히 하며 다스리기를 이같이 전일하게 또 오래 한 것이다. 대개 나생과 안생이 담헌을 얻지 못하였으면 그 기특한 재주를 베풀지 못하였을 것이고, 담헌이 두 사람을 얻지 못하였으면 큰 제도를 마침내 이루지 못하였을 것이다. 내가 담헌과 더불어 객관에서 서로 교도를 정함이 없으면 세상에 담헌이 있음을 알지 못하였을 것이니, 또 어찌 나생과 안생을 알 수 있을 것인가?

실로 볼진대 천하의 기특한 일이 드러나지 않음이 없고, 썩지 않을 사업은 반드시 멀리 전하는 것이다. 이는 한갓 두 사람이 담헌을 만난 것을 좋게 여길 뿐 아니라, 나 또한 이승에서 세 사람을 만나게 되어 다 같이 여한이 없다.

다시 한 말씀이 있으니, 도道는 형체가 없으니 묘한 곳이다. 온갖 형상을 빈곳에 벌인 것은 다 형질形質이요, 형질을 운전하는 자는 오로지 기운에 있다.

혼천의는 하늘을 모방하매 묘하니, 가운데 움직이는 자는 기틀이요, 운전하기는 오로지 물에 있는 것이다. 물이 천지에 있으니 차면 넘치고 얕으면 걸리고 바르면 수이 흐르고 굽으면 더디게 행하니, 격동하면 뛰고 막으면 그치는 것은 다 물의 성품이 아니다. 혼천의가 물을 받으매 흘러 쉬지 아니하고 부어 다하지 아니하니, 그 자연함을 순히 하여 기틀의 안으로 돌아가 좇으며 서로 거리낌이 없은즉, 천지와 더불어 그 도수를 합하니 이것이 혼천의의 도에 통함이다.

내가 산학에 익숙하지 못하니 감히 천문을 말하지 못한다. 담헌은 성명의 학문을 강론함이 오랜지라 반드시 높고 밝은 곳을 일삼아 구구히 도수가 적은 곳에 거리끼지 않을 것이다. 이제 서로 이별하여 멀리 이역을 격하니 다른 날에 바람벽을 바라보아 서로 생각하면 마땅히 나를 경계함이 있을 것이다.

늦은 후에 서종맹이 들어와 이윽히 말하고 부싯돌과 주머니 한 쌍과 누런 비단 손수건 하나를 주며 말하기를,

"여러 번 후히 주는 것을 받고 회례하는 물건이 이같이 약소하니 부끄럽습니다."

하였다.

2월 28일 관에 머물다

　양혼이 내게 보낸 것을 이미 받았으니 답이 있어야 할 뿐만 아니라 그 집의 부귀한 거동을 한 번 구경하고자 하였으나, 사사로운 문정門庭 (대문 안의 뜰)과 다르니 출입이 극히 불편하였다. 또 일전에 진가의 말을 들으니, 황후의 일로 인하여 왕의 친가들이 주야에 조심하여 계획을 알지 못하므로, 양혼이 또한 흥이 없어 집으로 청하지 못한다 하였다. 이날 편지를 써 돌아가는 뜻을 고하고 준 것을 사례하였으니, 그 편지는 아래와 같다.

　근간에 진형을 통하여 안부를 들으나 원방 종적이 깊은 문에 발을 디디지 못하니, 연이어 보배로운 선물을 받아 후한 은혜를 입었으되 한갓 마음에 그리워할 따름이고 변변찮은 성의를 베풀 곳이 없습니다. 이제 돌아가기를 임하여 수천 리 이역에 길이 훗날의 기약이 없으니, 결연한 마음이 붓과 더불어 한가지로 깊습니다.
　그윽이 생각건대 평원군平原君[42]과 신릉군信陵君[43]이 사람을 사랑하고 선비를 대접하여 아름다운 이름을 천고에 드리워 지금 그 높은 풍채가 일컬어지나, 두 사람이 사랑하고 대접한 바는 중국의 선비요, 재주를 품은 자입니다. 문하의 식객으로 삼아 완급緩急의 힘을 밑천으로 삼고자 함이요, 또한 헛되이 대접함이 아닙니다.

이제 집사執事(존귀한 사람을 높여 이르는 말)는 바다 밖의 한낱 변변찮은 선비를 만나, 그 글이 족히 집사의 이름을 후세에 전하지 못할 것이고, 그 재주가 족히 집사의 사랑을 당치 못할 것이며, 또 멀리 이국에 있어 한 번 보내매 마침내 성문聲聞이 서로 미치지 않을 것입니다. 간절한 사랑과 진중한 대접으로 필경 쓸데없는 사람을 이같이 연모함은 평원·신릉에게 기필치 못할 바입니다. 이 같은 의기로 이 같은 예를 행하니, 집의 문정의 높은 선비와 기이한 재주가 서로 자취를 이을 것입니다. 나 같은 인생은 계명구도鷄鳴狗盜의 재주가 아니요, 지경에 한정이 있어 구슬신珠履[44]의 뒤를 따르지 못함을 부끄러워합니다.

다만 한 마디 말씀을 드려 참람하고 엉성함을 돌아보지 아니하고 깊은 은혜에 사례코자 합니다. 일찍이 옛사람의 말을 들으니, 사람에게 일백 행실이 있으나 효제로 근본을 삼으며, 부귀는 사람의 하고자 하는 바이나 덕행의 지극한 즐거움과 바꾸지 못한다 하니, 원컨대 집사는 마음이 부유하고 넉넉하되 교만치 말고, 몸이 따뜻하고 배부르되 평안히 여기지 아니하며, 글을 읽으며 행실을 닦아 옛사람의 원대한 사업을 따를진대, 저 평원·신릉의 구구한 이름과 작은 자취를 어찌 족히 일컬음이 있겠습니까?

옛사람이 이르기를 '가난한 자는 재물로써 예를 삼지 않는다貧者不以貨財爲禮'[45] 하고 어진 사람이 서로 이별하는 데 반드시 말을 주어 보낸다 하니,

---

42 평원군(?~기원전 253)은 전국시대 조나라 무령왕의 아들로 본명은 조승趙勝이다. 삼천 명의 식객을 부양하였으며, 제나라 맹상군孟嘗君, 초나라 춘신군春申君, 위나라 신릉군信陵君과 함께 전국사군戰國四君으로 일컬어졌다. '모수자천毛遂自薦'이란 성어로 유명하다.

43 신릉군(?~기원전 243)은 중국 전국시대 위나라 위소왕魏昭王의 아들로, 이름은 위무기魏無忌다. 병부를 훔쳐 조나라를 구했다는 이른바 '절부구조竊符救趙'로 유명하다.

44 초나라의 춘신군春申君은 객이 3천여 명인데, 그 상객上客은 모두 구슬신을 신었다 한다.

45 『곡례曲禮』 상上 제일第一에 나오는 말이다.

저는 비록 어진 사람에 비하지 못하나 이미 재물로 예를 삼지 못하는지라, 망령되이 소견을 베풀어 충성을 보이고자 하니, 오직 집사는 그 어리석음을 불쌍히 여기고 그 성의를 취함이 다행일 것입니다.

덕형에게 주어 진가에게 전하여 양혼에게 보내라 하였다. 식후에 덕유를 간정동에 보낼 때 육생과 엄생에게 각각 보낸 글이 있고, 또 세 사람에게 보내 편지에 이렇게 말했다.

어제 육형의 답서를 받아 마음을 위로하나, 두 형의 수적을 보지 못하니 매우 쓸쓸합니다. 우리의 떠날 날은 정해졌으니, 당황한 심사를 진정치 못하여 고향에 돌아가는 즐거움을 깨닫지 못하니 극히 괴롭습니다. 두 장 간지에 졸한 재주를 다하여 성한 뜻을 대답하고자 하나, 길을 임하여 총총히 이루니 더욱 여러분의 웃음을 면치 못할 것입니다.

육생에게 보낸 글에 이렇게 말했다.

병술(1766) 봄에 내가 사행을 따라 중국에 이르러 철교, 추루 두 공과 더불어 놀기를 심히 즐거이 하였는데 하루는 그 문을 드니 두 공이 다른 말에 참여할 겨를도 없이, 다섯 장 그림과 다섯 권 시집과 한 폭 장서를 내어 갖춰 그 연고를 이르니, 대개 소음 육해원 선생이 새로 항주로부터 이르러 우리들의 일을 듣고 이에 안장을 미처 부리지 못하고 돛을 미처 바로 하지 못한 채 촛불을 밝혀 그림을 그리고, 그림을 마치자 편지를 쓰고 편지를 마치니 시간이 이미 삼경이 지났습니다.

오호라! 선생의 의기 매우 높고 선생의 뜻이 또한 부지런하도다. 다만 스스로 돌아보매 나의 용렬한 자품이 어찌 족히 이 뜻을 당하리오. 이에 두 공을 인연하여 제자의 예로 뵙기를 청하는데 선생이 이미 문에 들어섰는지라 겨우 붙들어 자리에 나아가니, 선생이 문득 나를 아우라 일컫고,

통연히 흉차胸次를 열어 오랜 붕우와 다름이 없었습니다. 슬프다! 사람이 세상에 있으매 조그만 득실에도 다 각각 명이 있는데 오늘 서로 만남은 실로 하늘이라 이를지니 어찌 기특치 않겠습니까? 다만 어음이 서로 통치 못하여 붓으로 혀를 대신하여 종일의 말씀과 희학戲謔에 서로 얼굴을 잊고 종적에 간격이 있음을 깨치지 못할 지경이었습니다.

말이 중간에 이르러 선생이 그 사집 가운데 충천묘忠天廟와 화벽시畵壁詩를 가리켜 말하기를,

"벽 위의 그림은 나의 증조 소미공少微公의 수택手澤입니다. 소미공이 몸을 숨겨 벼슬을 구하지 않고, 항상 한 해를 나눠 반은 술에 취하고 반은 그림을 그려 이로써 몸을 마쳤으니, 내 아우의 한 말씀을 청합니다."

하였습니다. 내가 두 번 절하여 당치 못함을 사례하고 이에 옷깃을 바로 하여 일컬어 말하기를,

"천하의 도가 있으면 현자가 드러나고 불초자不肖者가 숨으며, 천하의 도가 없으면 불초자가 들어나고 현자가 숨는 것입니다. 소미공의 어짊은 내가 감히 자세히 알지 못하지만 그 시세를 의논할진대, 명나라 말세를 당하여 동림東林과 환시宦寺의 화란禍亂을 당하였습니다. 주역周易 대상大象에 말하기를, '덕을 검소히 하여 화란을 피하니, 가히 작록으로써 영화로이 못하리라君子以儉德辟難 不可榮以祿'[46] 하니, 소미공 같은 이는 가히 어질다 이를 것입니다."

하였습니다. 그 술과 그 그림은 장차 나의 덕을 검박하게 하는 것이며, 이로써 장차 내가 숨음을 이루게 함이니, 어찌 마음의 평안함과 즐김이 두 일에 그칠 따름이겠습니까? 몸을 벗어 멀리 피하며 세상 밖에 소요하니, 공명이 뜻을 더럽히지 못하고 환란이 몸에 미치지 아니하여 병들어 죽기에 이르매 높은 관과 넓은 띠로 마침내 어지러운 세상의 완전한 사람이 되니, 어찌 어질지 않으며 또 어찌 다행치 않겠습니까?

---

46 『주역』 「비괘否卦」에 나오는 말이다.

내가 들으니, '덕이 있고 먹지 못하는 자는 그 자손에게 반드시 갚음이 있다' 하니, 이제 선생의 어짊과 재주가 능히 그 할아비를 이어 높이 향시를 마쳐 명망이 원근에 진동하니, 어찌 100년의 덕을 쌓아 일어날 기틀을 당하였습니까? 비록 선생이 술 먹기에 호기롭고 그림에 공교로우나 이 두 일은 소미공이 써 몸을 숨긴 바이어늘, 이제 선생이 이 일을 가지고 들어가기를 구함은 무슨 연고입니까? 어찌 시세에 서로 같지 않음으로 인하여 쓰는 곳이 또한 다르겠습니까? 오호라! 내 장차 선생의 숨고 드러나는 것을 보며 천하 일을 결정하고자 하는 바입니다.

반생에게 보낸 글을 위에 쓰고, 그 아래에 엄생에게 보낸 글을 썼는데, 이렇게 말하였다.

심하도다. 철교자의 학문을 좋아함이여! 함께 좋은 말 듣는 것을 좋게 여김이 욕심 같도다. 내가 장차 동으로 돌아가려 하매 두 사람과 이별할 때 각각 준 말이 있으니, 이는 추루에게 준 말이지만 철교자가 그 말이 적이 간절하고 정성스럽고 직절直切하다 하여 다시 한 장을 청하여 장차 겸하여 가지고자 하니, 그 좋게 여김이 짐짓 욕심 같다 이를 것이다. 그러나 이는 묵은 말이라 뉘 이르지 못하리오. 다만 능히 행치 못함이 근심스러우니, 이미 좋게 여기며 능히 행치 못하면 어찌 좋게 여긴다 이르리오. 이러하므로 좋게 여겨 능히 그 말을 행하면 그 좋게 여김이 더욱 간절할 것이요, 좋게 여김이 더욱 간절하면 그 행함에 더욱 힘쓸 것이니, 진실로 이러할진대 천하의 좋은 말을 이르고자 하는 자는 다 천 리를 가볍게 여겨 이를 것이니, 철교는 이에 힘쓸지어다.

덕유가 돌아오니 육생의 답서에 이렇게 말했다.

비는 아룁니다. 일전에 보낸 부채 네 자루를 받고, 또 스스로 남방 사람에게 금릉 부채金陵扇 다섯 자루를 얻어다 그림을 그리고 이어 각각 시를 지어 썼습니다. 초초히 흐리어 공졸工拙을 헤아리지 아니하였으나, 이제 한가지로 보내니 나눠 전해 주시기 바랍니다. 우리의 이번 만남이 기이하기는 이를 것이 없지마는, 다만 서로 만나는 기이함이 만나지 못하고 서로 바라며 서로 생각하는 것의 기이함만 같지 못합니다.

담헌과 양허는 문득 하나는 나로써 아우를 삼고 하나는 나로써 형을 삼으니, 이 인생과 이 세상에 살며 죽으매 다시 만나지 못할 사람으로 이같이 아득하고 황홀한 교도를 이루니, 어찌 어리석고 우습지 않겠습니까? 세상을 돌아보건대 형세形勢로 서로 사귀고 이욕利欲으로 서로 합하매 사람의 비웃음을 돌아보지 아니하여 교칠膠漆 같은 교우도를 이루는 이가 많고, 겉으로 성명을 숭상하여 천 리의 언약을 맺고 일시의 부질없는 맹세를 베풀기도 합니다.

이제 우리는 각각 다른 나라에 있어 피차에 서로 구할 것이 없고 형세와 이욕과 성명이 서로 관계가 없는데, 한가지로 심장이 서로 비쳐 잠깐 기쁘며 잠깐 슬픔을 말로 가히 이르지 못할 것입니다. 양허와 담헌은 또 학문으로 서로 경계하여, 양허의 '교만한 말驕字'을 의논한 것과 담헌의 사공事功(일의 성취)과 심술心術(기술)을 강론한 것이 더욱 천고에 썩지 않을 것입니다. 이제 이별을 당하여 서로 보내는 근심이 더욱 심상치 않습니다.

슬프고 스프도다! 돌아보건대 사행이 돌아갈 날이 하루만 남았을 뿐이니 행장을 정돈하며 필연 한가한 틈이 적을 것이고, 우리도 인객이 날로 이르러 주야에 끊어지지 아니합니다. 그 중에 뜻이 같은 자는 이 일을 들으며 그 기이함을 일컬어 혹 한가지로 높은 의론을 듣고자 하는 이 있으되, 그 중에 마음을 알지 못하는 자는 반드시 우리가 먼 데 사람에게 과히 후하고 가까운 사람을 경홀히 여긴다 하여, 혹 의심과 방언謗言(훼방의 말)이 없지 않을 것입니다. 일천 번 이별하고 일만 번 이별하더라도 필경에 한 번 이별은 면치 못할 것이니, 마지못하여 불씨佛氏의 법을 본받아 금강金剛에 드는 칼로 인정의 근본을 베어 끊으니, 마침내 다시 만날 계교를 파하고 이 한없는 한을 머물게 하여 일생의 한없는 생각을 지움이 마땅할 것입니다.

붓을 들어 여기에 이르매 사람이 마침 이르러 여러 수서를 받들고 시율詩律과 기문記文을 얻으니, 다만 이상한 빛이 집 안에 가득함을 깨칠 따름이요, 그 묘한 곳은 창졸에 말로 일컫지 못할 것이니, 오직 이 말로 조아려 길이 찬탄할 뿐입니다.

만 리의 지기를 위하여 감히 수고를 사양치 못할 것이로되, 간밤에 부채의 그림과 글씨를 위하여 밤이 깊으니 삼경이 지나고, 아침에 연이어 손님의 분요함이 끊이지 아니하니 정신이 피곤함을 이기지 못합니다. 일전에 세 대인의 편지와 이번 모든 편지에 각각 대답하지 못하니 생각건대 그 수고를 염려하여 그 만홀함을 책망치 않으실 줄 압니다. 종이는 짧고 마음이 길어 천만 사연을 다하지 못하고, 붓을 들어 암연한 생각을 이기지 못합니다.

네 자루 부채는 세 대인과 내가 보내어 그림을 청한 것이고, 금릉 부채 다섯은 세 대인과 나와 평중에게 보낸 것이다. 나에게 보낸 부채에 그림을 그리고 그 시에 이렇게 말했다.

삼상[47]이 만고에 다 유유하니
이별을 말하고자 하매 먼저 눈물 흐름을 제어함을 보라.
이번에 가매 글을 응당히 지어 썩지 않으리니
가르쳐 쉽사리 떠나는 근심을 쓰지 말라.
參商萬古總悠悠　欲語善看制淚流
此去著書應不朽　莫教容易使離愁

그 금릉 부채에 두 가지 대竹를 그리고 그 시에 이렇게 말했다.

---

[47] 삼상은 28수의 하나로, 이별을 상징한다.

비를 얻으매 더욱 빛나니

눈을 맞으매 다시 청절하도다.

늙음에 이르러 가지를 바꾸지 아니하니

가운데 비어 높은 절개를 보리로다.

得雨益斐然　着雪更淸絶

到老不改柯　中虛見高節

계부께 보낸 부채에는 서호西湖의 대강을 그리노라 하고, 그 시에 이렇게 말하였다.

수양이 이르는 곳마다 근심의 실을 맺으니

낯을 대하매 어찌 말미암아 이별이 있으리오.

오직 황앵이 이 뜻을 알아

뜻을 다하여 울어 가장 높은 가지에 오르는도다.

垂楊到處縮愁絲　隔面何緣有別離

唯有黃鶯知此意　盡情啼上最高枝

다른 금릉 부채에 두어 가지 매화를 그리고 그 시에 이렇게 말했다.

마신 국물이 화하고 좋음을 사랑하고

꽃은 역로를 좇아 보도다.

바람을 대하여 서로를 가장 생각하니

나 또한 가장 시리고 차도다.

味愛調羹好　花從驛路看

臨風最相憶　我亦太辛寒

평중에게는 금릉 부채의 한편에 연꽃을 가득히 그리고, 그 시에 이렇게 말하였다.

피었으니 마땅히 밝은 달 아래 아름답고
심으니 푸른 못의 깊음을 사랑하도다.
맑고 넓음이 이와 같으니
누가 괴로운 마음이 있음을 알리오.
開宜明月下　種愛碧池深
淸廣有如許　誰知多苦心

그 뒤에 또 절구 하나가 있어 이렇게 말했다.

이별의 슬픔이 일천 곡이라 말로 헤아리기 어려우니
길을 임하여 한 잔을 다 비우지 못하였도다.
다만 술 마신 슬픔으로 눈물이 흐르고 흐르면
바다 바람이 비를 불러 의상을 적실까 저어하노라.
別愁千斛斗難量　不得臨岐盡一觴
直空酒悲多化淚　海風吹雨濕衣裳

엄생의 답서에는 이렇게 말했다.

시속 티끌이 극히 어지러워 잠깐도 조용한 시각이 없으니 괴로움을 가히 이르지 못할 것입니다. 이때에 정히 편지를 써 이별하는 뜻을 펴고자 하더니, 사람이 마침 이르러 수찰을 받드니 감격하고 다행합니다. 사람이 총총히 돌아가니 편지를 미처 마치지 못하고, 접책 그림이 또한 두 장이나 남은 것이 있으니, 내일 새벽에 다시 사람을 보내면 이 여러 가지 뜻을 갖춰 베풀 것이고, 남은 말은 육형의 서찰에 있으니 모두 살피시기 바랍니다.

반생의 답서에는 이렇게 말했다.

　하루 사이의 기거가 어떠하십니까? 접책은 어지러이 흐리어 명을 욕되이 함이 매우 부끄럽습니다. 마침 극히 분요하여 자세히 대답하지 못하니, 명일에 별도로 한 장 서찰이 있을 것입니다.

　덕유가 말하기를,
"손님이 극히 분요하여 간신히 틈을 얻어 답서를 받아왔습니다."
하였는데, 반생의 접책이 또한 오지 아니하였다. 대개 과거 기약이 멀지 아니하고 왕래하는 인객이 많아 우리가 왕래함이 피차에 다 편치 않았지만, 두 사람은 차마 기약을 물리치지 못했다. 오직 육생이 나이 많고 성품이 호쾌하므로 능히 대체로 결단하여 다시 만날 길을 끊으니, 인정이 박함이 아니라 형세에 마땅히 면치 못할 일이었던 것이다.
　이날 행중 짐바리를 수레에 실을 때, 다 이곳 사람에 삯을 주어 문밖으로 운반하는데, 그 사람들의 의복과 얼굴이 극히 더러워 걸인의 모양이다. 짐을 들어내는데 먼저 머리를 굽혀 짐 가운데 박고 두 손으로 짐을 머리에 얹어 내어 가는데, 다섯 사람이 일행의 짐을 모두 맡아 수레를 얹어 책문까지 옮기고 후한 값을 받아 중간에 남겨 먹는 것이 많았다. 값으로 100근에 은 일여덟 냥을 주니, 다섯 사람이 저울을 가지고 들어와 각 방 짐의 무게를 달아 근수를 장부에 기록하니 관내가 극히 소란스러웠다.
　오후에 계부를 모시고 바깥 대문에 이르러 짐 싣는 거동을 구경하였는데, 너른 길에 산더미같이 쌓여 수백 보를 깔았으니 또한 장한 구경이었다. 우리나라 은화가 많이 들어오는 것을 알 만하였다. 서반 하나가 한가지로 구경하다가 날더러 말하기를,
"북경 물화가 해마다 조선 사행에 이같이 많이 나가니 매우 아깝습니다."

내가 말하기를,

"가져가는 짐이 비록 많으나 실로 하나도 긴요하고 절실한 물건이 없고 다만 사람의 사치를 도울 뿐이라, 부질없는 수십만 냥의 은을 해마다 북경 사람의 생리를 위해 허비합니다."

하니 서반이 크게 웃었다. 느지막하게 진가가 들어와 양혼에게 편지를 전한 사연을 이르고 또 말하기를,

"양혼이 궁자의 편지를 보고 머리를 두르며 매우 무서운 사람이라 일컫더이다."

하거늘, 내가 놀라 묻기를,

"무슨 일로 나를 무섭다 하더이까?"

진가가 말하기를,

"궁자를 사납다 함이 아니라 궁자의 편지를 보고 높은 의론을 무섭다 일컫는 것입니다."

내가 말하기를,

"내 예예의 후한 대접을 입었으되 사정이 여의치 않아 한 번 그 집으로 나아가 치사하지 못하고, 행탁이 쓸쓸하여 토산으로 성의를 펼칠 것이 없어 다만 빈 말로 사랑하는 뜻을 표한 것이니, 예예가 만일 취함이 있으면 또한 나의 영광이 될 것입니다."

진가는 무식한 사람이라 내 의사를 알아듣지 못하고 다만 양혼의 누누한 뜻을 전하고 나갔다.

밤에 장 무관張武官이 마두를 보내 내일 상은을 타는 발기件記를 보이는데, 그 중에 내게 오는 은이 또한 50여 냥이다. 대개 삼사신 외에 정관 27인에게 각각 70여 냥의 상은이 있으니, 정관에 들지 못하는 자는 비록 상사賞賜하는 비단과 삼승三升에 참여하지 못하나 각각 은을 거두어 고루 나누니, 이러하므로 정관에 들지 아니하여도 상은에 참여하는 것이다. 『김가재일기』를 살피면 상은과 비단 삼승을 처리한 말이 있는데, 필연 정관의 이름으로 참여하였을 것이다. 이미 정관에 참여

했다면 상은을 받음이 또한 괴이치 아니하거니와, 정관이 아니면서 상은을 사양치 아니함은 혐의쩍을 뿐 아니라, 여러 역관에게서 거두어 주는 일이 비록 예로부터 전례이나 더욱 미연靡然(한쪽으로 휩쓸리는 모양)한 일이다. 들어올 때 수역이 나의 뜻을 알았으나, 오히려 깊이 믿지 아니하여 장 무관으로 하여금 발기를 적어 보냈다. 수역에게 사람을 보내 그 곡절을 묻고 믿지 않은 것을 꾸짖으니, 수역이 사람을 보내 장 무관에게 허물을 돌리고, 병이 들어 나누는 발기에 참여하지 못하였노라 하였다.

2월 29일 관에 머물다

이날은 날이 밝는 즉시 문을 열거늘, 미처 편지를 쓰지 못하여 먼저 덕유를 간정동에 보내 돌아올 때 종 하나를 청하여 더불어 오라 하였다. 사행이 정관들을 거느려 궐 안에 들어가 상 주는 은과 비단을 타고 인하여 예부에 나아가 각각 잔치를 받으니, 이는 하마연下馬宴이라 일컫는 것이다. 나는 간정동 사람을 기다릴 뿐 아니라 상과 잔치에는 참여하지 않고자 하는 까닭에 홀로 관중에 머물렀다. 덕유가 오래도록 돌아오지 않거늘 세 사람에게 각각 편지를 써서 기다렸는데, 육생에게 보내 편지는 아래와 같다.

우제愚弟[48]는 내일 수레를 돌이켜 동으로 돌아가니, 이로부터 다시 노형의 얼굴을 보지 못할 것입니다. 그러나 이미 노형의 마음을 얻었으니, 어찌 몸이 다하도록 얼굴을 보고 그 마음을 얻지 못함에 비하겠습니까? 울

---

[48] 우제는 말하는 이가 자기 동생을 낮추어 이르거나, 혹은 말하는 이가 형으로 대접하는 사람을 상대하여 자기를 낮추어 이르는 일인칭 대명사다.

음을 머금고 수레에 오르니 다시 한이 없습니다.

어제 수찰手札을 받으니 가르친 뜻에 깊이 탄복하니, 제 등이 또한 이 뜻을 모르지 아니하되 구구한 인정에 걸리어 스스로 떨치지 못하더니, 이로써 더욱 노형의 호쾌한 기상을 알 수 있습니다. 천만 사연은 붓을 들어 쓸바를 알지 못하고, 다만 노형은 허물이 날로 적으며 덕이 날로 높아 적은 재주에 뜻을 잃지 아니하고 구구한 명리에 몸을 더럽히지 아니하여, 우리의 도를 다행히 여기며 먼 데 생각을 위로하기를 원합니다. 어제 부채의 그림과 글씨는 길이 보배를 삼을 것이요, 대竹를 읊은 절구는 말 밖에 깊은 뜻이 있으니, 감히 가르침을 받아 어찌 스스로 힘쓰지 아니하겠습니까?

엄생에게 보낸 편지는 이렇다.

우형愚兄 아모는 역암 현제에게 올리노라. 이로부터 긴 이별이 될 것이라 서신을 가히 통할 길이 없으니, 어찌 슬프지 않으리오? 오늘 만나기로 서로 언약하였더니, 어제 육형의 편지를 보고 마음이 놀랍고 담이 떨어져 그 인정의 박절함을 이상하게 여겼는데, 이윽히 생각하매 비로소 형세를 헤아려 용맹스럽게 결단한 것임 볼 수 있습니다. 이에 발을 드리우고 홀로 앉으매, 길이 탄식하여 두어 줄 눈물이 옷깃을 적시니, 일전에 반형의 과도함을 책망하였는데 도리어 스스로 금치 못함을 부끄러워합니다.

아침에 서로 형제를 맺고 저녁에 길 가는 사람과 다름이 없음은 시정의 경박한 풍습이라, 이것이 내가 가장 두렵게 여김입니다. 한 번 이별하매 마침내 서로 잊으며, 말이 있어도 서로 쓰임을 보지 못하면 이는 서로 길 가는 사람으로 대접함입니다.

청컨대 현제와 더불어 한가지로 힘쓰고자 하노라 한 말이 있어 서로 권면코자 하니, 그윽이 현제의 자품을 살피매 격렬한 기운이 남아도나 혹 함축한 기상이 부족하고 착함을 좋아함에 진실로 궁함이 없으나 사나움을 미워함에 혹 지나침이 있는 듯하여, 사람의 그른 곳을 보면 포용하는 덕량이 넉넉지 못할 듯합니다. 다행히 스스로 살펴 허물이 있거든 고치기를 아끼지 말고, 없거든 더욱 살핌이 마땅합니다. 천만 회포는 오직 덕이 날로 새롭고 일백 복을 누리시기를 두 손 모아 기원합니다.

반생에게 보낸 편지에는 이렇게 말하였다.

난공 족하여! 하늘이 우리 무리를 내면서 각각 8천 리 밖에 나눠 두었더니, 이제 공교히 인연을 합하여 수십 일 사이에 서로 즐거움이 또한 극진하였도다. 장차 길이 돌아감을 임하여 다시 무슨 한이 됨이 있으리오. 오직 난공은 스스로 사랑하고, 만일 서로 잊지 않거든 다행이 나의 얼굴을 생각지 말고 나의 말을 생각할지어다. 이 정신과 사랑하는 마음을 두어 줄 가운데 모두 부쳤으니, 만일 취함이 있으면 아침저녁으로 서로 만남과 다름이 없으리로다.

또 한 가지 묘책이 있으니 서로 만 리를 사이에 두고 종적에 구애되니, 오직 꿈속의 혼백이 이미 원근의 다름이 없고 또한 혐의의 거리낌이 없으니, 오직 이 길을 인연하여 때로 베개 가에 서로 모임이 마땅하도다. 붓을 들어 종이를 임하매 말이 이를 바를 알지 못하고 글이 쓸 바를 알지 못하니, 도무지 잠잠하여 살핌을 바라노라.

오후에 덕유가 돌아오니, 엄생의 편지는 이렇다.

아우 성은 두 번 절하여 담헌 장형 족하에게 올립니다. 어제 일이 있어 다른 데 나가매 수서가 멀리 이르렀는데 미처 대답하지 못하니 극히 부끄럽습니다. 가르침을 받으니 형으로써 섬김을 허하고 아우로써 나를 대접하매 높은 의와 옛 풍채를 오늘날 다시 만나니 극히 다행입니다. 뿐만 아니라 가르친 말이 깊고 두터워 이로써 나와 약속한 바가 지극히 멀고 지극히 큰지라, 어찌 감히 공경하여 마음에 새기지 않겠습니까?

성은 어린 때로부터 학문을 이뤄 6~7세에 학궁學宮에 나아가서 놀고 희롱함이 범상한 아이와 다름이 없고, 조금 자라서 비로소 글 읽는 줄을 알았으나 오로지 과업科業에 힘쓸 따름이요, 스스로 천자의 완고하고 어리석지 않음을 믿어 여러 서적을 살피나 대강 눈을 붙일 따름입니다. 이로써 근본이 부박浮薄하여, 이제 생각하니 스스로 슬퍼해 마지않습니다. 20여 세에 점점 의리를 알아 염락관민濂洛關閩의 글을 좋아하고 비로소 성현의 도에 뜻이 있으나, 다만 홀로 배움에 벗이 없고 고루하여 문견이 적습니다. 외로이 생각을 허비하여 뜻이 같은 사람을 만나지 못하고 이로 인연하여 마음을 과도히 지키지 못하고 욕심을 곳곳에 제어키 어려우니, 잠깐 밝고 잠깐 어두워 정신의 존망이 평할 것이 없었습니다. 다행히 자품이 용렬치 아니한지라 능히 뉘우치고 또 깨침이 있어 심경心境을 골몰할 지경에 이르지 아니했지만, 마침내 유유홀홀悠悠忽忽(빈둥빈둥거림)하여 이룬 일을 보지 못했습니다.

29세에 몸에 큰 병이 있어 반년을 몹시 고생하니, 위중한 가운데 오히려 공부에 얻음이 있었고, 이러하므로 두 번 죽기를 임하였지만 이 마음이 환하게 밝아 약간 얻음이 있는 줄을 깨칠 수 있었습니다.

병이 나은 후에 스스로 두 구의 글을 지어 좌우에 써 말하기를, '마음을 두매 다 우레를 듣는 날같이 하고, 지경을 당하여 항상 기운이 끊어지는 때를 생각하라存心總似聞雷日 處境常思斷氣時', 또 '분을 징계하고, 욕심을 막고, 경솔함을 바르고, 게으름을 경계하라懲忿窒慾矯輕警惰'는 여덟 자를 벽 위에 크게 써 조석의 경계를 삼으니, 성의 마음 쓰는 곳이 대개 세속 선비와 다름이 있습니다. 이제 스스로 점검하매 또한 큰 죄악이 없으나, 오직 '입의 허물口過'을 매양 스스로 깨치지 못하는 고로, 때때로 먼저 '입놀림에 신중하라口容止' 하는 세 자를 가져 마음에 잊지 아니합니다.

또 평생에 과히 인정을 좇아 과단한 용맹이 적으니 이 병통이 또한 적지 않은지라, 성이 사람을 사귐이 어찌 적다 하겠습니까마는, 능히 이런 학문을 강론하여 서로 도와 얻기를 책망하는 자는 대개 보지 못하였더니,

이제 요행으로 과거 이름을 얻어 몸이 경사京師(북경)에 이르러 족하와 더불어 교도를 정하였습니다.

실로 족하의 학문을 살피니 가히 유익한 벗이 될 뿐이 아니라 또한 가히 이름난 스승이라 일컬을 만하여, 사랑하고 귀중히 하여 마음으로 기뻐하고 진실로 복종하였습니다. 이는 구구한 과명科名이 족히 기쁜 것이 아니라 이를 빙자하여 족하를 사귄 것이 진정 큰 기쁨입니다.

족하가 매양 성의 과도히 칭찬함을 혐의쩍게 여기나, 성은 범범한 시속 사람에 비할 바가 아닙니다. 다만 내게 족하의 유익함이 적지 않은 줄을 아는데 성은 거동이 경솔하니 족하의 방엄方嚴한 기상이 실로 본보기가 됨직하고, 성은 말씀이 조급하고 망령되니 족하의 신묵愼黙한 덕성이 실로 사법이 됨직 합니다.

또 첩첩이 경계를 드리워 좋아할진대, 반드시 그 말을 행한 후에 비로소 저버리지 않는다 하니, 이런 의기를 제배儕輩에게 구하니 어찌 졸지에 얻겠습니까? 또 성은 실로 족하가 헛되이 빈말을 하지 않음을 아니, 설사 족하가 헛되이 빈말을 함이라 일러도 글자마다 흉년의 곡식 같아 성의 몸과 마음에 종신토록 받아쓸 곳이 있을 뿐만 아니라 사람의 마음이 먼 데를 귀하게 여기고 가까운 데를 업신여기나니, 이런 말이 항상 익히 보는 사람에게 나올지라도 오히려 가까운 말이라 업신여기지 못할 것입니다.

이제 이 말이 만 리 밖에 몸이 다하도록 다시 보지 못할 사람에게서 나오니 그 보배롭고 귀중함이 또한 어떠하리오? 진실로 그 보배롭고 귀중한 연고로, 이 말로 하여금 항상 눈을 붙이면 나의 몸과 마음이 자연 유익함을 얻을 것이요, 내 몸과 마음이 유익함을 얻으매 어진 사람이 주는 것을 얻은 바가 적지 않을 것입니다. 이는 성의 일생에 매우 다행한 일입니다.

성이 족하에게 하고자 하는 말은 비록 천만 사연이라도 다하지 못할 것이로되, 어제 사람이 이르매 이 종이에 겨우 두어 줄을 쓰고 그 후에 시속의 일이 어지럽게 이르러 능히 벗어나지 못하고 자리에 나아가니, 밤이 이미 오경이 되었습니다.

이때 사람을 세워 놓고 창졸간에 쓰기를 마치니 대강 구구한 뜻을 아뢰고, 떠나기에 임하여 이별을 아끼는 말에 이르러서는 우리 무리가 바야흐로 성현 호걸로 서로 기약하니 자질구레하게 이런 곳에 말을 미치지 아니합니다. 다른 날에 각각 공부에 힘써 이룸이 있으면 비록 멀리 만 리 밖에 있으나 진실로 아침저녁에 무릎을 맞대고 있는 것과 다름이 없을지니, 그렇지 못하면 비록 종일 한가지로 모인들 무슨 유익함이 있겠습니까? 그러나 이런 의론이 또한 마음 상하는 사람을 먼저 위로하는 말이라, 다시 무슨 사연이 있으리오? 오직 지기의 잠잠히 살핌을 바랍니다.

반생의 편지는 이러했다.

마침내 영영 이별입니까? 이제 다시 만날 수 없습니까? 창창한 하늘이여, 어찌 차마 이럴 수 있습니까? 이 세상에 이미 할 바가 없으니, 다른 세상을 어찌 기약하겠습니까? 간장이 어찌 끊어지려 하며 또 끊어지지 아니한단 말입니까? 어찌 우리의 교도가 오히려 깊지 아니하고, 길이 이별의 괴로움이 오히려 참혹하지 아니하겠습니까?

족하가 일찍이 이르기를 '다른 때에 각각 이룸이 있어 서로 기약을 저버리지 아니하면, 비록 다시 만나지 못하여도 한이 없으리라' 하더니, 그렇다면 교도의 깊음과 이별의 괴로움에 못 이겨 구구히 이르겠습니까? 그러나 교도가 진실로 깊고 이별이 진실로 괴로우니, 간장이 오늘 끊어지지 않으면 내일은 반드시 끊어질 것이며, 혹 오늘이나 내일 마침내 끊어지지 아니하여도 또한 요행의 일이고 가히 끊어질 만한 도리는 오히려 남아 있습니다. 족하가 오늘 이곳에 이르면 간장이 반드시 끊어질 것이요, 오늘 오지 아니한다면 간장이 끊어지지 않을 것입니다. 특별히 저의 간장이 끊어지지 않을 뿐 아니라 족하의 간장 또한 가히 끊어지지 않을 것입니다.

그러나 이 사람의 말을 들으니, 족하가 어제 편지를 보내 슬퍼하는 마음을 이기지 못하더라 하니, 이는 족하의 간장이 어제에 먼저 끊어진 것입니다. 저의 간장이 끊어지지 아니함은 오히려 이별의 괴로움을 알지 못하는 것이고, 족하가 진정 교도에 깊기 때문입니다.

오호라! 무슨 말이 있으리오? 압록강 물이 급하니 천만 진중함을 바랍니다.

덕유가 말하기를,

"두 사람이 편지 쓰기를 마치자 저를 청하여 교의에 앉히고 서로 대하여 눈물을 머금고 슬퍼하는 거동을 차마 보지 못하였고, 저 또한 눈물을 금치 못하고 돌아왔습니다."

하였다. 접책 두 권을 부쳐 왔으니 한 권은 오로지 엄생의 필적이요, 또 한 권은 반생의 글씨와 그림이며, 가운데 두 장은 육생의 그림이었다. 반생의 종 하나가 따라왔기에, 내가 손을 들어 읍하여 대접하고, 내가 먹는 밥을 매양 덕유에게 먹이는지라 이때 남은 밥을 두고 기다리니, 덕유가 그 종을 청하여 함께 나눠 먹었다.

그런 뒤 내가 그 성과 나이를 물으니, 성은 장張이고 나이는 28세였다. 편지는 이미 봉하여 두었고, 이때 관중이 극히 분요하여 다시 답장을 쓸 길이 없거늘 10여 자를 써 장가를 주어 품에 깊이 감추게 하고, 나는 별선 한 자루를 주고, 평중은 청심원 하나를 주어 돌려보냈다.

늦은 후에 사행이 돌아오셨으니, 상사賞賜로 주는 비단과 은과 나라에 바치는 여러 물건이 있는데, 이는 『김가재일기』 중에 자세히 실려 있는지라 다시 기록하지 아니한다. 나라에 바치는 말이 세 필이요, 상부사에 각각 두 필을 주니, 다 안장을 갖추어 수놓은 다래와 도금한 삼거리가 극히 휘황하였으나, 다만 말은 중간에 종자를 바꾸는 것이다. 늙고 병들어도 두서 냥이 싸지 아니하므로 이로 인연하여 상부사가 얻은 말을 즉시 팔아 없애고 다른 말을 사서 상마명호上馬名號로 책문을 내어 가니, 대개 말을 내어 가는 것은 두 나라의 금령이 엄한 까닭에 이런 명호가 없으면 내어 가지 못하는 것이다.

상사로 주는 비단은 우리나라에 내어 가 쓸 곳이 없는지라 여러 역관들이 다 값을 받고 팔아 가되, 여러 통관과 장사치들이 역관에게 누누이 청하여 간신히 얻어 가니, 저희에게는 긴히 쓰이는 곳이 있는가 싶었다.

늦은 후에 광록시光祿寺에서 사행에 각각 잔상盞床을 차려오는 것이 있으니, 이는 상마연上馬宴이라 일컫는 것이요, 황제가 돌아가는 사신을 위로하여 보내는 뜻이다. 관원 하나가 상을 거느려 들어오고 여러 통관들이 다 관대와 염주를 갖추어 엄정히 위의를 차리니, 뜰 가운데 돗자리를 펴고 위에 세 상을 벌이고 사행이 관대를 갖추어 상 앞에 나아가 북을 향하여 세 번 머리를 조아린 후에 예를 파하고 관원과 통관들이 차례로 물러갔다. 역관의 말을 들으니 사행에 오는 음식도 아문의 이르러 여러 통관들이 반 넘게 나누어 가고, 스물일곱 정관에게 또한 각각 상이 있으되 다 통관들이 중간에 없애고 전혀 주지 아니한다 하였다.

이곳 사람들이 이 음식을 황상皇上이 준 것이라 하여 특별히 귀중히 여기고 무슨 병에 먹으면 효험이 있다 하여 각각 그릇들을 가지고 들어와 청하는지라, 각방으로 들어오니 비록 아문에서 없앤 것이 많으나 오히려 큰 탁자에 삼사십 그릇이 넘으니 음식은 정초의 세찬 음식과 한가지다. 나는 이곳 장사치들이 자연히 안정이 익은 사람이 많은지라 각각 그릇에 담아 주어 보냈다.

진가의 생질 석화룡石化龍이 또한 그릇을 가지고 왔거늘 특별히 풍비하게 담아 계부 말씀으로 진가에게 전하라 하였더니, 이윽고 화룡이 계화차 두 갑을 가지고 들어와 계부께 드리고 진가의 사례하는 뜻을 전했다. 내 장지 한 권과 먹 석 장을 화룡을 주어 진가에게 전하고 화룡에게 별도로 먹 한 장을 주었더니, 진가가 즉시 들어와 누누이 사례하고 대모저玳瑁箸⁴⁹ 두 단을 주며 말하기를,

---

49 '대모저'는 대모라는 바다거북의 등껍질로 만든 젓가락이다.

"이는 황제에게 진공하는 것이라, 사가私家에서 얻지 못하는 것입니다."

하거늘, 내 다시 그림 부채 하나를 주니 진가가 사례하고 나갔다. 내일 길을 떠나는지라 새벽에 선래역관先來驛官과 군관을 먼저 떠나보낼 것이로되, 예부의 표문이 있어야 산해관 책문을 먼저 나가는지라, 통관들이 전부터 표문 일로 30냥 은을 먹었는데, 이번은 서종맹이 20냥을 더 얻고자 하되 주지 아니하니, 표문을 받지 못하여 일행이 염려하였다.

아침에 사행이 예부에 이르러 잔치를 받을 때에 예부 시랑이 함께 앉았는지라 상사께서 친히 역관을 시켜 표문을 청하니, 시랑侍郎이 쾌히 허락하고 즉시 표문을 내어 보내었는지라 서종맹이 크게 부끄러워하고 역관들이 상사를 충동衝動한다고 꾸짖는다 하였다.

선래는 먼저 길을 밤낮으로 바삐 돌아가니 극히 괴로운 소임이다. 이번은 나라의 주청奏請하는 일이 없으니 가자加資하는 상이 없을 것이라, 더욱 싫어하며 피하여 모두 형세 없는 역관과 군관이 갔다. 당상 역관 이혜적과 상방 군관 허운許澐과 역관 김한경金漢慶을 정하니, 부방은 군관 중에 갈 만한 사람이 없는지라 김한경을 대신으로 보낸다 하였다.

선래는 바삐 가는 길이라 도중에 말이 병들면 더욱 낭패되는 고로, 전부터 일행 역마 중에 건실한 말을 바꾸어 가되 감히 다투지 못한다 하였다. 밤에 집 편지를 써 선래 역관에게 맡겼다.

선래는 군복을 갖추고 갓을 쓰지 못하는지라 역관들이 군복을 얻지 못한다 하거늘, 내 군복과 전립을 주어 보내고 갓을 바꾸어 돌아갈 길에 쓰고 가게 하였다.

이날 밤은 문을 잠깐 닫았다가 즉시 여러 날이 새도록 잠그지 아니하니, 장사치들이 방마다 가득하고 역관들이 온갖 셈을 다투어 촛불을 밝히고 새도록 서로 지껄이니 극히 요란하였다.

북경을 출발하다

자금성 해자

성 밑을 좇아 북으로 행하여 조양문朝陽門을 나니,
이때 봄물이 바야흐로 나는지라
해자垓字의 물이 가득하여 은연한 강호경물江湖景物이었다.
여러 사람이 말을 몰아 좌우에 가득하였으니
혹 물을 먹이며 혹 털을 씻기며 혹 등에 올연히 앉아 채를 적이매
물이 깊은 곳에 이르러 물 위에 헤엄쳐 건너는데도 두려워하지 아니하니
익숙하고 호방한 거동이 또한 쾌한 구경이었다.

3월 초1일 북경에서 출발하여 통주에서 자다

    동틀 무렵 일어나 길을 차릴 때 벗은 의복과 서너 질 서책, 약간의 행장은 수를 적어 방짐에 맡기고 침구 잡물과 구리 숟가락 하나를 덕유에게 맡기고 수레가 오기를 기다렸다. 그런데 해가 뜰 때 사행이 이미 떠나시는지라 덕유로 하여금 짐을 지켜 수레를 기다리라 하고, 사행을 따라 먼저 떠났다. 이때 중치막에 갓을 쓰고 아문에 이르러 대사와 통관에게 가는 뜻을 이르고자 하더니, 다른 통관은 들어오지 아니하고 서종맹이 대사와 함께 앉아 있었다. 대사는 마중 나와 잘 가라하며 총총히 대답하는데 조금도 관곡한 뜻이 없고, 종맹은 웃으며 이르기를,

    "조만간 칙사를 따라가거든 부디 원접사遠接使를 맡아 다시 뵙게 하십시오."

하고, 친히 문 밖에 와 보내며 누누이 행리를 조심하라 하였다. 세팔이 인마를 거느려 대령하였거늘 즉시 떠나니 이곳 장사치들과 두어 서반이 안면이 익은 사람이 많은데 나와서 길을 보내는 이가 하나도 없으니, 저희 매매에 골몰할 뿐 아니라 오로지 이익을 탐하고 인정을

돌아보지 못하는 것이다.

옥하교에 이르러 홀로 세팔을 데리고 성 밑을 따라 동으로 행하니 역로에 관상대觀象臺를 구경하고자 함이었다. 하다문 안에 이르니 왕가가 비로소 수레를 몰아오거늘, 재촉하여 관으로 보내어 조양문 밖에서 만나기로 언약하고 하다문을 지났다. 이때 큰길에 무수한 중이 건복을 갖추고 좌우로 쌍쌍이 행하는데 각각 손에 가진 것이 있으니, 각색 파리채와 여러 가지 깃발과 온갖 향불을 피워 찬란한 채색과 이상한 향내 길에 가득하고, 서로 소리를 응하여 나직이 무슨 말을 외우니 염불하는 소린가 싶었다. 뒤에는 여러 사람이 작은 교자를 메어 천천히 행하니 교자는 새김과 채색이 극히 빛나고 그 뒤에 수십 명이 온몸에 소복을 입고 또한 줄줄이 행렬을 나누어 따르니, 상가喪家의 반혼返魂하는 거동이요 불사를 숭상하는 풍속이었다.

이어 동으로 행하여 성 밑에 이르러 다시 북으로 가 멀리 바라보니 성을 의지하여 10여 장 높은 대가 반공에 빼어나고 대 위에 이상한 기물을 정제히 벌였으니 이것이 관상대라 이르는 곳이다. 말을 바삐 몰아 그 밑에 이르러 말을 멈추고 우러러 구경하니, 대의 길이와 넓이는 남북 사이 오륙십 보요, 동서 수십 보이다. 삼면에 또한 여장(성가퀴)을 두르고 사방에 여남은 기물을 세웠으니 자세한 제도는 멀리서 살피지 못하나, 대저 천상을 살피고 성신도수를 상고하는 기계요, 그중 두어 발 길이의 통이 틀에 걸려 남쪽을 가리킨 것은 천주당 원경遠鏡 제도인가 싶었다. 서쪽으로 총총한 섬돌이 있어 길을 통하고 그 밑은 좌우로 담을 둘러막고 담 안에 큰 마을(관청)이 있어 이는 흠천감欽天監이니, 천문을 살피고 역서를 만드는 곳이다. 대 위에 한 사람이 올라 여러 기물을 살피고 여장 사이로 굽어보거늘, 소리를 높여 오르기를 청하니 그 사람이 머리를 두르고 스스로 몸을 가리켜 베는 거동을 뵈는데 사람을 올리면 목 베이는 죄를 당하노라 하는 의사다. 이윽히 배회하다가 세팔이 아문 앞에 나아가 청심원 두엇을 주며 지키는 사

관상대의 천문관측기기

람을 달래어 대에 오르기를 청하니, 그 사람이 이르기를,

　"위는 금령이 극히 엄하니 이곳 사람도 망령되이 오르지 못하나, 아문 안에 또한 구경할 것이 있는지라, 마침 날이 일러 관원들이 미처 오지 못하였으니 잠깐 들어가 보라."

하였다. 즉시 세팔을 데리고 큰 문으로 들어 뜰 가운데 이르니 좌우에 10여 칸 대를 쌓아 사면에 석난간을 두르고 각각에 기를 세웠으니, 동편은 혼천의요, 서편은 시 잡는 기계로, 모두 청동으로 만든 것이다. 고리 하나가 크기 한 움큼이 넘고 둘레가 예닐곱 발이니 그 위에 하늘 도수와 사면 방위를 새겨 제양이 극히 기이하고 장려하니, 대명 정통正統(영종英宗의 연호, 1436~1449) 연간에 만든 것이다. 혼천의 북쪽에 큰 그릇이 있어 뒤주 모양이요 또한 쇠로 만들었으니, 필연 물을 넣어 돌게 한 제양인가 싶은데 상한 곳이 많으니 폐하여 쓰지 아니하는가 싶었다.

흠천감 뜰 안

　한참을 구경하였더니 서쪽 집에서 간혹 발을 들고 나의 행색을 보
다가 그 중 두 사람이 천천히 걸어 나오는데 머리에 금 징자를 붙이고
의복이 선명하며 얼굴이 매우 단정하였다. 앞에 다가오며 무슨 말을
묻고자 하되 주저하는 거동이거늘, 내 먼저 읍하여 인사하니, 공순이
대답하고 매우 기뻐하는 기색이 있었다. 그 성을 물으니 하나는 진가
요, 하나는 사가니 모두 남경 금릉 사람이요, 회시會試 보는 거인擧人이
다. 내 말하기를,

　"금릉은 예부터 제왕의 도읍이요 유명한 형승이라, 인걸지령人傑之靈
이 헛되지 아니하군요."

　두 사람이 다 겸양하여,

　"당치 못합니다."

하고, 한 사람이 묻기를,

"그대 혼천의 제도를 자세히 살피니 무엇이 볼 것이 있습니까?"

내 말하기를,

"동국에 있어 일찍 『서전書傳』을 읽으매 순舜의 선기옥형璇璣玉衡 제도를 흠모하되 상고할 길이 없었는데, 이곳에 이르러 대국의 기이한 기계를 보니 사람으로 하여금 심목心目이 크게 열릴 뿐 아니라 명나라 때 제작 된 것이 폐하여 버려짐을 보니 나도 모르게 슬퍼져 떠나지 못하겠습니다."

두 사람이 낯빛이 변하며 이르기를,

"캉으로 잠깐 들어가 조용한 수작을 폄이 어떠합니까?"

내가 좋다 하고 바야흐로 두 사람을 따라 계단을 내려오니, 지키는 사람이 들어와 소리를 높여 나가기를 재촉하니 두 사람이 가로되,

"이곳은 황상의 중한 땅이라 사람의 출입을 엄히 금하니 감히 만류치 못하겠습니다."

하거늘, 즉시 읍하여 이별하고 나가니 두 사람의 거동이 극히 유아하고 나의 의관을 자세히 보며 매우 연모하는 기색이 있으나 지키는 사람이 재촉함을 보고 캉으로 맞아들임을 불안하게 여긴 것이다.

드디어 성 밑을 좇아 북으로 행하여 조양문을 나니, 이때 바야흐로 봄물이 나는지라 해자垓字의 물이 가득하여 은연한 강호경물江湖景物이었다. 여러 사람이 말을 몰아 좌우에 가득하였으니 혹 물을 먹이며 혹 털을 씻기며 혹 등에 올연히 앉아 채를 적이매, 물이 깊은 곳에 이르러 물 위에 헤엄쳐 건너는데도 두려워하지 아니하니 익숙하고 호방한 거동이 또한 쾌한 구경이었다.

다리를 건너 동으로 큰길을 좇아 행하니 이때 아직 저자를 미처 파하지 못하였는지라 사람이 길에 가득하여 행인이 통치 못하니, 간신이 헤치고 말을 천천히 몰아 수십 리를 가니 비로소 사람이 드물었다.

상여 하나가 앞에 나가는데 위의가 매우 성하였다. 세팔에게 물으라 하니 종친의 집 내상內喪(아녀자의 초상)이라 하였다. 앞에 붉은 기를 세워

길을 인도하니 명정銘旌[1] 모양인가 싶은데 글자를 쓰지 아니하였으니 괴이하고 깃대 길이 예닐곱 길이요, 틀에 끼우고 앞뒤에 긴 채를 매어 수십 사람이 메었다. 그 뒤에 10여 쌍 군악을 좌우에 행렬을 정하여 정제히 벌였으니 각색 기치 두어 쌍과 주당 한 쌍, 파초선芭蕉扇[2] 한 쌍, 나발 한 쌍, 태평소 두 쌍, 방향 한 쌍, 징과 북이 각각 한 쌍이니 좌우를 나누어 풍류를 연주하되 한편이 수백 보를 행하여 한 곡조를 마치매 징을 쳐 일시에 소리를 그치고, 한편이 그 끝을 이어 북을 울려 일시에 소리를 주하고 곡조를 마치매 또한 징을 쳐 소리를 그치니, 서로 힘을 쉬어 소리를 끊지 아니케 함이었다. 다른 악기는 우리나라와 대강 같으나 오직 나발이 통을 휘어 부리를 뒤로 향하니 괴이한 제도였다.

상여는 높고 너르기가 우리나라 상여에 비치 못할 것이다. 뚜껑과 휘장을 다 검은 공단(비단)으로 꾸미고 붉은 장강長杠은 성중 저자에서 보던 형상이다. 채색과 장식이 매우 영롱하고 예닐곱 작은 장강을 전후에 번갈아 얹고, 그 위에 무수히 짧은 줄을 매고 작은 연추鉛錘를 꿰어 앞뒤에 사람을 메우니 합하여 100여 명이 넘을 것이다. 다 머리에 전립을 쓰고 전립의 붉은 깃을 달았다.

10여 리를 행하여 길가에 큰 분원이 있거늘 말을 내려 수레를 기다리는 동안 분원 안을 구경하고자 하였으나 문을 굳게 잠가 열지 못하였다. 문 밖에 패루와 화표주를 세웠는데 제작이 극히 정치하고 큰 비를 세웠으니, 개국 일등 공신 팔고산八固山[3] 충가의 분원이었다. 덕성과 두어 역관이 뒤쫓아 나오거늘 관상대 소견을 대강 전하니 이덕성이 함께 보지 못한 것을 한하였다. 이어 나오는 역졸을 만나 수레가 나오는지를 물으니 모두 보지 못하였다고 하였다.

---

1 명정은 다홍 바탕에 흰 글씨로 망자의 품계 관직 성명을 쓴 조기弔旗를 말한다.
2 파초선은 파초 잎 모양처럼 만든 부채, 또는 넓은 파초 잎을 구부려 드리운 것을 말한다.
3 팔고산은 팔분八分의 하나인 고산패자固山貝子의 약칭으로, 청대 종실 봉작의 하나다. 청 태조 연간에 팔화석패륵八和碩貝勒을 두어 국정을 시켰는데, 이를 팔분이라 하였다.

드디어 함께 떠나 팔리교 푸자에 들어 약간 음식을 사 먹은 후에 팔리교에 이르니, 다리 아래 물이 매우 너르고 작은 배 여러 척이 매였으니, 이 물은 도성 해자의 하류요 통주로 통한다.

역관들과 더불어 각각 돈을 모아 배를 세내어 수로로 내려가니 이날 풍일이 청명하여 사면에 티끌이 일지 아니하고, 봄이 이미 깊었는지라 좌우에 가없는 버들이 푸른빛을 머금어 물 속에 서로 비치니 마음이 상쾌하여 서로 기이한 놀음을 일컫고, 남으로 통주를 바라보니 웅장한 성첩과 어렴풋이 보이는 탑이 더욱 경치를 도왔다.

수십 리를 행하여 통주성 북문 밖에 이르러 배를 돌려보내고 언덕에 오르니 물가에 무수한 배를 매었는데 크고 너르기 가히 수천 석 곡식을 실을 만하다. 여러 배를 올라가 그 제도를 자세히 보니 위로 널을 깔아 우리나라 전선戰船 모양이요, 콩으로 내기름⁴을 개어 그 틈을 단단히 메우고 한 편에 한 구멍이 있어 안으로 통하는데 또한 짝이 있으니 세팔이 이르기를,

"이 배는 큰 바다에 다니는지라 곡식과 온갖 물화를 안에 싣고 풍파를 만나면 널문을 단단히 막는 고로 바람을 두려워하지 않습니다."
라 하였다. 성문을 들어 남으로 행하니 좌우 시가지의 번성함이 비록 북경에 미치지 못하나 또한 심양에 비길 만하다. 숙소에 이르러 오후에 계부를 뫼시고 상부사와 한가지로 동문을 나가 강가의 배를 구경하였다. 이곳은 강이 너르고 바다가 멀지 아니하여 천만 주 돛대가 강을 덮었으니 실로 장한 구경이요, 강가에 즐비한 여염이 은연히 우리나라 삼강⁵ 풍물이었다. 배 위에 여러 사람이 선창을 의지하여 우리의 행색을 구경하며 작은 기를 세우고 북을 울리며 귀신에게 비는 거동

---

4 분명하지는 않으나 배에 물이 들어오지 않도록 나무 틈을 메우는 데 쓰이는 뱃밥의 한 종류를 가리키는 듯하다.
5 한강의 세 부분을 통틀어 이르는 말. 한남동 일대의 한강, 용산과 원효 일대의 용산강, 마포와 서강 일대의 서강을 이른다.

이 우리나라와 다름이 없었다. 두어 배를 세내어 일행이 나누어 오르고 아래로 수 리를 내려가 식경을 연회하다가 석양이 질 때 관으로 돌아오니 덕유가 수레를 데리고 비로소 이르렀거늘, 그 연고를 물으니 관문을 나오다가 수레를 잃어 두루 찾았으나 종시 얻지 못하고 오후에 비로소 떠나왔노라 하였다.

3월 초2일 연교포에서 아침을 먹고 삼하에서 자다

    평명에 길을 떠날 때 평중이 들어왔는데 수색愁色이 낯에 가득하기에 그 연고를 물으니 말하기를,

    "간밤에 세 사람을 만나 다시 별회를 의논하매 서로 손을 잡아 통곡해 마지아니하더니 홀연히 깨치니 일장춘몽이라, 이로 인해 다시 잠을 이루지 못하고 슬픈 마음을 진정치 못하겠구나."

하니, 서로 대하여 처량함을 이기지 못하였다. 길을 떠나 10여 리를 가니, 한 관원이 지나가는데 앞뒤로 따르는 자가 아주 많았다. 앞에 두 사람이 큰 징을 울려 길을 인도하고 뒤에 한 쌍은 큰 기를 세웠는데, 기를 받든 사람이 또한 말을 탔으니 필연 재상의 봉명奉命하는 행색인가 싶었다. 연교포에서 조반하고 길을 떠나 10여 리를 행하니 한 사람이 나귀를 타고 지나갔다. 살은 비록 수척하나 매우 크고 여러 하인들이 좋다고 일컫거늘, 건량관에게 나귀의 값을 언약하여 삼하로 데리고 오라 하였다.

    삼하 숙참宿站에 이르러 계부께 나아가 뵐 때 한 사람이 캉 앞에 섰는데, 머리에 금 징자를 붙였고 신장이 6~7척이요, 풍채가 좋고 거동

이 아주 당당하였다. 이때 좌우에 사행을 모신 역관이 없어 하인들이 약간의 말을 물었지만 서로 통치 못하는지라, 사면을 돌아보며 매우 답답해 하시거늘 그 까닭을 물으니 계부께서 이르시기를,

"성문을 들자 한 사람이 행색을 보고 반기며 좋게 여기는 기색이 낯에 드러나기에 그 연고를 몰라 하인으로 하여금 숙소로 나오라 하였더니, 즉시 찾아왔는데 말이 통하지 못하여 답답하구나."

하셨다. 즉시 손을 들어 안부를 묻고 성과 나이를 물으니, 크게 기뻐하며 웃음을 머금고 대답하였는데, 성은 등鄧이고 나이는 36세다. 드디어 읍하여 캉에 올리고 그 이름과 자호를 물으니, 이름은 사민師閔이고, 자는 건여이며, 별호는 문헌汶軒이다. 그 선대의 이름난 조상을 물으니, 등백도鄧伯道의 후손이라고 하기에 내가 말하기를,

"옛사람이 '천도天道가 앎이 없어 등백도가 자식이 없다天道無知 使鄧伯道無兒'[6]라 하였으니, 그러면 옛사람이 그릇되게 일컬었군요."

등생이 웃으며 말하기를,

"비록 아들이 없으나 아우의 아들이 있음을 듣지 못하였군요."

내가 말하기를,

"어찌 모르겠습니까. 등백도가 죽은 후에 아우의 아들이 삼년상을 입었다 하였으니, 그러하면 이로 인하여 백부의 대를 이은 것이군요."

등생이 머리를 끄덕여 옳다고 하였다. 그 사는 곳을 물으니, 산서성山西省 태원太原 사람이고, 이곳에 이르러 두어 벗을 데리고 성 밖에 푸자를 열어 소금을 매매하며 생업으로 삼노라 하였다. 징자를 붙인 연고를 물으니, 일찍이 공성孔聖에 빠져 과거를 보았는데 중간에 몸에 병이 있어 그만 두었다고 하였다. 내가 묻기를,

---

6 이 말은 『진서晉書』 「등유전」에 전해 온다. 등백도는 진대晉代 사람 등유鄧攸로 백도는 그의 자다. 석륵石勒의 난 때 이를 피해 처자식과 그의 조카와 함께 도망을 가다가 절체절명의 위기에 부딪히자 자기의 아들을 버리고 조카를 살렸다. 그 이후 그는 다시 아들을 두지 못했는데 당시 많은 사람들이 이에 감동하고 또 유감스럽게 생각하여 널리 이런 말을 전했다고 한다.

"그대는 우리의 의관을 어떻게 보십니까?"

등생이 말하기를,

"그대의 의관이 진짜 의관이고 명나라 복색입니다. 우리 선조의 화상을 보니 그대의 의관과 방불彷彿하니 어찌 반갑지 않겠습니까?"

내가 다시 묻기를,

"그대들이 머리털을 깎는 법은 어떻게 보십니까?"

등생이 말하기를,

"어려서부터 이미 풍속에 익어 불편함을 깨닫지 못합니다."

내가 묻기를,

"그러면 몸과 털을 감히 상하지 말라 함이 성현의 가르침이 아니더이까?"

등생이 말하기를,

"위안威顔이 지척인데 어찌 이런 말을 하십니까?"

하니, 말이 황제를 침범함을 이르는 것이다. 등생이 말하기를,

"명나라 때에는 조선 사람이 중국의 과거를 보아 혹 장원한 사람이 있으니, 이를 보아도 조선 문장을 짐작할 만합니다. 어찌 예사로운 외국으로 일컫겠습니까?"

하고, 따라온 사람을 불러 차와 담배를 가져오라 했다. 세 그릇의 차를 내오고 담배를 담아서 나와 계부께 내오거늘 그 가져오는 곳을 물으니, 성 밖 푸자에서 들어온다고 하였다. 나의 나이를 묻고 동갑이라 말하며 사주를 이르라 하기에 종이에 써 보였는데, 등생이 붓을 들어 오행과 성신을 벌이니, 그 법은 자세히 알지 못하나 대저 운수를 보는 술법이었다. 이윽고 말하기를,

"과연 재인才人의 사주고, 금년을 만나 운수가 크게 통할 것입니다."

했다. 이때 저녁밥을 내오기에 뚜껑에 밥을 나눠 한가지로 먹기를 청하니, 등생이 사양치 아니하고 여러 가지 반찬을 맛보고 다 좋다고 일컬었다. 사람으로 하여금 무엇을 가져오라 하니, 이윽고 두 권의 접책

을 가져왔는데 다 조맹부趙孟頫의 글씨요, 박은 판본이었다. 하나는 계부께 드리고, 다른 하나는 나에게 주며,

"초초히 정을 표합니다."

다시 한 장 글씨를 나에게 주며 말하기를,

"이것은 나의 졸한 글씨인데 필법은 볼 것이 없으나, 돌아가 벽 위에 붙이고 사람을 잊지 않았으면 합니다."

하였다. 이때 날이 저물었는지라, 등생이 물러가기를 청하고 눈물을 머금어 말하기를,

"새로 사귀고 살아서 이별하니 어찌 슬프지 않겠습니까? 다만 후생에 한 나라에서 함께 태어나기를 원합니다."

하였다. 그 기색을 보니 진실한 마음이 밖에 드러나고 털끝만큼도 천박하고 경솔한 태도가 없었다. 내가 말하기를,

"우리가 한 번 만나서 서로 마음을 허하니, 진실로 잊지 못할 것입니다. 비록 다시 만날 기약이 없으나 해마다 사행을 빙자하여 한 장 서신으로 서로의 안부를 이음이 어떠합니까?"

등생이 크게 기뻐하며 말하기를,

"고인의 깊은 정분이라 어찌 감히 잊겠습니까? 나는 생계를 위하여 출입이 정해진 적이 없으나, 편지를 부치고자 하면 내가 비록 없더라도 푸자에 여러 벗이 있으니, 부디 언약을 저버리지 마십시오."

하고 성명과 편지 전할 곳을 다시 써 뵈고 물러갔다. 내가 문 밖에 가 보내고 내일 역로의 푸자에서 잠깐 모이기를 언약하였다.

길에서 만난 나귀의 값을 과연 언약하여 한가지로 왔거늘 은 29냥을 주고 샀다. 들어올 때 30냥 은을 행장에 넣어 나귀를 구하였지만 종시 얻지 못하였더니 길에서 의외로 얻으니 일행이 다 좋다 하였다. 계부를 모시고 캉 문을 나서 앞뜰을 거니는데, 두 사람이 들어와 계부와 나에게 공손히 읍하기에 창황히 답례하고 그 연고를 물으니 주인이 말하기를,

"두 사람은 이곳 선비인데 노야를 뵙고자 합니다."

하였다. 즉시 청하여 캉으로 들어가 촛불을 밝히고 손님과 주인으로 나눠 앉으니, 한 사람은 거인이라 머리에 금 징자를 붙였고, 성은 손孫이요 이름은 유의有義이며 자는 심재心栽요 별호는 용주蓉洲이다. 또 한 사람은 성이 조趙요 이름은 욱종煜宗이며 자는 승선繩先이요 별호는 매헌梅軒이다. 손생의 얼굴이 풍영豊盈하며 단정하니, 다 거동이 공순하여 조금도 교만한 태도가 없었다. 필묵을 내어 여러 말을 수작하니, 경서와 예문은 오로지 주자朱子를 주로 하노라 하고, 우리나라가 주자를 존숭하는 것을 듣고 손생이 말하기를,

"『중용』에 이르기를 '천하의 글이 한가지라書同文' 하였으니, 진실로 그르지 않도다."

내가 말하기를,

"조선은 명나라 때부터 오로지 중국 문물을 숭상하여 의관 또한 옛 제도를 지켰는데, 다만 어법이 오히려 동이의 풍속을 변치 못하니 매우 부끄럽습니다."

손생이 말하기를,

"귀국의 준아俊雅한 인물과 순후한 풍속이 중화와 다름이 없으니, 어법의 다름에 무슨 해로움이 있겠습니까? 비록 중국으로 일러도 동서남북이 각각 어음이 다르되, 조정이 선비를 취하고 씀에 또한 이로 인하여 차별은 없습니다."

또 말하기를,

"대인이 길을 기록하는데 필연 아름다운 시율이 많을 것이니, 두엇을 가르침이 어떠합니까?"

계부께서 이르시기를,

"본래 시율을 일삼지 아니하니 족히 자랑할 것이 없고 관에 머물때 우연히 남방 거인을 만나 서로 이별한 글이 있으니, 졸함을 잊고 가르침을 청하거니와, 대방의 웃음을 면치 못할까 합니다."

그 시에 이렇게 말했다.

    동녘 바다는 삼천리요
    남녘 고을은 몇 백 정이런고.
    삼상의 오늘 이별에
    능히 정신이 슬프지 아니하랴.
    東海三千里 南州幾百程
    參商今日別 能不愴神情

손생이 여러 번 좋다고 일컫고 즉시 한 시를 지어 말하였다.

    일찍 문풍이 등륜에 뛰어남을 바라더니
    오늘 아침에 서로 보매 과연 견디어 보배롭도다
    이제로조차 한 번 이별하매 어느 때에 만나리오
    촛불을 잡아 마음을 의논하매 내 정신이 창감하도다[7]
    夙企文風邁等倫 今朝快覩果堪珍
    從今一別何時晤 秉燭論心愴我神

계부께서 이르시기를,
"순식간에 글을 이루니, 민속한 재주는 조자건曹子建[8]에 지지 않을
것입니다."
손생이 당치 못함을 사례하고 말하기를,

---

7 『연기』에는 이 구절이 다음과 같이 기록되어 있다. "압록강 지는 구름 마음만 서글프오鴨水
    歸雲謾愴神."
8 조자건은 곧 조식曹植(192~232)으로, 삼국시대三國時代 위魏나라 조조曹操의 셋째 아들이며
    후에 진陳의 사왕思王에 봉해졌다. 어려서부터 천재적 기질을 발휘하여 10세부터 시작詩作
    을 하였으며, 오언시五言詩를 발전시켜서 건안문학建安文學의 최고봉最高峰을 이루었다. 유명
    한 「칠보시」 고사를 보듯 시작 속도가 빨랐다고 한다.

"이것이 '개의 꼬리로 담비의 꼬리를 잇는다狗尾續貂⁹'라는 것입니다."
하였다. 이 밖에 여러 수작이 있는데 기록치 못하였다. 손생이 말하기를,
"은근한 의기를 받들어 밤이 깊음을 깨닫지 못하되, 풍한風寒이 심하
고 대인의 행역을 염려하여 물러감을 청합니다."

계부께서 청심원 하나를 내어 손생을 주시고 먹 한 장은 조생을 주
시니 다 치사하고 나갈 때, 또한 앞으로 편지로 연락할 뜻을 이르자,
두 사람이 감사를 표하고 성한 뜻을 저버리지 않으리라 하였다.

---

9 훌륭한 것의 뒤를 보잘것없는 것이 잇는다는 뜻, 또는 벼슬을 함부로 주는 것을 의미한다.

3월 초3일 방균점에서 점심을 먹고 반산을 보고 계주에서 자다

해 뜰 무렵 길을 떠나 계부를 모시고 등생의 푸자에 이르니, 등생이 반겨 맞아 자리에 나아가 가운데 높은 탁자를 놓고 두어 사람과 더불어 각각 교의를 놓고 탁자를 대하여 앉으니 다 머리에 징자를 붙이고 의복이 선명하였다. 그 중 한 사람이 있어 성은 이李이고 등생의 친척이다. 나이가 적이 많고 얼굴이 풍후하여 짐짓 장자의 풍도가 있었다. 상탁과 집물이 극히 화려하고 벽 위에 고금서화를 가득히 붙였는데 그 중 한 장은 손생의 필적이었다. 내가 두어 역관과 더불어 그 순숙純淑한 수단을 일컬으니, 등생이 듣고,

"이미 그 필법을 좋게 여기시면 가져가도 좋습니다."

하며, 즉시 나아가 붙인 종이를 떼고자 하였다. 내가 말하기를,

"그 필법이 높을 뿐이 아니라 손생은 어제 서로 만나 그 수작이 있으니, 다만 그 사람을 일컬음이지 글씨를 가지고자 함이 아닙니다."

하였다. 이때 여러 역관으로 하여금 말을 통하고 각각 부채와 청심원을 내어 등생에게 후한 뜻을 사례하니, 등생이 또한 누누이 감사하다고 하였다. 차를 다 마시고 여러 가지 음식을 내오니, 여남은 그릇에

반산

가득히 괴었는데, 정결하고 향기로워 성심으로 대접하는 거동이 사람의 마음을 감동케 하였다. 그러나 길이 바쁘고 이미 조반을 먹었으므로 다만 두어 가지를 맛볼 따름이었다. 서둘러 길을 떠날 때 등생이 여러 장의 종이를 내어 여러 음식을 각각 봉하여 하인에게 맡기며,

"길에서 대인께서 시장하실 때에 드리게."

하니, 그 뜻이 더욱 곡진하였다. 문 밖에 이르러 서로 손을 잡고 떠날 때 등생이 눈물을 머금으니, 연모하는 마음이 진정 너른 인품이었다.

방균점邦均店에 이르러 점심을 먹고 길을 떠날 때 큰길을 버리고 북으로 수풀을 좇아가니, 일행이 장차 반산盤山을 구경코자 한 것이다. 10여 리를 행하여 반산 아래에 이르니, 산 허리에 4~5리 분장粉牆을 에워 평지에 이르고 담 안에 층층한 누각과 곳곳에 소쇄한 정자를 벌였으니, 이는 황제의 행궁行宮으로 지은 지 10여 년이 안 되었다.[10] 관원과 갑군이 엄히 지키니, 감히 그 안을 엿보지 못하였다.

궁장 서쪽에 큰 묘당이 있고 여남은 중이 있는데, 그 중 하나가 나이가 적이 많고 얼굴이 청수하여 연화年華의 기상이 적었다. 나아가 읍하고 말을 수작하니, 어음이 비록 분명치 아니하나 산승의 기상을 잃지 아니하였다. 살빛이 맑고 푸르러 근골이 비치니 나아가 그 손을 잡으매 차기가 얼음 같고 얼굴에 일호 티끌의 기상이 없으니, 필연 범상

---

10 이 산장의 이름은 정기산장靜寄山莊이다. 『반산지盤山志』에 따르면 건륭 갑자년(1744)에 행궁行宮을 반산 아래에 창건하고 편액扁額을 '정기산장'이라고 하였다. 산장 안에는 연춘당延春堂, 천척설千尺雪, 타산정朶山亭, 반천루半天樓 등 16경이 있다고 한다.

한 속승이 아닌가 싶었다.

벽 위에 두어 장의 서화 족자를 걸고 여러 사람의 시문을 붙였으니, 다 이 중의 도행을 일컫는 말이다. 부사께서 승려를 청하여 필담으로 수작할 때, 먼저 북경 승풍僧風이 더러운 연고를 물으니, 중이 대답하기를,

"근래에 황의승黃衣僧(라마승)이 중국 곳곳에 넘쳐나 승풍을 어지럽히니, 족히 중으로 일컫지 못합니다."

하였다. 이때 캉 문을 나서 북으로 뫼 위를 바라보니, 기이한 봉우리와 층층한 암석으로 고금에 이름이 있음이 마땅하고, 수풀 사이에 봄꽃이 바야흐로 붉은 빛을 토하고, 소쇄한 암자와 층층한 백탑이 그 가운데 은영隱映하니 가히 헛되이 지나지 못할 곳이다. 평중을 청하여 올라가 구경하기를 꾀했으나 어렵게 여기는 기색이 있거늘, 홀로 말을 타고 묘당 위로 좇아 길을 찾아 올라갔다. 이전에는 산길이 극히 험하여 인마人馬를 통치 못한다 하더니, 행궁을 지은 후에는 돌을 깨치고 길을 다듬어 족히 수레를 통할 만하였다.

궁장을 의지하여 수 리를 올라가니, 큰 골짜기가 점점 깊고 흰 돌과 맑은 물이 왕왕 아름다운 곳이 있었다. 멀리서 바라보매 예닐곱 사람이 돌 위에 늘어앉아 내가 올라가는 것을 보고 손을 들어 가리키며 웃고 말하니, 다 우리나라 사람의 의관이다. 마음에 놀랍고 괴이하게 여기다가 가까이 나아가니, 행중 역관들이 먼저 이르러 서로 경치를 자랑하며 다른 사람이 올라오지 못함을 조롱하다가 내가 오는 양을 보고 그 중 한 역관이 마중 나와 웃으며 말하기를,

"우리 일곱 사람이 한가지로 기특한 놀음을 이루고 스스로 죽림칠현竹林七賢이라 일컬었더니, 지금은 음중팔선飮中八仙[11]이 될 것입니다."

---

11 술을 즐기는 여덟 신선이란 뜻으로 즉, 하지장賀知章·여양 왕진汝陽王進·이적지李適之·최종지崔宗之·소진蘇晉·이백李白·초수焦遂를 말한다. 두보杜甫의 시 「음중팔선가飮中八仙歌」에 전해 온다.

하였다. 내가 또한 말을 버리고 언덕을 올라 한가지로 바위 위에 앉았다. 언덕 밑에 궁장을 둘렀으며 궁장 안에 수십 칸의 반석이 아주 조촐하였고, 북쪽 수문으로 간수澗水를 인도하여 풍류를 하는 듯하였다. 반석에 이르니 둥근 못이 되어 푸른 유리를 깐 듯하고, 윤택한 바위와 늙은 솔을 좌우에 두르고 수풀 사이에 두어 칸의 정자를 세웠으니, 과연 산수의 요조窈窕한 경물을 갖추었으되, 담이 막혀 들어가지 못하고 언덕 위에서 굽어볼 따름이다. 반석 위에 '천척설千尺雪' 세 자를 새겼으니, 일천 자의 눈을 이름이고 흰 돌과 맑은 물을 찬양한 말이다. 뫼 위에 큰 바위가 있어 가히 수십 명이 앉을 만하였다. 그 아래에 '정관유적貞觀遺跡' 네 자를 새겼는데, 정관이 끼친 자취를 이른 것이니, 이는 당 태종이 친히 고구려를 치면서 일찍이 이곳에 수레를 머문 고적이었다.

이윽히 구경하다가 다시 말을 타고 큰길을 쫓아 올라가 수 리를 행하여 한 묘당이 있으니, 이름은 소림사少林寺이다. 앞으로 수십 칸의 반석이 10여 장의 높이를 이루었고, 뒤로 높은 대를 오르니 또한 넓이가 수십 칸이며, 층층이 섬돌을 쌓아 길을 통하였다. 이 대에 앉으니 남으로 계문연수薊門烟樹와 가없는 들이 보이고, 좌우에 기이한 봉만이 첩첩이 둘러져 있으며, 간간이 표묘한 백탑이 수풀 위에 빼어나 희미한 바람에 쟁쟁한 풍경 소리가 서로 응하였다.

아래로 행궁을 굽어보니 영롱한 누각이 햇빛에 눈부시고, 바위 사이에 공교한 정자와 외로운 암자가 서로 바라니, 과연 기이한 구경이었다. 대개 반산은 그 이름이 사서史書에 오르고 소림사는 그 중간에 있어 여러 경치를 거느려 예로부터 팔경을 일컬으니 다음과 같다.

자개봉紫盖峯	등운봉騰雲峯	선석령仙石嶺	낭갑석狼甲石
투한교投閒橋	장방석帳房石	능각석菱角石	홍룡지紅龍池

이때 날이 이미 늦어 멀리서 바라보니 사행이 바야흐로 떠나시는지

라, 여러 곳의 경치를 미처 구경치 못하고 정당正堂으로 들어가니 중 두엇이 나와 맞는데 뜻이 또한 관곡하였다. 각각 자리를 정하자 여러 역관이 비로소 들어오되, 윗옷을 벗고 숨결을 진정치 못하니 행색에 예법이 없었다. 내가 중을 불러 이르기를,

"사람이 뫼를 오르니 근력이 쇠진하여 예의를 갖추지 못하니 괴이히 여기지 마십시오."

하니, 중이 웃으며 말하기를,

"뫼가 높고 길이 험하니 어찌 예의를 돌아보겠습니까?"

하였다. 각각 차를 파한 후에 바삐 산을 내려와 행궁 앞에 이르니, 행차가 이미 떠나시고 하인 하나가 머물러 율무 한 그릇을 주기에 먹기를 마치고 수레를 바삐 몰아 30리를 행하여 계주薊州에 이르렀다. 문을 들어가니 성 안에 큰 절이 있는데 이름은 독락사獨樂寺이니 유명한 곳이다. 그 중에 2층집이 있고, 집 안에 관음소상을 앉혔으니, 높이가 수십 장이다. 이로써 혹 대불사大佛寺라 일컬었다.

사행이 바야흐로 그 안에 머물러 구경하신다 하기에 수레를 내려 들어가 먼저 관음소상을 구경하였다. 과연 웅장한 길이와 풍후한 구각軀殼이 또한 기이한 구경이었다. 사다리를 붙잡고 누각 위에 올랐는데, 누의 높이가 이미 10여 장이로되 겨우 소상의 허리를 지나니 그 장한 제도를 짐작할 것이다. 상하에 순전히 금칠을 하였으니, 물자의 풍부함을 가히 알 만하였다. 이 누각은 가운데를 비워 소상을 용납하고 사면에 창을 내고 창 밖에 좁은 마루를

계주 독락사

두어 사람을 앉게 하였다.

마루 밖에는 난간을 두었기에 난간을 의지하여 성 안의 여염을 굽어보니 매우 상쾌하고 성첩의 방정한 제도와 제택의 즐비한 규모를 가히 볼 것이나, 다만 성 안이 심히 좁아 천여 호수를 넘지 못할 것 같았다. 누를 내려와 두어 문을 들어 한 집에 이르니, 탑 위에 금부처 하나가 베개를 돋우고 팔을 베어 언건히 누웠는데, 허리 아래에 두꺼운 비단 이불을 덮었으니, 그 부처와 사적은 자세히 알지 못하나 짐짓 사람이 누운 거동이라 극히 놀랍고 괴이하였다. 날이 늦어 숙소로 돌아왔다.

3월 초4일 송가성을 보고 봉산점에서 점심을 먹고 옥전현에서 자다

평명에 길을 떠날 때 바람이 크게 일어 티끌이 길을 덮으니 행인이 눈을 뜨지 못했다. 30리를 행하여 남으로 바라보매 수 리 밖에 조그만 성이 있고 성안에 높은 대를 쌓고 좌우에 집을 지어 표연히 반공에 솟아나니, 이 성은 송가성宋家城이라 일컫는 곳이다. 위의 집은 적루敵樓라 일컬으니, 명나라 때에 송가 장수가 있어 이곳에 머물러 변방의 오랑캐를 막고 인하여 대대로 지켜 벼슬을 이었다. 명나라가 망한 후에도 홀로 성을 보전하여 항복하지 아니하였는데, 성이 높고 단단하여 졸연히 깨뜨리지 못하다가 수년이 지난 후에 비로소 항복하고, 자손이 지금 가업을 지키고 있다.

연전에 들으니 우리나라 사람이 혹 그곳에 이르면 괴로이 여길 뿐 아니라 말을 통치 아니한다니 오로지 더럽게 여기는 의사이다. 이러므로 부사께서 혹 욕된 일이 있음을 염려하여 내가 구경코자 하는 뜻을 말리거늘, 내 생각하길 '진정 우리나라를 더러이 여길진대 필연 연고가 있을 것이다' 하고 더욱 그 묘맥苗脈(실마리)을 알고자 하여 이에 남쪽 작은 길을 좇아 수 리를 행하였다.

여러 번 밭 가는 사람을 만나 길을 물으니 다 혼연히 대답하고 조금도 홀대가 없었다. 송가성에 이르니 성문이 이미 무너진 지 오래고 성은 사면이 방정하며 장광이 백보를 넘지 못하고 무너진 곳이 많으나, 다만 높고 단단하여 제도의 정치함은 황성이 미치지 못할 바였다. 성을 들어가니 큰 집이 있고 문이 매우 높거늘, 문 밖에 머물고 사람을 부르니 한 사람이 나와 대답하고 밖으로 나가더니 이윽고 한 사람이 창황히 들어오는데 의복이 적이 선명하였다.

서로 읍하고 문을 들어가니 정당正堂이 너르기 10여 칸이요, 사면에 약간 서화와 현판을 붙이고 교위와 상탁이 극히 빛나니, 오히려 가업을 잃지 않은 것이다. 더불어 한훤을 파하고 사업을 물으니, 문장을 숭상하고 과거를 얻은 지 이미 7~8년이로되 지금껏 벼슬을 얻지 못하였노라 하고, 내가 처음 들어오는지를 묻고 말을 능히 통한다 하여 여러 번 총명함을 일컬었다. 이윽고 계부께서 다른 길로 들어오시니 좌를 정하매 주인이 즉시 종이와 필묵을 내어 필담을 청하거늘, 내 먼저 묻기를,

"그대가 여기 거하시니 지금 몇 대를 이어오시는 것인지요?"

주인이 말하기를,

"근본은 강남 사람입니다. 대명 성조황제成祖皇帝(3대 황제) 때에 선조의 이름은 극이니, 궁마를 숭상하여 벼슬이 도지휘에 이르고 성조를 따라 북경에 이르러 변방의 대책을 맡아 이곳에 집을 세우고 수만 군사를 거느려 오랑캐를 막았으니 지금 14대를 전하였습니다."

내 묻기를,

"본조 초년에 산해관을 들어오매 이 성이 또한 병화兵禍를 면치 못하였을 것이니 어느 해에 항복하였습니까?"

주인이 말하기를,

"순치 3년(1646)에 천하를 크게 평정한 후에 비로소 항복하였습니다."

내 말하기를,

"이 성이 높고 단단하여 여러 해를 홀로 보전함이 괴이치 아니하거니와 사면이 다 팍팍한 곳이 많으니 그때 병화의 혹독함을 가히 짐작하겠습니다."

주인이 말하기를,

"병화에 상한 것이 아니라 옹정雍正(재위 1722~1735) 연간에 큰 지진이 일어나 이같이 무너지고 그 재력이 미치지 못한 고로 다시 고치지 못한 것입니다."

내 말하기를,

"연전에 들으니 이 성이 항복한 후에 본조가 여러 해 항거한 것을 분하게 여겨 벌금 일반 냥을 맡겼다 하니 그 말이 그르지 아니합니까?"

주인이 말하기를,

"벌금은 비록 과한 말이나 사사전토私私田土를 이미 나라에 앗긴 바가 되어 해마다 곡식을 바치니 생각건대 만금에 그치지 아니할 것입니다."

내 말하기를,

"1년에 바치는 곡석이 얼마입니까?"

주인이 말하기를,

"성 안팎에 함께 머무는 친척이 열네 집이요, 논밭을 합하면 290여 경頃이니, 해마다 1,200냥을 모아 나라에 바칩니다."

내 묻기를,

"본조 이후에도 벼슬하는 사람이 있습니까?"

주인이 말하기를,

"전조에는 대대로 벼슬을 이었더니 본조 이후로 가업을 잇지 못하는 고로 성조의 버린 바가 되었습니다."

계부께서 이르시길,

"버림받은 것이 진정 가업을 이음입니다."

하니, 주인이 보기를 마치매 낯빛이 변하여 종이를 찢어 땅에 던졌다.

이 밖에 여러 말이 있으나 다 기록하지 못하고, 적루 위에 오르기를 청하니 즉시 인도하여 북으로 문을 들어가니 문 안에 뜰이 너르고 좌우에 각각 집이 있어 곳곳이 비단 발을 드리우고, 여러 계집들이 엿보니 주인의 식솔인가 싶었다. 처마와 뜰 가운데 여러 기물이 놓였으니 오히려 부유한 집의 기상이 있었다.

북으로 세 문을 들어 적루 밑에 이르니 누의 높이는 창졸에 짐작치 못하나 안으로 네 층을 만들고 층층이 사다리를 놓았다. 상층에 올라 사면을 바라보니 안계가 트여 수십 리 밖에 왕래하는 인마를 족히 살필 수 있었다. 병화를 당하여 성 밖에 동정을 감히 숨기지 못할 것이니, 당초의 설립한 의사를 짐작할 수 있었다. 이때 바람이 그치지 아니하고 먼지와 모래가 들을 덮어 원래의 상쾌한 진풍경은 알 길이 없었다. 누를 내려 정당에 이르러 차를 파하고 서로 이별하고 길을 떠나니, 대저 주인의 대접이 극히 관곡하고 조금도 괴로이 여기는 기색이 없으니 소문과 달랐다.

봉산점蜂山店 중화참에 이르러 적루의 웅장함과 주인의 관곡한 대접을 자세히 말하니 부사께서 들으시고 크게 뉘우쳤다. 오후에 길을 떠나 체마소에 이르니 통관 쌍림이 머물다가 덕유를 불러 나에게 전갈을 부치고 수천 리 왕래에 동행하는 인연과 정분을 일컬었거늘, 즉시 덕유로 하여금 먼저 인사를 물은 것에 사례를 전하게 했다. 관에 있을 때에 건량관의 말을 들으니, 오림포가 쌍림이 나와 서로 보지 아니하는 것을 듣고 크게 꾸짖어 돌아가는 길에 즉시 사귀라 하였다니, 이로 인하여 사귀고자 함인가 싶었다.

옥전현玉田縣 숙소에 이르니 마을 가운데 바야흐로 창시를 베푸니 사람이 길에 가득하였다. 사처에 내린 후에 사행이 역관으로 하여금 희자를 불러 값을 언약하여 일행이 한 번 구경코자 하되 여러 가지 제목이 있는지라 조그만 책에 적은 것을 뵈며 보고자 하는 것을 이르라 하였다. 수십 가지 제목을 살펴보니, 모두 소설을 의방하였으되 듣지 못한 것이 많고 그 중 「쾌활림快活林」이란 제목이 있으니, 이는 『수호지』의 장문신蔣門神이 무송武松에게 맞던 사적이다.

그 제목을 정하여 사행이 길가에 모여 앉으신 후에 희롱을 베푸는데 희대는 길가의 삿집을 지어 너르기 10여 칸이다. 장 안에서 두어 사람이 나와 하나는 교위에 앉아 관원의 모양이니 이는 노관영이요, 하나는 땅에 엎드려 거동이 극히 사나우니 이는 무송武松이다. 관영의 곁에 젊은 사람이 머리를 동였으니 이는 시은이다. 여러 가지 절차의 노래와 말이 잡되게 섞였으니 자세히 알 길이 없고 『수호지』에 없는 말이 많았다. 한 역관이 이르기를,

"근래에 창시를 위하여 수호지를 부연하여 고쳐 만든 것이 있습니다." 하였다. 매양 절차를 변할 적이면 안에서 크게 종이 울렸는데, 이윽고 조그만 막대에 기를 달아 '쾌활림' 세 자를 쓰고 그 밑에 여러 교의를 놓고 흥정하는 모양이다. 한 사람이 교의에 높이 앉아 눈을 찡그리며 사나운 거동이니 이는 장문신이요, 이윽고 한 사람이 술을 취하여 동서로 어지러이 걸으며 앞에 두어 사람이 술병을 메어 인도하니 이는 무송이 쾌활림을 향하는 거동이다. 그 사이 우스운 거동과 기괴한 절차가 많으나 다 기록하지 못하고, 필경 무송이 장문신과 더불어 서로 싸우매 발과 손이 일시에 일어나 효용한 거동이 극히 호기롭고 장문신이 패하여 넘어져 비는 거동이 배꼽을 잡았다.

대저 북경 머물 때에 두어 번 창시를 구경하였으나, 그 사적을 모르는지라 종시 재미를 깨닫지 못하고 세상의 숭상함을 괴이히 여겼더니, 이제 그 사적을 친히 보는 듯하니 사람의 혹함이 괴이치 아니하였다. 보기를 마치고 숙소로 돌아왔다.

3월 초5일 옥전현에서 출발하여
초7일 영평부에 이르다

이날도 종일 바람이 불어 행색이 극히 어려웠다. 풍윤현豊潤縣 숙참
에 이르러 날이 오히려 일렀는지라 세팔이 이르기를,

"연전에 한 서장書狀이 이곳에 이르매 일기를 상고하여 이곳 향교의
솥과 술준犧樽을 찾아보니, 옛 글씨라 제양이 기괴하였습니다."

하거늘, 드디어 세팔을 데리고 성중으로 들어가 향교에 이르니 성묘
와 좌우 재실이 곳곳이 무너지고 상탁에 티끌이 가득하니 소견이 수
절하였다. 성전 동편에 작은 집이 있어 지키는 사람이 머무는 곳이다.
세팔이 사람을 불러 솥과 술준을 내어 오라 하니 여러 번 청탁하다가
나중에 청심원을 받은 후에 비로소 내어왔다.

솥은 제양이 둥글고 세 발에 각각 소 형상을 새겼으며 양쪽에 두어
치 꼭지 있고 크기는 한 말 곡석을 용납하였다. 안에 옛 글자로 글을
새겼는데 다음과 같다.

유 갑오 팔월 병인일에
황제 옛일을 상고하여 비로소 송나라 그릇을 얻었도다.

그 상을 살펴 우정을 만들었도다.

태실에 이르러 좇아 이로써 흠향하는도다.

억만 세를 신령의 아름다움을 평안히 하니 오직 제의 시절이로다.

만세를 보전하여 길이 그 힘입을지어다.

惟甲午八月丙寅

帝若考古肇作宋器

審厥象作牛鼎

格于太室從用亨

億寧神休惟帝時

保萬世惟永賴

술준은 흙으로 구워 만든 것으로 솥의 모양이니 고대의 준樽제도요, 위에 뚜껑이 있으니 또한 오랜 기물이다. 지키는 사람이 이르기를, "남송南宋 효건孝建 원년(454) 8월에 만들어 태묘太廟 제기를 만든 것이니, 연전에 이곳 문묘를 지을 때 땅 속에서 얻었다 하였습니다." 하였다. 보기를 마치고 동쪽 성 밑으로 좇아 남쪽 모퉁이에 이르니 성 위에 이 층 누각이 있어 매우 높았다. 올라가 상층에 앉으니 성 안에 즐비한 여염을 가까이 하고, 동남으로 가없는 들을 바라보니 안계眼界가 트여 경치가 장하였다. 뿐만 아니라 서북으로 성을 바라보니 수천 보 길이에 곧게 줄로 친 듯하고 안팎에 여장이 극히 정치하고 두 여장 사이가 4~5칸 너비요, 위에 벽돌을 깔아 평평하기가 숫돌 같았다. 이곳은 작은 고을이라 성내의 규모는 족히 볼 것이 없으나 오히려 이같이 엄절하니 이로 미루어 황성 제도를 족히 짐작할 수 있다. 누 위에 두어 소상을 앉히고 현판에 '문창궁文昌宮' 세 자를 새겼으니 문창성文昌星 신령을 위한 것이다.

돌아와 숙소에 이르니 계부와 상부사께서 문창궁을 구경코자 하시거늘, 다시 따라가 성중의 큰길을 좇아 좌우의 여염과 시사를 구경하니, 이곳은 예부터 사환仕宦하는 집이 많은 고로 길을 임하여 현판과 고대高大한 문정門庭이 많았다. 네거리에 10여 층 탑을 세웠으니 푸른 돌로 층층이 쌓고 사면에 난간과 새김이 기이하다. 북경의 곳곳에 탑이 많으나 다 백탑이요, 벽돌로 쌓았으나 홀로 이곳에서 석탑을 볼 수 있었다. 저물어서야 숙소에 돌아왔다.

초6일 길을 떠날 때 바람이 여전히 그치지 아니하였다. 진자점榛子店에서 점심을 먹고 사하역沙河驛에 숙소하였다.

초7일 동틀 무렵 출발하여 40리를 가서 북편 작은 길을 좇아 10여 리를 행하여 이제묘夷帝廟에 이르니, 이제묘는 백이숙제伯夷叔齊의 묘당이다. 앞으로 조그만 뫼가 있어 이름을 수양산首陽山이라 일컫고 뒤로 강이 있어 난하灤河라 일컬었다. 수양산 앞으로 조그만 성을 두르고 성문 현판에 '인현리仁賢里' 세 자를 새겼으니 어진 사람의 마을이란 이름이다.

성문을 드니 양쪽에 각각 패루를 세우고 문 좌우에 한 쌍 비를 세워 옛사람의 문자를 새겼으니, 모두 이제를 찬양하는 말이다. 두어 층 문을 들어 정전 뜰에 이르니 반송盤松[12] 여러 그루가 뜰을 덮고 맑은 모래와 향기로운 풀이 한 점 티끌이 없으니, 과연 이제의 맑은 자취를 머금음 직하였다. 일행이 도포를 갖추고 소상 앞에 나아가 두 번 절하니, 두 소상을 쌍으로 앉혔는데 얼굴이 극히 청수하여 이제의 기상을 얻은 듯하였다. 탁자 위에 향합과 향로를 놓고 한 쌍 꼿꼿한 병을 놓았는데 돌로 만든 것이요, 기이한 무늬가 있어 아담한 제양이 다른 묘당의 공교하고 사치스러운 제도는 비할 바 못된다.

정당 동편에 돌에 글을 새겨 벽에 걸었으니 건륭의 시와 글씨요, 서쪽은 화친왕和親王의 시와 글씨다. 화친왕은 건륭의 아들로 시격이 높

---

12 반송은 소나무의 한 품종으로 나무의 모양이 쟁반처럼 생겼다하여 붙인 이름이다. 외줄기가 올라 자라는 소나무와 달리 반송은 밑에서부터 줄기가 여러 갈래로 갈라지는 것이 특징이다.

백이숙제 고사를 그린 이당(李唐)의 〈채미도(采薇圖)〉

을 뿐 아니라 필법이 더욱 기이하였다. 동쪽에 수삼십 행궁이 있으니
황제의 심양 왕래에 머무는 곳이요, 서쪽에 절이 있어 여러 중을 머무
르게 하여 묘당을 지키게 하였다. 정당 뒤로 높이 대를 쌓아 강을 임
하고 양쪽에 층층한 섬과 좌우의 돌난간이 극히 사치하니 이름은 청
풍대淸風臺라 일컫고, 황제의 유관遊觀을 위한 곳이다. 대 위에 올라 이
윽히 배회하니 제도의 사치는 비록 이제의 본성이 아니나, 산수의 조
촐한 경치는 족히 북경 풍토의 추악한 기운을 씻을 듯하였다.

　동북으로 조그만 문을 내었거늘 나아가 언덕을 내려 강가에 이르니
물 아래에서 배 서넛이 올라오는데 각각 줄을 매어 두 사람이 언덕으
로 좇아 끄는데, 배 가운데 조그만 돛대를 세우고 끄는 줄을 대 끝에
매었으니 우리나라 제도와 달랐다.

　대 아래 이르러 배를 매고 여러 사람이 언덕 위에 큰 퉁노구를 걸
어 좁쌀로 밥을 지어 먹는데, 사람들이 의상과 의복이 다 극히 추악하
고 밥과 먹는 거동이 짐승과 다름이 없으니, 극히 빈궁한 백성이요 적
은 생리를 일삼는가 싶었다. 조그만 진선津船이 있어 행인을 건네거늘
한가지로 올라 북편 언덕에 이르니 모래밭이 매우 널렀다.

　강을 임하여 10여 칸 묘당을 지어 담을 두르고 문 위에 '고죽묘孤竹廟'
세 자를 새겼으니 고죽군의 묘당이란 이름이다. 정당에 고죽군의 소상
이 있었다. 두어 역관과 더불어 배를 세내어 물길로 영평부永平府를 내

려가고자 하였는데, 바람이 점점 일어나 계획을 이루지 못하고 도로 강을 건너 절에 이르렀다. 주방에서 화전과 여러 가지 음식을 장만하고 고사리로 나물을 만들었으니, 이 고사리는 행중에서 가져온 것이다. 이곳에 이르러 이제의 사적을 모방하여 예부터 전례를 삼은 것이다.

길을 떠나 20리를 가서 영평부에 이르니 유가 서반이 즉시 찾아와 뜻이 관곡하고 두어 가지 음식을 가져와 권하거늘 먹은 후에 청심원 하나와 자금정紫金錠[13] 둘을 주어 들어갈 적에 사람을 빌려 사호석을 안내한 것을 치사하였다.

저녁 식후에 계부를 모시고 문 밖을 거닐었더니 동쪽에 큰 집이 있어 새로 수보하고 제작이 매우 장려하니 이는 '조선관朝鮮館'으로, 사행이 머물도록 한 곳이다. 문을 들어 집 제도를 구경하니 대개 연로沿路의 참站마다 관이 있어 사행을 머물게 하였는데 다 퇴락하여 행중 하졸조차 견뎌 머물지 못하였다. 오직 이곳만 이처럼 보수하고 정당에 황제의 어필을 새겼으니 한 역관이 말하기를,

"연전에 황제 이곳을 다니다가 친히 조선관에 이르러 퇴락함을 보고 크게 노하여 영평부 관원을 혁직革職하고 집을 보수하여 친히 현판을 써 달았습니다. 이러하므로 해마다 사행이 이르니 상탁床卓과 기명器皿을 갖추어 사행을 들이고, 사행이 다른 숙소를 정한 후에 비로소 파하여 갑니다."

하였다. 서편에 큰 묘당이 있거늘 여러 문을 들어 좌우로 둘러보니 곳곳이 사람이 있어 서로 왕래하는 등불이 조요照耀하니, 상인과 행객이 머무는 곳인가 싶었다. 뒷문에 이르니 문 밖은 큰길이요, 문 앞에 네 사람이 교자를 가지고 머물러 있으니, 교자는 재상이 타는 제도요 휘

---

13 자금정은 신선태을자금단神仙太乙紫金丹을 통칭하는 약 이름이다. 중국의 송나라 때부터 전해 오던 이 약은 조선전기 이종준李宗準이 저술한 『신선태을자금단방神仙太乙紫金丹方』(1497)에 자세하게 소개된 이래, 『동의보감東醫寶鑑』, 『산림경제山林經濟』, 『제중신편濟衆新編』 등에도 처방이 인용되어 있다. 문합蚊蛤, 산자고山慈菰, 대극大戟, 속수자續隨子, 사향麝香 등의 약재로 조제하여 주로 해독약으로 많이 쓰이는데, 조선에서 만병통치약으로 널리 알려졌다.

장과 제작이 극히 화려하거늘 그 임자를 물으니,

"우리 지현 노야께서 타는 것입니다."

하니, 외방 지현은 재상의 교자를 타는가 싶었다. 도로 두어 문을 들어 뜰에 이르니 동편 방 안에 촛불이 휘황하고 여러 사람의 소리가 있거늘, 발을 들고 들어가 손을 들어 인사하니 여러 사람들이 교의에서 내려 대답하고 청하여 교의에 앉히고 즉시 차를 권하였다. 잠깐 앉아 보니 탁자 위에 여러 장 문서를 헤쳐 놓았는데, 무령지현撫寧知縣의 내력과 나이를 썼으니 붉은 종이에 극히 해정楷正히 썼다. 여러 사람 중에 혹 지현이 있는지, 또 그 벼슬이 무엇인지 물으니, 다 웃고 말하기를,

"우리는 벼슬이 없고 지현 노야를 따라왔습니다."

하니, 우리나라 아전 모습이다. 그 지현의 머무는 곳을 묻고 잠깐 보기를 청하니, 한 사람이 창황히 나가더니 다시 들어와 함께 가기를 청하였다. 즉시 문을 나 북편 캉으로 들어가 발을 들고 문을 드니 지현이 북편 교의에 앉았다가 황망히 내려와 손을 잡으며 안부를 묻는데 그 반기고 은근한 거동이 천 리의 고인을 만남과 다름이 없고, 손수 교의를 놓아 앉기를 청하였다. 우리나라 사람의 교만한 풍속을 생각건대 몸이 지현이 되어 체면이 가장 존중하나 외국의 미천한 사람을 보매 어찌 이같이 스스로 가벼이 여기리오.

한훤을 파하매 촛불아래 지현知縣의 위의를 살피니 온몸에 비단의복이 극히 찬란하고 나이 30여 세로 보였다. 얼굴이 극히 단묘하고 작은 몸이요, 거동이 민첩하여 인물이 극히 사랑스러웠다. 즉시 계부께 사람을 보내어 이 사연을 사뢰니 계부께서 뜰에 머무르시다가 즉시 들어가서 손님과 주인으로 나누어 자리를 정하시고 부사에게 사람을 부치시니, 부사 또한 이르러 가운데 탁자를 놓고 필담을 청하니, 지현이 두어 말을 대답하되 문필이 극히 졸하고, 좌우를 불러 무슨 말을 이르더니 이윽고 한 사람이 들어오되 60세 정도요, 인물이 극히 휴휴하였다.

탁자 옆에 교의를 놓고 붓을 잡아 지현의 필담을 대신하니 필연 지

현의 기실인가 싶었다. 지현의 성명은 가희요 하남 사람이다. 그 과거
한 해를 물으니 대답하기를 공거요 과거를 얻지 못하였다 하거늘, 지
현을 얻은 연고를 물으니 대답하기를,

"황상이 변방의 역사를 당하여 재물을 바치면 벼슬을 주는지라, 이
로 인하여 은과 곡식을 바치고 이 지현을 얻었습니다."

하였다. 내 들으매 스스로 탄식하여 말하기를, '재물을 바쳐 벼슬을
얻음은 사람의 영광이 아니라, 하물며 외국 사람에 들려 목전의 업신
여김을 받음이 인정에 혐의할 일이거늘, 거짓말을 꾸미지 아니하고
단처短處를 덮지 아니하여 조금도 간사하고 불량한 계교를 부리지 아
니하니, 홀로 이 사람의 진실한 마음일 뿐 아니라 중국의 광대한 풍속
이 과연 소국에 미칠 바가 아니구나' 하였다. 지현의 1년 녹봉을 물으
니 2천 냥 은을 준다 하였다. 이곳에 이른 연고를 물으니,

"무령현은 영평부에 속한 고을이라 마침 큰 살옥殺獄이 있어 여러
관원을 모아 의논하는 중입니다."

하니, 우리나라의 종추從推[14]하는 법인가 싶었다. 지현의 얼굴이 팽한
림彭翰林의 전형이 많고 한가지로 하남河南 사람이라 시험하여 팽관을
아는가 물으니 지현이 말하기를,

"팽관은 나의 표형表兄입니다. 어찌 아십니까?"

하거늘, 내 말하기를,

"북경 머물 때에 우연히 팽 한림을 만나 두어 번 조용한 수작이 있
었는데, 이제 노야를 보고 그 전형이 있는 고로 말이 여기에 미친 것
입니다. 팽 한림은 아담한 위의와 민속한 재화를 마음에 깊이 사랑하
였으나 서로의 자취에 얽매여 길을 떠날 때에 다시 만나지 못하고 지
금 경경耿耿하여 잊지 못하니, 후일에 한림을 만나거든 나를 위하여 그
리워하는 뜻을 전함이 어떠합니까?"

---

14 '종추'는 벼슬아치의 죄과를 경중에 따라 엄중하게 캐물어 밝히는 일을 말한다.

하니, 지현이 허락하고, 이 밖에 여러 수작이 있으되 다 기록하지 못하고 삼경이 지난 후에 파하여 돌아왔다.

서울에 돌아오다

북진묘와 의무려산의 승경을 담은 그림

대개 의무려산醫巫閭山이 수백 리를 웅거하고 이곳에 이르러 남쪽으로 조그만 골짜기를 열어
이름을 도화동이라 일컬으니, 북경 연로의 제일 승경으로 이르는 곳이다.

3월 초8일 영평부에서 출발하여
초9일 팔리포에 이르다

산해관 북쪽에 높은 뫼가 있고, 뫼 위에 절이 있어 이름은 각산사角 山寺이니 전부터 사행의 보는 곳이요, 기이한 경치로 일컬었다. 다만 길이 험하여 거마를 통치 못할 곳이 많으니 이로 인하여 여러 번 사행 에 의논하되, 상부사께서 다 어렵게 여기고 계부께서도 가지 않기로 결정하셨다.

전날 왕가를 불러 각산사 구경할 일을 이르고 꼭두새벽부터 수레를 가져오라 하여 먼저 떠날 계획을 정하고, 덕유로 하여금 소전 다섯 냥 과 주방에 양식과 약간 반찬을 얻어 행장을 차리고, 청심원과 별선 다 섯을 세팔을 맡겨 면피를 준비하여 이날 새벽에 먼저 길을 떠났다.

배음포에 이르러 먼저 조반을 먹고 떠날 때 사행이 비로소 오시는 지라, 수레를 바삐 몰아 20리를 가서 무령현에 이르러 서 진사의 집을 찾아 문 밖에 머무르고 사람을 불러 온 뜻을 통하라 하였다. 사람이 들어가니 다시 나와 주인이 집에 없다 하니 필연 괴로이 여긴 것이다.

길가에서 이윽히 배회하니 길 남쪽에 또한 큰 집이 있어 문 위에 여러 현판을 부쳤다. 한 사람이 머리에 금 징자를 붙이고 문안에 섰으니 의복이 가장 선명하거늘, 세팔로 하여금 서 진사가 있는지 물으라 하니, 그 사람이 또한 서 진사의 친척이라 그 집으로 청한다 하였다.

드디어 나아가 읍하고 한 가지로 두어 문을 들어 정당에 이르니 내의 단청이 휘황하고, 자리에 앉은 뒤 사방을 둘러보니 벽 위에 기이한 서

각산사

화를 가득히 붙였다. 북쪽에는 긴 탁자를 놓고 탁자 위에 수백 권 서적과 그릇, 기물을 벌여 놓았으니, 그 중 수정 필통과 고동향로와 오색 화병이 더욱 기이하였다. 기둥에 거문고와 두어 악기를 걸고 문 안에 차로와 차관을 놓아 불을 피워 차를 데우니 소쇄한 기상과 아담한 집물이 과연 문인 재사의 위의를 갖추었다.

주인의 얼굴을 보니 또한 희고 조촐하여 진정 선비의 모양이니 필연 높이 재식을 품었을 듯하여, 두어 말로 수작한 후에 바삐 필연을 가져오라 하여 필담을 청하니 즉시 교의를 옮겨 남쪽 큰 탁자를 서쪽으로 대하여 앉았다. 탁자 위에는 문방제구를 벌였는데, 기이한 제양이 많았다.

먼저 성명을 묻고 숭상하는 글과 무령현 내력을 물으니 두어 말을 대답하되, 필법이 극히 졸하고 글이 또한 말을 이루지 못하는지라 급히 사람을 불러 말을 이르더니, 한 사람이 들어와 읍하고 좌에 앉으매 또한 인물이 준수하니 주인의 형이다. 붓을 잡아 말을 대답하니 문리는 적이 나으나 한 말을 대답하매 형제 서로 돌아보며 한동안 의논하고 내가 쓰는 말을 자세히 통하지 못하니 대개 문학을 숭상치 아니하고 전혀 집물의 사치로 서로 자랑하는 곳이다.

큰 주인이 말을 마치지 못하여 홀연히 붓을 던지고 창황히 나가니 필연 대답하기를 어렵게 여긴 것이다. 나 또한 흥이 사라져 필담을 그치고 앉았는데, 동쪽에 조그만 문이 있고 비단 발을 드리웠으니 주인이 머무는 곳인가 싶어 잠깐 구경하기를 청하니 주인이 쾌히 허락하였다.

함께 문을 드니 한편에 캉이 있어 금침衾枕(이불과 베개)과 약간 그릇이 놓여 있고, 캉 앞에 높은 탁자를 놓고 탁자 위에 서책과 10여 권 서화 법첩을 놓았으며 화류 필통에 화촉 두엇을 꽂았고 벽 위에 족자 두엇을 걸었으니, 글씨와 그림이 다 옛사람의 진적이다. 문 좌우로 한 쌍 매화분을 놓았으니, 한 쪽은 흰 매화요 한 쪽은 홍매화이다. 나무 높이 한 길이 넘고 꽃이 가득히 피어 향내 집안에 가득하니, 이런 맑고 그윽한 정취를 대하여 주인의 용졸한 재주를 보매 어울리지 않아 매우 우스웠다.

총총히 이별하고 길을 떠나 해 진 후에 봉점에 이르러 밤을 지내는데, 전랑(복도)이 극히 고단하고 여러 행인이 잡되이 누워 있어 극히 추악하고 매우 민망하였다. 저녁밥을 괴이하게 지어 내니 차마 먹지 못하였다.

하늘이 밝거늘 말을 재촉하여 먹여 동틀 무렵 길을 떠나 산해관 성 밖 전방에 이르러 아침을 먹은 후에 덕유로 하여금 수레를 거느려 바로 성중으로 들어가 기다리게 하고 말을 타고 세팔과 더불어 각산사로 향하였다. 북쪽으로 오솔길을 좇아 10리를 가서 산 아래에 이르니 길이 좁고 밭 가운데로 여러 길이 갈리어 찾는 데 애를 먹었다.

이즈음은 우리나라 사람이 흔히 다니지 아니하는지라 사람이 혹 놀라고 괴이히 여겼다. 산길이 비록 널리 닦여 있으나 오히려 가파른 곳이 많고, 동쪽은 연이어 장성이 둘렀다. 점점 높이 오르니 들과 바다가 널러 말을 내려 완완히 올라가매 행보의 가쁨을 깨닫지 못하였다. 수 리를 오르니 길가에 한 정자를 지어 현판에 '식보정息步亭' 세 자를 새겼으니, 걸음을 쉬는 정자라 이름이다. 정자를 지나 수 리를 오르니 길이 더욱 가팔랐다. 절 밑에 이르니 수풀 사이에 여러 사람이 잡되이 다니고 곳곳에 총소리가 뫼를 울리니 고단한 행색이 극히 괴로운데, 하릴없어 천천히 걸어가 사람을 만나 손을 들어 공손히 읍하였다.

문을 들어 정당에 이르니 안팎에 사람이 메워 있는데 인물이 사나워 예법을 돌아보지 아니하고 잡되이 나아와 말을 묻거늘 혹 실언하여 촉노함이 있을까 하여 머리를 둘러 모르는 뜻을 뵈고 세팔로 말 모르는 사연을 이르라 하였다.

캉 아래 위에 수십 인이 모여 나의 의복과 거동을 평론하니, 혹 가장 청수하다 일컫고 혹 갓이 크고 흰 옷을 입었으니 벼슬이 있으리라 하고 혹 이르되 필연 글을 아는 것이니 글자를 써 말을 통함이 좋다 하고 혹 서로 웃으며 한동안 지껄이거늘, 나는 잠자코 가운데 앉아 몸을 가볍게 움직이지 아니하니 한 사람이 지필묵을 가져 써 말하기를,

"그대는 무슨 벼슬이며 이곳으로 좇아온 것은 무슨 까닭입니까?"

하였다. 이때에 여러 사람이 다투어 혹 글을 알리라 하고 혹 모르리라 하더니, 내가 종이를 받아 보는 것을 보고 다 말을 그치고 기다리는지라, 내 본 후에 붓을 달라 하여 써 가로되,

"나는 조선 5품 벼슬이요, 일행이 관문을 나가는지라 마침 각산사 경치를 구경코자 하여 올라왔습니다."

하였다. 여러 사람이 내가 글 쓰는 것을 보고 일시에 대소하고 낯빛을 고쳐 대접이 현격하니, 비록 무식한 인물이나 오히려 글의 귀함을 아는 것이다. 다시 나의 성과 나이를 물으니 대답하고, 내 저희 여러 사람의 모인 연고를 물으니, 대답하기를,

"우리는 산해관 성중에 머무는 기하군사旗下軍士입니다. 한가한 틈을 얻어 서로 모여 산중 경치를 구경하는 중입니다."

하고 또 말하기를,

"그대 이미 구경을 위하여 왔으니 뒷산에 고적이 많은데 보고자 하십니까?"

하였다. 내 그 가르침을 치사하고 구경을 청하니 여러 사람이 일시에 물러나고 중 하나를 불러 길을 가리키라 하였다. 그 중을 데리고 뒤로 올라가니 법당 위에 여러 불상이 있는데 바야흐로 중수重修하여 역사를 미처 마치지 못하였다. 담 안에 작은 비를 세웠으니 명나라 때 사람의 시와 글씨다.

수백 보를 올라 정상에 이르니 동으로 장성 여장을 의지하여 너른 물과 천만 장 구렁을 부림하고 남으로 바라보매 산해관 내의 성지와 수만호 여염이 뜰 가운데 조그만 돛을 편 듯하고 그 밖으로 가없는 바다가 하늘을 연하여 끝을 보지 못하였다. 서북은 기괴한 봉만과 위험한 절벽이 첩첩이 둘렀으니 참으로 장한 구경이요, 사람의 가슴을 널릴 곳이다.

이윽히 구경하고 내려 절에 이르러 법당 서편에 새로 지은 집이 있거늘 문을 드니 좌우에 탁자를 뵈고 술과 제육과 온갖 음식을 가득히 쌓았다. 또한 문을 들어가니 너르기 10여 칸이요, 삼면 캉 위에 수십 인이 각각 무리를 지어 바야흐로 지패紙牌를 벌였으니, 지패라 하는 것은 우리나라 투전 모양이다.

그 위에 만주 글자로 가득히 쓰고 네 사람이 각각 스무 장을 나누어 쥔 후에 가운데 남은 스무 장을 놓았으니 합하여 100장이다. 서로 한 장을 내어 놓은 후에 가운데 놓인 장을 뒤집어 본 후에 서로 크게 웃고 한 사람의 앞으로 모아 놓고 여러 장이 지난 후에 일시에 웃으며 헤치고 소전을 헤아려 보내니, 한 번에 수삼 냥을 보내고 옆에 수십 냥 소전이 쌓였으니 그 법은 창졸에 알 길이 없었다.

그 중에 술 취한 사람이 많고 거동이 호한하여 극히 괴롭거늘 즉시 나오니, 늙은 중 하나가 소매를 잡아 제 캉으로 청하여 손수 차완에 술을 부어 권하거늘 손을 저어 사양하였다. 그 중이 또한 취하였는지라, 한 손으로 내 손을 잡고 괴로이 권하거늘 세팔을 바삐 불러 먹지 못함을 이르고 대신 먹으라 하였다. 그 중이 매우 노하거늘 내 필묵으로 그 연고를 이르고 공손히 치사하니 비로소 노색을 거두고 여러 사람이 들어와 다투어 청심원을 달라 하였다. 이때 세팔이 가진 것이 있으나 이루 수응 못하여 겨우 미봉하고, 문을 나서 여러 사람에게 관곡히 대접함을 치사하니 다 손을 들어 치사하였다.

식보정에 이르러 가져온 음식을 내어 세팔과 마부를 내어 먹이니, 이는 삼하三河 등생鄧生이 주던 것이다. 한 사람이 따라 내려와 성중으로 간다고 하거늘 또한 음식을 먹이고 비로소 여러 말을 수작하니 그 사람이 이르기를,

"그대 말이 매우 명백하니 조금 전 여러 사람을 속인 것은 무슨 뜻입니까?"

하였다. 산을 내려와 관성 북문으로 향할 때 성 밖에 약간 여염이 있고 수백 보 담을 방정히 두르고 그 안에 겹겹이 집이 있으니, 이는 군사를 머물러 지키는 곳이다. 성문을 들어 네거리에 이르니 동으로 꺾어 수십 보를 행하매 평중이 두어 역관과 더불어 길가에 앉았거늘, 말을 내려 각산사 경치를 자랑하고 행차 소식을 물으니 바로 망해정望海亭으로 향하신다 하였다. 곧이어 세 사람과 더불어 거리로 다니며 시사를 구경하고 동으로 성문을 나서 해자 가에 앉아 쉬더니, 동쪽에 10여 칸 정자 있어 앞으로 물을 임하고 좌우에 화초와 수목이 가득하여 매우 맑고 깨끗하였다.

이때 여러 사람이 모여 우리 행색을 구경하는데 그 중 한 사람의 성이 장가張哥였다. 우리나라 풍속과 기자의 자손 유무를 묻거늘 대강 대답하고 그 정자 주인을 물으니, 이곳 사람의 별업別業이요 주인은 호반 벼슬로 재상에 이르러 가장 부귀한 집이라 일컫고, 수십 보 밖에 큰 집이 있어 대문이 매우 높으니 그 관원의 집이라 하였다. 문 앞에 새로 깃대를 한 쌍을 세웠거늘 연고를 물으니 관원의 아들이 새로 과

거하였다고 하였다.

이윽고 사행이 나오시거늘 그 뒤를 따라 장성 큰 문 안에 이르니, 북쪽에 아문이 있어 여러 관원이 늘어 앉아 나가는 수레와 우리나라 사람들을 살폈다. 사행이 아문 앞에 이르러 쌍교와 좌차의 말을 버리고 인부로 지나가니, 이는 하마下馬하는 의사다. 성문 위에 '천하제일관天下第一關' 다섯 자를 새겼으니 천하의 제일 관액이라 이름이다. 내 또한 말을 내려 아문을 지나 성문을 나서 계부를 뫼시고 한漢의 장대에 이르니, 부사께서 먼저 대 위에 올랐는지라 한가지로 구경한 후에 팔리포八里鋪 숙소에 이르렀다.

저녁에 한 사람이 나와 보기를 청하거늘 한가지로 계부 머무시는 캉으로 가 들어온 연고를 물으니, 청심원을 얻고자 하노라 하고, 따라온 사람이 대인이라 일컫거늘 그 벼슬을 물으니 진사進士 출신이요, 성은 손孫이고 이곳 사람이었다. 청심원 하나를 준 후에 필묵을 내어 필담을 청하니 즐겨 쓰지 아니하고 마지못해 대답하는데 문필이 극히 용졸하니 이런 문필로 이미 진사를 얻었으니 과장에 공교가 적은 줄을 짐작할 일이었다. 장성 사적을 물으니 진시황 이후 수양제 때에 비로소 중수하고 명나라 만력 연간에 다시 고친 것이요, 산해관 성은 명나라 개국 공신 서달徐達이 설립한 보루이고, 망해루는 본 이름은 지성루知聖樓이니 또한 명나라 때 지은 집이라 하였다. 한 나라의 장대 사적을 물으니,

"이 대는 이름이 위원대威遠臺이니, 위엄이 멀다 이름입니다. 만력 연간에 웅정필熊廷弼·양응창楊應昌 두 사람이 경략經略 벼슬을 당하여 이 대를 지어 위에 수천 군사를 갖추고 장성을 지키는 군사와 더불어 서로 형세를 응하여 도적을 막게 한 계교이니, 그 안에 땅굴을 파 성 안을 통하여 왕래하게 하였더니 지금은 오랫동안 폐하여 메워졌습니다."

하니, 우리나라가 한나라의 장대로 일컬음이 그릇 전함인가 싶었다. 내 묻기를,

산해관. 현재 달아 놓은 현판은 최근 제작한 것이며 원래 것은 건물 안에 보관되어 있다.

"오삼계가 처음으로 본조에 항복하여 성중으로 들일 때 본조의 의심함을 염려하여 수만 군사로 장성을 헐었다 하니, 그 사적을 자세히 듣고자 합니다."

손가가 말하기를,

"성을 헐었다 함은 그릇 전한 말입니다."

하였다. 내 말하기를,

"서문 안에 남쪽으로 헐린 곳이 있어 지금 막지 아니하고 붉은 나무로 목책을 세웠으니 필연 본조의 창업한 사적을 알게 함이요, 또 들으니 황상이 심양을 왕래할 때 성문을 말미암지 아니하고 이곳으로 출입한다 하니 어찌 사적을 모르겠습니까?"

손가가 말하기를,

"이 책문은 남쪽 수문입니다. 오삼계가 관을 지켜 변방을 막을 때 일찍 군사를 북쪽 수문으로 내어 남쪽 수문을 들어오고, 말과 복색을 바꾸어 다시 북문으로 내어 여러 번 돌리니 이는 군사의 많음을 자랑하는 뜻이었지요. 본조 군사를 청할 때에 위원대 위에서 서로 맹세하고 이자성과 더불어 석하石河 서쪽 묘당 앞에서 싸움을 합하니 본조 군사가 좌우로 나누어 남북 수문으로 들어가 자성의 군사를 깨트렸으니 이는 기문奇門의 생문生門을 취하는 법이오.[1]

그 후에 큰물을 만나 수문이 무너지고 다시 수보치 못한 고로 책문을 세워 사람의 왕래를 막은 것이지, 다른 뜻이 아닙니다. 황상의 관동 왕래시 갈 때는 고북구古北口로 말미암고 올 때는 관문으로 말미암습니다."

내 묻기를,

"남수문을 다시 고치지 아니함에 필연 연고가 있을 것입니다."

손가 말하기를,

"성을 고치는 것은 반드시 나라 재물을 허비하고 지키는 관원이 사사로이 고치지 못하는 연고입니다."

내 말하기를,

"장성은 천하의 제일 관원이요, 변방의 중한 곳이거늘 천하의 큼으로써 어찌 조그만 물역을 아끼리오."

손가가 말하기를,

"이는 아래 사람이 들리지 아니하여 황상이 깨치지 못한 일이요, 또 까닭이 있으니 그대 어이 생각지 못하십니까? 명나라 때는 관동 싸움이 그치지 아니하니 해마다 장성을 수보하여 적군을 방비하는 것이 마땅하거니와, 근년은 천하가 한 집이라 사방에 전쟁의 근심이 없고 하물며 장성 동쪽은 황상의 본집인데 성을 고쳐 장차 누구를 막

---

1 남의 눈을 현혹시켜 자기의 몸을 감추는 술법으로서, 육갑六甲의 십간十干 중, 을병정乙丙丁이 삼기三奇이고, 휴休·생生·상傷·두杜·경景·사死·경驚·개開가 팔문八門인데, 그 중 길吉한 문을 가리는 것이다.

산해관의 허물어진 성이 아직 그대로 남아 있다. 뒤로 각산이 보인다.

고자 하겠습니까?"

내 크게 웃으며 좋다 일컫고 천하제일관이 혹 이사李斯의 글씨라 이르는지라 물으니, 손가 웃어 말하기를,

"이는 명나라 때 소현蕭顯²의 글씨입니다. 진나라 때에는 다만 전자篆字를 쓸 뿐이니 어찌 이사의 글씨로 의심하겠습니까?"

내 말하기를,

"중국 사람이 비록 진사 출신이나 반드시 돈을 허비한 후에 벼슬을 얻는다 하니 진실로 그러합니까?"

---

2 소현(생몰년 미상)은 영평永平 산해위山海衛 사람이다. 명나라의 성화(1465~1478) 연간에 벼슬에 나아가 복건안채첨사福建按蔡僉事로 마쳤다. 시와 서예에서 스스로 일가를 이루어, 왕사정은 『예원치언藝苑卮言』, 「분성인물고分省人物考」에서 그를 광초狂草(미친 듯이 휘갈겨 쓴 초서)로 일컬었다. 그의 작품은 천하에 널리 퍼져 외국에까지 전해졌다.

손가 말하기를,

"어찌 그러하리오? 사람이 많고 벼슬길이 좁은 고로 10년 후에 비로소 지현을 얻을 뿐입니다. 재물을 바치고 지현을 얻음이 또한 없지 아니하되 근년에 진사와 거인이 오랫동안 침체하여 이로 인해 전년 겨울에 황상이 조서를 내려 그 길을 엄히 막았습니다."

하였다. 밤 든 후에 파하여 돌아갔다.

3월 초10일 팔리포에서 출발하여
14일 소릉하에 이르다

간밤에 비가 뿌리고 날씨가 적이 찼다. 대개 장성 안팎의 기후가 현격하여 연로에 버들이 푸르고 각산사는 높은 뫼이로되 오히려 도화桃花를 보았더니, 관문을 나오니 성 밑에 남은 눈이 있고 바람이 맹렬하여 봄의 기상이 적으니, 지척 사이에 기운이 서로 통치 못함이 괴이하였다. 평명에 길을 떠나 사행의 뒤를 따라 정녀묘貞女廟를 향하였다. 문 앞에 이르러 사행이 먼저 들어가시니 한 역관이 문 앞에 섰다가 마중나와 이르기를,

"이곳에 이상한 일이 있습니다."

하거늘, 그 일을 물으니 역관이 웃고 북쪽 집을 가리켜 들어가 보라 하였다. 문 앞에 이르니 여러 아이들이 글 읽는 소리 극히 요란하여 발을 들고 들어가니, 여섯 아이 각각 교의에 앉아 한 탁자 위에 여러 책을 놓고 읽으니 글자 소리는 비록 다르나 몸을 흔들고 다투어 소리하는 거동이 우리나라 아이들과 다름이 없었다. 내가 들어감을 보고 일시에 소리를 그치고 교의에 내려 읍하거늘 내 또한 손을 들어 대답하고 글 읽기를 그치지 말라 하니 즉시 앉아 읽으며 다시 돌아보지 아

니하니 실로 이상한 일이다.

나아가 그 읽은 책을 보니 백가서百家書와 천자千字, 사서四書와 시전詩傳이다. 그 중 큰 아이는 혹 서너 책을 겸하여 읽었다. 이때 큰 문 안팎에 우리나라 사람이 극히 미만하여 요란한데도 감히 구경할 계교를 못하니, 성정이 비록 우리나라와 다르나 필연 선생의 교훈이 엄한 연고이다. 그 스승을 물으니 한 아이가 대답하기를 묘당에 머무는 중에게 배우노라 하거늘 즉시 안으로 들어가 그 중을 찾으니 범상한 인물이요, 더불어 말을 수작하니 문식이 또한 넉넉하지 못하였다.

사행이 구경을 마치매 그 중이 캉으로 청하여 차를 내어 오고 떠날 때에 다시 아이들 있는 곳에 이르니 그 중이 바야흐로 북쪽 교의에 탁자를 대하여 엄연히 앉아 있었다. 모든 아이들이 차례로 글을 외우되, 먼저 책을 들어 탁자 위에 놓은 후에 물어서 허리를 굽혀 공손히 읍하고 중이 조그만 붉은 종이로 외운 대목 위에 붙이고 그 위에 날짜를 써서 표하였다. 내 그 중에게 이르기를,

"아이들이 나이 어리고 처음으로 외국 사람을 만나매 필연 구경하고자 할진대 잠시 나가기를 허치 아니하니 선생의 영이 과히 엄하십니다."

하니, 그 중이 웃어 말하기를,

"그대 말이 좋습니다."

하고, 중국말로 나가라 하니 모든 아이들이 일시에 대답하고 뛰쳐나가니, 이 중이 족히 엄한 스승이라 이를 것이 없고 10여 세 아이들이 족히 예법을 구속하지 못할 것이거늘, 그 규모의 엄정함이 오히려 이러하니 중국 풍속의 당키 어려움이 이러하였다.

10여 리를 행하여 언덕에서 수레가 넘어져 겨우 다치기를 면하고 바퀴와 기둥이 많이 상하여 대강 노끈으로 매어 중전소中前所 중화참에 이르니 여러 역관들이 놀란 것을 위로하고 다치지 않은 것을 치하하거늘 내 말하기를,

"비록 수레가 넘어져 놀랐으나 일기에 쓸 말을 얻었으니 다행히 여기네."

하니, 다 대소하였다.

양수하兩水河에서 묵고 11일 중후소中後所에서 점심을 먹은 뒤 동관역東關驛에서 숙소하였다. 밤에 주인을 만나 이곳 농상農桑하는 법을 묻고, 수수 한 말을 심어 가을에 거두는 수를 물으니 풍년을 만나면 7~8석이 된다 하였다.

12일 사하소沙下所에서 점심을 먹고 영원위寧遠衛에서 묵은 뒤 13일 새벽에 떠나 온정溫井을 향하였다. 문을 나서니 부사께서 먼저 떠나 또한 온정을 향하는지라 그 뒤를 따랐다. 이때 사 온 나귀를 탔더니 길 가는 사람들이 큰 나귀라 일컫고 값을 물으니, 대저 이즈음에 나귀는 비록 많으나 큰 것이 흔치 않았다.

성 밖을 나매 동쪽 남쪽 적은 길을 좇아 온정에 이르니 수백 보 담을 두르고 담 안에 겹겹이 집이 있어 단청이 영롱하니, 이는 황제의 행궁이요 목욕하는 곳이다. 좌우에 두 온정이 있고 각각 10여 칸 채각彩閣을 지었으니, 한 편은 황후와 후궁이 목욕하는 곳이라 일렀다. 우물가에 석축이 극히 정치하고 물 뜨겁기는 그리 맹렬하지 아니하나 목욕하는 사람이 안팎에 가득하여 기특한 효험이 있다 하였다. 뜰 가운데 또한 우물이 있어 사방에 돌난간을 두르고 물빛이 극히 맑으니 이는 목욕하는 곳이 아니고 병든 사람을 먹게 한 우물이라 하였다.

몽고 사람이 목욕을 위하여 머무는 이 많으나 다 인물이 영한하여 우리나라 사람을 보아도 전혀 예법이 없다. 비로소 몽고 여인의 복색을 보니 의복은 북경과 다름이 없으나, 다만 머리털을 뒤로 모아 쪽을 졌으니 우리나라 낭자의 머리제도와 같았다.

길을 떠나 수 리를 행하여 영녕사永寧寺에 이르니 서쪽에 미륵불의 소상을 앉혔는데 입을 열어 웃는 모양이니 우리나라에서 보지 못하던 제도요, 동쪽에 관왕의 소상을 앉히고 뜰 가운데 두어 칸 담장이 있는데 앞뒤에 용을 새겨 인갑鱗甲이 날아오를 듯하니 기이한 각법刻法이었다. 이때 바람이 크게 일어나 10여 보 밖은 사람이 서로 보지 못하니 수레에 발을 드리워 종일 열지 못하였다.

연산역連山驛에서 점심을 먹고 고교보高橋堡 숙소에 이르렀다. 저녁에 젊은 주인을 불러 말을 수작할 때 노비 부리는 법을 물으니, 대대로 노비를 사는 법이 없고 다만 사람을 얻어 집에서 기르면 제 몸이 마치도록 사환使喚을 당하고 혹 서로 매매하는 법이 있다 하였다. 곁 캉에 맹인 하나가 앉았거늘 그 사업을 물으니, 점과 추술推術로 생리를 삼고 겸하여 두어 가지 풍류를 아노라 하였다. 점하는 법을 물으니 세응점世應占³을 숭상하노라 하였다. 맹인의 낯에 조재하여 행걸하는 말을 물으니, 웃으며 대답하되 지금은 이 풍속이 없다 하였다.

금주위錦州衛는 몽고 땅과 멀지 아니하며 변방의 큰 고을이다. 성 안에 한 탑이 있고 시사와 인물이 극히 번화하여 『김가재일기』에 구경한 말이 있거늘, 주인을 불러 정도를 자세히 묻고 14일 새벽에 수레를 버리고 안마鞍馬로 먼저 떠났다. 세팔은 나귀를 이끌어 뒤에 따르니, 북쪽 큰길을 좇아 20리를 가서 전방에 내려 앉아 음식을 사 먹는데, 두어 사람이 함께 앉아 술을 먹을 때 반드시 술잔을 들어 먹는 뜻을 고하니, 비록 무식한 인물이나 오히려 예법을 폐치 아니하니 충후忠厚한 풍속을 짐작하였다.

10여 리를 가서 길가에 큰 전방이 있거늘 말을 먹이고 밥을 사 먹였다. 이즈음은 몽고 땅이 수십 리를 격한 곳이로되, 한족 여인의 복색이 많으니 이상한 일이다. 동으로 금주 성지를 바라보매 높은 탑이 반공에 빼어나고 산천이 매우 명수하여 변방의 추려한 기운이 없으니 금주로 일컬음이 괴이치 아니하였다.

---

3 세응점은 곧 세응법으로, 육효六爻에서 주객主客을 분별하는 방법을 말한다. 나와 상대방의 위치를 정하는 법인데, 세는 곧 나 자신이고 응은 상대방을 뜻한다.

수 리를 가서 큰 내를 건너니 이는 소릉하小陵河 상류요, 길이 매우 너르고 거마와 행인이 극히 많은지라 금주의 번화함을 짐작하였다. 성문을 드니 시사와 여염이 극히 번성하고 수십 보를 행하여 탑 있는 곳을 찾으니, 길가에 큰 절이 있어 건륭 9년에 집을 중수하여 단청이 찬란하고 법당의 불상이 극히 웅위하였다. 다만 머무는 중을 보지 못하고 법당과 좌우 행각에 온갖 장인이 간간이 기계를 벌이고, 법당 안은 관 짜는 장인이 가득하여 역사하는 거동이 극히 어지럽고, 관 안에 기름을 여러 번 칠하니 듣지 못한 법이었다. 뒷문으로 좇아 탑 밑에 이르니 비록 무너지기 여지없으나 높이 천 길에 가깝고 아래위에 면면이 불상을 새겨 극히 신교하니 또한 기이한 구경이다. 서편으로 문을 나니 또한 묘당이 있어 낭랑묘娘娘廟라 일컫고 묘당 앞에 삼사십 화초분을 줄줄이 놓았는데 석류분이 반이 넘고 가운데 큰 그릇을 놓아 물을 담고 오색 붕어를 넣었는데 수초 사이에 오르내리는 거동이 매우 기이하였다. 좌우 행각에 또한 장인들이 머물러 묘당 복색이 전혀 없으니 괴이하였다.

문을 나 거리로 말미암아 북으로 행하더니 길가에 씨아질[4] 하는 사람이 있거늘 들어가 그 제도를 자세히 보니, 대강은 우리나라 제양과 같으나 두 기둥이 두 뼘이 넘고 두 가닥의 아래는 나무 가락이라 오른 편으로 꼭지를 박았고 위는 쇠가락이었다. 왼편으로 열십자 나무를 박고 한 가지에 한두 치를 내려와 말뚝이 있고 그 위에 가죽 끈을 걸어 아래로 두어 자를 늘어뜨리고 가죽 끝에 두어 자 넓은 선반을 매어 땅에서 두어 치를 뜨게 하였다. 씨아를 탁자 위에 얹고 왼편에 반등을 놓아 사람이 걸터앉았으니, 오른손으로 꼭지를 잡아 나무가락을 돌리고 왼발로 넓은 전반을 디뎌 쇠가락을 돌리고 왼손으로 면화를 먹이되 쇠가락 위에 수숫대를 갈아 끼워 면화를 넘지 못하게 하였으니, 대

---

4 '씨아질'은 씨아로 목화의 씨를 빼는 일을 말한다.

개 두 손 씨아를 한 사람이 쓰게 한 제도요, 기둥 사이 너른 고로 한 번에 많이 뺄 수 있다. 하루 동안에 앗는 수를 물으니 80여 근이요, 오로지 이 일로 생리를 삼는 사람이었다.

서쪽에 책 푸자 있어 수십 종 서적이 있는데 사고자 하는 뜻을 뵈면 대답지 아니하고 서로 말하기를 '저이가 서적을 어찌 알리오' 하니 업신여기는 기색이다. 대저 북경 사람이 우리나라 하졸을 보아 간사한 말과 무식한 거동을 익히 겪었는지라 도처에 더러이 여기고 홀대함이 이러하였다. 북문에 거의 이르매 여염이 점점 쓸쓸하거늘 도로 물러와 동문을 향하는데, 통관 쌍림이 수레를 타고 오다가 수레를 머물고 반겨 인사하였다. 나 또한 말 위에서 대답하니, 돌아갈 때에 동행을 언약하고 북쪽 길로 향하거늘 그 가는 곳을 물으니 친구를 찾아 가노라 하였다.

홀로 동쪽 거리로 가니 시사가 더욱 성하여 문 안을 들여다보니, 온갖 상품이 칸칸이 쌓여 있고 장사치의 의복과 인물이 극히 호화하니 거의 심양에 비길 만하다. 이곳은 우리나라 사람을 흔히 보지 못하는지라 푸자에 잠깐 내려 쉬며 물건을 구경하고자 하면, 어느새 구경하는 사람이 길과 집 안에 가득하여 주인이 극히 괴로이 여겼다. 한 곳에 오래 머물지 못하고 그림 파는 푸자 있거늘 곳곳에 사람이 에워 견딜 길이 없어 바삐 동문을 나가 말을 내려 거리로 이윽히 다니는데 쌍림이 북쪽 작은 길로 좇아 나오다가 창황이 수레를 내려 이르기를,

"궁자를 찾고자 하여 성중 거리로 아니 간 곳이 없습니다."

하거늘, 내 수레 앞에 나아가 내려오지 말라 하고 고생하여 찾은 것을 고맙다고 하였다. 쌍림이 수레에 함께 앉을 것을 누누이 청하거늘 겨우 미봉하고 말을 타 수레와 나란히 몰아갔다. 쌍림은 수레 문 밖에 앉아 서로 말을 주고받으니 우리나라 말을 비로소 배우는지라 비록 두어 말이 있으나 구절이 분명치 못하였다. 내 나이를 묻고 형이라 일컫고 제 벼슬 품수를 물으니 8품 통관이요, 1년에 은 36냥을 먹으나

집이 가난하여 오로지 조선 사람의 재물을 우러러 바라는지라, 이러하므로 조선 사람을 만나면 부모를 만남과 다름이 없노라 하였다. 중국 관원의 녹봉을 물으니 각로闊老의 1년 녹봉은 은 380냥과 쌀 380곡이요, 한 곡이 닷 말이 된다 하고 친왕은 1년에 1만 냥 은과 1만 곡 쌀을 먹으니 제일 부귀하다 일컬었다.

　나를 보고 중국말을 잘 한다 일컫고, 이어 형용하는 말의 아담한 어법을 이르고 웃어 말하기를,

　"조선 역관들이 다만 무식한 말을 배울 뿐이요, 이런 좋은 말을 어찌 알겠습니까?"

하였다. 수레 안에 조그만 책보를 내어 한 권 책을 내어 뵈니 우리나라 장지로 만든 책이다. 위에 진서로 한어를 쓰고 아래는 한 편에 만주글자로 만주 글을 쓰고 한편은 우리나라 언문으로 우리나라 말을 썼으니 말을 알게 한 것이요, 서종맹이 만든 것이라 하였다. 함께 수십 리를 가면서 수작한 말이 많으나 다 기록하지 못하고, 날이 늦어 소릉하 숙소에 이르렀다.

3월 15일 소릉하에서 출발하여
17일 소흑산에 이르다

    15일 십삼산에 숙소하니 먼저 군노 하나를 보내어 책문을 나가 행차 소식을 전하니, 해마다 전례의 일이다. 집에 편지를 부치고 16일에 여양역閭陽驛에서 중화하고 신광녕新廣寧에서 숙소할 때 밤에 주인을 불러 도화동桃花洞 가는 길을 자세히 물었다. 대개 의무려산醫巫閭山이 수백 리를 웅거하고 이곳에 이르러 남쪽으로 조그만 골짜기를 열어 이름을 도화동이라 일컬으니, 북경 연로의 제일 승경으로 이르는 곳이다.

    17일 동틀 무렵 길을 떠날 때, 사행이 함께 도화동을 향하는데 따르는 역관이 10여 명이다. 북쪽 작은 길을 쫓아 10여 리를 행하니 동으로 북진묘北鎭廟가 바라보이고, 비로소 큰길을 얻어 서북으로 수 리를 행하니, 평지에 두 묘당이 있는데 극히 소쇄하고 뜰 앞에 여러 화분을 놓았으되 길이 바빠 들어가지 못하였다. 누 밑에 이르러 위를 바라보매 기괴한 바위와 공교한 묘당이 수풀 사이에 출몰하여 과연 그림 가운데 경물이다.

    산길이 높고 험한지라 상부사는 쌍교를 물리치고 안마鞍馬로 올라갔다. 계부를 모시고 천천히 걸어 수백 보를 올라 관음동觀音洞에 이르니,

아래는 수십 길의 창벽蒼壁이요, 위는 적이 평평하고 큰 바위로 덮여 가히 수백 사람을 용납할 만하였다. 이 때문에 혹 관음굴이라 일컬었다.

그 위에 오르니 앞으로 가없는 들을 임하여 좌우에 늙은 솔과 푸른 바위를 두르고 틈틈이 도화 수풀이 있어 바야흐로 꽃이 피어 이미 티끌세상의 경색이 아니었으며, 우러러 덮인 바위를 바라보니 은연히 반자5 모양이다. 그 위에 예로부터 우리나라 사행의 제명題名이 있는데, 이른바 비바람을 피하는 곳이었다. 옛사람의 이름과 필획이 오히려 분명하니 반갑고 기이한 일이다.

부사께서 평중으로 하여금 일행의 이름을 차례로 쓰게 한 후에, 내가 평중을 불러 뒷산에 함께 오르기를 의논하였으나, 어렵게 여기는 기색이 있었다. 드디어 세팔과 덕유를 데리고 서쪽 언덕을 좇아 수백 보를 오르니, 돌 사이에 작은 길이 있어 한 봉을 넘으니 북으로 큰 골짜기가 열리어 극히 유벽幽僻하다. 가운데 수십 칸의 묘당이 있어 층층한 석축이 매우 정제하니 이는 청안사淸安寺라 일컫는 절이요, 서쪽으로 높은 봉 위에 조그만 묘당이 있으니 이는 낭랑묘라 일컫는 곳이다. 두 묘당이 인적이 없고 헐어진 곳이 많으니 폐한 지 오랜가 싶고, 낭랑묘 아래로 큰 바위에 도화동 세 자를 새겼으니, 이 골짜기가 진정 도화동인가 싶었다.

좌우에 헐어진 담과 폐한 석축이 곳곳에 있으니, 애초 묘당이 번성하던 줄을 짐작할 것이다. 남쪽으로 언덕을 임하여 수문이 있으니 골짜기 안에 물에 닿은 굴이 놓여 있고 물은 이곳에 모여 관음동 서쪽으로 100여 길의 폭포가 되었다. 수문 위에는 큰 솔이 있어 수문 어귀를 덮었기에 솔을 의지하여 몸을 쉬었다. 동쪽으로 수십 길의 외로운 봉이 있고 봉 위에 담을 두르고 한 칸 집을 지었으니, 처한 곳이 고절孤節하여 사람이 머물 곳이 아니었다.

---

5 '반자'는 방이나 마루의 천장을 평평하게 만들어 놓은 시설이다.

의무려산에서 본 요동평야. 홍대용은 이 산에서 일망무제야를 보며 새로운 세계관을 모색하였다.

　봉 밑으로 담을 두르고 조그만 무지개문을 내었거늘 문을 들어가
니, 문 위에 '백운관白雲關' 세 자를 새기고 연하여 층층한 섬돌을 놓아
봉 허리를 돌려 길을 내었다. 동쪽으로 돌아가니 아래로 천만 길 구렁
에 임하여 사람으로 하여금 정신이 미란하되 억지로 섬돌을 부여잡고
봉우리 위의 집을 오르고자 하였다. 북으로 돌아가니 섬돌이 무너지
고 아래로 굽어보니 수백 길 절벽이 깎은 듯하였다. 도로 내려와 문을
나와 동북으로 높은 봉을 올라 백운관 길을 바라보니, 벽 위에 돌을
쌓아 오로지 허공에 의지하였으며 당초 인공을 헤아리지 못할 일이

요, 망령되이 그 위에 오른 것이 극히 당돌하였다.

　남으로 내려와 관음각觀音閣에 이르니 새로 보수한 절이다. 여러 중이 머물고 동쪽 언덕 위에 두어 곳 정자가 있으니 또한 새로 지은 집이다. 남쪽 집에 사행이 머무시고, 일행이 점심을 먹은 후에 평중을 불러 도화동 경치를 자랑하고 한가지로 가지 않음을 꾸짖었다. 평중이 크게 분하여 홀로 산에 올라 도화동을 찾고자 하는데, 이때 사행이 바야흐로 떠나시는지라, 일행이 괴롭게 말렸지만 평중이 듣지 아니하고 창황히 올라가 간 곳이 없으니, 부사께서 듣고 사람을 보내 찾으라

도화동에서 내려다 본 관음각

의무려산 관음각

하고 길을 떠났다.

　나는 홀로 세팔을 데리고 동쪽 언덕을 넘어 작은 돌문을 들어가니
이는 서하동棲霞洞이라 일컫는 곳이다. 북쪽 작은 굴을 의지하여 '소도
원小桃源' 세 자를 새겼다. 시내를 따라 남으로 내려오니, 동구에 또한
돌문이 있어 '잠곡정사潛谷精舍' 네 자를 새겼으되, 양쪽에 담이 헐리고
외로운 문이 있을 따름이다. 말을 타고 먼저 떠나 수 리를 행하여 북
으로 바라보니, 조그만 묘당이 있어 소관음小關音이라 일컫는 곳이로
되, 뫼가 탁탁하고 집이 헐려 있어 빈 곳인가 싶었다.

　4~5리를 가서 북진묘에 이르니, 이 묘당은 의무려산신을 위한 곳이
다. 길을 임하여 좌우로 돌 패루를 세웠는데 제양이 극히 웅장하고,
패루 안으로 석사자 두 쌍을 세우고 사자 안으로 두어 층의 대를 쌓고
대 위의 문이 매우 고대高大하고, 붉은 담에 누런 기와를 이어 남북이

북진묘

보천석

천여 보의 길이다. 그 안에 첩첩한 누각이 극히 굉걸하니, 그 사치한 규모는 비록 옹화궁과 동악묘에 비기지 못하나 또한 그 버금이 될 것이요, 뒤로 태산을 두르고 앞으로 돌과 바다를 임하여 좌우 수십 리 밖으로 낮은 뫼가 방정하게 둘러져 있으니, 과연 풍수의 승지勝地를 얻은 곳이었다.

동쪽 협문으로 들어가니 두어 중이 캉으로 맞아들이고 차를 권하는데, 이윽고 사행이 들어오시거늘 함께 정전의 소상을 구경하고 뒷문으로 나가니 또 큰 집이 있고 남녀 소상을 쌍으로 앉혔다. 중이 이르기를 산신의 부모를 위함이라 하니 무식한 소견이다. 정전 서쪽에 작은 정자가 있으며 정자 뒤에 큰 바위가 있어 푸른빛이 극히 윤택하고, 가운데 구멍이 있어 족히 사람의 출입을 통할 만했다. '취운병翠雲屛' 세 자를 새겼으니 푸른 구름 같은 병풍이라 이름이요, 서쪽에 '보천석補天石' 세 자를 새겼으니 하늘을 깁는 돌이라는 뜻이다. 보기를 마치고 바야흐로 떠나고자 할 때 평중이 비로소 뒤좇아 이르렀다. 그 갔던 곳을 물으니, 도화동은 찾지 못하고 북으로 큰 뫼를 넘어 작은 묘당이 있어 두어 사람이 머무는데, 거동이 극히 소쇄하여 범상한 사람이 아닌가 싶었으나 창졸에 말을 통치 못하여 그 근본을 묻지 못하고 서둘러 내려왔노라 하였다.

10여 리를 가서 구광녕舊廣寧 북문을 드니, 광녕廣寧은 고을 이름이다. 번화한 인물이 금주에 병칭하는 곳이요, 명나라 장수 이성량李成梁[6]이 살던 곳이다. 문 안에 바야흐로 창시를 베풀어 구경하는 사람이 길을

---

6 이성량(1526~1615)은 명나라의 무관으로 요동총병을 지냈다.

이성량 패루 　　　　　　　　광녕 숭흥사(崇興寺) 쌍탑

덮었다. 동으로 행하여 이성량의 패루를 찾으니 공교한 제도는 조가의 패루에 미치지 못하고 두어 사람을 만나 이성량의 집터를 물었으나 아는 이가 없었다. 동으로 행하여 성 밑에 이르러 쌍탑을 구경하니, 높이와 제양이 비록 금주 백탑에 미치지 못하나 쌍탑을 세운 것은 다른 데 없는 제도였다. 동문을 나와 중안포中安浦에 이르러 말을 잠깐 쉬게 하고 소흑산小黑山 숙소에 이르니 날이 이미 어두웠다.

3월 18일 소흑산에서 출발하여
22일 심양에 이르다

    18일 신점新占에서 점심을 먹고 이도정二道井에서 묵었다. 이즈음은 들이 너르고 땅이 더럽고 움푹 들어가 수레 길이 극히 어려웠다.

    19일 백기보白旗堡 중화참에 이르니 큰 개를 이끌어 파는 사람이 많으니, 대저 우리나라로 나오는 호박琥珀[7] 종류이다. 값을 물으면 은 4~5냥을 달라 하였다. 10여 리를 행하니 스무 남짓 짐 실은 수레가 진창길에 박혀 서로 말을 모아 한 수레에 수십 필을 메워 비로소 빼어내니 큰 고생이었다. 동행하는 역관들이 또한 수레를 빠뜨려 곳곳이 지체하니 초혼初昏에야 신민둔新民屯 숙소에 이르렀다.

    20일 길을 떠나 주류하朱柳河에 이르니 물이 비록 너르지 아니하나 다만 작은 배 하나가 있어 행인을 건네었다. 이때 바람이 크게 일어 물결이 배 위에 오르니, 큰 줄을 두 편 언덕에 늘어 매어 배 위의 사람이 각각 줄을 당겨 건너니 비록 빠질 염려는 없으나 우리나라 인마와 짐 실은 수레가 한 편에 모여 서로 건너겠다고 다투니 이 때문에 더욱

---

7 호박은 뼈대가 굵고 털이 북슬북슬한 개로, 중국에서 많이 자란다.

지체하고, 게다가 큰 비를 만나니 일행이 사람 모양이 없었다. 사행이 먼저 건너신 후에 군노를 빌려 사람을 치우고 간신히 건너, 고가자에서 점심을 먹고 변성邊城 숙소에 이르니 떨어진 수레와 역관들이 밤든 후에 비로소 들어왔다. 이날은 일행이 처음 매서운 고생을 겪으니, 대저 의외의 풍우를 만났을 뿐 아니라 오로지 우리나라 사람이 먼저 건너기를 다투어 한 번 건너매 반나절을 지체하여 필경에 서로 해를 입으니, 통관과 영송관이 처음에는 약간 금하다가 필경은 하릴없으니, 다만 조선 조급한 풍속을 꾸짖을 뿐이니 가장 부끄러운 일이다.

21일 늦은 후에 길을 떠나 대석교大石橋 숙소에 이르니 여러 사람이 한 캉에 머물러 극히 요란하고, 그 중 두 사람이 징자를 붙이고 인물이 적이 준수하니 다 만주 사람이다. 봉성 땅에 벼슬을 얻어 가노라 하고 하나는 산서 총독의 아들이라, 더불어 약간 수작이 있으니 인품이 극히 소탈하였다. 활쏘기와 창검 쓰는 법을 물으니 손을 둘러 대강 거동을 이르고, 그 중 물 위에서 총 쏘는 법이 제일 무서운 군기라 하였다.

22일 식후에 출발하여 수 리를 가니 큰 물이 있고 물 위에 100여 보나무들이 있는데 반나마 헐어지고 가운데 좁은 나무를 얹어 겨우 한 사람을 통할 만하였다. 말과 수레는 옅은 곳을 가려 물로 건너는데 깊은 늪에 빠지는 말이 많으니 일행이 수 식경을 머물러 간신히 지났다. 오후에 심양에 이르니 주인 조교는 공무로 마을에 나아가 돌아오지 못하고 네 아들이 있어 차를 권하고 행역의 괴로움을 위로하니 오히려 옛 주인의 안정顔情이었다. 대문 서쪽에 서너 칸 집이 있어 여러 아이들이 글 읽는 소리 있거늘 평중과 더불어 문을 들어가니 예닐곱 아이들이 바야흐로 글을 읽다가 캉을 내려 읍하고 앉는데 서로 웃어 의관을 조롱하고 혹 가로되,

"가오리高麗도 글을 아느냐?"

하니, 가오리는 우리나라 사람을 이름이다. 혹 가로되,

"저희가 어찌 글을 알리오?"

하여, 능멸하는 거동이 여지없는지라, 내 캉 앞에 나아가 한 권 책을 빼어 내니 『맹자』 첫 권이다. 한 아이 웃어 가로되,

"비록 본들 무엇을 알리오."

하고, 두어 자 욕하는 말을 써 뵈거늘, 내 비로소 꾸짖어 이르기를,

"너희가 이미 글을 읽으니 장유의 차례長幼有序를 알진대, 어찌 더러운 말로 어른을 침노코자 하느냐?"

그 아이 즉시 낯빛을 고치고 가로되,

"침노함이 아니라 글자를 아는가 시험한 것입니다."

하고, 『맹자』를 가리켜 읽기를 권하거늘, 내 중국말로 두어 줄을 읽으니 여러 아이들이 다 놀라고 비로소 캉 위에 앉기를 청하여 기색이 가장 공근하니, 비록 오랑캐 아이나 능히 글의 귀한 줄을 아니 기특한 일이었다.

그 스승을 물으니 성은 주가요, 이곳 선비인데, 마침 나갔다 하였다. 안으로 들어와 쉬는데, 이윽고 한 아이 들어와 선생의 돌아옴을 고하거늘, 즉시 나아가니 주생이 문 안에 따로 교의를 놓고 탁자를 대하여 바야흐로 글을 읽었다. 서로 읍하여 좌를 정하고 한훤을 파한 후에 주생 문장의 얕고 깊음을 알고자 하여 글로 여러 말을 묻되, 주생이 다만 말로 대답하고 글로 대답하기를 어려이 여기는 기색이다. 내 다시 말하기를,

"맹자의 인의仁義 두 자를 처음으로 일렀으니, 인의는 무엇을 이름이뇨?"

주생이 낯빛을 변하고 대답이 없거늘, 내 다시 말하기를,

"물음이 있으되 대답하기를 즐기지 아니하니, 이는 외국 사람을 더러이 여겨 족히 가르치지 못하리라 함입니다."

하니, 주생이 더욱 부끄러운 기색이다. 이때에 여러 아이들이 글 읽기를 그치고 주생의 거동을 보고 괴이히 여기는지라, 내 다시 말하기를,

"나는 외국 사람이라 한어를 명백히 통치 못하고 약간 글자를 아는

고로 필담으로 배움을 청코자 하거늘, 마침내 가르침을 얻지 못하니 극히 부끄럽습니다."

하였다. 주생이 강잉하여 써 말하기를,

"관동은 풍토가 사납고 음식은 오로지 고기를 주식으로 하니, 이러므로 이곳 사람이 노둔한 재질이 많고 총명한 재주가 적을 뿐 아니라 다 만주 글과 만주 말로 공명의 첩경을 구하고 글 읽기를 일삼지 아니하니, 높은 말을 들으매 망연히 대답할 바를 알지 못하는 것입니다."

하였다. 대개 그 문필이 극히 졸하니, 이러므로 처음부터 대답하기를 어렵게 여긴 것이다. 한군과 백성의 분별을 물으니 주생이 말하기를,

"청나라 초기에 중국을 미처 통일하지 못하여서 중국 백성이 먼저 귀순하여 싸움에 공이 있는 자는 그 자손을 한군漢軍이라 일컬어 또한 팔기에 속하고, 통일한 후에 귀순한 자는 백성으로 일컬으니 실은 같은 백성입니다."

내 말하기를,

"백성은 이미 팔기에 속하지 아니하면 비록 싸움이 있어도 군사에 참여치 아니합니까?"

주생이 말하기를,

"북경 동쪽은 백성이 군사에 참여하지 아니하고, 북경 남쪽은 여섯 기를 나누어 만병蠻兵이라 일컫고 1년에 은 12냥을 줍니다."

내 묻기를,

"만주와 한군은 이미 팔기를 나누었으니 관부에 각각 이름을 매어 자손이 대대로 속한 기를 변치 아니합니까?"

주생이 말하기를,

"3년 내에 두 번 씩 책을 수정하여 이름을 수정하되, 그 이름은 대대로 전하고 따로 군사에 뽑힌 후에 비로소 24냥 은을 먹습니다."

내 말하기를,

"관동 여러 고을의 한인이 군사를 거느린 벼슬이 있으며 지부와 지

현의 백성을 다스리는 벼슬은 다 한인을 씁니까?"

주생이 말하기를,

"군사 맡은 관원은 오로지 만주 사람을 쓰고 지부와 지현은 20년 전은 오로지 한인을 쓰더니 18년 전에 황상이 관동에 거동하매 비로소 만주를 참섭參涉하여 쓰게 하였습니다."

내 말하기를,

"만주와 한군은 혹 두어 살 아이라도 나라 녹봉을 받는 이 있으니, 이는 무슨 연고입니까?"

주생이 말하기를,

"이는 그 조상이 국초에 큰 공이 있는 자입니다. 이러하므로 정채방의 자손이 지금 벼슬을 세습하고 두어 살 아이라도 녹봉을 줍니다."

내 말하기를,

"정채방은 어떤 사람이며 무슨 공이 있습니까?"

주생이 가로되,

"정채방은 몽고 사람이요, 처음으로 관동을 얻고 싸움에서 죽은 사람이라 본조에 큰 공신으로 일컫습니다."

하였다. 심양의 만주 글로 과거 보는 법을 물으니, 주생이 말하기를,

"황상이 북경에서 친히 제題를 내어 보내어 여러 선비를 행궁 안에서 글을 짓게 하되, 제에 묻는 말은 시절 일을 의논하고, 만주 글로 글을 지어 생숙生熟과 소견所見을 분별하되, 심양 장군이 오부 관원을 모아 함께 헤아려 견식에 맞는 자를 가리어 북경으로 보내면 황상이 친히 헤아려 과거를 줍니다."

이 밖에 여러 말이 있는데 다 기록하지 못하고 주생의 읽은 글은 과문동인이다. 탁자 위에 조그만 종이를 부쳐 위로 여러 아이 성명을 번갈아 쓰고, 그 아래 각각 여러 글자를 쓰고 그 옆에 주홍 필먹을 놓았으니 아이들이 문 밖을 나가고자 하면 반드시 탁자 앞에 나아가 주홍으로 제 이름 아래 글자 한 획을 덮어 그은 후에 나가니 이는 아이

들의 출입을 표하여 잡되이 나들지 못하게 함이다.

벽 위에 종이를 붙여 '지성선사지위至聖先師之位' 여섯 자를 썼으니, 이는 공자 신위를 배설한 것이다. 주생이 문필이 극히 졸하고 인물이 볼 것이 없으나, 주생이 없을 때는 여러 아이들이 서로 떠들어 매우 요란하더니 주생이 들어오매 각각 책을 대하여 언사와 출입이 감히 규구規矩를 어기지 못하니 사도師道의 엄함을 볼 것이 있었다.

안으로 들어가니 주인 조교가 비로소 돌아와 손을 잡아 반기는 거동이 극히 은근하였다. 한나절을 수작한 말이 많으나 전혀 기록하지 못하고 심양의 군사 수를 물으니 합하여 9천 명이요, 개개 용맹하여 한 사람이 가히 열을 당하리라 하였다. 네 아들과 두 딸이 있어 혼취의 어려움을 일컫거늘, 그 물역 허비하는 수를 물으니 딸 혼인은 거의 천 냥 은을 허비하니 장 하나와 함 한 쌍과 교의 탁자와 거문고 타는 상과 세 수틀과 온갖 의복과 일용 집물을 장만하니 이러하므로 두 딸이 나이 이미 장성하였으나 혼수를 차리지 못하여 지금 문을 내지 못하노라 하고, 집 안에 상탁 집물을 가리켜 각각 두 아들의 혼인 때 하여 온 것이라 하였다.

부채 둘을 내어 뵈니 다 우리나라 부채로 옛 제양이라 극히 박루하였으나, 오히려 이국 집물이라 하여 가장 보배로이 여겼다. 하나는 수묵으로 산수를 그렸으나 필법이 속되지 아니하거늘 그린 사람을 물으니 조교가 이르기를,

"이곳 사람이요, 죽은 지 10여 년이 되었습니다. 성명은 대문개戴文開이니 서화의 재주를 일컬을 뿐 아니라 공교한 생각이 여느 사람보다 뛰어났습니다. 일찍 제갈공명의 끼친 제도를 모방하여 나무로 소와 말[8]을 만들어 각각 두 섬 쌀을 싯고 하루에 40리를 가니 제작이 극히 신교한지라 황상이 듣고 북경으로 올려 내고內庫에 단단히 감추니 이

---

8 제갈량이 만들었다고 하는 운반용 수레인 목우유마木牛流馬를 말한다.

곳에는 있는 것이 없습니다."
하였다.

새벽에 길을 떠나 외성에 이르렀는데, 유삼油衫 짐을 잊고 왔는지라 덕유가 창황히 들어가더니, 백탑보白塔堡에 이르러 점심이 지난 후에 비로소 유삼을 찾아 돌아왔거늘, 오래 지체한 연고를 물으니 덕유 이르기를,

"젊은 주인이 군이 감추고 누누이 모르노라 하여 같이 너희 노야를 보아 발명하리라 하거늘, 이윽히 빌다가 인하여 소리를 높여 욕설을 떠들더니 안에서 늙은 계집이 나와 그 연고를 묻고 안으로 들어오라 하여 그 제양을 자세히 물으니 필연 속이는 기색이 있었습니다. 칼을 빼어 손에 쥐고 우는 모양을 하며 이르기를 '내 노야의 맡긴 것을 잃었으니 필연 목숨을 보전치 못할지라, 차라리 이곳에서 찔러 죽으리라' 하니 젊은 주인이 크게 놀라 칼을 잡아 말리고 그 어미 창황히 캉을 들어가더니 유삼을 내어와 가져가라 하거늘, 비로소 칼을 꽂고 첫번 속인 일을 꾸짖으니 그 모자가 말하기를 '이것인 줄을 분명이 알지 못하여 가볍게 내지 못하였으니 괴이히 여기지 말라' 하고 갓모자는 끝내 모르노라 하니 하릴없어 돌아왔습니다."

하였다. 상사의 행중에서 앵무鸚鵡 셋을 내어 갔다. 이때 캉 앞에 앉혔더니 마을 여인들이 다투어 들어와 구경하니 왕왕 발이 작은 한족 여인의 복색이 있었다. 주인의 성은 이가요, 심양 서반이다. 함께 앉았는데 만한滿漢끼리 통혼하는지를 물으니, 주인이 말하기를,

"근년은 혼인을 예사롭게 통하고 한인의 자식이면 그 어미가 비록 만족 여인이라도 반드시 발을 동입니다."

하였다. 나의 벼슬 품수를 묻거늘 선비 몸이라 하니, 주인이 웃으며 말하기를,

"어찌 그러하리오? 그대 일행이 다 검은 옷과 푸른 옷을 입었는데, 그대 홀로 세 대인과 한가지로 흰 옷을 입었으니 필연 높은 벼슬일 것입니다."

하였다. 덕유가 유삼을 찾아오는 것을 보고 그 연고를 묻거늘 대강 이르고 가로되,

"이미 수삼 일 손님과 주인으로 정분이 생겼으니 진실로 가지고자 할진대 서군徐君의 무덤에 계찰季札의 보검을 아끼지 않을 것이거늘,[9] 떨어뜨린 것을 주워 도적의 마음을 품으니 중국 풍속이 극히 사납구려."

하니, 주인이 낯을 변하고 말하기를,

"그 주인이 필연 만주 사람일 것입니다. 한인은 이런 풍속이 적습니다."

하고, 또 말하기를,

"근년은 인심이 옛날 같지 않아 조그만 재물을 위하여 사람을 죽을 곳에 넣기를 어려이 여기지 아니하나니, 연전에 이곳 전랑殿廊의 널문

---

9 계찰괘검季札掛劍에 얽힌 고사를 말한다. 춘추전국시대 오왕 수몽의 네 아들 중 막내인 계찰이 왕의 명령으로 여러 나라에 사신으로 떠났을 때 도중에 서나라의 서군을 알현하게 되었다. 서군은 속으로 계찰의 보검을 갖고 싶었으나 말을 할 수 없었고, 이를 알고 있는 계찰도 사신으로 임무를 수행 중에 있어 줄 수가 없었다. 방문을 마치고 돌아오는 길에 서나라에 들리니 서군은 이미 죽고 없었으나, 계찰은 나무에 보검을 걸어놓고 떠났다. 시종하는 이가 물었다. "서군은 죽었는데 누구에게 주는 것입니까?" 이에 계찰이 말하기를 "나는 처음부터 마음속으로 그에게 주기로 작정했는데 그가 죽었다고 내 뜻을 함부로 바꿀 수가 있겠느냐?" 하였다.

이 떨어져 한 행인이 치어 죽으니 인하여 살육이 되었는지라. 한 서반이 전랑 주인에게 10냥 은을 얻고자 하는데 전랑 주인이 무죄함을 믿고 주지 아니하니 그 서반이 노하여 그 문서에 두어 자 획을 고치니 죄명이 변하여 마침내 죽기를 면치를 못하였습니다. 서반 구실이 만일 마음을 그릇 가지면 후세에 큰 앙화를 면치 못할 것입니다."
하였다.

날이 늦어 십리하十里河에서 묵고, 24일 난니포爛泥浦에서 점심을 먹었다. 뒷집에 베 짜는 사람이 있다 하거늘 잠깐 들어가 제도를 보니 그 틀이 가장 크고 여러 연장이 극히 어지러워 창졸에 기록하지 못하고 두 발에 가로 널을 디뎌 잉아[10]를 오르내리게 하고 보대를 밀어 북을 던지니 손을 놓으면 보대 절로 내려와 짜이게 하였으니, 이 두 가지는 우리나라 법에 비하면 적이 간편하였다. 짜는 사람은 사나이로 하루에 20척을 짜노라 하였다.

신요동新遼東 숙소에 이르니 겨우 날이 개었는지라, 평중과 서너 역관과 더불어 물가에 한가로이 거닐고 남으로 백탑白塔을 바라보며 정령위의 표주 고적과 연태자의 숨었던 자취를 의론하며 이번 길에 유람한 곳을 서로 자랑하더니 한 역관이 말하기를,

"10여 차 북경을 다녀 온갖 구경이 별로 신기한 것이 없는데, 연전에 심양 이르매 장군이 수만 군사를 거느려 성 밖에서 바야흐로 습진하는지라, 호준한 인마와 휘황한 갑주甲冑로 좌우에 치돌馳突하는 거동이 과연 장부의 쾌한 구경이라 이를 만합니다."
하였다. 한 역관이 말하기를,

"10여 년 전에 계주 동편에 이르매 마침 변방에 승전하고 돌아오는 군사를 만나니, 쉰 남짓 수레에 도적의 머리와 사로잡은 인물을 가득히 싣고 10여 만 군사 행렬을 나누어 정제히 돌아오니 이는 제일 장관

---

10 '잉아'는 베틀의 날실을 끌어올리도록 맨 굵은 줄이다.

이요, 길가에 섰다가 한 군사를 불러 승부를 물을 때, '너희 군사는 한 번도 패치 아니하였느냐?' 하니 그 군사 듣고 크게 놀라 창황이 제 귀를 막으니 이는 군중에 '패하다'라는 말을 꺼리는 일인가 싶었습니다." 하였다. 한 역관이 가로되,

"사행이 해마다 다니되 황제의 얼굴을 보지 못하였으니, 연전에 황제가 심양에 거동할 때 사행을 따라 심양에 이르러 서쪽 10여 리 밖에 황제를 지영祗迎[11]하더니 황제가 10여 만 철기를 거느려 풍우같이 몰아오는데 다만 말굽 소리뿐이요, 한 소리 훤화喧譁를 듣지 못하였습니다. 이때 일행이 길가에 엎드려 구경하더니 홀연히 군사를 멈추고 한 관원이 말을 놓아 조선 통사를 찾으니 수역이 창황히 나아가 대답하니 그 관원이 황제 명으로 조선의 안부와 한해 농사의 풍흉을 묻고 인하여 사행에 무슨 폐단이 있음을 물었습니다. 이때 북경 대통관 서종순徐宗順이 전후에 은을 징색하여 침노한 일이 많은지라 이 물음을 듣고 얼굴이 경각에 푸르러 사람의 낯빛이 없으니, 이는 수역의 말 한마디에 제 생사가 달린 까닭이었습니다. 수역이 대답하되 '황상의 은혜를 입어 한 가지 폐단이 없습니다' 하니 서종순이 비로소 낯빛을 진정시키고 관원이 말을 돌려 들어가매 종순이 가만히 이르기를 '황상을 보겠는가?' 하거늘 희미하게 머리를 들어 바라보니, 안마와 의복이 특별히 분별이 없으나 마래기 위에 큰 진주 징자를 붙이고 좌우에 호위한 군사 특별히 엄정하니 이것이 곧 황제였습니다. 얼굴이 희고 둥글어 심상이 수려한 인물이로되 다만 눈이 맹렬하고 정신이 사람에게 쏘이니 자연 마음이 두려워 오래 바라보지 못하니, 이는 다른 구경에 미칠 바가 아니었습니다." 하였다. 한 역관이 가로되,

"나는 일컬을 구경이 없으되, 수년 전에 북경 이르매 마침 황제의 후궁 간택하는 때를 당하여 천하의 고운 여인을 모아 신무문神武門을 열어

---

[11] '지영'은 백관이 임금의 환행을 맞이하는 일을 말한다.

일시에 들인다 하거늘, 두어 사람을 데리고 신무문 밖에 이르러 그 여인들을 구경할 때 경첩勁捷한 수레에 비단장이 사치를 다투고 이상한 향내 길을 껴 그 수를 헤아리지 못하고, 수레 위에 등을 달아 그 위에 여인의 이름과 사는 지명을 썼는지라, 발을 들어 몸을 감추지 아니하니 그 의복과 얼굴을 자세히 구경할 뿐 아니라, 어린 여인이 외국 사람을 처음 보는지라 다투어 머리를 내어 우리를 구경하니 그 중에 기이한 자색을 이루 살피지 못하고 한 여인이 손에 파리채를 쥐었으니 흰 옥으로 만든 자루라, 손 빛과 옥 자루의 희기가 분변이 없고 공교한 태도 비할 곳이 없으니, 이는 천하의 기특한 구경이라 일컬을 만하였습니다." 하였다. 한 역관이 웃어 말하기를,

"여러 구경이 각각 쾌한 곳이 있거니와 마침내 의주 역졸의 구경에 미치지 못할 것이네. 10여 년 전에 의주 한 역졸이 마두로 사행을 따라 북경에 이르러 거리로 다니다가 날이 저물매 장차 돌아오고자 하더니, 한 곳의 그윽한 골목에 이르러 한 사람이 수레를 몰아가다가 홀연 수레를 타라 하거늘 그 뜻을 모르고 세 받는 수레라 하여 올라앉으니 문득 수족을 동여 움직이지 못하게 하고 입을 막아 소리를 못하게한 후에 수레를 급히 몰아 한 곳에 이르렀다네.

수레 문을 열고 수레 밖에 내어 앉히니 그 역졸이 비로소 정신을 차려 사면을 바라보니 첩첩한 채각이 두르고 수놓은 자리와 비단장이 은연히 궁궐 모양이라, 그 연고를 몰랐다네.

이윽고 여러 여인이 나와 붙들어 깊은 집으로 들어가 일신을 목욕을 감기고 비단 의복을 겹겹이 입히니, 역졸이 더욱 의심하여 필연 죽을 곳을 이르렀다 하였더니, 밤이 깊은 후에 여러 여인이 한 젊은 여인을 호위하여 나오니 의복의 금수와 주옥이 촛불에 조요照耀하는지라, 역졸을 붙들어 앉히고 무슨 말을 묻는데 역졸이 심신이 황겁하여 감히 대답지 못하더니, 이윽고 촛불을 물리고 역졸을 핍박하였다네.

그러니 역졸이 비록 죽을죄를 범함을 아나 이미 이곳에 이르러 생

사를 스스로 보전치 못할 것이라, 감히 어기지 못하고 여러 날을 지내매 보배에 음식이 그치지 아니하고, 4~5일 후에 그 집이 종시 그 연고를 이르지 아니하며, 다만 가로되 '네 이미 이곳에 들어왔으니 필연 살아 돌아가지 못할 것이로되 차마 죽이지 못하여 놓아 보내노라' 하고 여러 창고의 문을 열어 힘대로 재물을 가져가라 하니, 그 중에 온갖 기이한 보물이 쌓였는데 몸을 보전함을 다행히 여기고 보화에 마음이 없을 뿐이 아니라, 보화를 가져가면 조선 사람에게 자취를 더욱 감추지 못하리라 하여 다만 두어 봉 은을 몸에 품으니, 새벽하늘이 비로소 밝으매 수레에 넣고 문을 단단히 닫아 급히 몰아 깊은 골목에 이르러 수레에 내리니 역졸이 관으로 돌아오매 일행이 놀라 그 연고를 물으니 거짓말을 꾸며 겨우 미봉하고 감히 발설치 못하더니 수년이 지난 후에 우연히 말을 누설하여 결국 형벌을 면치 못하고 절도에 귀향을 갔다가 돌아와 지금은 예전처럼 북경을 다니니, 이 역졸의 구경은 당할 사람이 없을 것이네."

하니, 여럿이 다 크게 웃었다.

25일 일찍이 떠나 태자하太子河를 건너 구요동舊遼東을 구경코자 하였다. 성문으로 들어가니 성지는 퇴락하기 여지없으니 저자의 번성함은 심양 버금이요, 백탑을 구경하니 제도와 높이가 극히 웅장하여 금주 백탑과 광녕 쌍탑이 다 미치지 못하였다. 이 탑은 혹 정위鄭衛의 화표주華表柱라 일컫고 혹 당나라 때 장수 울지경덕蔚遲敬德의 세운 바라 하니 그 근본은 자세히 알 길이 없었다. 탑 뒤에 관왕의 묘당이 있거늘 일행이 들어가 구경하니, 새로 중

요양 백탑

수하여 내외에 단청이 영롱하고 기이한 문자로 무수한 현판을 붙였으니 관왕을 찬양한 말이다. 정전문 밖에 청룡도를 세웠으니 쇠자루요, 무게를 물으니 지키는 중이 80여 근이라 일컬었다.

동문을 나가 20리를 가서 비로소 산 가운데로 행하여 석문령石門嶺을 넘으니 너른 들에 사나운 바람을 면하고 따사로운 볕과 온화한 기운이 비로소 북경 색을 깨칠 뿐 아니라, 높은 뫼와 흐르는 물이 완연히 우리나라 산천 같은지라, 반가운 마음이 고국을 돌아온 듯하였다. 뫼 위에 행화杏花와 두견杜鵑이 가득이 피어 서로 비추니 두견은 이곳 사람이 영산홍映山紅이라 일컫는지라, 덕유로 하여금 여러 가지를 꺾어 수레 앞에 어지러이 꽂으니 적이 이역의 객회를 위로하였다.

낭자산狼子山 숙소에 이르니 왕가의 아비가 제집으로 가기를 누누이 청하거늘 마지못하여 수역과 서너 역관과 더불어 한가지로 그 집에 이르니 밤에 술과 음식을 대접하는데 첫 번에 비하면 음식과 성관이 현격히 다르니 역관들이 이르기를,

"이곳 장사치들이 오로지 염량炎凉을 보는지라, 들어갈 때에는 반겨 대접하는 거동이 친척과 다름이 없는데 돌아올 때는 조금도 은근한 뜻이 없으니 과연 오랑캐 풍속입니다."

하였다. 북경에서 왕가의 아재비 말을 들으니, 왕의 혼인을 정하여 북경 저자에 여러 필 비단을 사간다 하거늘, 왕의 아비를 불러 혼인하는 날을 물으니 금년은 연운이 불길하여 명년으로 지내노라 하였다.

26일 평명에 길을 떠나 행차의 숙소에 이르니, 행차가 바야흐로 떠나셨다. 뒤를 따라 행할 때 연로에서 왕가더러 제 혼인 말을 물으면, 부끄러워 대답하지 않으나 희색을 덮지 못하더니, 이때 연운이 불길하다는 말을 이르니 왕가가 놀라 어디서 들었는지 묻거늘, 제 아비가 이르던 말을 자세히 전하였는데, 왕가의 기색이 저상하여 진정치 못하는 거동이 우스웠다.

이즈음에 이르러서는 연로에 구경할 곳을 거의 다하고 고국이 점점

가까우니, 집을 생각하여 염려와 근심이 날로 심하여 비로소 객회의 괴로움을 깨우쳤다. 청석령青石嶺에 이르러 고갯길이 험하여 수레 오르기가 아주 힘이 들었으니, 수레의 문을 의지하여 희미하게 졸았는데, 한 하인이 앞으로 지나가며 한 손에 우리나라의 편지 봉투를 가져가거늘, 놀라 일어나 그 연고를 물으니, 의주의 아전이 여러 편지 봉투를 가지고 책문을 들어 고개 위에 마중 왔으므로 사행이 고개 위의 묘당에 머물러 편지를 보신다 하였다. 이때 고개를 겨우 반 올랐는지라 창황히 수레에서 내려 걸어 올라갔다. 반가운 가운데 무슨 기별이 있을 줄을 몰라 놀라운 마음이 도리어 가슴에 가득하니, 험준한 고갯길에 가쁜 줄을 깨치지 못하였다.

묘당 앞에 이르러 길가에 먼저 온 역관들이 이미 집안 소식을 들었으므로, 안부를 들은 자는 낯에 희색이 가득하고 우환 소식과 혹 상을 당한 자는 놀란 기색에 비참해 하였다. 그 거동을 보니 더욱 마음이 놀라워 급히 묘당으로 들어가니, 계부께서 웃음을 머금고 편지를 주시거늘 비로소 마음을 진정하였다. 편지를 본 후에 집안의 안녕을 들으니, 옛사람이 이른바 '집에서 온 편지 하나가 만금을 당하리라家書抵萬金'[12] 이른 것이 진실로 마땅한 말이더라. 상사께서는 고모의 상사를 만나고, 화원 이필경이 상처한 기별과 어의 김정신의 독자의 흉음을 들으니 더욱 참연하되, 일행 상하에 큰 상사를 만난 이 없으니 매우 다행한 일이다.

감수참甛水站에 숙소하고 27일에 길을 떠나 회령령會寧嶺에 이르렀다. 들어갈 때는 북쪽 작은 고개로 돌아갔는지라 이 고개의 험하고 높은 줄을 알지 못하였더니, 비로소 고개를 넘으니 전후 20여 리요, 청석령에 비하면 적이 순하나 좌우에 수목이 하늘을 덮고 깊은 구렁이 왕왕 수백 길이 넘으니, 비록 우리나라에 있더라도 험한 관액으로 일컬을 곳이다. 연산관連山關 숙소에 이르러 의주의 하인이 먼저 돌아가므로

---

12 이는 두보의 시 「춘망春望」에 있는 구절이다.

집에 편지를 부쳤다.

28일에는 초하구草河口에서 점심을 먹고 통원보通遠堡에서 숙소하였으며, 29일에는 팔도하八渡河에서 점심을 먹고 송참松站에서 숙소했다. 이즈음에 이르러는 뫼 가운데 물이 깊고 험하여 산수와 인물에 개안할 곳이 없고 돌아갈 마음이 날로 화살 같을 뿐이었다.

3월 30일 삼차하에서 점심을 먹고 책문에서 자다

삼차하三叉河는 봉성鳳城 서편에 5리 밖이요 여염이 없는 곳이라 전부터 봉성에 방값과 온갖 물가가 비싸 일행이 감당치 못하는 고로 이 물가에 장막을 치고 일행이 점심을 먹었다. 물 남쪽에 산이 둘러져 있고 수목 사이에 약간 푸른 석벽이 승경의 경치가 있는지라, 평중과 더불어 창벽을 대하여 함께 밥을 먹고 봉황산鳳凰山 구경할 일을 의논하니, 평중이 또한 가기를 원하는데 다만 길 아는 사람이 없음을 염려하였다. 내 이르기를,

"세팔이 있으니 길 찾기를 염려치 아닐 것이요, 하물며 봉황산은 유명한 산이라 그 위에 필연 여러 절이 있을 것이니 어찌 찾기를 근심하리오."

평중이 마지못해 허락하나 어려이 여기는 기색이 있었다. 드디어 계교를 정하고 계부께 먼저 떠나는 사연을 여쭈니, 모르는 길에 고단한 행색을 염려하셨다. 수레는 바로 책문으로 보내고 평중과 함께 안마鞍馬로 떠날 때 세팔을 찾으니 이미 먼저 책문으로 나갔는지라 미처 부를 길이 없고, 다만 덕유를 데려갔으나 준준한 인물이 믿을 것이 없

봉황산

으니 행색이 극히 허수하고, 평중은 더욱 어려이 여겼다. 시험하여 봉
성 성중으로 들어가 길을 가리킬 사람을 삯을 얻어 한가지로 가고자
하는데 두어 전랑에 내려 사람을 찾아보았으나 얻지 못하고, 길을 물
으면 가르치는 말이 분명치 아니하여 혹 이르기를,

"산으로 20리를 오르면 비로소 절이 있고 절을 구경한 후에 도로
내려와 큰길로 돌아가면 책문에 도달하려니와 만일 절 동쪽으로 두어
산을 넘어 옛 경치를 구경코자 하면 오늘 내에 미처 책문을 가지 못할
것입니다."

하니 여러 말이 다 미쁘지 아니하였다. 즉시 떠나 수 리를 행하여 길가
에 조그만 전방이 있거늘 들어가 정도를 물으니 한 사람이 이르기를,

"예서부터 대로를 버리고 동쪽 작은 길을 좇아 산을 오르면 길이

비록 험하나 찾기 어렵지 아니하고, 산 위에 오르기 10여 리를 넘지 아니합니다. 바로 동으로 행하여 책문을 향하면 15리에 지나지 아니하니 큰길에 비하면 도리어 가깝고 산 위에 대령사大寧寺와 관음굴觀音窟과 조양전朝陽殿, 약왕전藥王殿, 낭랑묘娘娘廟 등 여러 절이 있으니 기이한 구경이 많으나 오늘 책문에 이르고자 하면 미처 다 보지 못할 것입니다."

하니, 이 사람의 말이 극히 분명하였다.

이때 행차 전량 앞을 지나시니 건량관이 들어와 누누이 말리니 평중이 홀연 말을 타고 바로 큰길로 향하거늘 불러 꾸짖었으나 돌아보지 아니하였다. 드디어 홀로 말을 타고 동쪽 작은 길로 들어가니 덕유와 말 가진 역졸이 다 근심하는 빛이 있으니 가장 괴로웠다. 허나 산 위에 기이한 봉우리가 천백 년 봉을 세운 듯하니 유흥을 금키 어려울 뿐 아니라 평중의 거동을 보매 더욱 마음이 분한지라, 덕유와 역졸을 꾸짖어 말을 몰아 수 리를 행하여 점점 산을 오르니 길이 적이 너르고 수레 다닌 자취가 있으니 나무 싣는 수레였다. 나무하는 사람을 만나 대령사 길을 물으니 전량에서 들은 말과 같은지라 더욱 의심이 없거늘 수 리를 행하매 길 아래 두어 자 벽을 지은 집이 있었다. 하나는 산신을 위하고 하나는 용왕을 위하여 그 옆에 작은 비를 세워 두어 줄 글로 그 사적을 기록하였으니 대개 가로 세운 것이다.

그 아래 네다섯 나무 베는 사람이 있거늘 말을 내려 천천히 길을 물으니 또한 다름이 없고 이곳을 지나매 길이 가팔라 말을 타지 못하리라 하거늘 드디어 걸어 올라가 다시 수 리를 가니 길이 점점 높고 험하였다. 길가에 다섯 사람이 모여 앉아 서로 술을 먹거늘 읍하고 그 사는 곳을 물으니, 한 사람이 대답하되 다 봉성 사람이요, 함께 뫼 위에 경치를 구경하고 돌아오노라 하고, 나의 행색을 묻거늘, 또한 구경코자 하는 뜻을 이르니 여러 사람이 좋다 일컬으며 술을 권하거늘 사양하였다. 대령사 원근을 물으니 멀지 않다 하고 수 리를 올라 돌문이 있으니 문을 든 후는 길이 평탄하여 말을 타고 갈 것이요, 대령사에 이르기까지 수 리를 넘지 않는다 하였다.

드디어 천천히 올라가니 이즈음 이르러는 산이 이미 높아 북으로 봉성 여염을 바라고 남으로 천만 봉우리가 반공에 날아갈 듯 솟아나 사람으로 하여금 정신이 비등하게 하였다. 이어서 계곡을 따라 올라가니 물이 비록 크지 못하나 왕왕 작은 폭포와 맑은 못이 되어 극히 소쇄하고, 너른 방석이 혹 회기 눈빛 같으니 이미 반산과 도화동에서 보지 못한 것이다. 한 곳에 10여 장 푸른 벽이 외로이 섰으니 여러 첩 병풍을 두른 듯하고, 틈틈이 거꾸러진 솔과 붉은 두견이 의연히 한 장의 그림이다.

산 위를 거의 오르매 동북쪽에 수려한 봉우리와 윤택한 바위가 더욱 기상이 웅려하여 조금도 추악한 기운이 없다. 길이 점점 좁아 두 바위 가운데 이르러 겨우 사람을 용납하니 이른바 돌문인가 싶고 이 곳을 지나매 길이 적이 편하거늘 말을 타고 남으로 가니 양쪽에 봉우리가 첩첩하고 가운데 큰 골짜기가 열려 은연히 돌 가운데 경색이다. 압록강을 건넌 후로 소나무를 흔히 보지 못하였으나 홀로 이곳에 가장 성하고 솔 사이에 홀연히 두견의 소리를 들으니 비로소 깊은 뫼인 줄을 깨쳤다.

수 리를 가서 대령사에 이르니 이곳은 골짜기가 더욱 널렀다. 북쪽에 남으로 향하여 층층한 섬 위에 10여 칸 법당을 지었으니, 말을 내려 바로 대 위에 오르매 좌우에 기괴한 봉이 멀리 두르고 고절한 가운데 은자한 취미를 겸하여 진정 높은 중과 그윽한 사람의 머물 곳이었다. 그 기이한 경치를 이루 기록하지 못하고, 두어 중과 도사 하나가 있어 대접이 관곡하고 차를 권하거늘, 이때 심한 갈증으로 연이어 서너 그릇을 마시며 산중의 고적을 물으니 도사가 여러 말을 대답하되 어음이 분명치 못하고 글자를 전혀 알지 못하니 자세히 물을 길이 없었다. 도사는 머리털을 깎지 아니하고 상투 제양이 우리나라와 한가

지요, 도관을 썼으니 우리나라 연엽관蓮葉冠 모양이다. 처첩 유무를 물으니 도사가 이르기를,

"다른 도사는 혹 처첩이 있으나, 우리는 전신 도사라 산중에 머물러 중의 생애와 다름이 없습니다."

하였다. 여인 두엇이 있는데 다 나이 늙었다. 한 여인이 어음이 가장 분명하고 집이 봉성에 있는지라 해마다 우리나라 사행을 익히 보았노라 하고, 우리나라 풍속을 여러 말을 물었다. 책문에 이르는 길을 물으니 남으로 두어 고개를 넘어 15리에 지나지 못하나 다만 날이 저물면 호환虎患이 무섭다 하였다.

잠깐 몸을 쉬어 말을 타고 남쪽으로 시내를 건너 언덕 위에 오르매 북으로 돌아보니 대령사 서편으로 빼어난 봉우리가 더욱 기이하고 천여 장 높이에 순전한 돌이요, 한 점 흙이 없어 남으로 둘렀다. 이에 말을 내려 홀로 가리키며 기특함을 일컫더니 절 가운데 여러 사람들이 나의 오래 앉았음을 보고 또한 섬 위에 늘어서 바라보더니, 이윽고 중 하나가 바삐 오거늘 그 갈 곳을 물으니 대답하되,

"그대를 위하여 온 것입니다."

하고 이르기를,

"이미 산중 경치를 구경코자 할진대 남쪽으로 수백 보를 오르면 여러 절을 바라 볼 수 있을 것입니다."

하고, 앞서 인도하였다. 그 중을 따라 높은 봉에 오르니 과연 곳곳이 여러 묘당이 있으니, 북편으로 수십 장 외로운 봉이 공중에 빼어나고 봉 위에 바위틈을 의지하여 조그만 집을 지었으니 이는 관음굴이다. 좌우에 석벽이 깎은 듯하니 이윽히 바라보되 어느 곳에 길을 통한 줄을 알 길이 없었다. 서쪽 높은 봉 아래로 연하여 적은 봉을 세워 동으로 내리매 관음굴을 대하여 또한 공중에 수십 장 봉을 세우고 그 위에 약왕전, 낭랑묘 두 묘당이 있어 졸연 한 채각이 솔 사이에 은은히 비치고 그 서쪽으로 수풀 가운데 수십 칸 절이 있으니 이는 조양사이다.

종종 기이한 경치를 이루 기록하지 못하되 행색이 바빠 멀리서 바라볼 뿐이니 극히 애달팠다.

서둘러 봉우리에서 내려 말을 타고 남으로 수백 보를 가니 비로소 산을 내려왔다. 길이 가장 험하여 말을 타지 못하고 드디어 걸어 내려가는데, 두 산 사이에 곳곳이 점점 깊고 좌우에 수목이 하늘을 덮으니 고단한 행색이 의외로 걱정될 뿐 아니라, 골을 좇아서 내려가니 계속해서 북으로 향하고 희미한 길에 낙엽이 가득하여 왕왕 끊어진 곳이 많고 황락한 공산에 인적이 없으니, 비록 길을 잃어도 물을 곳이 없었다. 덕유가 이르기를,

"이 산이 책문 북쪽에 있거늘 이 길이 점점 북으로 향하니 필연 바른 길을 잃었습니다."

하되, 하릴없어 계속 내려가매 홀연히 남으로 길이 있어 산 위로 올랐다. 비로소 길을 잃지 않았음을 기뻐하고 숨 가쁜 것도 잊고 바삐 고개를 오르니 남으로 첩첩히 어지러운 산이 더욱 위험하니 덕유와 역졸은 다 기운을 잃어 어디로 향할지 알지 못하였다. 내 억지로 위로하고 함께 골짜기를 내려가니 계속 북으로 향하고, 길이 더욱 희미하니 필연 사람이 자주 왕래하는 곳이 아니었다. 한 곳에 이르매 어지러운 풀이 사람의 길이 넘고, 조그만 시내를 건너매 길이 끊어져 갈 곳이 없고 남으로 산를 바라보매 희미하게 길이 있는 듯하나, 높은 봉우리가 하늘에 닿아 말과 사람이 발을 붙이는 곳이 아니다.

이때 날이 이미 늦었을 뿐 아니라 사방에 높은 산이 둘렀으니, 수풀 가운데 저녁 그늘이 이미 어둑하고 돌 사이에 흐르는 물과 나무떨기의 기이한 새 울음이 서로 응하니, 덕유와 역졸이 서로 보며 길이 탄식하여 경솔하게 들어옴을 한스러워 하였다. 나 또한 바위를 의지하여 다리를 쉬며 계책을 생각하되 창졸에 향할 곳을 정하지 못하니, 서로 대하여 다만 산중에서 밤을 새울까 근심이었다.

곳곳에 호랑의 자취와 똥이 있으니 도사의 말이 속임이 아니라, 입

을 열어 서로 위로할 말이 없더니 홀연히 한 마디 웅장한 소리가 산을 울리거늘 일시에 놀라 일어나니 수십 보 밖에 외로운 개 짖는 소리라, 산이 깊고 바위에 맞추어 은연히 호권 가운데 범의 소리를 듣는 듯하였다. 비록 마음을 적이 놀래나 이미 개 짖는 소리 있으니 필연 따라온 사람이 있으리라 하여, 크게 기뻐 일시에 몸을 돌려 동으로 바라보니 과연 한 여인이 10여 세 아이를 데리고 개울가에서 산채를 캐고 있었다.

덕유로 하여금 바삐 나아가 길을 물으라 하니, 그 여인과 아이 또한 소리를 듣고 우리의 행색을 바라보매 놀라 광주리를 던지고 동으로 달아나니, 대개 깊은 산중에 홀연히 이국 인물을 만나니 무지한 아이와 여인이 놀라기 마땅하였다. 덕유 쫓아가며 외치며 이르기를, 놀라지 말라 하니 그 소리를 들으매 더욱 놀라 죽기를 다하여 뛰더니, 아이는 먼저 달아나고 계집은 덕유에게 잡힌 바 되어 장차 붙들어 앉히고 달래어 말을 묻고자 하더니, 그 계집이 땅에 엎드려 크게 울며 오줌을 흘려 땅에 가득하고 다만 사람 살리라 하였다. 덕유 이윽히 달래다가 하릴없어 물러서니 다시 일어나 창황히 뛰어 달아나니 잠깐 사이에 간 곳이 없었다. 덕유의 조용히 나아가지 아니함을 꾸짖었으나, 이미 나물 캐는 여인이 있으니 필연 여염이 멀지 않으리라 하여 그 계집이 가던 곳을 좇아 두 산 사이로 수백 보를 행하여 홀연히 산 어귀로 나가니, 동쪽으로 들이 열리고 밭 가운데 놓인 말이 무리를 지어 풀을 뜯으니 비로소 인간 경색이 있었다. 서로 치하하며 높은 두덩에 올라 사방을 바라보니 남쪽 산 위에 너른 길이 있어 가히 수레를 통할 것이다. 북쪽 밭 가운데 두 사람이 섰거늘 덕유를 보내어 길을 물으니, 두 사람이 다 노색이 있어 가로되,

"그대 무슨 연고로 이곳에 이르렀는가? 깊은 산중의 여인을 좇아 거의 목숨을 보전치 못하게 하니 필연 사나운 마음을 두었도다."

하니, 덕유가 웃으며 그 연고를 이르니 두 사람이 또한 웃고 남쪽 길을

가리켜 한 고개를 넘으면 책문이 10리에 지나지 않으리라 하였다.

덕유가 돌아오매 말을 타고 고개를 올라 수 리를 행하니 양쪽 산 위에 옛 성이 있고 성문이 비록 무너진 지 오래나 양쪽 석축이 오히려 흔적이 있으니, 이는 안시성安市城 북문이다. 걸어 령을 내려 평지에 이르니 성 안이 평평하고 둥글어 사방 4~5리요, 사방에 천여 길 석봉을 둘러 고준한 형세 비록 나는 새라도 넘지 못할 듯하고, 다만 북문으로 사람을 통하나 또한 높고 험하여 기마를 달리지 못할 것이다.

남쪽으로 들을 통하여 수백 보 평지가 있으나 높은 성을 가로막아 오히려 형적이 남아 두껍고 단단하기 비할 곳이 없으니, 대개 당태종이 천하 군사를 거느려 고구려를 칠 때 이 성에 이르러 두어 달을 싸우되 마침내 이기지 못하고 흐르는 살을 맞아 한 눈을 상해 천고의 웃음거리가 되니, 그때 지킨 장수의 재력이 남다를 뿐이 아니라, 성지의 단단한 형세를 힘입어 태종의 신통한 위엄에 항거한 것이다. 성 안에

봉황산 남쪽의 평지

봉황산에 남아 있는 성터

여염이 없으나 곳곳이 집터가 있고, 헐린 지 오래지 않은 곳이 많았다. 남쪽 성 위에 올라 이윽히 배회하니, 북경은 오로지 벽돌로 성을 쌓았으나 홀로 이 성은 모두 돌로 쌓아 우리나라 제도와 같았다. 애초에 우리나라에 속한 것이 더욱 분명하였다. 물가를 좇아 성을 나가니 수문 형적이 오히려 남은 것이 있었다.

수 리를 행하여 책문에 이르니 날이 저물지 아니하였다. 근래에는 일행이 책문에 이르러 고차雇車(수레를 빌림)한 복태卜駄를 기다려 한 번에 책문을 나갔다. 이로 인하여 왕왕 10여 일을 지체하니, 이러하므로 북경서 출발할 때 별도로 부지런하고 성실한 예닐곱 하인을 정하여 연로에 짐수레를 재촉하여 여러 날을 지체치 못하게 하되, 길이 질어 수레를 임의로 통치 못하고 요동으로 이르러 다른 수레를 바꾸어 싣는 고로, 초6일 전은 믿지 못하리라 하니 극히 민망하였다.

4월 초1일로부터 초7일에 이르러 **책문에 머물다**

식후에 홀로 냇가에 이르러 한가로이 거닐다가 부사의 숙소에 이르러 봉황산과 안시성의 기이한 구경을 자랑하니, 평중이 비로소 함께 가지 않은 것을 한하였다. 평중과 더불어 책문에 이르러 밖을 엿보니 우리나라 사람이 초막을 의지하고 머무는 이가 있거늘, 물으니 의주義州 문안군관問安軍官이 창군槍軍을 거느려 문 열기를 기다린다 하였다.

푸자로 다니며 물건을 구경하니 당태(중국 솜)와 온갖 모물毛物과 민강閩薑귤병과 다목丹木,[13] 백반白礬(염료)과 호초胡椒와 함석과 여러 가지 화기가 곳곳에 가득하니, 이는 모두 의주 장사치와 매매하는 물건이다. 문을 열어 사행이 나간 후에 비로소 홍정을 시작하여 이름을 '문홍정'이라 일컬으니 이로 인하여 서장書狀이 문을 연 후에 홀로 4~5일을 머물러 그 홍정을 조검照檢하여 피차의 금물을 살피게 함이었다. 계부 부사와 더불어 내에 그물을 쳐 고기 잡는 거동을 보신다 하거늘 평

---

13 다목은 단목, 소목을 말한다. 동인도東印度가 원산인 작은 상록교목常綠喬木으로 목재는 활을 만드는 데에 쓰이고, 속의 붉은 부분은 염료와 한방漢方의 통경제通經劑로 쓰인다.

중으로 더불어 다시 냇가에 이르니 겨우 두어 고기를 얻고자 하였다.

초2일 식후에 평중과 더불어 북쪽 뫼 위에 오르니 층층한 바위에 솔수풀이 매우 성하고, 동남으로 바라매 송골산 밖으로 첩첩한 봉이 다 우리나라 뫼이다. 평중은 술에 취하여 노래를 부르며 서로 구경한 일을 일컬어 객회를 위로하였다. 오후에 숙소로 돌아와 비로소 거문고제를 열어보니 여러 곳이 상하여 쓰지 못하게 되었다. 이날 건량에서 특별히 밥을 지어 삼방 일행 하인을 먹이니 또한 근래 전례요, 합하여 30여 명이었다. 짐수레 열다섯이 먼저 들어오고 책문 밖에 연북 인마와 문흥정 물건이 반 남짓 이르렀다. 밤이 깊은 후에 의주 사람이 들어와 책문 사이로 일행의 서울 편지를 전하고 각각 평안하다는 소식을 얻으니 다행이다.

초3일 오후에 연북 인마들이 다 들어오고 행차에 대령한 하인과 장교들이 들어와 뵌 후에 아직 문을 열지 아니하였는지라, 오래 머물지 못하여 즉시 도로 나갔다. 수천 리 이역을 돌아와 고국 사람을 만나매 반가운 마음이 친소의 분별이 없으나, 복태를 기다려 즉시 나가지 못하니 울울한 마음을 금치 못하였다. 저녁 식후에 책문에 이르러 밖을 바라보니 곳곳이 초막을 지어 사람이 둔취하고 연기와 불빛이 들을 덮었다.

초4일 식후에 부사의 숙소로 향할 때, 세관에 머무는 집 앞을 지나니 세관은 심양 관원이다. 문흥정의 여러 물건을 세받는지라, 문 밖에 섰다가 나를 보고 손을 들어 평안함을 묻거늘 드디어 나아가 대답하고 벼슬과 성을 물으니 성은 희니 만주 사람이요, 벼슬은 호부원외戶部員外이다. 세관이 나라 성을 묻거늘,

"동국이 근본 왕씨의 나라인데, 어느 대에 망하였느뇨?"

하니, 내 대강을 대답하되, 세관이 무슨 말이 있으되 알지 못하였다. 손바닥에 글자를 써 뵈거늘 내 말하기를,

"그렇지 아니하다. 그대 어찌 탕무湯武의 일[14]을 알지 못하는가?"

하니, 세관이 크게 웃어 좋다 일컫고 다시 가로되,

"우리 본조는 입국立國이 가장 정대하다."

하였다. 원외의 녹봉을 물으니 대답하되,

"1년에 은 380냥과 쌀 50곡이라."

하고, 본래 북경 사람이요, 내년이면 낭중郞中 벼슬에 오르노라 하였다.

초5일 식후에 계부를 뫼시고 상부사와 더불어 안시성을 구경하였다. 문을 들어 북으로 수백 보를 행하매 서편 언덕 위에 수십 장 바위 있어 그 위에 오르매, 너르기 100여 명을 용납하니 옛 장대라 일컫는 곳이다. '찬운암攅雲岩' 세 자를 새겼으니 구름을 모은 바위라 이름이고, 그 뒤에 '가정嘉靖 정유丁酉(명 세종 16년, 1537)에 쓰다' 하였으나 근본 사적은 알 길이 없었다. 서쪽 골짜기로 들어가니 위로 기이한 봉우리를 바라고 골에 바위와 반석이 또한 보암직하나, 큰바람이 일어나 머물지 못하였다. 주방에서 화전을 지져, 이를 먹고 숙소로 돌아왔다.

나올 때에 감수참甛水站에 이르러 한 장사치를 만나니, 성은 백이요 산서 사람이다. 약간 글을 읽어 인물이 적이 조촐하여 그 푸자에 이르러 여러 말 주고받으니, 팔 것을 가지고 이곳에 이른 것이다. 초6일 식후에 숙소로 찾아왔거늘 캉 위에 앉히고 지은 글을 이르라 하니 두어 시를 써 뵈었는데 비록 귀법이 용졸하나 장사치 중에 능히 시를 일삼으니 또한 귀한 일이었다.

오후에 부방으로 향하는데 세관이 손을 쳐 부르거늘, 들어가 캉 위에 앉으매 한훤을 파한 후에 용연향龍涎香[15] 두엇을 내어 화로에 사르니 대개 손님으로 도탑게 대하는 뜻이다. 차와 담배를 권하고 한동안 수작하며 우리나라 문장과 필법의 숭상하는 바를 묻고 동기창董其昌의 그림 유무를 묻거늘, 진적(진품)이 없다고 하니 세관이 이르기를,

---

14 탕왕과 무왕의 역성혁명을 말한다.

15 용연향은 향유고래의 장에서 분비되어 만들어진 고체 물질로, 동양에서는 주로 향신료로 쓰였으며, 서양에서는 향수의 향기가 휘발하는 것을 막는 데 사용되었다.

"이 그림은 중국도 진적이 극히 드물어 만일 진적을 얻고자 하면 값이 100냥이 넘는다."

하였다. 이윽고 서반이 들어오니 봉성 서반이요, 해마다 이곳 세를 거두는 일을 관장하니, 세관이 부리는 사람이로되 오히려 교의에 앉히고 노야라 일컬으니, 중국 풍속이 체모를 거리끼지 아니함이 이러하였다. 두 사람이 서로 말하다가 왕왕 만주 말을 쓰니, 이는 세 거둘 일과 우리나라 사정을 의논하는 말일 것이다.

숙소에 돌아와 홀로 캉 위에 앉아 거문고를 타니 주인 악가가 들어와 들으며 좋다 일컫고, 곁집의 예닐곱 여인이 일시에 모여 다투어 듣는지라, 내 손을 멈춰 타지 아니하니 여러 여인들이 서로 소리 지르며 듣기를 청하고 악가 또한 가로되,

"여러 여인들이 기이한 소리를 듣고자 하니 어찌 한 번 들려주기를 아끼십니까?"

하였다. 내 가로되,

"우리나라 풍속이 남녀의 분별이 극히 엄한지라, 이같이 잡되이 모이면 예법에 마땅치 아니하고, 하물며 여인을 마주하고 거문고를 타는 것은 옛사람이 더욱 금한 일입니다."

하니, 악가 낯빛을 고쳐 좋다 일컬으니 여러 여인이 일시에 물러갔다. 이날 짐 실은 수레가 다 이르렀으니 봉황성장이 거리끼는 날이 있어 초8일에 비로소 문을 열리라 하였다.

초7일 바람이 불어 문을 나지 못하고 숙소에 머물렀는데 백가가 들어와 근심하는 빛이 있거늘, 그 연고를 물으니 감투 열 짝을 의주 사람과 매매를 정하였는데, 물건을 받지 못하겠다고 하며 언약을 저버리니, 수백 냥 재물을 처리할 곳이 없는지라 고향에 돌아갈 기약이 없노라 하였다. 대개 근년에 모혈毛血[16]을 정한 후로 감투를 수를 정하여

---

16 '모혈'은 종묘와 사직의 제향에 쓰던 짐승의 털과 피를 말한다. 그러나 문맥상 여기서는

임의로 내어 가지 못하고 이로 인연하여 가난한 장사치들이 왕왕 이
곳 사람들을 조롱하여 속이는 폐단이 있는가 싶었다.

'규정' 또는 '수의 제한'이란 뜻으로 보인다.

4월 8일 책문을 나와
12일 의주에 이르고
27일 서울에 이르다

　식후에 일행이 길 떠날 채비를 하고 기다리니, 역관들이 들어와 봉황성장이 나온다고 고하거늘, 일행이 떠나 문을 나갈 때 일행 짐을 검사하는 법이 있어서 해마다 따로 은을 주어 성장城將과 문대사門大使를 달래었다. 이러하므로 겨우 두어 봉을 풀어 색책塞責(맡은 것만 해냄)을 할 뿐이다. 문을 나가니 산 아래 장막을 쳐 계부께서 머무실 곳을 만들었는지라, 상부사께서 함께 들어와 별회別懷를 편 후에 먼저 떠나셨다.

　당상역관과 젊은 역관 중에 물산이 넉넉한 자를 가려서 4~5명을 머무르게 하고, 그 나머지 역관과 하졸이 일시에 상부사를 따라 떠나니, 뒤떨어지는 심사는 이를 것이 없고 먼저 가는 사람 또한 손을 잡고 눈물을 머금는 이 많으니 인정에 괴이하지 않은 일이었다.

　북경의 금지물품이 여러 가지이지만 그 중 흑각黑角과 말이 군사기물에 속한다 하여 더욱 엄히 금하니, 만일 잡히는 일이 있으면 우리나라에 큰 사달이 난다. 이러하므로 우리나라가 또한 엄히 금하는데, 흑각은 혹 짐 속에 감추어 가만히 내어가지만 오직 말은 숨길 길이 없으니, 일곱 필의 상마 밖에는 감히 나가지 못한다. 노새와 나귀는 금치 아니하나 석세삼베 두어 필의 세를 받은 후에 비로소 내보내고 혹 크고 좋으면 7~8필을 받으니, 이러하므로 그 수를 다투어 극히 요란하였다.

일행이 떠난 후에 의주 중군中軍[17]과 천총千摠[18]과 두어 쌍의 나졸이 예법을 끝내니, 나졸이 극히 잔약하고 용렬하며, 두 쌍의 기를 가져왔지만 낡아 빠져 모양이 없으므로 대국 사람에게 더욱 위엄을 보이지 못할 것이었다. 계부께서 집사를 잡아들여 결곤하시되 하릴없었다. 의주 장사치의 두목을 불러 금지물품을 단단히 이르고 홍정을 재촉하니, 의주에서 들어오는 물건이 몇 년 전에는 한정이 없었으나 아까운 재물을 과히 허비한다 하여, 근년에는 온갖 것에 값을 정하여 합해서는 일만 냥의 물건만을 들여오게 하였다. 그 물건은 소가죽과 여우가죽이 거의 반이 되고, 누빈 명지 무명과 낡은 의복 뜯은 것과 부채종이와 고기 잡는 그물이다. 이 밖에 소소한 잡물이 많으니, 여러 장사치들이 책문을 들어가 서로 물건 값을 정하여 바꾸는지라, 이로 인하여 자연 여러 날을 지체하였다.

통관의 종 왕가가 나와 보고 말하기를,

"저희 노야가 역관들의 장막에 앉아 뵙기를 청합니다."

하기에 즉시 나아가니, 통관 쌍림이 일어나 읍하고 여러 말을 수작한 후에 즉시 이별하고 들어갔다. 길 남쪽에 큰 장막을 쳐서 한 사람이 징자를 붙이고 여러 갑군을 거느려 지키니, 이는 봉성의 장경章京으로 우리나라 일행을 호송하는 소임이라 하였다. 이전에는 서장이 한 번 문을 나매 다시 문 안에 들지 못하고 수일 동안 한둔을 면치 못하는데, 근년에는 의주 장사치들이 문대사와 호송 장경을 달래어 밤이면 문을 들어 여관에 묵게 한다.

---

17 '중군'은 조선시대 각 군영에 속한 종2품관을 말한다.
18 '천총'은 조선 후기 각 군영에 소속된 무관직이다.

이날 초저녁에 문을 들어 악가의 집에 다시 묵고, 초9일 해 뜰 즈음 도로 나오니, 종일 장막에 들어 답답한 회포를 견디지 못하였다. 혹 역관들이 머무는 곳에 이르면 여러 역관들이 필묵과 주산을 가지고 비포比包 문서에 골몰하여 사람의 출입을 변변히 살피지 못하니, 족히 더불어 한가한 수작을 할 겨를이 없었다. 비포라 하는 말은 또한 근년에 새로 난 법이다. 들어갈 적에 은의 수를 정하고 잠상潛商[19]을 엄히 금하지만 오히려 이를 막지 못한다 하여, 돌아오매 각각 가져간 은수를 적고 사오는 물건을 모두 쓰고 다 값을 달아, 가져간 은수에 맞추어 혹 은수에 넘침이 있으면 잠상으로 돌아가는 것이다. 이로 인하여 잠상이 비록 활개 치지는 않지만 많은 물건의 값을 내려서 임의로 원수에 맞추니, 그 폐단을 종시 막을 길이 없다. 혹 사행의 건량 짐을 빙자하여 조그만 인봉印封을 얻으면 비록 비포 밖의 짐이라도 감히 헤쳐 자세히 살피지 못하니, 종종 공교한 계교를 이루 살피지 못할 지경이다.

왕가가 나와 보고 눈물을 머금어 섭섭한 뜻을 이르고 문 안에 제 누이가 있어 병들어 약을 구한다 하기에, 청심원과 소합환蘇合丸을 주고, 부채를 청하기에 별선 두 자루를 주어 보냈다.

이날 밤에 또한 문 안에서 머물고, 아침에 나와 장사치의 흥정을 재촉하니, 전부터 책문 장사치들이 서장관이 길을 재촉하는 줄 알아, 짐짓 물건 값을 결단치 아니하여 여러 날을 지체하였다. 이러하므로 혹 과히 재촉하면 더욱 지체되고, 의주 장사치에게 무한한 낭패가 되는 것이다. 이로 인하여 또한 박절하게 재촉하지 못하니 긴 날을 소일하기가 매우 어려웠다. 계부께서는 혹 냇가에서 고기를 낚으며 날을 보내시고, 나는 책문 안팎으로 종일 다니지만 물건과 인물이 이미 눈에 익어 하나도 신기한 것이 없고 한갓 몸이 수고로울 따름이다.

대개 강을 건넌 후로 넉 달이 넘었는데 구경할 마음이 밤낮으로 걸

---

19 '잠상'은 법령으로 금지하는 물건을 사고파는 행위나 그 장사치를 말한다.

호산장성에서 내려다본 압록강. 강 너머 보이는 곳이 의주다.

려 예사로운 사람과 조그만 물건도 감히 무심히 보지 못하는 고로 가히 고향집 생각을 잊고 견뎌낼 만했으나, 돌아와 책문에 이르니 흥이이미 다하고 다시 남은 구경이 없었다. 이러하므로 책문에 7일을 묵으니 만 리 행역의 괴로움에 비기지 못할 것이요, 책문을 나와 상부사 일행을 보내고 나흘을 보내니, 그 울적한 회포는 문 안의 7일 고행에 더욱 비할 바가 아니었다.

12일에 이르러 흥정을 거의 마쳤는지라, 행차가 장차 떠나실 때 한편에서 의주삯꾼을 불러 장사치에게 사가는 물건을 실으니, 이 짐을 내어 가는 데 삯이 후하여 의주 사람에게 큰 이익이 되는지라 여러 사람이 일시에 들어가 짐을 다투어 극히 난잡하였다. 사람을 멀리 물리고 차례로 이름을 불러 나눠 맡기니 적이 질서가 잡혔으나, 그 중간에 폐를 이루 막지 못하였다. 책문 안에 여러 서반과 갑군이 앉아 나오는 물목物目을 낱낱이 기록하니, 이는 세관에서 세를 거두기 위한 것이다.

해가 높이 솟은 후에 길을 떠나 금석산에서 점심을 먹고, 구련성 숙소에 이르니 날이 오히려 일러 곧바로 의주로 향하였는데, 남으로 고개를 넘자 압록강이 세 갈래로 나뉘어 앞으로 둘러 있고, 의주 성 안에 외로운 누각이 강을 임하고 있으니 이것이 통군정統軍亭이다. 이역에서 해를 지내고 고국산천을 다시 만나니 반가운 마음 비할 곳이 없었다.

물 남쪽은 가없는 모래밭이고, 그 가운데 장막을 높이 치고 좌우에 사람이 무수히 둘러 서 있다. 이는 의주 부윤이 친히 강머리에 이르러 차담과 위의를 차려 행차를 기다리는 것이다. 큰 배에 채각을 지어 비단 자리에 휘장을 두르고 강을 임하여 두 줄 육각 소리가 산을 울리고, 그 가운데 가는 풍류를 쌍쌍이 연주하며 어지러운 녹의홍상綠衣紅裳(기생)이 물에 비치니, 이는 기악을 베풀어 객회의 괴로움을 위로하고 행역의 평안함을 치하하기 위한 것이다.

삼강三江[20]을 각각 배로 건너는데, 첫 번 강을 건너니 호행하는 예닐곱 갑군이 강가에 앉아 나귀와 노새의 세를 다시 받았다. 대개 책문을 나는 데 서너 곳을 질러 연하여 세를 거두는 것이다. 중강에 이르니 의주 군관이 장막을 치고 나오는 물화를 수험하는데, 금물을 살피고 수를 기록하여 비포에 상고하게 하는 것이다.

큰 강을 건너 남쪽 언덕에 이르러 먼저 온 역관들이 마중 나와 4~5일 고행을 위로하였는데, 온몸을 선명한 의관으로 바꾸어 연로의 피폐한 거동이 없었다. 우리 일행을 돌아보니 이미 여름인데도 명주 의복을 벗지 못하고, 더럽고 해진 모양이 과연 귀신의 형상이었다. 서로

---

20 삼강은 오늘날 중국 요녕성 관전寬甸 쌍산자진双山子鎭 목타자령木垛子嶺에서 발원하여 단동에서 압록강과 합하는 강으로, 지금은 애하靉(愛)河라 한다.

조롱하여 한바탕 잡되이 웃은 후에 배에서 내려 장막으로 들어가니, 차담을 내어 와 서둘러 먹고 성 안으로 들어갔다.

　이후 사적은 별로 기록할 것이 없고, 의주에서 3일을 묵어 비포比包 일을 마친 후에 즉시 길을 떠나 27일에 서울에 이르니, 합하여 170여 일이요, 왕복한 거리는 6,200여 리였다.

주해 을병연행록 2

ⓒ 정훈식, 2020

1판 1쇄 인쇄__2020년 09월 10일
1판 1쇄 발행__2020년 09월 20일

지은이__홍대용
옮긴이__정훈식
펴낸이__양정섭

펴낸곳__경진출판
      등록__제2010-000004호
      이메일__mykyungjin@daum.net
      사업장주소__서울특별시 금천구 시흥대로 57길(시흥동) 영광빌딩 203호
      전화__070-7550-7776 팩스__02-806-7282

값 34,000원
ISBN 978-89-5996-750-6 94810
ISBN 978-89-5996-748-3 94810(세트)

※ 이 책은 본사와 저자의 허락 없이는 내용의 일부 또는 전체의 무단 전재나 복제, 광전자 매체 수록 등을 금합니다.
※ 잘못된 책은 구입처에서 바꾸어 드립니다.
※ 이 도서의 국립중앙도서관 출판예정도서목록(CIP)은 서지정보유통지원시스템 홈페이지(http://seoji.nl.go.kr)와 국가자료공
    동목록시스템(http://www.nl.go.kr/kolisnet)에서 이용하실 수 있습니다. (CIP제어번호: 2020037946)